1

암흑검사

초연 장편소설

연담ⓛ

차례

1장

___

609호

1

9월 20일 목요일 오후 2시. 성암지방법원 형사12단독 법정.

"검찰 측, 구형하시죠."

검사석에서 일어나는 훤칠한 남자는, 성암지방검찰청 소속 강한 검사였다. 검은색 바탕에 자주색 앞단을 댄 법복은 주름 하나 없이 매끈하게 다렸고, 흰 와이셔츠 칼라 위에서 총명하게 빛나고 있는 얼굴은 그보다 더 매끈하고 준수했다. 그는 굳이 소리를 높이지 않아도 온 법정에 쩌렁쩌렁 울리는 위엄 있는 음성으로 말했다.

"피고인은 9월 7일 새벽, 야간 경비원의 주의가 소홀한 틈을 타 검찰청에 숨어들어 온 건물과 주차장, 정문과 후문까지 스프레이 낙서로 뒤덮는 만행을 저질렀습니다."

원래 공판에 나온 검사는 마지막 말을 생략하고 구형만 간단히 하지만, 이 사건에는 상당히 특별한 사정이 있었다.

"그 결과 정문 현판은 '검찰청 머저리 새끼들'로, 후문 현판은 '사기꾼 검찰청'으로 글자가 바뀌었으며, 검찰청 건물 전면에는 거대한 가운뎃손가락과 함께 여체의 형상이 그려졌습니다."

사실 검찰청 건물 곳곳에는 그보다 훨씬 심한, 듣도 보도 못한 다채로운 욕과 'F'로 시작하는 단어들이 쓰여 있었지만 강한은 몇 가지 사례만 강조하는 것으로 만족하기로 했다.

"피고인은 위와 같이 무분별한 반달리즘으로 사법기관의 존엄을 모독한바, 진심으로 반성하라는 의미에서 징역 4월, 집행유예 1년에 부가형으로 사회봉사활동 1만 시간을 구형합니다."

판사는 검찰 측이 집행유예를 구형한 것에 조금 놀라는 기색이더니, 이내 고개를 끄덕였다.

"네, 알겠습니다. 이것으로 재판을 종결하고 즉일 선고하겠습니다. 피해자인 검찰 측 의견을 존중하여, 피고인 류소원에게 징역 4월, 집행유예 1년 및 사회봉사활동 1만 시간을 선고한다."

피고인석에 서 있는 남자는, 키가 컸지만 외모는 앳되어 보였다. 청년이라는 단어보다는 소년이라는 단어가 더 잘 어울릴 법했다.

"검찰에서 피고인의 나이를 고려하여 선처해주었으니, 봉사활동을 성실히 이행하도록 해요. 그러지 않으면 집행유예 선고가 취소될 수 있습니다. 알겠어요, 피고인? 감옥에 간다고요!"

소원은 고개를 살짝 숙이고 있어서, 어떤 표정을 짓고 있는지 알 수가 없었다. 그러나 검사의 선처에 대한 그의 진실한 반응을 보는 데는 그리 오랜 시간이 걸리지 않았다.

"아, 씨발! 1만 시간이 뭐냐고! 장난해! 현대판 노예제예요? 차라리 감방에 처넣든가!"

공판을 마치고 법원을 나선 강한이 검찰청 쪽으로 걸어가는데, 뒤에서 불쑥 나타난 소원이 바락바락 고함을 쳐댔다. 강한은 계속해서 걸음을 옮기면서 무심한 투로 대꾸했다.

"그러게 누가 검찰청 건물에 낙서하래? 기껏 집행유예 구형해줬더니 말하는 꼬라지하고는."

"그건 낙서가 아니라니까! 그래피티예요! 예술이라고! 대한민국 검사가 정의의 여신상도 몰라요? 검사님 같은 눈뜬 장님들, 그거 보고 정신 차리고 반성 좀 하라고 그런 거라고요!"

"그게 뭐든 범죄는 범죄야. 류소원. 이제 고등학생도 아니잖아."

"봐주지 마요! 차라리 봐주지 말라고! 기분 더러우니까! 정작 봐 줘야 할 사람은 안 봐주고, 엉뚱한 데 가서 삽질이지. 당신들은 항상 그런 식이죠! 검찰이고 경찰이고 다 똑같다고!"

"……."

"뭐야, 지금 내 말 씹어요? 나 무시해요?"

저벅저벅 걸어가던 강한이 우뚝 멈춰서자, 그때까지 기세 좋게 고 함치던 소원이 움찔했다. 천천히 고개를 돌리는 강한의 키는 소원보다 한 뼘 이상 컸고, 체격은 운동선수처럼 건장했다. 그리고 눈빛만으로도 사람을 죽일 수 있을 것 같은 그 삼엄한 분위기는 보통 사람이 대적할 수 있는 게 아니었다.

"1만 시간이면 하루 다섯 시간씩 해도 2000일이고, 매일매일 빠짐없이 해도 5년이 넘어. 제대로 잘 채워라. 다시 보고 싶지 않으니까."

강한은 뭣도 아니면서 자꾸만 덤벼드는 소원이 괘씸하기보다는 짜증나고 귀찮았다. 매스컴을 탄 사건이라 직접 직관까지 했지만, 사실 특수부 검사인 그가 이렇게 하잘것없는 사건의 공판에 들어가는 것은 번거로운 일이었다. 두 주먹을 불끈 쥔 소원이 소리쳤다.

"에이 씨, 나는 뭐 간절하게 보고 싶어서 내 발로 온 줄 아나!"

* * *

저녁 9시. '붉은악마 복싱체육관'.

"하이고야, 아까버라. 아까버 죽긋따."

도대체 어디서 구했는지 알 수 없는 'Be the Reds!' 점퍼를 입은 오십대의 관장이, 팔짱을 낀 채 링에서 펼쳐지는 광경을 지그시 감상하고 있었다.

"저놈아가 권투선수로 나갔으면 파퀴아오 뺨치는 긴데, 아까버서 우야노."

링 위에서는 글러브를 낀 강한이 능숙하게 스텝을 밟으며 펀치를 날리고 있었다. 그의 스파링 파트너는 제법 이름난 실업팀 소속의 아마추어 선수였지만, 강한은 조금도 밀리지 않고 있었다. 안달하며 그 모습을 지켜보는 관장에게 젊은 회원 하나가 피식 웃으면서 받아쳤다.

"그렇게 아까우면 권투선수를 시키지 그러셨어요. 저분 오래전부터 여기 다니셨다면서요."

"오래전이 뭐꼬, 여 처음 왔을 땐 자 키가 내 허리에 닿을락 말락 했다이가. 그 쪼매난 게 돈 필요하다꼬, 일 시켜달라 카는 게 어이가 없어가 장난 삼아 하나둘씩 가르치는데…….'

"네, 그런데 하나를 가르치면 열을 깨우치고 열다섯까지 응용했다면서요. 중학교 3학년 때 처음으로 관장님을 이겼고, 고등학교 1학년 때는 전국체전 우승도 했고요."

젊은 회원은 관장의 자랑을 한두 번 들어본 게 아닌 듯 뒷말을 가로챘다.

"드디어 우리 체육관에서 무하마드 알리가 나올라나 켔는데, 어느 날 갑자기 저놈아가 공부를 하겠다는 기라. 그전까지 뽁싱만 하느라 전교에서 300등 하던 놈이. 그래가 내 그랬지. 어디 함 해봐라, 짜샤.

니가 200등 안에만 들어가도 내 손에 장을 지진다꼬."

관장은 마치 고등학교 시절의 강한이 눈앞에 있기라도 한 것처럼 코웃음치며 말했다.

"근데 그다음 시험에서 이놈이 전교 50등을 해뻤네? 그담엔 40등, 그담엔 20등을 하더니 순식간에 전교 1등을 먹어버리는 기라. 내 뭐라 하겠노, 아가 공부해서 검사가 되겠다 카는데."

"옛날얘기 좀 그만하세요, 관장님. 뭐 그렇게 재밌는 얘기라고."

스파링을 마친 강한이 수건으로 땀을 훔치면서 링에서 훌쩍 뛰어내렸다. 관장은 로프에 걸쳐두었던 재킷을 집어 드는 강한의 옆모습을 보면서 섭섭한 투로 말했다.

"짜슥, 늙은 노총각이 자랑할 게 없어가 남의 자슥 자랑이라도 하겠다는데 와 이래 인색하노. 시간 없어도 자주 쫌 와라."

"죄송해요, 앞으로는 더 뜸하게 올 거 같은데."

"와? 일이 바쁘나? 니 또 중요한 사건 맡았나?"

"일도 일인데, 생활에 변화가 좀 생길 것 같아서요."

강한의 간결한 대답에, 관장의 안색은 눈에 띄게 어두워졌다.

"변화? 무슨 변화? 니 결국 내 말 안 듣기로 한 거가?"

"다 아시면서 뭘 물어보세요. 말씀드렸잖아요. 하고 싶어서 하는 거 아니고 해야 해서 하는 거라고."

"아무리 그래도 그러는 거 아이다. 결혼은 그래 하는 거 아이라고. 내가 니 그래 가르쳤노. 팔리가는 거 같아가 영 기분이 별로다."

관장은 혀를 끌끌 차면서 타이르듯 말했지만, 고집이 센 강한이 남의 말은 귓등으로도 듣지 않는다는 걸 그도 잘 알고 있었다.

"……갈게요."

강한은 무덤덤하게 대답하고, 서류가방을 챙겨 들었다. 휙 나가버리는 강한을 향해, 관장은 짝사랑하는 소녀처럼 애타게 소리쳤다.

"마! 샤워하고 가라, 머스마야! 냄시난다! 빠나나우유도 먹고!"

'빠나나우유'라는 정겨운 단어에 저도 모르게 보일 듯 말 듯 미소를 머금은 강한이 체육관 입구를 빠져나오는데, 저 멀리서 그를 기다리고 있던 누군가가 득달같이 달려왔다.

"성암지검 강한 검사님 맞으시죠? 전 서울신문 정치부 기자 박영주인데요. 잠깐 인터뷰 가능하실까요?"

"아니요. 사건 관련해서 궁금한 게 있으면 검찰청을 통해주시죠."

강한은 단호하게 거절하고 앞서 나갔지만, 기자는 포기하지 않고 줄기차게 따라갔다.

"대한민국을 발칵 뒤집어놓았던 김별하 양 피살 사건이 이제 1주년을 맞이하는데요. 당시 주임검사로서 감회가 어떠세요?"

그냥 지나치려던 강한은 도저히 가만히 있을 수 없었는지 퉁명스럽게 대꾸했다.

"……김별하 양 피살 사건이 아니라, 지온유 살인 사건입니다."

"네?"

"사건에 피해자 이름을 붙여서 부르지 말라는 얘깁니다. 가해자라면 몰라도. 피해자 가족의 아픔을 우선 생각해야죠."

"아, 네…… 정정하겠습니다."

기자는 잠시 기가 죽는 듯했지만, 여기서 포기할 마음은 없었는지 다시 질문을 던져왔다.

"지온유 살인 사건을 계기로 지적장애인의 강력범죄 위험성에 대한 경각심이 높아졌고, 장애인 강제등록법, 이른바 '김별하 법'이 입법 추진되고 있는데요. 그에 대한 견해는 어떠신가요?"

"현직 검사가 정치적인 입장을 공개적으로 피력하는 것은 적절하지 않습니다. 비켜주시죠."

강한이 두 번 연속으로 대답을 거부하자, 기자는 약이 올랐는지 조금 공격적인 태도를 취했다.

"그러면 이건 대답할 수 있으시죠? 바로 그 '김별하 법'을 추진하고 있는 현 여당 대표이자 차기 대권 주자, 조민국 의원의 따님과 약혼하신다는 소식이 들리는데, 그건 사실인가요?"

"……."

"조 대표님께서 지온유 사건 수사 당시부터 강한 검사님의 탁월한 능력과 인품을 눈여겨보셨고, 그때부터 친분을 쌓기 시작해서 결국 장인과 사위 사이로 맺어지게 되었다고 하던데요."

그 말을 들은 강한은 새어나오는 실소를 참을 수 없었다.

'그럼 그렇지. 그 수완 좋은 조 대표가 언론 하나 통제하지 못했을 리가 없지.'

저렇게 모범적인 멘트를 읊는 걸 보면, 아마 조 대표가 적당한 타이밍을 골라 약혼 사실을 은근슬쩍 언론에 흘렸을 것이다. 강한은 빙긋 웃으면서 흠잡을 데 없는 정치적인 대답을 했다.

"조 대표님이야말로 탁월한 능력과 인품을 가지신 분입니다. 그런 분의 사위가 될 수 있다면 저야 무한한 영광이죠."

그 말을 마지막으로 강한은 주차해놓은 검은색 세단에 올라탔다.

우웅-.

그의 성격처럼 철두철미하게 관리해온 세단은 시동을 걸자마자 기운 좋게 출발했다. 강한이 차를 몰고 도착한 곳은 강이 훤히 내다보이는 야트막한 언덕 위에 자리 잡은 단독주택이었다. 신혼부부용으로 설계된 것이어서 규모가 그렇게 크지는 않았다. 그러나 낮은 담과 작은 정원, 그리고 우아한 디자인의 테라스가 딸린 복층 주택은 나무랄 데 없이 깔끔하고 고급스러웠다.

'뭐지? 분위기가 좀 이상한데.'

강한은 대문을 여는 순간, 공기가 평소 같지 않고 어딘가 이상하다고 느꼈다. 뭔가 흐트러져 있다고 해야 하나. 현관 쪽으로 시선을 돌린 강한의 눈썹이 불쑥 치켜 올라갔다.

볕이 잘 들도록 통유리로 둘러싼 1층 테라스의 창이 죄다 박살 나 있었다. 강한은 범죄 현장을 살피는 검사의 태도로 순식간에 돌아가, 냉철한 시선으로 주변을 살폈다.

'담을 넘어서 마당으로 들어왔군. 대문과 현관에만 경보장치가 설치되어 있으니까.'

강한은 놀라지도 겁먹지도 않았다. 어떤 재수 없는 놈이 검사가 사는 집인지도 모르고 들어왔다는 생각뿐이었다. 테라스 쪽으로 다가갔을 때, 창문이 깨진 원인을 짐작하기란 어렵지 않았다. 어지럽게 널린 유리 파편 사이에 커다란 돌덩이가 앉아 있었기 때문이다.

'창문이 깨진 각도를 보니 위에서 아래, 아마 담장 위에서 던졌겠군. 담장에는 CCTV가 붙어 있는데, 그렇다면 자기 정체를 들켜도 상관없는 놈이라는 뜻이겠지. 누군지 알겠네.'

강한은 유리 파편 너머로 펼쳐진 풍경을 발견하고 자신의 짐작이 옳았음을 확신했다.

먼지 하나 없이 하얗고 깨끗하던 벽에, 두 눈을 천으로 동여매고 칼과 저울을 양손에 든 여자의 형상이 새빨간 스프레이로 휘갈기듯 그려져 있었다. 정의의 여신이었다.

"류소원, 간이 제대로 부었군."

2

9월 22일 토요일 오후 3시. 70번 지방도로.

가을볕이 가장 뜨겁게 내리쬐는 시각, 촌스러운 주황색 조끼를 걸친 여남은 명의 사람들이 지저분한 갓길을 서성이고 있었다.

"자, 다 같이 구호 외칩니다! 깨끗한 사회에!"

그중 유일하게 조끼를 입지 않은 중년 남자가 선창했다.

"깨끗한 마음이 깃든다!"

나머지 사람들이 맥빠진 목소리로 따라 했다. 딱 한 명만 빼고서. 허리를 굽히고 쓰레기 줍는 척을 하고 있던 소원은 마지못해 웅얼거렸다.

"깨끗한…… 마음이…… 깃든다…… 젠장."

소원은 사회봉사활동 첫날부터 감독관에게 찍혀버린 상태였다.

"너, 도대체 무슨 짓을 한 거냐? 3차 세계대전이라도 일으켰어?"

채워야 할 봉사시간이 1만 시간이라는 말을 듣자마자, 그는 소원을 무슨 대량 학살범 보듯이 쳐다보았다.

"저 정말 별거 안 했어요! 검사가 존나 성격 파탄에 악취미여서 그렇다고요!"

소원이 아무리 하소연해도 믿어주지 않았다.

호랑이도 제 말 하면 온다더니, 소원이 강한을 떠올린 순간 검은 세단이 미끄러지듯 다가와서 섰다. 운전석 문이 열리더니 강한이 내렸다. 그는 주말 나들이라도 가는 사람처럼 얇은 베이지색 니트에 트렌디한 가죽 재킷, 가벼운 면바지 차림이었다. 강한은 소원의 청소 구역을 숙제 검사하듯 꼼꼼히 살펴보았다.

"흠, 잘하고 있군."

강한은 흡족한 표정을 짓더니, 갑자기 세단 뒤쪽으로 돌아가 트렁크를 열었다. 그 안에서는 소원이 미처 예상하지 못한 물건이 튀어나왔다. 꽉 찬 입구를 빈틈없이 묶은 50리터 쓰레기 종량제 봉투였다.

"우리집에는 쓰레기가 별로 없어서. 이걸 채우느라 오늘 아침에 동네 한 바퀴 돌았다."

강한은 그렇게 말하면서 매듭을 풀더니, 그걸 그대로 소원의 앞에 와르르 쏟아놓았다. 겨우 치워놓은 구역이 발 디딜 틈도 없이 쓰레기 범벅이 된 걸 보고 소원은 눈을 부릅떴다.

"이게 무슨 짓이야! 여태껏 쎄빠지게 청소해놓은 거 안 보여!"

"보복 목적으로 검사 집에 흉기를 휴대하고 침입해서 재물 손괴라. 집행유예 취소되고도 남지. 나랏돈으로 너 같은 놈 밥 먹이기 아까우니까 이걸로 때워. 싸게 쳐준 줄 알고."

한번에 말을 쏟아낸 강한이 돌아서는 순간, 뭔가가 일직선을 그리며 날아와 뒤통수를 딱 소리 나게 맞혔다. 도로에 버려져 있던 사이다 캔이었다. 몇 년을 묵었는지 모를 미지근하고 끈적끈적한 액체가 목덜미를 타고 흘러내렸다. 강한의 준수한 이마에 불끈 핏대가 솟았다.

"너 이 자식!"

"검사님 약혼 선물이에요. 짱짱한 집에 장가가신다면서요. 그렇지 않아도 작년부터 열라 잘나갔는데 앞으로는 더 잘나가시겠네요. 막 우주까지 가시겠어. 나 뷔페 먹으러 가도 돼요?"

소원은 깐죽거리면서 강한을 도발하려 했지만, 그런 뻔히 들여다보이는 얕은수에 넘어갈 강한이 아니었다.

"올 테면 와보든가."

강한은 잘생긴 한쪽 입꼬리를 끌어올리면서 비웃듯 말하더니, 재킷 안주머니에서 종이봉투를 꺼내 소원의 발치에 휙 던져놓았다. 소원이 그것을 미처 줍기도 전에, 강한은 세단에 올라타더니 그대로 차를 몰고 사라져버렸다. 소원은 세련된 금박 무늬가 새겨진 흰 봉투를 물끄러미 내려다보다가, 마침내 결심한 듯 손끝으로 집어 올렸다.

"흥, 내가 못 갈 줄 알고?"

초대장에 쓰인 날짜와 장소를 노려보면서, 소원은 이를 갈듯이 중얼거렸다.

* * *

집 현관을 나서는 강한은 아까와는 완전히 다른 스타일을 하고 있었다. 예비 신부, 아니 그녀의 부모로부터 받은 수많은 약혼 선물 중 하나인 이탈리아 명품 정장과 명품 구두, 명품 넥타이와 명품 손목시계에 한 올의 흐트러짐도 없이 뒤로 넘긴 머리카락, 그리고 과하지 않게 적당히 뿌린 은은한 향수까지. 누가 봐도 완벽한 상류사회의 일원으로 보였다.

"선배, 어디 가?"

강한이 대문을 열고 나오는데, 골목 전봇대에 기대어 서 있던 여자가 불현듯 말을 걸어왔다. 어깨에 닿을락 말락 한 길이의 단발머리도 그렇고, 단정한 디자인의 원피스도, 화장을 거의 하지 않은 얼굴도, 외모를 꾸미는 데 열중하는 타입이 아니라는 인상을 주었다. 그럼에도 지나가는 남자들이 종종 돌아볼 만큼 매력 있고 자연스러운 미인이었다.

"정 검사."

강한은 여자의 이름을 부르는 대신 직함을 부름으로써 보이지 않는 선을 그었다. 그와 같은 청에 근무하는 후배이자, 법대생일 때부터 9년 동안 사귀었던 전 여자친구 정유미 검사였다. 그녀가 그를 얼마나 기다리고 있었는지 정확히는 모르지만, 손에 쥐고 있는 커피잔의 빨대가 완전히 아작 나 있는 걸 보면 꽤 오랜 시간인 모양이었다. 강한은 그녀가 초조하고 불안할 때마다 뭔가를 질겅이는 버릇이 있음을 알고 있었다. 유미는 목에 걸리는 숨을 삼키면서 물었다.

"그 여자랑 약혼한다면서, 정말이야?"

"네가 참견할 일이 아니야."

강한은 살짝 잠긴 듯한 목소리로 그렇게 대꾸했다. 유미는 그 말만 던져놓고 입을 다물어버린 강한을 책망하듯 쳐다보았고, 그는 그 시선을 감당하기 어려운 듯 슬쩍 고개를 돌렸다. 유미는 손에 쥐고 있던 커피잔을 와락 구겨버렸다. 반쯤 남아 있던 커피가 넘치면서 하얀 손이 얼룩졌다.

"나하고는 사귀는 동안 결혼 얘긴 꺼내지도 않더니, 그 여자랑은 만난 지 얼마나 됐다고 벌써? 선배 그런 사람이었어? 그 여자를 사랑, 아니, 조금이라도 좋아하기는 해?"

"……결혼하는 데 그런 게 뭐가 중요해."

"뭐?"

"사랑이 뭘 할 수 있는데? 결혼은 그냥 더 나은 삶으로 가기 위한 수단이야. 연애 감정처럼 쓸데없이 소모적인 걸 개입시킬 이유는 없어."

"쓸데없이 소모적이라고? 그 얘기는 나와 사귀었던 것도 다 시간 낭비였다는 거야?"

유미는 금방이라도 울음을 터뜨릴 것 같았다.

"시간 낭비는 아니었지. 결혼은 연애와 별개라는 걸 깨달았으니까. 너도 이제 나한테 그만 질척거리고, 어디 재벌집 아들이라도 하나 잡아서 결혼해. 너라면 충분히 할 수 있을 거야."

강한은 그렇게 무정한 말로 유미와 함께한 9년을 요약했다. 그게 그의 온전한 진심은 아니었지만, 그렇다고 완전한 거짓도 아니었다. 강한은 조 대표의 딸을, 그녀가 그에게 가져다줄 창창한 앞날과 안락한 생활을 원했다. 속물이라고 욕먹어도 어쩔 수 없다. 차라리 모르고 살았다면 모를까. 부(富)와 힘의 맛을 한번 맛본 후 그 이전으로 돌아가는 건 불가능했다.

"약혼식에 초대 못 한 건 미안하다. 결혼식에는 청 검사들 다 부를 거니까 그때는 와서 밥 먹고 가. 청 사람들은 우리 관계 모르는데, 네가 결혼식에 안 오면 이상하잖아."

강한은 마치 남 얘기 하듯 덤덤하게 말했다. 유미는 분에 겨워서 부들부들 떨다가, 손에 쥐고 있던 커피잔을 강한에게 집어던졌다.

"야, 이 나쁜 새끼야! 결혼식에 오라고? 나한테 할 말이 고작 그것밖에 없어! 사고나 나서 죽어버려!"

아무래도 오늘은 세상 사람들의 눈에 강한이 무슨 양궁 과녁처럼 보이는 날인 모양이다. 이번에는 커피잔이 강한의 이마를 정면으로 맞히고 떨어졌다. 휘핑크림이 녹아든 달콤 쌉싸름한 향의 커피가 그의 머리카락을 적셨다. 그러나 강한은 눈썹 한 올 움직이지 않은 채 그저 눈가에 떨어지는 액체를 손등으로 가만히 닦아낼 뿐이었다.

"택시 불러줘?"

"됐어! 병 주고 약 주냐!"

유미는 빽 소리를 지르고 마지막으로 강한을 한번 노려본 후, 등을 돌려 뛰어가버렸다. 강한은 커피를 뒤집어쓴 채 우두커니 서서 그 모습을 잠시 지켜보았다.

* * *

"이쪽입니다, 검사님."

강한은 호텔 매니저의 정중한 안내를 받으며 약혼식 장소로 들어섰다. 갈아입은 정장과 넥타이 역시 수입 명품이었다. 강한은 샹들리에의 눈부신 빛이 밝혀주고 있는 붉은 카펫 위를 걸어가며 테이블이 스무 개 정도 놓여 있는 홀 안을 둘러보았다.

조 대표로부터 약혼식 계획에 대해 듣기 전, 강한은 당연히 몇백 명이 몰려와 성대한 잔치가 벌어지리라 생각했다. 그러나 집안 행사를 떠들썩하고 요란하게 치르는 것은 과시욕에 목마른 벼락부자나 하는 짓이라고 했다. 진짜 상류층은 가족과 친지, 가까운 친구만 부른다고. 강한은 그 세계에 대해 아직 배워야 할 것이 많았다. 볼룸 입구에서 손님을 맞고 있던 조 대표가 강한을 반겼다.

"강 검사 왔나. 아니, 이제 우리 사위라고 불러야 하나?"

일부러 염색하지 않은 반백의 머리, 평균보다 조금 작은 체구와 클래식한 양복, 그 재킷 옷깃에 꽂힌 장미 한 송이가 점잖고 온화한 신사라는 느낌을 주었다. 그러나 강한은 그 외모에 속지 않았다. 그 속에 단 한 번의 패배와 손해도 용납하지 않는 냉혈한 장사꾼, 정치꾼의 본성이 숨어 있음을 잘 알았다.

"편하신 대로 불러주십시오. 저는 여진 씨 옆에 앉으면 됩니까?"

강한은 예비 신랑 신부를 위해 마련된 중앙 테이블로 향했다. 조 대표의 딸 여진은 강한을 보고도 인사조차 하지 않았다.

"저 남자친구 있어요. 평범한 집안에 나이도 어린 모델이라 결혼은 꿈도 못 꾸지만. 그쪽만 괜찮으면 결혼 후에도 계속 만날 거예요. 그쪽도 딴 여자 만나고 싶으면 만나도 돼요."

강한이 조 대표로부터 여진을 처음 소개받은 날, 그녀가 일방적으로 통지하듯 던진 말이었다. 그 말에 강한은 놀란 기색 하나 드러내지 않으면서 태연하게 응수했다.

"와이프가 누굴 만나고 다니는지 일일이 간섭할 생각 없습니다. 일하느라 바빠서 다른 여자 만날 시간도 없을 거고요."

어차피 애정 없는 결혼 생활, 상대방이 아예 집 바깥으로 관심을 돌려준다면 그로서는 차라리 반가운 일이었다. 내년부터 그는 법무부에서 근무하기로 내정되어 있었고, 그러면 지금보다 더 눈코 뜰 새 없이 바빠질 터였다. 놀아달라고 보채는 사람이 있는 건 딱 질색이었다. 쳐다보고도 눈인사 한 번 안 해주는 여진의 옆에 서먹하게 앉는 강한에게 반갑게 말을 거는 이가 있었다.

"매형!"

"처남."

강한은 건너편에 앉은, 깔끔한 줄무늬 셔츠에 색이 진한 데님 바지 차림의 청년과 눈을 맞췄다. 조 대표의 아들인 규진은 제 누나와 달라도 너무 달랐다. 키가 크진 않지만 비율 좋은 체격, 조 대표를 빼다 박은 선한 인상에, 친척이 운영하는 회사에 이름만 걸어놓고 놀러 다니는 여진과 달리 공부도 열심히 하는 의대 신입생이었다. 규진은 강한을 처음 만났을 때도, 은근히 그를 무시하던 다른 식구들과 달리 곧바로 예비 매형이라고 부르며 친근하게 굴었다.

"약혼 축하드려요. 우리 누나랑 사는 게 쉽지 않으시겠지만, 그냥 눈멀고 귀 막혔다 생각하시고 인내심 발휘하면서 살아주세요. 교환, 환불, 반품 다 안 되니까요."

빙긋 웃으면서 말하는 규진을 여진은 곁눈질로 쩨려보았다. 규진의 말은, 이 약혼의 본질을 정확히 짚어낸 뼈 있는 농담이었다. 이건 사랑의 결실이 아니라 그저 거래에 불과했으니까. 강한은 조 대표를 통해 재력과 인맥을 얻고, 조 대표는 장래 검찰 고위직에 오를 만한 능력을 갖춘 검사를 자기편으로 갖게 되는 것. 어느 쪽도 손해 볼 게 없는 등가교환이었다.

"내빈 여러분께서는 잔을 모두 채우시고, 제가 건배를 선창하면 따라 해주시기 바랍니다. 신랑 강한과 신부 조여진의 약혼을 진심으로 축하하며, 건배!"

"건배!"

건배를 외치는 하객 중에 강한과 아는 사이인 사람은 아무도 없었다. 축배에 이어 예물 교환과 케이크 커팅이 이루어졌고, 여진의 사촌동생이라는 남자가 나와서 축가를 불렀다. 그런데 축가가 클라이맥스에 다다랐을 때, 입구 쪽에서 시끌벅적한 소란이 일었다.

"놔! 이거 놓지 못해! 나도 하객이라고! 강한 검사가 준 초대장도 있다니까!"

그 순간, 강한을 비롯한 볼룸 안 모든 이의 시선이 그쪽으로 쏠렸다.

3

소원이 경비원의 만류를 뿌리치고 안으로 들어오려 하고 있었다.
반짝거리는 파티 의상을 걸친 사람들 속에서, 소원의 주황색 사회봉
사자 조끼는 몹시 튀었다. 강한은 소원의 손에 들려 있는 달걀 한 판
을 보면서 속으로만 실소했다.

'나에게 주려고 준비한 또 다른 약혼 선물인가 보군.'

노련한 호텔 매니저가 눈에 띄지 않게 강한의 곁으로 다가오더니,
다른 사람에게는 들리지 않도록 목소리를 낮춰서 물었다.

"검사님 지인이십니까? 초대장을 가지고 있긴 하던데요."

"모르는 사람입니다. 쫓아내세요."

강한은 한 치의 망설임도 없이 단호하게 대답했다. 호텔 매니저는
경비원에게 눈짓을 보냈다. 경비원은 소원의 어깨를 붙잡아 끌고 갔
고, 소원은 팔다리를 버둥거리며 질질 끌려갔다. 그걸 보면서 강한은
이 세계가 돌아가는 게 사뭇 편리하다고 생각했다. 귀찮게 구는 사람
이 있으면 부탁하기도 전에 알아서 치워준다.

그러나 강한도 아직 이 세계의 일원으로 완벽히 적응하지는 못했

다. 식이 끝난 후 피로연도 아닌 '애프터파티'라는 거창한 이름의 술자리가 지루하리만큼 길게 이어지는 동안, 강한은 꿔다놓은 보릿자루처럼 혼자 앉아 있어야 했다.

"여진아, 약혼 축하해! 이제 검사 사모님이라고 불러야겠네?"

"사모님은 무슨, 평검사가 뭐 별거나 된다고."

여진이 그녀와 비슷한 느낌의 친구들과 어울려 깔깔대면서 이따금 강한 쪽을 보고 손가락질하는 동안, 강한은 냉랭한 낯빛으로 와인만 들이켜면서 시계를 쳐다보았다. 벌써 9시가 다 되어가고 있었다. 그의 불편한 기색을 알아차린 사람은 예비 처남 규진뿐이었다.

"매형, 많이 불편하시죠? 지금 조용히 나가셔도 아무도 모를 거예요. 어차피 파티가 끝날 때는 다들 취해 있을 테니까요. 혹시 누가 물어보면, 화장실 가셨다고 제가 둘러댈게요."

"고마워, 처남."

"차 가져오셨죠? 지금 정문 쪽은 시위대 때문에 움직이기 힘들다고 하더라고요. 좀 번거로우시더라도 후문 쪽으로 나가세요."

"그래, 그럴게."

규진의 말대로, 강한이 일어나서 볼룸을 나오는 동안 누구도 그를 주목하지 않았다. 주차장에 도착한 강한은 그의 세단에 올라탔다. 운전석에 몸을 앉히고 넥타이를 느슨하게 풀면서 잠시 등받이에 기댔다. 피곤했다. 하지만 이 모든 게 꼭 거쳐야만 하는 일이었다. 그는 성공해야 했으니까, 누구에게도 밀려날 수 없었으니까.

'뭐야, 처남이 착각했네. 시위대가 정문이 아니라 이쪽에 있잖아.'

주차장을 빠져나온 강한은 호텔 후문 주위를 빈틈없이 에워싼 녹색 티셔츠의 물결을 바라보면서 이마를 살짝 찡그렸다. 사방에서 나부끼는 현수막의 글씨들이 튀어나와 그의 눈을 찔렀다.

― 지적장애인도 독립적인 인격체다! 존중해달라!

― 범죄 예방과 장애인 보호라는 명목으로 지적장애인을 잠재적 범죄자 취급하는 '김별하 법' 추진을 반대한다!

강한은 시위대와 부딪히는 일이 없도록 차를 아주 느리게 움직이면서 얕은 한숨을 쉬었다. 엊그제 만난 기자의 말처럼 1년이 지났음에도 김별하 피살 사건, 아니 지온유 살인 사건의 여파는 아직도 가시지 않고 있었다. 강한은 그 사건을 생각하면 늘 양가감정이 들었다. 고작 열아홉 살밖에 안 된 소년이 그렇게 끔찍한 범행을 저질렀다는 게 몸서리쳐지고 환멸감이 드는 동시에, 그 사건으로 인해 자신의 커리어가 완전히 달라져버렸다는 걸 부정할 수 없었다.

띠리링-.

강한이 도로를 반쯤 점거한 시위대 사이를 요리조리 빠져나가느라 애를 먹고 있는데 휴대전화가 울렸다. 강한은 전화를 받기 위해 핸즈프리를 귀에 걸었다.

"여보세요?"

― 강한 이 개새끼야! 감히 내 사건을 가로채? 뒈지고 싶냐?

강한과 같은 특수부 소속인 이태리 검사였다. 외교관 부모가 이탈리아에서 낳았다고 이름도 이태리인 그는, 강한과는 달리 태생부터 상류층에 엘리트였다. 그럼에도 실력과 지능 면에서 압도적으로 강한에게 뒤처졌고, 최근에는 출셋길에서도 강한에 의해 밀려나고 있었다. 그래서 항상 열등감이 폭발했다.

"가로채긴 누가? 부장님이 제발 강 검사가 맡아달라고 애원하시는데 그럼 그걸 거절해?"

― 씨발, 재벌 딸이랑 결혼한다고 하니까 부장도 너랑 붙어먹으려는 거잖아. 내가 그 사건 때문에 한 달도 넘게 집에 못 들어간 걸

알면서…….

"그러게, 별로 어렵지도 않은 사건을 한 달 넘게 붙잡고 있는 것도 참 대단한 무능력이지."

강한은 부장검사가 그에게 재배당해준 사학재단 보조금 비리 사건을 떠올리며 씩 웃었다. 정의로운 특수부 검사가 부정부패한 사학을 척결한다는 그림을 그리기에 딱 좋은 사건이었다. 언론은 신이 나서 달려들 테고, 그는 또 한번 스타가 될 수 있을 것이다. 1년 전처럼.

— 시건방진 새끼, 너 지금의 행운이 계속 갈 거라고 믿는다면 오산이다. 여자 하나 잘 물었다고 출신이 바뀌는 게 아니야, 명심해라.

'출신'이라는 말에 운전대를 쥐고 있던 강한의 손에 불끈 힘이 들어갔다. 그가 입을 열어 신랄한 독설로 받아치려는 순간, 정면 유리창에 낯선 그림자가 불쑥 나타났다. 깜짝 놀란 강한은 차를 급정거시키면서 외마디 욕설을 내뱉었다.

"젠장, 놀랐잖아!"

— 뭐야, 너 이 새끼 지금 나한테 욕했냐?

이어폰 속에서 이태리가 짱알대는 목소리가 들렸다. 강한이 하는 말이 전부 핸즈프리를 통해 그에게 전달되고 있었다.

"너한테 한 게 아니고……."

강한은 정면에서 운전석이 있는 측면으로 돌아오고 있는 녹색 티셔츠의 인물을 쳐다보면서 중얼거렸다. 지금 시점에서 대인 교통사고라도 냈다간 법무부 발령이고 뭐고 싹 다 날아간다.

똑똑-.

정체불명의 인물은 운전석 차창 바로 앞까지 다가오더니 창문을 두드렸다. 뭔가 할 말이 있는 모양이었다.

"뭡니까?"

강한은 버튼을 눌러 창문을 내리면서 짜증스럽게 물었다. 혹시 시위대 놈들이 지온유 사건의 주임검사가 오늘 이 호텔에서 약혼식을 한다는 정보를 손에 넣고, 그를 잡아서 이것저것 따지려고 일부러 기다리고 있었는지도 모르겠다는 생각이 들었다.

"이봐요, 난 바쁜 사람이니까 할 말이 있으면 검찰청으로 전화를……."

— 너만 바쁜 줄 아냐! 나도 바빠, 새끼야!

강한은 자기가 뭔 말을 할 때마다 자격지심과 '열폭'으로 화를 내는 이태리 때문에 짜증이 났다.

"너한테 한 말 아니라고!"

강한은 신경질적으로 외친 후 손을 뻗어 휴대전화를 끊어버리려고 했다. 정체불명의 인물은 강한의 그런 행동을 물끄러미 관찰하고 있었다. 녹색 티셔츠에 헐렁한 청바지, 눈썹 아래까지 깊이 눌러쓴 검은 모자와 검은 마스크 때문에 성별도 구분하기 어려웠다. 그래도 강한은 딱히 수상하게 여기지 않았다. 원래 시위 중에 얼굴을 가리는 사람이 많으니까.

"1년 전……."

검은 모자는 강한을 뚫어지게 쳐다보면서 뭐라고 웅얼거렸다. 남자의 목소리긴 했는데, 뭔가 쇳소리나 전자음 같은 게 섞여 있는 듯 부자연스러웠다. 강한은 귀를 곤두세웠지만, 그 순간 시위대가 우렁찬 합창을 시작하는 바람에 상대방의 웅얼거림은 묻혀버리고 말았다. 강한은 미간을 찌푸리며 되물었다.

"뭐라고 한 겁니까? 안 들려요!"

— 안 들리긴 뭐가 안 들려! 이런 식으로 사람 무시하기냐!

이태리의 목소리가 이어폰 속에서 아우성치는 가운데, 강한의 얼굴을 확인하듯 응시하던 검은 모자가 별안간 티셔츠 속으로 손을 집어넣었다. 검은 모자의 손에 들려 나오는 갈색 병이 강한의 시야에 포착된 순간, 불길한 예감이 들었다. 검은 모자가 병뚜껑을 열자, 코를 찌르는 지독한 냄새와 함께 옅은 연기가 피어올랐다.

'위험해!'

본능적으로 그렇게 직감한 강한은 재빨리 버튼을 눌러 창문을 올리려 했다. 그런데 창문이 반쯤 올라온 순간, 검은 모자가 갈색 병을 휘둘러 안에 있던 액체를 강한을 향해 끼얹었다. 강한은 팔로 얼굴을 가리면서 반사적으로 몸을 숙였다. 그러나 미처 닫히지 않은 창문 틈으로 몇 방울의 액체가 튀는 것을 막을 수는 없었다.

"앗, 뜨……."

액체가 튄 손이 불에 덴 것처럼 뜨겁다고 느낀 다음 순간, 손등을 스쳐 간 액체 방울이 이번에는 그의 눈꺼풀을 뚫었다. 살이 녹아내리고 안구가 불이 붙은 것처럼 타들어가는 끔찍한 고통이 그를 덮쳤다. 염산이었다.

"흐아아악!"

강한은 심장 속에서부터 터져나오는 처절한 비명을 내질렀다. 그러자 그 비명을 자기편의 함성으로 착각한 시위대가 덩달아 소리를 질렀고, 강한의 비명은 그 속에 파묻혀버렸다.

― 강 검사? 강 검사? 왜 그래?

이어폰 속에서 이태리의 겁먹은 목소리가 흘러나왔지만, 강한은 대답하지 못하고 몸부림쳤다. 자기도 모르게 깨문 혀끝에서 피가 울컥울컥 솟아나왔지만, 눈과 손등에서 느껴지는 고통이 너무 커서 피 맛을 느끼지도 못했다.

"무슨 일이야! 장난치는 거 아니지? 씨발, 대답 좀 해봐! 강 검사!"

어울리지 않게 강한을 걱정하는 이태리의 목소리가 점점 아득하게 멀어져갔다. 차라리 죽는 게 낫겠다고 생각한 순간, 다행히 의식이 흐려지면서 모든 게 컴컴해졌다.

* * *

강한은 응급실에서 수술실로 옮겨지는 와중에 잠시 희미한 의식을 되찾았다. 그는 침대를 옮기고 있는 남자 간호사의 손목을 으스러져라 세게 잡으면서 쉰 목소리로 물었다. 고통 때문에 제정신이 아닌 와중에도, 들어야 할 대답이 있었다.

"범인…… 날 이렇게 만든 놈…… 잡았습니까?"

"환자분, 지금 그런 걸 신경 쓰실 때가 아니에요."

"꼭 잡아야 돼요……. 검은 모자에 검은 마스크…… 녹색 티셔츠……."

강한은 헛소리처럼 중얼거리다가 다시 의식을 놓아버렸다. 간호사들이 침대를 수술실로 끌고 들어가는 것과 교차해서, 초록색 수술복을 입고 수술용 마스크를 쓴 의사가 밖으로 나왔다. 복도에는 조 대표와 여진이 기다리고 있었다. 구급차를 본 호텔 직원이 뒤늦게 상황을 파악하고 그들을 불러와 구급차에 태웠던 것이다. 의사는 정장 차림의 조 대표와 드레스 차림의 여진을 번갈아 보더니 누구에게랄 것도 없이 물었다.

"환자 보호자 되십니까? 수술동의서에 사인해줄 분이 필요한데요. 직계가족이나 배우자요."

"아니, 저희는 가족이 아니라 그냥 지인이라서……."

조 대표는 모호한 표정과 말투로 대답했다. 그는 이렇게 위급한 순간에도, 마치 간 보는 사람처럼 굴고 있었다. 앞으로 강한이 어떻게 될지, 지금 시점에서 그와 가족으로 엮이는 게 잘하는 짓인지 머릿속으로 쉴 새 없이 계산기를 두드려가면서. 그 대답에 의사가 난처한 표정을 짓자, 옆에 서 있던 간호사가 조심스럽게 말했다.

"저, 선생님, 그게요. 이 환자 가족이라곤 어머니밖에 없는데 심한 뇌 손상으로 우리 병원에 입원 중이시래요. 어떻게 하죠?"

"뭐라고? 그러면 아무도 못 온다고?"

의사가 간호사를 다그치는 순간, 복도 끝에서 황급하게 달려오는 구둣발 소리와 함께 여자의 날카로운 목소리가 메아리쳤다.

"저요! 제가 보호자예요! 같은 검찰청에 근무하는 후배 검사고, 9년 지기 친구예요! 이 정도면 신분 확실하죠? 무슨 일이 생기든 제가 책임질 테니 수술해주세요!"

가쁜 숨을 몰아쉬며 나타난 유미는 의사를 향해 공무원증을 들이밀며 소리쳤다. 그녀는 택시를 타고 오는 길에 얼마나 울었는지, 그나마 옅게 했던 화장마저 다 지워져버린 상태였다. 조금 놀라기는 했지만 눈물 한 방울 흘린 흔적조차 없는 조 대표와 여진은 유미를 보면서 묘한 표정이 되었지만, 그녀를 제지하지는 않았다.

"이분께 수술동의서 드려. 위험한 수술이라 오래 걸릴 겁니다."

의사가 수술실로 들어가자마자, 수술 중임을 알리는 전광판에 불이 켜졌다. 수술동의서를 읽어보지도 않고 허겁지겁 서명해서 간호사에게 건네준 후, 유미는 어깨를 들먹이며 흐느꼈다. 그녀는 강한을 미워했지만, 미워한다는 것은 곧 애정과 미련이 남아 있다는 증거이기도 했다. 사고나 나버리라고 악담을 퍼부었던 게 얼마나 후회되는지 몰랐다.

4

"선배? 정신 들어? 내 목소리 들려?"

강한은 눈과 손에 붕대를 칭칭 감은 채 서서히 의식을 되찾았다. 분명히 눈꺼풀을 들어 올렸다고 생각했는데, 눈앞은 여전히 한 점 빛도 없는 칠흑 같은 어둠이었다. 먹먹해진 고막에 유미의 익숙한 음성이 이명처럼 울렸다. 마취약이 너무 강한 탓인지 그는 금세 다시 몽롱함에 잠겨들었다. 그렇게 잠들었다가 깨어나기를 수차례 반복한 끝에 겨우 안정 상태가 되었다.

"……정 검사?"

강한은 수렁처럼 깊은 어둠 속에서 유미를 찾았다. 머리맡에서 익숙한 인기척과 함께 그녀의 향기가 감돌았기 때문이다. 그녀는 그의 팔등에 손을 얹으면서 대답했다.

"응, 선배. 나 여기 있어."

유미는 강한이 자기 손을 뿌리칠지도 모른다고 생각했다. 헤어진 지 1년, 같은 청에서 자주 마주치고 부대끼면서도 그들은 아주 가벼운 신체 접촉조차 한 적이 없었다. 그러나 강한은 그녀의 손을 그대로 내버려두었다. 중환자실이란 곳이 그랬다. 사람의 온기 한 점이나마 아쉽게 했다. 그런 마음을 읽기라도 한 듯 옆에서 또 다른 목소리가 들려왔다.

"강 검사, 우리도 왔네."

"조 대표님. 바쁘실 텐데 여기까지……."

"강 검사님, 저도 왔어요. 조여진이요."

조 대표가 은근히 옆구리를 찌른 듯, 마지못해 인사를 건네는 여진의 목소리도 들려왔다. 그녀는 눈가에 붕대를 감고 누워 있는 강한을 보면서도 별 감정이 들지 않는 듯했다. 결혼 얘기가 오간 사이가 아니라 생판 남이라도 그런 꼴을 하고 있으면 안타까울 것 같은데, 태생이 냉담한 성격인 모양이었다.

만일 강한이 지금 앞을 볼 수 있었다면, 두 여자의 극렬한 대조를 확인할 수 있었을 것이다. 수술실 앞에 딱 30분 앉아 있다가 다시 나타난 여진은, 중환자실의 심각한 분위기와는 어울리지 않는 화사한 투피스에 섹시한 하이힐을 신고 짙은 화장까지 하고 있었다. 반면, 열세 시간의 대수술이 진행되는 동안 꼼짝하지 않고 수술실 앞을 지킨 유미는 마취에서 막 깨어난 강한보다 더 초췌해 보였다. 헝클어진 머리에 원피스는 구겨졌고, 검찰청에 연락하면서 여기저기 정신없이 뛰어다니다가 구두 뒷굽까지 부러졌다. 여진은 그런 유미를 보면서 이따금 묘한 표정을 지었지만, 유미는 여진을 신경 쓸 틈도 없었다.

강한이 의식을 찾았다는 말을 들은 의사가 중환자실로 들어왔다.

"강한 씨가 깨어나셨다고요?"

"네, 깨어났어요!"

유미가 가장 먼저 앞으로 나섰다. 의사는 강한의 침대 머리맡으로 다가오면서 조심스럽게 물었다.

"강한 씨, 저는 강한 씨의 주치의입니다. 괜찮으십니까? 통증은 없으시고요?"

멀미가 날 정도로 마취약에 절여놨는데 통증이 있을 리가 있나. 강한은 독한 약기운 때문에 바짝 말라붙은 입술을 혀끝으로 축이면서 대답했다.

"앞이 잘 안 보여서 불편하군요. 이건 언제 풀 수 있는 거죠? 전 해야 할 일이 많습니다. 최대한 빨리 퇴원했으면 하는데요."

강한의 말이 끝나기 무섭게, 유미는 헉 숨을 들이마셨다. 그녀는 입 밖으로 새어나가려는 울음을 막으려고 어깨를 떨다가, 결국 발작 같은 울음을 터뜨리고 말았다. 차마 말을 잇지 못하는 그녀를 대신해서, 강한의 상태를 지켜보고 있던 의사가 차분한 어조로 달래듯 말했다.

"환자분, 당분간 퇴원하시긴 어려울 겁니다. 지금은 일단 절대적인 안정이 필요하니, 일 문제는 나중에 생각하시는 게 좋겠습니다."

"그쪽이 내 주치의라고 했죠?"

"그렇습니다."

"나는 빙빙 돌려서 말하는 걸 싫어하는 사람입니다. 쓸데없는 완곡어법으로 낭비하기엔 내 시간이 너무 귀중하거든요. 그러니 내 상태를 객관적으로 말해주시죠."

환자복을 입고 중환자실에 누워 있긴 해도 강한은 여전히 강한이었다. 자신의 감정을 쉽게 표출하지 않았고, 의사든 뭐든 남에게는 무조건 명령조로 말했다. 의사는 난처한 듯 말을 어물거렸다.

"당장 뭐라고 말씀드리긴 어렵고, 검사를 하면서 경과를 지켜보고 나서 천천히……."

"눈이 언제쯤 회복될지 그것만 대충이라도 알려달라는 겁니다. 나에겐 내 증상에 관한 의학적 진단을 들을 권리가 있습니다. 내 말이 틀립니까?"

"……."

"계속 말해주지 않는다면, 과장을 불러서 주치의를 바꿔달라고 하는 수밖에요."

강한은 당장이라도 과장을 호출할 것 같은 기세로 상반신을 일으켰다. 붕대를 두툼하게 감아놓은 손도 그를 방해하지 못했다. 지금 여기서 강한을 제지할 수 있는 사람은 하나뿐이었다.

"에헤, 강 검사. 살살하게, 살살."

조 대표는 사람 좋은 척 말리는 시늉을 하고는, 의사를 향해 말했다.

"선생님, 그러지 말고 그냥 말씀해주세요. 환자가 워낙 고집이 세서 말씀하시기 전에는 절대 물러나지 않을 겁니다."

의사는 자신이 서 있는 곳과는 전혀 다른 방향으로 고개를 고정한 채 허리를 꼿꼿이 세운 강한을 물끄러미 바라보았다. 강한으로부터 협박당하다시피 했지만, 의사는 불쾌한 표정을 짓지는 않았다. 오히려 강한을 불쌍하게 여기는 듯한 표정을 하고 있었다.

"대단히 유감입니다만, 앞으로 환자분의 시력이 회복될 가능성은 없습니다."

육중한 쇠뭉치로 뒤통수를 강하게 얻어맞았더라도 그보다 더 충격이 강하지는 않았을 것이다. 비현실적인 감각이 강한의 등골을 오싹하게 파고들면서, 그가 그때까지 알고 있던 세상은 산산이 무너져 내렸다. 의사는 그런 그를 재차 짓밟기라도 하려는 듯 반복해서 선언했다.

"환자분의 각막은 영구 손상되었습니다."

* * *

만 하루가 꼬박 지나도록 강한의 동공을 가득 메운 암흑은 걷힐 줄 몰랐다. 한 치 앞도 내다볼 수 없었고, 아무것도 할 수 없었다. 밥을 먹는 것도, 옷을 입는 것도, 화장실을 가는 것조차 간병인의 손을 빌려야 했다. 막대한 입원비와 간병인 비용은 전부 조 대표가 자발적으로 부담했다.

그러나 강한은 현실을 받아들이려고 하지 않았다. 이른 아침 그의 상태를 살펴보러 온 부장검사에게도 당장이라도 복귀할 수 있을 것처럼 큰소리를 쳤다.

"걱정하지 마십시오, 부장님. 그저 일시적인 증상입니다. 최대한 빠르게 복귀하겠습니다."

강한 검사가 곧 회복될 것이라는 소문이 돌면서, 그가 있는 VIP병실은 면회객들로 문전성시를 이뤘다. 침대 머리맡에는 꽃바구니와 과일바구니들이 넘쳐났고, 매일 몇 개는 썩어서 버려야 할 정도였다. 그러나 손님들 앞에서 여유 있게 웃던 강한은, 의사가 회진을 오기만 하면 그에게 매달려 애원에 가까운 말들을 쏟아냈다.

"심장도 인공으로 만들어서 연결하는 시대에, 눈에 염산 몇 방울 튀었다고 못 고치는 게 말이 됩니까? 어떻게든 방법을 찾아달란 말입니다, 제발!"

"인공수정체를 삽입하고 각막이식을 하는 방법이 있기는 합니다. 다만, 이 경우 환자분의 시신경과 각막 내부 기관이 손상되어 있지 않은 상태여야 합니다. 지금은 각막 손상이 너무 심해서 안저 검사를 할 수가 없고, 그 대신 다른 검사들을 해봐야 하는데…….'"

각막이식 가능 여부를 판단하기 위해서는 우선 망막의 상태를 확인하는 안저 검사라는 것을 해야 하는데, 강한의 경우 그 검사를 시행하는 것 자체가 불가능해서 초음파며 전기 자극을 이용해 안구 내부와 시신경의 상태를 확인해야 한다고 했다. 주치의는 너무 큰 기대를 걸지 말라고 회의적으로 말했지만, 강한은 지나치다 싶을 정도로 자신만만했다.

'내가 누군데, 나 강한이야. 아무 지원 없이 단칸방에서 혼자 공부해서 여기까지 왔어. 그 노력이 한순간에 수포로 돌아갈 리 없잖아? 여기서 다 끝일 리가 없다고!'

피해자 진술을 받으러 온다는 형사의 요청을 순순히 받아들인 것도 그와 같은 맥락에서였다. 자신이 아직 건재하다고, 그 누구보다 수사에 큰 도움을 줄 수 있다고 입증하고 싶어서였다.

"안녕하십니까, 검사님. 성암경찰서 강력계 소속 서도준 경사입니다."

강한은 저벅저벅 묵직하게 침대 앞까지 걸어오는 발소리와, 씩씩하고 패기 있게 들리는 남자의 목소리에 주의를 기울였다.

"목소리가 익숙한데, 성암서 유치장 감찰할 때 만났던가요?"

"그것도 그렇지만, 지온유 사건 때 자주 뵈었습니다. 작년이요."

또 1년 전 그 사건이다. 강한의 마음속에서 왠지 모를 꺼림칙함이 고개를 들었다. 서 경사는 강한의 기분을 눈치채지 못한 채 노트북을 펼치면서 조심스럽게 말했다.

"아직 회복 중이시라고 들었는데, 언제라도 힘들어지시면 말씀해 주십시오. 바로 조사를 중단하겠습니다."

"걱정할 것 없어요. 밤새 얘기해도 끄떡없으니까."

"다행이네요. 검사님이 운동을 오래 하셨다고 들었는데 그래서 체력이 좋으신가 봅니다. 그럼, 우선 검사님에 대해서 간단히 말씀해주시겠습니까? 물론 조사하면 다 나오긴 하지만……."

"나이는 32세, 대학교 졸업반 때 사법고시에 합격해서 연수원 2년, 법무관 2년을 거치고 올해로 6년 차 검사. 경사님도 아시다시피 작년까진 강력부에 있었고 지금은 특수부에 있습니다."

"그리고요?"

"그리고 뭐요?"

강한은 직업적인 커리어 외에는 아무것도 말할 것이 없다는 듯 되물었다.

"아니, 뭐. 기본적인 것들 있잖습니까. 가족관계라든가, 종교나 취미 같은……."

"그런 게 내 사건을 해결하는 데 도움이 됩니까? 내 생활이라고 해 봤자 검찰청, 체육관, 집을 오가는 게 전부인데."

강한은 서 경사가 무안해질 정도로 무뚝뚝하게 잘라 말했다.

"아, 그렇습니까. 그러면 역시 용의자는 검사님 업무와 관련된 사람들 중에서……."

"법무관까지 포함해서 지난 8년 동안 내가 잡아넣은 수백 명 중 한 명이겠죠. 공판을 담당한 사건의 피고인이나 무혐의 처분을 받은 고소인까지 합치면 수천 명이 될 테고."

"저기, 다 거저먹으려는 것 같아 죄송하지만, 혹시 짐작 가시는 인물이 있나요? 스토킹이나 협박을 당하셨다든가, 폭력성이 강하다든가……."

"어쭙잖게 협박을 해대는 놈이 있긴 하지만 아마 아닐 겁니다. 그럴 만한 깡도 없고, 나이도 어리고."

"에이, 나이가 뭐 중요합니까. 지온유도 고작 고3이었잖습니까. 그놈이 누구고 어떤 짓을 했는지 말씀해주시면 저희가 일단 조사해보겠습니다."

강한은 잠시 망설이다가, 그동안 소원과 있었던 일들을 하나씩 얘기하기 시작했다. 1년 전의 악연부터 시작해서, 검찰청 낙서 사건과, 집 유리창 손괴 사건, 그리고 약혼식장에 난입했던 것까지. 만일 강한이 앞을 볼 수 있었다면, 그가 한마디씩 할 때마다 움찔하면서 두 눈을 부릅뜨는 서 경사를 볼 수 있었을 것이다.

"류소원이 지온유의 친구였다고요? 그 지온유요? 허, 전에도 몇 번 봤지만 그건 까맣게 몰랐네요. 이거 안 좋은 감이 딱 오는데요."

"류소원이 이미 용의선상에 올랐습니까?"

"아뇨, 용의자가 아니고, 목격자로요."

"목격자라고요?"

강한은 서 경사가 이 병실에 들어온 이후 처음으로 놀란 기색을 드러내면서 물었다. 소원이 달걀 한 판을 들고서 호텔에 쳐들어왔던 게 떠올랐다. 모르는 사람이니까 쫓아내라는 강한의 말에 의해 사정없이 떠밀려나갔던 것도. 그때, 소원은 호텔을 바로 떠나지 않았던 것일까. 어떻게든 달걀을 투척해보겠다고 주변을 서성이다가, 강한이 염산 테러 당하는 장면을 목격한 것일까. 이것저것 가능성을 떠올리고 있는 강한을 향해 서 경사가 말했다.

"모르셨나 보군요. 검사님이 쓰러지셨을 때 119에 신고한 사람이 바로 류소원입니다."

5

9월 25일 화요일 오후 4시. 성암대학교 학생회관 앞 계단.

"책임질 줄 아는 사랑은 아름답습니다! 순간의 결정이 여러분의 반평생을 결정합니다!"

지나가던 대학생들이 계단 한가운데서 그렇게 외치고 있는 소원을 보고 연신 킥킥댔다. 아예 친구의 등을 때리면서 정신없이 박장대소하는 여학생도 있었다.

그럴 만도 했다. 소원은 '에이즈·낙태 방지 콘돔 착용 캠페인' 어깨띠를 두르고, 그 아래에는 목부터 발끝까지를 한꺼번에 덮는 길쭉한 비닐 옷을 입고 있었다. 방호복이라고 주장하고 싶었지만, 그가 억지로 외치고 있는 구호와 결합하면 그 의상이 의미하는 바는 명백했다.

소원이 고개를 숙이면서 여학생들의 시선을 피하려고 하자, 계단 바로 아래 벤치에 앉아 커피를 마시고 있던 감독관이 재촉하듯 소리쳤다.

"뭐 해? 안 나눠주고! 봉사활동 시간은 공으로 먹는 줄 알아?"

군이 그렇게 말하지 않아도, 봉사활동 시간을 채우는 게 얼마나 힘든지 소원은 지난 며칠 동안 뼈저리게 실감하고 있었다. 배기가스에 질식할 것 같을 때까지 도로 청소를 하고, 허리를 펴지 못하게 될 때까지 독거노인 김장 봉사를 하고, 이제는 얼굴이 닳아 없어질 것 같은 콘돔 착용 캠페인을 하고 있었지만 지금까지 채운 봉사활동 시간은 고작 20시간이었다.

'20시간이면, 내가 채워야 할 시간의 500분의 1인 거지…….'

소원은 마지못해서, 죽을 것 같은 표정으로 학생들에게 콘돔을 나눠주기 시작했다. 그러자 그를 둘러싸고 있던 여학생들의 웃음소리가 더욱 커졌다.

"어머, 이게 뭐예요? 전혀 모르겠는데. 뭔지 좀 설명해줄 수 있어요?"

한 여학생이 그렇게 장난을 치자, 소원은 목덜미까지 시뻘겋게 달아올랐다. 사람이 쪽팔려서 죽을 수 있다면 그는 이미 수십 번도 더 죽었을 것이다. 콘돔을 어떻게 설명해야 할지 몰라 식은땀을 뻘뻘 흘리고 있는데, 군중 사이를 헤치고 불쑥 구세주가 나타났다.

"장난치지 마. 가뜩이나 힘들어하잖아. 아직 고등학생 같은데 어린애한테 꼭 그래야겠어?"

"세은 언니!"

소원을 괴롭히던 여학생이 반가워하는 투로 외쳤다. 세은이라고 불린 여자는 그녀보다 기껏해야 한두 살 많은 듯 보였다. 허리까지 늘어뜨린 탐스러운 생머리, 인형처럼 하얀 얼굴과 큼직하고 화려한 이목구비를 보면 새침데기일 것 같은데, 박시한 티셔츠와 찢어진 청바지에 스니커즈도 그렇고 사용하는 말투도 그렇고 소탈하고 강단 있는 성격인 것 같았다.

'예, 예쁘다!'

소원은 넋 나간 표정으로 세은을 바라보았다. 감동적인 한편 통탄스러웠다. 20년 만에 처음으로 꿈꾸던 이상형과 마주쳤는데, 하필이면 그게 콘돔 코스프레를 하고 있을 때라니!

'번호 달라고 해볼까? 기분 나빠하면 어떡하지. 하긴, 나 같아도 거대한 콘돔이 번호 달라고 하면 싫을 거야.'

소원은 비닐에 덮인 허벅지를 만지작거리면서 망설였다. 그때 학생회관 반대편에서 캠퍼스와는 전혀 어울리지 않는 어두침침한 분위기의 남자 두 명이 나타났다. 한 명은 소원의 아버지뻘 되어 보였고 한 명은 늦둥이 막냇삼촌뻘 되어 보였지만, 풍기는 분위기는 찍어낸 것처럼 똑같았다. 며칠 못 잔 듯 퀭한 얼굴, 기름 낀 머리, 후줄근한 옷을 본 순간 소원의 머릿속에서 붉은 비상등이 깜박거렸다. '짭새'라고 쓰인 비상등이.

"류소원?"

나이 많은 남자 쪽이 소원의 이름을 부르면서 가까이 다가오는 순간, 소원은 그의 얼굴을 알아보았다. 그러고 보니 그 옆에 있는 남자도 전에 본 적이 있었다. 소원은 아랫니를 으득 소리 나게 깨물면서 외마디 욕설을 뇌까렸다.

"빌어먹을……."

망설일 틈이 없었다. 여기서 붙잡히면 골로 갈 게 뻔했으니까. 흐느적거리는 펑퍼짐한 비닐 옷을 입고 얼마나 빨리 달릴 수 있을지는 모르겠지만 달리 선택의 여지가 없었다. 소원은 손에 들고 있던 콘돔 꾸러미를 내던져버리고 그의 앞을 가로막고 서 있던 학생들을 홱 밀쳐내고는 계단 밑으로 뛰어내렸다.

"앗!"

그런데 그 순간, 빽빽하게 붙어 서 있던 학생들이 밀리고 밀리면서, 소원을 곤경에서 구해주었던 세은이라는 여학생까지 떠밀렸다. 그녀가 균형을 잃고 휘청거리면서 계단에서 떨어지려는 걸 보고, 소원은 도저히 그대로 도망갈 수 없었다. 예뻐서가 아니라 착해서. 뭐, 예쁘기도 했지만. 소원은 결국 몸을 돌리면서 양팔을 뻗어 고꾸라지려는 그녀를 붙잡았다.

"괜찮으세요?"

"아, 네……."

세은은 소원에게 어깨를 붙잡힌 채 얼떨결에 대답했다. 하얀 줄로만 알았던 뺨에 발그레한 빛이 도는 게 가까이서 보니까 더 예뻤다. 번호는 못 물어보더라도, 나중에 SNS 검색이라도 해볼 수 있게 성(姓)이라도 물어봐야겠다고 소원이 마음먹은 순간, 뒤에서 억세고 두툼한 손이 그의 목덜미를 턱 잡았다. 나이 많은 형사였다.

"류소원 맞지? 같이 좀 가야겠다."

"놔! 이거 놔요! 난 아무 짓도 안 했어!"

소원은 자기가 어떤 덤터기를 쓰게 될지 잘 알고 있었기에 필사적으로 외쳤다. 그러나 형사를 맞닥뜨리자마자 대뜸 아무 짓도 안 했다고 외치는 것이 오히려 더 의심스러워 보였다.

"그래, 아무 짓도 안 했으면 조사받아도 되겠네. 그렇지?"

"내가 조사를 왜 받아! 나 데려가고 싶으면 영장 가져와요! 영장!"

소원이 주춤주춤 뒤로 물러나며 말하자, 두 형사가 동시에 같잖다는 듯 피식 웃었다. 그리고 젊은 형사가 소원을 향해 판사의 인장이 박힌 체포영장을 보란 듯이 내밀었다.

"그래. 여기 있다, 영장. 체, 포, 영, 장. 확인했으면 이제 갈까?"

그 순간, 소원을 둘러싸고 있던 공기가 삽시간에 뒤바뀌었다. 그

전까진 소원을 웃기고 귀여운 애 정도로 보는 것 같던 여학생들의 시선에 불안감이 어렸다. 젊은 형사가 바지 뒷주머니에서 수갑을 꺼내 소원의 손목에 채우는 순간, 그 시선은 공포감과 혐오로 바뀌었다.

"류소원, 특수상해 및 특수재물손괴, 주거침입, 협박 혐의로 체포한다."

* * *

"에, 그럼 조사를 시작하겠다. 난 성암경찰서 강력계 소속 변영국 경위고, 저기 저 형사는 서도준 경사다. 넌 불리한 진술을 거부할 권리가 있고, 변호인의 조력을 요청할 수 있고……."

"내가 하는 말은 나중에 불리하게 쓰일 수 있다고요. 다 알아요. 내가 말 안 하면 찔리니까 그런 거라고 지랄할 거면서, 말하면 불리하게 쓴다는 건 또 뭐람."

소원은 변 경위를 향해 투덜거렸다. '지랄'이라는 말에 변 경위와 서 경사의 눈썹이 동시에 꿈틀댔지만 그 이상의 반응을 보이지는 않았다. 영상녹화 시스템이 돌아가기 시작했기 때문이다. 변 경위는 지극히 카메라를 의식한 기계적인 말투로 첫 번째 질문을 던졌다.

"피의자는 바로 닷새 전에 재물손괴죄로 집행유예를 선고받고 지금 집행유예 기간이죠?"

"다 알면서 왜 물어봐요."

"그게 무슨 의미인지 알고 있습니까?"

"좆됐다는 거죠, 뭐."

"좆…… 피의자는 조사 중에는 품위 있는 언어를 사용해주시기 바랍니다."

"에이, 형사님도 그냥 말 편하게 하세요. 지금 나한테 막 이 새끼 저 새끼 하고 싶으실 거 아니에요. 우리 처음 보는 사이도 아니잖아요? 평소에는 잘만 하시면서."

변 경위는 목구멍까지 넘어온 험한 말을 꾹 눌러 삼켰다. 저런 애송이의 수작에 넘어가면 안 된다고 마인드 컨트롤을 하면서, 곧바로 본론으로 들어갔다.

"피의자는 9월 20일 오후에서 저녁 사이에, 성암동에 있는 피해자 강한의 집 담장을 넘어가 돌을 던져 테라스 유리를 깨뜨리고, 거실 벽에 스프레이로 낙서한 사실이 있죠?"

"그건 낙서가 아니라 그래피티예요. 사회적 메시지를 담은 힙합 문화의 일부라고요. 힙합이 뭐냐면…… 아, 됐어요. 그런 게 있어요. 설명하려던 내가 바보지."

소원이 어깨를 으쓱하면서 체념하는 표정을 짓자, 여태껏 가만히 있던 서 경사가 끼어들었다.

"나도 힙합이 뭔지 알아. 요, 스웩, 드롭 더 비트! 뭐 그런 거잖아?"

"서 경사!"

"아, 죄송합니다. 경위님. 마저 하십시오."

"계속해서 피의자는 9월 22일 저녁 7시 30분경, 문라이트 호텔 로열볼룸에서 열리고 있는 피해자의 약혼식에 침입하려다가 경비원의 제지로 실패한 사실이 있지요?"

"침입한 게 아니에요! 강한 검사가 오라고 나한테 초대장까지 줬다고요! 그래 놓고서 막상 나타나니까 모른 척하면서 쫓아내라고 하잖아요! 치사한 인간. 나 엿 먹이려고 그런 거야."

"그래서, 거기에 앙심을 품고 후문 입구에 숨어 있다가 피해자에게 염산을 끼얹었습니까? 호텔 연회장 CCTV를 보니 그날 품이 넓은 후드 티를 입었던데, 그 안에 염산병이 있었나요?"

"무슨 소리예요? 내가 무슨 염산을 끼얹어요! 난 그냥 달걀만 던지려고 했다고요! 그리고 후드는 원래 크게 입는 거예요! 후드를 쫄쫄이로 입는 인간이 어딨어요?"

"그렇단 말이죠. 그러면 일부러 다른 옷이 아니라 후드를 골라 입은 거군요. 달걀만 던지려고 했는데 생각해보니 울화가 치밀어서 염산 테러를 하기로 마음먹었나요?"

"아, 씨발! 아니라고요! 나한테 염산이 어딨어요! 그거 아무 데서나 파는 것도 아니잖아요!"

"염산을 아무 데서나 구할 수 없다는 건 어떻게 알죠? 구하려고 시도한 적이 있는 건가요?"

"그게 아니라······!"

소원이 미치겠다는 얼굴을 하면서 말을 멈추자, 변 경위는 그럼 그렇지 하는 표정을 지으며 고개를 끄덕였다. 그러고는 소원의 제스처를 알아서 해석해 조서에 적기 시작했다.

"피의자는 허를 찔린 듯 말을 잇지 못하다······."

"제가 언제요! 이건 그냥 기가 막혀서 말이 안 나오는 거라고요! 어휴!"

소원은 받아주는 사람도 없이 혼자서 울화통을 터뜨리다가, 이런 행동이 전혀 자신에게 도움이 되지 않는다는 걸 뒤늦게 깨달았다. 소원은 숨을 한 차례 고른 후에, 한결 침착해진 목소리로 다시 말하기 시작했다.

"저기요, 형사님. 제 말 좀 들어보세요. 강한 검사가 나올 때 차에다가 달걀을 던져주려고, 제가 후문 입구 쪽에 있었던 건 맞아요. 하지만 염산 같은 건 안 갖고 있었어요. 제가 다가가려고 하는데, 그전에 먼저 초록 티 입은 놈이 시위대 속에서 튀어나와 차를 가로막았다고요!"

"초록 티 입은 놈? 남자였다는 건가? 얼굴 봤어?"

사건의 핵심이 나오자, 변 경위는 자기도 모르게 어색한 존댓말을 관두고 평소 말투를 썼다.

"아뇨, 그건 아닌데…… 여자일 수도 있죠. 모자를 써서 얼굴도 안 보였고, 키는 남자라기엔 약간 작고 여자라기엔 좀 큰 정도였어요. 뚱뚱하지도 마르지도 않았고. 진짜 특징이 없었는데…… 그냥 별생각 없이 놈이라고 한 거예요."

소원은 사흘 전 목격했던 범인의 모습을 더듬으면서 횡설수설 말했다.

"어쨌든 그 초록 티가 운전석 있는 데로 가서 강한 검사랑 둘이 뭐라고 하는 것 같더니, 갑자기 갈색 병을 꺼내서 뿌렸다고요. 강한 검사가 창문을 올리긴 했지만 늦었고요."

"그래서 그 후에 초록 티가 어디로 도망가는지는 봤나?"

"시위대 속으로 도로 섞여 들어가버렸죠. 거기 있는 수백 명이 다 똑같은 티를 입고 있었는데, 누가 누군지 어떻게 알아요."

"그래, 그랬단 말이지……. 참 편리하네. 남자인지 여자인지도 모르고, 키도 체격도 어중간하고, 시위대 속에서 나와서 시위대 속으로 도망가고. 지어낸 인물이라고 해도 모르겠어, 그지?"

"아! 그런 거 아니라고요! 환장하겠네! 내가 염산 테러를 했으면 왜 119에 전화해서 구급차 보내라고 했겠어요? 강한 검사가 쓰러진 걸 보고 사람은 살려야 할 거 같아서 부른 거라고요!"

소원은 주먹으로 가슴을 탕탕 두들기면서 답답해했다. 그러나 변 경위는 그의 항변에도 눈 하나 깜짝하지 않았다.

"네가 모르나 본데, 범인 중에 지 손으로 신고하는 놈들 꽤 많아. 죄책감 때문에 그러기도 하고, 겁이 나서 그러기도 하고, 아니면 너처럼 목격자인 척 연기하려고 그러는 경우도 있고."

"으아! 진짜 아니라고!"

소원은 속이 터지는지 수갑을 찬 양팔로 머리를 싸매면서 고함을 질렀다. 그때 파란 제복을 입은 여자 경찰이 똑똑, 노크를 하더니 조사실 문을 열고 들어왔다.

"경위님, 류소원 씨 보호자분이 오셨는데요."

"보호자? 누구?"

"아버님이라는데요."

'아버님'이라는 말을 듣자마자, 수갑을 차고 경찰서에 끌려오면서도 팔팔하게 기가 살아 있던 소원의 안색이 일시에 변했다. 그는 갑자기 변 경위에게 애원하듯 매달리며 말했다.

"저기요, 형사님. 저 좀 유치장에 넣어주세요. 얼른요!"

"뭐?"

"유치장에 넣어달라고요! 경찰서에서 사람 돼지는 꼴 보기 싫으면!"

소원의 말이 끝나기 무섭게, 벌컥 소리를 내면서 조사실 문이 열렸다.

6

열린 문 뒤에서 우람한 덩치의 중년 남자가 모습을 드러냈다. 아버지라더니, 호리호리한 소원과는 전혀 다른 인상을 하고 있었다. 그는 한 치의 망설임도 없이 소원을 향해 성큼성큼 걸어오더니, 그대로 멱살을 틀어잡고 허공으로 들어 올렸다. 그의 눈에 두 형사의 모습은 들어오지도 않는 듯했다. 당황한 서 경사가 그를 말리려고 했다.

"저기, 여기서 이러시면 안 됩······."

퍽-!

묵직하고 둔탁한 타격음이 조사실에 메아리쳤다. 듣기만 해도 아픈 소리였다. 소원의 고개가 반대편으로 푹 꺾이면서 단번에 쌍코피가 터졌다. 깜짝 놀란 변 경위가 순간적으로 소원을 걱정해줄 정도였다.

"헉! 피의자! 아니, 류소원! 괜찮아?"

"······괜찮아 보여요? 내가 그래서 유치장에 넣어달라고 했잖아요."

소원은 인중 위로 주르륵 흘러내리는 끈적한 핏물을 손등으로 닦아내면서 우물거렸다. 그가 뭐라고 말을 더 하기도 전에, 이번에는 왼 주먹과 오른발이 연달아 날아왔다.

퍽-! 퍽-!

소원의 고개가 반대쪽으로 꺾이면서 몸이 휙 뒤틀렸다. 그 광경을 보던 변 경위와 서 경사는 정신이 번쩍 들었다. 가끔 경찰서에 붙잡혀온 자식을 보러 와 손찌검을 하면서 혼을 내는 부모들이 있기는 했다. 그러나 그건 대개 연기에 불과했다. 우리가 자식을 이렇게 엄격하게 키우고 있다는 걸 보여주려는. 그러나 지금은, 그대로 두었다간 소원이 맞아 죽을 수도 있을 것 같았다. 변 경위가 황급히 녹화 시스템을 끄는 동안, 서 경사가 남자의 손아귀에서 소원을 떼어냈다.

"아버님? 아버님 맞으시죠? 일단 고정하시고요! 아드님이 그렇게 맞아 죽어야 할 죄를 지은 건 아닙니다. 아니 그게 맞긴 한데……."

"죄송합니다. 입이 열 개라도 드릴 말씀이 없습니다. 소원이 애비 되는 사람입니다. 성암교도소 소속 부이사관 류성진이라고 합니다. 이 모든 게 아들 단속을 제대로 못한 제 탓입니다."

성진은 두 형사를 향해 허리를 90도로 꺾으면서 사죄했다. 어찌나 깍듯한지 형사들이 엉겁결에 맞절을 할 정도였다. 소원은 지레 죄인 취급받는 게 억울해서 또 소리를 질렀다.

"난 아무 잘못 안 했어요! 그냥 이 사람들이 편한 대로, 믿고 싶은 대로 믿는 거라고요! 경찰 검찰 하는 짓거리가 원래 다 그렇잖아요!"

그러나 성진은 아들의 말이 아예 들리지도 않는 듯, 오로지 형사들을 향해서만 시선을 고정한 채 말을 계속했다.

"아직 철이 없고 혈기만 왕성해서 여기저기 들쑤시고 다니지만 심성이 악한 애는 아닙니다. 말썽은 피워도 사람을 다치게 하지는 않습니다. 분명 뭔가 오해가 있었을 겁니다."

"……."

"교도관 아들이라고 봐주지 마시고, 머리부터 발끝까지 철저히 조사해주십시오. 검사님 집에 맘대로 들어가고, 물건 부수고, 그건 따끔하게 혼이 나야죠. 이번에야말로 실형을 살 수도 있을 거고요. 그건 각오하고 있습니다. 하지만 염산 테러는 아닙니다. 아니라고 밝혀질 겁니다."

성진의 단호하고 엄숙한 말에 형사들은 할 말을 잃었다. 소원은 차마 아버지를 쳐다보지 못하고 고개를 떨어뜨렸다. 얻어터진 코에서 흘러내린 핏방울이 뚝, 뚝, 바닥에 떨어져 고였다.

* * *

9월 28일 금요일 오후 4시. 성암대학병원 VIP병실.

검사 결과가 나오는 날은, 마침 강한이 눈에 감은 붕대를 푸는 날이기도 했다. 강한의 병실에는 조 대표와 그 딸 여진이 와 있었다. 보나 마나 오지 않겠다는 여진을 조 대표가 억지로 끌고 온 게 분명했다.

"강한 환자 붕대 풀었어요? 아직 안 풀었죠?"

병실 안의 어색한 침묵을 깨면서 벌컥 문을 열고 들어온 사람은 유미였다. 강한은 그 낭랑한 목소리를 곧바로 알아들었다.

"지금 일할 시간 아니야?"

"외출 쓰고 왔어. 이거, 선배한테 필요할 것 같아서."

유미는 남자 손바닥만 한 크기의 물체를 강한의 무릎 위에 올려놓으며 말했다. 강한은 반사적으로 손을 뻗어 그걸 더듬어보았다. 반들반들하고 단단한 감촉. 가죽 재질로 만든 상자 비슷한 것이었다.

"이게 뭔데?"

"선물이야. 이따가 내가 풀어서 보여…… 아니 설명해줄게."

유미는 현명하고 신중한 여자였고, 말 한마디라도 잘못해서 강한의 기분을 상하게 하는 일이 없도록 조심하고 있었다. 그때, 강한과 유미 사이를 면밀한 시선으로 관찰하던 조 대표가 넌지시 미끼를 던져왔다.

"강 검사의 후배 검사님이신가요? 자주 뵙네요."

수술실 앞에서 유미가 의사에게 공무원증을 내밀며 자기소개하는 걸 들었으니, 정말 누군지 몰라서 묻는 말은 아니었다. 강한은 조 대표의 목소리가 들려오는 방향으로 몸을 돌린 채, 유미를 향해 엄격한 투로 말했다.

"정 검사, 인사드려. 평화한국당 조민국 대표님이셔. 함께 오신 분은 따님이신 조여진 씨."

강한은 여진을 약혼녀라고 소개하지 않았다. 그렇게 말해봤자 달가워할 사람이 이 병실 안에 아무도 없다는 생각이 들었기 때문이다. 물론 강한 자신도 포함해서.

"안녕하세요. 성암지검 형사1부 정유미 검사입니다."

"반가워요. 성암지검이 워낙 일이 많죠? 바쁘고 힘들겠네요."

조 대표는 여전히 사람 좋은 미소를 띠고 있었지만, 유미는 왠지 그 말이 곧이곧대로 들리지 않았다. 바쁘고 힘든데 별 관계도 아닌 선배의 병실에 이렇게 자주 드나들 여유가 있느냐고 비꼬는 것처럼 들렸다. 유미가 난감한 표정으로 대답할 말을 고르고 있는데, 때마침 병실 문이 열리면서 간호사가 들어왔다.

"환자분, 붕대 풀어드릴게요. 그동안 많이 가렵고 답답하셨죠? 이제 시원해지실 거예요."

간호사는 사근사근하게 말하면서 붕대 끄트머리에 고정한 스테이플러를 뽑아냈다. 이마에서부터 코 위까지를 온통 둘둘 감고 있던 붕대가 드디어 풀려나가는 순간, 시원하고 상쾌한 공기가 짓물렀던 피부 위를 어루만지듯 스쳐 가는 게 느껴졌다. 그러나 그 산뜻한 기분은 오래가지 못했다.

"욱!"

난데없이 튀어나온 여자의 헛구역질 소리. 그리고 허둥지둥 병실 밖으로 빠져나가는 날카로운 구둣발 소리. 강한은 하이힐 뒷굽이 바닥을 세게 때리는 소리를 듣고 그게 여진임을 알았다.

"미안하네, 강 검사. 여진이가 속이 좀 안 좋은 모양이야. 내가 가서 데려오겠네."

어설프게 변명하며 조 대표가 여진을 따라 나가는 발소리가 들렸다. 강한이야 자신이 어떤 몰골인지 알 수 없었지만, 잠시 후 복도에서 들리는 부녀의 대화를 통해 대강 짐작할 수 있었다. 여진은 마치 죽은 벌레라도 본 것처럼 반응했다.

"아빠, 저 사람 눈 봤어? 너무 징그러워. 괴물 같다고! 저런 남자랑 어떻게 평생을 살아!"

"각막이식 받고 나서 성형수술을 하면 감쪽같을 거다. 그러니 조금만 참으렴, 응?"

"차라리 다른 사람이랑 결혼할게! 전에 아빠가 말한 애 둘 딸린 CEO, 그 사람도 괜찮아! 평생 장애인 수발들며 사는 것보다는 그게 낫다고! 병문안도 이제 안 와. 집에 갈래!"

"얘, 여진아! 여진아!"

여진은 조 대표도 아랑곳하지 않고 정말로 가버리는 것 같았다. 강한은 눈으로 볼 수 없었지만, 복도를 딱딱 찍으면서 멀어지는 하이힐 굽 소리에서 그녀의 매몰찬 마음을 읽을 수 있었다.

그래도 강한은 그녀를 원망할 마음은 들지 않았다. 불쾌하겠지.

비싼 돈을 치르고 구입하기로 한 상품에 돌이킬 수 없는 흠집이 생겨버렸으니. 그라고 해도 마찬가지였을 것이다. 그래도 조 대표는 포기하지 않고 딸을 따라가는지, 그의 구둣발 소리도 함께 멀어졌다.

부녀가 복도를 떠나고 잠시 후, 또 다른 발소리가 병실로 다가왔다. 강한은 일반적인 신발보다 더 가볍고 사뿐한 그 소리가 주치의의 슬리퍼 소리라는 걸 이젠 알고 있었다.

"붕대를 푸시니까 한결 낫죠? 사실 좀 걱정했습니다. 피부 이식을 해야 할 만큼 광범위한 화상일까봐. 다행히 그 정도는 아닙니다. 색 안경이나 선글라스를 쓰면 쉽게 가려질 거예요."

의사는 짐짓 밝게 말했는데, 그 꾸민 듯한 어조가 오히려 강한의 심기에 거슬렸다. 그는 사람들이 그 말투를 언제 사용하는지 알고 있었다. 변호사가 피의자에게 최악의 상황을 숨기려고 할 때 그런 말투를 썼다. 겉으로는 '당장 구속은 피했습니다'라고 말하면서, 속으로는 '하지만 결국엔 아주 오래 형을 사셔야 할 겁니다'라고 말할 때처럼.

"선생님, 검사 결과는요?"

강한은 침착해지려 애썼지만 쉽지 않았다. 희미하게 떨리는 그의 손등 위에, 따뜻하고 부드러운 손이 얹어졌다. 유미였다. 그녀는 강한을 달래듯이 나지막한 음성으로 속삭였다.

"괜찮아요. 좋은 결과가 나올 거예요. 만일 그렇지 않아도, 그래도 괜찮아질 수 있어요."

그러나 의사의 대답은 유미의 희망과는 정반대였다.

"유감입니다만, 염려했던 대로입니다. 수정체 자체가 손상되어, 각막을 이식하더라도 시력 회복은 어렵습니다. 환자분도 이제 현실을 직시하시고 재활 계획을 세우시는 편이 좋겠습니다."

강한은 가슴속에서 심장이 바닥으로 떨어지는 소리를 들었다. 이제 더 충격받을 것도 없다고 생각했는데, 그가 틀린 모양이었다. 화석처럼 굳어져버린 강한을 대신해서 유미가 의사에게 물었다.

"선생님, 그래도 만약이라는 게 있는 거 아니에요? 일단 한번 이식해보면 안 될까요? 손해 볼 것도 없잖아요."

"보호자분, 각막이란 건 한번 써보고 안 되면 버리는 그런 게 아닙니다. 기증받지 못하고 있는 대기자가 국내에만 2000명이 넘어요. 그래서 병원 내부 지침에 따라, 회복 가능성이 없는 환자에게는 이식할 수 없습니다. 죄송합니다. 더 해드릴 수 있는 게 없네요."

그동안 강한에게, 그리고 때로는 유미와 조 대표에게 시달릴 대로 시달린 주치의는 사뭇 지친 말투였다. 그래도 평생 앞을 볼 수 없게 된 환자에 대한 연민까지 닳아 없어진 건 아닌 모양이었다.

"만일 환자분께서 원하신다면, 약혼자 가족분께는 천천히 알리도록 하겠습니다. 아직 더 검사해봐야 한다고 말씀드릴 수도 있고요."

강한은 눈으로 보지 않아도 알 수 있었다. 주치의는 그 말을 하면서 혹시 조 대표가 나타나지는 않는지, 눈치 보듯 병실 입구를 힐끔거렸을 것이다. 강한이 하루 입원비가 수백만 원이 넘어가는 VIP병실에 있는 것도, 모든 검사와 치료에서 우선권을 갖는 것도 그가 검사여서가 아니라 조 대표의 예비 사위이기 때문이란 걸 이 병원에서 모르는 사람이 없었다.

강한은 아무 대답도 하지 않았다. 의사가 나간 후, 조 대표가 돌아왔다. 이번에는 혼자였다.

"여진이가 바쁜 일이 있는 걸 깜박했다지 뭔가. 쟤가 보기보다 덜렁거리는 성격이라……. 그런데 주치의 선생은 왔다 갔나? 뭐라고 하던가?"

"대표님, 제가 드릴 말씀이 있습니다."

"응? 나한테?"

"대표님과 따님께는 죄송하게 됐습니다만, 이 결혼은 더는 진행할 수 없을 것 같습니다. 따님은 더 좋은 분을 만나실 겁니다."

강한은 한 치의 망설임도 없는 단호한 어조로 말했고, 조 대표는 놀라움과 당황스러움을 감추지 못했다.

"아니, 갑자기 왜 그러나, 강 검사? 혹시 우리 여진이가 자네 눈을 보고 놀란 것 때문에 기분이 상했나? 그거라면 내가 대신 사과했잖은가."

"그것 때문이 아닙니다."

"아니라고? 그러면 혹시……."

조 대표는 말을 하다 말고 갑자기 말끝을 흐렸다. 그는 오늘이 강한의 검사 결과가 나오는 날이라는 걸 알고 있었다. 각막이식 수술이 불가능한 것으로 나온다면, 그로서도 강한을 사위로 삼고 싶은 마음이 싹 없어질 것이다.

그러나 그렇다고 해서, 장애인이 된 예비 사위를 곧바로 저버리는 짓을 할 수도 없을 것이다. 대선 주자인 그에게는 세상의 이목과 평판이 무엇보다 중요했으니까. 어쩌면 하나뿐인 딸의 행복보다 더. 어떻게 처신하면 좋을지 침묵 속에서 부지런히 계산하는 그 심리가 강한에게는 고스란히 읽혔고, 그래서 강한은 그 고충을 덜어주는 것으로 그간 받은 은혜를 갚기로 했다.

"제 건강과는 상관없는 문제입니다. 사실 제게는 따로 사랑하는 여자가 있습니다. 바로 여기 있는 정 검사입니다. 아주 오랫동안 사귀다가 헤어졌는데, 완전히 잊히지가 않더군요."

7

검사 결과를 듣고 시름에 잠겨 있던 유미는 갑자기 뒤통수를 맞은 듯 소스라치게 놀랐다. 강한은 그런 그녀의 손을 꽉 붙잡으면서 덧붙였다.

"죄송합니다. 저를 욕하셔도 달게 받아들이겠습니다."

강한은 조 대표가 정확히 어디 서 있는지 몰라서, 그냥 정면을 향해 깊이 고개 숙였다. 먼저 파혼을 선언하는 것. 그건 마지막 자존심을 지키기 위한 그의 선택이었다. 그에게 눈보다 유일하게 소중한 게 있다면 바로 자존심이었으니까.

강한이 선수 쳐준 덕분에 악역을 피할 수 있게 된 조 대표는 희색이 만면했다. 예비 사위가 다른 여자에게 마음을 주었다는데도 불쾌한 기색 하나 없이 가뿐하게 받아넘겼다.

"아니, 아닐세. 사람이 살다 보면 그럴 수도 있지. 정직하게 얘기해 줘서 오히려 고맙구먼. 모르고 결혼했더라면 두 사람 다 불행해졌을걸세. 걱정 말게. 여진이한테는 내가 잘 설명하겠네."

"네, 혹시 주변에서 약혼이 파기된 이유를 물어보면, 저한테 여자가 있어서 그런 거라고 말씀하셔도 됩니다. 절대 대표님이나 여진 씨가 저를 외면한 게 아니라고요."

강한은 그렇게 덧붙임으로써 조 대표에게 완전한 면죄부를 주었다. 이제 조 대표는 사람들에게 '그쪽에서 거절해서 어쩔 수 없었지만, 난 끝까지 혼약을 지키려고 했다'며 인품을 과시할 수 있을 것이다.

"그리고 제가 미리 들어가서 살고 있던 신혼집 명의는 퇴원하는 대로 바로 돌려드리겠습니다."

"아니, 그건 내 마지막 선물로 받아주게. VIP병실 입원비와 간병인 비용도 오늘 분까지 수납해주고 가겠네. 음, 그동안…… 그동안 즐거웠네, 강 검사. 쾌유를 비네."

조 대표는 이제 이 자리에 있는 것도 불편해진 듯, 어색하게 띄엄띄엄 말하더니 훌쩍 자리를 떠버렸다. 시가 10억 원 상당의 단독주택이라니, 파혼 선물치고는 과했다. 조 대표는 항상 씀씀이가 좋았으니까. 강한은 쓴웃음을 짓고 싶었지만 입의 근육이 맘대로 움직이지 않았다. 조 대표가 나간 후, 한동안 병실에는 무거운 침묵만이 감돌았다. 숨 막히는 그 정적을 깨뜨린 것은 유미의 분노 어린 음성이었다.

"파혼하는 데 날 이용해? 이런 상황만 아니었으면, 뺨을 최소 세 대는 때렸을 거야."

그러나 강한은 유미의 말이 들리지 않는 듯, 그저 눈두덩의 피부를 손끝으로 멍하니 더듬어보고만 있었다. 우툴두툴하게 얽히고 녹아내린 상처의 질감이 끔찍하리만큼 실감 나게 느껴졌다. 유미는 그 모습을 보자 화내는 것도 잊어버리고 걱정스럽게 물었다.

"선배, 괜찮아?"

"……수사는? 진척이 좀 있어?"

강한은 괜찮다 아니다 하는 말 대신 그렇게 되물었다. 영구 실명

선고를 받은 자신의 심정이 얼마나 참담한지, 파혼한 직후에 전 여자친구와 그런 대화를 나누고 싶지는 않았다. 유미의 동정을 받기도 싫었다. 그래서 다른 화젯거리를 찾은 것이다.

"그저께랑 어제 계속 뉴스에 나왔는데. 못 봤어?"

"병원에서 아직도 TV를 못 보게 해. 흥분하면 안 된다고. 그렇다고 해서 내가 뭐 신문을 읽을 수 있나, 스마트폰 검색을 할 수가 있나, 안 그래?"

강한의 자조적인 말에 유미는 어떻게 반응해야 할지 몰랐다. 가볍게 웃어넘겨야 할 것 같기도 하고, 반대로 엉엉 울어야 할 것 같기도 했다. 차라리 그냥 수사 얘기를 하는 게 마음 편했다.

"어제 용의자 구속영장 나왔어. 지금 성암구치소에 있어. 내가 수사를 지휘하고 있고 수사 끝나는 대로 바로 송치하라고 했어."

"용의자? 누구? 누군데?"

"선배 아는 애야. 류소원이라고."

"류소원?"

강한의 미간이 확 찌푸려졌다. 용의자가 빨리 잡히길 바랐지만, 그렇다고 해서 엉뚱한 사람이 잡히길 바라지는 않았다.

"용의자는 류소원보다 키가 작았어. 모자 아래로 보인 얼굴도 다른 분위기였고. 류소원이었다면 얼굴을 가렸어도 알아봤을 거야."

강한은 나흘 전 피해자 진술 당시 서 경사에게 했던 얘기를 그대로 반복했다. 강한이 소원이 아닌 다른 용의자를 알아보라고 한 것은, 단순히 막연한 직감 때문만은 아니었다. 물론 용의자와 직면한 것은 기껏해야 1분도 되지 않는 짧은 찰나였지만, 드문드문 기억나는 것들이 있었던 것이다. 유미는 강한의 눈치를 보면서 조심스럽게, 그러나 또박또박 말했다.

"그래, 선배가 서 경사님한테 그렇게 진술했던 건 알아."

"그런데?"

"선배도 용의자를 자세히 본 건 아니었잖아. 류소원보다 키가 작다는 건 알겠는데 정확히 얼마나 되는지는 모르겠다고 했다면서."

"그야 운전석을 향해 고개를 숙이고 있었으니까."

"그래, 그러면 류소원보다 키가 작다는 것도 확실하지 않잖아. 부분적으로 드러난 얼굴이나 분위기 같은 것도, 같은 사람이라 해도 입은 옷이나 상황에 따라 달라 보일 수 있는 거고."

"CCTV 확보 못했어? 호텔 주변이니까 쫙 깔려 있을 거 아니야. 용의자 찍힌 영상 없어?"

강한은 못 미더워하는 말투로 캐물었다. 유미는 그 정도도 안 했을 것 같냐고 되받아치고 싶었지만, 소식을 전혀 접할 수 없는 강한이 답답해서 그러는 것이려니 이해하려고 애썼다.

"호텔에서는 정문 진입로와 옥외 주차장, 지하 주차장, 호텔 건물 내부에 집중적으로 CCTV를 설치하고, 후문 쪽에는 많이 깔지 않는대. 후문 양측에 달린 두 개가 전부인데, 그나마도 선배 차가 서 있던 지점과는 거리가 있어. 각도상 차 앞쪽이 보이지도 않고."

"주변 차량 블랙박스는? 전부 다 수거해서 확인했어?"

"그 시각에 시위대가 도로를 거의 점거했잖아. 지나가는 차는 물론이고 주정차 차량도 못 찾았어. 있었던 거라고는 시위대가 타고 온 버스뿐인데, 사람들에 가려서 아무것도 안 보였고."

"그러면 류소원이 범인이라는 증거는 찾았어? 걔가 그날 그 자리에 있었다고 해서 곧바로 범인이 되는 건 아니잖아."

유미는 강한으로부터 언젠가 이 질문을 받게 되리라는 예상을 하고 있었다. 그녀의 생각보다 그 시기가 조금 이르긴 했지만.

"선배가 나한테 그랬지. 누군가를 범인으로 지목하기 위해서는 범행 동기, 범행 수단, 피해자에 대한 접근성, 이 세 가지가 갖춰져야 된다고."

유미는 강한이 볼 수 없다는 사실을 잠시 잊은 채 손가락 세 개를 폈다가 하나만 접으면서 말을 이었다.

"류소원은 1년 전부터 선배에게 앙심을 품고 있었어. 게다가 얼마 전에는 선배 때문에 사회봉사활동 1만 시간이라는, 어떻게 보면 감옥에 가는 것보다 더 혹독한 벌도 받았고. 범행 동기는 충분하지."

충분하다 못해 차고 넘쳤다. 심지어 류소원은 경찰에서 두 번 더 피의자 신문을 받는 과정에서도 자신이 강한을 싫어하고 원수처럼 여겼다는 걸 부인하지 않았다. 유미는 두 번째 손가락을 접었다.

"접근성은 뭐, 그날 호텔에 있었던 게 여러 차례 확인되었고 본인도 인정했으니까 더 얘기할 것도 없겠고."

"그럼 범행 수단은? 그 성질 급하고 어설픈 놈이 염산 테러를 준비할 능력이 된다고?"

"선배, 요즘 애들을 얕보면 안 돼. 인터넷에서 못 구하는 게 없다고. 류소원의 휴대전화를 압수해서 분석했는데, 한 달 전 포털 사이트에서 '염산 사는 법'을 검색한 기록이 나왔어. 구입 기록은 못 구했지만, 아마 인터넷 쪽지 같은 걸 주고받은 다음에 직접 만나서 현금으로 샀겠지."

유미는 그렇게 대답하면서 마지막 손가락까지 접었다. 강한은 유미로부터 들은 정보를 잠시 생각하는 듯하더니, 다시 물었다.

"류소원은 거기에 대해서 뭐라고 해?"

"당연히 펑계를 대지. 그래피티 페인트를 지울 때 염산 희석액이 좋다는 말을 들어서 한번 알아본 거래. 근데 판다는 사람도 별로 없고 가격도 말도 안 되게 비싸서 다 포기했다고."

"그 말이 사실일 수도 있잖아. 실제로 그래피티 하는 애들이 염산을 사용하는 경우가 있는지 확인해봤어? 그 앞뒤로 뭘 검색했는지도 확인해봐야 하고……."

"선배."

유미는 얕은 한숨을 내쉬면서 강한의 말을 가로막았다.

"나도 벌써 4년 차 검사야. 내가 이 사건을 맡겠다고 적극 나서긴 했지만, 차장님도 부장님도 내 능력을 믿지 않았다면 허락하지 않으셨겠지. 이렇게 중요한 사건을 2학년이 맡는 게 흔한 일은 아니잖아? 나도 정말 죽어라 하고 있다고."

"널 못 믿는 게 아니라……."

"선배는 그냥 건강을 회복하는 데만 집중해. 선배 마음은 알지만 수사는 내가 알아서 할게."

유미는 간곡한 어조로 말하더니, 아까 강한의 무릎 위에 올려놓았던 상자를 도로 가져갔다. 몇 초 후, 강한은 뭔가 얇고 단단한 물체가 귓바퀴와 눈 옆을 스치고 지나가는 감촉을 느끼면서 흠칫했다. 눈가에 묵직하게 걸리는 느낌을 통해서, 그게 선글라스라는 걸 알 수 있었다.

"그렇게 보기 흉하지 않아. 그래도 신경 쓰일 테니까 그거 쓰고 다녀. 오늘은 이만 가볼게."

유미가 떠난 후에도, 강한은 허리를 꼿꼿이 세운 채 한동안 우두커니 앉아 있었다. 그는 선글라스가 어떤 모양인지 살펴보려고 손으로 더듬거리다가, 그만 선글라스를 떨어뜨렸다. 선글라스는 담요 위에 떨어진 듯 아무 소리도 나지 않았다. 강한은 선글라스를 다시 찾으려고 침대 곳곳을 매만졌지만 도저히 찾을 수가 없었다.

"네가, 내 마음을 안다고……?"

강한은 쓰라림이 짙게 배어나오는 말투로 혼잣말을 했다.

"아니, 넌 절대 몰라. 내 마음이 지금 어떤지."

* * *

성암대학병원 VIP병동 특별치료실.

"어머님 침대 앞에 세워드리면 될까요?"

"네, 부탁합니다."

강한은 휠체어를 밀어주고 있던 간호사에게 정중히 부탁했다. 간호사는 휠체어의 각도를 조정해 최대한 침대에 붙인 다음, 레버를 내려 움직이지 못하도록 고정했다. 그러고는 침대 위 벽에 붙어 있는 간호사 호출용 이동벨을 내려서 강한의 손에 쥐여주었다.

"어머님과 얘기 나누세요. 다 끝나면 불러주시고요. 다시 병실로 모셔다드릴게요."

간호사는 강한을 두고 나갔다. 모자가 단둘이 시간을 보낼 수 있게 해주려는 배려였다. 그래봤자 강한이 어머니와 '대화'를 나누는 것은 불가능했지만.

이제 모든 것을 청각과 후각, 촉각, 미각에 의지해야 하는 강한에게는, 그동안 수도 없이 드나들었던 이 특별치료실이 무척 낯설게 다가왔다. 자동제어 수액펌프가 움직이며 내는 쉭쉭 소리, 산소호흡기에서 새어나오는 쌔액쌔액 소리, 욕창 방지 연고에서 나는 특유의 퀴퀴한 냄새가 그나마 익숙해서 다행이었다.

"엄마, 나 왔어. 오랜만에 왔지. 미안해. 일이 좀 있었어."

강한은 아마도 생명유지 장치를 단 어머니가 누워 있을 그곳을 향해 나지막이 말했다.

"전에는 엄마가 한 번만 눈을 떠서 날 알아보면 좋겠다고 빌었는데. 그런데, 그런데 지금은…… 이렇게 된 내 꼴을 보여주지 않아도 돼서 얼마나 다행인지 몰라. 엄마도 그렇겠지?"

강한은 웃을 수만 있다면 웃고 싶었다. 그러나 입가의 근육이 경련을 일으키는 것처럼 꿈틀대기만 할 뿐 미소는 지어지지 않았다. 그는 우는지 웃는지 알 수 없는 표정으로 연거푸 중얼거리고 또 중얼거렸다.

"일찌감치 식물인간이 되길 잘했어, 엄마. 차라리 잘됐다고……."

강한은 휠체어 등받이에 기대고 있던 상반신을 최대한 앞으로 뻗으면서 양손으로 침대를 더듬거렸다. 왼손에 어머니의 어깨가 만져졌다. 지방과 근육량이 극도로 줄어들어, 살갗이 뼈에 쪼그라들다시피 한 볼품없는 몸.

그리고 오른손에는 아직 온기가 남아 있는 물수건이 느껴졌다. 특별치료실 간호사가 몸을 닦아주다가 잠시 자리를 비운 모양이었다. 식물인간인 강한의 어머니는 두 시간마다 한 번씩 몸을 뒤집어주고 틈나는 대로 닦아주지 않으면 욕창이 생길 위험이 있었다. 강한은 어머니를 보러 올 때마다 그랬던 것처럼, 물수건을 쥐고 어머니의 몸을 정성스럽게 닦기 시작했다.

"엄마가 내 말을 듣고 있는지, 아니면 이미 그 안에 없는지는 모르겠지만……."

강한은 제가 닦고 있는 게 가슴인지, 허리인지, 골반인지, 아무것도 모르는 채 멍하니 손을 움직이면서 독백처럼 말했다.

"아무래도 엄마 아들은 이제 완전히 끝장난 것 같아."

8

　강한은 왼손으로 침대 헤드보드를 꽉 붙잡은 채, 오른손을 살금살금 허공으로 뻗었다. 앞이 보이지 않는 그가 안전함을 느끼는 유일한 영역은 침대 네 귀퉁이 안이 전부였다.

　그는 손끝에 아무것도 닿지 않을 때마다, 또는 익숙지 않은 물건이 닿을 때마다 밀려오는 공포감을 애써 억누르면서 침대 옆에 설치된 선반을 조심조심 매만졌다. 간호사가 가져간 TV 리모컨이 그곳에 숨겨져 있으리라고 짐작한 것이다.

　'나한테서 물건을 숨기는 건 무척 쉬운 일이겠군.'

　강한은 거의 5분 가까이 서랍을 찾으면서 그렇게 생각했다. 눈이 보이지 않는 게 문제가 아니었다. 눈이 보이지 않게 되면서 이 세상의 모든 것이 다 두려워졌다는 것. 그게 문제였다. 강한은 스스로 만든 울타리 속에 들어가 있는 것이나 다름없었다. 강한이 무슨 폭발물을 다루는 것처럼 신중하게 서랍을 열고, 안에서 리모컨을 찾아내기까지 또 10분이 걸렸다.

　'어디 보자, 보통 전원 버튼은 오른쪽 끄트머리에 있으니까……'

강한은 검지 끝으로 버튼을 하나하나 스치듯 만져보다가, 제일 크고 동그란 버튼을 찾아내어 눌렀다. 그러나 TV가 켜지는 소리는 들리지 않았다. 강한은 그 버튼을 연거푸 누르다가, 그래도 아무런 변화가 생기지 않자 이번에는 리모컨에 있는 버튼을 마구잡이로 눌렀다. 왜 이러지 어리둥절해하고 있는데, 병실 문이 열리면서 주치의의 슬리퍼 소리가 들렸다.

"아무리 눌러도 소용없습니다. TV 플러그를 뽑아놨거든요."

주치의의 말에 머쓱해진 강한은 못살게 굴고 있던 리모컨을 내려놓았다.

"다시 한번 말씀드리지만, 퇴원하실 때까지 TV 시청은 금지입니다. 그게 마음에 들지 않으면 다른 병원으로 가시고요."

"아닙니다. 여기 계속 있겠습니다."

강한은 그답지 않게 고분고분하게 대답했다. 그는 날이 갈수록 유순해지고 있었다. 아니, 기력과 자신감을 잃고 있었다. 새로운 병실에 적응해야 하는 것도 무섭고 걱정스러운데 새로운 병원이라니 생각도 하기 싫었다. 의사는 강한의 손에서 리모컨을 조용히 가져갔다.

"이제 그만 일반 병실로 옮기시는 게 어떻겠습니까? 마침 다른 환자가 나가서 1인실처럼 쓸 수 있는 2인실이 있습니다."

"네, 그렇게 하죠."

"그리고 한 가지 더, 어머님 말씀인데요. 죄송하지만, 원래 저희 병원에 있으면 안 되는 분이시거든요. 저희가 할 수 있는 의료 조치가 없어서요. 조 대표님 부탁으로 계셨던 건데……."

환자 회전율이 무엇보다 중요한 대학병원이다. 뺄 수 있는 침대는 바로바로 빼는 게 원칙이었다. 더구나 강한의 어머니는 VIP병실을 일반 1인실 가격에 이용하는 특별한 환자였다. 1년 동안 극진한 보살핌을 받으면서 있을 수 있었던 것은 순전히 조 대표 덕분이었다. 그런데 조 대표의 영향력이 사라져버렸으니, 그 특권도 사라지는 게 당연했다. 강한은 잠자코 수긍했다.

"전원시키겠습니다. 괜찮은 요양병원으로 옮겨주시면 좋겠군요."

의사가 병실을 나간 후, 강한은 잠시 머릿속으로 생각을 정리했다. 석 달 후면 적금 만기였고, 계좌 잔고도 넉넉했으며, 차도 있고 집도 있었다. 요양병원이 아무리 비싸도 그 비용 정도는 충분히 감당할 수 있을 것이다. 그러니까, 어머니가 세상을 떠날 때까지. 그때, 병실 밖 복도에서 저벅저벅 다가오는 발소리가 들렸다. 구둣발보다는 조금 더 가볍고 슬리퍼보다는 조금 더 무게감이 있는, 처음 들어보는 발소리였다.

똑똑-.

노크 소리가 나고, 문 열리는 소리가 났다. 강한은 지금 시각에 올 사람이 누가 있을까 생각하다가 입술을 뗐다.

"정 검사?"

"저예요, 매형. 규진이요."

침착하고 차분한 젊은 남자의 음성이 강한의 귓가에 와닿았다. 선글라스에 가려진 강한의 초점 없는 두 눈이 조금 커졌다.

"……규진이? 조규진?"

"네, 더 빨리 찾아오고 싶었는데 아버지 엄마한테 가로막혀서요. 이제 매형하고는 얽히지 않는 게 좋다고 자꾸 그러셔서……. 죄송해요."

"아니야, 네가 죄송할 게 뭐 있어."

강한은 쓸쓸하게 웃으며 대답했다. 태세 전환이 참 빠르기도 하지. 이제 조 대표 일가에게 강한은 '얽혀서는 안 되는 인간'이 되어 있었다. 마치 그와 접촉하면 불행이 전염되기라도 하는 것처럼. 규진이 강한의 옆에 와서 앉는지, 침대 옆에 놓인 의자가 끌리는 소리가 났다. 규진은 곧바로 말을 잇지 못하고 한참을 우물쭈물했다.

"그래도…… 괜히 제가 매형한테 후문 쪽으로 나가시라고 해서……. 죄송해요, 제가 인터넷 기사로 확인했을 때는 분명 정문 시위라고 했는데……. 잘못 봤나 봐요."

강한은 대답하지 않았다. 규진에게 화나지 않는 건 아니었지만, 화내봤자 소용없다는 것도 알고 있었다. 그렇게 따지면 잘못이 없는 사람이 어디 있겠는가. 약혼식장에서 따돌림당하는 기분이 들게 만든 예비 신부부터, 그걸 견디지 못하고 일찍 뛰쳐나온 자신, 후문에 시위대가 있다고 미리 얘기해주지 않은 호텔 직원들까지, 원망하려면 끝도 없었다.

"많이 힘드시죠? 제가 책에서 읽었는데, 선천적 시각장애인보다 중도 시각장애인이 훨씬 더 심한 좌절을 겪는다고 하더라고요. 자기가 잃어버린 게 뭔지 시시각각 되새기면서 사니까요."

"……."

"물론 사회적으로 중도 시각장애인에게 아무런 배려를 해주지 않는 것도 잘못이죠. 우리나라에서 중도 시각장애인이 할 수 있는 게 뭐가 있겠어요. 기껏해야 안마사가 되는 것뿐이죠."

강한을 달래려는 듯 조근조근하던 규진의 언성이 조금 높아졌다. 강한은 규진과 얘기를 나눠보진 않았지만, 규진이 늘 고통받는 사람, 약한 사람에 대한 관심이 남다른 청년이라는 인상을 받았다. 아마 그래서 의대에 진학했을 것이다. 규진의 말은 계속되고 있었다.

"그러다 보니 중도 시각장애인들이 우울증에 걸릴 확률은 일반인의 두 배, 자살할 확률은 세 배에 가깝대요. 거동이 불편하니까 자살도 쉽지 않은데, 그래도 일곱 번, 여덟 번씩 시도한다는 거예요."

"……."

"그래서 전 매형이 너무 걱정돼요. 매형은 자신에 대한 기대치가 누구보다 높은 사람이잖아요. 시력을 잃고 결혼이 깨진 것도 충격일 텐데, 검찰청에도 돌아가기 어렵게 됐으니……."

"뭐? 내가 검찰청에 못 돌아간다고? 누가 그래?"

지금까지 입을 꾹 다물고만 있던 강한이 처음으로 동요했다. 그는 자기도 모르게 침대에서 몸을 벌떡 일으켰고, 규진은 그런 반응을 예상하지 못했는지 당황하는 것 같았다.

"아, 죄송해요. 매형도 아시는 줄 알았어요. 이런 얘긴 꺼내는 게 아닌데. 신경 쓰지 마세요."

"뭔데? 누구한테 무슨 말을 들었는데 그래?"

강한은 규진에게 단 한 번도 사용한 적이 없는 거친 말투로 추궁했다. 규진은 생각보다 격한 강한의 반응에 조금 당황한 듯, 더듬거리면서 대답했다.

"어, 그게…… 차 타고 가면서 아버지 엄마가 하는 얘기를 들었어요. 성암지검에서는 이미 매형이 돌아오지 못할 거로 생각하고 있다고, 매형 자리도 이미 다른 사람이 차지했다고……."

규진의 말을 듣던 강한은 맥이 탁 풀렸다. 조 대표가 한 얘기라면 확실했다. 그토록 비밀로 묻어두려고 했는데, 그가 영구 실명 판정을 받았다는 소문이 검찰청에까지 들어간 모양이었다. 어쩐지, 어제오늘 이틀 동안 검찰청에서 오는 손님의 발길이 뚝 끊어졌던 게 이상했다. 다들 비보(悲報)를 듣고 강한을 어떻게 마주해야 할지 몰라 오지 않았던 것이다.

"죄송해요, 매형 기분 망치고 싶진 않았는데……. 사실 오늘 작별 인사하러 온 거예요. 그래도 한때 가족이 될 뻔한 사인데 마무리를 좋게 하고 싶어서요. 언제든 도움이 필요하면 편하게 연락주세요. TV 뉴스나 인터넷에서 매형에 대해 뭐라고 떠들든, 전 그런 말 안 믿어요."

강한은 규진의 말에서, 주치의가 TV 시청을 금지한 진짜 이유를 짐작할 수 있었다. 군중심리란 게 그랬다. 세상을 떠들썩하게 하는 범죄가 일어나면 처음에는 가해자를 비난하는 데 정신이 팔렸다. 그러다가 가해자에 대해 더 이상 새로운 정보가 나오지 않고, 씹을 안줏거리가 없어지면, 그때부터는 슬금슬금 피해자를 들추기 시작했다.

— 당할 만하니까 당했겠지. 착하고 바르게 사는 사람이 그런 일을 왜 당하겠어?

— 피해자가 성암지검 특수부 검사라고? 보나 마나 뻔하다. 재벌들한테서 뇌물이랑 성 접대나 받아 처먹고 다녔겠지.

— 가해자가 오죽하면 염산까지 들고 갔을지, 그것도 한번 생각해봐야 한다. 피해자 뒷조사부터 해보자!

강한은 인터넷에서 떠돌고 있을 말이라는 게 어떤 건지 보지 않아도 알 수 있었다. 규진이 떠난 후에도, 그는 황망한 심사를 좀처럼 가라앉힐 수 없었다.

공인으로서의 평판이라는 게 그랬다. 아니 땐 굴뚝에도 연기가 나고, 한번 연기가 나면 그을음이 평생 갔다. 강한이 진짜 뇌물을 받고 성 접대를 받다가 염산을 맞은 게 아니라 하더라도, 그렇게 믿고 싶은 사람들은 계속 그렇게 믿겠지. 그렇게 믿는 편이 더 재미있을 테니까.

세상이 얼마나 잔인하고 비정한 곳인지, 강한은 그가 기억할 수 있는 것보다 더 오래전부터 뼈저리게 잘 알고 있었다.

* * *

　자는 척 누워 있던 강한은 슬며시 몸을 일으켰다. 조 대표가 고용
해주었던 풀타임 간병인은 페이가 너무 세서 내보냈고, 시간제로 일
해주는 새 간병인은 내일 오기로 되어 있었다. 간호사가 링거를 갈아
주러 오기까지 남은 건 세 시간, 그동안 그는 철저히 혼자였다.

　강한은 침대에서 몸을 일으켜 두 손으로 벽을 짚었다. 병실은 벽
을 따라 한 방향으로 가기만 하면 문에 도착하는 편리한 구조였다.
금속 문의 감촉을 느낀 그는 손을 아래로 내려 문을 잠갔다.

　'어차피 찾아올 사람도 없지만, 그래도 혹시 모르니까. 괜히 방해
받고 싶지 않아.'

　그는 다시 벽을 짚고 침대까지 돌아왔다. 손등에 연결된 링거 바
늘을 잡아채 떼어내고, 튜브를 잡고 거슬러 올라가 링거병이 있는 위
치를 확인했다. 단단한 유리의 질감이 손끝에 느껴졌다. 그는 링거병
을 고리에서 빼내어 바닥에 내던졌다. 링거병이 묵직하게 깨지는 소
리가 났다. 그리고 입술을 지그시 깨물며 손으로 바닥을 더듬어, 유
릿조각 하나를 손에 쥐었다.

　'이렇게 살 바에는 죽는 게 나아. 안마사? 나보고 남의 몸을 주무
르면서 먹고살라고?'

　그는 오른손에 쥔 유릿조각을 왼쪽 손목에 가져다댔다. 눈을 질끈
감은 채 천천히, 그러나 힘 있게 손목을 그었다. 실명의 고통을 겪고
나서 다른 육체적 고통에는 무감각해졌다고 생각했는데, 유리가 생
살을 찢고 파고드는 느낌은 또 다른 성질의 것이었다. 그는 자기도
모르게 통렬한 신음 소리를 뱉었다.

　'마음 독하게 먹자. 죽는 것조차 제대로 못하는 등신은 되지 말

아야지.'

입술을 어찌나 악물었는지 턱이 덜덜 떨릴 정도였다. 마지막 남은 용기를 짜내 깊게 유리를 집어넣고 힘을 주었다. 볼 수는 없었지만, 손목 전체에서 뜨거운 피가 왈칵왈칵 쏟아져나오고 있음을 느낄 수 있었다.

"환자분! 안에서 문을 잠그신 거예요? 병실 문은 맘대로 잠그시면 안 돼요! 환자분!"

그때였다. 잠겨 있는 문고리를 돌리는 소리와 함께 간호사의 음성이 들렸다. 강한은 모르고 있었다. 어제저녁 강한이 잠시 잠들었을 때, 유미가 간호사들에게 케이크와 과일을 돌리면서 그가 불편하지 않도록 시시때때로 들여다봐달라고 부탁하고 갔다는 걸.

"괜찮으세요, 환자분? 어디 편찮으신 건 아니죠? 대답해보세요!"

강한은 대답할 수 없었다. 끔찍한 고통으로 인해 정신이 아득해지고, 정체불명의 이명이 고막을 멍멍하게 때리고 있었다. 비명 대신 목구멍을 쥐어뜯는 듯한 신음이 목구멍 안을 메웠다.

"저기요, 여기 문 좀 열어주세요! 아무래도 환자한테 무슨 일이 생긴 것 같아요!"

간호사는 이제 데스크에 대고 소리치고 있었다. 그러나 강한은 그것조차 인식하지 못했다. 많은 양의 피가 빠져나가자 미지근한 물에 잠긴 것처럼 의식이 몽롱해졌다. 그는 옆으로 웅크리듯이 누웠다.

'아, 사람이 이런 식으로 죽는 거구나.'

마지막 희망마저 꺾여버린 절망감, 아니 어쩌면 그건 마지막 탈출구를 발견한 환희였을지도 모른다. 그런데 열쇠로 문을 여는 소리와 함께 여러 명의 사람들이 와르르 들어오는 소리가 났다. 피를 쏟아내면서 바닥에 나뒹굴고 있는 강한을 보자 간호사들 사이에서 놀란 소리가 터져나왔다. 수간호사가 유릿조각을 붙잡고 있는 강한의 손목을 억세게 붙잡으면서 소리쳤다.

"당직 선생님 불러오세요, 어서!"

강한은 자신을 붙잡아 일으키는, 죽음에 가까운 세계로부터 끌어내려는 사람들의 손길을 느꼈다. 그는 거칠게 몸부림을 치면서 절규에 가까운 울부짖음을 내질렀다.

"놔! 그냥 뒈지게 내버려둬! 제힘으로 죽지도 못하는 병신 새끼가 살아서 뭐 해!"

9

— 성암지검 검사 염산 테러 사건의 용의자 류모 씨가 여전히 범
행을 부인하고 있는 것으로 알려졌습니다. 성암경찰서 강력계는 조
만간 사건을 검찰로 송치할 예정이라고 밝혔습니다.

공간 자체가 죽어버린 것처럼 조용하고 싸늘한 병실에서, TV 뉴
스 속 앵커 혼자 떠들고 있었다. 자살 시도에 실패한 강한에게 주치
의는 뭘 해주면 좋겠냐고 물었고, 강한은 바깥세상에서 일어나는 일
을 알고 싶다고 대답했다.

그래서 주치의는 뉴스가 방영되는 시간대에만 특정 채널을 볼 수
있도록 허락해주었다. 적어도 정규방송 뉴스에서는 'K검사님의 은
밀한 속사정—그는 왜 염산 테러를 당했는가?' 같은 자극적인 제목
을 붙인 싸구려 르포 프로그램 같은 것을 방영하진 않았으니까.

— 성암지검은 이번 사건이 검사 개인이 아닌 수사기관, 나아가
사법 시스템 전체를 겨냥한 극악무도한 테러인 만큼 사실관계를 낱
낱이 규명하고 범인을 엄정히 처벌하겠다는 입장으로…….

그토록 알고 싶었던 뉴스가 나오고 있었건만 강한은 듣는 둥 마는

둥 했다. 자살에 실패함으로써 그는 마지막 목표를 잃고 숨 쉴 의욕마저 잃었다. 혹시나 모를 자살 시도에 대비하기 위해 그의 병실 안에는 CCTV가 설치되었고, 문의 잠금장치는 제거되었다.

의사는 절망감에 빠져 있지 말고 앞을 봐야 한다면서, 재활기관으로 옮겨 심리상담과 함께 재활교육을 받아보면 어떻겠느냐고 권유했지만 강한은 들은 척도 하지 않았다. 그저 손목에 감은 붕대를 어루만지면서, 다음에는 어떻게 해야 실패하지 않고 한번에 죽을 수 있을지 생각할 뿐이었다.

"실례합니다. 여가 강한 검사 입원실 맞는교?"

그때, 반쯤 열린 문틈 사이로 친숙한 음성이 새어 들어왔다. 체육관 관장이었다. 강한을 병문안하러 오는 사람들이 하나같이 복도에서부터 바짝 긴장하는 것과 달리, 관장은 넉살 좋게 간호사한테 몇 마디 농담까지 건넸다. 3교대 근무에 지쳐 있던 간호사가 관장의 실없는 개그에 까르르 웃음을 터뜨리는 게 들렸고, 잠시 후 병실 문이 완전히 열렸다.

"자나?"

"……."

"니 안 자는 거 안다. 퍼뜩 안 인나나."

관장은 마치 늦잠 자는 아들을 깨우는 것처럼 예사로운 말투로 독촉했다. 담요를 머리 위까지 끌어올린 채 눈을 감고 누워 있던 강한은, 얕은 한숨을 내쉬면서 천천히 담요를 내렸다. 선글라스를 본 관장의 눈썹이 치켜 올라갔지만, 그는 별다른 말을 하지 않았다. 강한은 퉁명스럽게 말했다.

"여긴 왜 오셨어요. 뭐 좋은 데라고."

"안다. 니 그래 말할 줄 알고 내도 안 올라 캤다. 근데 유미 가가 자꾸 가보라 캐서……."

"걔는 왜 또 쓸데없는 짓을……."

강한은 불쑥 신경질적으로 내뱉다가 문득 말끝을 흐렸다. 유미가
왜 관장을 불러왔을지 그 이유가 짐작되었기 때문이다. 또다시 자살
시도를 할까봐 걱정돼서였겠지. 이미 얘기를 다 듣고 왔는지, 관장
은 강한의 손목에 핏자국이 남은 붕대가 감겨 있는 걸 보고도 놀라
지 않았다.

"문디 자슥, 주먹 못 쓰게 되믄 우짤라꼬 겁도 없이 그래 해놨노."

"……지금 상황에서 주먹을 쓰고 못 쓰고가 뭐 대수예요? 내가 평
생 앞을 못 본다는데."

강한이 그걸 스스로 말하는 것은 처음이었다. 입 밖에 내면 현실
이 될까봐, 다시는 돌이킬 수 없을까봐 차마 입에도 담지 못했던 말.
그런데 신기하게도 관장 앞에서는 그 말이 술술 나왔다. 그를 무슨
유리 다루듯 조심조심하는 다른 사람들과 달리, 평소와 전혀 다를 바
없이 대해주는 관장의 태도 덕분인 것 같았다.

사실 관장은 강한의 사고 소식, 그리고 실명 소식을 연달아 들으
면서 거의 일주일 동안 제대로 자지도 먹지도 못했다. '폐관은 있어
도 휴관은 없다'는 신조에 따라 체육관을 운영하긴 했지만, 강습이고
뭐고 뒷전으로 미뤄둔 채 TV에만 매달려 있었다. 지금 병실에 서 있
는 관장은 그동안 5킬로그램도 넘게 살이 빠져 넉넉하던 풍채가 축
나 있었지만, 강한으로서는 그걸 알 도리가 없었다.

"니 그걸 말이라 씨부리고 앉았나. 당연히 대수지. 눈 못 쓰는 건
금방 괜찮아질 기다. 니 이 정도 극복 몬하는 심지 약한 놈 아이다. 그
런 아였으면 내가 거두지도 않았다."

"거두긴 뭘 거둬요. 누가 들으면 관장님이 날 키워주기라도 한 줄

알겠네."

강한은 쓸쓸한 말투로 기운 없이 중얼거렸지만, 관장은 그 말에 아랑곳하지 않았다.

"니는 니가 지금까지 해온 게 쉬운 일인 줄 아나? 아부지가 누군 줄도 모리고 아픈 어무이랑 둘이 살믄서, 남들 과외 받는다 학원 다닌다 할 때 니는 급식비 번다꼬 체육관 바닥 닦았는데. 그라던 아가 성공해서 어무이 살린다꼬 이 악물고 공부해가 검사까지 됐다이가."

"……."

"검사 그기 아무나 하는 거 아이다. 옛날 사람들이 괜히 영감님, 영감님 이랬겠나. 우리나라에서 검사맨키로 힘쎈 사람이 또 어딨노. 돈도 빽도 없이 그기까지 간 니는 더 대단한 기고!"

"그러면 뭐 해요. 저 이제 검사 못한대요, 관장님."

강한이 체념 조로 중얼거린 말에 관장은 발끈했다.

"뭐? 누가 그런 개소리를 씨부러쌌노?"

"다들……."

"야, 강한아. 니 내 말 단디 들어라. 니가 그만둘 때까지는, 누도 니한테 검사 해라 마라 몬하는 기다. 언제부터 그래 가오 떨어지게 살았다 그러노? 니 그래 살기 싫어가 그 좋아 죽어뿌던 권투도 때리치고 공부한 거 아이가?"

관장의 말을 듣고 있던 강한은 저도 모르게 담요 자락을 꽉 움켜쥐었다. 관장은 이 세상 그 누구보다 그를 잘 이해하는 사람이었다. 그렇기에 강한의 기운을 북돋우기 위해서는 위로나 격려보다, 채찍질과 도발이 더 효과적이라는 걸 알고 있었다.

"니 이제 겨우 서른둘 아이가. 서른둘이면 여즉 5라운드도 안 온 기다. 5라운드도 안 뛰아놓고 승패를 우예 안다고 벌써 빌빌대노, 빌빌대길. 와? 벌써 기권하고 싶나? 수건 던지주까?"

"……."

담요 자락을 쥐고 있던 강한의 손등에 힘이 들어가면서 푸르스름한 핏줄이 툭 불거졌다. 그걸 본 관장은 자신의 작전이 먹혀들고 있음을 알았다. 그는 그 모습을 의미심장한 표정으로 내려다보다가, 문득 고개를 돌려 TV를 쳐다보았다. 화면 속에서는 형사의 재킷을 머리에 뒤집어쓴 소원이 수갑을 차고 경찰서로 들어가는 며칠 전 영상이 반복해서 나오고 있었다.

"니 이래 만들어논 놈이 지가 한 거 아이라고 부인한다 카는데, 가만히 냅둘 기가? 고마 쌔리 가서 확 직이삐야제."

"걔는 진짜 범인이 아닐 수도 있어요. 경찰에서 헛다리 짚었을 수도 있다고요."

"뭐라꼬? 그라믄 당장 진범을 잡아야지, 여 디비져가 뭐 하는 기고?"

"그게 그렇게 마음대로 되는 게……."

"하이고야, 니는 테러범 새끼가 멀쩡하이 바깥에서 싸돌아댕기는 판에 죽는다 만다 그칼 마음이 생기나? 한가하구로. 내 같으믄 열 받아가 벌써 지팡이든 뭐든 들고 뛰쳐나갔긋다."

"……."

"내 이제 여 안 올 기다. 니 빙시 팔푼이맹키로 빌빌대는 거 보기 싫다. 퍼뜩 정신 차리라. 손 다 나으믄 체육관 나오고. 니 불량 회원인 거 알제? 짤리기 싫으믄 알아서 하라꼬!"

그 일방적인 말을 마지막으로 관장은 병실을 나가버렸다. 밑창이 부드러운 재질의 신발을 신고 왔는지, 발소리가 또렷하게 들리진 않았다. 그럼에도 불구하고 강한은 혼자 남게 되었음을 확실히 알았다.

강한은 이제 사람이 드나드는 것을 감으로 알 수 있었다. 발소리 뿐만이 아니라, 앉아 있다 일어날 때 옷깃이 스치는 소리라든가, 공기 속에 진하게 섞여오다가 갑자기 옅어지는 상대방의 체취라든가, 뭔가가 옆을 채우고 있다가 사라지는 것 같은 막연한 허전함이라든가, 그런 것으로 말이다.

'이런 식으로 하나하나 알아갈 수 있을까? 눈에 보이지 않는 걸, 듣고 냄새 맡고 느끼면서, 조금씩 적응해갈 수 있을까? 내가 정말 그렇게 할 수 있을까?'

고작 관장의 말 몇 마디로 마음을 완전히 바꾼 건 아니었다. 여전히 죽음은 그에게 있어서 피할 수 없는 선택인 것처럼 여겨졌다. 다만, 아직 시기가 이르다는 생각이 들었다. 정말 이대로 살 수 있는지 없는지 시험해본 다음, 시도할 만큼 해본 다음 포기해도 늦지 않을 것 같았다.

* * *

— 검사 염산 테러 사건의 용의자 류모 씨가 오늘 아침 검찰로 송치됐습니다. 성암지검은 피해자 강한 검사가 현재 소속된 청이기도 한바, 사건을 맡은 정유미 검사는 피해자와의 친분관계에 구애받지 않고 공정하고 투명하게 수사하겠다고 입장을 밝혔습니다.

체육관 관장이 다녀간 다음 날 아침, 회진하러 왔던 강한의 주치의는 깜짝 놀랐다. 면도를 하고, 머리를 깔끔하게 빗어넘기고, 깨끗하게 목욕까지 해서 상쾌한 보디워시 냄새를 풍기는 강한이 침대에 앉아 뉴스를 듣고 있었던 것이다. 그 옆에서는 간병인이 깨끗하게 비운 죽 그릇을 정리하고 있었다.

"강한 씨? 다른 사람 병실에 잘못 들어온 줄 알았네요."

주치의는 여태껏 강한에게 한 번도 사용한 적이 없었던 반농담조로 말했다. 그동안 강한은 삶의 의지를 상실한 모습이었다. 간병인이 몸시중 드는 걸 질색해서, 감지 않은 머리에 덥수룩한 수염을 기른 채 엉덩이가 짓무를 때까지 누워만 있었다.

그런데 오늘의 강한은 완전히 달랐다. 간병인으로부터, 그토록 싫어하던 '도움'을 받아서, 환자복도 벗고 단정한 흰 셔츠에 면바지를 차려입었다. 그러자 지금까지 병실을 점거하고 있던 반미치광이 같은 성격 파탄자와는 완전히 다른 사람 같아 보였다.

"선생님, 더 이상 외상 치료는 필요 없다고 하셨죠? 퇴원하겠습니다. 퇴원 결정 내려주세요."

"그러면 마음을 바꾸신 겁니까? 재활치료를 받으실 건가요?"

"네, 받겠습니다. 최고의 전문가가 있는 시설을 소개해주세요. 돈이 많이 들어도 괜찮습니다."

"복지관의 재활훈련 프로그램은 국가 지원을 받습니다. 전부 무료예요."

의사는 웃음기 어린 목소리로 말했지만, 강한은 그 말이 전혀 반갑지 않았다.

"난 돈을 내고 싶습니다. 적선이나 동정은 받고 싶지 않아요."

물론 이전에도 국가 덕분에 먹고살던 강한이었지만, 공무원으로서 월급을 받는 것과 복지정책의 대상이 되는 것은 전혀 달랐다. 그에게 이건 자존심 문제였다.

그뿐만이 아니었다. 강한은 누군가로부터 무상으로 베풀어지는 선의라는 걸 믿지 않았다. 세상엔 공짜가 없었다. 호의라는 이름으로 다가왔던 것들은 나중에 반드시 몇 배의 대가가 되어 돌아왔다. 적어도 지금까지 강한이 살아왔던 세상에서는 그랬다. 그런데 강한의 주치의가 살아왔던 세상은 사뭇 다른 모양이었다.

"언젠가 다른 방식으로 보답하면 되지 않겠습니까. 선의에는 선의로, 도움에는 도움으로. 원래 세상은 그렇게 돌아가는 법이니까요."

드디어 이 까다롭고 대하기 어려운 환자를 떠나보내게 되었다는 생각에서인지, 주치의의 말투는 평소보다 한결 밝았다. 그러나 강한의 표정은 여전히 미심쩍기만 했다. 주치의는 곧바로 복지관에 연락해보겠다면서 병실을 나갔다.

그리고 몇 시간도 지나지 않아 복지관에서 사람이 왔다. 병실 문이 열렸을 때, 강한은 환자용 슬리퍼를 찾지 못해 병실 바닥을 손으로 더듬는 중이었다. 간병인이 잠깐 식사하러 나간 사이, 화장실에 가고 싶어졌던 것이다.

침대 아래까지 손을 넣어보던 강한은 그만 상체가 휙 기울어져 고꾸라질 뻔했다. 그때 누군가 그의 어깨를 붙잡으면서, 구석에 말려들어가 있던 슬리퍼를 꺼내주었다.

"자주 쓰는 물건은 항상 손닿는 곳에, 반드시 같은 곳에 두는 습관을 들이세요."

"누구시죠?"

"성암시각장애인복지관 재활교육팀 소속 사회복지사인 오성수입니다. 강한 씨가 퇴원해서 복지관에 입소하는 것부터, 그 후 재활교육을 받는 과정까지 제가 전부 도와드릴 겁니다."

10

강한은 성수의 얼굴을 볼 수 없었기에, 대신 그의 목소리와 냄새에 내포되어 있는 단서를 수집했다. 목소리의 톤으로는 사십대 중후반의 남성인 것 같았고, 걸걸하게 쉰 소리가 섞여 나오고, 담배 냄새를 확 풍기는 걸 보니 골초 흡연자인 것 같았다. 강한은 운동을 오래 했던 사람으로서 흡연이라면 직간접을 불문하고 질색이었지만, 지금은 그런 걸 가릴 처지가 아니었다.

"사실 제가 꼭 해야 할 일이 있습니다. 열흘 내에 속성으로 재활을 끝내고 싶은데 가능할까요? 그 후에 곧바로 퇴소해서 검찰청에 복귀해야 합니다."

"네? 복귀하신다고요? 그러니까, 검사 일을 다시 하시겠다는 겁니까?"

성수는 전혀 예상치도 못했던 말에 당황하는 듯했다. 강한은 태연하게 되물었다.

"왜요? 안 됩니까?"

"안 된다는 게 아니라, 열흘은 도저히 무립니다. 보통 18주가 평균

교육 기간이에요. 게다가 곧바로 출근한다니 너무 위험합니다. 그러다가 또 부상당하기라도 하면…….”

“부상당해도 괜찮습니다. 눈이 안 보이는 것만 빼면 몸은 누구보다 튼튼하니까요. 자랑은 아니지만 이해력도 빠르고, 암기도 잘합니다. 운동신경도 좋습니다. 내가 가진 그 모든 걸 재활에 쏟아붓겠습니다. 그 후에는 일하러 가야 합니다. 날 이렇게 만든 놈을 잡으러 갈 겁니다.”

강한은 단호한 어조로 말했다. 그 눈에는 초점이 없었지만, 온몸에서 느껴지는 기운이 그의 진지한 열의를 보여주고 있었다. 성수는 거기에 대고 도저히 ‘안 된다, 못한다’고 말할 수 없었다.

“그래요, 한번 해봅시다. 저도 함께 도전한다고 생각하고 최선을 다해보겠습니다. 만일 원하는 대로 되지 않더라도 너무 낙심하지 마세요. 세상에는 할 일이 많고 다양한 종류의 삶이 있으니까요. 저희 복지관을 거쳐 가신 분들 얘기를 들어보면, 시력을 잃기 전에는 보지 못했던 것들을 시력을 잃은 후에 보게 된다고 하더라고요.”

‘시력을 잃기 전에는 보지 못했던 것들……이라고?’

의미를 이해할 수 없는 말에 강한이 고개를 갸웃하고 있는데, 그의 팔 아래로 무언가가 건드리듯 와닿았다. 성수의 맨 손등이었다. 강한이 그 의미를 몰라서 가만히 있자, 성수는 팔을 움직이라는 듯 계속 손등으로 건드렸다.

강한은 성수의 손등이 재촉하는 방향대로 팔을 움직여서, 손으로 성수의 팔꿈치 위쪽을 잡았다. 그러자 성수는 강한의 손가락을 펴서 자신의 팔꿈치를 놓치지 않고 쥘 수 있게 했다.

“자, 지금부터 병원 입구까지 저와 함께 걸어가시는 거예요.”

“병원 입구까지요? 지금 바로요?”

부상당해도 괜찮다고 해놓고, 막상 병실을 나선다고 생각하니 강한은 더럭 겁이 났다. 그러고 보니 약혼식 날 차 안에서 쓰러진 후, 단한 번도 제 발로 긴 거리를 걸어가본 적이 없었다. 성수는 그런 강한의 마음을 훤히 들여다보듯 부드럽게 말했다.

"괜찮습니다. 제가 함께 갈 거니까요. 강한 씨는 안전합니다."

성수는 강한보다 반걸음 먼저 앞장서서 걷기 시작했다. 강한은 주춤거리다가, 성수가 이끄는 방향으로 조심스럽게 한 걸음 떼었다. 그 작은 몸짓이 바로 그의 재활을 위한 첫걸음이었다.

* * *

재활센터에서의 생활은 심층 면담으로 시작되었다. 당장 걷고, 점자를 읽고 쓰고, 옷을 갈아입는 실질적인 훈련에 돌입할 줄 알았던 강한에게는 실망스러운 일이었다. 그는 조급한 나머지 성수가 묻는 질문을 대충 빠르게 넘겨버리려고 했다.

"강한 씨가 지금 살고 계신 곳은 어떤 곳이죠?"

"45평 단독주택. 원래 신혼집이 될 곳이었죠."

사는 지역은 어디인지, 주변에는 뭐가 있는지, 동네 분위기는 어떤지, 집은 어떻게 꾸며놓았는지, 자세한 대답을 기대했던 성수는 잠시 벙쪘다. 그러나 당황했던 것도 잠시, 베테랑 사회복지사답게 이내 침착함을 되찾고 쾌활한 농담을 던졌다.

"오, 신혼집으로는 어마어마하네요. 나하고 우리 마누라는 월세 단칸방에서 시작했는데. 재활이 힘들긴 하겠지만 예쁜 사모님 곁으로 돌아갈 생각을 하시면 힘이 펄펄 솟아나겠네요?"

"파혼했습니다."

강한은 아무런 감정도 드러내지 않은 채 간결하게 대꾸했고, 성수는 이번에야말로 제대로 당황해서 할 말을 찾지 못했다.

"아…… 그거 참……."

"괜찮습니다. 집은 남았으니까."

강한은 농담인지 진담인지 알 수 없는 대사를 무뚝뚝하기 그지없는 표정으로 읊었다.

"그래요, 그거 다행입니다……. 그러면 부모님이나 형제분이 계신가요?"

"외아들입니다. 아버지는 태어나서 단 한 번도 함께 산 적이 없고, 어머니는 식물인간이셔서 요양병원에 있습니다. 혹시 물어볼까봐 미리 대답하자면 왕래하는 친척도 없습니다."

성수는 또다시 말문이 막혔다. 엘리트 검사라면, 당연히 남부러울 것 없는 유복한 가정환경을 가지고 있을 걸로 생각했던 것이다. 그런데 막상 사정을 들어보니 오히려 남보다 못한 성장 배경에서 자라난 게 아닌가 싶었다.

"친구도 없나요? 가깝게 지내는 검찰청 사람은요? 검사님이 집에서 생활하실 때 도와주실 분이 적어도 한두 명은 있어야 할 텐데요."

"혼자서 어떻게든 해보겠습니다. 그러려고 재활교육을 받는 거니까요. 도와줄 사람이 있다면 애초에 입소하지 않았겠죠."

"다치시기 전에는 주로 어떤 이동 수단을 이용하셨죠? 출퇴근할 때라든지?"

"그야 당연히 차를 타고 다녔죠. 이제는 절대 몰 수 없게 된 그 차 말입니다. 그건 그렇고 언제까지 이런 문답을 계속하고 있어야 하는 겁니까? 빨리 훈련을 받았으면 좋겠는데요!"

강한의 비정상적인 조급함은 성수마저도 불안하게 만들었다. 보통 중도 시각장애인들은 후천적 실명으로 인한 충격과 분노로 훈련을 시작할 준비가 되어 있지 않은 경우가 많았다. 가족이나 의사의 권유로 억지로 프로그램에 들어오긴 하지만, 쉽게 지치고 좌절해서 결국에는 화를 내며 다 포기하겠다는 태도로 나오기도 했다. 그런데 강한은 그와 정반대였다.

"점자를 두 달 동안 외운다고요? 말도 안 되는 소리. 나는 집중해서 들은 건 금방 외울 수 있습니다. 법대 재학 중에 사법고시를 차석으로 합격하기도 했어요. 일주일이면 충분합니다."

"복지관을 자유롭게 돌아다니는 걸 연습하라고요? 문제없습니다. 내부 구조를 통째로 외워버리면 되겠죠. 그 촉각지도인지 뭔지 하는 것 좀 줘봐요. 오늘 밤을 새워서라도 외울 테니까."

그렇게 막무가내로 몰아붙이는 식이었다. 그러나 시각장애인의 생존 기술은 머리가 아닌 몸이 먼저 익혀야 하는 것이었다. 강한이 아무리 암기력이 좋아도, 손끝의 예리한 감각으로 점자의 생김새를 읽어내고 파악할 수 없다면 아무런 소용이 없었다. 복지관의 어디에 뭐가 있는지 속속들이 알고 있다고 해도, 실제 발을 들인 장소와 연결시킬 수 없다면 역시 무의미했다. 강한은 아침 9시부터 오후 6시까지로 규정되어 있는 교육시간도 제대로 지키는 법이 없었다.

"강한 씨, 이제 소등하고 주무셔야 할 시간이에요, 여기서 이러고 계시면 다른 교육생들한테 방해가 된다고요. 민폐예요, 민폐."

복지관 직원이 졸린 눈을 비비며 나와서 말려도, 강한은 밤늦게까지 복지관 복도를 좀비처럼 헤매면서 미치광이처럼 벽을 더듬고 다녔다. 1분 1초라도 딴짓을 하는 법이 없었고, 힘들어도 쉬는 법이 없었다. 그럴수록 피곤한 사람은 성수였다. 혹시나 강한이 혼자 다니다가 다치기라도 할까봐 밤낮도 없이 그의 뒤를 따라다녀야 했다.

"한가하게 잠 같은 걸 자고 있을 시간이 없어. 한 걸음, 한 걸음이라도 더!"

시각에 의존할 수 없게 되자, 그전에는 숨을 쉬듯이 쉽게 할 수 있었던 사소하고 간단한 일도 엄청난 에너지를 소비시키는 일이 되었다. 10미터도 되지 않는 복도를 한 번 왔다 갔다 하고 나면 탈진할 것처럼 온몸에서 진이 빠졌다. 결국 몸살이 나서 드러눕게 된 강한에게, 성수는 달래는 듯한 어조로 충고했다.

"그렇게 아등바등 덤벼들 필요 없어요, 검사님. 장애는 맞서 싸워야 할 악의 무리가 아니에요. 이겨내고 떨쳐내야 할 병마도 아니고요. 장애는 이제 검사님의 일부이고, 검사님과 함께 평생을 살아가야 할 신체적인 특성일 뿐이에요."

"신체적인 특성이라고요?"

강한은 지금까지 한번도 생각해본 적이 없었던 개념을 듣고 얼떨떨한 목소리로 되물었다.

"그래요. 시각장애를 극복하는 걸 검사님의 삶의 목표로 생각하지 마세요. 검사님의 삶의 목표는 따로 있어요. 다만 시각장애에 적응하면서 그 목표를 이루어나가는 것일 뿐이에요."

삶의 목표는 따로 있다는 것. 시각장애에 익숙해지는 것은 그 과정일 뿐이라는 것. 강한은 그 말이 제법 마음에 들었다. 어쩌면 그동안 자신의 정체성을 '시각장애인'으로 한정시키고 있었던 것은 다른 사람들이 아닌, 자기 자신이었는지도 모르겠다는 생각이 들었다.

"지금 내 삶의 목표는 염산 테러범을 내 손으로 잡는 겁니다. 할 수 있을까요?"

"정안인이 할 수 있는 일 중에 시각장애인이 할 수 없는 일은 없어요. 단지 정안인이 하는 것보다 조금 더 시간이 걸리고, 조금 더 노력이 필요할 뿐이에요. 정안인의 속도를 억지로 따라잡으려고 하지 마시고, 검사님께 맞는 자연스러운 페이스를 찾으셔야 돼요. 오래 걸리겠지만, 일단 페이스를 찾고 나면 그때부터는 기하급수적으로 훈련 속도가 빨라질 거예요."

"급할수록 돌아가라는 건가요."

강한은 깊은 깨달음을 얻은 사람처럼 중얼거렸다. 스스로 너무 잘났다고 생각한 나머지 다른 사람의 말에 절대 귀를 기울이는 법이 없던 그였다. 그런 그가 처음으로 마음을 열고 남의 조언을 받아들이는 순간이었다.

그날부터 강한은 성수의 조언에 맞춰 훈련 방식을 바꾸었다. 점자를 한 자라도 빨리 읽으려고 조바심을 내는 대신, 조용히 심호흡을 하면서 손끝에 와닿는 점자의 촉감을 정밀하게 느껴보려고 노력했다. 훈련 일과가 끝나고 나면 조용히 휴식을 취하면서 촉각 그림판을 어루만졌다. 처음에는 일상생활에 쓸모가 없다며 거들떠보지도 않던 그림판이었다.

"점자를 유창하게 읽는 사람들은 처음 몇 글자만 읽고도 그다음에 무슨 글자가 나오고, 결국은 무슨 단어로 완성될지 예측할 수 있어요. 그 수준에 도달하기 위해서는 새로운 글을 자꾸 읽는 것이 아니라 기존에 읽었던 글을 읽고, 또 읽으면서 점자를 체화시키는 게 중요해요."

강한은 복지관의 지형지물을 통째로 외우는 것도 그만두었다. 그 대신 성수가 일러준 대로 '랜드마크'와 '단서'에 집중하려고 노력했다. '랜드마크'는 화장실에 있는 세면대, 복도에 있는 나무 벤치, 계단 앞에 있는 엘리베이터처럼 그 장소에만 있는 특징적인 물건이고, '단서'는 그 장소가 어디인지를 알려주는 청각, 후각, 촉각적인 정보들이었다.

'범죄 수사와도 비슷하군. 개개의 범죄들에도 '랜드마크'가 되는 특징적인 정황이 있지. 가령, 사기꾼들이 항상 비슷한 수법으로 피해자에게 접근하는 것처럼. 그리고 그 과정에서 자신의 정체를 암시하는 '단서'를 뿌려놓는 것처럼.'

병원에서 복지관으로 옮겨온 지 일주일 만에, 강한은 처음으로 성수의 도움 없이 복지관 안을 한 바퀴 도는 데 성공했다. 강한은 기쁨에 벅찬 나머지 성수의 팔을 꽉 잡았다가, 금세 겸연쩍어하면서 팔을 놓았다. 다른 사람과의 이유 없는 스킨십이 그에게는 익숙하지 않았던 것이다. 일단 보행 기술을 익히고 나자 그 후의 진도는 일사천리로 나갔다.

"지금 이 소리는 무슨 소리죠?"

"불 켜는 소리?"

"아니에요, 컴퓨터 마우스 누르는 소리예요. 자, 다시 한번."

강한은 여태껏 성수가 훈련시켰던 그 누구보다 빠른 속도로 점자 읽는 법, 스마트폰 사용하는 법, 식사하는 법, 옷을 갈아입는 법, 목욕하는 법 등을 배워나갔다. 주변의 다른 훈련생들이 농담처럼 말할 정도였다.

"맹인 고시가 있다면 강 검사님은 이번에는 차석이 아니라 수석을 했을 것 같네요."

그리고 병원에서 퇴원한 지 정확히 9일 후, 강한은 18주를 기준으로 짜인 재활교육 프로그램을 완벽하게 끝내고 퇴소 신청을 했다.

11

　이른 아침부터 생활관을 찾아온 사회복지사 성수는, 정말로 출근을 준비하는 강한을 보고 걱정하지 않을 수 없었다.

　"강한 씨, 아직 퇴소하기엔 너무 이릅니다. 차라리 당분간 복지관에서 검찰청으로 출퇴근하면 어떻겠어요? 복지관 봉고차로 태워다 드리고, 다시 또 태워오고 할 수 있는데요."

　성수는 그렇게 권유했지만 강한의 결심은 흔들리지 않았다.

　"아닙니다. 어린애도 아니고 봉고차 픽업이라니, 검찰청 사람들이 어떻게 생각하겠습니까. 일단 한번 부딪쳐보겠습니다."

　"그래서 진짜 일하러 가신다고요? 당장 오늘부터요?"

　"제가 그렇게 할 거라고 처음부터 말씀드렸잖습니까, 복지사님. 셔츠 좀 집어주세요."

　성수는 얕은 한숨을 내쉬면서, 옷장에 걸려 있는 흰 셔츠를 꺼내 강한의 손에 쥐여주었다. 강한은 셔츠 목덜미에 붙어 있는 상표를 만져 옷의 안팎을 구분해 몸에 걸친 후, 느리지만 제법 정확한 동작으로 셔츠 단추를 채워나갔다. 그 손을 성수가 뚫어지게 쳐다보는 것이 피부로 느껴졌다. 강한은 도무지 이해가 안 간다는 듯 물었다.

"뭐가 문젭니까? 여기서 가르쳐주는 건 모두 완벽하게 배우고 익혔잖아요? 점자 읽는 법, 케인 보행법, 스마트폰 사용법, 씻고 옷 입고 밥 먹는 법까지. 제가 더 배워야 할 게 있나요?"

"복지관 안은 완벽하게 시각장애인 친화적으로 꾸며져 있으니까, 여기선 모든 게 훨씬 쉽고 간단하죠. 하지만 바깥세상에 나가면 그렇지가 않아요. 실전 연습을 꾸준히 하셔야 합니다."

"알았어요, 알았다고요. 꾸준히 연습하면 되잖아요, 일하면서."

강한이 그렇게 말하면서 손을 앞으로 내밀자, 성수는 체념한 듯 양복 재킷을 건네주었다. 그러고는 복지관 직원이 미리 챙겨둔 강한의 옷가방을 들고 생활관을 나섰다. 이제 케인이 생긴 강한에게는 더이상 성수의 보행 안내가 필요하지 않았다. 강한은 왼손에는 검은 케인을 쥐고, 오른손으로는 벽을 짚으면서 입구까지 익숙한 길을 거침없이 나아갔다. 두 걸음 정도 떨어진 옆에서 그 모습을 아슬아슬하게 지켜보던 성수가 확인하듯 물었다.

"정말 태워다드리지 않아도 되겠습니까?"

"이미 스마트폰 앱으로 콜택시 불러놨어요. 이제 들어가보셔도 됩니다, 복지사님. 무리한 부탁을 들어주셔서 감사했습니다."

"그래요, 강한 씨. 복지관에 오고 싶으면 언제든 오세요."

강한은 묵묵히 고개를 끄덕였지만, 평생 다시는 이 복지관에 올 일이 없으리라 생각하고 있었다. 그는 이제 평범한 세계로 돌아가서, 정안인들 사이에 뒤섞여 그들 중 하나로 살아갈 작정이었다. 인사를 마친 성수가 복지관 안으로 들어가자마자, 강한의 스마트폰이 진동하면서 안내 음성이 흘러나왔다.

—010-2373-89××번에서 전화가 왔습니다. 받으시겠습니까?

강한이 원래 사용하던 스마트폰을 성수가 조작해서 '보이스오버'라는 기능을 켜준 것이었다. 강한은 화면을 두 번 빠르게 탭해서 전화를 받았다.

"네."

— 콜하신 장소까지 가려면 불법 유턴을 해야 하거든요. 거기 바로 앞에 횡단보도 있으니까 건너편에서 기다리고 있을게요.

콜택시 기사는 일방적으로 그렇게 말해버리고는 전화를 끊었다. 강한은 조금 불안한 기분이 들었지만, 이내 무심히 넘겨버렸다. 횡단보도 하나 건너는 것쯤이야. 그리 어렵지 않을 것 같았다.

빠앙-.

강한이 복지관 문을 열고 나가자, 보름 넘게 경험하지 못했던 거친 소음들이 한꺼번에 고막 속으로 쏟아져들어왔다. 차가 질주하는 소리, 경적 소리, 오가는 사람들의 발소리와 마구 뒤섞인 말소리들.

'바로 앞에 횡단보도가 있다고 했지.'

강한은 케인으로 바닥을 더듬어서 점자 보도블록을 찾으려고 했다. 마침내 찾아낸 블록을 따라 겨우 세 걸음쯤 나아갔을까, 갑자기 케인이 어딘가에 걸렸다. 방향을 바꿔 다른 곳을 더듬어보았지만 이번에도 걸리는 건 마찬가지였다. 보도블록 위에 불법 주차된 오토바이와 자전거들이 잔뜩 있었던 것이다. 그는 한참 동안 헛손질을 하면서 보도블록 옆을 맴돌았다.

"잠시만 기다려주십시오. 녹색 불이 켜졌습니다. 건너가도 좋습니다."

가까스로 찾아낸 보도블록을 따라 횡단보도에 이르렀고, 음향신호기를 누르고 신호가 날 때까지 기다렸다. 건너가도 좋다는 말과 함께 귀뚜라미 울음소리 같은 신호가 나자, 강한은 케인을 잡은 손을 좌우로 리듬감 있게 움직이면서 일직선으로 나아가기 시작했다. 강한의 건너편에서는 한 무리의 남자 고등학생들이 자기들끼리 왁자지껄하게 소리치며 뛰어오고 있었다.

"앗, 죄송합니다!"

횡단보도의 중간쯤에 이르렀을 때, 학생 무리 중 한 명이 강한과 어깨를 세게 부딪쳤다. 강한은 그 충격으로 바닥에 넘어졌지만, 그 학생은 친구와 함께 낄낄거리고 장난을 치느라 정신이 없어 그 모습을 보지 못했다. 그들은 그대로 지나가버렸고, 강한은 횡단보도를 손으로 짚고 엎드린 채 어쩔 줄 몰라 했다. 케인이 손에 닿지 않는 먼 곳으로 날아가버렸던 것이다.

"어머나, 제가 도와드릴게요. 잡고 일어나세요."

"괜찮습니다. 혼자 할 수 있습니다."

강한은 분주하게 양옆을 오가는 발길 사이로 케인을 찾기 위해 더듬거리며 기어다녔다. 다른 보행자들이 도와주겠다고 다가왔지만, 강한은 고지식할 정도로 고집스럽게 뿌리쳤다. 결국 강한 한 사람만을 횡단보도 위에 남겨둔 채 신호등은 빨간색으로 바뀌고 말았다.

"야! 이 정신 나간 새끼야! 길바닥에 엎어져서 뭐 하는 짓거리야?"

강한의 바로 앞에 트럭을 세우고 있던 트럭 기사가 창문을 내리고 버럭 고함을 쳤다. 트럭 뒤에 줄줄이 서 있는 다른 차들에서도 연신 요란한 경적 소리가 터져나와 도로를 가득 메웠다.

"죄송합니다! 이 사람은 시각장애인이에요!"

마비된 도로 위를 다급하게 달려오는 가벼운 발소리, 그리고 강한이 여기서 들으리라고는 예상하지 못했던 유미의 목소리가 들렸다. 그녀는 트럭의 바퀴 앞까지 굴러가 있는 케인을 주워오고, 강한을 일으켜 세워 부축했다. 강한은 그녀의 부축을 받아 가까스로 횡단보도를 건넜다. 그녀는 흥분한 목소리로 외쳤다.

"지나다니는 사람이 저렇게 많은데, 왜 횡단보도 건너는 걸 도와 달라고 하지 않았어?"

"도움 같은 거 필요 없어. 혼자 할 수 있어."

"도와달라고 말하는 건 부끄러운 게 아니야, 선배!"

그러나 강한은 고집스럽게 침묵만 지킬 뿐이었다. 사람의 성격이라는 게 그렇게 쉽게 바뀌는 게 아니었다.

"가자, 데리러 왔어."

유미는 결국 체념의 한숨을 내쉬면서 그를 자신의 차가 있는 곳으로 안내했다. 강한이 자신을 붙잡게 하는 게 아니라, 자신이 직접 강한의 팔을 잡고 이끄는 그녀의 손길은 사뭇 어색했다. 성수의 믿음직스럽고 전문가적인 손길과는 너무도 달랐다.

"타."

유미는 차 문을 열고 강한이 조수석에 타는 것을 도와주었다. 그녀가 손을 뻗어 안전벨트를 채워주려고 하자, 강한은 그녀의 손을 뿌리치고 스스로 더듬거리면서 벨트를 매려고 했다. 강한의 손이 벨트 버클을 찾지 못하자, 유미는 그가 눈치채지 못하게 은근히 버클을 그쪽으로 내밀어주었다.

"복지사님한테서 얘기를 듣고 오긴 했지만 정말 출근하는 거야? 청에 연락은 해놨어?"

"일주일 전에. 부장님한테도 말씀드렸고."

"정말 할 수 있겠어? 아니, 그 문제를 떠나서 꼭 지금 가야 해? 적어도 질병휴가 3개월은 다 쓰고, 푹 쉬면서 이것저것 준비해도 늦지 않을 것 같은데."

"늦어."

강한은 꼭 앞이 보이는 사람처럼 똑바로 정면을 바라보면서 말했다. 유미는 무심코 대꾸했다.

"뭐가 늦어?"

"류소원, 어제 구속 기간 1차 연장했다면서? 앞으로 열흘 남았겠네. 그 사건 기소하기 전에, 내가 그 기록 좀 들여다봐야겠어."

"아직도 포기 안 한 거야? 선배가 기록에 손대는 거, 부장님도 차장님도 안 좋아하실 거 같은데. 그냥 나한테 맡겨두면 안 돼? 내가 연차가 적어서 못 미더우면 차라리 다른 검사한테 맡기든가. 대한민국에 검사가 2000명이 넘는데 그걸 꼭 몸도 불편한 선배가 해야 돼?"

"그중에서 그 사건을 나보다 더 열심히 할 수 있는 사람은 없어."

강한은 바늘 끝조차 안 들어갈 만큼 단호한 태도로 말했다. 그랬다. 자살을 시도할 만큼 모든 희망을 내던졌던 그가 갑자기 침대를 떨치고 일어나 재활에 매진했던 것은, 자신을 실명시킨 염산 테러범을 직접 잡겠다는 새로운 결의 때문이었다.

유미는 그런 강한을 차마 말릴 수 없었다. 그저 그가 비정한 현실과 무신경한 사람들의 벽에 부딪쳤을 때 너무 많은 상처를 입지는 않기를 바랄 뿐이었다.

"다 왔어."

유미는 검찰청 로비 앞에 차를 세웠다. 선글라스를 끼고 케인을 짚은 강한이 그녀의 뒤에서 나타나자마자 경비원과 민원인을 비롯해 로비 안에 있던 모든 사람의 시선이 집중되었다. 유미는 동물원 원숭이를 구경하듯 쳐다보는 사람들을 곁눈질로 흘겨보면서, 강한을 데리고 엘리베이터에 탔다. 강한은 엘리베이터가 올라가는 소리를 들으면서 층수를 세고 있었다.

"왜 6층으로 가지? 내 검사실은 9층에 있는데."

특수부 검사들이 모여 있는 9층. 그중에서도 강한의 검사실은 가장 넓고, 전망과 채광이 좋고, 부장검사실과도 가장 가까운 자리에 위치해 있었다. 원래 이태리 검사의 방이었던 것을, 강한이 특수부에 들어오면서 가로채다시피 가져온 것이었다.

"이제는 아니야."

유미는 침착하게 대답했고, 그 이상의 설명은 덧붙이지 않았다. 엘리베이터는 유미가 몸담고 있는 형사1부 검사들이 모여 있는 6층에 섰다. 유미가 이끄는 방향대로 걸어가던 강한은 혼란스러웠다. 그가 알기로 이쪽에는 민원인 대기실과 사용하지 않는 모성보호실, 기록 보관창고가 있을 뿐, 검사실은 없었다. 유미가 잠긴 창고 문을 열쇠로 열었다. 문에 609호라고 쓰여 있었다.

"여기가 지금부터 선배가 쓸 방이야."

좁고 휑한 방에서 싸늘한 냉기가 몰려나왔다. 눈으로 볼 수는 없었지만, 수북이 쌓인 먼지가 콧속으로 스멀스멀 기어들어 오는 것을 느낄 수 있었다.

"이 방에서, 콜록! 나한테, 콜록! 뭘 하라는 거야?"

강한은 먼지 때문에 연신 기침을 하면서 유미에게 물었다.

"솔직히 말하면, 윗분들이 선배한테 뭘 하라고 이 방을 준 건 아니겠지. 이건 그러니까, 일반 회사로 치면 대기발령 같은 거야. 선배가 제풀에 지쳐서 포기하게 하려는 거라고."

"이 방 안에 뭐가 있긴 있어? 책상은? 컴퓨터는?"

"책상 두 개가 있네, 컴퓨터도 두 대 있고. 그런데 전부 먼지가 쌓여서 좀 닦아야 할 것 같아."

먼지가 '좀' 쌓여 있다는 것은 상당히 완화한 표현이었다. 손바닥 두께의 먼지가 창고 안을 뒤덮고 있었고, 벽 여기저기에는 곰팡이가 피어 있었으며, 심지어 모서리에는 거미줄까지 쳐져 있었다. 유미는 강한이 이 광경을 볼 수 없어서 솔직히 다행이라고 생각했다.

"책상이 두 개밖에 없어? 내 계장이랑 실무관은 어디 있지?"

"선배가 예전에 쓰던 검사실이 이태리한테 넘어가면서 방 식구들도 딸려서 넘어갔어."

그렇게 자랑스러워하던 검사실과 수족처럼 여기던 직원이 모두 이 검사의 차지가 되다니, 강한은 화가 나서 뒷골이 당길 지경이었다. 검사는 단독관청이라는 허울 좋은 말이 있긴 하지만, 그건 법적인 권한이 있다는 걸 의미할 뿐이다. 보좌해주는 직원들 없이 검사 혼자 할 수 있는 일은 아무것도 없었다.

"그럼 직원이 아무도 없어? 적어도 전화 받을 사람은 있어야 할 것 아니야!"

강한의 말이 끝나기가 무섭게 노크 소리가 들렸다.

"전화 받을 사람 여기 왔어요!"

깜짝 놀란 유미의 시선이 그쪽으로 이동했다. 기껏해야 이십대 초반으로 보이는 젊은 여자가 오른팔에는 소지품 상자를, 왼팔에는 핑크색 무릎담요를 끼고 창고 안으로 들어서고 있었다. 물결치듯 늘어뜨린 긴 생머리와, 맑고 또렷한 큰 눈이 예쁘고 사랑스러워 보였다. 그러나 여자의 얼굴을 볼 수 없는 강한은 눈살을 찡그리면서 물을 뿐이었다.

"누구죠? 실무관님인가요? 목소리가 어린 것 같은데, 견습?"

"안녕하세요. 견습은 견습인데 실무관이 아니고 수사관이에요. 오늘부터 이 방에 있으라는 지시를 받고 왔어요. 홍세은이라고 합니다. 잘 부탁드려요, 검사님!"

12

"오, 강 프로. 정말로 돌아왔네? 컴백을 환영해!"

"특수부에 있다가 형사부로 왔으니 실망했겠지만, 우리 1부는 그럴 틈도 없이 바쁠 거야."

단둘밖에 없어서 조용하다 못해 썰렁하던 강한의 검사실에 느닷없이 손님들이 들이닥쳤다. 강한의 복귀 소식을 듣고 축하하러 온 형사1부 검사들이었다. 원래 검사가 휴직을 마치고 돌아오면 각 검사실을 돌면서 복귀 인사를 하는 게 관례인데, 강한의 몸이 불편한 것을 고려하여 다른 검사들이 직접 찾아와준 것이다.

"음…… 검사실이 아주 단출하고…… 청렴해 보이는 게…… 좋네, 좋아. 허허허."

형사1부에서 기수가 제일 높은 수석검사는 강한에게 새로 배정된 검사실을 둘러보고는 그렇게 감상을 얘기했다. 검찰청 일과가 시작되는 오전 9시부터 조금 전인 11시까지 유미와 세은이 부지런히 쓸고 닦았지만, 그래봤자 더러운 골방이 깨끗한 골방으로 변했을 뿐이었다. 검찰청에서 강한에게 걸고 있는 기대의 정도가 단적으로 드러나는 풍경이었지만, 그래도 부 검사들은 다들 어떻게든 듣기 좋은 말로 포장해서 강한의 기를 살려주려고 했다. 그때, 아직 어린 티를 벗지 못한 부 막내 검사가 호기심을 이기지 못하고 불쑥 질문을 던졌다.

"그런데 선배님은 업무 처리를 어떻게 하시는 거예요? 기록은 어떻게 읽으세요? 컴퓨터는 어떻게 쓰시고요? 처분 입력도 어려울 거고, 사실상 여기서 하실 수 있는 일이 없을 것 같은데……."

"김 프로!"

자칫 무례하게 들릴 수도 있는 막내 검사의 단도직입적인 질문에 함께 왔던 선배 검사들의 얼굴에는 당황한 기색이 어렸고 수석검사는 작게 혀 차는 소리를 내면서 은근히 눈치를 주었다. 그러나 정작 장본인인 강한은 기분 나빠하지 않고 선선히 대답해주었다.

"아니야, 궁금해할 수 있지. '문서음성변환기'라는 기기가 있어. 그 위에 문서를 올려놓으면 자동으로 스캔해서 내용을 음성으로 들려주는 거지. 주문해뒀으니 한 달 후에 도착할 거야."

"한 달이요? 그렇게 오래 걸려요?"

"그때까지는 수고스럽지만 다른 사람한테 기록을 읽어달라고 해야지. 눈이 안 보여도 키보드는 칠 수 있으니 공소사실도 쓸 수 있어. 나머지 입력은 내가 불러주면 세은 씨가 해주고."

"아이고, 사건 처리하는 데 시간이 엄청 걸리겠네요. 미제 폭발하는 거 아니에요?"

막내 검사는 듣기만 해도 번거롭다는 듯 몸서리쳤다. 일반인들이 흔히 생각하는 것과 달리, 검사의 일은 온종일 책상에 앉아 기록을 들여다보고 컴퓨터 작업을 하는 것으로 이루어진다. 조서도, 수사보고서도, 심지어 증거 자료도 파일로 만들어 출력해야 하고, 사건 하나를 처리하기 위해 입력해야 하는 사항만 해도 수십 가지가 넘었다.

한 달에 형사부 검사 한 명이 처리해야 하는 사건은 아무리 적어도 100건에서 200건 사이. 많을 때는 300건 넘게 처리하기도 했다. 그런데 그때마다 일일이 직원의 힘을 빌려 전산 입력을 해야 한다면, 검사실 전체에 어마어마한 과부하가 걸릴 게 뻔했다. 그러나 강한은 그 정도는 예상했다는 듯 덤덤하게 대답했다.

"괜찮아. 남들보다 두세 배 시간이 걸리면, 두세 배 오래, 두세 배 열심히 일하면 되는 거지."

"그렇지, 좋은 자세야. 역시 우리 강한 검사 대단해. 우리 부 지금 미제 부담이 큰데, 능력 있는 강 검사가 많이 도와줘. 막내는 선배님 일하는 거 보고 배우도록 하고."

수석검사는 강한의 어깨를 툭 치면서 격려했다.

그는 좋은 사람이었다. 특수부에서 퇴출당한 강한을 어느 부로 보내야 할지, 그걸 두고 각 부 사이에서 보이지 않는 알력 다툼이 있었다. 보통 휴직이나 파견 나갔던 검사가 복귀하면 서로 데려가겠다고 싸우는 것과는 완전히 반대였다. 강한을 데려가는 부는 업무가 줄어드는 게 아니고 늘어날 거라고 다들 예상했기 때문이다. 결국 인원이 제일 적은 형사1부가 짐짝 떠맡듯 강한을 데려가게 되었지만, 수석검사는 그런 티를 내지 않으려고 애썼다.

물론 그런 내부 사정에 대해 알 리 없는 막내 검사는 해맑게 활짝 웃으면서 그 말을 곧이곧대로 받아들일 뿐이었다.

"넵, 열심히 배우겠습니다! 아, 강 선배님. 오늘 점심은 선배님 환영 오찬 겸해서 다 같이 가려고 하는데, 뭐 드시고 싶은 거 없으세요?"

막내 검사가 부 점심 식사에 참석할 사람을 미리 파악하고 식당을 예약한 후, 각 방을 돌면서 선배들을 불러모으는 '밥 총무' '방돌이' 문화가 사라지긴 했지만, 여전히 점심 식사는 특별한 일이 없는 한 부 검사들끼리 모여서 먹으러 가는 경우가 많았다. 그러나 강한은 단호하게 고개를 저었다.

"난 원래 점심 혼자 먹어. 앞으로도 내 식사는 챙기지 않아도 돼. 내가 알아서 할 거니까."

"와, 점심시간에도 일하는 거야? 강 검사, 너무 무리하지 말고 쉬엄쉬엄해. 퇴원한 지 얼마 되지도 않았다면서. 우리도 재배당은 적당히 조절해줄 테니까."

"그러면 오는 길에 맛있는 디저트랑 커피 사다드릴게요, 선배님!"

부 검사들은 그 말을 마지막으로 남긴 채 떠들썩하게 웃으면서 몰려나갔다. 강한은 쥐 죽은 듯 조용했던 검사실이 활기로 가득 찼다가, 일순간 다시 고요해지는 것을 느꼈다.

'형사 1부는 분위기가 좋은 것 같군.'

예전 같았다면 강한도 그 속에 자연스럽게 섞여들 수 있었을 것이다. 그러나 강한은 그가 그들과 함께 식사하러 간다면 그 분위기가 깨지고 말 거라는 걸 알고 있었다.

계단이나 횡단보도를 만난 강한이 불가항력의 공포를 드러내는 순간, 식당 종업원에게 밥과 반찬을 그릇 하나에 모두 모아서 따로 담아줄 수 있느냐고 묻는 순간, 음식이 정확히 어디 있는지 몰라 테이블 바닥에 젓가락질을 하는 순간, 그리고 밥 먹다 말고 화장실에 가야겠다면서 같이 가줄 사람이 있는지 묻는 순간, 다른 검사들은 미안해하는 동시에 불편해지고 말 것이다.

"검사님, 저는 다른 수사관들이랑 같이 점심 먹고 올게요. 혼자서 괜찮으시겠어요?"

"다녀와요, 나는 일하고 있을 테니까."

강한은 오늘 아침 복지관 직원에게 부탁해서 사온 샌드위치를 꺼내면서 담담하게 말했다. 대학 입시를 치르면서, 사법고시를 준비하면서, 연수원에서 공부하면서, 그리고 검사가 된 후에도 바쁜 업무에 치여 수도 없이 먹었던 게 샌드위치와 김밥이었다.

'이럴 줄 알았다면, 시력을 잃기 전에 맛있는 걸 좀 많이 먹어둘 걸 그랬지.'

강한은 쓸쓸하게 웃으면서 그런 허망한 생각을 했다. 미래를 알고 행동할 수 있는 사람이 누가 있겠는가. 그렇다면 일상이란 게 이렇게 후회와 자책의 연속일 일도 없을 것이다.

일하고 있겠다고 했지만, 막상 일할 거리는 없었다. 점심시간이 끝난 후에도 마찬가지였다. 부에 인원이 보충되면, 기존 검사들이 가지고 있던 사건 중 일부를 재배당하는 절차가 이루어져야 했다. 그러나 배려인지 아니면 염려인지, 부 검사 중 누구도 자신의 사건을 강한에게 넘겨주려 하지 않았고, 부장검사도 따로 재배당 지시를 내리지 않았다.

평소의 강한이라면 그 사실에 엄청난 모멸감을 느꼈겠지만, 지금은 딱히 상관없다는 기분이었다. 어차피 그에게 최우선 순위는 염산 테러 사건이었기 때문이다. 점자교본을 공부하면서 시간을 보내고 있던 강한은, 오늘 재배당 사건이 오지 않을 거라는 확신이 들자 맞은편 책상에 앉아 있는 세은을 불렀다.

"세은 씨, 정유미 검사실에 가서 류소원 사건 기록 좀 빌려다줄래요? 정식으로 대출 신청하지 말고, 그냥 잠깐만 보고 돌려준다고."

"네, 검사님……. 잠깐만요, 류소원 사건이요? 그 류소원이요? 검사님이 피해자인 사건이요?"

무심코 대답하며 자리에서 일어나던 세은은, 강한이 원하는 게 무엇인지 깨닫고 흠칫 놀랐다. 강한은 다른 류소원도 있냐는 듯 천연덕스럽게 고개를 끄덕였고, 세은은 난처한 표정이 되었다.

"정 검사님이 허락 안 하실 텐데요. 우리 방에 관련 사건이 있는 것도 아니고……."

"일단 가서 말이라도 해봐요. 정 검사 그렇게 빡빡한 사람 아니니까."

"네."

세은은 냉큼 대답하고 달려나갔다. 강한은 그녀가 마음에 들었다. 사실 강한의 연차와 경력을 따지면 부에서 제일 노련하고 실력 좋은 수사관이 두 명은 있어야 마땅했지만, 지금처럼 가외 인원 취급을 받는 상황에서는 견습 수사관 한 명도 감지덕지라는 걸 그는 잘 알고 있었다. 이제 겨우 반나절 겪어봤을 뿐이지만, 세은은 행동이 빠릿빠릿하고 시원스러웠으며, 뭐든지 배우고 열심히 하려는 의욕이 넘쳤다. 검사실을 나갔던 그녀는 몇 분 만에 금방 돌아왔다.

"정 검사님께서 지금 그 사건 조사 중이시래요. 그래서 기록 못 빌려주신다는데요."

"조사가 언제 끝나는데?"

"그건 모르신대요. 조사가 끝난 다음에도 계속 기록을 검토하셔야 한대요. 구속 기간 끝날 때까지요."

"……그렇게 나온다 이거지."

강한은 의자를 밀면서 자리에서 일어났다. 그는 접어서 책상 위에 놓아두었던 케인을 집어서 펼치려고 하다가, 문득 생각이 바뀐 듯 세은을 불렀다.

"세은 씨, 정유미 검사실까지 나 좀 데려다줘요."

강한은 독립 보행하는 데는 문제가 없었지만, 처음 가보는 곳은 어디가 어딘지 알 수가 없었다. 물론 이 검찰청은 2년 가까이 일한 곳이었지만, 사실상 처음 온 거나 다름없었다. 그의 부탁을 받은 세은이 선뜻 그의 곁으로 다가오더니, 강한의 오른팔 팔꿈치를 손등으로 가볍게 건드렸다.

그 몸짓에 강한은 조금 놀랐다. 일반인들은 시각장애인을 어딘가에 데려다주려고 할 때, 다짜고짜 팔짱을 끼거나 손을 잡거나, 심지어 어깨동무를 하기까지 했다. 그렇게 해야만 시각장애인을 안전하게 이동시킬 수 있을 거라고 오인하기 때문이었다. 그러나 사실 그런 갑작스러운 동작은 앞이 보이지 않는 사람에게 공포감을 줄 뿐이었다.

"아, 검사님 놀라셨구나. 저 대학교 때 봉사활동해본 적 있어요. 시각장애인 걷기 대회 안내 도우미요. 그때 배운 거예요. 우리, 의외로 천생연분이네요, 그렇죠?"

세은은 쾌활하게 말하면서 강한을 안심시켰다. 강한은 그녀의 팔을 가볍게 잡은 채 반걸음 뒤처져 걸었다. 그는 그녀에게 이끌려 가면서도 유미의 검사실에 이르는 길을 외우려고 애썼다. 입구에서 우회전해서 열두 걸음 직진. 그리고 다시 우회전. 검사실 앞에 다다른 세은이 다 왔다는 의미로 팔을 바깥쪽으로 살짝 틀었다.

"다 왔어요, 검사님. 저는 자리에 돌아가 있을게요. 검사실이 비면 안 되니까요."

"그래요, 고마워요, 세은 씨."

세은을 보낸 후, 강한은 손을 뻗어서 벽을 짚고 안으로 들어가려고 했다. 그때 안에서 유미의 목소리가 흘러나왔다.

"맞은 데는 어때요? 좀 괜찮아졌어요? 아직도 진술할 마음은 안 들어요?"

"저기요, 검사님. 착한 척 그만하세요. 어차피 내가 누구한테 처맞든 관심도 없으시고, 뭐라고 지껄이든 들어주지도 않을 거잖아요."

뒤이어 흘러나온 건 소원의 반항심 가득한 목소리였다.

'새끼, 여전하네.'

강한은 이상하게도 그 목소리가 반가웠다. 소원과의 유치한 싸움은 어떻게 보면 그가 잃어버린 예전 삶의 일부분이기도 했다.

"쟤 맞았어? 누구한테? 형사한테?"

그 말을 들은 소원은 움찔하면서 고개를 들었다. 강한이 검사실로 들어오는 것을 본 그의 두 눈이 휘둥그레졌다. 뭐랄까. 소원의 머릿속에서 강한은 죽지 않았으나 이미 죽은 사람처럼 여겨졌다. 그런데 눈가의 상처를 선글라스로 가리고, 손의 붕대까지 풀어버린 강한은 예전과 별로 다를 바 없이 멀쩡해 보였다. 그래서 소원의 입에서도 예전과 같은 말투가 튀어나왔다.

"아버지란 인간한테 맞았어요. 왜요? 그쪽도 한 대 보태시려고?"

강한이 염산 테러를 당했을 때, 그리고 그 직후에도, 소원은 강한에게 연민을 가졌다. 그러나 정작 자기가 그 가해자로 지목되어 쇠고랑을 차게 되자 그 감정은 씻은 듯이 사라져버렸다.

'피해자라고는 하지만 그 인간도 결국 다 한패야. 아니, 그 인간이야말로 나쁜 놈이야. 진실에는 관심이 없고 그저 만만한 놈 하나 잡아넣으려고 하지. 1년 전에 그랬던 것처럼.'

소원은 오랫동안 수갑의 무게에 눌려 욱신거리는 손목을 빙빙 돌리면서, 아무도 없는 방향을 멀거니 쳐다보고 있는 강한을 지그시 노려보았다.

13

소원의 맞은편에 앉아 조서 작성을 준비하던 유미가 곤란하다는
듯 말했다.

"선배, 아니 선배님. 선배님은 여기 오시면 안 돼요."

유미와 강한이 한때 사귀었다는 사실은 청에서 비밀이었다. 그래
서 그녀는 다른 사람들 앞에서는 강한에게 깍듯한 존댓말을 사용했
다. 벽을 손으로 짚으면서 따라가던 강한은 냉장고 옆에 빈 의자가
하나 놓여 있음을 알아차리고 거기 걸터앉으면서 천연덕스럽게 말
했다.

"안 될 건 또 뭐 있어. 사건 당사자가 아니라 그냥 옆방 검사로, 그
냥 조용히 참관만 하다 갈게. 있는 듯 없는 듯 조용하게. 병풍처럼. 정
검사는 조사에 집중해."

강한이 그렇게까지 나오는데 유미가 뭐라 할 말이 없었다. 그녀는
그가 어떻게든 사건을 가로채 가려고 호시탐탐 노리고 있다는 걸 잘
알았지만, 그렇다고 해서 자기 검사실에 오지 말라고 할 수는 없었
다. 유미는 어쩔 수 없이 강한이 지켜보는 가운데 신문을 시작했다.

"잘 들어요, 류소원 씨. 이렇게 진술을 거부하는 건 본인에게 도움이 안 돼요. 자기가 한 짓이 아니면 아니라고 적극적으로 해명해야지. 변호사님 통해서 입증 자료도 제출하고요."

"변호사님? 국선 할아버지요? 그 사람 딱 한 번 접견 와서 하는 말이 가관이던데요. 다 인정하고 엎드려서 싹싹 빌면 서른 전에 나오게 해준대요. 심지어 제 이름도 '류소연'으로 알던데요. 여자 아니었냐고 하기에 바지 벗어서 보여주려다가 그냥 참았어요."

소원은 검찰 조사 내내 코빼기도 보이지 않는 국선변호인을 빈정거리더니 덧붙였다.

"그리고요. 제가 범인이 아닌 걸 입증해야 하는 게 아니라, 제가 범인인 걸 검사님이 입증해야 하는 거 아니에요?"

"그건 맞는 말이네."

"선배님!"

무심코 끼어들었던 강한은 유미의 따끔한 목소리를 듣고 다시 입을 다물었다. 신기했다. 유미의 모습을 볼 수 없는데도 그녀가 곁눈질로 흘겨보는 게 보이는 듯했다. 약 올라 하면서도 체면을 지키기 위해 침착하려고 애쓰는 그 모습까지도.

"그래요. 그럼 이건 어때요? 내가 증거를 제시하면 류소원 씨가 거기에 대해 해명하는 거죠."

"그 증거라는 게 뭔데요?"

소원은 시큰둥하게 물었다. 유미는 키보드 위에 올려놓았던 두 손을 잠시 떼더니, 사건 기록에 첨부되어 있는 누런 봉투 속에서 CD 한 장을 꺼냈다. 유미의 컴퓨터에서 CD롬이 작동하는 소리가 나는 것을 듣고, 강한은 슬그머니 재킷 주머니 속으로 손을 집어넣었다. 그 속에는 성수가 퇴소 기념으로 선물해준 휴대용 녹음기가 숨겨져 있었다.

강한이 녹음기를 작동시키는 것과 동시에, CD에 저장되어 있던 음성 파일이 재생되었다.

— 여보세요? 여보세요? 거기 119죠? 여기 사람이 쓰러졌는데요! 빨리 와줘요!

그리고 그 배경으로 깔리는 소리들. 시위대가 구호 외치는 소리, 경찰이 해산 방송하는 소리, 부산하게 오가는 발소리, 위이이잉 하면서 세차게 바람이 부는 소리, 정체를 알 수 없는 뭔가가 연신 펄럭이는 소리, 그리고 아주 멀리서 들려오는 희미한 차 경적 소리까지. 소원의 떨리는 음성과 대비되는, 119 요원의 차분하고 이성적인 음성이 들려왔다.

— 신고자분, 정확히 어떤 상황이죠? 피해자가 부상을 입었나요? 혹시 구호 조치를 하셨나요?

— 내가 의사도 아닌데 그런 걸 어떻게 알아요! 어떤 녹색 티 입은 사람이 뭐 이상한 걸 던져가지고 그걸 맞고 쓰러졌는데……. 아, 씨발! 존나 심각해 보여요! 어떡해요!

띄엄띄엄 끊어지는 소원의 말 마디마디 사이로 아까의 그 바람 소리와 펄럭이는 소리가 계속 섞여들었다. 강한은 그날 그렇게 바람이 강했던가 하고 조금 의아해했다.

— 신고자분, 진정하시고요. 일단 구급대를 보내겠습니다. 주소 불러줄 수 있으시겠어요?

— 주소요? 여기 문라이트 호텔 후문 앞인데요……. 아, 몰라요! 그냥 지도 검색하라고!

신경질적으로 외치는 소원의 목소리를 마지막으로 전화가 끊어졌다. 그리고 그 주변의 번잡한 소음도 함께 사라졌다. 강한은 재킷 주머니에 다시 손을 넣어 녹음기를 정지시켰다. 유미는 음성 파일을 멈추더니 소원에게 추궁하듯 물었다.

"전화를 이렇게 급하게 끊은 이유는 뭐예요? 도망가려고 그런 게 아니라면 말이에요."

"그냥, 왠지 그래야 할 것 같았어요. 통화를 오래 하다간 안 좋은 상황이 올 거 같았다고요."

"안 좋은 상황이라니 어떤 거죠?"

"지금 이런 좆같은 상황이죠, 뭐. 귀가 닳도록 들은 걸 또 들려주면서 변명하라고 하는 거."

소원은 일부러 거친 말을 사용했지만 유미는 눈 하나 깜짝하지 않았다. 그녀는 봉투 속에 함께 들어 있던 두툼한 보고서를 꺼내어 소원의 눈앞에 들이밀었다.

"그래요. 저 통화 내용은 들어봤겠죠. 하지만 이건 어때요? 류소원 씨의 음성 및 진술을 국립과학수사연구소의 전문가가 분석한 내용인데. 결과가 어떻게 나왔을 것 같아요?"

"글쎄요, 저야 모르죠. 하지만 잘했다고 칭찬하는 내용은 아닐 것 같네요."

소원은 이죽거렸고, 그 말을 듣고 있던 강한은 자기도 모르게 피식 웃었다. 유미는 두 남자의 반응에 아랑곳하지 않고 꿋꿋하게 보고서 내용을 낭독하기 시작했다.

"해당 발화자의 진술은 자신의 행동에 대한 충분한 정보를 제공하는 대신 생각을 제시하는 데 불필요한 시간을 쏟고 본론과 결론의 비율이 전혀 맞지 않는다는 점에서 허위 가능성이……."

"그건 내가 그냥 말을 못해서 그래요. 아니, 저 상황에서 기승전결 제대로 맞춰서 말하는 인간이 더 이상한 거 아닌가? 그거야말로 사이코패스 아니에요?"

분석 결과를 듣고 있던 소원은 어처구니가 없다는 듯 받아쳤고, 유미는 낭독을 계속했다.

"또한 목격자로서는 비정상적일 정도의 급격한 파형 변화를 보이고 있는바, 이는 자신의 범행에 대한 죄책감 및 발각될 것에 대한 공포감에서 기인한 것으로 해석할 여지가 있습니다."

'죄책감'과 '공포감'이라는 단어를 듣는 순간 소원은 어깨를 움찔했고, 유미의 예리한 시선은 그 변화를 놓치지 않고 파고들었다.

"왜? 여기에 대해서는 할 말 없어요?"

"그때 무서웠고, 죄책감을 느꼈던 건 사실이에요. 하지만 제가 범인이어서 그런 건 아니에요."

"그러면요?"

"강한 검사가 미웠고 싫었으니까. 죽어버리면 좋겠다고 빌었어요. 그것도 엄청 고통스럽게. 사회봉사활동 1만 시간을 받은 다음에는 휴대전화에 부두인형 앱을 깔아놓고 저주도 했어요. 그래서 진짜로 다친 걸 보니까 혹시 나 때문인가 싶어서 무서웠다고요."

"그래요, 그 휴대전화는 나도 봤어요. 그것 때문에 죄책감을 느꼈다는 거네."

유미는 그게 뭔지 알고 있는 것 같았지만, 강한은 그렇지 않았다.

"그게 무슨 소리야? 부두인형 앱이 뭐야?"

"선배님은 모르시는 게 나아요."

유미는 그대로 넘어가려고 했지만, 강한은 그냥 넘어가지 않았다.

"뭔데? 나 궁금하면 어떻게든 알아낼 거란 거 알잖아. 그냥 얘기해줘."

"휴대전화로 무료 다운로드받는 앱인데, 3D 부두인형에다가 싫어하는 사람 이름을 써놓고 이쑤시개로 푹푹 찌르는 거예요. 류소원 씨 휴대전화에서 그게 발견됐는데, 부두인형에 선배 이름이 적혀 있었고 눈, 코, 입하고 그……, 중요한 부분에 이쑤시개가 많이 꽂혀 있었어요."

"뭐야?"

막상 강한이 다치는 걸 보니 소원이 죄책감을 느꼈다는 것처럼, 그도 이런 처지가 되자 소원이 자기를 저주했다는 사실에 비합리적일 정도로 화가 났다. 그 저주가 자신의 실명과는 아무런 상관이 없다는 걸 알고 있으면서도. 하지만 아무리 그래도 그렇지 사람을 그런 식으로 저주하다니. 그런데 그다음에 이어진 소원의 말이 더 가관이었다.

"그런데 솔직히 그 죄책감, 지금은 다 없어졌어요. 내 코가 석 잔데 누굴 걱정하고 누굴 동정해요. 강한 검사도 인터넷에 리플 달리는 거 보니까 자업자득인 측면이 있는 거 같고."

'자업자득'이라는 말에 강한은 완전히 뚜껑이 열렸다. 그는 자리를 박차고 일어나면서 소원의 귀청이 떨어지도록 고함을 질렀다.

"인간이 할 짓이 있고 해선 안 되는 짓이 있는 거야. 그것도 구별 못해?"

"아, 깜짝이야. 왜 소리를 질러요? 있는 듯 없는 듯 조용히 계신다던 분이 아까부터 자꾸 존재감을 어필하시네. 관심받고 싶어서 아주 안달이시네."

"뭐라고 말하는지 한번 들어보자고 왔던 내 자신이 한심해서 그런다. 너 같은 놈은 무죄든 유죄든 상관없이 그냥 감방에 처넣는 게 나아."

"헐, 정 검사님! 방금 저 말 들으셨어요? 자기 맘에 안 드는 놈은 그냥 무조건 다 감방으로 직행시킨다고요! 저 인간은 검사도 아니에요!"

강한과 소원은 이곳이 어디인지, 각자의 처지가 어떤지도 잊어버리고 옥신각신 싸우기 시작했다. 강한은 오늘 첫 출근으로 받은 스트레스를, 소원은 그동안 구치소에 갇혀 있으면서 받은 스트레스를 서로에게 쏟아내려는 듯 싸움은 급격히 과열되었다. 결국 조사는 중단되고, 검사실은 아수라장이 되었다. 이게 바로, 강한과 류소원이라는 두 극과 극을 붙여놓은 결과였다.

* * *

"망할 놈 같으니."

점자교본을 만지고 있던 강한은 갑자기 책을 탁 소리나게 덮으면서 으르렁대듯 중얼거렸다. 그는 유미의 검사실에서 소원과 언성을 높이면서 싸우다가, 결국은 쫓겨나고 말았다. 유미 방 수사관의 손에 이끌려 돌아온 강한을 보고도 별말 하지 않던 세은이 드디어 한마디 했다.

"검사님, 정 검사님 방에서 피의자랑 싸우셨다면서요. 그 방 실무관 언니한테 다 들었어요."

"……."

"그래도 그 정도에서 끝내다니 자제심이 대단하세요. 누가 저한테 그런 짓을 했으면 반 죽여놨을 거예요. 아니, 완전히 죽여야죠! 토막토막 회를 쳐가지고 한강에 둥둥 띄워놓을 거예요!"

세은은 청순하고 낭랑한 목소리에는 어울리지 않는 무시무시한 발언을 했다. 강한이 그녀에게 류소원은 염산 테러범이 아니지만 감옥에 처넣어 마땅한 놈이라고 말해주려는 찰나였다.

찌르르릉-!

난데없이 스피커에서 요란한 소리가 터져나왔다. 화재경보음이
었다.

"뭐지? 오경보인가?"

이전에도 화재경보기가 오작동한 때가 있었다. 그러나 이번에는
아닌 것 같았다. 화재경보는 계속 커다랗게 울리면서 귀청을 때렸
다. 다른 검사실 분위기는 어떤지 살피고 싶었지만, 원래 창고였던
강한의 검사실은 복도 끄트머리에 처박혀 있어서 무슨 유배지나 다
름없었다.

"검사님, 제가 총무과에 가서 어떻게 된 건지 물어보고 올게요. 막
내라서 제가 가야 한대요."

세은은 메신저를 통해 다른 방 직원들과 대화를 나누었는지, 다
급하게 말하고는 재빠르게 튀어나갔다. 그러나 세은이 나가고 몇 분
이 지나도록 경보음은 꺼지지 않고 시끄럽게 울려 퍼졌다. 중앙 복
도에서 사람들이 갈팡질팡하면서 소리치는 게 강한의 귀에도 들려
오기 시작했다.

"어디서 불이 났나 본데?"

"일단 1층으로 내려가요. 이 계장님, 엘리베이터 말고 비상구로 오
세요! 화재경보가 울릴 때는 엘리베이터가 자동으로 폐쇄된다고요."

"우리 검사님은 어디 계시지? 한 검사님! 이쪽이요!"

강한은 세은이 돌아오기를 기다렸지만 그녀는 나타나지 않았다.
어쩔 수 없이 강한은 혼자 힘으로 자리에서 일어났다. 책상 옆에 기
대어두었던 케인을 손에 쥐고, 방문을 향해 나아갔다.

"세은 씨! 혹시 여기에 있어요? 세은 씨!"

그러나 돌아오는 것은 텅 빈 복도에 메아리치는 자기 목소리의 반향뿐이었다. 다행히 일자로 쭉 뻗은 복도를 따라서 비상구까지 가는 것은 그리 어렵지 않았다. 문제는 계단을 따라 6층부터 1층까지 내려가는 일이었다. 강한은 바짝 긴장했다.

"괜찮아, 복지관에서 배운 대로 하면 돼."

복지관에서 계단 오르내리는 연습을 했지만, 2층 이상을 가본 적은 없었다. 자칫 넘어지지 않을까 노심초사하면서 한 계단, 한 계단 통과하는 것이 너무도 힘에 부치는 일이었기 때문이다. 하물며 6층을 한꺼번에, 그것도 어디서 일어났을지도 모를 화재가 번지기 전에 내려가야 한다니 그 부담감이 막중했다.

"침착하게, 침착하게. 우선 계단 입구가 어디인지 확인해야 해."

강한은 배운 내용을 차근차근 되새겼다. 케인을 수직으로 세워 바닥을 더듬으면서 계단이 시작되는 지점을 찾았다. 케인이 아래로 쑥 들어가자, 계단 디딤판 안쪽에 케인의 끝을 닿게 해서 일종의 버팀목으로 삼았다.

"발을 내딛는 동시에 케인의 끝이 다음 계단에 닿도록……."

이 부분이 가장 어려웠다. 발과 케인이 동시에 허공에 떠버리는 순간, 암흑 속에서 자신을 지탱해주는 게 아무것도 없다는 그 감각이야말로, 원초적인 공포를 자극하는 것이었다. 그러나 두려움에 떨고 있을 시간이 없었다. 경보는 아직까지도 건물 전체를 뒤흔들면서 울려 퍼지고 있었다.

"후우--."

강한은 크게 심호흡을 한 번 하고 발을 아래로 디뎠다.

14

"됐어!"

무사히 한 계단을 내려온 강한은, 같은 방식으로 다음 계단을, 그리고 그다음 계단을 내려갔다. 순조롭게 내려가고 있긴 했지만, 여전히 느림보 같은 속도였다. 겨우 반 층을 내려왔을 뿐인데 시간은 5분 가까이 소요된 것 같았고, 이마에서는 땀이 비 오듯 흐르고 있었다. 기분 탓인지 경보가 아까보다 더 큰 음량으로 울리는 것 같았다.

"안 되겠다. 난간을 짚고 내려가자."

마음이 급해진 강한은 복지관에서 배운 방식을 잠시 잊기로 했다. 그 대신 케인의 끈을 손목에 걸고, 두 손으로 난간을 붙잡은 채 발끝으로 계단을 대충 더듬으면서 내려가기 시작했다. 계단의 너비와 높이가 정확히 측정되지 않아 불안하긴 했지만 그 편이 속도는 훨씬 빨랐다. 그렇게 마침내 한 층을 내려왔다.

"이제 다섯 층만 더 내려가면 되나? 그전에 불타 죽거나 질식사하지 않으면 다행이겠군."

강한은 계단참을 빠르게 이동해 그다음 층으로 가는 계단을 밟으려고 했다. 지나치게 서둘렀던 탓일까, 발을 헛디디면서 난간을 짚고 있던 손이 주르륵 미끄러지고 말았다.

"어엇!"

강한은 자신의 몸이 허공에 붕 떠오르는 것을 느꼈다. 하늘을 날 것 같다고 느낀 것도 잠시, 곧바로 몸이 곤두박질치면서 충계 위를 데굴데굴 굴렀다. 너무 느리게 내려가는 게 아닌가 걱정했던 게 무색할 만큼, 그의 몸은 걷잡을 수 없이 빠르게 아래로 추락했다. 그리고 그때마다 울퉁불퉁한 계단 모서리에 이리 부딪히고 저리 부딪혔다.

강한은 반 층의 계단을 몸으로 굴러 내려왔다. 그와 동시에 누가 던진 공처럼 계단참 끄트머리에서 튕겨져나가 벽 한복판에 꽂혔다. 그의 몸은 바닥에 내팽개쳐졌고, 케인은 어디로 날아갔는지 짐작조차 할 수 없었다.

"으윽……."

강한은 온몸을 덮쳐오는 격통으로 인해 차마 입도 열지 못하고 악문 잇새로 신음 소리만을 냈다. 그때, 그의 옆에 있는 비상구의 문이 벌컥 열렸다.

"선배? 여기서 뭐 하고 있는 거야? 다쳤어?"

강한을 발견하고 혼비백산한 유미의 목소리였다. 그녀는 최초로 화재경보가 울리기 시작했을 때 3층 소회의실에서 시민위원회에 참석 중이었다. 화재경보를 듣고 시민위원들과 함께 1층 로비로 내려왔다가, 당연히 6층 사람들과 함께 내려올 줄 알았던 강한이 보이지 않자 깜짝 놀라 도로 6층으로 올라가고 있었던 것이다.

"유미야……."

강한은 두 팔 사이에 얼굴을 묻은 채 잘 들리지도 않는 목소리로 웅얼거렸다. '정 검사'가 아니었다. '유미'였다. 강한이 그렇게 부르는 순간, 유미의 입술 사이에서도 예전의 호칭이 흘러나왔다.

"응, 오빠. 나야. 괜찮아? 일어설 수 있겠어? 정신 좀 차려봐!"

유미는 겁먹은 목소리로 강한의 어깨를 잡고 흔들었다. 그러나 강한은 그 목소리가 잘 들리지 않았다. 이런 게 뇌진탕인가. 머리가 깨질 듯이 아프고 정신이 몽롱했다. 항상 까맣던 시야가 이번에는 노랗게 물들었다. 오락가락하는 의식 속에서 내뱉는 말들이 조각조각 끊어졌다.

"내가 어쩌다 이 모양 이 꼴이 됐지……?"

강한은 그 말을 마지막으로 정신을 놓았다. 이번에야말로 영영 깨어나지 않았으면 좋겠다고 간절히 바라면서.

* * *

"강 검사, 큰일 날 뻔했다고 들었네. 몸 상태는 좀 어떤가?"

"괜찮습니다. 일시적인 뇌진탕 증상이 있었지만 가라앉았고, 발목을 삐긴 했지만 걷지 못할 정도는 아닙니다. 며칠만 압박붕대를 감고 다니면 통증도 곧 사라질 거라고 하고요."

낙상 사고가 일어난 지 두 시간 30분 후, 강한은 이 성암지검에서 가장 높은 사람인 검사장의 소환을 받고 검사장실에 와 있었다.

화재경보는 검찰청에 왔던 민원인 하나가 화장실에서 몰래 담배를 피우고 세면대에 꽁초를 버린 게 원인이었던 걸로 밝혀졌다. 작은 소동이었지만, 강한에게 남긴 흔적은 컸다. 강한의 발목에는 압박붕대가 감겨 있었고, 얼굴 이곳저곳에는 찰과상을 가리기 위한 밴드가 붙어 있었다.

"그래, 그건 다행일세."

검사장은 이마를 손으로 짚으면서 한숨을 내쉬었다. 강한이 구급차에 실려 병원에 다녀오는 동안 검사장도 가시방석에 앉아 있었던 것이다. 오죽하면 퇴근시간이 30분이 지나도록 퇴근도 하지 않고 검사장실에서 강한이 돌아오기만을 기다렸겠는가. 검사장은 강한의 사고 소식을 듣는 바로 그 순간부터 생각했던 바를 전달했다.

"강 검사. 자네가 질병휴가를 마치고 복직할 때, 청 내부에서는 반대하는 목소리가 많았네. 검찰청은 병원과 똑같아. 누군가의 생사를 가르는 일을 하는 곳이지. 그런데 앞을 못 보는 검사에게 사람의 생사여탈권을 쥐여주다니, 우리 청의 신뢰도를 떨어뜨릴 거라는 거였어."

"……."

"하지만 난 그 말에 찬성하지 않았네. 장애가 있다고 해서 검사가 되지 말라는 법이 어딨나. 아니, 오히려 그런 검사가 더 잘 이해하고 해결할 수 있는 사건이 있을지도 모르지. 우리나라에서 장애인들은 범죄의 사각지대에 놓여 있으니까."

"그렇게 생각해주셔서 감사합니다."

강한은 조금 떨떠름한 기분으로 말했다. 사실 성암지검 검사장은 강한이 특수부에서 이름을 날리던 시절, 그를 총애하지 않았기 때문이다. 수사보다 유일하게 좋아하는 게 공부라는 검사장은 전형적인 선비 타입이었다. 검찰 내부의 정치를 못해서가 아니라 싫어해서 끼어들지 않았는데, 조금만 더 요령을 부렸다면 지금쯤 검찰총장이 되어 있으리라는 평가도 받았다. 그런 사람이기에 강한을 비롯해 야심을 노골적으로 드러내는 검사들을 비호하지 않았다. 그런데 모두에게 맞서 싸우면서까지 강한의 편을 들어주었다니, 솔직히 뜻밖이었다.

"하지만 자네가 복귀한 첫날에 사고가 터지니, 내 결정을 재고하지 않을 수 없네. 내가 너무 속단했어. 성암지검 근무환경은 아직 시각장애인 검사를 받아들일 준비가 되어 있지 않아."

"검사장님!"

"장애가 있다고 배척하는 게 아닐세. 오히려 정반대야. 이대로 강 검사가 무리하는 걸 방치해두었다가, 정말 큰 사고가 터지면 사람들이 뭐라고 할 것 같나? '그것 봐, 역시 장애인이 고위 공직을 수행하는 건 무리야.' 이렇게 떠들어대겠지. 난 그런 인식을 심어주길 원치 않네."

업무 능력을 가지고 타박하면 일단 일을 맡겨나 보시라고 받아치면 되고, 검찰청 이미지를 들먹이면 장애인 검사를 포용하는 민주 검찰의 마스코트가 되겠다고 하려고 했다. 그러나 검사장이 계산적인 이유가 아니라 도의적인 이유를 들고 나오자 강한은 할 말이 없었다. 검사장은 그런 강한을 달래듯이 말했다.

"일단 휴직하게. 공무상 질병으로 인정해서 봉급 전액을 받게 해주겠네. 그러니 마음의 여유를 갖고 최소한 1년은 재활하도록 해. 새로운 삶에 완벽히 익숙해질 때까지."

사실 그 정도면 파격적인 특혜라고 할 수 있었다. 검찰청 업무가 워낙 과중하고 검사들은 청에 피해를 주는 것을 꺼렸기에, 아파도 마음껏 쉬지 못하는 경우가 부지기수였다. 그러나 특혜는 받는 사람이 달가워해야 특혜인 거고, 강한은 쉬고 싶은 마음이 전혀 없었다.

"……."

"그건 싫은가?"

검사장은 강한의 침묵 속에 숨겨진 그의 의사를 읽었다. 그가 다시 한번 한숨 쉬는 소리가 들려왔다.

"그래, 이런 반응을 보이리라고 예상했네. 그렇다면 내가 차선책을 제안하지. 24시간 동안 강 검사를 도와줄 수 있는 활동보조인을 고용하게. 이게 내 조건이고, 이것만이 내 조건이네."

"24시간이요?"

"그래."

"업무시간에 도와줄 사람만 있으면 되는 거 아닙니까? 저희 방 홍세은 씨가 시각장애인 봉사활동을 해본 경험이 있다고 하니 충분히 보조해줄 수……."

"그건 안 돼. 수사관은 검사의 수발을 들라고 존재하는 직책이 아니야. 홍 수사관은 견습이니 더더욱, 본연의 업무를 익히는 데 집중해야지."

검사장은 단호하게 잘라 말함으로써 강한의 입을 막은 후에 덧붙였다.

"듣자 하니 강 검사, 함께 사는 가족이 없다고. 자네가 집에 있을 때 사고가 나더라도 그 책임은 검찰청에 돌아온다는 걸 모르진 않겠지. 365일, 24시간. 이건 타협할 수 없는 조건이야."

"……."

"그렇게 헌신적으로 일해줄 사람을 구하는 데는 시간이 꽤 걸리겠지. 그때까지는 병가를 쓰도록 하게. 이건 권유가 아니라 명령이야. 알아들었나?"

"……네."

명령. 상명하복의 검찰 조직에서 그것은 절대적이었다. 강한은 군말하지 않고 대답한 후, 케인으로 길을 더듬으면서 등을 돌렸다. 윗사람에게 등을 보이는 건 무례한 짓이었지만, 눈이 멀었는데 이 정도는 봐주겠지 싶었다. 그때 검사장이 아직 말이 안 끝났다는 듯 그를 불렀다.

"강 검사, 잠깐. 한 가지 더."

"네, 검사장님."

"활동보조인을 구해온 후에도 자네에게는 다른 검사보다 더 엄격한 기준을 적용할 걸세. 자네의 핸디캡으로 인해 단 한 명의 피해자도 억울한 일을 당해선 안 되고, 단 한 명의 가해자도 죗값을 치르지 않고 빠져나가서는 안 되네. 장애를 이유로 봐주지 않겠다는 얘기야. 알겠나?"

"듣던 중 반가운 말씀이십니다."

강한은 한 치의 망설임도 없이 그렇게 대답했다. 단 하나의 사건이라도 제대로 처리하지 못하면, 그때는 스스로 검찰을 떠날 각오가 되어 있었다. 그 정도 각오가 없다면 애초에 이곳에 돌아오지도 않았을 것이다.

* * *

10월 14일 일요일 오후 4시. 강한의 집.

— 안녕하세요, 혜성인력 콜센터입니다. 어떤 인력이 필요하신가요?

"시각장애인 활동보조를 해줄 사람이 필요합니다. 정부 지원금이 아니라 사비로 고용하는 거라 등록증은 필요 없고요. 경험이 없어도 괜찮습니다. 일당은 15만 원에서 20만 원까지 드릴 수 있고요."

강한은 휴대전화에 대고 이미 몇 번이나 되풀이했던 대사를 또다시 읊었다. 처음에는 그도 '경험 있는 사람, 전공자, 집이 가까운 사람, 성격이 원만하고 과묵한 사람' 등등 온갖 조건을 다 갖다붙였다. 그러나 이제는 찬밥, 더운밥, 상한 밥, 가릴 처지가 아니었다. 그가 던진 미끼에 걸려든 인력업체 직원의 목소리가 환하게 밝아졌다.

— 저희가 장애인 활동보조 지원 인력을 따로 관리하진 않는데요. 그 정도 조건이면 하겠다는 분이 많으실 것 같네요. 도와드릴 수 있습니다. 필요하신 요일과 시간대가 언제이신가요?

여기서부터가 갈림길이다. 강한은 긴장감에 침을 한번 꿀꺽 삼킨 후 입을 열었다.

"매일 24시간입니다. 가능할까요?"

— 네?

강한의 말이 떨어지기 무섭게, 인력업체 직원은 얼빠진 듯한 말투로 되물어왔다. 그리고 곧바로 이어지는 살짝 화난 듯한 목소리.

— 장난전화 하고 그러시면 안 됩니다. 여기는 다른 사람의 일터라고요.

"장난전화 아닙니다. 제 신분도 밝힐 수 있어요. 뉴스 보시죠? 얼마 전에 염산 테러 당해서 실명한 검사, 그게 접니다. 검찰청에 복귀해서 일할 수 있도록 도와줄 보조인이 필요해요."

수화기 너머에서 잠시 침묵이 흘렀다. 직원은 이 전화가 장난이라고 치부하고 싶으면서도, 더없이 진지한 강한의 목소리에 그럴 수가 없는 모양이었다.

— 저기요, 검사님. 그러니까 정말 그분이 맞는다면 말이에요. 사정이 딱한 건 알겠어요. 아무리 그래도 주 7일 24시간이라뇨, 무슨 노비도 아니고. 요즘 같은 세상에 노동청에 진정 들어가요.

"우리집에서 숙식을 제공할 거고요. 일과시간 외에는, 그리고 일과시간 중에도 충분한 휴식을 취할 수 있도록 배려할 겁니다. 그런데 그게 왜 노비입니까?"

— 조건이 문제가 아니라고요. 자유가 없잖아요, 자유가. 막말로 진짜 굶어 죽어가는 사람이 아니면 안 갈 자린데, 요즘 세상에 그런

사람 찾기 힘들어요. 이런 건 장애인복지관에 알아보세요.

조금 전까지만 해도 도와줄 수 있다던 직원이 순식간에 말을 바꿨다. 강한은 자기도 모르게 하소연이 튀어나왔다.

"알아보지 않았을 것 같습니까? 전국에 있는 복지관이란 복지관에는 다 전화해봤습니다. 최소 석 달, 길게는 반년 이상 기다려야 한다더군요. 그나마 하루 여섯 시간 이상 근무 안 하고요."

— 그건 저희도 마찬가지예요. 이런 일은 가족이나 친척분한테 부탁하셔야죠.

"가족이나 친척이 없으니까 이 고생을……. 여보세요? 여보세요?"

강한은 끊긴 휴대전화에 대고 절박하게 외치다가, 이내 아무 소용이 없다는 걸 깨닫고 땅이 꺼지도록 깊은 한숨을 내쉬었다. 이대로라면 그의 검찰 복귀는 요원할 것 같았다.

15

　힘없이 휴대전화를 내려놓던 강한의 손이 무언가를 툭 건드리고 지나갔다. 지난 사흘간 시켜 먹은 음식 포장 용기가 수북이 쌓여 냄새를 피우고 있었다.

　음식을 시켜 먹는 과정 자체만으로도 충분히 힘들었다. 음식점 전화번호는 다짜고짜 114에 전화를 걸어 '시각장애인인데 도움이 필요하다. 성암동에 있는 배달 가능 체인점을 전부 알려달라'고 말하는 것으로 해결했다. 빈 그릇을 제대로 내놓을 자신이 없어서 일회용 포장이 가능한 음식만 먹었다. 피자, 치킨, 햄버거, 다시 피자. 좋아하지도 않는 기름진 패스트푸드로만 연명했더니 속이 느글거려서 당장이라도 토할 것 같았다.

　'검찰청 일 때문이 아니더라도, 나한테 누군가가 필요한 건 분명한 것 같군.'

　인정하긴 싫었지만 인정해야만 했다. 이대로는 굶어 죽거나, 냄새에 질식해서 죽거나, 아니면 속이 터져 죽을 것 같았으니까. 개인 위생 교육은 받았지만, 물 온도를 눈으로 확인할 수 없어 샤워조차 하지 못했다. 화상에 대한 트라우마가 생긴 강한은 혹시나 지나치게 뜨거운 물이 나올까봐 무서웠던 것이다. 고작 사흘 만에 강한은 문명인다운 삶에서 완전히 멀어져 있었다.

'정말 휴직해야 하는 건가? 내가 쉬는 사이에 사건은 완전히 끝나버릴 텐데?'

강한이 좌절하려는 순간, 그의 휴대전화가 다시 진동하면서 안내음성이 나왔다.

— 010-4197-66××에서 전화가 왔습니다. 받으시겠습니까?

모르는 번호였다. 그래서 다행이었다. 강한은 다급하게 휴대전화 화면을 두 번 두드렸다.

"여보세요? 복지관인가요? 인력업체입니까? 사람 구했나요?"

"강한 검사님? 검사님 맞으세요? 전화 받으실 수 있으세요?"

강한은 불쑥 튀어나온 목소리를 알아듣지 못해 고개를 갸웃했다.

"누구십니까?"

"아, 죄송합니다. 저 류소원을 담당하고 있는 사회봉사 감독관입니다. 검사님 다치신 거 알고 있는데, 꼭 드리고 싶은 말씀이 있어서……."

"사회봉사 감독관이요? 무슨 얘길 하시려고요?"

사회봉사 감독관이 검사에게 전화하는 경우는 거의 없는 게 아니라 아예 없었다. 피감독자가 말썽을 피우거나 봉사활동을 빼먹으면 그 내용을 보고서로 작성해서 검사실에 팩스로 보내면 그만이었다. 감독관도 개인 연락처를 알아내 전화한 게 미안했는지 쭈뼛쭈뼛 말을 꺼냈다.

"소원이가 어떤 혐의로 구속됐는지는 알고 있습니다. 검사님 입장에서야 눈이 뒤집…… 아니, 화가 많이 나시겠죠. 하지만 소원이 그놈이 철없고 까불거리긴 해도 절대 악질은 아닙니다."

감독관이 바깥에 나와 있는지, 이것저것 뒤섞인 번잡한 배경음이 강한의 귀를 어지럽혔다. 강한은 귀를 막고 싶은 충동을 느끼면서 자못 무뚝뚝하게 대꾸했다.

"그 얘기 하시려고 전화하신 겁니까?"

"막걸리 마시고 음주운전한 독거노인이 자긴 허리 아파서 쓰레기 못 줍는다고 하니까, 그 몫까지 지방도로 1킬로미터를 혼자 몽땅 청소한 놈입니다. 따가운 가을볕에 땀 뻘뻘 흘려가면서요."

소원의 봉사활동 첫날, 그에게 무슨 천인공노할 짓을 저질렀냐고 추궁하며 중범죄자 취급을 하던 감독관은 이제 없었다. 입으로는 쉴 새 없이 투덜대고 욕을 하면서도 손으로는 묵묵히 시킨 일을, 아니 그 이상을 해놓는 소원의 행동거지가 그에게 믿음을 심어주었던 것이다.

"어디 그뿐인 줄 아세요. 독거노인을 위해서 담근 김장김치, 그거 제때 배달해야 한다고 엘리베이터가 고장 난 아파트 10층까지 항아리를 짊어지고 올라가기도 했어요. 어린애들도 예뻐해서……."

감독관은 류소원의 선행담을 계속 늘어놓으려고 했지만, 강한은 쥐뿔도 관심 없었다. 그의 신경은 온통 점점 커져가고 있는 배경음에 집중되어 있었다. 그리고 그 속에 섞여서 간간이 들려오는 위이이잉 하는 소리와 펄럭거리는 소리. 둘 다 분명 어디선가 들어본 적 있는 소리였다. 그것도 아주 최근에.

"감독관님, 잠깐만요. 지금 계신 곳이 어딥니까? 옆에서 들리는 소리, 그거 뭐죠?"

"아, 죄송합니다. 친한 동생이 고깃집을 개업해서 잠깐 들렀어요. 음악이 많이 시끄러우시죠?"

"아뇨, 음악 말고 다른 소리요. 바람 소리랑 펄럭펄럭하는 소리……."

"펄럭펄럭이요? 뭐지? 아, 이건가? 별거 아니에요, 그냥 바람 인형이 춤추는 건데요. 바람 소리는 풍선 아래 포터블팬에서 나오는 거고요."

"바람 인형……."

강한은 그 말을 멍하니 중얼거렸다. 방금 생각났다. 그 소리를 언제 어디서 들었는지. 그 소리가 그를 어디로 이끌어줄지 아직은 알 수 없었지만, 쫓아가볼 가치는 충분했다.

* * *

10월 15일 월요일 오전 9시. 성암지방검찰청 602호 정유미 검사실.

"저기요, 이거 인권침해 아니에요? 이른 아침부터 사람을 불러젖혀서 조지는 거. 적어도 잠이라도 맘껏 자게 해달라고요. 밥도 거지같이 주면서."

아침 식사를 허겁지겁 마치고 출정 버스에 올라야 했던 소원은 궁시렁거리면서 의자에 앉았다. 유미도 이제 소원의 이죽거림에 익숙해졌는지, 천연덕스러운 말투로 되받아쳤다.

"산책하러 나온다고 생각해요. 류소원 씨는 운 좋은 거예요. 바깥바람 쐬고 싶어서 가짜 제보편지를 보내는 수용자도 수두룩해요. 구치소, 답답하고 불편하지 않아요?"

"아뇨, 날 못 잡아먹어서 안달인 형사도 검사도 없어서 좋은데요. 내가 뭐 누구처럼 폐소공포증이 있는 것도 아니고."

"폐소공포증이요? 누구 얘기예요?"

소원이 대답하기도 전에, 검사실 문이 열리면서 강한이 나타났다.

"넌 아직도 그 얘기냐? 그놈의 폐소공포증 타령."

유미는 처음에 그를 못 알아볼 뻔했다. 깔끔함을 목숨처럼 소중히 여기던 강한은 온데간데없이 사라졌다. 그는 웬 설인처럼 수염이 꺼멓게 돋아나고 머리에는 기름때가 껴 있었다. 게다가 검찰청의 근엄한 분위기와는 어울리지 않는 연보라색 셔츠에 갈색 줄무늬 바지와 진청색 재킷이라는 괴상한 조합의 옷차림을 하고 있었다.

이게 강한이 꼬박 사흘 밤낮을 혼자 보낸 결과였다. 강한은 재활을 딱 열흘만 하고 혼자 살아도 괜찮다고 자신만만해했던 과거의 자신이 이제 구제 불능의 멍텅구리처럼 여겨졌다. 그래도 꼴에 자존심은 버릴 수 없어서, 끝까지 복지관에는 도움을 요청하지 않았다. 유미는 놀라서 입이 떡 벌어졌고, 소원은 기다렸다는 듯 빈정거렸다.

"헐, 뭐예요? 꽃거지 콘셉트인가? 꽃거지는 기본적으로 잘생겨야 하는데. 와꾸가 안 되면 그건 그냥 거지예요, 상거지."

"선배님, 여기 오시면 안 되는 거 아니에요? 활동보조인 구할 때까지 출근 안 하신다면서요."

유미의 질문에, 강한은 보일 듯 말 듯 희미한 미소를 띠면서 대답했다.

"구했어, 활동보조인."

"벌써요? 누구요? 어디 있는데요?"

강한은 곧바로 대답하는 대신, 케인을 짚으면서 검사실 안으로 걸어 들어왔다. 원하던 위치에 도달했다고 생각했을 때, 그는 케인을 들어 올려 허공을 휘휘 저었다. 몇 번 헛손질을 하다가, 마침내 강한의 케인 끝이 소원의 어깨를 쿡 찔렀다. 소원은 버럭 짜증을 냈다.

"아, 뭐야? 찌르지 마세요. 이거 폭행이에요!"

"여기 있네, 내 활동보조인."

강한의 말에, 소원을 제외하고 검사실 안에 있던 모든 이가 소스라치게 놀랐다. 소원이 멀뚱멀뚱하게 있는 건, 강한이 무슨 말을 하는 건지 알아듣지 못해서였다. 강한은 그런 소원의 어깨를 다시 케인으로 슬슬 건드리면서 낚시하듯 미끼를 던졌다.

"너, 감옥 가기 싫지?"

"그걸 말이라고 해요? 감옥 가고 싶어서 환장한 미친놈도 있어요?"

"내가 너 풀어줄게. 그 대신 내 활동보조인 해."

"그게 뭔데요?"

"활동보조. 문자 그대로 나를 따라다니면서 하나부터 열까지 다 도와주는 거야. 양치질하는 거, 면도하는 거, 밥 먹는 거, 옷 입는 거, 출퇴근하는 거, 일하는 거, 외출하는 것까지."

"와, 씨발. 미친 거 아니에요? 그게 무슨 보조인이에요? 그냥 머슴이지. 모르시나 본데 저 존나 자유로운 영혼이거든요?"

"그래? 이대로 있어도 딱히 자유롭게 살진 못할 텐데?"

강한은 입꼬리를 슬쩍 끌어올리면서 의미심장하게 말하더니, 아마도 소원의 건너편에 앉아 있을 유미를 향해 떠보듯 물었다.

"정 검사, 2차 구속 만기가 토요일이지? 이번 주에 기소하겠네. 준비는 다 끝났겠군. 일은 칼같이 미리 해두는 스타일이잖아. 혹시 얘가 맘 바꿔서 자백할까봐 끈질기게 기다리는 거지?"

유미는 책상 위에 펼쳐놓은 기록을 강한에게 들키기라도 한 것 같아 흠칫했다. 그의 말대로 소송 기록과 증거 기록, 심지어 공판 카드까지도 이미 다 만들어놓은 상태였다. 강한은 안 봐도 뻔하다는 듯 점쟁이 놀이를 계속했다.

"죄명은 특수중상해, 아니면 살인미수인가? 내가 제때 창문을 닫지 않았으면 염산을 몽땅 뒤집어써서 전신화상을 입었을 테니까. 그러면 구형은 최소 8년? 거기에 보복 목적, 피해자는 검사, 집행유예 기간, 반성의 기미는 나노 단위로 들여다봐도 없음. 10년은 때렸겠네. 그지?"

유미는 차마 아니라고 반박하지는 못했다. 그녀의 앞에 놓인 공판 카드 구형란에는 '징역 10년'이라는 글자가 굵고 크게, 밑줄까지 두 개 쳐진 채 적혀 있었기 때문이었다. 그녀는 당황한 기색을 감추지 못하고 겨우 대꾸했다.

"아직 확실히 결정한 건 아니에요."

"에이, 그럴 리가. 내부 회의를 몇 번이나 거쳐서 윗분들이 결정하셨을 텐데. 빼박이지, 뭐."

강한은 당치도 않다는 듯 손을 내저으며 대꾸했다. 유미는 더 이상 받아치지 못했고, 소원의 얼굴에는 경악하는 기색이 퍼져나갔다.

"진짜요? 꽃다운 이십대를 감옥에서 통째로 날려야 한다고요? 내가 하지도 않은 일 때문에?"

"그래, 아무리 생각해도 그건 아닌 것 같지? 그러니까 나랑 거래하자. 너한테 불리한 조건은 절대 아닐 테니까. 너, 지금 남아 있는 사회봉사활동 시간이 얼마나 되지?"

"9978시간이요."

소원은 생각만 해도 지긋지긋하다는 듯 대꾸했다.

"네가 앞으로 짧게는 5년, 길게는 7년까지 매여 살아야 할 그 봉사활동 시간, 내가 한꺼번에 탕감해주지. 넌 내가 이 사건을 해결할 때까지만 옆에서 도와주면 돼. 나쁘지 않지?"

"이 사건? 염산 테러 사건이요? 그다음에는 나 완전히 자유로워지는 거예요?"

"그래, 해방시켜줄게. 이 사건만 끝나면."

강한은 주저없이 약속했고, 소원은 그런 그를 뚫어지게 쳐다보았다. 노예계약이라고 펄펄 뛸 마음은 더 이상 들지 않았다. 그와는 반대로, 너무도 터무니없이 좋은 얘기라서 곧이듣기 어려웠다. 저 인간이 또 자길 가지고 장난치는 건 아닌지 가늠해보려고 했지만, 워낙 포커페이스인데다가 선글라스까지 쓴 강한의 표정을 읽어내기란 쉽지 않았다. 그때 유미가 두 남자 사이를 가로막고 나섰다.

"잠깐만요, 선배님. 지금 구속 피의자랑 무슨 거래를 하시는 거예요? 류소원 씨는 왜 또 그걸 다 받아주고 있어요! 앞으로 수형 생활 모범적으로 하면서 죗값 치를 생각을 해야지."

"류소원은 오늘 안으로 구속 피의자가 아니게 될 거야. 정 검사가 석방시켜줄 테니까."

"제가 왜요?"

강한은 재킷 주머니에서 두 가지 물건을 꺼내 유미의 책상 위에 올려놓았다. 하나는 녹음기였고, 하나는 휴대전화였다. 강한이 녹음기의 재생 버튼을 누르자, 소원의 음성이 흘러나왔다.

— 내가 의사도 아닌데 그런 걸 어떻게 알아요! 어떤 녹색 티 입은 사람이 뭐 이상한 걸 던져가지고 그걸 맞고 쓰러졌는데…….

"119 신고 음성 파일이잖아요? 어떻게 선배가 이걸……. 혹시 나 몰래 녹음한 거야?"

"쉿, 집중하고 들어봐!"

강한이 녹음기 음량을 최대로 키우면서 손가락을 입술에 가져다 대자, 검사실 안 사람들이 얼떨결에 일제히 입을 다물었다. 단 한 사람, 류소원만 빼고서.

"듣긴 뭘 들어요. 그냥 내 목소리잖아요."

"아니, 네 목소리 말고. 그 중간중간 들리는 소리."

통화 녹음을 재녹음한 거라 음질은 열악했지만, 분명히 들렸다. 허술하게 지은 천막이 강풍에 흔들리는 소리, 아니면 깃발이 깃대를 때리면서 정신없이 나부끼는 소리 같기도 했다.

"류소원, 너 저게 무슨 소리였는지 기억나?"

"아뇨, 저런 소리가 났는지도 몰랐는데. 저게 뭔데요?"

소원이 어리둥절해하며 되묻자, 강한은 녹음기를 내려놓고 휴대 전화를 집어 들어 유미에게 건넸다.

"동영상 폴더에 보면 어제 찍은 영상이 있을 거야. 그 영상 좀 컴퓨터로 틀어줘."

유미는 영문도 모르면서 일단 시키는 대로 했다. 휴대전화를 케이블에 연결하고 저장된 동영상을 재생하자, 가로등과 헤드라이트로 환하게 밝혀진 번화가 밤거리가 나타났다. 영상을 찍는 사람이 상당히 서툰 듯 화면이 몇 번 엉뚱한 방향으로 흔들리다가 간신히 자리를 잡았다.

"저긴……."

소원은 화면 속 장소가 어딘지 알아보았다. 바로 강한이 염산 테러를 당한 곳, 문라이트 호텔 후문 앞이었다.

16

전날 밤 9시 20분. 문라이트 호텔 후문 앞 출차로.

강한은 동영상 촬영 모드가 작동 중인 휴대전화를 든 채 길 한복판에 서 있었다. 그는 휴대전화 카메라 렌즈가 놓치는 사각지대가 없도록 각도와 방향을 바꿔가면서, 뺨에 와닿는 서늘한 가을밤 공기를 느꼈다.

일교차는 크지만 맑은 날씨, 토요일보다는 한산하지만 평일보다는 붐비는 듯한 인파의 활기, 같은 시간대. 시위대를 다시 동원할 수는 없지만 그 외의 조건들은 최대한 그날과 비슷하게 맞추고 싶었다. 그때, 강한의 옆에 있던 사람이 그의 팔을 조심스럽게 붙잡아 끌어당겼다.

"이제 그만 나오시죠, 검사님. 차가 언제 나올지 몰라서 위험합니다."

강한은 사회봉사 감독관과의 통화를 마친 후, 장애인 전용 콜택시를 불러 호텔에 왔다. 로비에 내리긴 했는데 어느 방향으로 가야 할지 몰라 갈팡질팡했다. 그때 불쑥 나타나 알은척한 사람이 바로 이 주차요원이었다. 그는 강한이 사고를 당하던 날 후문 요금정산소에서 근무했고, 출차로를 가로막고 있던 강한의 세단을 이동시킨 장본인이라고 했다. 강한의 실명 소식을 알고 있는 듯 뭐든지 도와주겠다며 동정심을 드러내는 그에게, 강한은 그날 자신의 세단이 서 있던 곳까지 데려다달라고 부탁했다.

그러나 그곳에서는 예의 그 배경음이 들리지 않았다. 강한은 동영상 촬영을 계속하면서 주차요원에게 물었다.

"혹시 이 근처에 바람 인형이 있습니까?"

"바람 인형이요? 그 길쭉해가지고 흐물흐물 춤추는 그거요? 그런 게 있었나?"

주차요원은 의아한 기색으로 되묻더니, 잠시 강한의 주변을 돌면서 사방을 살펴보는 듯했다.

"오, 저기 하나 있네요. 지금 이벤트 행사하는 휴대전화 대리점 앞에. 와, 어떻게 아셨어요? 앞도 안 보이시는 분이…… 앗, 죄송합니다!"

주차요원은 자기도 모르게 말했다가, 실수했다 싶었는지 얼른 사과했다. 강한은 아무렇지도 않았다. 그토록 싫어했던 '부탁'을 연거푸 몇 차례나 하고 있을 만큼, 지금 이 일은 중요했다.

"괜찮습니다. 그 대리점 앞으로 저를 좀 데려다주시겠어요?"

강한은 왼손으로 주차요원의 팔을 붙잡고 걸어가는 동안, 오른손으로는 동영상 촬영을 계속했다. 그리고 머릿속으로는 복지관에서 배운 방식에 따라 지형을 파악하는 데 집중했다.

열 걸음 정도 걸었을 때, 강한의 머릿속에 있던 그 소리가 고막을 통해 들려오기 시작했다. 그리고 발걸음을 옮길수록 더욱 커졌다. 주차요원이 강한의 왼손을 조심스럽게 가져가 바람 인형 위에 얹어주는 순간, 강한의 계산도 끝났다.

"걸음걸이로 재어보니 차가 서 있던 곳에서 여기까지 약 40미터 정도일 것 같은데 맞습니까?"

"네, 거의 정확해요. 감이 대단하시네요."

"이 대리점, 이벤트 행사를 언제부터 시작했는지 혹시 알아볼 수 있을까요?"

"그건 여기 현수막에 써 있네요. 9월 1일부터 12월 31일까지라고 하네요."

그렇다면 사건 당일에도 바람 인형이 이 자리에 있었다는 얘기다. 강한은 휴대전화를 들고 있던 손을 잠시 아래로 내리고, 주머니에서 녹음기를 꺼내 재생 버튼을 눌렀다.

— 여기 사람이 쓰러졌는데요! 빨리 와줘요!

소원의 음성에 겹쳐서 들리는 부자연스러우리만큼 강한 바람 소리, 펄럭이는 소리. 주차요원은 그들 주변에서 나는 소음과 녹음기 속의 소음이 쌍둥이처럼 정확히 겹쳐지는 것을 보고 놀라워했다.

"오, 똑같은 소리가 나네요. 이 자리에서 녹음한 건가요?"

"정확히 말하면 이 자리에서 통화한 걸 녹음한 거죠."

"보통 사람 같으면 별생각 없이 지나쳤을 텐데, 청력이 엄청 좋으시네요. 영화나 드라마에서 보니까 시력이 약해지면 청력이나 후각 같은 다른 감각이 예민해진다던데, 정말 그런가 봐요."

주차요원은 무슨 무협소설 속 절세의 맹인 고수를 만난 것처럼 강한을 향해 감탄했지만, 강한은 단호하게 고개를 가로저어서 그를 머쓱하게 만들었다.

"아뇨, 청력은 똑같습니다. 눈이 안 보인다고 해서 그전에 들리지 않던 소리가 들리는 건 아니에요."

"아, 그런가요⋯⋯."

"다만, 이전에 들리던 소리에 좀더 집중하게 되는 것뿐이죠. 방해하는 게 없으니까요."

강한은 처음으로 어렴풋이나마 알 것 같았다. 시각장애인복지관 재활교육팀장 오성수가 말했던, '눈을 잃은 후에야 보이는 것'의 정체가 무엇인지. 이전에는 한 번도 생각해본 적이 없었다. 시각이 관찰에 방해가 된다고는. 아니, 시각이 관찰의 전부라고 믿었다. 그런데 아니었다. 원하던 것을 확인한 강한은 녹음기를 끄고 주차요원에게 질문했다.

"그날 근무하실 때, 시위대가 어디에 진을 치고 있었는지 기억나십니까?"

"네, 그럼요. 기억나죠. 그 사람들 화장실 쓴다고 호텔에 들어오려는 걸 막느라고 얼마나 개고생했는데. 그러니까 저기⋯⋯."

"몇 시 방향으로 몇 미터 거리인지 말씀해주시겠습니까? 그리고 그쪽으로 데려다주시면 감사하겠습니다."

"음, 여기서 12시 30분 방향이요. 검사님 차가 서 있었던 출차로를 기준으로, 지금 우리가 서 있는 곳과 시위대가 서 있던 곳이 거의 대칭을 이루고 있어요. 자, 저를 잡고 걸어보세요."

소원은 진범이 시위대 복장을 하고 시위대 속으로 도망갔다고 주장했다. 그 진술 내용은 며칠 동안이나 뉴스를 장식해서 강한도 익히 알고 있었다. 그래서 강한은 진범이 도망갔다는 루트를 직접 걸어보고 싶었다. 그래봤자 별 도움은 안 되겠지만. 규칙적인 보폭을 유지하는 데 신경 쓰면서 고작 두 걸음 옮겼을 때, 허벅지가 뭔가에 부딪히면서 몸이 휘청거렸다. 강한은 그 충격으로 잠시 휴대전화를 떨어뜨렸다.

"검사님, 조심하세요!"

강한이 넘어지기 직전 주차요원이 그의 허리를 붙잡았다. 강한은 금속이나 시멘트보다는 가볍고, 종이나 스티로폼보다는 묵직한 그 커다란 물체가 뭔지 몰라 어리둥절했다.

"뭐죠? 제가 방금 뭐에 부딪힌 거죠?"

강한은 허리를 숙이고 바닥에 떨어뜨린 휴대전화를 찾아 손으로 더듬거리면서 물었다. 휴대전화는 중요했다. 그의 눈을 대신해서 모든 것을 목격해서 전달해야 할 매개체였으니까.

* * *

"그래요, 류소원 씨가 119 신고 전화를 걸 당시에 시위대 사이에 있었던 게 아니라 휴대전화 대리점 앞에 있었다는 건 알겠어요. 하지만 그걸로 뭐가 입증되죠?"

동영상을 몇 번이나 재생하고 난 후에도 유미는 강한의 의중을 파악하지 못했다. 강한은 유미뿐만 아니라 그 자리에 있는 모두를 향해 설명했다.

"류소원 말에 얼마나 신빙성이 있는지는 제쳐두고, 테러범이 시위대와 같은 복장을 하고 있었던 건 확실해 보여. 그게 아니면 현장에 있던 수백 명 중 한 명도 범인을 못 봤다는 건 말이 안 되니까."

"그렇다고 해도, 그것만으로 범인의 동선이 확정되는 건 아니잖아요. 출차로에서 염산 테러를 하고, 휴대전화 대리점 쪽으로 달아났다가, 거기서 119에 신고를 하고, 그다음에 다시 출차로를 가로질러서 시위대 속으로 들어갔을 수도 있다고요."

"제가 무슨 우사인 볼트예요? 그렇게 빨리는 못 움직여요!"

소원은 기가 막힌 듯 항변했지만 유미는 귀담아듣지 않았다. 대신 강한이 반박하고 나섰다.

"그건 불가능해."

"왜요?"

"내 휴대전화 사진 폴더에 들어가서, 어제 날짜로 촬영된 사진들을 봐. 내가 그 주차요원에게 부탁해서 찍은 거야."

유미는 미심쩍은 표정을 지으면서도 강한의 지시를 고분고분하게 따랐다. 강한이 허튼짓을 하지 않는 사람이라는 건 누구보다 그녀가 잘 알고 있었으니까. 유미가 마우스를 클릭하자, 컴퓨터 화면에 빨갛고 하얀 색상의 물체가 떠올랐다. 강한이 부연 설명했다.

"사건 당일 호텔 인근 상가에서 시위대의 진입 및 점거를 막기 위해 설치했던 바리케이드의 일부야. 아직 치워지지 않고 남아 있는 게 있어서, 내가 걸려서 넘어질 뻔했지. 참고로, 바람 인형 이벤트를 하는 휴대전화 대리점은 그 상가 1층에 있어."

"바리케이드가 뭐예요? 무슨 애니메이션 로봇 이름 같네."

소원은 천진난만한 말투로 물었다. 강한은 그것도 모르냐고 구박하려다가, 구박할 가치도 없다 싶어 그냥 대답해주었다.

"사람이나 자동차가 다니지 못하도록 막아놓는 벽 같은 거야."

"그럼 그냥 벽이라고 하면 되지 왜 쓸데없이 영어를 써요? 하여간 잘난 척 오져요."

강한은 소원을 한 대 꽉 쥐어박고 싶었지만, 지금은 강한이 소원보다 좀더 아쉬운 입장이었다. 소원은 굳이 강한이 아니더라도 추후 재판 과정에서 현명한 판사를 만나면 무죄 석방될 가능성이 있었지만, 강한은 소원이 아니면 꼼짝없이 1년의 재활 과정을 거쳐야 할 테니까. 강한은 근질거리는 주먹을 진정시키려고 애쓰면서 차분하게 설명했다.

"주차요원의 말에 따르면, 그날은 상가 반경 5미터 범위로 바리케이드를 쳐놓고, 상인회 사람들이 번갈아가면서 경비를 섰다고 해. 시위대가 난입해서 장사를 방해하지 못하게 말이야."

"그 말은, 만약 시위대 복장을 한 사람이 그쪽으로 다가가려고 했다면……."

"5미터 안으로 들어가보지도 못하고 제지당했겠지."

"도망치는 도중에 옷을 갈아입었을 가능성은 없을까?"

"수백 명이 오가는 길 한복판에서? 절대 그랬을 리 없어."

강한은 주저없이 결론을 내렸다. 그 말이 의미하는 것은 단 한 가지뿐이었다. 범인은 시위대 복장을 했고, 119 신고자는 시위대 복장을 하고 있지 않았으므로, 119 신고자인 류소원은 범인이 아니라는 것. 그 원리를 가장 먼저 이해한 사람은 유미였다. 입술을 지그시 깨물면서 강한과 소원을 번갈아 바라보던 그녀는 그들이 아닌 자기 방 실무관을 향해 말을 건넸다.

"실무관님, 검사장님 부속실에 전화 좀 넣어주세요. 정유미 검사가 지금 보고하러 간다고요."

"무슨 보고라고 말씀드릴까요, 검사님?"

"……구속 피의자 석방 및 처리 방향 보고 건이라고 전해주세요."

유미의 말을 듣는 순간, 소원은 자기 귀를 의심하지 않을 수 없었다.

'석방? 지금 석방이라고 한 거 맞지?'

소원의 시선이 반사적으로 강한을 향했다. 강한은 이런 일이 일어날 줄 알았다는 듯 태연한 낯빛으로 팔짱을 끼고 서 있었다. 고작 녹음기와 휴대전화로 이런 기적을 이뤄내다니, 언론에서 떠들어대던 대로 강한이 검사로서 대단한 사람인 건 맞는 모양이었다. 그러나 소원은 비뚤어진 생각이 먼저 들었다.

'이렇게 쉬운 일이었으면 진작 좀 꺼내주지. 젠장, 병 주고 약 주나……'

* * *

"착각하지 마세요. 절대로 그쪽이 좋거나, 불쌍해서 그런 게 아니니까. 뿌린 대로 거둔다는 말이 괜히 있겠어요. 난 그냥 재수 없는 인간한테 빚지기 싫었을 뿐이라고, 알겠죠?"

소원은 택시를 타고 오는 내내 쉬지 않고 종알거렸다. 그와 함께 뒷좌석에 나란히 앉아 있던 강한이 퉁명스럽게 말을 고쳐주었다.

"그쪽, 아니라 검사님. 뿐이라고, 아니라 뿐이라고요."

"뭐요?"

"뭐요, 아니라 뭐라고 하셨어요. 앞으로 나와 함께 지내려면 호칭과 존댓말을 똑바로 사용해. 너랑 나, 띠동갑이다. 밥그릇 수로 따지면 내가 너보다 1만 3000그릇은 더 먹었다고."

"아, 네. 늙어서 좋으시겠어요. 띠동갑인 게 참도 자랑이에요. 검, 사, 님."

강한은 지금까지 살면서 이렇게나 기분 나쁜 '검사님' 소리를 들어본 기억이 없었다. 분명 단어는 '검, 사, 님'인데 왜 '개, 자, 식'으로 들리는 걸까. 저것도 용한 재주다 싶었다.

한편, 소원은 소원 나름대로 심기가 뒤틀릴 대로 뒤틀려 있었다. 오전 9시부터 거의 열 시간 가까이 무거운 수갑을 차고 푹 수그리고 있던 허리가 욱신거리면서 아팠다.

'아니, 사람 잡아가는 건 몇 분 만에 뚝딱 해치우더니, 풀어주는 건

뭐 이렇게 오래 걸려?'

유미가 윗사람에게, 윗사람의 윗사람에게, 윗사람의 윗사람의 윗사람에게 1대 1로, 전화로 보고하는 동안 소원은 꿔다놓은 보릿자루처럼 검사실 한구석에 찌그러져 앉아 있어야 했다. 점심은 검찰청 매점에서 파는 싸구려 크림빵과 초코우유로 때웠다. 유미의 집무실 소파에 편안하게 '모셔진' 채 빨대로 아메리카노를 마시면서 점자교본을 공부하던 강한과는 대접이 달랐다.

'생사람 잡은 게 밝혀졌으면 적어도 미안하다, 실수였다, 다시는 이런 일이 없게 하겠다 하면서 싹싹 빌어야 하는 거 아냐? 어? 보상금도 1억원 정도 안겨주고. 하여간 검찰청 놈들이란.'

소원은 자기 옆에 꼿꼿이 허리를 세우고 앉아 있는 대표적인 '검찰청 놈'을 슬쩍 흘겨보았다. 살다 살다 강한 검사와 한 택시를 타고, 한집으로 향하게 될 줄은 상상조차 못했는데. 세상이 정말 요지경이었다.

17

둘을 태우고 달리던 택시는 큰길가를 지나 깔끔하고 한적한 주택가로 들어섰다. 택시에서 내린 두 사람은 한동안 서먹하게 서 있었다. 소원은 뒷머리를 벅벅 긁다가 마지못해 물었다.

"안 가세요?"

"네가 보행 안내를 해줘야지. 난 지금 우리가 어디 있는지 모르잖아. 대문까지만 데려다주면 거기서부터는 나 혼자 걸어갈 수 있어."

"그 보행 안내 뭐시기는 어떻게 하는데요? 그냥 제가 검사님 멱살 잡고 옮기면 돼요?"

소원은 강한의 멱살을 틀어잡아 질질 끌고 가는 상상을 하면서 씩 웃었다. 소원의 그런 속내를 알지 못하는 강한은 정직하게 설명했다.

"네가 나보다 반걸음 앞에 서서 팔꿈치를 내밀어. 그러면 내가 네 팔꿈치를 붙잡고 따라갈 거야. 그게 원칙이긴 한데, 어색해서 아직 못하겠으면 그냥 손을 잡든가."

"손을 잡아요? 우리 둘이? 윽, 징그러워!"

"난 뭐 너랑 손잡고 싶어서 안달난 줄 알아?"

소원이 펄쩍 뒤로 물러나는 게 공기의 흔들림을 통해서 느껴지자, 강한은 욱해서 받아쳤다. 결국 소원이 강한에게 티셔츠 옷깃을 내주고, 강한은 손가락 끝으로 그 옷깃을 잡고 따라가는 것으로 타협을 봤다. 소원이 강한을 대문 앞에 데려다놓자, 강한은 그때부터 케인을 펼쳐서 혼자 걸어가기 시작했다.

"우리집 알지? 전에 한 번 와봤잖아? 합법적으로 오는 건 처음이겠지만."

"그럼요, 잘 알죠. 유리창을 싹 갈아끼우셨네요? 전보다 훨씬 깨끗하고 보기 좋아졌어요."

강한의 빈정거림에, 소원은 한술 더 뜨는 것으로 받아쳤다. 무슨 말만 하면 싸움이 벌어질 것 같아서, 둘은 암묵적인 합의하에 입을 다물고 현관까지 걸어갔다.

"들어와. 여기가 지금부터 네가 살 곳이다."

"윽! 냄새! 누가 여기서 화생방 훈련이라도 하고 갔어요?"

소원은 거실에 들어서자마자 확 풍겨오는 상한 냄새에 코를 틀어쥐었다. 강한이 버리지 못하고 쌓아놓은 음식 포장 용기에서 나는 악취였다. 소원도 그리 깔끔한 편은 아니었지만 이건 참을 수 있는 수준을 넘어섰다. 소원이 포장 용기를 당장 내다버리려고 주섬주섬 챙기는데, 강한이 재킷을 벗으면서 덤덤하게 말했다.

"난 우선 샤워를 해야겠으니 좀 도와줘."

"샤, 샤워요? 도와달라고요? 어떻게요?"

소원은 반사적으로 가슴에 엑스자로 두 팔을 교차시키면서 물러나는 시늉을 했다. 뭣도 모르는 주제에 어설프게 주워 본 것만 많아서, 벌거벗고 욕조에 앉아 있는 강한의 등을 스펀지로 밀어주고 있는 자신의 모습을 상상해버린 것이다.

"별것 아냐. 그냥 온수 온도 확인해주고, 내가 샤워기랑 수도꼭지, 칫솔, 치약 위치 정도만 익힐 수 있게 도와주면 돼."

"아……."

소원은 안도감에 가슴을 쓸어내렸다. 그 정도라면 할 수 있었다. 말이 좋아 활동보조인이지 소원은 시각장애인의 일상에 대해 쥐뿔도 아는 게 없었고, 강한도 그에게서 그걸 기대하는 것 같지는 않았다. 소원은 앞장서서 욕실을 찾아가는 강한을 따라갔다. 강한은 사흘 동안 집 안 구조를 완벽하게 익혔는지, 실내에서는 케인을 사용하지 않은 채 벽을 짚고서 걸어 다녔다.

"우와, 빈방도 있네요. 무슨 호텔 방처럼 생겼네. 저는 저기서 자는 거예요?"

욕실을 향해 가던 길, 손님방을 발견한 소원이 처음으로 화색을 띠며 강한에게 물었다. 사용하는 사람이 없어 빈방이긴 했지만, 최고급 침대와 침구, 옷장과 서랍장, 2인용 소파까지 갖춰진 편안하고 완벽해 보이는 방이었다. 그러나 강한은 단호하게 고개를 저었다.

"아니, 넌 내 방에서 함께 지낼 거야. 그래야 무슨 일이 생겼을 때 곧장 날 도울 수 있으니까."

"뭐라고요? 미친 거 아니에요? 이 넓은 집을 놔두고 왜 둘이 같은 방을 써요? 집 안에서 일이 생겨봤자 뭐가 생긴다고!"

소원의 격한 반응에도 강한은 그의 결정을 뒤바꾸지 않았다. 염산 테러를 당한 후, 그에게는 트라우마로 인한 일종의 안전 염려증이 생겼다. 한밤중에 불이 나면, 지진이 나면, 무장 강도가 들어오기라도 하면 앞 못 보는 자신은 어떻게 해야 할지. 24시간 돌봐주는 사람이 있었던 병원과 복지관을 벗어나 혼자 살게 된 직후부터, 누구에게도 털어놓을 수 없는 걱정 근심과 두려움이 밤마다 그를 괴롭혔다. 그래서 전혀 내키지 않아도 일단 소원을 곁에 두려는 것이었다.

강한은 자신이 이렇게 겁쟁이가 되었다는 사실이 너무도 비참해 차마 인정하고 싶지 않았다. 그러나 그의 달라진 면모는 욕실 안으로 들어갔을 때도 드러났다. 욕실 벽에 붙은 계기판을 보고 수온을 확인한 소원이 이렇게 물어왔을 때였다.

"수온이 30도인데요. 40도 정도로 올릴까요?"

"아니, 차가운 게 좋아. 그 상태로 내버려둬."

강한은 조금 조급하다 싶을 정도로 서둘러 대답했다. 그게 아무리 부드러운 물이라고 해도, 뭔가 뜨거운 게 자신의 피부에 와서 닿는다고 생각하면 미리 식은땀부터 흘렀다. 소원은 그런 강한의 거부 반응을 이해하지 못했다.

"하지만 바깥 날씨도 쌀쌀한데요. 자고로 목욕은 몸을 푸욱, 익혀가면서 해야 제맛……."

"내버려두라니까!"

"어휴, 깜짝이야! 알았어요, 알았다고요."

소원은 샤워기 헤드를 내려 강한의 오른손에 쥐여주고, 왼손을 이끌어 세면대 수도꼭지의 위치를 알려준 후 욕실을 나가려고 했다. 그런데 무심결에 스쳐 가던 소원의 시선이, 수염이 까끌까끌하게 돋아나 있는 강한의 날카로운 턱에 가서 닿았다.

"저기요, 검사님. 면도는 안 하실 거예요? 조금 있으면 바야바가 친구 하자고 덤빌 거 같은데요."

"그게 뭔데?"

"있어요, 그런 거. 모르겠으면 인터넷을 검색…… 아, 됐어요. 제가 해드릴게요. 앉아보세요."

소원은 양변기 뚜껑을 덮고 그 위에 강한을 앉혔다. 그리고 세면대 선반에 놓인 셰이빙폼을 짜서 강한의 턱에 듬뿍 발랐다. 강한은 반쯤은 쑥스럽고, 반의 반쯤은 미심쩍고, 반의 반쯤은 반가운 그런 복잡한 기분이었다.

"왜 시키지도 않은 짓을 하지? 동정하는 건가?"

"설마 그럴 리가요. 바야바랑 같이 다니면 제가 창피할 거 같아서 그러죠."

"너, 혹시라도 날 동정하면 죽는다. 날 싫어하는 건 상관없는데 불쌍하게 여기는 건 안 돼. 알아들었지?"

"걱정 마세요. 저 그렇게 동정심을 아무 데나 낭비하는 인간 아니에요."

소원은 시원스럽게 대답하고, 면도기 커버를 벗겨 강한의 뺨에 가져다댔다. 차가운 면도날이 피부 표면에서 천천히 미끄러지면서 듬성듬성 돋아난 수염을 깎아내는 것이 느껴졌다. 소원은 평소 언행과는 어울리지 않는 제법 조심스럽고 신중한 손길로 면도를 해나가다가, 문득 생각난 듯 이렇게 물어왔다.

"저 궁금한 게 한 가지 있는데요. 물어봐도 돼요?"

"안 된다고 하면 안 물어볼 거냐?"

"그럼 그냥 물어볼게요. 왜 하필 저예요? 제가 잘은 모르지만 전문 간병인도 있고, 사회복지사도 있고. 여튼 검사님을 훨씬 잘 도와줄 사람이 많을 것 같은데. 왜 별로 좋아하지도 않고 시각장애인이라고는 데어데블이랑 리 신밖에 모르는 저를 선택하셨냐고요?"

"많지 않아."

"네?"

"나도 알아보기 전엔 너처럼 생각했어. 돈만 준다면 덤비는 사람이 수두룩할 거라고. 그런데 장애인 활동보조는 생각보다 훨씬 고달

프고 스트레스 받는 일이라, 하루에 대여섯 시간 이상 하기는 힘들다더군. 하물며 24시간이야, 너처럼 특수한 사정이 없는 한 절대 안하지."

"그래요? 뭐가 그렇게 힘들다는 거지? 난 잘 모르겠는데."

소원은 강한의 날렵한 턱선을 따라 면도기를 움직이면서 고개를 갸웃거렸다. 본격적으로 일해보진 않았지만, 활동보조인 노릇이 그렇게 힘들 것 같지는 않았다. 간병인이나 베이비시터와 비슷할 것 같은데, 강한은 몸져누워 있는 것도 아니고 똥오줌 못 가리는 아기도 아니니 이건 뭐 날로 먹는 거 아닌가 싶었다. 강한은 설명해주는 대신, 은근슬쩍 다시 튀어나온 반 존대를 바로잡아주었다.

"모르겠는데 아니라 모르겠는데요."

"알았어, 알았다고, 요! 요! 요!"

소원은 지긋지긋하다는 듯 받아치더니 순식간에 면도를 끝내고 나가버렸다. 그리고 강한은 모처럼만의 샤워를 즐겼다. 앞이 보이지 않다 보니 셔츠 단추를 푸는 것도, 바지를 벗는 것도, 몸에 비누칠을 하는 것도, 모두 평소보다 서너 배 이상 오래 걸렸지만 그래도 스스로 할 수 있다는 게 기뻤다.

두 번이나 감은 머리에 수건을 두르고, 언제나 선반에 준비해놓는 목욕가운을 걸친 강한은 산뜻하고 상쾌한 기분으로 욕실을 나왔다. 욕실로 통하는 좁은 복도를 기준으로 왼쪽에는 주방 겸 다이닝룸이, 오른쪽에는 거실이 위치해 있었다. 그런데 왼쪽에서 뭔가 매콤하고 자극적인 냄새가 확 풍겨와 코를 찔렀다.

"이게 무슨 냄새야?"

"집 안 청소 대충 해놓고 저녁 차리는 중이에요. 컵라면이요."

커피포트의 물 온도를 맞추고 있던 소원이 천연덕스럽게 대꾸했고, 강한은 어이가 없었다.

"저녁이 컵라면이야?"

"네, 편의점에서 사왔어요. 잠시 검사님 지갑 빌렸는데 괜찮죠? 제 지갑엔 딱 5000원밖에 없어서요. 컵라면이 별로면 봉지라면 끓일게요. 신라면, 팔도비빔면, 불닭볶음면, 뭐가 좋으세요?"

"……됐다."

체념 어린 한숨을 내쉬면서 그대로 지나치려는 강한을 소원이 불러세웠다.

"어디 가세요? 물 다 끓었는데. 불으면 맛없어요!"

"내 건 쟁반에 담아서 서재로 가져다줘. 혼자서 먹을 거야."

"왜요? 치우기 번거로운데. 그냥 여기서 같이 드세요."

"난 겸상하는 거 싫어해. 특히 전과자하고는."

"헐!"

강한의 매정한 말에 소원의 입이 떡 벌어졌다. 경찰, 검찰, 법원을 거치면서 범죄자 취급은 수두룩하게 받아봤지만 겸상을 못하겠다는 말까지 듣는 건 처음이었다. 적어도 경찰서 형사들은 밥이라도 든든하게 먹어야 버틴다며 곰탕도 시켜주고 돌솥비빔밥도 시켜주고 했는데. 강한이 찬바람을 일으키면서 1층 동편 끝에 있는 서재로 간 후, 소원은 궁시렁대면서 쟁반을 찾았다.

"전과자한테서 뭐 방사능이라도 나오나? 전과자 바이러스라도 옮아? 겸상을 왜 못해? 하여간 재수 없는 인간이야. 시궁창 같던 집안도 내가 죽어라 치워놨는데, 고맙다는 말은 왜 안 해?"

쟁반 위에 끓는 물을 부은 컵라면과 나무젓가락을 올려놓던 소원의 시야에 뭔가가 포착되었다. 5분 전 주방을 닦는 데 썼던 젖은 행주였다. 소원은 슬쩍 컵라면 뚜껑을 열었다. 행주를 그 위에 가져다

대고 비틀어 짜자, 젖은 행주에서 구정물이 딱 두 방울 떨어져 기름진 국물 속에 섞여들었다.

"후후, 맛있게 드세요, 검사님. 특제 행주소스가 첨가된 스페셜 컵라면이에요."

소원이 쟁반을 들고 서재에 들어갔을 때, 강한은 마치 앞이 보이는 사람처럼 꼿꼿한 자세로 책상에 앉아 점자교본을 만지고 있었다. 오후 내내 잠시도 손에서 놓지 않았던 바로 그 교본이었다. 구입한 지 얼마 되지도 않았을 텐데, 얼마나 열심히 만졌는지 벌써 손때가 잔뜩 묻어 너덜거리고 있었다. 소원은 그걸 보고도 감탄스러운 마음이 들기보다는 진저리가 쳐졌다.

'어휴, 하여간 독한 인간이야. 독해. 죽어도 썩지도 않을 거야.'

소원은 아무 말 없이 쟁반을 책상 위에 내려놓고 서재를 나왔다. 그리고 부엌으로 돌아가 컵라면 두 개를 한꺼번에 먹어치웠다. 스무 살, 먹고 돌아서면 배고플 나이였다. 무사히 풀려나긴 했지만 그래도 유치장과 구치소를 합치면 꼬박 20일을 갇혀 있었는데, 기다리고 있다가 반겨주는 사람 하나 없는 게, 자신을 위해 준비된 두부 한 모 없는 게 새삼스럽게 서러웠다.

"아버지란 인간은 내가 나오든 말든 신경도 안 쓰겠지……. 에이씨, 몰라. 언제는 날 챙겨주는 사람이 있었나, 뭐."

가족이라고 부를 수 있는 사람과 마주 앉아 단란하게 밥을 먹어본게 언제가 마지막이었는지, 이제는 기억도 나지 않았다. 소원은 속에서부터 무언가 뜨거운 것이 울컥 치밀어오르는 것을 도로 삼키면서 목구멍 속에 면발을 욱여넣었다.

18

컵라면을 국물 한 방울 남기지 않고 싹 비운 소원은, 찬물을 찾
기 위해 냉장고를 열었다가 흠칫 놀랐다. 강한의 냉장고 안은, 그야
말로 누가 들어가서 살아도 될 정도로 텅텅 비어 있었다. 있는 거라
곤 페트병에 든 생수 묶음과 유리병에 담긴 커피, 캔맥주 몇 개가 전
부였다. 소원은 유리병을 열고 냄새를 맡아보다가, 한 모금 들이켜
보았다.

"우웩! 이게 뭐야! 사약이잖아! 퉤퉤퉤!"

카페인 함량이 높기로 유명한 콜드브루 커피가, 달고 매운 음식
을 좋아하는 이십대 청년의 입에 맞을 리 없었다. 손등으로 입가를
닦아내던 소원은 문득 강한도 목이 마를 거라는 데 생각이 미쳤다.

'어쨌든 도와주기로 한 약속은 약속이니까.'

소원은 생수병을 꺼내 들고 서재로 건너갔다. 책상에 생수병을 탁
소리나게 올려놓으면서 퉁명스럽게 말하려고 했다.

"검사님, 물 가져왔……."

그러나 소원은 도중에 말을 멈추고 말았다. 책상 주변이 온통 난

장판이었던 것이다. 새빨간 라면 국물이 튀고, 엎질러지고, 카펫 위에까지 떨어져 군데군데 얼룩져 있었다. 나무젓가락은 한 짝밖에 남아 있지 않았고 컵라면은 절반도 먹지 못했다.

그런데도 강한은 소원을 불러서 젓가락을 주워달라고 하지 않았다. 그는 그 대신 먹는 걸 포기하고, 다시 점자교본에 몰두하는 시늉을 하고 있었다. 강한은 소원을 외면한답시고 옆으로 돌아앉았는데, 사실 소원이 그쪽에 서 있었기 때문에 오히려 둘이 마주 보는 모양이 되었다.

'아, 혹시, 다른 사람이랑 겸상 안 한다고 한 게······.'

소원은 순간적으로 뒤통수를 맞은 것 같은 기분이 들었다. 강한은 소원이 싫어서 저녁을 혼자 먹겠다고 한 게 아니었다. 그보다는 아직 식사법에 익숙지 않아 음식을 여기저기 흘려대는 모습을 남에게 보이고 싶지 않았던 것이다. 그놈의 자존심이 뭔지.

소원은 잠시 어떻게 해야 할지 고민했다. 그들이 앞으로 함께 살면서, 강한은 어쩔 수 없이 소원에게 그의 치부를 보여주어야만 할 것이다. 그때마다 소원은 호들갑을 떨면서 강한에게 수치심을 안겨줄 수도 있었다. 그것보다 더 잔인한 복수는 없을 터였다.

그러나 유혹이 들었던 것도 잠시, 소원은 묵묵히 선반으로 손을 뻗어 티슈를 뽑았다. 그리고 아무 일도 일어나지 않은 것처럼 조용하고 태연하게 책상을 닦기 시작했다. 무릎을 꿇은 채 바닥과 카펫도 꼼꼼히 닦았다. 그동안 강한은 내내 침묵을 지키고 있었다.

"젓가락 다시 가져다드릴게요. 컵라면도 다 식고 불었으니까 새로 끓여올게요. 잠깐만요."

"······."

"일단 국물은 머그잔에 따로 담아올게요. 그리고 다음부터는 국물 없는 음식으로 준비할게요. 신경 못 써서 죄송해요."

소원은 그 말만 남기고 서재를 나왔다. 이번에는 구정물이 섞이지 않은 컵라면을 준비하기 위해서. 강한이 여전히 밉고, 앙갚음하고 싶었다. 시각장애인이 되었다는 이유만으로 모든 과오가 용서될 수는 없다고 생각했다. 하지만 그렇다고 저항하지 못하는 사람을 은근하고 비열하게 괴롭히고 싶지도 않았다. 그건 복수하는 사람의 가치를 떨어뜨리는 그런 복수였으니까.

'일단은 밥부터 먹이자. 감옥에 있어도 밥은 먹고 살잖아.'

* * *

10월 16일 화요일 아침 6시. 강한의 집.

찌르르르릉-!

요란한 소리가 터져나오면서 쥐 죽은 듯 고요하던 방 안의 공기를 갈랐다. 알람 시계였다. 웬만한 사람이라면 놀라서 벌떡 일어났을 텐데, 바닥에 이불을 깔고 자고 있던 소원은 오히려 담요 속으로 더 깊게 파고들었다.

"아, 뭐야, 어디서 미사일이라도 터졌나……."

소원이 베개로 귀를 덮어버리려고 하는 찰나, 뭔가 단단하고 뾰족한 것이 옆구리를 쿡 찔러왔다. 그러더니 포근하고 따뜻한 담요를 사정없이 벗겨내기 시작했다. 강한의 케인이었다.

"일어나, 출근 준비할 시각이다."

"지금 몇 신데요?"

"6시."

"6시요? 여기가 무슨 절간이에요? 6시에 일어나게? 8시에 일어납시다, 8시에…….”

불만스럽게 쫑알거리면서 다시 담요 속으로 기어들어 가려는 소원을 향해 강한의 케인이 날아들었다. 화들짝 놀란 소원이 몸을 뒤집는 순간, 뺨을 스쳐 간 케인이 바닥에 가서 꽂혔다.

“우씨, 깜짝이야! 방금 눈 찌를 뻔한 거 알아요?”

“찌르지 않았다니 다행이군. 얼른 일어나. 할 게 많다.”

강한은 기계처럼 일과를 지키는 사람이었다. 입원해 있는 동안, 재활하는 동안, 혼자 있는 동안 할 수 없었던 일들을 이제 다시 시작할 작정이었다. 그 첫 번째는 조깅이었다. 팔꿈치를 붙잡은 상태로는 달리기 어렵고, 그렇다고 손을 잡거나 팔짱을 끼는 건 싫다는 게 둘의 일치된 의견이었기에, 결국 소원이 찾아낸 끈으로 둘의 손목을 연결한 채 집 앞 공원으로 나갔다.

“헉…… 헉…… 검사님, 쫌만 천천히 뛰면 안 돼요? 쓰러질 것 같아서 그래요!”

“이 정도로 안 쓰러져. 엄살 부리지 마.”

2인 1조 조깅은 서로에게 고역이었다. 강한은 앞을 보고 달릴 수 없는 데다가 옆에서 축축 뒤처지는 소원이 걸리적거리기까지 하자 답답해 죽을 것 같았고, 소원은 그냥 죽을 것 같았다. 20년처럼 느껴진 20분의 조깅을 끝내고 가까스로 집으로 돌아온 후, 아침 식사로 준비한 시리얼과 우유가 목으로 넘어가는지 코로 넘어가는지 헷갈릴 지경이었다.

“다 먹었나? 뭐 그렇게 오래 걸려?”

소원이 시리얼을 우적우적 먹고 있는데, 벌써 세면을 마치고 나온 강한이 케인으로 소원의 옆구리를 쿡쿡 찌르면서 재촉했다. 그는 아침에는 커피 한 잔만 마신다고 했다.

"독촉하지 마세요! 구치소에서도 밥 먹을 땐 안 건드려요! 개도 밥 먹을 땐 안 건드린다고요!"

"여긴 구치소가 아니고, 넌 개가 아니잖아."

"아, 쫌!"

허겁지겁 식사를 마친 소원은 강한에게 붙잡히다시피 해서 드레스룸으로 끌려갔다. 시각장애인도 옷에 따라 색깔과 무늬, 계절을 표시하는 점자 태그를 붙여놓고 자주 입는 순서대로 정렬해두면 혼자서 옷을 꺼내 갈아입을 수 있다고 했다.

그러나 강한에게는 바로 그 태그를 붙여주고 옷을 정렬해줄 사람이 없었다. 그래서 일단 급한 대로 소원을 활용할 수밖에 없었다. 강한은 소원을 세워두고 티셔츠와 트레이닝 바지를 홀렁홀렁 벗어던졌고, 그 순간 소원은 저도 모르게 입이 떡 벌어졌다.

반듯하게 각 잡힌 어깨는 넓고 우람했고, 곧게 펴진 등과 척추에는 근육과 힘줄이 보기 좋은 역삼각형을 그리고 있었다. 목덜미부터 허리까지 직선으로 떨어지는, 군살이라고는 한 군데도 찾아볼 수 없게 잘 단련된 운동선수의 몸이었다. 두껍고 단단해 보이는 팔과 손등에는 근육과 핏줄이 팽팽하게 부풀어 올라 있어서, 한 대 맞으면 지구 저편으로 날아갈 것만 같았다.

'적당히 개겨야겠다…….'

소원이 슬쩍 기가 죽는 것을 느끼면서 그렇게 생각하고 있을 때, 강한이 그를 향해 손을 뻗으면서 퉁명스럽게 말했다.

"뭐 하고 서 있어? 옷 건네주지 않고."

소원은 강한이 주문하는 대로 흰 셔츠와 검은 바지, 검은 재킷을 찾아서 차례대로 건네주고, 마지막으로 청색 넥타이도 건네주었다. 넥타이라면 눈감고도 맨다고 자신한 강한이었지만, 막상 눈이 안 보이게 되자 매듭을 어디쯤에 만들어야 하는지, 어느 방향으로 감아야 하는지 감이 영 오질 않았다. 그는 넥타이를 묶었다 풀기를 몇 번이나 반복하면서 한참을 헤맸다.

"어휴, 이리 줘봐요. 제가 해드릴게요."

보다 못한 소원이 강한의 손에서 넥타이를 낚아채듯 가져갔다. 그러고 강한의 목에 두른 채 매듭을 만들기 시작했다. 그런데 뭔가 이상했다. 넥타이가 물 흐르듯 매어져야 하는데 그렇게 되지가 않았다. 강한은 소원이 혀를 차고, 한숨을 쉬고, 매듭을 자신 없는 손길로 만지작거리는 걸 느끼면서 어떤 상황인지 알아차렸다.

"솔직히 말해. 너 이거 할 줄 모르지?"

"뭔 소리예요. 저 고등학교 때 교복에 넥타이 맸거든요?

소원은 괜히 발끈해서 쏘아붙였다. 그러나 말은 위풍당당하게 하면서도 여전히 어설픈 헛손질은 계속하고 있었다. 교복에 넥타이를 매긴 했지만, 그것이 부착형이었단 걸 잊고 있었다. 무려 10분이 지나간 후, 강한은 땀이 축축하게 밴 소원의 손에서 넥타이를 도로 빼앗아가면서 매정하게 말했다.

"학교엘 안 나갔나 보지?"

"우씨! 자기도 못했으면서!"

결국 강한은 노타이 상태로 집을 나섰다. 집 앞에는 소원이 미리 부른 콜택시가 대기하고 있었다. 소원이 택시 문 열어주는 소리를 들으면서 케인을 접던 강한은, 문득 생각난 듯 물었다.

"그런데 너, 옷은 단정하게 입었어? 검찰청은 엄숙하고 품위 있는 곳이야. 또 후드 차림이면……."

"알아요! 나도 그 정도는 안다고요! 가진 옷 중에 젤 깨끗하고 좋은 거 챙겨 입었어요!"

소원은 강한의 잔소리에 신물이 난다는 듯 얼른 외쳤다. 어제저녁 식사가 끝난 후, 소원은 잠시 집으로 돌아가 당분간 밖에서 지내기 위해 필요한 짐을 챙겨왔던 참이었다.

그때 강한은 소원의 부모님에게 전화로 직접 사정 설명을 하겠다고 나섰지만, 소원은 그럴 필요 없다며 단호하게 거절했다. 어차피 이전에도 거의 반가출 상태로 지냈다는 것이다. 강한은 더 캐물으려다가, 체포되던 날 경찰서에서 아버지로부터 맞았던 소원의 말을 떠올리고는 그냥 입을 다물어버렸다.

세상에는 없는 것만도 못한 아버지들이 존재한다는 것을 강한은 그 누구보다 잘 알고 있었다. 그러니까 넥타이 매는 법 하나 제대로 못 배웠겠지. 그러나 어젯밤 강한이 소원에게 느꼈던 묘한 동병상련의 감정은, 그쪽에서 훅 끼쳐오는 옅은 땀 냄새를 맡는 순간 천리만리 달아나버렸다.

"이게 누굴 속이려고! 너 아침에 입고 있던 옷 그대로잖아!"

"아, 진짜 사람 귀찮게 하시네. 그냥 쫌 가요. 검사님이 옷 갈아입을 틈도 안 줘놓고서!"

소원은 버럭 신경질을 내면서 문을 닫았고, 택시는 곧바로 출발했다. 강한이 눈치챈 대로, 소원은 어젯밤 입고 잔 후줄근한 후드 티에 허벅지까지 찢어진 청바지 차림이었다. 강한이 빨리 출근 준비하라며 눈코 뜰 새 없이 괴롭혔던 것도 사실이었지만, 사실 옷을 갈아입지 않은 데는 은근한 반항심이 더 크게 작용했다.

'나도 가오가 있지, 하나부터 열까지 시키는 대로 다 할 수는 없다고!'

그러나 그것도 잠시, 택시가 검찰청 입구에 들어서자마자 소원은 자신의 치기 어린 행동을 후회하기 시작했다. 민원인이나 피조사자

가 오지 않는 출근시간대, 주변에는 온통 검은 양복을 빼입은 맨인블
랙들뿐이었던 것이다.

'어휴, 보기만 해도 답답하다, 답답해. 검은 양복 안 입으면 누가
뭐 총으로 쏘기라도 한데?'

한풀 기가 꺾인 소원이 속으로만 불만을 토로하고 있을 때였다.
저 멀리, 검찰청 현관에 서서 반갑게 손을 흔들고 있는 여자의 실루
엣이 보였다. 미끄러지듯 달려간 택시가 그녀의 바로 앞에 정차하자,
낭랑하고 경쾌한 음성이 울려 퍼졌다.

"검사님! 오늘부터 다시 정식 출근하신다는 소식을 듣고 마중 나
왔어요. 저 잘했죠?"

"그래, 고마워요, 세은 씨."

강한은 덤덤하게 대답하면서 택시 문을 열고 내렸다. 아무 생각
없이 그를 따라 내렸던 소원은, 갑작스럽게 맞닥뜨린 세은이라는 여
자의 얼굴을 보고 안색이 확 뒤바뀌고 말았다. 놀란 건 그녀도 마찬
가지였다. 소원을 힐끗 쳐다보고 강한 쪽으로 고개를 돌렸던 그녀
는, 이내 다시 소원에게 시선을 주면서 뭔가 미심쩍다는 듯 고개를
갸웃거렸다.

"우리 어디서 본 적 있죠? 그렇죠?"

"아, 저, 그게⋯⋯."

"분명 어디서 봤는데. 앗, 기억났다! 혹시 성암대 학생회관 앞에
서 콘⋯⋯."

빌어먹을 콘돔 캠페인. 그렇게 강렬한 이미지를 심어주었으니 세
은의 입장에서는 소원을 잊으려야 잊을 수 없었을 것이다. 소원은 고
개를 떨구며 콘돔 캠페인을 계획한 사람을 저주하고 또 저주했다.

157

19

세은이 콘돔으로 분장한 소원의 모습을 본 건 오히려 사소한 문제였다. 더 큰 문제는, 소원이 경찰에게 붙잡혀 수갑을 차는 모습까지 그녀가 목격했다는 것이었다. 그때 그녀의 표정은, 분명히 경악과 공포에 가득 차 있었다. 소원은 그녀가 곧 온 검찰청이 떠나가라 비명을 지르리라고 예상했다. 그 순간 강한이 선수를 치고 나섰다.

"인사해, 세은 씨. 이쪽 이름은 류소원. 염산 테러 혐의를 뒤집어쓰고 바로 어제까지 우리 청에서 수사를 받았지만, 결백하다는 게 밝혀져 풀려났어요. 뉴스에서 이미 다 들은 얘기겠죠?"

"아, 네. 검사님. 그런데 어떻게 이 사람이 검사님과 함께……?"

"내가 류소원의 무혐의를 입증해줬거든요. 그래서 감사 표시를 하기 위해 당분간 내 활동보조인이 되겠다고 자청했고. 나이도 어린데 제법 기특하죠? 검찰청 돌아가는 사정에 대해선 아무것도 모를 테니까 세은 씨가 많이 도와줘요."

강한은 그렇게 청산유수 같은 언변으로, 바로 어제까지 구속 피의자의 신분이었던 소원이 활동보조인으로 둔갑해 검사실에 출근하게 된 경위를 완벽하게 설명해냈다. 처음에는 의아한 표정이던 세은도, 소원이 쭈뼛쭈뼛 강한의 손등에 팔꿈치를 갖다대는 모습을 보자 상황을 납득한 듯했다.

"그렇다면 다행이네요. 그러지 않아도 저 혼자 도와드리는 데는 한계가 있어서 고민이 많았는데. 잘됐어요. 앞으로 잘 부탁해요, 류소원 씨. 세은 누나라고 불러요."

"아, 네. 누, 누나…….."

소원은 세은이 자기 이름을 불러준 것만으로도 목덜미가 시뻘겋게 달아올랐다. 강한은 자신의 거짓말이 얼마나 먹혀들어가는지 세은의 반응을 차분하게 살피고 있었다. 이 거짓말이 동료 검사들에게도, 부장검사에게도, 차장검사와 검사장에게도 곧이곧대로 받아들여져야 했으니까. 그래야 앞으로도 계속 출근할 수 있었으니까.

* * *

"안 된대요, 검사님."

정유미 검사실에 다녀온 세은이 강한을 향해 설레설레 고개를 저으면서 말했다. 참 묘한 일이었다. 시각장애인이 표정이나 제스처를 볼 수 없다는 걸 알면서도, 상대방은 번번이 그걸 하게 된다는 게. 자신의 사건 기록이 오기만을 기다리고 있던 강한이 몸을 벌떡 일으켰다.

"이번에는 또 왜? 지금 조사 중인 것도 아니잖아요?"

"기록에 증거물로 들어 있는, 호텔 내부 CCTV 영상을 계속 보셔야 한대요. 그래서 대출은 어렵대요."

"그럼 CD 빼고 기록만 보여달라고 해요."

"당연히 그렇게 얘기해봤죠. 그렇게 하면 CD를 분실할 위험이 있어서 절대 안 된대요. 정 필요하면 정식으로 대출 신청을 하라고 하시던데요."

"분실 위험은 무슨……."

강한은 어처구니가 없었다. 정식으로 대출 신청을 하면 기록이 남는다. 강한이 자기 사건 기록에 접근하려고 했다는 걸 알면 여러 모로 논란이 일어날 게 뻔했다. 염산 테러 사건의 강력한 용의자였던 소원을 활동보조인으로 데리고 다니는 것도, 소원의 정체가 검찰청 밖으로 새어나가지 않게 한다는 엄격한 조건하에 간신히 허락받은 참이었다.

'검사가 아닌 피해자 입장에서 열람 복사를 할 수도 있지만, 그러면 기록을 다 볼 수 없겠지.'

형사사건 당사자에게는 자기 사건의 기록을 열람하고 사본을 받을 권리가 있었다. 그러나 그 경우 문제점은, 수사 기밀이 드러날 수 있는 자료나, 개인 정보가 들어간 자료는 블라인드 처리하고 복사해준다는 것이다. 세세한 정보까지 언론에 밝혀진 이 사건에서, 공개 가능한 자료만 보는 건 별 의미가 없었다. 강한이 바쁘게 머리를 굴리고 있는데, 소원이 불쑥 말을 던졌다.

"그냥 그 방에 사람 없을 때 들어가서 보면 안 돼요? 빨리 나오면 될 거 같은데."

그랬다. 소원도 이제 엄연한 이 방 식구였다. 컴퓨터나 전화기까지는 받지 못했지만, 그래도 책상과 의자가 있었고 임시 출입증도 있었다. 검사의 활동보조인이라는 전에 없던 직책으로.

"어머, 그러면 큰일 나요. 검찰청은 보안을 생명같이 여기는 곳이라서. 다른 방에 몰래 들어가서 사진을 찍고 나오다니, 들키면 여러 사람 잘리는 건 일도 아니라고요."

세은은 기겁했지만, 소원은 여전히 태연했다. 솔직히 소원도 처음 검찰청에 왔을 때는 이곳이 무서웠다. 그런데 제집처럼 뻔질나게 드나들다 보니, 결국 여기도 다 사람 모인 곳이고 사람에 의해 돌아가는 곳이구나, 하는 생각이 들어 조금씩 경계심이 허물어졌던 것이다.

"그럼 안 들키면 되겠네요."

"어떻게요? 그게 말처럼 쉬운 줄 알아요?"

"그걸 왜 제가 생각해요, 똑똑한 사람이 생각해야지. 안 그래요?"

소원은 씩 웃으면서 강한을 향해 말했다. 질문의 형태를 띠고 있었지만 사실상 도발이었다. 당신이 그렇게 잘나고 똑똑하다면 이 정도는 해결할 수 있지 않겠냐는. 강한은 잠시 아무 반응도 보이지 않다가, 대뜸 소원이 아닌 세은을 향해 말했다.

"세은 씨, 우리 방은 내일 점심 회식을 할 겁니다."

"네? 갑자기 회식이요?"

"방 식구가 된 기념으로 내가 맛있는 걸 사주고 싶은데, 어디로 뭘 먹으러 가야 좋을지 모르겠네요. 정유미 검사실 실무관에게 메신저로, 그 방 사람들이 오늘 어디서 몇 시에 점심을 먹는지 좀 알아봐줄 수 있어요? 음식 나오는 데 오래 걸리는지, 먹는 데는 얼마나 걸리는지 그것도 함께. 우리 방에서도 벤치마킹해야 하니까."

"검사님, 그 말씀은……."

"그리고 류소원. 난 지금부터 너 없이 혼자 화장실에 갈 거다."

"윽, 뜬금없이 뭔 소리예요? 검사님의 장 건강에 대해 저는 전혀 알고 싶지 않거든요!"

"내 말 잘 들어. 난 앞이 보이지 않으니까, 활동보조인 없이 화장실에 갔다가 잘못해서 문을 잠궈버릴 수도 있겠지? 그래서 안에 갇힐 수도 있겠지? 그러면 넌 어떻게 해야겠어?"

"……검사님 지갑이랑 휴대전화를 들고 튄다?"

소원은 본능적으로 생각나는 대답을 말했고, 강한은 소리가 나는 쪽으로 손을 뻗어 꿀밤 먹이는 시늉을 했다. 비록 그 꿀밤은 소원의 머리가 아닌 팔 위쪽에 가서 맞기는 했지만.

"넌 검찰청 1층 당직실로 내려가. 거긴 점심시간에도 열려 있으니까. 가서 6층 마스터키를 빌려달라고 해. 시각장애인 검사가 화장실에 갇혔다고, 긴급 상황이라고 얘기하고."

"그러면 직접 도와주러 오겠다고 하지 않을까요?"

"내가 화장실에 갇힌 것을 아주 수치스러워한다고, 그래서 다른 사람들은 절대 보고 싶어하지 않는다고 해. 그러면 다들 이해할 거야."

"음, 그럴듯하긴 한데 너무 길어서 제가 외울 수 있을지 모르겠네요. 그냥 검사님이 거사를 치렀는데 화장실에 휴지가 없었다고 얘기할게요."

소원이 까불거리자 다시 한번 꿀밤이 날아왔다. 이번에는 아까보다 조금 더 머리에 가까워진 어깨에 가서 맞았다. 소원은 불현듯, 그 꿀밤이 언젠가 정확한 곳에 날아드는 날이 올 수 있을지 궁금해졌다.

* * *

오후 12시 40분. 성암지방검찰청 정유미 검사실.

"세은 누나, 여기 캐비닛이 잠겨 있는데요?"

유미의 책상 옆 캐비닛으로 다가갔던 소원은 고개를 갸웃하면서 소리쳤다. 복사기를 작동시킬 만반의 준비를 갖춰놓은 세은은 그 말을 듣고 당황했다. 물론 검사실을 비울 때 캐비닛은 모두 잠그는 게 원칙이었지만, 바쁘게 일하다 나가는 경우에는 그냥 검사실 문만 잠그는 경우도 많았다. 강한 일행은 정유미 검사도 그 경우에 해당하길 바랐던 것이다.

"검사님, 어떡하죠? 캐비닛은 마스터키도 없는데."

세은은 당황했지만, 강한은 아무렇지도 않게 소원을 향해 지시했다.

"류소원, 정 검사 책상에 보면 나무로 만든 피아노 오르골이 있을 거야. 그 피아노 뚜껑을 열어봐."

"오르골이요? 피아노요?"

소원은 책상을 한 바퀴 획 둘러보았지만 피아노 오르골 같은 건 보이지 않았다. 그런 건 없다고 대답하려는 찰나, 듀얼모니터 사이에 뭔가 끼여 있는 게 눈에 띄었다.

"이건가?"

소원은 모니터 사이에 손을 집어넣어 그 물체를 꺼내 들었다. 그건 새하얀 그랜드피아노 모양의 조각 같은 거였는데, 작은 톱니바퀴와 태엽이 달려 있지 않았다면 오르골인지도 몰랐을 것이다. 소원이 피아노 뚜껑을 열자, 그 안에서 열쇠 꾸러미가 튀어나왔다. 세 개의 열쇠에 각각 '캐비닛' '검사실' '집무실'이라고 쓴 이름표가 붙어 있었다.

"오, 찾았다! 검사님, 열쇠가 여기 있는 건 어떻게 알았어요?"

"쓸데없는 소리 하지 말고 캐비닛이나 열어."

강한은 무뚝뚝하게 말했다. 혹시나 했는데, 유미가 아직도 그 오르골을 간직하고 있다는 걸 알게 되자 가슴 한구석이 괜히 욱신거렸다. 그건 예전에 강한이 그녀에게 준 선물이었다. 유미는 절대 잃어버리면 안 되는 작은 물건들을 그 안에 넣어 가까이 놓아두는 습관이 있었다.

"어, 기록에 아직도 내 이름이 있네. 결백하다고 밝혀졌는데 이제 그만 내 머리채 좀 놔주면 안 돼요?"

캐비닛에서 노끈으로 줄줄이 연결된 세 권짜리 두꺼운 기록을 찾아 꺼내던 소원이 투덜거렸다. 소원은 석방되긴 했지만, 아직 무혐의 처분이 내려진 상태는 아니었다.

"일단 진범을 찾을 때까지는 피의자 신분을 유지하게 될 거야. 그다음 진범을 인지해서 두 사건을 병합하고, 진범을 구속 기소하는 동시에 너한테는 무혐의 처분을 하는 거지."

"인…… 병…… 뭐요? 검사님, 한국말을 써요, 한국말을!"

소원은 몇 번을 들어도 적응하기 어려운 법률용어에 투덜대면서, 세은이 세팅해놓은 복사기로 다가갔다. 세은이 끈을 풀어 해체한 기록을 소원에게 건네주고, 소원은 그걸 통째로 복사기에 집어넣었다. 지잉, 지잉. 복사기가 부지런히 돌아가는 소리가 검사실에 울려 퍼졌다.

"류소원, 거기 CD 안에 있는 영상이랑 자료들은 일단 네 휴대전화로 옮겨."

"그러려면 컴퓨터를 써야 하는데요. 방에 다녀올까요?"

"아니, 그건 너무 오래 걸리니까 정 검사 컴퓨터를 써. 비밀번호가 'justice Jeong'일 거야."

강한은 유미가 검사가 되기를 꿈꾸던 대학교 1학년 때부터 쓰던 비밀번호를 아직도 바꾸지 않았을 거라고 확신했다. 검사란 사람들이 그랬다. 겉으로는 '검사도 그냥 회사원일 뿐', '이 일도 하다 보면 다른 일과 똑같다'라고 한탄하듯 말해도, 실은 법대에서, 로스쿨에서, 연수원에서, 그리고 초임지에서 가졌던 '검사'라는 직업에 대한 무한한 동경과 자부심을 평생 간직했다.

"윽, 유치해! 저 지금 손발이 오그라들어서 오징어가 됐어요!"

"원래 오징어같이 생겼어."

"뭐라고요! 제가 오징어면 검사님은 뭐, 대왕문어예요?"

소원은 입을 쫑알거리는 동시에 손도 부지런히 놀리고 있었다. 소원을 활동보조인으로 들인 지 이틀째, 강한이 그에게서 찾아낸 유일한 장점은 손발이 날래고 잽싸다는 것이었다.

'여기저기 낙서해놓고 들키기 전에 튀어야 하니까 빨라졌겠지. 별수 있겠어?'

강한이 그렇게 생각하면서 피식 웃으려는 순간이었다.

또각-. 또각-.

복도 저편에서부터 울리는 소리, 분명 여자의 구둣발 소리였다. 세 사람은 누군가 시키기라도 한 것처럼 일제히 입을 다물었다.

점점 커지는 구둣발 소리는, 이쪽으로 빠르게 다가오고 있었다. 소원은 순간적으로 강한이 앞을 보지 못한다는 걸 잊고, 그를 향해 입 모양으로만 뻥긋거렸다. 그러다가 강한이 아무 반응도 보이지 않자, 최대한 낮춘 목소리로 다시 소곤거렸다.

"검사님? 어떡해요! 누가 와요!"

소원이 맘껏 말할 수 있었다면, 틀림없이 또 그 표현을 사용했을 것이다. '좆됐다'라는. 지금 상황이 딱 그랬다. 아무리 같은 검찰청 검사라도, 아니 검사이기에 더욱, 다른 검사의 방에 무단으로 침입해서 기록을 복사하는 건 엄연한 범죄 행위였다.

또각-.

ㄱ 짧은 음을 마지막으로 구둣발은 문 앞에 멈춰섰다. 곧이어 문고리 돌아가는 소리가 나고, 문이 열렸다.

20

"문이 열려 있잖아? 분명히 잠그고 갔는데."

들어온 사람은 정유미 검사였다. 실무관이나 수사관은 곁에 없었다. 염산 테러 사건의 새로운 용의자를 찾아야 한다는 중대한 과제를 떠맡게 된 그녀는, 1분 1초라도 더 기록을 들여다보기 위해 점심도 먹는 둥 마는 둥 후딱 해치우고 먼저 돌아온 참이었다.

'오빠는 점심을 먹었으려나? 뭐라도 사다줘야 하나. 아, 몰라. 내가 무슨 상관이야.'

습관적으로 강한을 걱정하던 유미는 이내 그 생각을 떨쳐버렸다. 강한은 원래도 그랬지만, 갈수록 그녀의 통제 범위를 벗어나고 있었다. 열흘 만에 재활을 마치고 검찰청으로 돌아온 것도 그렇고, 사건의 유일한 용의자인 류소원을 풀어주게 만들더니, 이제는 그 류소원을 활동보조인이랍시고 데리고 다니는 것도 그랬다.

"참, 겁도 없지. 아는 사람도 못 믿는 세상인데 생판 모르는 애를 집에 들이고……."

유미는 그렇게 중얼거리면서 캐비닛을 향해 걸어갔다. 강한의 목덜미를 잡고 어깨에 팔을 두른 채 수사관의 책상 아래 바짝 엎드린 소원은, 숨을 죽이고 그 모습을 지켜보았다. 키 큰 남자 둘이 비좁은 공간에 끼여 있으려니 죽을 지경이었다. 세은은 그 맞은편 실무관 책상 아래 혼자 숨어 있었다.

소원은 급하게 숨느라 미처 지우지 못한 흔적들을 유미가 알아차리지 못하기만을 간절히 기원했다. 가령 플러그가 꽂힌 채 비뚤어져 있는 복사기라든가, 냉장고 문 사이로 삐죽 튀어나온 하얀 종잇장 같은 것들. 아까 그와 세은이 죽어라고 복사하던 기록은 순서가 마구 뒤바뀐 채 냉장고에 처박혀 있는 상태였다.

유미는 아무것도 눈치채지 못한 듯 그대로 책상까지 걸어갔다. 캐비닛은 닫혀 있긴 했지만, 잠겨 있진 않았다. 열쇠가 들어 있던 오르골은 텅 빈 상태였고, 열쇠는 지금 소원의 주머니 속에 들어 있었다. 소원은 긴장한 나머지 자기도 모르게 꿀꺽 침을 삼켰다. 유미는 의자를 빼서 앉으려다가, 뭔가 갑자기 생각난 것처럼 중얼거렸다.

"이런, 식당에 지갑을 두고 왔네. 다시 다녀와야겠다."

휴, 소원과 강한의 입술 사이에서 동시에 한숨이 새어나왔다. 유미는 의자를 도로 집어넣고 총총걸음으로 검사실을 나갔다. 벌컥 소리를 내면서 열렸던 문이 다시 닫히고, 또각또각 구둣발 소리가 멀어진 후에야, 소원이 책상 아래서 고개를 내밀면서 나왔다. 소원에 의해 우격다짐으로 책상 아래에 욱여넣어졌던 강한도 뻐근해진 목 근육을 풀면서 기어나왔다.

"너 이 자식, 누구 맘대로 내 목덜미를 잡으래?"

"아니, 그러면 거기서 검사님만 덜렁 남겨놔요? 구해줘도 지랄이야, 진짜."

"너 지금 나한테 지랄이라고……? 감히……?"

"네, 죄송해요. 제가 그렇게 얘기했네요. 다른 방식으로 표현하려고 해도 도저히 표현이 안 되어서요. 지랄! 지랄! 지랄!"

강한과 소원이 어린애처럼 유치한 말다툼을 벌이는 동안, 세은은 냉장고 속에 처박힌 기록을 구제하느라 바빴다. 그녀는 엉망진창으로 구겨진 수사보고서 편철을 보면서 울상을 지었다.

"어떡해요, 이 방 실무관 언니가 이걸 보면 바로 이상하게 여길 텐데……."

"그냥 다리미로 펴면 안 돼요?"

소원이 천진난만하게 묻자, 어김없이 강한의 꿀밤이 날아왔다. 이번에는 우연인지 필연인지는 몰라도 소원의 뒤통수에 직격이었다.

"넌 모르면 그냥 입 다물고 있어! 무식한 티라도 덜 나게. 데리고 다니기 창피하다."

"내가 무식해지는 데 검사님이 보태준 거 있어요?"

강한이 그 말에 대꾸하려던 순간, 전혀 예상치 못한 타이밍에 문이 열렸다. 깜짝 놀란 소원과 세은이 그쪽으로 고개를 돌렸고, 강한 또한 앞을 보지 못한다는 걸 알면서도 반사적으로 몸을 돌렸다.

"지금 남의 방에서 뭐 하는 짓들인지 설명해보실까?"

유미는 두 눈을 멀뚱멀뚱 뜨고 있는 소원과 세은, 그리고 뻣뻣하게 굳어진 강한을 보면서 추궁하듯 물었다. 그녀의 양손에는 조금 전 문을 나가자마자 벗은 구두가 들려 있었다.

정유미 검사는 바보가 아니었다. 아까 검사실에 들어왔을 때 분명히 보았다. 수사관의 책상 아래로 삐져나온 낡은 운동화 뒤축을.

처음에는 도둑이나 강도가 들어온 거라고 생각했다. 그녀는 혼자였고, 당직실에 알리더라도 올라오는 데 최소 3분은 걸릴 터였다. 그래서 어떻게든 침입자를 자극하지 않고 도움을 청할 방법을 찾아야겠다고 머리를 굴리고 있는데, 그 낡은 운동화 옆에 튀어나와 있는 윤기 나는 구두코를 발견했던 것이다. 그녀는 그 구두의 주인이 누군지 알고 있었다.

— 그래, 그렇게 나왔다 그거지…….

강한이 기록을 훔치러 왔다는 걸 직감한 그녀는 현장을 잡기 위해 검사실을 떠난 척했다가 구두를 벗어 발소리를 없앤 후 다시 돌아왔던 것이다. 유미는 경고하듯 덧붙였다.

"대답 잘해야 할 거야. 뭐라고 말하는지 듣고 나서 현행범으로 체포할지 말지 결정할 거니까."

또 체포될 순 없다. 유치장에서 하룻밤만 더 자면 틀림없이 정신질환에 걸리고 말 것이다. 소원의 머릿속에서 빨간 사이렌 같은 것이 웽웽거리며 돌아가기 시작했다. 소원은 강한을 향해 손가락을 내뻗으면서 순간적으로 떠오른 말을 내뱉었다.

"강 검사님이 시켰어요! 저랑 세은 누나는 싫다고 했는데 말 안 들으면 자른다고 했어요! 체포할 거면 이 사람을 체포하세요! 아주 나쁘고 준법 의식도 없는 사람이에요!"

"너 이 자식!"

"죄송해요, 검사님. 하지만 사실이잖아요. 돈 없고 힘없는 비정규직인 우리를 협박하셨잖아요."

"지금 내 꼴을 봐! 누굴 협박이나 할 수 있는 처지야, 지금?"

강한은 어처구니가 없다는 듯 그렇게 받아쳤다. 결성된 첫날부터 고자질에, 모함에 내부 분열이라니, 609호 검사실의 앞날이 훤히 내다보였다. 강한은 짧게 한숨을 내쉰 후, 유미의 음성이 들렸던 방향에 대고 한층 진지해진 어조로 말했다.

"그래, 내가 기록 복사하러 오자고 했던 건 맞아. 내 책임이야. 하지만 정 검사, 내가 왜 이렇게까지 하는지 이해 못하겠어? 정 검사가 내 입장이라면 똑같이 하지 않았을 것 같아?"

"……."

"차라리 잘됐어. 쥐새끼처럼 슬금슬금 다니는 것보단 대놓고 얘기하는 게 낫지. 기록, 복사해주면 좋겠어. 정 검사가 허락하든 말든 우린 수사할 거고, 그럴 바엔 차라리 주임검사가 알고 있는 편이 낫지 않겠어? 기록을 복사해주면, 우리가 수사한 내용은 전부 정 검사와 공유할게."

이건 사실상 다른 검사의 사건에 끼어들겠다는 선전포고였고, 어떻게 보면 말도 안 되는 일이었다. 그러나 유미는 곧바로 대답하지 않았다. 강한이 말린다고 들을 사람이 아니란 건 누구보다 그녀가 잘 알고 있었다. 그렇다면 차라리 그의 말대로, 기록을 빌미 삼아서라도 발목을 잡아두는 편이 나았다. 그녀는 잠시 고민하다가 이윽고 마음을 정한 듯 말했다.

"단순히 수사 결과를 공유하는 것만으로는 안 돼요. 수사 계획도, 진행 상황도 전부 알려줘야 해요. 그리고 강제수사는 절대 안 돼요. 강제수사가 필요할 땐 나한테 얘기해요. 알겠어요?"

수사에는 두 종류가 있다. 강제수사와 임의수사가 그것이었다. 상대방의 동의하에 이루어지는 진술 청취, 전화 탐문, 현장 조사 같은 임의수사는 검사나 수사관이 자유롭게 할 수 있었지만, 압수 수색이나 계좌 추적, 체포 같은 강제수사는 반드시 법원의 영장이 필요했다. 그 절차를 잘 지켜야만 진범을 잡았을 때 증거 능력을 주장할 수 있기에 강한도 여기에는 이의가 없었다.

"좋아, 모든 걸 공유하도록 하지. 그 조건이 쌍방으로 적용된다는 전제하에서 말이야."

즉 강한의 팀이 유미에게 정보를 제공하는 것처럼 유미 또한 그들에게 정보를 주어야 한다는 얘기였다. 그래봤자 강제수사도 못하는데 할 수 있는 일이 얼마나 있겠냐고, 유미는 내심 얕잡아보았다.

"이렇게 해. 난 식당에서 일찍 돌아온 적이 없는 거야. 지금 여기에 없다고. 도중에 목이 말라서 커피를 마시러 갔어. 그래서 그동안 생긴 일에 대해선 몰라. 내가 방 식구들과 함께 돌아왔을 때, 이 방은 완전히 정리되어 있을 거라고 믿어."

"그래, 무슨 말인지 알겠다."

"대답도 하지 마. 난 여기 없는 사람이니까."

유미는 가차없이 못을 박고는 쌩하니 검사실을 나가버렸다. 그녀의 뒷모습을 보고 있던 소원이 고개를 갸웃하더니 강한에게 물었다.

"근데 정 검사님, 말하는 투가 어째 검사님이랑 비슷하네요. 아까 비밀번호를 알고 있었던 것도 그렇고, 둘이 뭔 사이예요?"

글쎄, 무슨 사이일까. 오래전에 헤어졌으면서도 인생에서 서로를 지워버리지 못하는 전처와 전남편 같은 관계라고 하면 그나마 비슷하려나. 그러나 스무 살짜리 애송이를 붙잡고 그런 얘기를 구구절절 할 마음은 없어서, 강한은 소원에게 대답하는 대신 핀잔을 주었다.

"쓸데없는 데 관심 갖지 말고 얼른 자료 복사나 해. 이 배신자야."

"배신자는 무슨. 우리 사이에 언제 뭐 지킬 의리나 있었다고."

소원은 투덜대면서도 다시 컴퓨터 앞에 가서 앉았다. 드디어 사건 기록을 손에 넣을 수 있게 된 강한은 들떴다. 아직 갈 길이 멀었지만, 어쨌든 첫걸음을 내디딘 것이다.

* * *

10월 16일 수요일 오후 3시. 성암지방검찰청 609호 검사실.

강한은 유미의 검사실에서 복사해온 기록을 책상 서랍 깊숙한 곳에 잘 숨겨놓았다. 어차피 지금 당장 하고 있는 사건도 없겠다, 소원에게 사건 기록을 처음부터 끝까지 읽어달라고 할 참이었다. 그러나 일은 그의 생각처럼 술술 풀려나가지 않았다. 부장검사실 실무관의 호출을 받고 나갔다 온 세은이 강한을 향해 떨떠름한 말투로 보고해온 것이다.

"검사님, 수석님 방에서 재배당 사건이 왔는데요?"

"재배당이요?"

"정확히 말하면 사건이라고 하기도 그렇고요, 그냥 직고소장 하나만 달랑 왔어요. 이거 어떻게 하죠? 받을까요?"

고소인이 경찰서가 아닌 검찰청에 직접 수사를 요청하면서 제출하는 고소장을 직고소장이라고 했다. 보통 형사사건이 경찰 수사를 거친 후 검찰에 송치되는 것을 생각하면, 중간 과정을 건너뛴 고소라고도 할 수 있었다. 단순히 뭘 잘 몰라서 그렇게 하는 경우도 있고, 경찰서보다 검찰청이 가까워서 그렇게 하는 경우도 있었다. 하지만 그보다 더 골치 아픈 경우도 있었다.

— 짭새들을 어떻게 믿어! 그 무식하고 비리 많은 놈들을!

경찰에 대해 괜히 그런 영문 모를 피해의식을 가지고 있는 경우, 아니면 '아무것도 모르지만 일단 제일 높은 사람한테 가서 소동을 피우면 그 나쁜 놈을 조져줄 것이다'라고 아무 근거도 없이 믿어버리는 경우였다. 가끔은 그 두 개가 결합하기도 했다.

물론 직고소 사건이 굉장히 큰 형사사건으로 이어지는 경우도 있었지만, 그저 전설처럼 전해오는 것일 뿐, 강한이 실제로 본 적은 없었다. 그의 경험상 직고소장 열 건 중 절반 이상은, 이른바 '진상 민

'원인'으로 형사처벌도 되지 않는 사건을 가져와 처벌해달라고 떼를 쓰거나, 공소시효가 이미 몇 년이나 지난, 또는 이미 해결된 사건을 재수사해달라고 조르는 내용이었다.

그래서 검사들은 직고소장의 내용을 검토하고 고소인의 진술을 청취하고, 수사 필요성이 있는 사건인지 결정한 후, 수사가 필요하다면 경찰에 지휘를 내리고 그러지 않으면 자기 선에서 적당히 처분했다. 그러다 보니 송치사건에 비해 품이나 처리 기간이 비교적 적게 들었다.

수석검사가 강한에게 직고소장을 재배당해준 것은, 그로서는 일종의 배려였을 것이다. 가벼운 사건이나 슬렁슬렁 처리하면서 적당히 쉬라는. 당장 자기 사건 기록을 들여다보고 싶은 강한에게는 달갑지 않은 배려였지만, 그렇다고 해서 검사가 사건을 마다할 수는 없었다. 강한은 얕은 한숨을 내쉬면서 말했다.

"받는다고 해요."

그렇게 해서, 염산 테러 사건 이후 정확히 24일 만에 강한은 새로운 사건을 맡게 되었다. 달랑 한 페이지짜리 고소장이었다. 손으로 기록을 더듬어 그 두께를 확인한 강한은 어처구니없다는 표정이 되었다. 그는 건너편 책상에 앉아 있는 소원을 불렀다.

"류소원, 이리 와봐. 이 고소장에 고소 죄명이 뭐라고 적혀 있지?"

"죄명은 없고, 죄명 쓰는 칸에 '도적놈 잡아주시요'라고 쓰여 있네요. 피고소인 인적 사항란에는 '도적놈' '써글놈' '후레좌식'이라고 쓰여 있고요. 적힌 그대로 읽어드린 거예요."

그 순간 불길한 예감이 강한을 사로잡았다. 낯선 고소장에서, 진상 민원인의 친숙한 향기가 풍겼다.

21

강한이 한창 잘나갈 때 이런 고소장을 받았더라면, 두 번 생각할 것도 없이 후배 검사한테 떠넘기거나, 경찰서에 보내거나, 아니면 적당한 명분을 찾아 각하(却下)해버렸을 것이다. 그러나 그의 검사실 전산 시스템에 '수사 중인 사건 1건'이 뜨는 지금은 차마 그렇게 할 수가 없었다.

'그래, 초심으로 돌아간다고 생각하자. 작은 사건부터 하나씩, 하나씩. 그렇게 연습해나가야 나중에 진범도 잡을 수 있지.'

그렇게 마음을 다잡은 강한은 세은이 앉아 있을 방향에 대고 말했다.

"세은 씨, 고소인에게 전화 좀 걸어주세요. 고소인 진술하러 나오라고."

"네."

세은은 싹싹하게 대답하고 곧바로 전화기를 집어 들었다. 기록 절도를 위한 남의 검사실 침투 작전을 제외하면, 그녀에게도 이게 검사실에 와서 맡는 첫 업무였다. 진지한 표정으로 한참 동안 통화하면서

'네' '그럼요' '감사합니다'를 반복하던 그녀가 거의 10분 만에 전화를 끊고는 강한에게 보고했다.

"검사님, 고소인 지금 오신다는데요."

"지금요?"

"네. 원래 무척 바쁘신 분인데 마침 아침드라마 재방송이 끝나서 지금 시간이 나신대요. 몇 시간 후에는 정규방송을 시청하셔야 한다고……. 그런데 검사님, 고생 좀 하시겠어요."

"고생이요?"

"고소인이 좀…… 에휴, 아니에요, 아무것도."

세은은 차라리 모르는 게 낫겠다는 듯 고개를 설레설레 저으면서 말을 아꼈다. 강한은 그 제스처를 보지 못했음에도 불구하고, 그녀의 목소리만 들어도 벌써부터 불길한 예감이 들었다. 약 20분 후, 누군가가 검사실 문을 쾅쾅 두들기면서 다 갈라진 목소리로 고함을 쳤다.

"문 열어라! 힘들어 죽겠다, 이놈들아! 어서 문 열지 못혀!"

그렇게 강한은 김복순 할머니를 만나게 되었다. 85세의 김복순 할머니는 보행 보조기 대신 유모차를 밀면서 검사실 안으로 들어왔다. 유모차 바퀴가 드르륵거리는 소리, 유모차가 덜컹거리면서 책상 모서리에 부딪치는 소리를 들은 강한이 놀라 펄쩍 뛰어올랐다.

"뭡니까! 할머니는 뭘 끌고 다니시는 거예요? 리어카?"

"할머니라니 이놈아! 어르신 앞에서 색안경이나 끼고 있고, 버르장머리 없는 자슥! 어디다 대고 할머니여? 여사님이라고 부르지 못혀! 어이구, 언덕 올라오느라 인생 하직할 뻔혔어."

김복순 여사는 나이는 많을지 몰라도 기운은 팔팔한 모양이었다. 힘들다고 연신 푸념하긴 했지만 정작 이마에는 땀 한 방울 나지 않았다. 그녀는 세은이 어디 앉으라고 안내해주기도 전에, 알아서 강한의 책상 맞은편에 있는 의자에 자리를 잡고 앉았다. 강한은 목소리만 듣고도 그녀가 노인임을 알아차렸고, 점잖은 말투로 질문을 시작했다.

"여사님, 무슨 사건으로 고소장을 내신 건지 여쭤봐도 될까요?"

"뭐시여?"

김 여사는 기운은 팔팔할지 몰라도 귀는 잘 들리지 않았다. 가는 귀먹은 사람들 특유의 습관대로, 그녀도 유독 말소리를 크게 냈다. 강한은 순간적으로 고막이 아파 눈살을 찡그렸다. 실명을 하면서 소리를 집중해서 듣는 데 익숙해진 까닭이었다.

세은은 그 광경을 걱정스럽게 바라보는 반면, 소원은 재미있어 죽겠다는 표정이었다. 강한은 입술을 지그시 깨물더니 다시 한번 또박또박 물었다.

"고소장을 왜 내셨냐고요?"

"누가 고소를 혔어?"

"아니, 할머님이 고소하셨잖아요. 그러니까…… '후레좌식'을요."

강한은 여전히 목소리를 높이지 않은 채 김 여사와 서로 동문서답하고 있었다. 배를 잡은 채 끅끅대고 웃던 소원은, 강한이 그쯤이면 충분히 골탕을 먹었다 싶었는지 뒤늦게 끼어들었다.

"검사님, 이 할머니 청력이 안 좋으신가 봐요. 귀에 보청기를 끼고 계세요. 크게 말씀하셔야 알아들으실 것 같은데요."

그때, 김 여사에게 물잔을 가져다주던 세은이 고개를 숙이고 보청기를 찾아보더니 깜짝 놀라서 물었다.

"어머, 소원 씨는 거기서 이 보청기가 보여요? 이 작은 게? 색깔도 베이지색인데? 대단하다!"

"아, 제가 시력이라고 해야 하나 눈썰미라고 해야 하나, 어쨌든 그게 좀 좋은 편이에요."

소원이 멋쩍은 투로 하는 대답이, 왠지 모르게 강한의 심기에 거슬렸다. 소원이 일부러 그러는 건 절대 아니라는 걸 알면서도, 아무것도 보지 못하는 자기 앞에서 볼 수 있는 능력을 자랑하는 것 같아서.

'내가 류소원 따위를 질투하게 될 줄은 몰랐는데…….'

강한은 고개를 세게 흔들어 그 생각을 떨쳐내버렸다. 그러고는 헛기침을 해서 목을 가다듬고, 힘껏 목청을 높여가면서 김 여사에게 질문했다.

"여사님 댁에 도둑이 들었다고요? 언제 있었던 일이죠?"

"가만있자, 그게 언제더라……. 8월 9일이여."

"8월 9일이요? 두 달 이상이면 꽤 오래됐는데, 왜 지금 오셨어요?"

"두 달 아닌디. 인자 한 달 됐어야."

"오늘이 10월 16일인데 어떻게 한 달이에요?"

강한은 순간적으로 이 할머니가 치매를 앓고 있나 싶었다. 도둑을 맞았다는 것도 그저 피해망상은 아닐까 하고. 그때, 강한과 노파 사이의 대화를 안 듣는 듯 다 듣고 있던 소원이 넌지시 말했다.

"검사님, 한 달 된 거 맞아요. 저분 지금 음력으로 말씀하시는 거예요."

"음력?"

"네, 검사님 덕분에 제가 나이 드신 분들이랑 미팅 소개팅 실컷 하고 다녔잖아요? 독거노인 김장 담그기에, 또 도로 환경미화도 육십대 할아버님이랑 하고. 여튼 그분들 특징이 날짜를 꼭 음력으로 세시더라고요."

소원은 그렇게 얘기하면서 휴대전화 캘린더를 켰다.

"음력 8월 9일이면 양력 9월 18일 화요일이에요. 약 한 달 전 맞네요."

9월 18일. 그렇다면 강한이 염산 테러를 당해 시력을 잃기 나흘 전이었다. 그는 어느덧 모든 일을 실명 전, 실명 후로 나누어서 생각하게 된 자신을 깨닫고 문득 씁쓸해졌다. 어쨌든 지금은 눈앞에 앉아 있는 할머니의 사연에 집중해야 할 때였다.

"9월 18일 오전인가요, 오후인가요?"

"뭐여, 오구오구?"

강한이 조금 음량을 낮추자마자, 곧바로 김 여사는 알아듣지 못하고 헛소리를 했다.

"낮이에요? 밤이에요?"

"나도 몰러, 언제 들어왔는지를 몰러서. 아침에 경로당에 갔다가 저녁때 오니까 문이 열려 있었어. 아침에 걸고 나갔는디."

"집에 사람이 아무도 없었어요?"

"뭐시여? 누가 암에 걸렸당가? 워매, 어쩐디야!"

김 여사가 두 눈을 휘둥그레 뜨면서 되묻자, 강한은 한 단어씩 끊어서 소리를 치다시피 했다.

"집에! 아무도! 없었냐고요!"

"응, 우리 영감은 변기 뚫으러 다니는 배관공이어서 낮에는 집에 없어야."

할머니가 85세인데 그 남편인 할아버지가 아직도 배관공 일을 하다니, 그것도 어떻게 보면 참 대단한 일이었다. 강한은 범행 일시 불상, 범행 방법 불상, 범인 불상인 사건의 보고서를 어떻게 써야 할지 감이 오지 않아 막막했다. 최소한 피해 내용은 구체적으로 나오길 바랄 뿐이었다.

"얼마가 없어졌는데요?"

"뭣이?"

"돈이요, 얼마가 없어졌느냐고요."

"뉘 집에서 돈이 없어져부렀어야? 웜매매, 갸는 또 어쩐디야!"

강한은 아까보다 훨씬 더 깊은 한숨을 쉬었다. 지금의 대화를 고스란히 받아적는다면 어설픈 코미디 드라마 대본이 하나 탄생할 것 같았다.

고소장을 직접 쓴 걸 보면 김 여사가 읽고 쓰는 데는 무리가 없는 모양이었다. 그렇다면 대화보다는 차라리 필담이 훨씬 나을 것 같긴 한데, 문제는 강한이 필담을 할 수 없는 상태라는 거였다. 김 여사가 점자를 알 리도 없었고.

'이래서야 뭐, 외국인하고 얘기하는 거나 다름없잖아.'

강한은 깊은 한숨을 쉬었다. 아니, 차라리 외국인과 얘기하는 게 나을 수도 있었다. 그 경우에는 검찰청에서 통역인을 부를 수 있으니까.

강한이 이마를 손으로 짚으면서 땅이 꺼질 듯한 한숨을 쉬는 것을 보고, 소원이 자리에서 일어나 김 여사 옆으로 다가갔다. 소원은 두 손으로 나팔 모양을 만들어 김 여사의 귓가에 갖다대더니, 강한이 묻고 싶었던 말을 또박또박 대신 물어보았다.

"할머니요! 할머니 댁에 도둑이 들었다면서요! 돈을 얼마나 훔쳐 갔어요?"

"돈이 아니여, 속곳이여."

"속곳이 뭔데요?"

'뭐시여' '뭐여' '뭣이' '뭐라고요' '뭔데요'로 점철된 괴상한 면담이었다. 소원이 독거노인 봉사활동을 하면서 노인들과 조금 친해지긴 했지만, 그렇다고 해서 할머니들의 내밀한 사생활까지 알게 된 정도는 아니었다. 소원은 제3국의 언어를 들은 것처럼 멍청한 표정이 되었다.

"속곳 몰러? 속곳 말이여!"

김 여사는 두 남자를 향해 연신 손짓하면서 괄괄한 음성으로 외쳤다. 그녀의 두 손은, 나올 데는 나오고 들어갈 데는 들어간 여자의 몸매를 열심히 그려 보이고 있었다.

"보정용 속곳이라고! 50만 원짜리여, 그기! 빨랫줄에 널어논 걸 훔쳐갔어야."

"아, 속옷이요. 보정용……."

그제야 알아들은 강한이 중얼거렸다. 그는 지금까지 보정용 속옷이라는 상품이 이 지구상에 존재하는 줄도 모르고 살았던 남자였다.

'무슨 속옷 한 장이 50만 원씩이나 해? 명품 속옷도 그 정도는 안 하는데.'

차라리 50만 원 절도 사건이라고 하면 듣기에 민망하지나 않지, 85세 할머니의 속옷 절도 사건이라니 특수부 엘리트 검사였던 강한의 체면이 말이 아니었다. 강한은 사건을 해결해보려는 의지가 순식간에 바닥으로 떨어져버렸다. 그는 김 여사가 앉아 있는 쪽을 향해 말했다.

"여사님, 빨랫줄에 널려 있던 속옷이라면 그냥 바람에 날아간 게 아닐까요?"

"바람을 핀다고? 누가? 우리 영감탱이가? 에이, 그럴 리 없어야. 할 기력도 없어야."

김 여사는 뭔가 아주 재밌는 농담을 들었다는 듯 킬킬거렸고, 강한은 자기 머리에 총이라도 쏘고 싶은 심정이 되었다. 강한의 일그러지는 표정을 본 소원이 이번에도 통역으로 나섰다.

"그게 아니고요, 할머니. 바람에! 날아간 거! 아니냐고요!"

"아니여, 혹시 날아갈까봐 내가 집게를 세 개나 꽂아뒀어야."

"아무리 비싸봤자 남이 입던 속옷인데…… 도대체 누가 그런 걸 훔쳐가고 싶어한다고……."

강한은 회의적인 태도로 중얼거렸다. 그런데 다른 말은 제대로 알아듣지 못하던 김 여사가 그 말만큼은 어떻게 귀신같이 알아들었는지, 잽싸게 반박을 하고 나섰다.

"총각이라 아직 모르는구면. 보정용 속옷이 입기만 하면 몸매를 딱 잡아주고! 허리 병까지 싹 낫게 해주는 게 아주 보통 물건이 아니여! 우리 양로원에도 탐내는 할망구들이 얼마나 많은디. 내가 지금 속에도 하나 입고 있는디, 몸매가 어떻게 잡혔는지 한번 볼텨?"

"아, 아닙니다. 됐습니다. 저는 앞을 보지 못합니다, 여사님."

강한의 솔직한 고백에, 김 여사는 못 들을 말을 들었다는 듯 기겁을 하면서 반응했다.

"뭐시여! 앞을 못 봐야! 그럼 장님이여?"

"네, 시각장애인입니다. 그래서 저는 소리를 듣거나 손으로 만져서 물건을 파악합니다."

"그럼 어떻게 하란 말이여? 내 속옷을 만져보겠다 이거여? 아니, 애초에 눈먼 검사가 도적놈을 잡을 수나 있당가? 허이고, 내가 괜히 씨부렁거리면서 헛짓거리를 하고 있었구면."

"걱정하실 것 없습니다. 저도 다른 검사 못지않게 수사를 잘할 수……."

그러나 김 여사는 강한의 말을 끝까지 듣지도 않고 잘라버렸다.

"참으로 너무하구면! 돈 없고 빽 없다고 소경 검사한테 내 사건을 맡기고 말여. 안 되겄어, 법원이고 청와대고 다 찾아다니면서 얘기를 헐 팅게. 두고 보라 이거여."

김 여사는 비분강개한 어조로 그렇게 말하더니, 책상 위에 놓여 있던 고소장을 구겨서 강한의 얼굴을 향해 던져버렸다. 그러고는 끌고 왔던 유모차를 붙잡아 앞으로 밀면서 검사실을 나가버렸다. 강한은 그녀를 제지할 마음조차 생기지 않았다. 우당탕, 유모차가 복도에서 좌충우돌하는 소리가 들리자 깜짝 놀란 세은이 뛰어나갔다.

"할머님! 제가 입구까지 모셔다드릴게요! 할머님!"

구겨진 고소장도 어쨌든 공문서였다. 손으로 더듬어가면서 종이를 다리고 있던 강한에게 소원이 조심스럽게 말을 건넸다.

"검사님, 괜찮으세요? 현타 제대로 오신 거 같은데⋯⋯."

"뭔 타?"

"현타요, 현실 자각 타임."

그랬다. 지금 강한이 겪고 있는 게 딱 그거였다. 강한은 손바닥을 펼쳐 종이를 쫙쫙 다려 펴면서, 힘없이 중얼거렸다.

"내가 어쩌다 이 모양 이 꼴이 됐지⋯⋯."

22

오후 7시 30분. 성암동 먹자골목.

강한은 법무관 근무를 마치고 검찰청 발령을 받은 4년 전부터 단 한 번도 정시퇴근한 적이 없었다. 그리고 특수부에 들어간 후로는 하루에 다섯 시간 이상 자본 적이 없었다. 눈코 뜰 새 없이 바빴던 그에게는 친구를 만나는 것도, 외식하는 것도, 영화 보러 가는 것도 사치였다.

그런 강한이 오늘은 외식을 하러 나왔다. 그것도 별로 좋아하지도 않는 인간과 함께. 굶어 죽지 않기 위해서는 불가피한 조치였다. 강한에게 팔꿈치를 붙잡힌 채 번화가를 걸어가면서, 소원은 연신 그의 눈치를 살폈다. 어젯밤의 컵라면 사태를 의식한 탓이었다.

"저기, 검사님은 뭐 드시고 싶으세요? 아니, 뭐가 먹기 편하세요? 제가 세은이 누나한테 물어봤는데, 나눠 먹는 것보단 혼자 먹는 게 낫고, 젓가락보다는 포크가 편하다고……."

"류소원, 네가 나 봉정하면 어떻게 한다고 했지?"

"……죽인다고요?"

"세 번 말 안 한다. 아무거나 상관없으니까 너 먹고 싶은 거 먹으러 가. 인스턴트만 빼고."

그러나 '아무거나'만큼 메뉴 고르는 사람을 힘들게 하는 말은 없다. 강한을 이끌고 큰길 끝에서부터 끝까지를 세 번이나 왕복하던 소원은, 결국 어느 동네에나 흔하게 있는 24시간 김밥집을 골라 들어갔다. 강한은 비빔밥을, 소원은 떡볶이에 김밥에 라면까지 시켰다.

"넌 또 라면이냐?"

"또라니요, 분식집 라면은 집에서 끓여 먹는 거하곤 달라요."

"뭐가 다른데?"

"분식집 이모님의 그윽한 손맛이 들어가잖아요. 먹을 기회가 있을 때 먹어둬야 한다고요."

소원이 너무도 진지하게 대답하는 게 강한은 어이가 없었다. 몇 분 후, 음식이 나오기 시작했다. 강한의 앞에 비빔밥을 가져다놓던 김밥집 주인은, 형광등이 환히 켜진 실내에서 선글라스를 끼고 있는 그의 모습을 노골적으로 힐긋거렸다.

"양푼이 다 떨어져서 돌솥에 담아왔어요. 원래 '돌비'가 더 비싸요. 뜨거우니까 조심하세요."

"뜨겁다고요?"

강한은 갑자기 턱밑에서 훅 끼치는 열기에 당황했다. 반사적으로 뒤로 물러나는 강한을 보고, 소원은 그가 왜 그러는 것인지 알아차렸다.

"뭐야, 어린애도 아니고. 검사님 뜨거운 게 무서워서 그러는 거예요? 어제 샤워할 때 뜨거운 물 트는 것도 싫다고 하더니, 그래서 군대는 어떻게 다녀왔대요?"

"난 군대 안 갔어."

"헐, 미친! 레알요? 어떻게요? 비결이 뭐예요?"

"그런 거 없어. 사법고시 붙으면 현역 가는 대신 군법무관 할 수 있어."

"헐, 존나 쩐다!"

소원은 강한이 군대를 가지 않았다는 사실을 안 순간, 지금까지 강한을 향해 단 한 번도 드러내지 않았던 표정을 지었다. 열렬한 존경과 감탄이 그것이었다.

그러나 소원의 표정을 볼 수 없었던 강한은, 뜨거운 걸 무서워하는 자신의 트라우마에 대한 대화가 더 진전되지 않은 게 다행이라고 안도할 뿐이었다. 적어도 이 스무 살 철부지 앞에서, 지금도 악몽을 꿀까봐 매일 밤 눈감는 게 두렵다는 말을 털어놓을 수는 없었다.

"어, 그러니까 11시…… 아니, 검사님 기준으로 2시 방향에 단무지가 있고요. 9시 방향에 김치가 있어요. 장국은 2시 30분, 아니 35분인가? 아, 이거 너무 어렵다."

소원은 익숙지도 않은 방식으로 밑반찬의 위치를 설명하느라 애를 먹었다. 오늘 점심시간이 거의 끝날 무렵, 세은과 함께 구내식당에 가서 잔반으로 끼니를 때우면서 배운 방법이었다.

사실 소원은 강한이 점심때마다 샌드위치나 김밥을 먹는 게 그리 불쌍한 일이라고 생각하지 않았으며, 그 정도면 꽤 잘 먹는 게 아닌가 하는 생각까지 했다. 그러나 세은은 사람이 그러는 거 아니라면서 내키지 않아 하는 소원을 붙잡고 시각장애인의 식사를 돕는 방법을 가르쳤다.

'컵에 물이 얼마나 차 있는지도 알려줘야 한다고 했는데……. 근데 어떻게 알려주라고 했지?'

소원이 머리를 쥐어짜면서 그 내용을 떠올리려고 하는데, 그의 끙끙대는 소리를 들은 강한이 한쪽 입꼬리를 올리면서 피식 웃었다.

"애쓴다, 애써."

"비웃지 마세요! 저 나름대로 열심히 해보려고 하고 있다고요."

"그래?"

"네. 저도 가오가 있죠. 싫어하는 사람한테 빚지는 건 싫어요. 한번 하기로 한 거 제대로 할 거예요."

소원은 그렇게 말해놓고는 쑥스러웠는지 포크에 찍은 떡볶이를 우적우적 입속에 욱여넣었다. 그리고 강한도 식사를 시작했다. 그는 케인으로 땅을 더듬어보는 것처럼, 젓가락 끝으로 반찬 윗부분을 두드려 그 높이를 파악한 후 제법 능숙한 젓가락질로 반찬을 집어 올렸다.

두 사람 다 제대로 된 식사를 하는 건 거의 이틀 만이었다. 한동안 숟가락과 젓가락이 그릇에 부딪치는 소리, 음식을 씹어넘기는 소리만 맹렬하게 들릴 뿐, 두 남자 간에는 대화가 오가지 않았다.

그들의 옆 테이블에는 이십대 중반 정도로 보이는, 초록색 트레이닝복 차림에 날건달 같은 인상의 남자 셋이 무리 지어 앉아 있었다. 소원은 처음에 그들의 존재조차 의식하지 못했는데, 시간이 갈수록 그쪽에서 자꾸만 킥킥대는 소리가 나는 게 귀에 거슬렸다. 처음에는 알아차릴 듯 말 듯 은근했던 그들의 시선이 이제 노골적으로 강한에게 고정되어 있었다.

'뭐야, 저 기분 나쁜 놈들은.'

소원은 김밥집에 와서 김밥은 한 줄만 시켜놓고, 밖에서 사온 새우깡과 소주를 펼쳐놓고 술상을 벌이고 있는 남자들을 곱지 않은 눈길로 쳐다보았다.

하지만 그들은 소원이 보건 말건 계속해서 강한을 안줏거리 삼아

쑥덕거리면서 킬킬댔다. '명품' '선글라스' 같은 단어가 들려오는 걸 보면, 지금 이 시각에 명품 양복에 선글라스를 끼고 김밥집에 앉아 있는 걸 비웃는 것 같았다. 소원은 어차피 내가 욕먹는 것도 아니라고 생각하면서 참으려고 했다.

그러나 유독 야비하게 들리는 그 낮은 목소리들 속에서 '돈지랄'이라는 단어가 불쑥 튀어나와 귓속으로 뛰어 들어왔을 때, 소원의 인내심을 지탱하고 있던 끈이 툭 끊어졌다. 소원은 테이블을 두 손으로 짚고 벌떡 일어나면서 옆 테이블을 향해 명백한 시비조로 말했다.

"뭘 봐, 새끼들아? 구경났어?"

척 보기에도 어려 보이는 소원의 도발에, 그들은 곧바로 발끈하지는 않았다. 그저 저건 뭐 하는 놈인가 하는 표정으로 일제히 소원을 쳐다볼 뿐이었다. 그중 제일 덩치가 크고 험악하게 생긴 놈이 능청스럽게 빙글빙글 웃으면서 소원을 놀리듯 대꾸했다.

"그쪽 본 거 아닌데. TV 보고 있던 건데."

"니가 〈7시 내 고향〉을 보고 있었다고? 구라를 쳐도 어디 그런 개구라를 쳐!"

소원은 고추밭에서 평화롭게 고추 따는 장면이 펼쳐지고 있는 TV 화면을 확인하고는 버럭 고함을 쳤다. 제 성질을 못 이겨 그렇게 저질러놓고, 막상 덩치 큰 떡대가 일어나 이쪽으로 다가오기 시작하자 가슴이 뜨끔했다. 너무 갔나 싶었다. 이쪽 테이블로 건너온 떡대는 소원의 바로 앞에 서더니, 얼굴을 들여다보면서 말했다.

"너, 어린 노무 자식이 형님한테 말이 심하게 짧다?"

"누구더러 자식이래, 그쪽 같은 아버지 둔 적 없거든요?"

본능적으로 받아친 후, 소원은 이번에도 아차 싶었다. 굳이 3대 1로 붙지 않더라도, 1대 1이라 하더라도 이 떡대와 싸워서 이길 수 있을 것 같진 않았다. 사실 소원은 재빠르게 피하고 날쌔게 도망가는 건 잘했지만 덤벼들어서 공격하는 데는 영 소질이 없었다.

'경찰에 신고하면 우리 편을 들어주지 않을까? 그래도 이쪽에는 검사가 있는데. 근데 경찰이 오는 동안 죽도록 맞으면 어떡하지?'

소원이 고민하는 동안, 떡대는 점점 더 얼굴을 가까이 붙여왔다. 이대로 가다간 입이라도 맞출 기세였다. 떡대의 몸에서 확 풍겨오는 술 냄새와 악취 비슷한 체취에 소원이 미간을 찌푸리는 순간, 강한이 자리에서 일어났다.

"그만하시죠."

"이 자식은 또 뭐야?"

"그건 알 거 없고, 그만하시라고 말했습니다."

강한은 조금도 기죽지 않은 채 덤덤히 대꾸했다. 소원은 강한에게 그만하고 자리에 도로 앉으라고 소리치고 싶었다.

'아, 진짜. 저 검사님이 왜 저래. 눈에 보이는 게 없나. 아 맞다, 보이는 게 없지. 저쪽은 깡패같이 생긴 놈들 세 명이라고 알려줘야 하는데.'

그러나 소원이 뭔가 해보기도 전에, 떡대가 강한에게 다가간 게 먼저였다. 떡대는 강한의 어깨를 왼손으로 턱 짚고는, 강한의 선글라스를 향해 오른손을 가져갔다.

"남한테 부탁을 할 거면 그 색안경이나 벗고 지껄여, 새꺄."

떡대의 소시지처럼 두툼한 손가락이 강한의 귀에 걸쳐진 선글라스 다리에 얹히는 순간이었다. 이제 곧 선글라스가 벗겨져나갈 것으로 예상한 소원은 두 눈을 질끈 감고 싶은 심정이었다.

강한이 눈가의 상처를 얼마나 신경 쓰는지, 소원은 그와 함께한 첫날부터 잘 알게 되었다. 화장실에 갈 때도, 밥을 먹을 때도, 머리를 빗을 때도 절대 선글라스를 벗지 않는 강한이었다. 심지어 잠을 잘 때도, 소원에게 불을 껐느냐고 물어본 후에야 선글라스를 벗었다.

'검사님 성격에, 이 많은 사람들 앞에서 그 상처를 보이면 무척 수치스러울 텐데……'

그러나 다음 순간, 소원의 예상과 달리 선글라스는 제자리에 붙어 있었다. 그리고 강한의 하얗고 긴 손이 떡대의 살찐 손목을 단단히 움켜쥐고 있었다. 떡대가 먼저 접촉해온 것이 강한에게는 오히려 행운이었다. 상대방의 손이 어디에 위치하고 있는지 정확히 파악할 수 있었으니까.

"뭐야, 이거 못 놔?"

떡대는 강한의 손에서 자신의 손목을 빼내려고 했지만, 강한의 손은 미동도 하지 않았다. 젠체하는 양복쟁이에게서 나오는 것이라고는 도저히 상상할 수 없는 어마어마한 악력이었다. 떡대는 소원이 보기에도 확연히 눈에 띌 정도로 당황하면서 몸을 뒤틀었다. 강한에게 잡힌 손목이 점차 아파오기 시작했던 것이다.

"그러니까 남의 물건에 함부로 손대면 안 되지."

강한은 그렇게 충고하듯 말하면서, 떡대의 손목을 잡고 있던 손아귀의 힘을 슬쩍 풀었다. 압박이 덜해지는 걸 느낀 떡대는 손목을 거칠게 흔들면서 빼냈고, 그 바람에 강한의 상체까지 함께 흔들리면서 결국 선글라스가 벗겨지고 말았다.

툭-.

선글라스가 바닥에 떨어져 부딪치는 소리가 났고, 김밥집 안에 있던 사람들이 강한의 눈가 흉터를 보고 헉, 숨을 들이켜는 소리가 났다. 경악한 건 떡대도 마찬가지였다. 그는 강한의 눈가를 보자마자 못 볼 걸 보았다는 듯 바닥에 침을 퉤, 뱉으면서 욕설을 퍼부었다.

"씨발, 징그러워! 면상 진짜 토 나온다. 눈깔에 초점 없는 거 봐. 그런 꼴로 밖에 돌아다니고 싶냐? 존나 시각 공해다, 이 병신아."

"내가 내 발로 돌아다니면서 내 돈으로 돈지랄하겠다는데 니가 무슨 상관이냐, 새끼야."

평생 욕이라고는 한 번도 해보지 않았을 것 같던 엘리트 검사의 입에서 욕이 튀어나온 순간, 소원의 두 눈이 휘둥그레졌다. 그건 떡대 쪽도 마찬가지였다.

"뭐?"

"왜? 앞도 안 보이는 시각장애인이 명품 양복에 갖고 싶었던 선글라스까지 끼고 다니는 걸 보니까, 밤새 불법 게임장에 처박혀서 슬롯이나 땡기다가 돈 다 잃고 열 받아서 낮술까지 퍼마시는 니놈 인생이 너무 시궁창 같아 보였어? 그래서 열등감 표출하는 거냐?"

"그, 그걸 어떻게…… 눈도 안 보이는 놈이……."

강한이 정확하게 맞혔는지, 떡대는 소스라치게 놀라면서 주춤주춤 뒤로 물러났다. 강한은 떡대가 있는 쪽으로 코를 가져가는 시늉을 하면서 자못 음산한 어조로 말했다.

"눈이 안 보여도 알 건 다 알아. 니놈 온몸에서 풍기는 그 게임기 녹 냄새, 코인 냄새, 담배 냄새, 술 냄새……. 어휴, 아주 지독한데. 그리고 다른 냄새도 나는데. 어제, 엊그제 뭐 했는지까지 다 말해볼까? 여기 사람들 있는 앞에서? 수치스럽지 않겠어?"

떡대는 무슨 유령이라도 보는 것 같은 시선으로 강한을 쳐다보았다. 조금 전까지는 혐오스러워 보였던 눈가의 상처와 초점 없는 불투명한 동공이, 이제는 어딘가 신비하고 공포스러워 보였다. 흑마술을 부리는 마법사처럼.

23

"에이 씨, 똥이 무서워서 피하나, 더러워서 피하지."

떡대는 그렇게 중얼거리더니, 슬금슬금 자기 일행이 있는 테이블로 돌아갔다. 강한은 아무 일도 일어나지 않았다는 듯 제자리에 앉았고, 소원은 그런 그를 향해 몸을 내밀면서 물었다.

"우와, 검사님. 방금 그거 뭐예요?"

"뭐가?"

"진짜 게임기 녹 냄새랑 코인 냄새가 났어요? 그게 무슨 냄샌데요? 그리고 저 자식이 어제랑 엊그제 뭐 했는지도 냄새로 어떻게 알아내요? 검사님 혹시 데어데블처럼 초능력이 생기셨어요?"

"아, 그거. 다 허풍이야."

"네?"

"내가 무슨 마약 탐지견도 아니고, 게임기 녹 냄새를 어떻게 구분해? 아까 저놈이 지 친구들한테 밤새 꼬라박았다고 푸념하는 걸 듣고 추측한 거지. 이 근처에 불법 게임장이 많고, 그중에서 제일 성행하는 게 슬롯이거든. 저런 놈들 사는 거야 다 뻔하지 않겠어?"

소원은 아까와는 다른 의미에서 강한이 무서워졌다. 일반인들에게는 조금도 뻔하지 않은 것들이 그에게는 뻔한 것 같았기 때문이었다. 검사란 사람들은 다 이런 걸까, 소원이 그렇게 생각하면서 신기해하고 있는데, 그릇을 숟가락 바닥으로 문질러 남은 밥이 있는지 확인하던 강한이 스쳐 가듯 질문을 던져왔다.

"그런데 너 말이야, 왜 그렇게 센 척해?"

"네?"

"별것도 아닌 일로 욕하고, 욱해서 덤벼들고, 사고 치고, 뒷감당도 못할 거면서. 늘 그런 식이잖아. 사실 겁이 많은 거 아니야? 원래 덩치 제일 작은 개들이 제일 시끄럽고, 주먹 약한 놈들이 주먹질을 제일 요란하게 하거든. 자기가 졸았다는 걸 숨기려고. 너도 딱 그런 거 같은데."

소원은 자기도 모르게 입을 떡 벌렸다. 어떻게 알았냐는 말이 튀어나올 뻔했다. 사실 소원은 어렸을 적 못 말리는 울보였다. 모르는 사람을 봐도 울고, TV가 갑자기 켜져도 울고, 강아지는 물론이고 비둘기만 봐도 울었다. 솔직히 지금도 비둘기는 무서웠다.

하지만 소원의 유일한 가족이었던 아버지는 외아들의 나약한 면모를 용납하지 않았다. 남자답지 못하다고 혼내고, 나약하게 질질 짜봤자 다른 놈들의 먹잇감이 될 뿐이라고 질책했다. 그래서 소원은 아주 어릴 때부터 아버지에게 맞고 혼나고 질책당하면서, 억지로 강한 척하는 법을 배워야 했다.

하지만 그런 사실을 강한에게 들키고 싶지는 않았다. 상대방은 굳이 그런 걸 억지로 배우지 않아도, 아니 심지어 두 눈을 잃었는데도 여전히 누구보다 강인한 사람인 것 같아서 더더욱.

"그래요, 나 졸았어요. 구치소 강짜방에서 용 문신한 아저씨한테

칼빵 놓는 법에 대해 두 시간 넘게 듣다 보면 사람이 존나 겸허해지더라고요. 그러는 검사님은, 뭐 별거 있는 줄 아세요? 뜨거운 물이 무서워서 시원하게 목욕 한 번 못하는 주제에."

"……그래, 나도 별거 없지."

강한은 소원의 예상과 달리 의외로 선선하게 인정했다. 그는 김밥집 주인이 후식 대신 두고 간 요구르트를 집어 들었지만, 열지는 못하고 만지작거리고만 있었다. 완강하고 고집스러워 보이던 그의 입술 사이에서 뜻밖의 말이 흘러나왔다.

"어쩌면 나도 무서운 건지도 모르겠다. 사건을 해결하지 못할까봐. 검사 못하게 될까봐. 오늘 속옷 절도 사건 조사하면서 형편없이 물먹은 것처럼 앞으로도 계속 그럴까봐. 그래서 더 큰소리치는 건지도 모르지. 과연 검찰청이란 곳에서 내가 할 수 있는 일이 남아 있을까?"

강한은 그렇게 말하면서 계속 요구르트의 초록색 껍질을 만지작거렸다. 산뜻한 것으로 입가심하고 싶은 마음은 굴뚝같았다. 그러나 요구르트가 흘러넘치거나 엎질러져 테이블을 더럽힐지도 모른다는 걱정에 쉽사리 껍질을 뜯을 수가 없었다. 강한의 그런 마음을 눈치챈 소원이 그의 손에서 요구르트를 획 빼앗아가면서 다그치듯 말했다.

"에이 씨, 졸지 마요! 개겨요! 약한 놈들이 왜 큰소리 떵떵 치는 줄 알아요? 그래야 나중에 쪽팔려서라도 포기 못하고 끝까지 싸우게 되니까 그런 거예요. 검사님도 그렇게 하시라고요!"

소원은 요구르트 껍질을 말끔하게 뜯어서 강한의 손에 쥐어주었다. 물기가 송알송알 맺힌 플라스틱 표면의 매끄럽고 서늘한 촉감이 강한의 손바닥을 간지럽혔다.

"하, 너한테 충고를 듣다니 나도 갈 데까지 갔구나."

강한은 농담 섞인 투로 그렇게 대꾸하고는, 소원이 열어준 요구르트를 단숨에 들이마셨다. 그리고 흠칫 놀랐다. 이게 이런 맛이었나 싶었던 것이다. 어딘가 살짝 불량식품 느낌이 나는, 자극적이면서도 새콤달콤한 맛. 제법 맛있고 시원했다. 눈이 멀기 전이라면, 이런 분식집에서 주는 싸구려 요구르트 따위는 쳐다보지도 않았을 텐데. 강한은 입맛을 다시면서 그렇게 생각했다.

"뭐 살다 보면 제가 검사님한테 충고 좀 해줄 수도 있는 거죠. 솔직히 검사님보단 제가 인생 경험이 더 풍부하잖아요. 검사님 체포당해봤어요? 감옥 가봤어요? 재판 받아봤어요?"

"그래, 자랑이다. 자랑이야."

강한은 입술 사이로 바람 소리를 내면서 피식 웃었다. 자조 섞인 비웃음이 아니라, 뭔가가 정말 우스워서 웃어보는 게 얼마 만인지 기억도 안 났다. 실명하기 전에도 그는 웃음과 별 인연 없는 삶을 살았으므로. 김밥과 떡볶이, 라면까지 세 그릇을 완벽하게 클리어한 소원이 자리를 털고 일어나면서 강한을 향해 말했다.

"검사님, 그리고 한 가지 알려드릴 게 더 있는데요."

"뭔데?"

"요즘은 열 받는다고 안 해요. 다음부턴 빡친다고 하세요. 정말로 화날 때는 졸라 빡친다, 개빡친다고 하시면 되고요. 그리고 저런 무식한 애들한테 열등감 표출 같은 말 써봤자 못 알아들으니까, 그럴 땐 그냥 열폭이라고 하시면 돼요."

"그렇군. 류소원?"

"네?"

"너도 나한테 열폭해?"

"무슨 소리예요! 검사님보다 영 앤 핸섬 앤 큐트한 내가 왜! 뭐가 아쉬워서!"

"빡치는 걸 보니 열폭하는 거 맞는데? 아니, 개빡친 건가?"

강한은 그렇게 말해서 소원을 벙찌게 만들어놓고, 테이블을 짚어 길을 찾으면서 앞장서 나아가기 시작했다.

참으로 이상했다. 별 대단한 대화를 한 것도 아니었는데, 신기할 정도로 기분이 가벼워졌다. 그건 어쩌면, 류소원이 가진 특유의 그 가벼움 때문인지도 모르겠다. 체포당한 것도, 감옥에 다녀온 것도, '인생 경험'이라는 한마디로 유쾌하게 버무려버릴 수 있는 그 가벼움.

"어, 잠깐만요! 같이 가요!"

강한은 등 뒤에서 허둥지둥 외치는 소원의 목소리를 들으며 보일 듯 말 듯한 미소를 지었다.

* * *

10월 17일 수요일 오전 10시 30분. 성암지방검찰청 609호 검사실.

"사건발생 보고서. 기안자 경사 서도준, 검토자 경위 변영국, 결재자 경감 김병철, 그 옆에 보라색 도장, 파란색 도장, 빨간색 도장……."

"그런 건 알 필요 없잖아. 중요한 정보만 골라서 읽어."

"언제는 이 기록에 있는 건 처음부터 끝까지 토씨 하나 빼놓지 말고 샅샅이 알려달라면서요!"

사건도 없으면서 강한의 검사실은 시끄러웠다. 문서음성변환기의 배송이 더 늦어질 거라는 연락을 받은 강한은 소원을 인간 변환기로 사용하기로 했다. 쓰여 있는 대로 읽어주는 것 정도는 무난하게 해내겠지 싶어서였다. 그러나 강한의 생각과 달리, 시각장애인이 되어 기록을 섭렵한다는 것은 보조인이 붙어 있어도 쉽지 않은 일이었다.

"검사님, 여기 현장 사진이 있는데요. 이건 그냥 넘어갈까요?"

"아니, 어떤 사진인지 설명해줘. 내가 눈으로 보는 것처럼 자세하게."

"음……."

소원은 기록을 내려다보면서 난감한 표정을 지었다. 말이 쉬워서 '눈으로 보는 것처럼'이지, 말재주가 없는 소원으로서는 제 눈에 보이는 장면을 어떻게 옮겨야 할지 감이 오지 않았다.

"이건 119 구조대가 도착한 직후의 사진 같은데요. 호텔 후문에서 도로로 나오는 중간쯤에 검사님 차가 서 있는데, 구급차하고 경찰차가 양옆을 막아놔서 잘 보이지는 않아요. 그 주변을 사람들이 둥글게 에워싸고 있는데, 호텔 직원 대여섯 명하고 양복 입은 백발 할아버지랑, 흰 드레스를 입은 여자, 줄무늬 셔츠를 입은 남자의 뒷모습이 보여요. 다들 얼굴은 안 보이네요."

강한은 그게 조 대표, 여진, 그리고 규진임을 알아차렸다. 소원은 설명을 계속해나갔다.

"시위대 사람들도 잔뜩 몰려와서 구경하고 있어요. 다들 똑같은 녹색 티셔츠를 입고 있고요. 마스크로 얼굴을 가린 사람도 있고, 그냥 드러내고 있는 사람도 있어요."

"혹시 그중에 내가 아는 얼굴이 있나?"

"글쎄요, 검사님 아는 얼굴 있으세요?"

강한의 멍청한 질문에 소원은 똑같이 멍청한 대답을 했고, 둘은 잠시 '현실 자각 타임'을 가졌다. 강한은 사진을 직접 눈으로 볼 수 없는 게 갑갑했고, 소원은 강한이 원하는 설명 방식이 어떤 건지 몰라서 갑갑했다.

똑똑-.

그때, 아무도 찾아올 리 없는 검사실 문을 누군가가 두드렸다. 망보는 역할을 하기 위해 일부러 문 앞에 진을 치고 앉아 있던 세은이다급하게 소리쳤다.

"검사님! 기록이요! 기록!"

강한은 소리 없이 소원에게 기록을 숨기라는 손짓을 했다. 소원은 허둥지둥 주위를 둘러보았지만, 흉기에 가까울 정도로 두꺼운 세 권짜리 기록을 숨길 만한 마땅한 공간이 보이지 않았다. 저번처럼 냉장고에 넣어버리기에는 냉장고가 너무 멀었다.

"저…… 잠시 실례하겠습니다."

실례가 되는 줄 알면 들어오지 않으면 될 텐데. 노크 소리의 주인공이 문을 벌컥 열고 들어서는 순간, 소원은 급한 대로 책상 위에 바짝 엎드려버렸다. 기록 표지에 쓰여 있는 제 이름이라도 가려야겠다 싶었던 것이다. 기록을 받아온 후 강한이 신신당부했던 게 뇌리를 스쳐 갔다.

"내 말 잘 들어, 류소원. 이 기록이 우리 방에 있다는 걸 절대 몰라야 하는 사람이 이 세상에 셋 있다. 바로 검사장님, 차장님, 부장님이야. 그분들께는, 네놈이 고문을 당하는 한이 있더라도 절대 아무 말도 하면 안 돼. 알았지?"

그러나 열린 문 앞에 서 있는 사람은 '장'을 달고 있을 것 같진 않았다. 소원은 목이 다 늘어난 낡은 셔츠에 꾀죄죄한 면바지를 입고 서 있는 중년 남자를 의아한 눈길로 쳐다보았다. 그는 검사실에 와보는 게 처음인 듯, 불안한 낯빛으로 연신 주위를 둘러보며 헛기침을 했다.

"큼큼, 강한 씨. 아니, 강한 검사님. 오랜만입니다. 저 성암시각장애인복지관 재활교육팀장 오성수입니다. 기억하시죠?"

아니었다. 이 남자도 '장'을 달고 있었다. 소원이 이쯤 되면 나도 '활동보조인'이 아닌 '활동보조장' 직함을 달아도 되는 거 아닌가 하는 엉뚱한 생각을 하는데, 강한이 벌떡 일어서서 반갑게 남자를 맞이했다.

"네, 오성수 팀장님. 물론 기억합니다. 그동안 잘 지내셨어요? 여긴 무슨 일로 오셨죠?"

"그게, 참, 말씀드리기도 창피한데……. 사실 제가 일주일 전에 보이스피싱을 당해서 복지관 공금을 날려버렸습니다. 살다 보니 정말 별일이 다 일어나네요. 휴우……."

"아, 보이스피싱 피해 신고를 하시려는 건가요? 그건 관할 경찰서로 가시는 게 더 빠를 텐데요."

"물론 사건이 터지자마자 112에 전화했습니다. 그런데 수사해줄 수는 있지만 돈을 되찾아주긴 어려울 거라고 하더라고요. 대부분의 보이스피싱 사건이 미제로 끝난다고요."

강한은 그 말을 부정할 수 없었다. 개인이 아니라 조직적으로 이루어지는 보이스피싱 범행은 조직 자체를 송두리째 검거하지 않는 한 범인을 잡기가 불가능에 가까웠다. 그리고 조직을 검거하는 데 성공한 경우에도 피해 금원은 이미 해외로 빼돌리거나 자기들끼리 분배해서 써버린 후여서 피해자들에게 실질적인 보상이 이루어지는 경우는 드물었다.

강한이 침묵을 지키자, 성수는 근심에 가득 찬 한숨을 쉬면서 말을 이었다.

"돈을 돌려받지 못한다면 저희는 신고하는 의미가 없습니다. 여기저기 소문이 나면 평판만 나빠지겠죠. 정부 보조금을 제대로 관리하지 못한 거니까요. 그래서 수사 요청을 하지 않았습니다."

"……."

"죄송합니다. 검사님도 별수 없으실 텐데 괜히 마음만 불편하게 해드렸네요. 이만 가보겠습니다. 일 보십시오. 늘 건강 조심하시고요."

성수는 다소 조급하게 들리는 어조로 그렇게 말하더니, 강한이 미처 붙잡기도 전에 다시 검사실을 나가버렸다. 문 닫히는 소리가 나고, 어리둥절한 소원의 목소리가 들렸다.

"뭐예요, 저 사람? 왜 혼자 주저리주저리 떠들다가 획 가버려요?"

강한은 소원의 말에 대답하는 대신, 잠시 손가락으로 턱끝을 문지르면서 생각에 잠겼다. 그러고는 세은이 있는 방향을 향해 말했다.

"세은 씨, 나 오늘 오후에 외출 좀 할게요. 외출계 올려줘요."

"외출이요, 검사님? 어디로요?"

"성암시각장애인복지관에 다녀와야겠습니다. 보이스피싱 피해 현장을 조사하러 갈 거예요."

24

    강한은 검사가 된 후, 직접 초동수사를 하기 위해 범죄 현장에 와 본 건 처음이었다. 초동수사는 검사가 아닌 경찰의 몫이기 때문이다. 가끔 아주 중대한 범죄가 발생했을 때는 검사가 현장에 출동하기도 했지만, 그때도 경찰의 수사 과정을 지휘하는 역할만 했다. 강한이 그런 식으로 현장 지휘를 했던 것도 검사 경력을 통틀어 단 한 번이었다. 바로 1년 전, 지온유 사건 때.

    하지만 속옷 절도 사건에서의 실패 이후, 강한은 수사 방식을 조금 바꿔보기로 했다. 이제 더 이상 기록에만 의지해서는 안 됐다. 현장을 듣고, 냄새 맡고, 느껴보고 싶었다. 그러다 보면 염산 테러 사건도 어떻게 수사해야 할지 방법이 보이기 시작할 것 같았다. 강한은 그렇게 진지한데, 소원은 완전히 들떠서 설치는 중이었다.

    "앉아! 기다려! 엎드려! 짖어!"

    왈왈왈왈!

    "옳지, 잘했어!"

    소원은 그의 명령에 따라 민첩하게 움직이는 골든레트리버를 향해 신나게 외쳤다. 그것만으로도 부족한 듯, 이내 개를 와락 껴안고 넘어지면서 운동장 트랙 위를 뒹굴었다. 강한은 열두 살짜리 사내아이처럼 해맑은 소원의 웃음소리와, 덩치 큰 개가 기분 좋게 가르릉대는 소리를 듣고 있다가 불쑥 말했다.

"너 말이야, 개랑 좀 비슷해. 개 같아. 단순하고, 시끄럽고, 땀냄새 나는 게."

"뭐라고요? 아니, 어떻게 그렇게 심한 말을!"

소원은 말은 그렇게 하면서도 기분은 전혀 나쁘지 않은 듯했다. 그는 한참이나 더 개와 어울려 엎치락뒤치락 장난치다가, 옆에서 흐뭇하게 그 장면을 지켜보던 오성수 팀장에게 물었다.

"팀장님, 얘는 이름이 뭐예요? 얘도 시각장애인 안내견이에요?"

"코난이라고 해요. 안내견으로 훈련받고 최종 과정에서 탈락했어요. 영특하고 착한데, 먹을 것에 사족을 못 써서. 정신없이 자다가도 음식 냄새만 나면 어떻게 알고 벌떡 일어난다니까요."

"개가 잘 먹는 게 어때서요? 좋은 거 아니에요?"

"식탐이 많은 건 안내견으로서 치명적인 결함이에요. 먹을 게 있다고 주인을 혼자 내버려두고 가버리면 큰일 나니까. 그래서 안타깝지만 탈락."

"그런 게 어딨어요! 개도 다 먹고살자고 하는 짓인데 야박하게!"

말 못하는 개를 대신해 어떻게든 한마디라도 더 해주려고 하는 소원을 강한이 가로막았다.

"그만해, 류소원. 저 안내견보다 네가 더 시끄러운 것 같으니까."

"쳇, 내가 안내견이라면 제일 먼저 검사님을 물어버릴 거예요, 광견병 걸리라고."

강한과 소원이 티격태격하는 걸 보고, 성수는 두 눈을 동그렇게 떴다. 복지관에서 열흘 동안 강한과 함께 생활하면서, 그가 누구와도 그렇게 허물없이 편하게 얘기하는 모습을 본 적이 없었던 것이다. 어쩌면 복지관을 떠난 후 강한에게 새롭고 긍정적인 변화가 일어났는지도 모르겠다고 생각하면서, 성수는 두 사람을 복지관 건물 쪽으로 이끌었다.

"보이스피싱 건에 대해 자세히 듣고 싶다고 하셨죠? 일단 안으로 들어가서 얘기하실까요."

* * *

"문답 편의상 존칭은 생략하겠습니다, 오성수 씨. 일단 본인에 대해 간단히 말해주시죠."

강한은 그렇게 탐문을 시작했다. 소원이 그의 옆자리에 앉아 있었고, 진술 내용을 보존하기 위해 녹음기도 켜놓은 상태였다.

검사 중에도 고소인과 피의자, 참고인을 가리지 않고 꼬박꼬박 '교수님, 사장님, 부장님, 팀장님' 같은 호칭을 붙여주는 이들이 있었다. 검사가 권위주의적이어서는 안 된다는 이유에서였다.

그러나 강한은 적어도 조사받기 위해서 그의 앞에 앉는 그 순간만큼은, 그가 대통령이든 3성 장군이든 천만 영화배우든, 누구나 동등한 존재로 취급하려고 했다. 사회에서 가지고 있던 직함에 얽매이는 순간 사람들은 말을 가리고, 잘 보이려 하고, 거짓말을 하기 시작했다. 그래서 강한은 전혀 모르는 사이인 듯 지극히 객관적이고 사무적인 태도로 성수를 대했다.

"에, 저는 20년 전 사회복지사 자격증을 취득해서 이 복지관에서 15년째 근무하고 있습니다. 재활교육팀과 총무팀 팀장을 겸임하고 있고요. 재활교육생이 항상 있는 게 아니라서, 평소엔 복지관 예산을 총괄 관리하고 대외적인 각종 행사 및 홍보 기획을 담당하고 있어요."

강한은 성수의 목소리에 집중했다. 그리고 이전에 그와 대화할 때는 하지 않았던, 아니 할 필요가 없었던 방식으로 분석하기 시작했다. 그것은 어둠 속에서 랜드마크와 지형지물 단서를 통해 길을 찾아가는 것과도 흡사한 과정이었다.

'목소리 톤이 대략 사십대 중후반이라고 생각했는데, 자격증을 딴 지 20년 됐다면 사십대 끝물이겠군. 담배 냄새가 나고 목소리가 걸걸한 걸 보니 흡연자일 거고. 예전부터 느꼈던 거지만 사용하는 어휘 수준이 높아. 고등교육을 받았을 거야.'

피해자로서 만난 오성수에 대한 강한의 첫인상은, 그가 전형적인 보이스피싱 피해자 유형과는 거리가 있다는 것이었다. 보이스피싱 피해자의 계층적 분포를 보면, 학력이 낮은 노인이나 무직자, 사회 경험이 부족한 주부와 학생이 차지하는 비율이 압도적으로 높았다.

"이 복지관에 대해서도 간략히 말해보세요. 운영 방식이라든가, 근무 현황이라든가."

"성암시가 설립해서 아브라함복지재단에서 위탁 운영하는 곳이고요. 그래서 옛날에는 아브라함복지관이라고 불렀습니다. 지금도 그렇게 부르는 사람들이 더 많고요. 관장님과 부관장님이 계시고, 그밑에 총무팀, 재활교육팀, 운영지원팀, 봉사관리팀까지 총 30명의 직원이 근무하고 있습니다. 현재 등록된 장애인 회원은 약 1200명, 자원봉사자는 약 100명입니다."

소원은 놀랐다. 성암시에 살고 있는 시각상애인이 1200명이나 된다니, 그 사람들이 다 어디에 숨어 있나 싶었다. 그동안에도 강한은 침착한 태도로 본격적인 조사에 시동을 걸고 있었다.

"사건 당일 발생한 일에 대해 말해보시겠습니까?"

"저는 그날 오후 혼자서 복지관을 지키고 있었습니다. 큰 행사가 있었거든요. 시각장애인과 정안인 봉사자가 함께하는 걷기 대회였죠. 행사 참여 인원에 비해 지원 인력이 부족해서 모두가 총동원되었는데, 그래도 한 명은 남아 있어야 할 것 같아 제가 자원했습니다."

"그랬군요."

"점심 먹고 커피를 마시고, 아마 오후 2시쯤이었을 거예요. 금융감독원이라고 하면서 전화 한 통이 걸려왔어요. 복지관 법인 계좌가 보이스피싱 범죄조직에게 도용당했다는 겁니다."

"얼핏 듣기에도 수상한데요. 정말 금감원에서 걸려온 전화가 맞는지 의심은 안 하셨습니까?"

"당연히 의심했죠. 그렇지만 금융소비자보호국 정의섭 사무관이라고 신원을 확실하게 밝히더라고요. 거기에 복지관 거래 은행, 법인 계좌번호, 잔고를 정확히 알고 있었고, 심지어 관장님 성함과 법인등록번호까지 알고 있었습니다. 그러니 정말 금감원인가 보다 생각했던 거죠."

강한은 손가락으로 턱을 문지르면서 생각에 잠겼다. 오성수가 말한 것처럼, 대표자 이름과 법인등록번호, 계좌 잔액까지 알고 있었다면 보이스피싱이 아니라고 믿을 만도 했다. 보이스피싱 조직에서 그런 정보를 어떻게 알아냈는지 그 문제는 제쳐두고서라도.

"그래서, 계좌 도용으로 무슨 문제가 생겼다고 하던가요?"

"다행히 아직 계좌가 사용되진 않았다고 했습니다. 하지만 앞으로 어떻게 될지 모르니 계좌 압류를 할 거라면서, 잔액을 모두 현금으로 인출해서 금고나 서랍에 안전하게 보관하라고 했습니다. 그리고 명의 도용을 막기 위해 법인등록증도 재발급받으라고 했고요."

강한은 고개를 끄덕이며 성수의 진술을 머리에 새겼다. 지금까지 들은 내용대로라면 틀에 박힌 절도형 보이스피싱 수법이었다.

"혹시 사기일지도 모른다는 생각에, 기관 명의로 된 정식 서류가 있으면 보내달라고 요청했어요. 그러자 3분 만에 팩스가 오더군요. 바로 이 서류였습니다. 이게 무슨 내용이냐면……."

성수는 폴더에서 꺼낸 A4용지를 강한에게 읽어주려고 했다. 그러나 강한은 손짓으로 그를 막았다. 그리고 뚱하게 앉아 있던 소원을 불렀다.

"류소원, 읽어봐."

"제가요?"

"그래, 네가 내 활동보조인이니까."

시각장애인에게 뭔가를 설명해주는 거라면 당연히 성수가 소원에 비해 몇 배는 더 나았다. 그러나 강한은 사건 당사자를 100퍼센트 신뢰하지 않았다. 그게 억울한 일을 겪은 고소인이든, 정의감에 넘치는 목격자든 마찬가지였다. 검사 앞에서 사람들은 누구나 거짓말을 했다. 다만 그 정도와 이유가 다를 뿐이었다. 소원은 A4용지에 대해 설명하기 시작했다.

"종이는 그냥 일반적인 A4용지예요. 컴퓨터로 문서 작성을 해서 출력한 것 같고, 한 장이에요."

"그것으로는 부족해. 더 자세히 묘사해봐. 글씨체는 어떻지? 글씨 크기는? 종이에 구겨짐이나 얼룩은 없어? 종이는 지저분한 편이야, 깨끗한 편이야?"

강한은 집요하게 캐물었다. 사건의 단서와 직접적인 연관이 없다고 해도 좋았다. 실물을 볼 수 없는 그가 서류를 머릿속에서 구체화

시키기 위해서는 최대한 많은 정보가 필요했다.

"글씨체는 그거, 돋움체라고 하나요? 그거 같아요. 글씨 크기는 12 포인트 정도 되는 것 같고요. 구겨지거나 얼룩진 건 없지만 팩스로 보낸 거라서 화질이 조악하고 복사 흔적이 있어요."

"어떤 내용이 적혀 있지?"

"제목, '계좌 거래 정지 동의서'. 아브라함시각장애인복지관 귀하. 아래 계좌에서 사기 피해 관련 자금이 입금되는 사고가 발생할 우려가 있어 거래 정지 등록을 하고자 하오니 동의하여주시기 바랍니다. 이렇게 적혀 있어요. 그 아래에는 복지관 계좌번호가 나와 있고, 금융감독원이라고 쓰인 인장도 찍혀 있어요. 저는 잘 모르지만, 제법 그럴듯해 보이는데요?"

강한은 피식 웃었다. 일반인들은 모르지만, 금융감독원은 애초에 계좌 거래 정지에 대한 동의를 받을 필요가 없었다. 사기 범죄에 도용된 계좌에 대해서는 직접적으로 은행에 거래 정지를 요청할 권한이 있기 때문이다.

"그래서 이 서류를 받아보고 나서는 완전히 신뢰하게 되었다는 건가요?"

"네. 그래도 혹시 몰라서 제 휴대전화로 관장님께 전화를 걸었습니다. 상황 설명을 하고 아무래도 진짜인 것 같다고 말씀드렸더니, 그러면 일단 출금하라고 하시더라고요."

"혹시 관장님 말고 저한테 연락해볼 생각은 안 해보셨던 겁니까?"

"생각 안 한 건 아닙니다. 하지만 검사님은 훨씬 중대한 사건을 맡고 계신데……. 그렇지 않아도 힘드실 텐데 부담 드리기 싫었습니다. 더구나 그 사람이 돈을 어디에 보내라고 하는 것도 아니고 그저 인출해서 보관하라는 것뿐인데 피해 볼 위험은 없겠다 싶었어요."

강한은 아무 말 없이 고개를 끄덕거렸다. '돈을 주지만 않으면 괜찮다.' 사람들로 하여금 그런 생각을 하게 만드는 것이 절도형 보이스피싱 범죄의 핵심적인 수법이었다.

"그 당시 복지관 계좌에 있던 잔액이 얼마였나요?"

"그게…… 좀 많았습니다. 정부 보조금이 나온 직후라……."

성수는 곧바로 대답하지 못하고 망설였고, 강한은 답답해졌다. 기껏해야 몇백만 원 정도일 텐데 뭐 저렇게 유난을 떠나 싶었다.

"그래서 얼마였는데요?"

"5000만 원입니다."

소원의 두 눈이 휘둥그레졌다.

"헐, 5000만 원이면 치킨이 몇 마리예요? 평생 먹어도 다 못 먹겠네……."

5000만 원을 잃어버리고 제정신으로 있을 수 있다니. 50만 원만 잃어버려도 아버지에게 흠씬 두들겨 맞아 한 줌 흙이 되었을 소원의 상식으로는 이해할 수 없는 일이었다. 그러거나 말거나, 성수와 강한의 문답은 계속되고 있었다.

"네, 가장 가까운 은행에서 출금해 봉투에 넣어 왔습니다. 사무실에 금고가 없어서 일단 제 서랍에 넣어놓았고요. 서랍이 잠긴 걸 몇 번이나 확인한 다음에 법인등록증을 재발급받으러 세무서에 다녀왔어요."

성수는 그때를 다시 생각하는 것만으로도 아찔한 듯 떨리는 목소리로 덧붙였다.

"그런데 그때 돈이 없어진 걸 발견하게 된 겁니다. 사무실 유리창은 전부 깨서 있고, 서랍 잠금장치는 부서서 있었어요."

25

강한은 성수가 얘기한 상황을 머릿속으로 그려보고 싶었다. 그러나 문제는 그가 사무실이 어떻게 생겼는지 아예 모르고 있다는 거였다. 그래서 복지관 사무실이라고 하면 그저 어디에나 있을 법한, 초등학교 교무실 같은 생김새의 공간밖에는 떠오르지 않았다. 그는 일단 사실관계를 파악하는 데 집중하기로 하고 질문을 계속했다.

"경찰에 전화했었다고 하셨죠? 그 광경을 보자마자 곧바로 하신 겁니까?"

"네. 오후 3시 40분경 제가 112에 신고한 내역이 경찰 쪽에도 남아 있을 겁니다. 그다음에 통화 내역과 팩스 수신 내역도 뽑아놨고요."

"복지관 안에 CCTV 영상은 없습니까?"

"아, 네. 그게 좀 부끄러운 일이긴 한데…… 저희가 항상 예산에 쪼들리다 보니 CCTV를 돌릴 돈도 아껴야 해서 그냥 가짜 기계를 달아 놨습니다. 이 복지관이 설립되고 지금까지 30년 동안 단 한 번도 범죄가 발생한 적이 없었거든요."

강한은 말없이 고개를 끄덕거렸다. 하긴, CCTV 영상이 있었다면 경찰이 곧바로 수사를 포기하진 않았을 것이다. 잘하면 얼굴이 찍혔을 수도 있고, 그게 아니더라도 영상 분석을 통해 키나 체격을 파악해서, 복지관에서 최대한 가까운 거리의 CCTV를 찾아 비슷한 인상착의의 사람을 수배할 수도 있었다. 성수도 그걸 알고 있는지 자신 없는 말투로 어물거렸다.

"압니다. 범인 잡기 어려울 거라는 거. 그래서 검사님께도 웬만하면 찾아가지 않으려고 했던 건데, 관장님이 아무리 그래도 검찰청은 한번 거쳐봐야 하지 않겠느냐고 하셔서…….."

성수는 자신이 바보 같아서 일어난, 그것도 경찰에서 범인을 잡을 수 없을 거라고 한 보이스피싱 사건을, 인맥을 이용해서 검사에게 들이미는 것 같아 미안했던 모양이다. 그러나 강한은 사건이 어떤 루트를 통해서 그에게 오는지는 중요하지 않다고 생각했다. 중요한 건 어떤 사건이든 해결해서 자신의 효용 가치를 입증하는 것뿐이었다.

"일단 갖고 계신 통화 내역과 팩스 내역은 제가 검찰청으로 가져가겠습니다. 그리고 현장을 직접 살피고 싶은데, 좀 데려다주실 수 있겠습니까?"

"네? 현장이요? 어딜 말씀하시는 거죠? 제가 전화를 받은 곳은 이 사무실인데요."

"아뇨, 한 군데 현장이 더 있죠."

강한은 손가락으로 턱끝을 문지르며 자못 의미심장한 표정으로 말했다.

"범인이 침입했다는 창문, 그곳에 가보고 싶습니다. 저는 볼 수 없으니, 제가 범인이 된 것처럼 한번 느껴보고 싶군요."

* * *

"검사님, 제가 잘 몰라서 그러는데 이게 무슨 의미가 있는 겁니까?"

성수는 손바닥으로 창틀을 여기저기 더듬고 있는 강한을 보면서 고개를 갸우뚱했다. 깨진 창문을 그대로 내버려둘 수는 없었기 때문에 창문은 이미 교체한 상태였다. 성수는 그게 괜히 미안했는지 송구스러운 투로 다시 덧붙였다.

"죄송합니다. 찬바람이 새어들어오게 할 수 없어서 창유리는 그날 바로 갈았습니다. 혹시 다치는 사람이 있을까봐 청소도 대충 했고요."

강한은 아무 흔적도 없이 매끄러운 새 창문을 만져보더니 옆에 서 있는 소원에게 지시했다.

"류소원, 혹시 근처에 남아 있는 유릿조각이 있는지 찾아봐."

"네? 검사님, 여긴 다 풀밭인데요."

"그래, 그러니까 너한테 찾으라는 거잖아. 내가 찾을 수는 없으니까."

"……."

"네가 아까 그랬지? 다 먹고살려고 하는 거라고. 저녁 잘 먹고 싶으면 열심히 찾아라."

"쳇, 내가 찾아내기만 해봐라. 족발에 보쌈까지 시켜달라고 할 거예요."

소원은 투덜거리면서도 어느새 무릎을 꿇고 앉아서 풀숲을 뒤지기 시작했다. 고분고분 복종하는 타입은 절대 아니지만, 남에게 빚지고는 못 살고, 공짜 밥은 안 먹는 게 그의 천성이었다.

"검사님이 눈이 보이기만 해봐요, 내가 이런 걸 해주나."

"내가 눈이 보이면 너 같은 놈을 데리고 다니지도 않아."

성수는 강한의 장애를 별것 아닌 듯 가볍게 얘기하는 소원과, 그 말에 전혀 상처받지 않은 듯 태연하게 대꾸하는 강한을 신기하게 쳐다보았다. 30분 후, 소원은 씩씩대면서 강한의 발치에 크고 작은 유릿조각들을 늘어놓았다.

"하나, 둘, 셋, 넷, 다섯! 이 정도면 족발에 보쌈에 비빔국수까지 인정. 어? 인정!"

"조용히 좀 하고. 그 다섯 개를 어디서 찾은 건지나 말해봐."

"여기 창틀 바로 아래, 잡초 사이에서 두 개를 찾았고요. 나머지 세 개는 두 발짝쯤 떨어진 곳에서요. 근데 검사님, 이거 가지고 뭐 하실 건데요? 뭐 분석 같은 거라도 맡겨요?"

소원은 미국 법의학 드라마에서 봤던 장면을 떠올리면서 눈을 반짝거렸다. 최첨단 장비에 유릿조각이나 천조각 같은 것을 넣고 버튼을 누르면 LCD 화면에 지도 같은 게 획획 지나가다가 순식간에 용의자 얼굴이 나타나지 않던가. 그러나 강한은 툭 던지듯 말했다.

"아니, 그냥 버려."

"뭐라고요?"

"이제 일어나. 청으로 돌아갈 시간이다."

소원은 믿을 수 없다는 듯 몇 번 눈을 굴리다가, 구박에 익숙한 사람답게 금방 회복하고 무릎을 탁탁 털면서 일어났다.

"젠장, 개도 이렇게 부려먹진 않겠네. 전 가는 길에 코난이나 볼 거예요!"

강한이 유리를 밟지 않도록 소원이 팔을 잡아주면서 시각장애인용 블록이 깔린 길 쪽으로 이끌어주는데, 사무실에 앉아 있던 오성수 팀장이 허둥지둥 뛰어나왔다.

"잠시만요, 저와 함께 나가시죠. 저도 지금 나가야 하거든요. 혼자 사시는 회원분께 도시락을 가져다드려야 해서."

성수의 손에는 구식 알루미늄 도시락 용기가 빈틈없이 채워진 쇼핑백이 들려 있었다. 독거노인에게 김장김치 배달하는 일을 해봤던 소원은 그게 괜히 반가웠다. 일단 케인으로 블록을 짚기만 하면 강한은 혼자 걸을 수 있기 때문에, 세 사람은 복지관 진입로를 나란히 걸어갔다. 소원은 운동장 벤치 아래 엎드려 쿨쿨 자고 있는 개를 보면서 아쉬워했다.

"에이, 코난이 자고 있네요. 인사하고 싶었는데. 팀장님, 코난은 이제 어떻게 되는 거예요?"

"당분간 우리 복지관에 데리고 있으면서 주인을 찾아봐야죠. 좋은 분이 나타나야 할 텐데."

그 말을 들은 소원이 자기도 모르게 강한의 케인을 붙잡으면서 간곡하게 외쳤다.

"앗, 정말요? 검사님, 그러면 우리가 데려가면 안 돼요? 집 넓잖아요! 마당도 있고!"

"안 돼. 난 지금 너 하나 감당하는 것도 벅차."

그때, 둘 사이에 오가는 대화를 듣고 있던 성수가 의아해하는 어조로 강한에게 물었다.

"전 검찰청 직원분인 줄 알았는데, 검사님 가족분이셨습니까? 어쩐지 너무 친해 보이긴 했는데. 전에 분명 동거인이 없으시다고 하셔서……."

"가족일 리가 있나요. 저런 바보와 한 핏줄로 엮지 마십시오. 24시간 활동보조인입니다."

"24시간 활동보조인이요?"

성수는 두 눈을 휘둥그레 뜨면서 소원을 쳐다보았다. 소원은 '네,

어쩌다 보니 발목 잡혔습니다'라고 말하는 듯 체념한 분위기로 어깨
를 으쓱해 보였다.

"아이고, 나이도 어린 청년이 장하네요. 입주 활동보조인이 정말
힘든 일인데. 심지어 24시간 일하다니. 대단하고 멋집니다. 언제든
도움을 청할 게 있으면 우리 복지관에 연락해요."

성수는 지금까지와는 완전히 다른 눈빛으로 소원을 보면서 갑자
기 손을 덥석 잡았다. 소원은 떨떠름한 표정으로 잡힌 손을 내려다보
았다. 대단하다. 멋지다. 여태껏 소원이 살아오면서 그렇게 맹목적으
로 칭찬해준 사람이 있었던가.

'딱 한 명 있었지. 나한테 아무 이유도 없이 걸핏하면 대단하다,
멋지다, 하던 사람이.'

기억의 서랍 속에 고이 넣어두었던 온유의 모습이 기습하듯 튀어
나와 소원의 뇌리를 스쳐 갔다. 어린아이처럼 해맑던 미소. 그리고
그 미소가 완전히 사라진 후의 황폐한 얼굴도. 소원은 누가 밟고 지
나간 것처럼 가슴 한구석이 욱신거리는 것을 느끼면서, 눈앞에 있는
강한의 얼굴을 멀거니 바라보았다.

'내가 지금 이 사람과 뭘 하고 있는 거지?'

코난이 달려와서 꼬리라도 흔들었다면 거기에 정신이 팔렸을 텐
데, 그들이 복지관을 벗어날 때까지 개는 깨어나지 않았다. 그동안
소원은 조금 서먹하고 어색한 기분으로 강한과 성수를 성큼성큼 앞
서갔다. 지금은 소원이 강한을 도와줄 필요가 없었고, 만일 도와줄
필요가 있다 하더라도 그러고 싶지 않은 심정이었다. 택시 정류장 앞
에서 성수는 그들에게 작별을 고했다.

"오늘 여기까지 와주셔서 감사합니다, 검사님. 고생하셨어요. 범
인을 잡지 못하더라도 너무 실망하진 않을 테니 부담 갖지 마시고,

부디 건강부터 챙기십시오.”

“걱정 마세요, 팀장님. 이 사건은 최선의 방향으로 마무리될 겁니다.”

강한은 섣부른 약속을 하고 싶진 않은 듯 그렇게 간결하게만 말했다. 그리고 미리 와서 대기하고 있던 택시에 거침없이 올라탔다. 이제 그의 목적지는 정해졌다. 그에게 남은 건 곳곳에 숨겨진 ‘랜드마크’를 찾아다니는 것뿐이었다.

* * *

검찰청에 돌아온 강한과 소원은 복지관에서 가져온 증거를 시간 순서대로 면밀하게 검토하기 시작했다. 가장 먼저 살펴본 것은 통화 내역과 팩스 수신 내역이었다. 빽빽이 적혀 있는 전화번호를 손가락으로 훑어 내려가던 소원이 보물이라도 찾은 것처럼 소리쳤다.

“오, 여기 있네요. 오후 2시경에 복지관으로 걸려온 유선전화 번호가 있어요. 15분 통화했네요. 그로부터 20분 후에 수신된 팩스 번호도 있고요. 둘 다 02로 시작하는 일반 번호예요.”

“070이 아니라서 곧바로 의심하지 못했나 보군.”

강한은 고개를 끄덕였고, 소원은 왠지 모르게 들뜨기 시작했다.

“전화 한번 걸어볼까요? 우와, 보이스피싱하는 사람이 받으면 어떡하죠?”

“아니, 그럴 필요 없어.”

강한은 그렇게 말하더니 그의 정면 오른쪽 자리에 앉아 있을 세은을 향해 덤덤하게 말했다.

“세은 씨, 이 유선전화 번호를 복지관 주변에 있는 공중전화 번호들과 쭉 맞춰봐줘요. 아마 맞는 게 나올 테니까."

"공중전화 번호요? 검사님, 그러지 말고 그냥 정식 수사 사건으로 인지하고 통신영장 받아서 전화번호 가입자를 조회하면 어떨까요? 그게 훨씬 간단할 것 같은데요."

검사가 사건을 수사하게 되는 경로는 여러 가지가 있는데, 그중 경찰이 입건해서 수사한 후 검찰청으로 보낸 것을 '송치사건'이라고 하고, 사건의 존재를 검사가 직접 밝혀내서 수사를 개시한 것을 '인지사건'이라고 한다. '인지'를 많이 한 검사는 수사를 열심히, 적극적으로 하는 것으로 평판이 좋아지고 실적도 올라갔다. 그러나 강한은 단호하게 고개를 저었다.

"아니, 이 사건은 내사로 진행할 거예요. 밖에 알려져서 좋을 게 없으니까."

"왜요? 뭐가 좋을 게 없는데요?"

'인지'와 '내사'가 뭔지도 모르고, '통신영장'이 뭔지도 모르는 소원이 마지막 한마디만 알아듣고서 질문했지만, 강한은 그 질문에 대답하지 않았다. 그로부터 두 시간 후, 전화국에서 받은 목록을 복지관 통화 내역과 비교하는 작업을 끝낸 세은이 신기하다는 듯 외쳤다.

"검사님! 말씀하신 대로예요! 복지관 바로 옆 동네 아파트 단지에 있는 공중전화 번호네요. 어떻게 아셨어요? 보통 보이스피싱은 인터넷 전화나 해외전화를 경유한 걸로 걸잖아요."

"그냥 그럴 수도 있지 않을까 생각해본 것뿐이에요."

"그럼 다음엔 뭘 할까요? 공중전화에 CCTV가 있는지 확인해볼까요? 아니면 전화기 지문채취? 팩스 번호를 확인해보는 건 어떨까요?"

세은은 수사 매뉴얼에서 본 내용을 더듬어보면서 의욕에 넘쳐 말했다. 견습 수사관인 그녀는 이제 드디어 제대로 된 수사를 해볼 수 있겠다는 생각에 들떠 있었다. 그러나 강한은 묵묵히 고개를 저었다.

"아니, 아무것도 안 해도 돼요."

"네?"

"일단 이틀만 기다립시다. 당장 봐야 할 사건 기록도 있고."

강한은 그 말을 끝으로 서랍을 열고 다시 염산 테러 사건 기록을 꺼냈다. 세은은 그걸 보면서 뭐지 싶어서 두 눈을 동그랗게 떴고, 소원은 이제 놀랍지도 않다는 듯 어깨를 으쓱했다.

"신경 쓰지 마세요, 세은 누나. 아까도 저랬어요. 아무래도 할 마음이 없으신가 봐요."

26

강한은 이틀 동안 아무것도 하지 않고 기다려보자는 말을 실천에 옮겼다. 물론 정말로 아무것도 안 한 건 아니었다. 아침에 출근하자 마자 염산 테러 사건 기록을 꺼내놓고 소원에게 낭독해달라고 했다. 세 권 총 1000페이지. 처음부터 끝까지 소리 내어 읽다 보면 퇴근시 간이 되었다. 거기다 강한은 기록을 송두리째 외우기라도 하려는지 짜증나게 까다롭게 굴었다.

"잠깐만, 방금 그 부분 제대로 안 들렸어. 다시 읽어봐."

"아뇨, 저도 잠깐만요. 5분만 쉬면 안 될까요? 저 물 좀 마시고 성 대도 좀 갈아끼우고요."

소원은 그야말로 천자문 읊는 심정으로, 도를 닦는 기분으로, 가 슴속에 인류애를 차곡차곡 축적하면서 재미없는 수사기록을 읽고 또 읽었다. 그리고 강한은 그 기록을 원하면 언제든지 복기할 수 있 도록 소원의 낭독을 녹음기로 녹음했다.

그래봤자 별것도 없었다. 1000페이지의 방대한 기록은 대부분 당 시 호텔 앞에 진치고 있던 시위대에 대한 것으로 채워져 있었다. 사건에 대한 매스컴의 관심은 말도 안 되게 높지, 어떻게든 범인을 잡아내라는 압박이 심하다 보니 경찰은 수백 명의 시위대를 붙잡고 늘어지면서 뭐라도 본 것이 없는지 닦달하는 데 많은 시간을 쓴 것 같았다.

"검사님, 복지관 보이스피싱 사건은 정말 들여다보지도 않으실 거예요? 그 팀장님이란 사람도 그렇고, 코난도 그렇고, 다 착하던데. 전 도와주고 싶던데요."

소원은 처음 이틀간은 몇 번씩이나 강한을 은근히 찔러보았다. 그러나 강한이 못 들은 척 꿈쩍도 하지 않자, 점차 체념하게 되었다.

'그럼 그렇지. 신세 졌던 사람 부탁이니까 어쩔 수 없이 하는 척 했던 거야. 처음부터 별 볼일 없는 사건은 할 맘이 없었던 거지. 틀린 걸 인정 안 하고 고집을 부리긴 해도 일은 열심히 하는 줄 알았는데, 그냥 게으른 공무원 마인드였어. 저런 인간한테 내 세금이 들어간다니 아깝다.'

소원은 여태까지 살면서 한번도 세금을 내본 적이 없다는 사실은 자각하지 못한 채, 강한을 지그시 흘기면서 그런 생각을 하곤 했다.

그런데 드디어 사흘째 되던 날 아침, 출근한 강한이 세은을 향해 지시했다.

"세은 씨, 두 달 전 우리 검찰청에서 소탕한 보이스피싱 조직 총책이 아직 구치소에 있을 거예요. 김철호라고."

"네, 검사님."

"오늘 오후 2시에 소환해주세요. 성암복지관 오성수 씨한테도 같은 시각에 오라고 전화해주시고요."

"보이스피싱 사건 피해자요? 검사님, 뭔가 알아내신 거예요?"

"음, 아마도."

강한은 고개를 가볍게 끄덕이면서 대답했다. 그 후에도 아무런 부연 설명이 없었다. 소원은 그런 강한의 꿍꿍이를 알 수가 없어서 한참이나 멀뚱멀뚱 쳐다보았다. 이상했다. 뭔가 알아냈다는 사람치고는 그의 표정이 그리 밝아 보이지 않았다.

'하여간 알다가도 모르겠다니까.'

* * *

10월 19일 금요일 오후 2시. 성암지방검찰청 609호 검사실.

세은의 전화를 받고 달려온 성수는 어리둥절한 표정으로 강한을 향해 질문했다.

"혹시 무슨 진전이 있는 겁니까, 검사님? 이렇게 빨리 연락받을 거라곤 기대 못했는데요."

"네, 다행히 좋은 소식을 드릴 수 있게 됐습니다. 오 팀장님. 범인을 찾은 것 같아요."

"정말이요?"

성수는 도무지 믿을 수 없다는 듯 놀란 기색을 드러냈다. 강한이 허공에 대고 손짓하자, 복도에서 대기하고 있던 교도관이 포승에 묶인 미결수용자를 데리고 검사실 안으로 들어왔다. 삼십대 중반 정도 되어 보이는, 껄렁껄렁하고 불량한 인상의 반삭 머리 남자였다.

"거기 앉혀주십시오."

강한이 말하자 교도관은 수용자를 성수의 옆에 놓인 의자에 앉혔다. 죄수복 입은 사람을 실제로 보는 건 처음인 성수는 움찔하면서 반사적으로 저만치 물러났다. 강한은 태연한 말투로 성수에게 수용자를 소개했다.

"팀장님은 모르시겠지만, 그쪽 업계에서는 이름만 대면 다 아는 거물입니다. 김철호, 동아시아 보이스피싱계의 거목, 절취형 보이스 피싱 범행 수법의 창시자죠. 서울, 대전, 대구, 부산, 필리핀 마닐라와 태국 방콕, 중국 하얼빈 등지에 거느리고 있는 조직만 열다섯 개라죠."

"열여덟 갭네다. 남의 업적을 멋대로 깎아내리지 마시라요. 사무실 하나 열기가 얼마나 힘든데."

김철호는 기분 나빠하면서 강한의 말을 고쳤다. 일반적인 범죄자라면 어떻게든 자신의 범행 규모를 축소해 말하려고 할 텐데, 김철호의 경우에는 이미 면밀한 수사를 통해 죄상이 낱낱이 드러난 상태라 그래봤자 소용도 없었다. 그 말에 강한은 피식 웃었고, 성수는 어떻게 된 영문인지 몰라 강한과 그 옆에 앉아 있는 소원을 번갈아 쳐다볼 뿐이었다.

"그런데 저 사람이 제 사건과 무슨 연관이……."

그러자 강한은 서랍 속에서 두꺼운 기록 뭉치를 꺼내 책상에 올려놓으면서 담담히 대꾸했다.

"바로 김철호가 이끄는 조직이 복지관 보이스피싱 사건의 범인인 걸로 밝혀졌습니다. 복지관에 전화를 걸었던 공중전화기를 조사한 결과, 김철호 조직에 속한 '현금 수거책'의 지문이 채취되었고요."

"현금 수거책……이요?"

"아, 잘 모르시겠군요. 피싱 전화를 거는 사람, 그러니까 콜센터에서 피해자를 속여 현금을 인출, 보관해놓게 만들면, 그다음 단계로 남의 집이나 가게 문을 뜯고 들어가서 돈을 훔쳐오거나 빼앗아오는 사람을 피싱 조직에서는 그렇게 부릅니다. 내 말 맞죠, 김철호 씨?"

"다 알면서 뭘 물으쇼."

김철호는 이번에도 퉁명스럽게 대꾸했다. 성수는 아직도 상황이 어떻게 돌아가는 건지 파악이 안 되는 듯 얼떨떨한 기색이었다.

"그러니까…… 이 사람이 거느린 조직 사람들이 저희 복지관 돈을……."

"네, 그런 것으로 보입니다. 직접 말해봐요, 김철호 씨. 금융감독원 사무관 행세를 하면서 '계좌 거래 정지 동의서'를 보내고, 현금을 인출해서 보관하라고 한 후 침입해서 훔쳐가는 거, 그쪽 전매특허 아닙니까? 성암복지관 건도 아직 밖에 남아 있는 김철호 씨 조직원들의 범행이죠?"

"일없슴네다. 내가 그걸 일일이 어케 다 암미까? 한두 명도 아니고 수천 명이라요."

"사건이 일어난 장소가 김철호 씨 조직의 콜센터 본점이 위치하던 성암동이고, 보이스피싱 범행에 사용된 가짜 '계좌 거래 정지 동의서'를 문서 분석한 결과 그쪽 조직에서 사용하던 양식과 똑같습니다. 심지어 도장을 엉뚱한 위치에 찍어놓은 것까지. 그런데도 아니라고 할 겁니까?"

강한은 그 안에 수사 자료가 다 들어 있기라도 한 것처럼, 두꺼운 기록 뭉치를 손등으로 탁탁 치면서 추궁했다. 어차피 강한의 눈에는 기록에 쓰인 글자가 보이지도 않았지만, 그가 선글라스를 쓰고 있었기 때문에 김철호 입장에서는 그걸 알 수 없었다.

"아이, 누가 아이라고 했슴미까? 모른다고 했지. 검사님이 기카면 기칸가 보다 하겠슴미다. 이 사람 돈도 제가 떼먹었고, 검사님 돈도 제가 떼먹었고, 6·25 전쟁도 제가 냈슴네다. 됐슴네까? 이제 그만 구치소토 돌려보내주시라요. 망 애늘이랑 쌀쌀이나 하게."

김철호는 만사를 다 귀찮아하는 듯 보였다. 그럴 만도 했다. 그 복지관인지 뭐시긴지 하는 곳의 피해 금액이 얼마인지는 몰라도, 어차피 이미 밝혀진 김철호 조직의 편취 금액이 50억 원에 달하는데 더해지나 빠지나 별 차이도 없을 터였다. 강한도 그런 김철호의 마음을 잘 알았기에, 더 닦달하지 않았다.

"교도관님, 이제 데리고 가주시죠."

"네, 검사님."

"거, 색안경 쓴 검사님. 담부터는 이런 사소한 일로 사람 오라 가라 하지 마시라요. 부를 거면 억 단위로 모아서 한꺼번에 부르란 말임네다."

김철호는 교도관에게 이끌려 나가면서도 궁시렁거렸다. 오전에는 대전지검, 오후에는 부산지검, 그다음 날에는 대구지검, 그리고 오늘은 성암지검. 이런 식으로 여기저기 불려다니니 그도 나름대로 피곤했던 것이다. 아무리 그래도 그렇지 남의 피 같은 돈 5000만 원을 두고 '사소한 일'이라니, 소원은 그 뻔뻔함에 기가 막혀 자기도 모르게 혀를 찼다.

김철호가 떠난 후, 성수가 은근한 기대를 내비치며 강한에게 물어왔다.

"검사님, 그러면 혹시 저희가 피해 본 금액을 보상받을 수 있는 겁니까? 저 사람한테서요?"

"아뇨, 그건 어려울 겁니다. 복지관 범행 당시 김철호는 수감 중이었으니까요. 김철호 조직 잔당의 짓인데, 제가 알아본 결과 바로 일주일 전에 다 털고 마닐라로 출국했더군요."

"아……."

"만에 하나 국내에 들어와 잡힌다고 하더라도, 절도형 보이스피싱 범행은 계좌 거래 내역이 남는 게 아니라 피해 금원을 특정하거나 증거를 잡기가 매우 어렵습니다. 죄송하지만, 지금 시점에서 복지관의 돈을 되찾아드릴 방법은 없는 것 같습니다. 안타깝네요."

돈을 잃어버린 것이 자신의 잘못이라고 자책하면서 그토록 복지관 사람들한테 미안해하던 오성수 팀장이었다. 그는 고개를 힘없이 끄덕이면서 체념 어린 어조로 중얼거렸다.

"어쩔 수 없죠. 애초에 포기했던 사건이었으니까요. 강 검사님께서 범인이 누군지 알아내주신 것만으로 감지덕지합니다. 외국으로 도망갔다던 놈들도 언젠가는 잡히겠죠. 반드시 그럴 거라고 믿습니다."

강한이 볼 수 없다는 사실을 알면서도, 성수는 몇 번이고 허리를 굽히면서 그에게 감사 인사를 했다. 그러나 강한은 사건을 완전히 해결하지 못한 게 미안해서 그런 건지 아니면 다른 이유가 있는 건지, 웃는 것도 찡그리는 것도 아닌 애매한 표정을 짓고 있을 뿐이었다. 성수가 검사실을 나간 후, 그때까지 가만히 있느라 고역을 치렀던 소원이 강한에게 불쑥 다가왔다.

"검사님, 방금 그거 뭐예요? 공중전화에서 지문을 채취해요? 문서 분석을 해요? 우리가 그런 걸 언제 했다고? 그리고 이건, 이건 검사님 사건 기록이잖아요?"

그랬다. 강한이 보란 듯이 책상 위에 올려두었던 건 보이스피싱 사건과는 아무 상관도 없는 염산 테러 사건의 기록이었다. 강한은 기록 표지에 손을 얹으면서 쓸쓸하게 웃었다.

"그래, 전혀 상관없는 기록이지. 조금만 신경 써서 봤으면 알 수 있었을 텐데, 저 사람은 몰랐어. 류소원, 왜 그랬을 거라고 생각해?"

소원은 이건 또 무슨 선문답인가 싶어 벙찔 뿐이었다. 강한은 그런 소원을 향해 자문자답하듯 말했다.

"바로 두려움 때문이야. 두려움은 사람의 눈을 멀게 하거든."

* * *

　지하철 2호선과 4호선이 교차하는 화송역은 늘 인파로 붐비는 장소였다. 그 대합실 한복판에는 유료 물품보관함이 설치되어 있었다. 네 시간 간격으로 요금이 부과되고 최대 48시간 보관이 가능해 많은 사람이 이용하는 설비였다. 지하철이 왔다 갔는지, 계단을 통해 우르르 올라온 사람들이 게이트를 통해 몰려나왔고, 그중 한 사람이 물품보관함으로 다가왔다.

　─ 해피박스에 오신 것을 환영합니다. 물건을 맡기시려면 '보관' 버튼을, 찾으시려면 '회수' 버튼을 선택해주세요.

　전산 시스템에서 낭랑한 안내 방송이 나오자마자 주저없이 '회수' 버튼을 누르는 손. 계속해서 그 손은 사물함 번호와 비밀번호를 빠른 속도로 눌렀다. 손끝이 희미하게 떨리고 있는 게 긴장한 느낌을 주었다.

　─ 총 보관 시간은 48시간입니다. 물품 요금을 결제해주세요. 결제 방법은 현금 또는 카드…….

　이번에는 안내 방송이 끝나기 전에, 만 원짜리 지폐 한 장이 기계 속으로 밀려들어갔다. 달칵, 소리를 내면서 보관함의 잠금장치가 풀리는 소리가 났고, 물품 주인은 그 앞으로 이동했다.

　─ 결제가 완료되었습니다. 해피박스를 이용해주셔서 감사합니다.

　경쾌한 목소리를 들으면서, 물품 주인은 보관함 안으로 슬그머니 양손을 뻗었다. 그런데 그 순간, 그의 고막에 선명히 와서 꽂히는 소리가 있었다.

　딱-. 딱-.

그 소리의 정체를 알아챈 물품 주인은 벼락을 맞은 것처럼 그 자리에 굳어지고 말았다. 길고 하얀 막대 같은 것이 규칙적인 울림을 내면서 물품보관함을 향해 다가오고 있었다. 시각장애인용 케인이었다. 그리고 케인으로 점자블록을 짚으며 걸어오고 있는 사람은 강한 검사였다.

"이쯤일 거라고 생각했습니다. 복지관 근처는 아니었겠죠. 그보다는 편안한 집 근처. 그러면서도 쉽게 감시할 수 있는 곳. 아마 출근길의 어느 지점이 아닐까 생각했습니다."

"거, 검사님……."

강한의 곁에 있던 소원이 성큼성큼 걸어와 보관함 앞에 섰다. 물품 주인은 저도 모르게 옆으로 비켜섰고, 소원은 반쯤 열린 보관함 안으로 손을 집어넣어 두툼한 종이봉투를 꺼냈다. 그는 그것을 강한에게 가지고 가서 손바닥 위에 올려주었다. 돈봉투 특유의 빳빳한 질감을 확인한 강한은 깊은 한숨을 내쉬면서 물품 주인에게 물었다.

"이 안에 들어 있는 건 물론 정부 보조금 5000만 원이겠죠?"

"……."

"일단 얘기 좀 하실까요, 오 팀장님."

물품보관함의 문을 붙잡은 채 부들부들 떨고 있는 사람은 바로 보이스피싱 사건 피해자인 성암시각장애인복지관의 오성수 팀장이었다.

27

10월 19일 금요일 오후 4시 30분. 화송역 인근 카페.

강한과 소원, 그리고 오성수 팀장은 둥근 테이블에 둘러앉아 있었다. 앞치마를 두른 점원이 그들의 테이블로 다가오더니 커피가 든 머그잔 두 개와 콜라가 든 기다란 컵을 내려놓고 가려고 했다. 소원은 김이 모락모락 피어오르는 뜨거운 머그잔을 보더니 점원에게 말했다.

"저기요, 죄송하지만 이거 테이크아웃 잔으로 바꿔주실 수 있을까요? 그리고 빨대랑 컵홀더도 끼워주시고요."

잠시 후, 소원은 점원이 가져온 테이크아웃 잔을 강한의 손에 들려주었다. 컵홀더가 끼워져 있어 손을 델 염려가 없었다. 소원은 그렇게 강한을 챙기고 난 후에야 자기가 주문한 콜라를 마시기 시작했다. 그 모습을 바라보던 성수가 조심스럽게 입을 열었다.

"저, 뭐든지 다 해주는 게 지금 당장은 좋긴 한데, 장기적인 관점에서는 그렇지가 않아요. 혼자 생활하는 법을 익히는 게 중요하니까. 뜨거운 잔이나 접시가 나왔을 때는 제일 온도가 낮은 부분에 손등을 가볍게 대서 스스로 뜨거운 정도를 짐작할 수 있게 해주는 게 좋아요."

"아, 전 위험할 거 같아서……."

"어차피 일상생활을 하면서 100퍼센트 안전할 수는 없어요. 그건 정안인도 마찬가지죠. 시행착오를 겪어가면서 배우는 거예요. 그런 식으로 빵에 잼 바르는 법도, 물 끓이는 법도, 채소 써는 법도 배우고, 언젠가 스스로 끼니를 차려 먹을 수 있게 되는 거죠."

"시각장애인이 요리를 할 수 있다고요?"

소원은 황당무계한 이야기를 들었다는 듯 눈을 휘둥그레 떴다. 성수가 그런 소원에게 시각장애인 요리사들의 활약에 대해 이야기해 주려는 찰나, 대화를 듣고 있던 강한이 불쑥 입술을 떼었다.

"제가 가장 이해할 수 없는 부분이 이거였습니다. 오성수 팀장님이 시각장애인들을 진심으로 염려하고 위하는 분이라는 것. 그런 분이 보이스피싱을 당했다는 거짓말까지 해가면서 복지관보조금을 빼돌렸다는 것. 그래서 처음부터 자작극을 의심했으면서도 티를 내지 않았던 겁니다."

"……죄송합니다, 검사님."

성수는 대역죄인이라도 된 것처럼 깊이 고개를 떨어뜨렸다. 그런데 소원은 강한이 했던 다른 말에 귀가 번쩍 뜨였다.

"처음부터 자작극을 의심하셨다고요? 어떻게요?"

"제일 먼저 이상하다고 느꼈던 건 보이스피싱 조직에서 보냈다는 팩스였지. '아브라함시각장애인복지관'이라고 쓰여 있었다는 그 서류 말이야."

"아……!"

그제야 성수는 자신의 실수를 깨달은 듯 외마디 탄식을 내뱉었다. 강한은 그 탄식이 들린 쪽을 향해 고개를 끄덕이면서 설명을 계속했다.

"그래요, 팀장님 스스로 말씀하셨죠. '성암'이 공식 명칭이고, '아브라함'은 옛날부터 복지관을 이용해왔던 사람들이 지금도 습관처럼 부르는 명칭이라고요."

복지관 내부 사정을 모르는 보이스피싱 조직이 그 이름을 알고 서류에 썼다는 것 자체가 어불성설이란 얘기였다. 내부인이 자작극을 준비하면서 '금융감독원 명의로 된 가짜 동의서를 만들다가' 긴장한 나머지 습관적으로 부르던 이름을 썼을 가능성이 훨씬 컸다. 그러나 소원은 곧바로 납득하지 못하고 고개를 갸웃거렸다.

"하지만 보이스피싱 전화가 걸려왔을 때, 그리고 팩스가 왔을 때도 팀장님은 복지관에 계셨잖아요? 통화 내역이 분명히 남아 있었으니까. 이런 걸 알리바이라고 하는 거 아닌가요?"

"그거야 아주 간단한 방법이 있지. 공중전화로 전화를 거는 동시에 복지관에서 그 전화를 받을 수 있는 방법이. 그렇죠, 오 팀장님?"

"……."

"CCTV가 없어서 정확한 시각은 확인할 수 없지만, 팀장님은 다른 직원들이 나간 오후 1시에서 2시 사이에 복지관을 나오셨을 겁니다. 복지관 전화를 팀장님 휴대전화로 돌려놓고요."

"전화를 돌려놨다고요?"

소원의 두 눈이 휘둥그레졌다.

"그래, 그러면 공중전화에서 전화를 거는 동시에 휴대전화로 받을 수 있지. 통화 내역도 남길 수 있고. 팩스는 아마 요즘 유행하는 모바일 팩스를 사용하셨겠죠. 가상번호가 생성되니까요."

"……맞습니다."

성수는 순순히 인정했고, 강한은 추론을 계속해나갔다.

"밖에 나와 있었기 때문에, 관장님에게 전화할 때 복지관 전화를 사용하지 못하고 본인 휴대전화를 사용한 거죠. 사실 그 얘기를 들을 때도 동선이 어색하다고 느꼈습니다. 보통 유선전화를 손에 들고 있던 사람이 그다음 전화를 걸기 위해 굳이 휴대전화를 꺼내진 않으니까요."

사실 강한은 성수가 범행을 부인할 경우, 그의 휴대전화를 확인해 보자고 할 생각이었다. 돌려받은 전화라 할지라도 통화 내역에는 남고, 모바일 팩스 애플리케이션을 설치했다가 삭제했다면 그 기록 또한 휴대전화에 남아 있을 테니까. 그러나 성수는 물품보관함 앞에서 잡힌 후부터, 범행을 숨길 마음이 아예 사라져버린 듯 강한이 하는 말을 하나도 부인하지 않았다.

"그리고 또 한 가지 이치에 맞지 않는 게 있었죠. 바로 유릿조각입니다."

"유릿조각이요? 제가 발견한 거요? 그게 왜요?"

소원은 흠칫 놀라면서 물었다. 그때는 강한이 똥개훈련을 시키는 거라고 투덜거렸는데, 거기에 무슨 뜻이 있었단 말인가.

"류소원 네가 찾은 창문 유릿조각들은 전부 창틀 바깥에 떨어져 있었지. 심지어 몇 개는 창틀에서 멀리 떨어진 곳에서 발견되기도 했고. 그게 무슨 의미일 것 같아?"

"글쎄요. 전 잘 모르겠는데요."

"넌 경험해봤으니까 알잖아. 네가 우리집 테라스 유리에 돌을 던져서 깼을 때, 유릿조각이 어디로 떨어졌지?"

"아……!"

그제야 소원은 무릎을 탁 치면서 탄성을 내뱉었다. 그랬다. 소원이 강한의 집 테라스 유리를 산산조각 냈을 때, 그 파편은 거실 바닥에 흩뿌려졌다. 소원은 거실 벽에 정의의 여신 그래피티를 해놓기 위해 스프레이를 갖고 안으로 들어가면서, 뾰족한 유리 파편을 밟지 않으려고 까치발을 하고 걸어 다녀야 했던 걸 기억하고 있었다. 강한은 말을 이었다.

"그래, 바깥에서 유리를 깼다면 조각은 안으로 떨어져야 맞지. 바깥에 떨어졌다는 건 유리를 안에서 깼다는 걸 의미해. 복지관 내부 사람의 소행이라는 거지."

"……."

"물론 그것도 정황증거일 뿐이야. 안에 있던 유리를 청소하다가 바깥으로 떨어졌을 수도 있으니까. 내가 자작극이라는 걸, 그리고 그 범인이 오성수 팀장님이라는 걸 확신하게 된 건 우리가 복지관에 직접 방문했다가 나올 때였어."

"나올 때요?"

소원은 그때 무슨 특별한 일이 있었는지 기억을 더듬어보았지만, 딱히 떠오르는 게 없었다. 강한이 소원에게 가자고 했고, 성수가 독거노인 도시락 배달을 간다면서 따라 나왔다. 그리고 소원이 강한의 24시간 활동보조인이라는 얘길 듣고 대단하다고 칭찬해주었고, 복지관 입구 앞 택시 정류장에서 헤어졌다. 그게 전부였던 것 같았다.

"그때 우리가 그 안내견 옆을 지나쳐 갔지. 코난이라는 이름의."

"아, 네! 가는 길에 인사하고 싶었는데 곤히 자고 있었어요."

"그 개가 왜 시각장애인 안내견에서 탈락했다고 했는지 기억나?"

"식탐이 많아서요. 음식 냄새만 맡으면 자다가도 벌떡 일어나는데, 그런 식으로 행동하면 시각장애인에게 피해를 줄 수 있다고……."

"그래, 그런데 왜 그때는 코난이 일어나서 달려오지 않았을까? 오

팀장님이 갖고 있던 쇼핑백 속에, 독거노인들에게 가져다줄 도시락이 들어 있었는데 말이야."

"앗, 그렇네요!"

소원은 성수의 쇼핑백 안을 힐끗 구경했던 기억이 났다. 그 안에 들어 있던 건 밀폐된 보온 도시락이 아니라 그냥 뚜껑을 덮는 형식의 알루미늄 사각 도시락이었다. 그렇다면 분명히 냄새가 새어나왔을 것이고, 사람의 후각으로는 인지하지 못해도 시각장애인 안내견으로 훈련받은 코난은 분명 알아차렸어야 했다. 강한은 아무 말도 하지 못하고 있는 성수를 향해 말했다.

"당연히 깨어났어야 할 개가 깨어나지 않았다. 그 이유는 하나뿐이겠죠, 오 팀장님. 도시락통 안에 도시락이 들어 있지 않았기 때문입니다. 그렇죠?"

"……"

"팀장님이 인출해온 5000만 원은 그전에는 복지관 밖으로 나간 적이 없었습니다. 차도 없으시고, 집에는 식구들이 있으니 가지고 나가더라도 보관할 만한 곳이 없었겠죠."

강한의 추측에 성수는 여전히 침묵만 지켰고, 그 대신 소원이 이의를 제기했다.

"그러면 복지관 안은요? 거긴 다른 직원들이 왔다 갔다 하잖아요? 더 위험할 것 같은데."

"사실 이 부분은 아무런 증거가 없고 그냥 추측인데, 복지관 안에 현금 5000만 원을 숨길 수 있는 공간이 딱 하나 있긴 해. 바로 내가 열흘 동안 지냈던 재활교육생 생활관이지. 어떤가요, 오 팀장님. 제 생각이 맞습니까?"

"……"

성수는 이번에도 침묵을 지킴으로써 암묵적인 긍정의 의사 표시를 했다. 역시 강한의 생각대로였다. 생활관에 있는 개인실은 입소자가 있는 동안에는 복지관 직원들도 들어가지 않았다. 사생활을 존중하는 차원에서였다. 개인실 청소도 입소자 스스로 하게 했다. '혼자 생활하는 법을 익히는 것'이 재활교육의 목적이었기 때문이다.

"등잔 밑이 어둡다는 말이 있죠. 제가 팀장님이라면, 아마 개인실 천장에 현금 봉투를 테이프로 붙여두었을 겁니다. 그렇게 하면 직원들은 볼 수 없고, 입소자는 만질 수 없으니까요."

"……천으로 감아서 형광등 커버 안쪽에 넣어두었습니다. 어차피 입소자가 있는 동안에는 형광등을 켤 일이 없으니까요."

성수는 드디어 제 입으로 자세한 내용을 실토했다. 숨길 곳이 마땅히 생각나지 않아서 생활관 개인실에 들어가긴 했지만, 그 며칠 내내 극심한 죄책감에 시달렸다. 시각장애인들에게 돌아가야 할 보조금을 훔친 것으로도 모자라 눈이 보이지 않는 그들의 앞에 돈을 놓아둔 게 꼭 조롱하는 행동처럼 여겨졌기 때문이다. 그는 괴로움이 역력히 어려 있는 목소리로 말했다.

"그런데 검사님이 본격적으로 사건 수사를 하시겠다고 하니까, 혹시나 복지관에도 압수수색이 들어오진 않을까 무서웠습니다. 그래서 당장 돈을 다른 곳으로 옮겨야겠다고 생각한 겁니다. 짐작하셨던 대로 도시락통에 다섯 개의 뭉치로 나눈 돈과 현금 봉투를 담았고요."

"그러면 독거노인들에게 줄 도시락은 사서 배달하신 겁니까?"

강한은 그게 아주 중요한 문제라도 되는 듯 엄숙하게 물었고, 성수도 진지하게 대답했다.

"네. 현금 봉투를 물품보관함에 넣어놓고 유명한 도시락집에서 테이크아웃 도시락을 사서 마지막 한 분까지 배달해드렸습니다."

"다행입니다. 오 팀장님이라면 그러실 거라고 믿었습니다."

강한은 지그시 고개를 끄덕였고, 그 몸짓에 성수는 목구멍에서 뭔가 뜨거운 것이 울컥 치밀어오르는 것 같았다. 그때, 하나하나 밝혀지는 복지관 보이스피싱 사건의 전모를 들으며 감탄하고 있던 소원이 불쑥 질문을 던졌다.

"그러면 검사님이 오늘 오 팀장님을 불러서, 그 김철호라는 사람의 조직이 복지관을 보이스피싱 했다고 하신 건, 그러니까 일종의 미끼였던 거네요? 공중전화에서 지문이 나왔다는 것도 거짓말이었던 거고요?"

"그렇게 안심시켜야 돈을 숨겨놓은 곳으로 갈 거라고 예상했으니까. 사실 물품보관함이 내가 생각하고 있던 가장 유력한 장소였는데, 그런 곳은 보통 보관 시한이 48시간 내이기도 하고."

"하지만 그전에 오 팀장님이 돈을 다른 곳에 써버리실 수도 있는 거잖아요? 아, 저기…… 죄송해요. 그냥 그럴 수도 있다는 얘길 하는 거예요. 팀장님을 욕하는 게 아니라요."

"괜찮습니다. 당연히 그렇게 생각할 만하죠."

소원은 강한에게 질문을 하다 말고 성수의 눈치를 살피면서 어물어물 사과했고, 성수는 사과 받는 것이 당치도 않다는 듯 손을 내저었다.

참으로 이상한 일이었다. 성수가 복지관 돈을 5000만 원이나 빼돌린 나쁜 놈이라는 게 밝혀졌는데도, 소원의 눈에는 그가 그렇게 사악한 짓을 할 법한 인간으로 보이지 않았다. 그리고 강한이 그를 대하는 태도도 여전히 깍듯하고 정중했다. 그래서 소원은 직감적으로 알아차렸다. 이 보이스피싱 자작극 사건에는 강한이 아직 다 밝히지 않은 뒷이야기가 남아 있다는 것을.

28

"복지관 관장님과 통화하면서 오 팀장님의 사정에 대해서 좀 알아봤습니다. 아, 물론 오 팀장님이 이번 사건을 꾸며냈다는 말은 하지 않았으니 걱정하지 않으셔도 됩니다."

강한의 말에 일순간 새파랗게 질렸던 성수의 얼굴이, 뒤에 이어지는 말을 듣고는 서서히 정상으로 돌아왔다.

저렇게 담이 작은 사람이 무슨 5000만 원을 들고 나른다고, 보고 있는 소원이 다 불쌍할 지경이었다. 소원이 구치소 강짜방에 있는 동안 본 범죄자들은 열 명이면 열 명 다 서로 다른 각양각색의 사연과 배경을 갖고 있었지만, 딱 한 가지 그들을 아우르는 공통점이 있었다. 바로 남들이 자기에 대해 뭐라고 떠들든 쥐뿔도 신경 쓰지 않는다는 것이었다.

그러나 오성수 팀장이 그런 부류의 인간에 속하지 않는다는 것은 너무도 명확했고, 그렇기에 강한의 말투도 아무래도 평소 검찰청에서 쓰던 것보다는 온화해질 수밖에 없었다.

"팀장님이 뒤늦게 얻은 아들 쌍둥이가 희귀병에 걸려 다음주에 수술을 받을 예정이라고 들었습니다. 보험 처리도 안 돼서 어마어마한 수술비가 필요하다고요. 그렇다면 힘들게 빼돌린 돈을 다른 일에 쓸 리는 만무했겠죠."

"……면목 없습니다. 그저 부끄러울 따름입니다. 아이들 핑계를 대진 않겠습니다. 결국 제가 가장 역할을 똑바로 못해서, 재산을 넉넉히 모아놓지 못해 생긴 일입니다."

성수는 더욱더 깊이 고개를 숙이면서 다 기어들어 가는 목소리로 중얼거렸다. 소원은 그런 그를 보면서 연민을 느끼지 않을 수 없었고, 강한도 마찬가지였다.

"애들을 살리자고 하는 일인데, 그들을 범죄자의 자식으로 만들어선 안 된다고 생각하셨을 겁니다. 그래서 김철호와 그 일당이 검거된 뉴스를 보고 가짜 보이스피싱을 계획했을 거고요."

강한은 성수의 범행 수법이 고의성이 느껴질 정도로 김철호 조직의 그것과 유사했던 것을 떠올리면서 차분하게 말을 이었다.

"경찰이 범인을 못 잡는다고 말한 것으로 일이 끝날 줄 알았는데, 관장이 검찰청을 찾아가보라고 독촉하니까 팀장님도 당황하셨을 거고요. 어쩌면 그래서 일부러 나를 찾아왔는지도 모르겠군요. 시각장애인 검사니까 만만하다고, 자작극임을 알아내지 못할 거라고 생각해서……."

강한 입장에서는 분노할 만한 일이었지만, 그는 어디까지나 침착함을 잃지 않았다. 그런데 오히려 성수 쪽에서 다급하게 그 말을 가로막았다.

"아니요, 절대 그런 건 아니었습니다. 전 지난 20년 동안 제가 가르친 사람들에게 정안인이 할 수 있는 일이라면 시각장애인도 모두할 수 있다고 말해왔습니다. 다만 그 방식이 다를 뿐이라고요. 스스로 그 말을 믿지 않았다면, 그렇게 입이 닳도록 외치지 않았을 겁니다."

"그러면 왜 날⋯⋯."

"복지관 돈을 훔친 후, 일주일 동안 단 하루도 두 시간 이상 눈을 붙여본 적이 없을 만큼 무섭고 괴로웠습니다. 차라리 자수할까. 식구들이 생명 보험금이라도 탈 수 있게 죽어버릴까. 그러다가 더 고민할 필요 없게 차라리 누가 날 잡아주었으면 좋겠다고까지 생각했습니다. 그리고 만일 누군가에게 잡힌다면, 다른 검사님이 아니라 강한 검사님인 편이 낫겠다고⋯⋯."

"나한테 잡히는 게 낫다고요? 어째서요?"

보이스피싱 자작극 범인인 오성수 팀장의 모든 것을 꿰뚫어 보았다고 자신하던 강한이었지만, 그 말만큼은 이해할 수가 없었다. 왜 다른 검사가 아니라 자신에게 잡히는 게 낫다는 것인지. 그리고 그 다음에 이어진 성수의 말은, 강한도 소원도 전혀 상상치 못했던 그런 것이었다.

"제 범행이 강한 검사님에 의해 밝혀진다면, 그러면 적어도 시각장애인 검사도 누구 못지않게 훌륭하게 수사할 수 있다는 사례를 남길 수 있을 테니까요. 제2호, 제3호 시각장애인 검사가 나오는 데 조금이나마 도움이 될 수 있지 않을까, 감히 그렇게 생각했습니다."

순간적으로 강한과 소원은 할 말을 잃었다. 아무리 자식들의 생명이 걸려 있는 문제라고는 하지만, 시각장애인들의 복지를 위해 쓰여야 할 정부 보조금을 훔쳐낸 건 옹호해줄 수 없는 범죄였다. 그러나 오성수 팀장의 마음만은, 지난 20년간 복지관에 모든 것을 바쳐온 그 진실한 마음만은 의심할 수 없었다. 성수는 금방이라도 울먹일 것 같은 음성으로 강한에게 말했다.

"죄송합니다. 죽을죄를 지었습니다. 저는 감옥에 가겠죠? 주변

정리할 시간이라도 좀 주시면 안 되겠습니까? 집사람과 아이들한테……."

그러나 강한은 단호한 태도로 성수의 말을 가로막았다.

"오 팀장님을 감옥에 보내겠다고 한 적은 없습니다."

"네?"

"저는 검사이기 전에 시각장애인입니다. 그리고 이 사회에서 살아가고 있는 한 사람입니다. 그런 입장에서 생각해보니, 오 팀장님은 감옥이 아닌 이 복지관에 있는 게 우리 모두를 위해 훨씬 낫겠다는 결론이 나왔습니다."

"검사님……."

"젊은 시절 내내 재활교육에만 몰두하시다가 결혼도 늦어지셨다고요. 결혼 후에는 개인실이 모자라 생활관에 입소하지 못하는 교육생들을 자택으로 데려가시기도 한다고 들었습니다. 앞으로도 쭉 그런 자세로 일해주세요. 그게 당신이 복지관에 진 빚을 갚을 유일한 길입니다."

성수는 입을 크게 벌린 채로 대답할 말을 찾지 못했다. 강한은 계속해서 말했다.

"물품보관함에서 꺼내온 돈은 쌍둥이 수술비로 쓰시고요. 비어버린 복지관 예산은 내일 익명으로 복지관에 기부될 5000만 원으로 채우시면 될 겁니다."

"익명 기부요? 그게 무슨……."

"전 세상에 공짜가 없다고 믿는 사람입니다. 그런데 원칙적으로는 허용되지 않는 속성 재활교육을 무상으로 받았던 게 늘 맘에 걸렸습니다. 제가 복지관에 있는 동안, 팀장님은 아침부터 밤까지 거의 제 뒤만 따라다니셨죠. 그러니 이번 기부금은 과외비라고 생각해주십시오."

그 말을 하는 순간, 강한의 입꼬리가 보일 듯 말 듯 희미하게 위로 올라갔다. 소원은 그게 미소라고 생각했다. 그리고 지금 이 순간, 은은하게 미소 짓고 있는 강한은 엄격하게 호령하던 그 어느 때보다 폼나고 멋져 보였다. 그가 성수에게 마지막으로 덧붙인 말까지도 완벽했다.

"다만, 그 기부금이 한 푼이라도 허투루 쓰이는 일이 있다면 그때는 정말 감옥에 갈 각오를 하셔야 할 겁니다."

"검사님……."

성수는 말을 잇지 못하고 고개를 바닥으로 떨어뜨렸다. 한껏 붉어졌던 눈시울에서 마침내 눈물이 뚝뚝 흘러내려 그의 무릎을 적시고 있었다.

* * *

오후 7시. 붉은악마 복싱체육관.

"문디 자슥, 여가 어디라고 빤빤하게 기어들어 오노, 기어들어 오길. 퇴원하고 나서도 전화 한 통 안 하고, 얼굴 한 번 안 비치가, 내 니확 짤라뿟다. 이제 여 회원 아이라꼬!"

관장은 경상도 남자 특유의 무뚝뚝한 말투로 타박을 늘어놓는 것으로 강한을 맞이했다. 그러나 강한은 섭섭하지 않았다. 한 달 만에 찾은 체육관. 눅눅하게 밴 땀 냄새와 글러브의 가죽 냄새, 주먹이 샌드백을 내리치는 팽팽한 소리와 관장의 투박한 말소리마저도 반갑기만 했다.

첫 번째 사건 해결이라는 성취를 거두고 나서, 가장 먼저 그의 머릿속에 떠올랐던 게 바로 이 풍경이었다. 그래서 일과시간이 끝나자마자 소원을 데리고 여기로 왔다. 그러나 강한 옆에 서 있던 소원은, 그들이 체육관 입구에 들어서자마자 득달같이 달려와 삿대질을 해 대는 관장의 존재에 주춤하지 않을 수 없었다.

"검사님, 이 할아버지 삐지셨나 봐요."

"할배라꼬! 누가 할배꼬? 이 몬생긴 머스마가!"

"헐, 머리가 하얗기에 할아버지라고 했을 뿐인데 왜 가만히 있는 저를 디스하세요? 진짜 이상한 할아버지야!"

소원과 관장이 말다툼을 시작하는 데는 채 30초도 걸리지 않았다. 강한은 늘 자기만 보면 시비를 못 걸어서 안달인 두 사람이 서로 싸우니 차라리 편하다는 생각을 하면서 피식 웃다가, 관장의 입에서 '강냉이를 탈탈 털어뻔다'는 말이 튀어나왔을 때에야 둘을 말렸다.

"관장님, 이제 그만하세요. 그동안 사건 처리하느라 바빠서 못 들렀어요. 죄송해요. 류소원, 너도 죄송하다고 말씀드려. 노인한테 그러는 거 아니야."

"이노무 자슥이! 니도 내 노인 취급하는 거가!"

강한이 일부러 그런다는 것도 모르고 넘어가서 발끈하던 관장은, 방금 들은 말 중 귀에 걸리는 게 있었는지 갑자기 멈칫했다.

"사건 처리라꼬? 니 검찰청에 복귀했다는 뉴스는 봤는데, 그라믄 진짜로 수사하나? 검찰청에서 니한테 사건도 주고 그라나?"

자기 얘기를 잘 하지 않는 강한을 대신해, 소원이 앞으로 나서면서 자랑했다.

"그럼요, 이번에 5000만 원짜리 보이스피싱 사건 범인도 잡았어요! 꽉! 간지나게!"

"보이스피싱?"

관장의 두 눈이 휘둥그레지면서 말꼬리가 올라갔고, 강한은 쑥스러운 듯 뒷머리만 만졌다. 관장은 그런 강한과 소원을 번갈아 쳐다보다가, 이내 결심한 듯 의자를 내주면서 말했다.

"안 되긋다. 내 캔맥주 갖꼬 오는 동안, 니 여 꼼짝 말고 앉아 있어라. 우째된 일인지 하나도 남김없이 다 들어봐야긋다."

그로부터 20분 후, 관장과 강한은 냉장고에 넣어두었던 차가운 캔맥주를 부딪치며 건배하고 있었다. 정확히 말하면, 강한이 들고 있는 캔에 관장이 일방적으로 캔을 부딪친 것이었지만. 강한이 보이스피싱 자작극을 밝혀낸 걸 들은 관장은 자기 일처럼 기뻐하면서 건배를 청했다.

"내는 말이다. 니가 사건 해결한 것보다, 그 팀장이란 사람을 용서해준 기 더 자랑스럽다카이."

"그게 왜요?"

"예전의 니였으믄 글케 안 했을 기다. 실적 하나라도 더 올리가, 더 좋은 자리로, 더 높은 데로 승진할라꼬 기를 쓰고 덤벼들었겠지. 니그렇게 아등바등 사는 거 보믄서 내 맘도 영 불편했다이가. 지도 오죽 졸리고 불안하면 저러겠노 싶어가."

"……."

"지 집에 아무이도 잘 안 들이던 놈이, 생판 모르는 아를 델꼬 산다는 것도 그렇고."

관장은 그렇게 말하면서 링 위에 올라가 혼자 놀고 있는 소원을 쳐다보았다. 강한은 소원이 펀칭백을 때리면서 놀고 있는 모습은 볼수 없었지만, 기세 좋게 연신 떠들어대는 목소리는 들을 수 있었다.

"레프트 훅! 라이트 훅! 카운터펀치! 크로스펀치! 류소원 선수가 파퀴아오 선수를 파김치가 되도록 때려눕히고 있습니다! 옆에서는 여자친구인 배수지 씨가 열렬하게 응원하고 있습니다!"

허세 넘치는 말과 달리, 물렁물렁한 솜 주먹이 형편없이 빗나가기만 하는 걸 소리만 들어도 알 수 있었다. 강한은 피식 웃으면서 담담하게 말했다.

"그냥 활동보조인이 필요해서 데려왔을 뿐이에요."

"니 그거 아나? 딱 저 나이 때의 니하고, 쟈하고 닮은 거."

"무슨 말씀이세요? 하나도 안 닮았는데. 쟤한테는 보자마자 못생겼다고 하셨잖아요. 저한테는 싸가진 없어도 상판대기 하나는 잘생겼다고 하셨고."

"얼굴이 닮았다는 기 아이다. 눈빛이 닮았다는 기지. 어린놈이, 믿고 의지할 거라곤 세상천지에 지 몸뚱이 하나밖에 없는 것처럼 악바리 같아가."

"……."

"쟈도 부모 사랑 못 받고 컸제? 한이 니가 마이 돌봐주고 도와줘라."

"쟤가 저를 돌봐주고 도와주러 온 거예요, 관장님. 그 반대가 아니라요."

"원래 사람관계란 게 일방통행으로는 안 되는 기다. 도와주는 사람이 도움도 받고, 도움받던 사람이 도와주기도 하고 그래야지. 일부러 노력 안 해도, 살다보믄 다 그렇게 되게 되어 있다."

"전 관장님한테 도움만 받은 거 같은데요."

강한은 그가 열두 살배기 꼬맹이일 때부터 체육관 알바를 시킨다는 핑계로 용돈을 챙겨주고, 중학교에 입학할 때는 교복을 사주고, 아픈 엄마를 대신해 고등학교 졸업식에 와서 운동장이 떠나갈 듯 우렁찬 목소리로 '천하제일 성암 법대 수석 입학 강한 만세!'를 삼창해줬으며 사법고시 공부를 할 때는 없는 돈을 털어서 꼬박꼬박 고기를 챙겨 먹여주던 관장을 떠올리면서 말했다.

"아이다. 니가 내한테 준 게 더 많다. 평생 권투만 하느라 일자무식에 장가도 못 가고, 은퇴한 후에는 동네 체육관이나 하는 퇴물이, 니아니믄 어디 아부지 노릇이나 함 해봤겠나. 우울증 걸려서 술이나 퍼마시다가 진즉에 뒈졌을 기다."

"……."

"하이고야, 인자 그만하자. 남새스럽다. 담에 올 땐 니도 링에 올라가라. 내가 복싱협회 친구한테 어쩌다 들었는데, 시각장애인도 복싱하는 법이 있다카더라. 블라블라 복싱이라꼬……."

강한은 입가에 슬그머니 미소를 머금지 않을 수 없었다. '어쩌다 들었다'고 하지만, 관장은 아마 시각장애인 복싱에 대해 찾아보기 위해 잘 다룰 줄도 모르는 컴퓨터를 붙잡고 몇 시간을 끙끙거렸을 게 뻔했다.

"블라인드 복싱이겠죠, 관장님. 한번 생각해볼게요."

덤덤한 척 말했지만, 사실 강한도 링이 그리웠다. 정안인이 할 수 있는 일은 그게 뭐든지 시각장애인도 할 수 있다는 오성수 팀장의 말이 떠올랐다. 다만 방식이 다를 뿐이라고. 시험 삼아 잠시 살아보자고 생각했던 이 삶에, 아주 희미하지만 한 줄기 빛이 비쳐드는 듯한 기분이 들었다.

29

"정말 괜찮겠어? 사람이 먹을 수 있는 음식을 하는 거지? 먹고 죽
진 않지?"

"그렇다니까요! 아, 정말, 속고만 사셨나! 몇 번째 물어보는 거예요?"

소원은 미심쩍은 듯 연거푸 묻는 강한을 향해 더럭 짜증을 냈다.

오늘은 여러모로 역사적인 날이었다. 강한이 보이스피싱 사건을
훌륭하게 해결한 날인 동시에, 요리를 알지 못하는 '요알못' 류소원
이 생애 최초로 라면이 아닌 제대로 된 요리에 도전하는 날이었기
때문이다.

소원은 장 봐온 재료들을 하나하나 꺼내면서 바짝 긴장한 나머지
신경까지 예민해졌다. 체육관에서 나와 집으로 돌아오는 길, 기분이
들떠 되지도 않는 허세를 부린 게 화근이었다.

"검사님, 오늘은 집에서 저녁 먹어요. 제가 '집밥 류 선생' 한번 찍
어볼게요!"

"네가? 요리를 한다고? 웬일로?"

"시각장애 있는 분들도 배우고 연습해서 요리를 한다잖아요. 그

런데 두 눈 멀쩡한 제가 언제까지 손 놓고 있을 수만은 없죠. 인터넷에서 레시피를 찾으면 할 수 있어요. 검사님, 뭐 드시고 싶으세요?"

"음, 그러면 난 김치볶음밥."

"엥? 김치볶음밥? 모처럼 해 먹는 집밥인데 더 럭셔리한 걸로 주문해봐요."

"난 김치볶음밥이 좋아. 달걀프라이 얹고. 김가루랑 참깨 솔솔 뿌려서 맵지 않게."

까짓거 김치볶음밥 하나 해주는 게 뭐 어렵다고. 소원은 세계문화유산으로 지정해도 될 만한 수준의 김치볶음밥을 해주겠다고 큰소리를 땅땅 쳤지만, 시작 단계에서부터 난관에 부딪쳤다.

"프라이팬이 달궈질 때까지 기다렸다가 기름을 적당히 두르세요……. 이게 뭐야? '적당히'가 어느 정도야? 이런 무책임한 설명이 어딨어?"

소원은 블로그를 보면서 투덜거렸지만 그렇다고 해서 블로그가 그에게 대답해줄 리는 없었다. 결국 기름을 얼마나 넣어야 하는지 다른 레시피를 검색했는데, 그동안 뜨거워진 프라이팬에서는 후끈후끈한 열기가 올라오고 있었다. 마침내 '기름 2큰술'이 적당하다는 말을 찾아낸 소원이 숟가락에 기름을 따라서 팬에 붓는 순간, 치지지직 소리가 나서 그를 기겁하게 만들었다.

"으아! 깜짝이야! 충분히 뜨거워진 거 같으니까 얼른 볶아야겠다. 어디 보자……. 기름을 제거한 캔 참치와 함께 김치를 넣고 볶는다. 그래, 이 정도야 누워서 떡 먹기지."

소원은 캔 참치의 국물을 따라버리고 프라이팬에 캔 참치를 통째로 넣은 다음 그 위에 김치를 얹고 주걱으로 젓기 시작했다. 재료들이 순식간에 익으면서 고소하고 기름진 냄새가 나기 시작했다. 분식

집에서 많이 맡아본 것 같은 그 먹음직스러운 냄새에 소원은 의기양양해졌다.

"그래, 바로 이거야. 잘되고 있어. 우와, 비주얼 끝내주겠는데? 돈 받고 팔아도 되겠어."

그런데 신명 나게 김치 볶기에 열중하고 있는 사이, 프라이팬 옆에서 어딘가 불길한 냄새가 스멀스멀 올라오기 시작했다. 코를 찌르는 매캐한 탄내였다. 이게 도대체 어디서 올라오는 냄새인가 주위를 두리번거리던 소원의 눈에, 마트에서 사온 김치 봉투에 불이 붙어 빠르게 타들어가고 있는 게 보였다.

"헉! 불났다! 불났어!"

하얀색이던 봉투가 시꺼멓게 변하면서 활활 타오르는 모습은 매사에 태평한 소원을 공포에 질리게 하기에 충분했다.

"어떡하지? 물! 물이 필요해!"

소원은 정신없이 주위를 두리번거리다가, 무작정 싱크대 수도꼭지부터 틀었다. 컵에 물을 받아서, 잿가루로 변하고 있는 김치 봉투 위에 끼얹었다.

촤악-! 파바바바바바박-!

정체를 알 수 없는 소음이 순식간에 부엌을 가득 메웠다.

상식적으로 생각하면 금방 알 수 있는 것인데도, 그때의 소원은 정말로 몰랐다. 기름이 둘러진 프라이팬에 갑자기 물을 끼얹으면 안 된다는 사실을. 김치 봉투 바로 옆에 있던 프라이팬에 물이 한 움큼 들어가면서, 안에 있던 기름기가 총알처럼 튀어나오기 시작한 것이다.

"으아! 왜 이래! 왜 막 튀어! 앗, 따거! 따거!"

소원은 비명을 지르고 팔짝팔짝 뛰면서 도망 다녔다. 그러나 기름방울들은 마치 그를 표적으로 정한 것처럼 귀신같이 방향을 알고

서 쫓아왔다. 테이블 밑으로 숨기라도 해야 하나 생각했을 때, 천장에 붙어 있던 화재경보기가 붉은 불을 깜박이면서 요란하게 울어대기 시작했다.

위이이잉-.

"뭐야! 무슨 일이야! 어디 불났어?"

샤워 중이던 강한이 화재경보음을 듣고 맨발로 뛰쳐나왔다. 두 손으로 벽을 짚고 더듬더듬 걸어나오면서 다급하게 소원을 찾는 강한은 나체 상태였다. 그의 머리카락에는 씻어내다 만 샴푸 거품이 묻어 있었다. 소원은 그를 보자마자 두 손으로 눈을 가리면서 소리쳤다.

"헐! 검사님! 거기 좀 가려요! 가리시라고요!"

"지금 그게 중요해? 어떻게 된 거냐고 물었잖아! 대답해, 류소원!"

"아, 나도 몰라요! 봉지에 불이 붙어가지고 물을 뿌렸는데 막 따발총처럼 따다다다 튀잖아요!"

"뭐라고? 그럼 지금 불은 꺼진 거야? 꺼진 게 맞아?"

"불이…… 그러니까 그게……."

소원이 가스레인지 쪽을 확인하려는데, 푸슉 하는 소리와 함께 스프링클러가 작동했다. 쏴아아아, 하고 시원한 물줄기가 쏟아져내리면서 강한과 소원을 머리부터 적셨다. 강한은 선글라스를 쓰지 않은 맨눈으로, 마치 정안인이 노려보는 것처럼 소원이 있는 쪽으로 눈총을 쏘았다. 그제야 자신이 무슨 짓을 저질렀는지 깨달은 소원은 뒷머리를 벅벅 긁으며 멋쩍게 말했다.

"아하하, 검사님. 그래도 샤워는 깨끗이 하시네요……. 아하하……."

* * *

"저기, 내일 한 번만 다시 해보면 안 될까요? 이제 요령을 알았는데."

"그래, 나도 이제 사람 죽이는 요령을 알 것 같은데, 어디 한번 시험해볼까?"

"……드세요."

소원은 나무젓가락 두 짝으로 슥슥 솜씨 좋게 비빈 자장면 그릇을 강한의 앞에 밀어놓았다. '집밥 류 선생'의 도전은 결국 중국음식 배달이라는 처참한 결과로 끝났다. 강한은 목욕가운을 걸치고 있었다. 소원은 단무지와 양파가 섞이지 않게 가지런히 정돈해놓고 싹싹하게 덧붙였다.

"검사님, 지금 그 상태에서 오른손을 조금만 뻗으시면 왼쪽에 단무지, 오른쪽에 양파가 있고요. 물잔에는 빨대 꽂아놨어요. 이건 자장면이니까 백 프로 입가에 묻을 거고, 그러면 검사님이 쪽팔리실 테니까 저는 아예 옆으로 돌아앉아서 먹을게요. 그러니까 편하게 드세요."

소원은 말을 끝내기 무섭게 정말로 비스듬히 몸을 돌려 앉았다. 그리고 자기 몫으로 시킨 매콤한 사천짬뽕 곱빼기를 후루룩대면서 신나게 먹기 시작했다. 그렇다고 해서 자기 먹는 데만 정신이 팔려 있는 건 아니었다. 중간중간 곁눈질을 하면서 강한이 잘 먹고 있는지, 먹는 데 어려움은 없는지 눈치 빠르게 살폈다. 그리고 그걸 알아채지 못할 강한이 아니었다.

"류소원, 너 말이야. 오늘 왜 이렇게 착하게 굴어?"

"네? 제가요?"

"그래, 체육관에도 순순히 따라오고, 목욕하라고 욕조에 물도 받아주고, 안 하던 밥을 하겠다고 나서질 않나. 혹시 너 뭐 갖고 싶은 거 있냐? 아니면 나 몰래 뭐 잘못한 거 있어?"

"에이 씨, 검사님은 내가 그렇게밖에 안 보여요?"

강한의 침묵은 곧 긍정의 대답이었다. 소원은 습관처럼 뭔가 얄미운 소리를 하려다가 멈췄다. 오늘은 그런 날이 아니었다. 오늘은 609호 검사실의 첫 성취를 축하하는 날이었다. 그래봤자 강한 혼자서 다 한 거나 다름없었지만. 소원은 마음속에 담아두었던 말을 솔직하게 꺼냈다.

"그냥, 오늘따라 검사님이 좀 멋있어 보여서요."

"난 그런 취미 없다. 다른 데 가서 알아봐라."

"아니! 그런 말이 아니고! 그러니까 제가 하고 싶은 말은!"

"알아, 인마. 그냥 해본 소리야."

강한은 피식 웃으면서 소원의 흥분을 가라앉혔다. 둘은 한동안 말없이 식사에 열중했고, 면발 넘기는 소리만 간간이 들렸다. 순식간에 짬뽕을 클리어하고 군만두를 우적거리던 소원이 한참을 망설이다가 다시 입을 열었다.

"저기요, 검사님. 저 뭐 하나만 물어봐도 돼요?"

"그냥 물어봐. 물어보지 말라고 해도 어차피 물어볼 거잖아."

그건 그렇지. 소원은 고개를 끄덕거렸다. 그리고 오늘 오후부터 내내 목구멍에 걸려 있던 말을 드디어 밖으로 꺼내놓았다.

"1년 전에는, 왜 오늘처럼 해주지 않았어요?"

그 말을 들은 강한의 주먹에 힘이 들어갔다.

"1년 전이면, 지온유 사건 때? 너 아직도 날 원망하냐?"

"그때도 오늘처럼 해줄 수 있었잖아요. 오 팀장님 말 들어준 것처럼, 온유가 하는 말도 들어줄 수 있었잖아요. 의심스러운 정황이 있어도, 끝까지 이것저것 살펴봐줄 수 있었잖아요."

"지온유가 한 말이 뭐가 있었는데? 자기가 안 했다는 말, 그게 전부였잖아.”

　강한은 1년 전 검사실에서 열아홉 살짜리 지적장애인 소년을 마주쳤던 순간을 떠올렸다.

　답답함. 가장 먼저 되돌아오는 것은 바로 그 감정이었다. 증거가 뻔히 있는데도 마치 고장 난 라디오처럼 ‘아니다’ ‘모른다’는 말만 반복하면서 동문서답하던 지온유. 그런 지온유를 보면서 강한은 절대로 입에 담아서는 안 되는 그 말, ‘병신’이라는 단어가 목구멍 끝까지 치밀어오르곤 했다. 그만큼 화가 났다. 지온유의 태도가, 언행이, 그가 저질렀던 끔찍한 범죄가.

　그러나 강한의 그런 속내를 알지 못하는 소원은 그 나름대로 울화를 토해내고 있었다.

　“그러면 내 말은요? 그 별하라는 애가 죽은 날, 온유는 저하고 같이 있었다는 진술도 믿어주지 않았잖아요. 법정에서 날 새빨간 거짓말쟁이로 만들어서 망신 준 것도 검사님이었잖아요!”

　평온했던 소원의 감정은 순식간에 비등점까지 끓어올랐다. 그러나 그럴수록 강한은 오히려 차가워졌다. 그는 감정에 좌우되는 인간이 아니었다. 특히 자기 일에 있어서는 더욱 그랬다.

　“변호인 측이 제시한 증거를 반박하고 증명력을 떨어뜨리는 게 검사의 역할이야. 그때 넌 변호인 측 증인이었고, 난 내가 수사한 사건을 직관한 검사로서의 내 소임을 다 했을 뿐이고.”

　“그러면, 지금도 내가 거짓말했다고 생각해요?”

　“…….”

　“말해보세요. 우리가 같이 산 지도 이제 일주일이 다 되어가고, 검사님은 이제 날 좀 알게 됐잖아요. 그런데도 여전히 내가 법정에서 위증하려고 했다고 생각하세요?”

강한은 곧바로 대답하지 않았다. 그는 잠시 턱끝을 손가락으로 문지르면서 생각하다가, 신중한 어조로 한마디 한마디 끊어서 말했다.

"내가 나흘 동안 관찰한 넌, 정이 많고 마음이 약한 놈이야. 성질이 급하고 충동적이지. 친구를 위기에서 구하기 위해서라면 법정에서 거짓말 같은 건 얼마든지 할 수 있는 놈이기도 해."

"결국 아직도 내 말을 믿지 않는다는 얘기네요?"

강한은 소원이 그릇 옆에 놓아둔 휴지로 입가를 닦으면서 침묵을 지킬 뿐이었다. 이제 강한의 화법을 파악하게 된 소원은, 그것이 긍정의 의미임을 알았다. 그 순간, 끝도 없이 솟아날 것 같던 식욕이 땅속 깊은 곳까지 뚝 떨어졌다.

"식사 마저 하세요. 저는 들어가서 씻을게요. 그릇은 이따 치울 테니까 내버려두세요. 서재에 들어가서 점자 공부를 하시든 기록 녹음을 들으시든 맘대로 하세요."

소원은 의자를 뒤로 끌면서 일어났다. 끼익, 하는 날카로운 소리가 마치 강한을 질책하는 것처럼 들렸다. 그러나 강한은 '어쩌면 그때는 내가 잘못 생각했을 여지가 있을지도 모른다'는 어중간한 말로 소원을 달래줄 생각은 조금도 없었다. 1년 전 지온유 사건도, 그는 절차에 맞게, 합리적으로 처리했다고 믿었으니까.

"그래, 네 마음대로 해."

강한은 소원이 이미 나가버린 것도 모른 채 그렇게 중얼거렸다. 활기와 온기가 넘치던 다이닝룸이 순식간에 공허하고 썰렁하게 변해버린 것 같았다.

2장

———

계정명 joy0331

30

1년 전 8월 4일 금요일 오후 3시 30분.

"막 끌려 더-. 날 당겨줘. 베이베-."

열아홉 살의 소원은 자전거를 타고서 인적 없는 길을 달려가고 있었다. 하늘색 교복 셔츠를 스치고 지나가는 바람이 땅에서 올라오는 열기를 식혀주었다. 빠르게 페달을 밟으면서 잡초가 무성한 수풀 옆을 지나가려는데, 수풀 속에서 검은 그림자가 불쑥 튀어나와서 앞을 가로막았다.

"소원아!"

"에이 씨, 깜짝이야!"

소원은 버럭 고함을 치면서 다급하게 자전거를 세웠다. 그림자의 정체는 그와 똑같은 교복을 입은 소년이었다. 소원보다 키도 체구도 조금 작았고, 강아지처럼 크고 둥근 두 눈이 마냥 유순해 보였다. 소원과 그의 자전거가 나타나기만을 기다리면서 책가방을 껴안고 수풀에 앉아 있던 소년의 셔츠에는 새파랗게 풀물이 들어 있었다.

"야, 지온유! 내가 늦게 오는 날은 그냥 너 혼자 가라고 했잖아!"

소원은 기다리게 한 게 미안해 괜히 신경질을 냈지만, 온유는 주눅 들지 않고 헤헤 웃기만 했다. 그 모습을 본 소원은 짧게 한숨을 쉬고 턱짓으로 자전거 짐받이를 가리켰다. 온유는 다시 한번 소리 내어 웃으면서 냉큼 달려와 짐받이에 올라탔다. 소원은 온유를 태우고 달리는 데 익숙한 듯 가뿐하게 페달을 돌리기 시작했다. 온유는 두 팔로 소원의 허리를 안듯이 감았다.

"소원아, 내가 말 안 듣고 너 기다려서 화났어?"

"화난 거 아냐."

"그거 빼곤 네가 시킨 대로 다 했어. 학교에서는 말 안 걸고, 알은 척도 안 했어. 체육복 놓고 와서 빌리러 가고 싶었는데 그것도 참았어. 선생님한테 손바닥 맞았는데도."

"그래, 잘했어."

"근데 소원아, 왜 학교에서는 우리 친구 하면 안 돼?"

소원은 아무런 대답도 하지 않고 묵묵히 자전거 페달만 밟았다. 온유와 소원은 중학교 때부터 같은 임대아파트의 같은 층에 살았다. 6년째 친구 사이였지만, 그들이 친구라는 사실을 아는 사람은 별로 없었다. 그 이유는 쉽고 명확하고 단순했지만, IQ 65에 3급 지적장애를 가진 온유는 그걸 눈치채지 못했다.

'네가 내 친구라고 말하는 게 쪽팔려.'

소원은 그렇게 솔직히 말할 수는 없었다. 어차피 온유는 설명해줘 봤자 이해하지 못할 것이다.

남학교는 보이지 않는 위계서열에 의해 지배되는 곳이었다. 소원은 그중에서 중간 정도, 어중간한 위치에 있었다. 공부도 노는 것도 잘하지 못했고, 성격은 그냥 무난했고, 아버지가 교도관이라는 걸 신기해하는 애들이 있었지만 그게 전부였다. 집안이 가난하고 어머니가 없다는 사실은 농구를 그럭저럭 잘하고 그림을 특출나게 잘 그린다는 사실로 겨우 상쇄되었다.

'가뜩이나 임대 산다고 무시하는 놈들이 많은데, 위겸이랑 친구라고 하면 찐따 취급당하겠지.'

'임대'는 같은 학교 애들이 '임대아파트'를 경멸하듯 부르는 은어였다. 이 지역에는 공교롭게도 5년 전 재개발이 이루어지면서 들어선 최고급 주상복합단지와, 개발제한구역으로 묶여 20년 전 모습 그대로 남아 있는 임대아파트가 공원 하나를 사이에 두고 나란히 있었다. 주상복합에 사는 아이들이 귀족이라면, 임대에 사는 아이들은 천민이었다.

그리고 또 다른 은어, '위겸'은 오직 온유에게만 해당하는 말이었다. 애니메이션 〈심슨 가족〉에 나오는 백치 캐릭터의 이름이었다. 애들이 온유를 부르는 말 중에서는 그게 그나마 들어줄 만했다. 보통은 '좆밥' '등신' '찐따' '머저리' 같은 말로 불리며 딱 그 정도의 취급을 받았다.

그래서 소원은 다른 애들의 눈에 띄지 않는 곳에서만 온유와 함께 있었다. 그가 등하교할 때 다니는 이 길은 버려진 폐공장을 둘러싸고 있어서 오가는 사람이 거의 없었다. 그래서 소원은 아침에 온유를 자전거에 태우고 길 끝에 내려준 후 학교까지는 혼자 가게 했고, 하교할 때는 이렇게 이 길 중간에서 만나 아파트까지 자전거를 함께 타고 가고는 했다.

"소원아, 소원아."

그때, 소원의 등에 껌딱지처럼 달라붙어 있던 온유가 갑자기 소원의 겨드랑이를 간지럽히기 시작했다. 소원은 움찔하면서 뒤를 향해 한 손을 내저었다.

"아, 하지 마. 위험해."

그러나 정신연령이 초등학교 고학년 수준에 머물러 있는 온유는, 한번 말한다고 해서 잘 듣는 법이 없었다. 그는 하지 말라는 말에 더 재미를 느낀 듯 소원의 겨드랑이 사이로 파고들면서 간지럼을 태웠다.

"소원아아-."

"하지 말라니까!"

소원은 간지럼을 심하게 타진 않았지만, 그렇다고 해서 아예 못 느끼는 것도 아니었다. 얇은 반소매 셔츠 아래로 열 손가락이 기습해오는데 평온하게 자전거를 몰 수는 없었다. 소원은 본능적으로 온유의 팔을 홱 뿌리쳤고, 그 순간 온유는 균형을 잃으면서 뒤로 휙 넘어갔다.

"야! 온유야! 괜찮아?"

소원은 핸들을 잡고 있던 손을 떼어 온유를 향해 뻗었다. 그러자 이번에는 자전거 자체가 휘청거렸다. 판단 착오를 깨달은 소원이 핸들을 다시 잡으려 했지만 이미 늦었다.

"으엇!"

"흐아아!"

자전거는 기우뚱하면서 수풀 위로 쓰러졌고, 소원과 온유도 한 덩어리가 되어 그 위로 쓰러졌다. 소원은 바닥에 나뒹구는 그 순간에도, 등을 구부려서 자기보다 체구가 작은 온유를 보호하는 걸 잊지 않았다. 그건 그냥 소원의 습관 같은 거였다.

"소원아! 괜찮아? 안 다쳤어?"

"빌어먹을! 그래서 내가 하지 말라고 했잖아! 하여간 말을 어지간히도 안 들어 처먹어요!"

소원은 바닥에 세게 부딪치는 바람에 욱신거리는 어깨를 만지면서 짜증을 냈다. 하지만 온유는 그러거나 말거나 흙 묻은 머리를 털면서 헤헤 웃고 있었다. 소원은 그런 온유를 곁눈질로 흘겨보았다.

"또 뭐가 좋다고 처웃어? 처웃기를?"

"너 말하는 게 웃겨."

"뭐가 웃겨? 처먹다, 처웃다, 그거?"

"응, 그거. 웃기다. 히히."

온유와 대화하는 건 초등학생을 상대하는 것과 별반 다르지 않았다. 별것 아닌 말을 듣고도 온유는 몇 시간이 넘도록 재밌다고 낄낄거렸다. 배까지 잡아가면서 폭소하는 온유를 보고, 결국 소원도 피식 웃어버리고 말았다. 그렇게 몇 분 동안 둘이 마주 보며 앉아 있다가, 문득 온유가 생각난 듯 말했다.

"아, 맞다. 소원아, 나 너한테 줄 거 있어. 너 오늘 생일이잖아."

그렇게 말하면서 온유가 책가방 앞주머니에서 주섬주섬 꺼낸 건 수채화용 붓 한 자루였다. 비싼 것도 아니었고, 그냥 문방구에서 흔히 파는 싸구려 붓이었다. 소원은 그걸 물끄러미 바라보면서 묘한 표정을 지었다.

"이게 내 생일 선물이야?"

"응응, 이걸로 그림 많이 그려. 미술대학도 가고, 유명한 화가 해."

온유는 소원에게 붓을 건네주면서 씩씩하게 말했고, 소원은 어처구니없어하면서 대꾸했다.

"야, 꼴랑 붓 한 자루 가지고 무슨 미술을 해. 미대 가려면 필요한 게 얼마나 많은데. 화구도 있어야 하고, 캔버스도 있어야 하고, 학원도 다녀야 하고. 미대 등록금도 있어야 한다고."

"그래? 그거 내가 다 사줄게."

온유는 주먹으로 자기 가슴을 툭툭 치면서 자신감 넘치는 표정을 지었다. 그러나 소원은 아까보다 더 어이없어하는 얼굴이었다.

"네가 돈이 어딨어서 그걸 다 사줘? 너 위탁부모님이 용돈도 잘 안 주잖아."

소원은 가끔 아파트 엘리베이터에서 마주치는 온유의 위탁부모를 떠올리면서 말했다. 그들은 순전히 위탁 수당을 받기 위해 온유를 돌보는 사람들이었다. 남의 집 가사도우미로 다닌다는 위탁모는 늘 피로에 찌들어 보였고, 평생 제힘으로 돈이라곤 벌어본 적 없다는 한량인 위탁부는 술기운에 절어 있었다. 그런 주제에 온유를 비롯해 위탁아를 늘 두 명 이상 데리고 살았다.

소원의 따끔한 핀잔에 온유는 잠시 풀 죽는 듯했다가, 이내 다시 표정을 밝히면서 말했다.

"우리 엄마한테 돈 달라고 하면 돼. 우리 엄마 부자야."

"엄마? 너희 친엄마?"

소원은 온유에게 가끔 그를 찾아오는 친엄마가 있다는 사실을 알고 있었다. 온유가 두서없이 띄엄띄엄 떠들어대는 걸 소원이 짜맞추어보니, 온유는 지금의 위탁가정으로 들어오기 5년 전까지는 보육원에서 살았다고 했다. 그리고 그때까지는 친엄마의 존재를 몰랐던 모양이었다.

그런데 위탁가정에서 살게 된 후 친엄마가 나타났다고 했다. 사정이 있어서 온유를 데리고 살 수는 없지만 계속 만나고 싶다고 하면서. 양육자가 있다는 사실이 밝혀지면 보육원에서 나가야 하므로, 그동안 계속 기다리다가 비로소 모습을 드러낸 것이 아닐까 소원은 추측했다.

소원은 처음에 온유가 친엄마의 존재를 꾸며낸 것으로 의심했다. 온유는 이따금 상상과 현실을 구별하지 못하고 뒤섞어 말할 때가 있었기 때문이다. 그러나 고등학교 입학 후 방학마다 온유가 몇 주씩 어디론가 떠나는 걸 보고, 어쨌든 친엄마가 있기는 있다는 걸 알게 되었다. 물론 소원은 그녀를 실제로 본 적은 없었다. 그녀는 항상 한밤중에 왔다가 한밤중에 떠났다.

"너희 엄마 부자야?"

"응, 부자야. 집도 있고 차도 있어. 피자도 사주고 햄버거도 사줘. 동물원도 데려가줘."

"그 정도는 누구나 다 하는 거야. 집이 몇 채씩 있고 차가 몇 대씩 있어야 부자인 거지."

"아니야, 부자 맞아. 내가 담에 울 엄마 만나게 해줄게."

그러든가 말든가. 별 관심 없는 소원은 어깨를 으쓱하면서 온유의 교복에 묻은 흙을 털어주었다. 그때, 조금 전 소원의 선물이 나왔던 주머니에서 알록달록한 비닐 같은 것이 삐죽 튀어나와 있는 게 눈에 띄었다.

"야, 근데 이건 뭐냐? 이것도 내 선물이야?"

"아냐! 이건 다른 사람 줄 거야! 건드리지 마!"

온유는 다급하게 소리쳤지만, 소원은 이미 그 물건을 온유의 주머니에서 끄집어낸 후였다. 별것 아니었다. 그냥 슈퍼에서 파는 500원짜리 알사탕이었다. 어린애들이나 좋아할 법한. 소원은 사탕을 손바닥 위에서 빙글빙글 돌리면서 장난을 쳤다.

"다른 사람 누구? 네가 선물 줄 사람이 나 말고 또 누가 있어? 여자야?"

소원이 별생각 없이 던진 말에, 갑자기 고개를 숙이는 온유의 두 뺨이 발그레하게 달아올랐다. 그 모습을 본 소원은 더 짓궂어졌다. 그는 온유의 어깨를 두 손으로 잡고 자기와 시선을 맞추게 하면서 꼬치꼬치 캐물었다.

"얼씨구, 이거 봐라? 야, 진짜 여자야? 너 좋아하는 애 생겼어? 누군데? 어느 학곤데?"

"안 가르쳐줘."

온유가 고개를 도리도리 저으면서 입을 꾹 다물어버리자, 소원은 더욱 장난기가 발동했다.

"그래? 어디, 안 가르쳐주고 배기나 두고 보자."

소원은 아까 온유가 자기에게 그랬던 것처럼 겨드랑이 사이에 두 손을 넣어 마구 간지럽혔다.

"아, 하지 마! 하지 마! 아하하하!"

간지럼에 약한 온유는 바닥을 데굴데굴 구르면서 웃기 시작했고, 급기야 눈에 눈물까지 맺혔다. 엉금엉금 기어서 도망가려는 온유를 소원은 끝까지 쫓아가서 간지럽혔다. 온유는 소원을 밀쳐내려고 하면서도 웃음을 그치지 않았다.

햇살이 눈부신 여름날 오후, 두 소년의 맑은 웃음소리가 허공에 메아리쳤다.

* * *

'그때 어떻게든 말하게 했어야 했는데.'

소원은 그렇게 생각하면서 천천히 눈을 떴다. 그는 불 꺼진 거실 소파에 불편하게 웅크리고 자던 중이었다. 지금이 언제고 여기가 어딘지도 잠시 잊은 채, 꿈속에서 잠시 돌아갔던 과거의 기억에 한동안 매몰되어 있었다.

'멱살을 잡아서라도, 한 대 때려서라도 말하게 만들었어야 했어.

그리고 걔한테 관심 가지지 말라고, 근처에 얼씬도 하지 말라고, 눈길 한 번이라도 주면 죽여버린다고 했어야 했어.'

한번 후회하기 시작하면 끝이 없다는 걸 알면서도, 소원은 매번 후회했다.

후회의 이유는 그때마다 달라졌다. 온유가 좋아하는 여자애가 누군지 일찍 알아내지 못했던 것, 하지도 않는 공부를 한답시고 온유를 신경 쓰지 않고 방치했던 것, 온유가 체포되고 온 뉴스에서 떠들어댈 때 정말로 애가 그런 짓을 해버린 건가 의심했던 것, 온유가 범인이 아니라는 사실을 밝히려고 더 열심히 노력하지 않았던 것.

그러나 그 어떤 것보다 가장 후회하는 것은, 온유가 자신의 친구라는 사실을 창피해하고 숨기려고 했던 것이었다. 학교에서 다른 애들에게 빵셔틀로 굴려지면서 괴롭힘당하는 온유를 모르는 척 외면했던 것이었다. 아무 관심도 없는 척 이어폰을 끼고 지나갈 때마다, 구원을 청하는 은근한 눈길로 끈질기게 바라보던 온유의 눈빛이 아직도 기억에 남아 가슴을 아리게 했다.

'내가 더 나쁜 새끼였어. 경찰보다, 검사보다, 판사보다, 내가 너한테 정말 못할 짓을 했어.'

몸을 일으켜 앉은 소원은 문득 생각난 듯 소파 옆으로 손을 뻗었다. 집에서 꾸려온 짐가방이 거기에 세워져 있었다. 앞주머니를 열고, 단 한 번도 쓰지 않은 새 수채화 붓을 꺼냈다. 소원은 어둠 속에서 멍한 표정으로 붓대를 어루만지면서 혼잣말처럼 생각했다.

'언젠가 사람들이 알아줄 날이 올까? 강한 검사님이 알아줄 날이 올까? 네가 정말로 어떤 애였는지. 얼마나 착하고 순수한 애였는지.'

31

10월 22일 월요일 오전 11시. 성암지방검찰청 609호 검사실.

"검사님, 살려주세요. 이제 이거 그만 들여다보면 안 돼요? 저 진짜 토할 것 같아서 그래요."

소원은 염산 테러 사건 기록을 탁 소리 나게 덮으면서 책상 위에 엎어졌다. 강한이 이미 녹음을 통해서 거의 외우다시피 한 기록이었다.

그런데도 강한은 월요일 아침, 출근하자마자 소원에게 그 기록을 재차 낭독하게 했다. '기록은 들여다볼 때마다 새로운 게 나온다'는 것이다. 그게 이 사건의 경우에는 아닌 것 같았지만.

"까놓고 말해서 여기에 범인에 대한 단서가 없다는 건 검사님도 알고 나도 알잖아요. 이건요, 그냥 실패의 기록이라고요. 헛다리의 역사라니까요? 차라리 처음부터 수사를 다시 하든가."

강한은 소원의 말을 반박하지 않았다. 그 대신 잠시 생각에 잠기더니, 세은이 앉아 있는 방향에 대고 말했다.

"세은 씨, 내 캐비닛에 들어 있는 소지품 상자 좀 꺼내줄래요? 그 안에 보면 검찰청 인장이 찍힌 봉투가 있을 거예요. 그걸 저기서 떠들고 있는 재한테 가져다주면 고맙겠어요."

"네, 검사님."

세은은 강한의 소지품 상자 속에서 누런 서류봉투를 찾아서 소원에게 가져다주었다.

"이게 뭔데요? 혹시 돈이에요? 내 월급이라든가? 에이, 검사님도 참. 뭐 이런 걸 다."

소원은 눈을 반짝반짝 빛내면서 서류봉투를 뒤집어 털어보았다. 그러나 안에서 굴러 나온 건 현금이 아니라 꼬질꼬질한 편지뭉치였다. 강한은 소원의 실망한 얼굴에 대고 설명했다.

"수사하면서 범인에 접근하는 방식은 크게 두 가지로 나눌 수 있어. 하나는 현장에 남겨진 단서를 파고드는 거고, 다른 하나는 피해자 주변을 파고드는 거지."

"피해자요? 검사님이요?"

"그래, 이 사건은 현장에 남겨진 단서 중에 쓸 만한 게 없어. CCTV 영상도 없고, 범인 얼굴을 본 사람도 없고, 바닥에 떨어져 있던 염산병에는 지문도 없고 DNA도 없었지. 범인은 자기 발로 걸어와서 자기 발로 걸어나갔으니 추적할 차량도 없어. 한마디로 데드엔드라는 거야. 그러니까 이제는 내 주변을 찾아봐야지. 나한테 원한을 가질 만한 사람이 있는지."

"……너무 많아서 다 찾다가는 늙어 죽을 거 같은데. 솔직히 성질 좀 더럽잖아요."

"이 자식이!"

강한은 꿀밤을 때리려는 것처럼 주먹을 들어 올렸고, 소원은 그가 볼 수 없다는 사실을 순간적으로 잊어버리고 어깨를 움츠렸다.

"흔히 생각하는 것과 달리, 사건 당사자가 판검사에게 원한을 갖는 경우는 별로 많지 않아. 상식적인 사람이라면, 판검사도 법과 지침에 따라 사건을 처리할 뿐이라는 걸 이해하니까."

"그래요? 그럼 영화나 드라마에서 막 조폭들이 사시미칼 갈면서 우리 형님을 빵에 처박다니! 담가버리겠다! 이러는 건 다 뻥이에요?"

"그렇지. 연륜 있는 조폭일수록 수사기관에서는 조신하게 굴어. 설쳐봤자 자기만 골로 간다는 걸 아니까. 검찰은 대한민국 최고의 조직이고, 하늘 아래 두 개의 조직은 있을 수 없거든."

"오오, 좀 멋진데요? 간지나는데?"

"그러니 판검사한테 해코지하겠다고 마음먹었다는 건 둘 중 하나인 거지. 정말로 뼈저리게 원한에 사무쳤거나, 아니면 상식을 완전히 무시할 만큼 제정신이 아니거나. 그 편지뭉치를 보면 후자에 속하는 사람들을 알 수 있을 거야. 악질 민원인들의 불만 편지거든."

"악질 민원인이요? 이걸 왜 다 갖고 있어요?"

"일에 관련된 문서는 그게 뭐든지 버리면 안 되는 게 규칙이니까."

"그럼 왜 읽어보지는 않아요?"

"정신건강에 해로우니까."

"제가 읽는 건 괜찮고요? 뭐, 이미 버린 몸이라 이거예요?"

소원은 투덜대면서도 편지뭉치를 펼쳐보았다. 호기심이 생겼던 것이다. 그런데 처음 열어본 편지부터 그를 기겁하게 만들었다.

"으앗! 검사님! 이거 혈서인가 봐요! 글씨가 온통 새빨개요!"

"빨간색이면 혈서 아니야. 혈서는 갈색이지. 그냥 혈서처럼 보이려고 빨간 사인펜으로 쓴 거야. 안에는 뭐라고 써 있지?"

"아, 그런 거구나. 뭐라고 쓰여 있냐면요. 강한 이 ×× 같은 ×× 새끼야, ××가 ××될 때까지 ××할 ×××…… 우와, 세상에 이런 욕이 있어요? 진짜 듣도 보도 못한 욕이네. 이 정도 분노 게이지면 염산 테러도 할 수 있겠는데요?"

소원은 첫 줄부터 마지막 줄까지 빽빽하게 욕으로 차 있는 편지를 보면서 감탄하다 못해 경악했다. 그러나 강한은 단호하게 고개를 저었다.

"다짜고짜 욕을 쏟아내는 건 단순하고 직선적인 폭력성의 표출이야. 시위대가 나타나는 날짜까지 치밀하게 맞춰서 염산 테러를 하는 사람의 행동 양식과는 어울리지 않아. 넘어가."

소원은 그 말에 수긍한 듯 고개를 끄덕이고, 그다음 편지를 집어 들었다. 깨끗한 백지에 정갈한 글씨로 똑바르게 써내려간 편지. 이런 편지라면 지능적인 범인이 썼을 것 같기도 했다.

"이 편지는 영국에서 최초로 시작되어 지구를 한 바퀴 돌면서 받는 사람에게 행운을 주었고……."

"다음."

강한은 가차없이 잘랐지만, 소원은 행운의 편지를 곧바로 내려놓지 못했다. 행운의 편지를 버리고 나서 9일 후 암살당했다는 케네디 대통령의 이야기가 쓰여 있었던 것이다. 소원은 나중에 베껴 써야겠다고 생각하면서 그 편지를 슬쩍 밀어놓고 다음 편지를 집어 들었다.

"사랑하는 강한 검사님, 당신을 처음 본 순간 저는 알았죠. 우리가 만난 건 운명이라는 것을……. 우와, 검사님! 연애편지인가 봐요. 편지지가 꽃분홍색이에요. 입술 자국도 있어요!"

"쓴 사람 이름이 뭔데?"

"정나루요. 이름도 예뻐요! 생긴 것도 예쁠 것 같아요! 저는 필이 왔어요!"

"사십대 남자야. 안마방 운영하는. 키 190센티미터에 몸무게가

100킬로그램을 넘어가는데, 소개해줄까?"

소원은 못 들은 척 입을 다물고 다음 편지, 그다음 편지, 그리고 그다음 편지로 넘어갔다. 이치에 맞는 내용을 담고 있는 게 별로 없었다. 50통이 넘는 편지를 거의 다 훑어보았을 때, 소원은 한숨을 푹 쉬면서 강한에게 말했다.

"다들 한결같이 제정신이 아니긴 한데, 너무 제정신이 아니어서 염산 테러 범행 같은 건 못할 것 같긴 해요. 검사님, 여기 말고 다른 데를 파보셔야 하는 거 아니에요?"

"다른 데라니?"

"삼십대 남자가 얽힐 만한 문제가 뭐 뻔하잖아요. 치정이죠. 혹시 여자한테 원한 살 만한 짓을 하신 적은 없으세요? 결혼을 약속하고 오래 사귀다가 버리고 다른 여자한테 환승했다든가……."

그 말을 들은 강한의 얼굴이 굳어지는 순간, 여자의 또각거리는 구두 소리가 검사실 입구 쪽으로 다가왔다.

원래 검사실은 일과시간 중에 문을 닫지 않는 게 원칙이었다. 그건 민원인이나 사건관계자가 자유롭게 오갈 수 있게 하기 위함도 있고, 무거운 기록을 들고 다녀야 하는 실무관을 배려한 것이기도 했으며, 마지막으로 검사는 언제 누구에게 보여줘도 부끄럽지 않을 만큼 성실하고 바른 자세로 일해야 한다는 보이지 않는 채찍질이기도 했다.

하지만 눈이 보이지 않는 강한은 누가 검사실로 들이닥치는지 알 방법이 없으니, 늘 두 귀를 쫑긋 세우고 긴장하고 있을 수밖에 없었던 것이다. 다행히 이번 구두 소리는 그의 귀에 익은 소리였다. 호랑이도 제 말 하면 온다더니. 강한은 이마를 찡그리면서 물었다.

"정 검사?"

"네, 저예요. 선배님, 할 얘기가 있어서 왔어요. 염산 테러 사건에 관한 건데요……."

유미는 세은과 소원의 시선을 의식해 강한에게 존댓말을 썼다. 그녀가 곧바로 말을 잇지 않는 이유는 뻔했다. 다른 사람들, 특히 소원 앞에서 사건의 진행 상황에 대해 말하는 게 편치 않았던 것이다. 유미는 집무실로 들어가고 싶어하는 눈치였지만, 강한은 단호하게 말했다.

"여기서 얘기해도 괜찮아. 어차피 내가 직접 접할 수 없는 모든 정보는 류소원을 통해서 나에게 들어와. 사건에 무슨 진척이 있었다면 쟤도 알아야지."

"아뇨, 무슨 진척이 있었던 건 아니에요. 그 반대예요."

유미는 미안한 듯 얕은 한숨을 내쉬면서 말을 이었다.

"류소원 씨가 석방된 후, 생각해낼 수 있는 수단을 다 동원해봤어요. 호텔로 진입하는 모든 도로의 CCTV를 확보해서 거동이 수상한 인물이 찍혀 있는지 찾아보기도 했고, 시위 가담자와 호텔 투숙객 명단을 뽑아서 혹시 선배님에게 수사나 처벌을 받은 적이 있는지 조회해보기도 했고요. 심지어 목격자를 찾는 현수막까지 내걸었지만 아무런 수확이 없었어요."

"현장에 떨어져 있던 염산 병은? 구입처를 확인해본다고 하지 않았어?"

"네, 확인해봤죠. 전문 배관공들이 사용하는 고농도 염산인데, 신분증을 내고 등록해야만 살 수 있어요. 성암시 내에는 판매처가 다섯 군데 있는데, 그 어느 곳의 장부에서도 수상한 거래를 찾지 못했어요. 원래 사가던 사람들의 정기적인 구입 내역밖에 없더라고요."

"……"

"저도 계속 고민해볼게요. 검사장님께서도 사건이 4초 장기미제로 전환될 때까지는 집중적으로 수사해보라고 하셨고요. 하지만 그 기간이 넘어가면, 그때는 기소중지하자는 얘기가 나올지도 모르겠어요."

유미는 머뭇거리면서도 해야 할 말은 다 했다. 법조계에는 '지연된 정의는 정의가 아니다'라는 유명한 법언(法諺)이 있다. 수사 대상이 된다는 것은 한 사람의 일상을 송두리째 뒤집어놓는 일이기 때문에, 신속 정확하게 수사해서 최대한 빨리 결론을 내려주는 것이 수사기관의 중요한 의무였다. 그래서 검찰청에서는 송치된 지 4개월이 지난 사건은 '4초 장기미제'로 분류해서 최대한 신속하게 처리될 수 있도록 따로 관리하는 절차가 있었다.

염산 테러 사건도 그랬다. 범인을 잡는 게 불가능한 사건을 오랫동안 붙잡고 질질 끌다가는 검사실의 중요한 인력과 시간이 낭비될 뿐만 아니라, 아직도 사건의 피의자로 남아 있는 소원에게도 부당한 결과를 초래할 수 있었다. 유미는 어떻게든 강한을 해친 범인을 잡아주고 싶은 자기 마음을 숨기고, 주임검사로서 객관적 입장을 취하려고 애쓰면서 침착하게 말했다.

"뭔가 새로운 단서가 나와야 할 것 같아요, 선배님. 지금 이대로는 힘들어요."

* * *

10월 22일 월요일 오후 2시. 성암지방검찰청 검사장실.

유미가 다녀가고, 세은 그리고 소원과 함께 점심 식사를 한 후, 강한은 예상치 못했던 호출을 받았다. 바로 검사장의 호출이었다.

"검사장님, 형사1부 강한 검사입니다."

"들어오게."

노크를 하자마자 문 안쪽에서 대답이 들려왔다. 소원은 강한을 대신해서 문을 열고, 그의 허리에 양손을 얹고 어느 쪽으로 걸어가야 할지 방향을 잡아주었다.

"장애물이 없으니까 그냥 앞으로 쭉, 다섯 걸음 정도만 걸어가시면 돼요."

강한이 케인을 펴고 앞을 더듬어 나아가는 동안, 소원은 문간에 서서 기다렸다. 그리고 강한이 검사장의 책상 앞에 무사히 다다른 것을 확인하고 나서야 문을 닫았다. 그 광경을 지켜보고 있던 검사장은 의미심장하게 빙긋 웃었지만, 강한은 그 얼굴을 볼 수 없었다.

"적대적 공생관계는 잘 유지되고 있는 모양이군. 안 그런가, 강 검사?"

"네?"

"무혐의 처분에 감복한 스무 살짜리 피의자가 스스로 활동보조인이 되기로 했다는 동화 같은 사연을 내가 믿을 줄 알았나? 자네는 출근해야 하고, 류소원은 봉사활동 시간을 채워야 하니까 울며 겨자 먹기로 둘이 손잡았겠지. 그래도 그럭저럭 잘해나가고 있는 것 같으니 다행이야."

"……"

강한은 차마 아니라고 부인하지 못하고 입을 다물었다. 하여간 검사장은 보통 인물이 아니었다. 평소에는 두꺼운 법률 서적만 파고 있는 학자나 선비 같은데, 아닌 척하면서도 주변에서 일어나는 일을 모두 꿰뚫어 보고 있었다. 강한의 사건 처리에 대해서도 마찬가지였다.

"시각장애인 복지관 보이스피싱 사건을 훌륭하게 처리했다지. 아주 흥미진진하게 잘 들었네."

"그건 어떻게 아셨습니까? 일부러 사건 인지도 안 했는데요."

"오늘 견습 수사관 격려 오찬 자리에서 홍세은 수사관이 내 옆에 앉았거든. 자네가 일을 제대로 하고 있는지 염려스럽다고 했더니, 걱정할 것 없다면서 얘기해주더군. 인상적이었네."

"……죄송합니다. 제멋대로 절차를 어겼습니다. 문책하신다고 해도 달게 받아들이겠습니다."

강한은 검사장의 음성이 들려오는 방향으로 고개를 숙였다. 강한이 했던 행동은 멋있어 보였는지는 몰라도 엄밀한 관점에서 보면 분명한 '월권'이었다. 피의자를 용서하고 말고는 검사가 결정하는 게 아니라 법이 결정하는 것이니까. 검사장이 당장 화를 내면서 검찰청에서 나가라고 해도 할 말이 없었다. 그러나 검사장은 그의 예상과는 다른 반응을 보였다.

"괜찮네. 사람이 절차 위에 있지, 사람 위에 절차가 있는 것은 아니니까. 하지만 자네에게 정식으로 수사할 수 있는 사건을 줘야겠다는 생각은 들더군. 마침 맡겨보고 싶은 사건도 있고."

"검사장님, 지금 저한테 사건을 배당하시겠다는 말씀이십니까?"

"그래, 바로 그 얘길세. 그것도 아주 중요한 사건을."

32

    검사장은 책상 위에 있던 두꺼운 기록을 강한의 앞에 슬며시 밀어놓았다가, 이내 그런 행동이 아무런 의미가 없다는 걸 깨닫고 말로 설명하기 시작했다.

    "성암시경에서 수사하다가 오늘 검찰로 송치한 사건이네. 아마 자네도 뉴스에서 보지 않았을까 싶은데. 지난달에 지하철 안에서 형사가 칼을 든 괴한에게 습격당했던 사건이지."

    "아, 네. 신문 기사로 읽었습니다. 다행히 미수로 끝났던 걸로 기억하는데요."

    수사기관이나 사법기관에서 일하는 사람이 습격당하는 것에 대해 검사들은 언제나 극도로 예민하게 반응했다. 기본적으로 동료 의식이 있었기 때문이다. 그러나 그 사건의 경우 피해자가 경찰관이라서 당했다기보다는 그저 지하철에서 운 나쁘게 걸린 것으로 보였고, 그래서 잠깐 이슈가 되었다가 금방 가라앉았다. 검사장은 듣는 사람도 없는데 목소리를 낮추며 말했다.

    "그래, 거기까지가 언론에 알려진 전부지. 하지만 그 사건은 미수에서 그치지 않았네."

"네?"

"범인이 2차 습격을 했다는 말일세. 그로 인해 형사가 크게 다쳤고. 처음에 생각했던 것처럼 묻지 마 범죄가 아니라 원한 범죄였던 걸로 보이네."

"2차 습격이 있었다고요? 그런데 왜 언론에선 잠잠했던 겁니까?"

"다 그럴 만한 이유가 있었네. 자세한 얘기는 일단 사건 수사를 맡으면 알게 될걸세."

검사장은 그렇게 말하면서, 강한의 손을 기록 표지 위에 얹어주었다. 당연히 선뜻 받아들이리라고 생각하면서. 그러나 강한은 능력을 인정받은 것을 기뻐하기 전에 경계심부터 들었다.

"검사장님, 왜 이 사건을 저에게 주시는 겁니까? 피해자가 경찰관이고, 크게 다쳤고, 시경에서 수사했을 정도면 무척 민감한 사건인데요. 저는 아직 검증되지 않은 존재잖습니까. 문제없이 수사할 수 있는 검사들이 많지 않습니까."

"……."

검사장은 정곡을 찔린 듯 멈칫했고, 강한은 그 순간을 분명히 감지했다.

"아직 저에게 해주지 않은 얘기가 있으신 것 같은데요. 그게 뭡니까?"

"……사실 이 사건은 수사가 잠정적으로 중단된 상태야. 피해자가 칩거하면서 진술을 일절 거부하고 있는 상태거든. 아니, 정확히 말하면 사람을 만나는 것 자체를 기피하고 있지. 그래서 혹시 자네라면 피해자의 마음을 바꿔놓을 수 있을지도 모른다고 생각했네."

"그렇게 생각하신 건, 제가 그 사람보다 더 큰 장애를 입었기 때

271

문입니까?"

"아니, 꼭 그렇다기보다는…….'"

검사장은 난처한 듯 말끝을 흐렸다. 그렇게 생각해서 강한에게 사건을 맡기려고 한 게 사실이었기 때문이다. 강한처럼 검사장 또한 구차한 변명을 늘어놓는 타입은 아니었다.

"기분 나빴다면 사과하겠네."

"아닙니다. 사실인데 기분 나쁠 게 뭐 있겠습니까. 이 사건, 제가 맡겠습니다. 일단 그 형사부터 만나러 가보겠습니다."

강한이 당장이라도 형사의 집을 찾아가려는 것처럼 케인을 척척 펴기 시작하자, 검사장은 조금 놀란 것 같았다.

"직접 만나러 가겠다고? 전화하는 게 아니라?"

"시각장애인 검사에게는 시각장애인 검사만의 수사 방식이 있습니다, 검사장님."

강한은 보일 듯 말 듯 희미하게 웃으면서 대답했다. 보이스피싱 자작극을 해결하면서 얻은 자신감을 다른 사건에서 시험해볼 차례였다.

* * *

"헐, 검사님. 여기 사람 사는 집 맞아요? 완전 개판인데요."

소원은 다세대주택 현관문 앞에 수북이 쌓여 있는 광고 전단을 보면서 혀를 찼다. 문짝에는 '잡상인 사절'이라고 아무렇게나 휘갈겨 쓴 종이가 붙어 있어, 그야말로 온몸으로 접근을 거부하고 있었다. 그러나 그걸 모르는 강한은 케인을 내밀어 문의 위치를 확인한 후, 손으로 벽을 더듬거리면서 초인종을 찾았다.

띵동-.

초인종이 울리자, 쥐 죽은 듯 조용했던 문 건너편에서 퉁명스러운 남자 목소리가 웅얼거렸다.

"사람 없으니 그냥 가슈."

그건 사람이 있지만 이야기하기 싫다는 의사 표시나 다름없었다. 그러나 강한은 굴하지 않고 거듭 초인종을 울렸다.

띵동-. 띵동-.

"씨팔! 사람 없다니까! 귓구멍에 똥이 틀어막혔나! 아니면 눈깔이 썩었어?"

버럭 고함을 치면서 문을 열어젖혔던 남자는, 얼굴에 선글라스를 끼고 손에는 케인을 쥔 강한과, 그 옆에 경호원처럼 서 있는 소원을 보고는 멈칫하면서 굳어졌다. 사람이 눈앞에 서 있다는 걸 기적으로 알아차린 강한이 자기소개를 했다.

"성암지방검찰청 형사1부 강한 검사입니다. 한정남 경감님 맞으시죠."

"강한 검사라면……."

"네, 맞습니다. 염산 테러로 실명한 검사. 하지만 오늘은 제가 아니라 경감님에게 일어난 일에 대해 얘기하고 싶어서 왔는데, 잠시 안으로 들어가도 되겠습니까?"

한 경감은 잠시 망설이다가 천천히 옆으로 비켜섰다. 아무리 사람을 만나는 게 싫어도, 시각장애인 검사가 초행길을 힘들게 왔을 걸 생각하니 차마 문전박대할 수는 없었다. 강한이 소원을 따라 거실로 들어서는 순간, 역겨운 음식 쓰레기 냄새와 그것을 소독하는 듯한 아릿한 소주 냄새가 함께 뒤섞여 풍겨왔다. 한 경감은 그들을 소파로 안내하면서 푸념 조로 말했다.

"집 안이 이 모양 이 꼴이어서 미안합니다. 휴직계를 내고서 허구한 날 술만 처먹고 앉았으니 마누라도 지쳐서 친정으로 가버리고, 하도 지랄을 해대니까 애들도 이제 안 오려고 해서요."

강한이 소파에 앉으려고 하는데 소원이 그를 제지했다. 그리고 소파 위에 무슨 빨랫감처럼 널려 있는 빈 소주병과 컵라면 용기, 삼각김밥 껍질 같은 것을 재빨리 치웠다. 이제 앉아도 된다는 듯 소원이 소파를 툭툭 치자, 강한은 그 자리에 앉으면서 한 경감에게 물었다.

"왜 밖에도 안 나가고, 술만 드시면서 이러고 계시는 겁니까?"

"……그걸 정말 몰라서 묻는 겁니까, 아니면 놀리려고 묻는 겁니까?"

"정말 몰라서 묻는 겁니다. 일부러 사건에 대해 아무것도 읽지 않고 왔습니다. 당사자인 한 경감님으로부터 직접 들으려고."

강한은 염산 테러 사건 기록의 녹음 파일을 반복해서 들으면서 깨달은 게 있었다. 조서에 적힌 내용을 귀로 듣는다고 해도, 눈으로 보는 것과 같은 수준으로 파악할 수는 없다는 것이다. 검사에게 조서는 단순히 사실관계를 전달하는 텍스트가 아니다. 피의자가 진술거부권 고지확인서에 적은 필체의 떨림을 보면서, 조사를 마친 후 조서를 확인하다가 제풀에 흥분해서 박박 줄을 그어버린 흔적을 보면서, 때로는 그 위에 눈물이 떨어지거나 침이 튄 흔적을 보면서, 검사는 진술 당시 그 사람의 기분이나 분위기가 어땠는지 짐작해볼 수 있었다.

'그 격차를 메우려면, 당사자의 진술을 직접 들어보는 게 좋겠어. 되도록 아무런 사전 정보나 편견을 갖지 않은 상태에서.'

처음 검찰청에 복귀했을 때는, 어차피 표정을 볼 수 없으니 사람과 마주하고 대화하는 게 별 의미가 없다고 생각하기도 했다. 그러나 시력을 잃은 지 한 달이 되어가는 지금은 달랐다. 강한은 사람의 표정보다 그 목소리의 억양과 떨림과 강세에, 책상 밑으로 느껴지는 다리의 떨림이나 그들이 풍기는 식은땀 냄새에 집중하는 게 진실을 파악하는 데 더 효과적이란 걸 깨달았다. 사람들은 표정으로 거짓말을 했다. 그리고 표정을 꾸며내는 데 바빠서 나머지 요소들에는 미처 신경 쓰지 못했다.

강한은 시각을 뺀 모든 감각을 한 경감에게 집중하려고 애쓰면서 본격적인 얘기를 시작했다.

"2차 습격이 있었다는 말만 들었습니다. 그때 경감님이 심하게 다치셔서 당분간 일을 하지 못하게 되셨다는 것도."

"왼쪽 귀를 찔렸습니다. 듣지 못하게 됐죠."

한 경감은 내뱉듯이 불쑥 말해놓고, 감정이 북받쳐오르는지 잠시 말을 끊었다. 그러고는 거친 숨을 씩씩 몰아쉬다가 겨우 말을 이어나갔다.

"오른쪽 귀는 멀쩡하긴 하지만, 한쪽 귀로만 듣다 보면 무리가 가서 언젠가 그쪽에도 이상이 생길 수 있다고 하더군요. 솔직히 지금 상태로도 일하는 데 문제가 없긴 해요. 하지만 귀 못 쓰는 병신이 됐다고 생각하니 도저히 밖에 나갈 수가……."

한 경감은 '병신'이란 단어를 입 밖에 내놓고 나서 제풀에 흠칫 놀랐다. 그는 청력의 절반을 잃었을 뿐이지만, 강한은 시력을 송두리째 잃었다는 사실을 자각했기 때문이다. 강한이 미친 듯이 화를 낸다 해도 할 말이 없었다. 그러나 강한은 아무렇지 않게 말했다.

"경감님 귀의 상처를 확인하고 싶은데, 제가 앞을 볼 수가 없어서요. 실례가 안 된다면 한 번만 만져봐도 되겠습니까? 아직도 통증이 있으시진 않겠죠?"

"그건 아니지만, 검사님이 불쾌하실 겁니다. 제가 만져봐도 불쾌하고 끔찍한 상처여서요."

한 경감은 왼쪽 귓등과 귓바퀴를 감고 있는 붕대를 슬쩍 만져보더니 몸서리쳤다. 강한은 그 말을 한동안 생각하는 듯하더니, 돌연 눈가에 쓰고 있던 선글라스를 벗었다. 얽은 것처럼 오돌토돌한 상처가 고스란히 드러나자 한 경감의 눈이 휘둥그레졌다. 강한은 담담하게 말했다.

"전 괜찮을 겁니다. 상처의 촉감에는 익숙하니까요. 이제 경감님 귀를 만져봐도 되겠습니까?"

더 거절할 구실이 없어진 한 경감은 가만히 고개를 끄덕이더니 붕대를 풀기 시작했다. 맨 귀가 드러나자, 소원이 강한의 손을 붙잡아 그 위로 가져가 대주었다. 강한이 신중하고 꼼꼼하게 손끝으로 상처를 탐색하는 동안, 한 경감은 뭐라 말할 수 없이 묘한 표정을 짓고 있었다.

"그렇게 만져봐서 뭐 알 수 있는 게 있습니까?"

"무척 깊이 들어갔군요. 상처가 한쪽에만 나 있는 걸 보니 날은 하나고, 귓불 바로 위에서 표피 박탈이 일어난 걸 보니 흉기 길이는 그렇게 길지 않았던 것 같습니다. 잭나이프인가요?"

강한은 법대와 사법연수원에서 공부했던 법의학의 내용을 되새기면서 추론했다. 원래 상처를 만져보는 건 검사의 일이 아니었다. 기록에 첨부된 사진을 보고, 법의관이 덧붙여놓은 소견서를 읽는 것으로 끝이었다. 그러나 강한은 상처를 직접 만짐으로써 느껴보고 싶었다. 그 상처를 남긴 범인의 마음을, 그리고 상처 입은 피해자의 마음도.

"어쩌다 이렇게 된 건지 말씀해주실 수 있겠습니까? 1차 습격부터 2차 습격까지 전부요."

마치 목구멍에 숨이 걸리기라도 한 것처럼 한 경감이 공기를 들이켜는 소리가 들렸다. 강한은 그 행동의 의미를 알고 있었다. 너무도 고통스러워서 다시 떠올리는 것만으로도 괴로운 기억. 강한이 염산 테러를 당하던 순간을 회상하기 싫어하는 것처럼. 한 경감은 잠시 마음을 가다듬는 듯하더니 이윽고 입술을 뗐다.

"처음 당한 건 올해 9월 3일 월요일이었습니다. 그때는 일이 이렇게까지 커질 줄 몰랐죠."

* * *

9월 3일 월요일 밤 11시 20분. 지하철 안.

"프로토 방식으로. 독일 멕시코 전은 독일 승. 잉글랜드 파나마 전은 잉글랜드 승. 브라질 멕시코 전은 멕시코 승. 한 게임당 100만 원씩 걸어줘. 이번에는 확실한 거지? 저번에도 그렇게 말해놓고 다 잃었잖아. 쌍!"

휴대전화에 대고 험악한 투로 욕을 하던 한 경감은, 건너편에 앉아 있던 젊은 여자의 눈총을 받고 슬그머니 입을 다물었다. 이번에도 분석이 틀리면 죽여버리겠다는 말을 마지막으로 전화를 끊은 한 경감은, 지하철 좌석 옆에 세워진 기둥에 이마를 기댔다. 야간 당직을 마치고 퇴근하는 길이라 피로는 극에 달해 있었다.

'차만 있어도 이 고생을 안 하는 건데. 돈을 따면 일단 차부터 한 대 뽑아야지. 요즘은 수금도 영 시원치 않고, 믿을 거라곤 토토뿐이야.'

한 경감은 막내아들 대학등록금을 대기 위해 헐값에 팔아버린 차를 생각하면서 아쉬움에 입맛을 쩝쩝 다셨다. 휴대전화로 스포츠 뉴스 검색 삼매경에 빠져 있다 보니 슬슬 졸음이 밀려왔다. 경찰서에서 집까지 지나야 하는 지하철역은 무려 열다섯 개, 출퇴근길은 늘 잠으로 때우는 게 그의 습관이었다.

철컥-.

독일 멕시코 전에서 독일이 대승하는 꿈을 꾸고 있던 한 경감을 깨운 건 선명한 금속성 소리, 그리고 손목에 와서 닿는 차갑고 묵직한 감촉이었다. 게슴츠레하게 눈을 뜬 한 경감의 시야에, 은색 팔찌처럼 손목에 채워져 있는 수갑이 들어왔다. 수갑의 다른 한쪽은 지하철 기둥에 연결되어 있었다.

"이게 뭐야?"

33

정신이 번쩍 든 한 경감은 두 눈을 부릅뜨며 정면으로 고개를 돌렸다. 웬 정신 나간 놈이 실없는 장난을 해놓았나 싶었다.

"누가 이런 짓을……."

그가 잠들기 전까지만 해도 드문드문 승객이 남아 있던 지하철 칸에, 이제 앉아 있는 사람이라고는 그뿐이었다.

그리고 그의 정면에는 정체를 알 수 없는 괴한이 서 있었다. 남자인지 여자인지 알 수 없는 어중간한 키, 살짝 마른 듯한 체격, 검은 티셔츠와 검은 바지, 검은 가죽 재킷, 그리고 얼굴에 쓰고 있는 검은색 오토바이 헬멧과 손에 끼고 있는 검은색 가죽장갑. 온통 검은색이었다. 헬멧 속에서 웅얼대는 소리가 흘러나왔다.

"1년 전 오늘, 넌 뭘 들었지?"

이상한 목소리였다. 뭐랄까. 인간의 음성이 아니라 기계음에 가까웠다. 남자 목소리인지 여자 목소리인지도 구분하기 어려웠다. 그러나 한 경삼은 그런 걸 따지고 있을 만한 여유가 없었고, 방금 들은 말이 무슨 뜻인지 생각해볼 틈도 없었다.

"무슨 개소리야, 씨팔! 당장 이거 풀지 못해! 너 이 새끼, 내가 누군지 알고!"

한 경감은 수갑 찬 손을 앞뒤로 휘두르면서 요동쳤다. 그러나 단단히 채워진 수갑은 꼼짝도 하지 않았다. 검은 헬멧은 물 밖에 내놓은 물고기처럼 파닥거리고 있는 한 경감을 물끄러미 주시하다가, 섬뜩할 정도로 차분한 태도로 고개를 스윽 가로저었다. 예의 그 기계음이 다시 한번 웅얼거렸다.

"틀렸어."

'이 미친놈은 뭐야? 대체 뭐가 틀렸다는 거야?'

한 경감이 멍한 표정을 짓는 것과 동시에, 검은 헬멧은 가죽 재킷 주머니 속에 손을 넣었다. 한 경감이 비록 늙고, 운동 부족에, 잠에서 깨어난 직후라 경황이 없긴 했지만 그래도 형사는 형사였다. 눈에 익은 그 동작이 위험하다는 것을 직감적으로 알았다.

검은 헬멧이 주머니에서 손을 빼내는 바로 그 순간, 한 경감은 잽싸게 고개를 숙이면서 몸을 낮췄다. 한 경감의 옆얼굴을 노리고 날아들었던 잭나이프의 칼날이 구레나룻을 살짝 스치면서 지나갔다. 획하는 바람 소리와 함께 살갗이 얇게 베이는 느낌이 들었다.

"이번 역은 목호, 목호역입니다. 내리실 문은 왼쪽입니다."

하늘이 도왔다고 해야 할지. 검은 헬멧이 두 번째 공격을 시도하기 전에 지하철이 역에 정차했다. 문이 열리는 순간, 한 경감은 벌떡 일어나서 목이 터져라 고함을 질렀다.

"불이야! 불이야아! 지하철에 불이 났다아!"

한 경감은 세상 물정에 밝은 닳고 닳은 인간이었다. 습격을 당했으니 도와달라고 외쳐봤자 구해주러 달려올 사람은 별로 없다는 걸 잘 알았다. 그래서 불이 났다고 소리친 것이다.

그의 목소리를 들은 사람이 있든 없든, 일단 검은 헬멧을 당황하게 만든 것만은 확실했다. 검은 헬멧은 잭나이프를 허둥지둥 주머니에 쑤셔넣더니, 뒤도 돌아보지 않고 열려 있는 지하철 문 사이로 뛰어나가버렸다. 한 경감은 구레나룻에 송알송알 맺혀 있는 핏방울을 손등으로 닦아내면서 검은 헬멧의 뒤통수에 대고 고래고래 소리를 질렀다.

"야! 거기 서, 이 새끼야! 이건 풀어주고 가야 될 거 아냐! 미친놈아!"

* * *

9월 10일 월요일 저녁 7시. 성암경찰서 로비.

"경감님, 어디 가세요? 혼자 다니시면 위험하다니까요. 사고 난 지 얼마나 됐다고."

"아이고, 변 경위야. 제발 나 좀 그냥 내버려둬라. 내가 무슨 어린애도 아니고. 야근하기 전에 밖에서 저녁 먹고 뜨신 물에 몸 한번 담그고 오겠다는데 그게 뭐 큰일 날 일이냐?"

한 경감은 걱정스러운 눈길로 자신을 바라보는 변 경위를 향해 손을 휘휘 내저어 보였다.

지하철에서 의문의 습격을 당한 지 일주일. 사건 발생 직후 이틀간은, 비록 가명이긴 했지만 신문과 뉴스에 그의 얘기가 나왔다. 25년간 경찰에 몸담으며 한 번도 매스컴의 주목을 받은 적이 없는데 사건 피해자가 되고 나서야 비로소 이름이 오르내리다니 아이러니한 일이었다.

— 또다시 발생한 지하철 '묻지 마 범죄', 이번에는 경찰관이 피해자가 되다!

— 오토바이 헬멧 쓰고 나타나 칼 휘둘러, 분노조절장애 있는 정신질환자의 소행으로 추정!

상당수의 묻지 마 범죄가 그렇듯, 한 경감이 지하철에서 습격당한 사건도 범인을 쉽게 찾아내지 못하고 있었다. 지하철 곳곳에 설치된 CCTV가 범인을 포착했지만, 내내 헬멧을 쓰고 있어 얼굴을 알아볼 수 없었다. 범인은 추적을 피하기 위해 지하철을 탈 때도 자동판매기에서 현금으로 표를 구입한 것으로 확인되었다. 장갑을 끼고 있어 지문도 남지 않았다.

"물불 안 가리는 정신질환자의 화풀이 범죄라고 보기엔 지나치게 꼼꼼한 것 같기도 한데요."

경찰대에서 프로파일링 강의를 들었다는 서 경사가 조심스럽게 지적하기도 했지만, 강력계 막내인 그의 의견은 금세 무시당했고, 문제의 사건은 기소중지되어 영구미제로 남게 될 가능성이 커 보였다. 다행히 피해자인 한 경감도 그에 대해 별다른 불만이 없었다.

'25년 차 경찰관이 손목에 수갑 채워지는 것도 모르고 곯아떨어져 있던 게 뭐 자랑이라고.'

그는 사건이 이대로 조용히 묻히기를 바랐다. 그러나 살짝 베인 상처 외에는 부상이 없는데도 주위 사람들은 아직도 그를 깨진 유리 다루듯 조심스럽게 대했다. 직속 후배인 변 경위도 그중 하나였다.

"정 그러면 여럿이 가시든가요. 서 경사, 당장 바쁜 일 없지? 나랑 같이 경감님 모시고……."

"안 돼! 따라오지 마! 니들 밥까지 사줄 돈 없어! 벼락이 한 번 내리친 데 또 내리치는 거 봤어? 지하철 탈 것도 아니고 걸어갔다 오는 건데 뭔 일이 있겠어. 나 간다!"

한 경감은 쫓기는 사람처럼 서둘러 경찰서를 나왔다. 그가 자주 찾는 곳은 걸어서 10분 거리에 있는 기사식당이었다. 경찰서 구내식당에서 끼니를 때우는 것은 지겨웠고, 그렇다고 다른 음식점에 가기에는 돈이 없었다.

"여사님, 국밥 한 그릇 시원하게 말아줘요."

한 경감은 기세 좋게 외치면서 식당 안으로 들어갔다. 그러고는 그의 지정석이나 다름없는, TV가 제일 잘 보이는 중앙 테이블을 차지하고 앉았다. 왼쪽 테이블에서는 유니폼을 입은 택배 기사가 쟁반만 한 크기의 왕돈가스를 썰고 있었고, 오른쪽 테이블에서는 모자 쓴 사람이 고개를 숙인 채 국수를 먹고 있었다. 그리고 대각선 테이블에는 아주머니 두 명이 마주 앉아 백반을 나눠 먹고 있었다.

'오늘따라 사람이 많네…….'

한 경감이 그렇게 생각하면서 물을 따라 마시는데, 옷 앞섶에 들어 있던 휴대전화가 울렸다.

"뭐라고? 잃었다고? 이 쌍놈 새끼가 사람 갖고 노는 것도 아니고……!"

전화를 걸어온 사람은 한 경감이 요즘 몰두해 있는 사설 스포츠토토 사이트의 매니저였다. 마지막 수금액을 탈탈 털어 넣은 베팅이 또다시 망했다는 말을 듣자, 한 경감의 입에서는 자동적으로 쌍욕이 터져나왔다. 언성을 높이려던 한 경감은 왼쪽 테이블의 택배 기사가 자신을 힐끗 쳐다보는 시선을 느끼고, 일단 자리에서 일어났다. 그리고 잠시 식당 밖으로 나왔다.

"이 사기꾼 새끼야. 귓구멍 청소하고 지금부터 내가 하는 말 똑바로 들어라. 내 친구가 성암경찰서 경감이거든? 승률 갖고 수작질하는 거 당장 집어치우고 내 돈 제자리에 돌려놓지 않으면, 니네가 운영하는 사이트 싸그리 다 찾아서 입건해버릴 줄 알아. 뭐? 해볼 테면 해보라고?"

　매니저와 한참 실랑이하던 한 경감은, 이번에 손해 본 금액은 매니저의 사비로 충당해서 더 좋은 곳에 베팅해주겠다는 약속을 받아낸 후에야 전화를 끊었다. 식당으로 돌아오자, 테이블 위에는 김이 모락모락 피어오르는 먹음직스러운 국밥이 그를 기다리고 있었다. 그러나 국밥을 한 수저 떠먹어본 한 경감은 희미하게 이맛살을 찌푸리면서 식당 주인을 불렀다.

　"여사님, 이거 맛이 좀 이상한데? 고기가 상한 거 아니에요?"

　"어유, 농담이라도 그런 소리 하는 거 아니야. 남 문 닫게 할 일 있어? 오늘 아침에 시장에서 사와서 냉장고에 넣어놓은 고기인데 상할 리가 있나."

　"그래요? 죄송해요. 요새 담배를 다시 피우기 시작했더니 입맛이 변했나 봐."

　한 경감은 고분고분 대답하고는, 테이블 구석에 놓여 있는 다대기를 듬뿍 집어넣고 국밥을 푹푹 떠먹기 시작했다. 기사식당에서 입맛 투정이라니 자기가 생각해도 어처구니없었던 것이다. 한 경감은 TV에서 나오는 스포츠 뉴스에 시선을 고정한 채 국밥을 한 방울도 남기지 않고 뚝딱 먹어치웠다. 그가 일어날 때쯤, 주변 테이블 손님들은 아까와는 다른 사람들로 바뀌어 있었다.

　"여사님, 저 가요."

　인사를 하고 나오는데, 이상하게 머리가 묵직했다. 머리만 묵직한 게 아니었다. 팔다리가 마치 물먹은 솜처럼 축축 늘어졌다. 걷잡을 수 없을 만큼 강한 졸음이 한꺼번에 밀려오고 있었다.

　'갑자기 많이 먹어서 졸린 건가……. 아이고, 도저히 못 견디겠네……. 일단 사우나로…….'

한 경감은 자꾸만 갈지자로 틀어지는 걸음을 다잡으려 애쓰면서 두 블록 떨어져 있는 단골 사우나를 찾아갔다. 초대형 찜질방이 유행하는 요즘 몇 군데 남아 있지 않은 구식 사우나로, 저녁이고 주말이고 가리지 않고 사람이 없어서 한 경감이 선호하는 곳이었다. 거기까지 가는 길에도 몇 번이나 눈이 감기는 것을 억지로 끌어올렸다.

"성인 남자 한 명이요."

한 경감은 카운터에 입장료를 내고 사우나 안으로 들어오자마자, 탈의실 한복판에 설치된 평상 위에 넘어지듯 엎어졌다. 옷을 갈아입으러 갈 만한 여력도 없었다. 죽을 만큼 졸렸다. 눈앞이 가물가물하고 머릿속에서 생각이 마구 뒤엉켰다.

'응? 잠깐, 뭔가 이상한데⋯⋯. 국밥 한 그릇 먹었다고 이렇게 졸린 게⋯⋯ 정상인가?'

그러나 더 깊이 파고들기 전에 스위치를 내리듯 의식이 꺼지고 말았다. 마치 누군가에게 마취 총으로 맞기라도 한 것처럼, 기이할 정도로 지독하게 깊은 잠이었다.

그래서 한 경감은 알아차리지 못했다. 그가 잠들고 약 10여 분 후, 문이 조용히 열리면서 그를 빼고는 아무도 없던 탈의실에 누군가 들어오는 것도. 그가 탈의실 안에 다른 손님이 없음을 확인하고 자신의 곁으로 다가오는 것도. 주머니에서 나온 잭나이프가 귓속을 날카롭게 파고드는 것도. 귀를 적시면서 철철 흘러나온 피가 평상 아래로 떨어지고 고여 점차 넓은 웅덩이를 만드는 것도.

그로부터 두 시간 뒤, 목욕하러 온 동네 백수 청년이 껌을 질겅질겅 씹으면서 탈의실에 들어올 때까지도 한 경감은 세상 모르고 잠만 자고 있었다. 피바다가 된 탈의실을 본 청년의 입에서 껌이 툭 떨어지고, 그 대신 무시무시한 비명소리가 터져나왔다.

"흐어어억!"

* * *

"칼에 찔렸는데도 모르고 계속 잤다고요? 그게 가능해요?"

한 경감의 얘기가 끝난 후에도 소원은 충격에서 벗어나지 못했다. 상식적으로 이해가 가지 않는다는 표정이었다. 그러나 강한은 짚이는 바가 있었다.

"식당에서 먹은 국밥 맛이 이상했다고 하셨죠. 혹시 병원에 이송된 후 약물 검사를 했습니까?"

"네, 체내에서 나르탈린이라는 약품이 0.05그램이나 검출되었다고 하더군요."

한 경감의 말을 들은 강한은 그럴 줄 알았다는 듯 고개를 끄덕였지만, 소원은 여전히 아리송한 상태였다.

"검사님, 나르탈린이 뭐예요?"

"병원에서만 사용하는 향정신성 마취제야. 주로 가루 형태로 경구 투여하는데 흡입도 가능하고, 가끔 물에 타서 정맥주사를 하기도 하지. 그 위력이 어마어마해서 처방전이 있어도 약국에선 살 수 없어. 0.03그램만 섭취해도 반나절은 기절해 있을 정도인데……."

강한은 강력부에 있을 때 익혔던 지식으로 설명했다. 그가 말하지 않은 게 하나 더 있었다. 나르탈린은 0.07~0.09그램이 치사량이라는 것이었다. 한 경감을 습격한 게 누구든, 죽어도 상관없다고 생각할 정도의 원한이나 이해관계를 가지고 있었던 게 분명했다.

"듣고 나니 더욱 이해가 가지 않는군요. 어째서 이 사건이 언론에 보도되지 않은 겁니까?"

34

"그건……."

지금까지 긴 얘기를 쉴 틈 없이 늘어놓던 한 경감의 말이 막혔다. 그는 한참을 머뭇거리다가 이윽고 체념한 듯 한숨을 쉬며 말했다.

"실은 저한테 문제가 좀 있었습니다. 넉 달 전부터 스포츠토토에 꽂혀서 돈을 꽤 많이 꼬라박았거든요. 쥐꼬리만 한 월급에 집안 살림도 쪼들리는데 그 돈이 어디서 나겠습니까. 제가 올해 생활질서계 단속팀으로 오게 됐는데, 관할 중에 차이나타운이 있어서……."

한 경감의 말이 또다시 막히자, 뒤에 올 내용을 미리 짐작한 강한이 그의 수고를 덜어주었다.

"불법 게임장 주인들한테 돈이라도 받았습니까?"

"네, 어쩌다 보니 좀……."

"금액이 얼마나 됩니까?"

"넉 달 동안 열 곳에서 열두 번 정도 수금해서, 도합 4000만 원 정도 됩니다. 그게 하필이면 제가 다친 바로 다음날 터져서, 피해자로 수사받는 동시에 징계 대상으로 감찰까지 받게 됐습니다."

4000만 원. 여러 곳의 게임장에서 받은 돈임을 감안하더라도 적지 않은 액수였다. 그제야 강한은 경찰이 다쳤음에도 이 사건을 쉬쉬해온 이유를 알 수 있었다.

"경찰 간부들은 그 일과 이 습격 사건이 서로 연관이 있을 거라고 생각하는 겁니까?"

"그런 것 같습니다. 차이나타운에서 게임장을 운영하는 조선족들 중에는 연변 범죄조직 출신도 많고, 걔네들은 칼 쓰는 걸 꺼리지 않으니까요. 언론 보도를 허용하고 공개수사를 하다 보면, 동정론도 물론 있겠지만 비리 경찰에 대한 비난도 함께 쏟아질 거라는 점을 의식한 거죠."

"조선족이 범인이라는 근거는 있습니까?"

"딱히 그런 것도 아닙니다. 시경에 있는 제 친구 얘기로는 두 번째 습격 사건은 첫 번째 사건보다 더 단서가 없다고 했습니다."

"CCTV나 목격자는요? 사우나 주인이나 종업원들은 뭐라고 합니까?"

"구식 목욕탕이라 CCTV도 없고, 주인 혼자 카운터를 지키는데 노안이 심하게 와서 사람 얼굴도 제대로 못 알아본답니다. 입장료는 카드 결제도 안 돼서 현금만 받는다고요. 그날 밤 손님이 서너 명 왔다 간 것 같다는 막연한 진술만 있습니다."

"탈의실 안에서 지문 채취는 하지 않았나요?"

첫 번째 습격 때부터 장갑을 꼈던 범인이다. 강한은 별다른 소득이 없었을 거라는 걸 이미 직감하고 있으면서도 물어보았다.

"지문 채취를 하다가 포기했다고 들었습니다. 청소를 열심히 하는 곳이 아니다 보니, 그동안 목욕탕에 다녀간 수백 명의 지문이 뒤엉켜서 뭐 난리도 아니니까……. 머리카락에서 채취할 수 있는 DNA

증거도 마찬가지고요. 결국 범인을 추적할 실마리가 아무것도 없는 셈입니다."

"완전범죄네요. 검사님, 우리 사건하고도 좀 비슷한 거 같아요."

소원은 제법 진지한 표정으로 말했다. 강한은 '우리' 사건이 아니라 '내' 사건이라고 고쳐주려다가, 사실상 소원 없이는 아무것도 할수 없다는 데 생각이 미쳤다. 그래서 그는 대신 이렇게 말했다.

"이 세상에 완전범죄 같은 건 없어. 오직 실패한 수사가 있을 뿐이지."

"제 사건이 성암지검으로 송치된 겁니까? 검사님이 주임검사가 되신 거고요? 하, 윗분들 생각하는 것도 참. 제대로 한번 엿먹어보라는 건지, 뭔지."

자조 섞인 목소리로 투덜거리던 한 경감은 문득 강한을 의식하고 미안해하는 표정이 되었다.

"아, 죄송합니다. 검사님께 개인적인 감정이 있는 건 아닙니다. 그냥 제 처지가 이래서……."

"아니요, 이해합니다. 한쪽 귀가 들리지 않는 피해자에 양쪽 눈이다 보이지 않는 검사라니, 그리 바람직한 상황은 아니죠. 하지만 이렇게 생각할 수도 있지 않겠습니까? 이 세상 그 어떤 검사보다, 한 경감님의 마음을 더 잘 이해할 수 있는 검사를 만나셨다고요."

강한은 그의 말이 한 경감의 마음을 조금이라도 풀어줄 수 있기를 바랐다. 사실 강한 쪽은 내심 동질감 비슷한 걸 느끼고 있었기 때문이다. 어느 날 갑자기, 아무 이유 없이, 벼락 맞는 것처럼 일어나 인생을 송두리째 파괴해버린 범죄. 그들은 그 범죄의 똑같은 피해자였다. 그러나 한 경감이 그 결과를 받아들이는 방식은 강한과는 사뭇 달랐다.

"너무 힘 빼지 마십쇼, 검사님. 솔직히 전 만사에 의욕이 없습니다. 범인이 잡히면요? 그러면 제 귀가 다시 정상으로 돌아옵니까? 이미 벌어진 일이 없었던 일이 되나요? 그 개자식을 내 손으로 잡아 죽일 수 있는 것도 아니고, 그놈은 기껏해야 몇 년 빵에 들어갔다 나오면 멀쩡하게 살 수 있겠죠. 하지만 이미 망해버린 내 인생은 누가 보상해줍니까?"

"……."

"반평생 뺑이치고 산 결과가 이겁니다. 고작 수금 몇 번 했다고, 피해자인데도 가해자 취급을 받네요. 씨팔, 그러는 지들은 얼마나 깨끗하다고. 검사님도 재해보상금이나 타 먹고 관두세요. 조직에 몸 바쳐봤자 돌아오는 건 내가 등신이었다는 깨달음밖에 없으니까."

한 경감은 어지간히 속이 터지는지, 말하는 와중에도 소주를 한 병 깠다. 소주 뚜껑 열리는 소리를 알아들은 강한은 한 경감이 더는 말하고 싶어하지 않는다는 걸 눈치챘다.

"한 경감님, 마지막으로 한 가지 묻고 싶은 게 있습니다. 첫 번째 습격 때 범인이 했다는 말, 그게 무슨 뜻이죠? 1년 전에 뭘 들었냐는 것 말입니다."

"아, 내가 어떻게 알아요. 미친놈이 어떤 생각을 하고 사는지. 그거야 그 새끼만 알겠지."

한 경감은 귀찮다는 듯 말하고 소주를 꿀꺽꿀꺽 소리 나게 병째로 들이켰지만, 강한은 쉽사리 포기하지 않았다.

"그날로부터 1년 전, 9월 3일 경감님은 뭘 하고 계셨습니까? 시경에서 그 부분은 자세히 조사하지 않았습니까?"

"물어보긴 했는데, 그냥 평소처럼 쎄빠지게 일했을 거라고 말하고 넘어갔습니다. 작년엔 제가 강력계에 있었거든요. 9월 초에는 지온유 때문에 정신없었죠. 사건이 9월 1일에 터졌으니까."

"지온유 사건의 담당 형사였다고요?"

강한은 놀라면서 되물었고, 소원도 입을 열진 않았지만 어깨를 움찔했다. 그러고 보니 한 경감의 얼굴을 어디선가 본 적이 있는 것 같기도 했다. 머리털과 수염이 텁수룩하게 나고, 두 눈이 움푹 패고, 귀에 붕대를 감은 폐인 같은 모습이라 곧바로 알아보지 못했던 것이다. 한 경감은 소주를 한 모금 더 들이켜고서 말을 이었다.

"그 당시엔 사실상 강력계뿐만 아니라 성암경찰서 전체가 그 사건에 매달린 거나 다름없었으니까요. 검사님도 몇 번 뵈었던 기억이 납니다. 당시 수사 지휘를 하셨죠. 저도 딸이 있는 입장인지라, 그 사건이 유독 끔찍하고 추악하게 느껴졌습니다. 우리 모두에게 그랬죠."

"……."

"지온유도 감옥에서 죽었단 소식은 들었습니다. 올해 4월이었던가요? 그런데 반년도 안 되어서 검사님도 저도 이 꼴이 되었네요. 어쩌면 죽은 지온유가 저주라도 하고 있는 건지도 모르겠습니다."

그 말을 들은 소원이 동요하는 게, 강한은 보이지는 않았지만 고스란히 느껴졌다. 그래서 케인을 펴서 바닥을 짚었다. 그만하고 나가자는 신호였다. 한 경감은 한번 딴 소주를 끝까지 비우기로 작정한 듯 마중조차 나오지 않았다. 알코올이 주는 망각의 세계로 도피하고 싶을 만큼 현실이 버거웠던 것이다.

* * *

"웃기시네! 죽은 온유가 저주를 해? 지가 온유에 대해서 뭘 안다고. 나오는 대로 지껄이면 다인 줄 아나. 아오, 진짜 환자만 아니었으면 내가 가만 안 뒀어!"

소원은 한 경감에게 퍼붓지 못하고 온 게 생각하면 할수록 열 받는지, 검찰청으로 돌아오는 내내 의미 없는 화풀이를 멈추지 않았다. 강한은 잡고 있던 소원의 팔꿈치를 슬며시 잡아당기면서 주의를 주었다.

"조용히 가자, 조용히."

"답답하니까 그렇죠! 걔는 내가 잘 알아요! 누굴 저주하기는커녕 나쁜 말도 못하는 애라고요! 그냥 그럴 깜냥이 안 돼요, 소심해서. 맨날 개호구같이 남한테 등쳐먹히면서 다녔지."

"네가 잠시 잊고 있는 것 같은데, 내가 바로 지온유를 미성년자 약취 유인 및 감금, 강간미수와 살인죄로 기소한 사람이거든. 그러니지온유의 인성에 대한 변호는 접어두는 게 좋겠다."

강한은 점잖지만 단호한 어조로 말했다. 소원은 한바탕 뒤집어엎고 싶은 듯 도끼눈을 부릅뜨다가, 로비에 선 경호원이 이쪽을 주시하는 것을 발견하고는 마지못해 표정을 풀었다. 어차피 그와 강한은 수평으로 뻗은 두 개의 선을 따라 걷고 있었고, 그 선은 평생 만나지 못할 것이다. 소원은 온유의 하나뿐인 친구였고, 강한은 온유의 사형집행자나 다름없는 사람이었으니까.

'그래, 벽에다 대고 아무리 소리쳐봤자 뭐 하냐, 내 목만 아프지.'

소원은 강한을 설득하려 애쓰는 게 부질없다고 생각했다. 강한과 함께 살기 시작한 지 일주일째. 온종일 물리적으로 가까운 거리를 유지하다 보니, 종종 심리적인 거리도 가까운 것처럼 느껴질 때가 있었다. 그러나 그건 어디까지나 착각에 불과했다. 둘은 철저한 이해관계로 묶여 있는 사이였으니까.

소원은 뭐든지 가능하면 스스로 하고 싶어하는 강한을 위해, 엘리베이터 버튼 위에 손을 가져다놓아주면서 한결 침착해진 어조로 물었다.

"그런데 검사님은 어때요? 정말 그 형사가 1년 전 일 때문에 습격 당했다고 생각하세요?"

"아니, 그건 그냥 시기적으로 우연의 일치일 확률이 높아. 한 경감이 정말 그렇게 들었는지도 확실하지 않잖아. 잠에서 깨어난 직후 였다면서."

"아, 맞다. 지하철에서 졸다가 깼다고 했죠."

"어쩌면 그 말 자체가 한 경감이 지어낸 말일 수도 있어. 과거나 현 재에 있는, 자기에게 불리한 어떤 일을 숨기기 위해서 말이야."

"지어냈다고요? 하지만 한 경감님은 피해자잖아요?"

"피해자도 때로는 거짓말을 해. 피해자뿐 아니라 사건에 관련된 모든 사람들이 마찬가지야. 대개는 언제나 거짓말을 하지. 그 이유 와 정도가 다를 뿐."

강한은 의미심장하게 말했다. 심지어 검사인 강한조차, 염산 테러 사건에 관해 피해자 진술을 하면서 의도적으로 숨긴 것들이 있었다. 가령 전 여자친구인 유미의 존재라든가, 가족관계증명서에는 나오 지 않는 친아버지의 존재라든가. 예비 장인이자 후원자였던 조 대표 와 가까워지게 된 경위에 대해서도 자세히 밝히지 않았다.

'한 경감의 경우는 잘 모르겠군. 일단 소리나 느낌으로는 거짓말 하고 있다는 징후가 없었어.'

엘리베이터가 6층에 멈추고, 강한이 내리는 동안 문을 잡아주던 소원이 생각난 듯 물었다.

"그러고 보니까 검사님을 공격한 범인도 뭔가 말했다고 하지 않 았어요? 염산을 뿌리기 전에? 그런데 검사님이 못 들으셨다면서요.

혹시 그것도 거짓말이에요?"

"아니, 그건 사실이야. 창문이 닫혀 있는 상태여서 소리가 들리지 않았어. 입 모양만 보였지. 그 입 모양을 가지고 맞혀봐야 하는데, 기억이 안 나. 그 염산 테러가 정말 개인적 원한에 의한 범행이었다면, 그 말이야말로 결정적인 단서가 될 테니까."

강한은 그렇게 말하면서 검사실을 향해 걸어갔다. 검찰청에 다시 출근하기 시작한 지 11일째, 이제 6층 엘리베이터에서부터 검사실까지는 소원의 도움 없이 다닐 수 있었다. 엘리베이터를 나오자마자 오른쪽으로 틀어 직선으로 열두 걸음. 열려 있는 문을 통해 들어가자, 귀에 익은 낭랑한 목소리가 그를 맞이했다.

"선배님, 오셨어요?"

"정 검사? 여기서 뭐 해? 남의 방에서?"

"제가 선배님 사건에 새로운 단서가 필요하다고 말씀드렸잖아요. 그래서 그 단서를 주실 분을 모시고 왔어요."

"단서를 주실 분이라고? 그게 누군데?"

강한의 질문이 끝나기가 무섭게, 누군가 강한의 앞을 가로막는 기척이 느껴졌다. 묵직한 구둣발 소리와 오데코롱 냄새. 어느 정도 체격이 있는 중년 남자임을 알 수 있었다. 그는 온화하고 사근사근한 목소리로 강한에게 인사를 건넸다.

"안녕하십니까, 강한 검사님. 저는 성암시경 소속 법최면수사관입니다. 검사님이 사건 당시의 기억을, 마치 오늘 일처럼 생생하게 떠올릴 수 있도록 도와드리겠습니다."

이게 바로 유미가 찾은 새로운 돌파구였다.

"선배님이 염산 테러를 당하기 직전 들었다는 말이요, 그 말을 되살려보려고 해요."

35

저녁 7시 30분. 강한의 집.

"숨을 깊게 들이마시고 내쉬세요. 내 목소리에 모든 주의를 집중하세요. 두 손을 모으고, 그 사이에 풍선이 있다고 상상하세요. 점점 풍선이 커집니다. 숨을 들이마실 때마다 커집니다."

최면수사관은 소파에 길게 누워 있는 강한을 향해 나른한 목소리로 최면을 걸고 있었다. 최면은 피최면자, 그러니까 최면에 걸리는 사람이 심리적으로 가장 편안하고 저항감 없는 장소에서 거는 게 좋다고 했다. 그래서 강한과 소원, 유미와 최면수사관까지 넷이서 퇴근 후 강한의 집으로 오게 된 것이다.

최면수사관이 준비해온 블루투스 스피커에서는 평화로운 뉴에이지 음악이 흘러나오고 있었고, 심신을 편안하게 해준다는 아로마 향초도 켜져 있었다. 그러나 정작 강한은 이 모든 것에 부정적이기만 했다. 두 눈을 지그시 감고 있던 그의 미간에 굵은 주름이 잡혔다.

"잠깐만요, 숨을 들이마시는데 왜 풍선이 커집니까?"

논리에 죽고 논리에 사는 검사의 두뇌는 조금이라도 상식에 맞지 않는 문장을 용납하려 하지 않았다. 그러나 유미로부터 사전에 강한에 대한 이야기를 들었던 최면수사관은 이에 굴하지 않은 채, 여전히 차분한 목소리로 최면 암시를 계속해나갔다.

"풍선이 커질수록 두 손이 점점 벌어집니다. 풍선의 색깔을 들여다보세요. 아주 예쁜 일곱 빛깔 무지개 색깔입니다."

"무지개는 일곱 빛깔이 아닙니다. 그건 과학적으로 오류가 있는 명제예요."

"이제 무지개 풍선은 허공으로 떠오를 수 있을 만큼 커졌습니다. 그리고 진짜 무지개가 된 것처럼 하늘로 두둥실 날아갑니다. 당신은 풍선과 함께 움직입니다."

"내가 왜요? 풍선이 날 수 있게 된 거지 내가 날 수 있게 된 건 아니잖아요."

최면수사관의 입술 사이에서 골치 아프다는 듯 긴 한숨이 새어나왔다. 강한은 예상했던 것보다 훨씬 강적이었다.

유미와 소원은 거실 구석에 서서 강한이 최면에 들어가는 과정을 지켜보고 있었는데, 그 태도는 두 사람이 사뭇 달랐다. 유미는 심각한 표정으로 쥐 죽은 듯 침묵을 지키고 있었고, 소원은 금방이라도 입가를 비집고 나오려는 웃음을 참느라 힘들었다. 고등학교를 졸업한 지 얼마 안 되는 철부지 눈에는 이 최면이라는 것이 무슨 개그 프로그램처럼 우스워 보였던 것이다.

"이제 당신은 완전한 최면 상태에 빠져들었습니다. 지금부터 내가 셋을 세면, 당신은 9월 22일 토요일 저녁 8시, 문라이트 호텔 로열룸으로 돌아갑니다. 셋, 둘, 하나."

최면수사관은 공기 반, 소리 반이 섞인 목소리로 숫자를 셌다. 엄지와 중지를 부딪쳐 딱, 소리를 내는 그의 능숙한 손짓은 정말로 이

거실 전체에 마법을 거는 것처럼 신비스러웠다. 제발, 이번만은. 유미는 두 손에 땀을 쥐면서 빌었고, 자기도 모르게 긴장해버린 소원도 꿀꺽 소리 나게 침을 삼켰다.

잠깐의 간격을 둔 후, 최면수사관이 강한을 향해 물었다.

"강한 씨, 오늘이 며칠이고 여기는 어디죠? 지금 뭘 하고 있죠?"

"오늘은 10월 22일 월요일이고 여긴 내 집입니다. 난 지금 유사과학을 신봉하는 후배의 강요에 못 이겨 시간 낭비를 하는 중이고요."

강한이 빈정거림에 가까운 어조로 대꾸하는 순간, 최면수사관의 이마에서 핏줄이 툭 솟았다. 그는 짜증에 북받친 몸짓으로 아로마 향초를 후 불어서 꺼버리고는 음악도 껐다.

"됐습니다. 이제 그만합시다."

수사관이 자리를 박차고 일어나자 유미가 화들짝 놀라서 그에게 달려갔다.

"죄송해요, 수사관님. 한 번만 더 해보면 안 될까요?"

"벌써 다섯 번쨉니다. 안 되는 건 안 되는 거예요. 강한 검사님은 최면 감수성이 제로인 정도가 아니라 아예 마이너스예요."

다섯 번의 최면 시도를 하면서 강한으로부터 최면기법을 무시하는 온갖 말을 다 들었던 최면수사관은 그동안 차곡차곡 쌓인 설움을 토해냈다.

"관용과 상상력의 부재! 현실과 논리에 대한 집착! 다른 사람의 말을 듣지 않고 자신의 가치관만 신봉하는 외골수적 기질! 거기에 나는 과학적인 사람이라 최면 따위에는 걸리지 않는다는 쓸데없는 우월감까지! 이분은 최면에 걸리지 않을 모든 조건을 갖추고 있습니다."

"하지만 이게 마지막 희망인데……."

"정 검사님! 죄송합니다만 저는 이만 가봐야겠습니다. 저도 바쁜 사람이라고요!"

최면수사관은 쌩하니 찬바람을 일으키면서 나가버렸다. 소파에서 몸을 일으킨 강한은 아마도 유미가 있을 것으로 짐작되는 방향을 향해 어깨를 으쓱하면서 말했다.

"차라리 잘됐어. 난 최면 같은 건 도저히 못 믿겠더라고. 최면 중에 진술한 건 어차피 법정에서 증거능력도 없을걸? 정 검사가 판사라면 받아주겠어? 왜 이런 바보 같은 짓을 해?"

"왜 하겠어! 더 해볼 수 있는 게 없으니까 답답해서 그런 거지! 어떻게든 선배를 이렇게 만든 범인을 찾아야 하니까! 안 그러면 내가 미치겠으니까!"

순간적으로 폭발해버린 전 여자친구의 감정에, 버럭 내지르는 말 끝에 축축하게 묻어나는 물기에, 강한은 그만 말문이 막혀버렸다. 다른 때 같았으면 촉새같이 끼어들었을 소원도, 투명한 이슬이 고여 있는 유미의 눈동자를 보고는 감히 나설 엄두를 내지 못했다. 한동안 무거운 정적이 거실을 메우는 가운데, 강한이 얕은 한숨을 쉬면서 한다는 말이 고작 이거였다.

"저녁 먹고 갈래?"

"너나 실컷 먹어! 이 나쁜 새끼야!"

유미는 핏발 선 눈으로 강한을 노려보다가, 핸드백을 챙겨 들고 홀쩍 뛰쳐나가버렸다. 강한은 신경질적인 그 발소리가 점점 작아지는 것을 들으면서 손으로 이마를 짚고 벌렁 드러누워버렸다. 오갈데 없이 서 있던 소원의 배에서는 눈치도 없이 배꼽시계가 요란하게 울렸다.

"검사님, 우리 라면 먹을까요?"

* * *

　"검사님, 여자가 울 때는 남자가 무조건 져주는 거예요. 어른이 돼서 그런 것도 몰라요?"

　소원은 다리미판에 강한의 셔츠를 놓고 다리면서 훈계하듯 말했다. 최면수사관과 유미를 보내고, 라면으로 저녁을 때우고, 샤워를 하고, 옷을 갈아입고 나니 벌써 11시가 되었다.

　강한은 소원에게 빨래는 그냥 세탁소에 맡기라고 했지만, 사실 아침저녁으로 세탁소에 들르는 게 더 번거로운 일이었다. 강한을 혼자 두고 외출한 사이에 무슨 사고라도 벌어지면 큰일이니까. 다행히 소원은 요리보다는 다림질을 잘했다. 아버지의 셔츠를 다려본 경험이 있어서.

　강한은 모른 척 되물었다.

　"정 검사가 울었어?"

　"다 아시잖아요. 아시면서 왜 모른 척하세요."

　"……."

　"검사님은 그게 문제예요. 남의 말은 절대 안 듣는 거. 본인이 제일 잘났고 그래서 언제나 옳고 다른 사람 말은 다 틀렸다고 생각하는 거. 자기가 무슨 신이라도 되는 줄 알아."

　"그만해라. 기억이 안 나서 누구보다 짜증나는 사람은 나니까."

　강한은 조금 험악해진 어조로 말했다.

　법대생 시절에는 헌법 전문을 처음부터 끝까지 토씨 하나 틀리지 않고 외워서 암송할 수 있을 만큼 기억력이 뛰어났던 그였다. 나이를 먹은 지금도, 예전 사건의 피의자 이름만 들으면 나이와 성별, 죄명을 기억해서 술술 읊을 정도였다. 그런데 그 탁월한 기억력을 가지고 왜 결정적인 단서를 기억하지 못하는지, 귀신이 곡할 노릇이었다.

"차라리 각목 같은 거로 뒤통수를 한 대 시원하게 후려치면 어때요? 제가 아주 기쁜 마음으로 해드릴 수 있어요. 전 검사님의 헌신적인 활동보조인이니까요. 아니면 비 오는 날 피뢰침에 올라가서 화끈하게 벼락을 맞아봐요. 영화나 소설에서는 그렇게 하면 기억이 돌아오던데."

"그건 영화나 소설 속 얘기지. 이건 현실이잖아."

"그러게 말이에요. 이건 현실이죠. 이러다가 검사님이 한 10년 후에 기억해내서 그때 재판이 열리면, 젊고 똑똑한 변호인이 법정에서 검사님을 박살 내서 망상증 환자로 만들어놓겠죠? 검사님이 나한테 그랬던 것처럼?"

"이게 정말, 한 대 맞아야 입을 다물지, 어?"

속을 슬슬 긁어대는 소원 때문에 열 받은 강한은, 소원이 앉아 있다고 짐작되는 곳을 향해 발길질하는 시늉을 했다. 그런데 그 순간 소원이 당황한 듯 우당탕 일어나는 소리가 났다.

"엇, 위험해요!"

맨발이던 강한의 발가락 끝에, 전기가 통한 것처럼 찌릿한 느낌이 들었다. 짧았지만, 강한을 놀라서 펄쩍 뛰어오르게 할 만큼 강렬했다. 그는 허공으로 솟구쳤다가 두 손으로 발바닥을 감싸쥐면서 그대로 제자리에 주저앉았다. 소원이 놀라서 소리쳤다.

"검사님! 괜찮으세요? 데였어요?"

"뭐야! 방금 그거 뭐야!"

"죄송해요. 제가 다리미를 안 끄고 바닥에 세워놨어요. 끝에만 살짝 닿은 건데, 많이 아프세요? 어디 좀 봐요."

소원은 걱정스럽게 말하면서 허리를 숙여 강한의 발을 들여다보려고 했다. 그런데 소원이 다가오는 순간, 강한이 거칠게 화를 내면서 그의 몸을 두 손으로 홱 떠밀어버렸다.

"너 정신 나갔어? 명색이 시각장애인 활동보조인이라는 놈이, 불이 들어오는 다리미를 아무 데나 놔? 사람 죽는 꼴 보고 싶어?"

"제가 일부러 그런 것도 아니고 실수로 그런 건데 왜 그렇게까지 심하게 얘기하세요? 검사님은 실수 안 해요? 검사님도 실수하시잖아요. 기계가 아니고 인간인데."

"넌 인마, 실수하면 안 돼! 네가 실수하면 내가 죽을 수도 있다고! 그러니까 똑바로 못하겠으면 때려치우고 나가! 널 대신할 사람은 얼마든지 있으니까!"

강한은 흥분을 억누르지 못하고 버럭 고함을 질렀다. 발끝에 열기가 느껴지는 순간부터 시작된 비이성적인 공포가 그의 머리를 지배하고 있었다. 그래서 그러면 안 된다는 걸 알면서도 소원에게 분노를 쏟아냈다. 어쩌면 거기에는, 뜨거운 것에 대한 공포뿐만 아니라 사건 수사가 막혀버린 것에 대한 좌절감도 섞여 있는지도 몰랐.

강한은 나가라는 말을 내뱉어버린 다음에야, 아차 싶었다. 정말 나가면 어쩌나. 나는 어떡하나. 그렇다고 내뱉었던 말을 곧바로 주워 담기엔 자존심이 상해서 결국 아무 말도 못하고 앉아 있기만 했다. 소원은 그런 강한을 물끄러미 쳐다보다가 툭 던지듯 말했다.

"대신할 사람 없다고 하실 때는 언제고, 허세 부리기는."

"……."

"다리미는 다 치워놓고 나갈게요. 이따 얼음팩 가져다가 베개 위에 올려놓을 테니까 상처에 대고 계시고요. 제가 꼴 보기 싫으신 것 같으니 오늘도 전 소파에서 잘게요."

소원은 또박또박 말하면서 다리미판과 다리미를 챙겼다. 소원이

나가는 동안에도 강한은 한마디도 하지 않았다. 인정하긴 싫었지만 부끄러웠다. 집행유예 중인 전과자라고 깔보던 저 꼬맹이가, 적어도 오늘만큼은 그보다 훨씬 성숙하게 행동했다는 게 분명했기에.

'도대체 언제쯤이면 괜찮아질까. 언제쯤이면 뜨거운 물을 마시고 뜨거운 물건을 만질 수 있게 될까? 아니, 평생 괜찮아지기는 할까?'

소원이 떠나고 혼자 남겨진 방 안에서 강한은 망연자실하게 앉아 생각했다. 오늘밤은 틀림없이 악몽을 꿀 거라는 확신이 들었다. 병원에 입원해 있는 동안, 그리고 복지관에서 생활하는 동안에는 거의 매일 악몽을 꿨다. 염산 테러를 당한 그 순간으로 돌아가는 꿈이었다. 그러다가 이 집에 오면서, 그리고 소원과 함께 살게 되면서 한결 나아졌다.

— 검사님, 사실은 제가 코를 좀 심하게 골거든요? 그리고 자면서 막 떠들기도 해요. 그럴 때 뭘 물어보면 다 대답한대요. 그걸 이용해서 치사하게 뭘 캐묻고 그러시면 안 돼요.

소원의 존재는 분명 시끄럽고 걸리적거렸지만, 그만큼 강한에게 안도감을 주기도 했다. 누군가와 함께 있다는 게, 타인의 온기라는 게 그만큼 위력적이었다. 그래서 강한은 소원이 거실에 나가 소파에서 자는 게 내심 달갑지 않았지만, 그러지 말고 방에서 같이 자자고 대놓고 얘기할 수는 없었다. 그놈의 자존심 때문에.

"거실, 찬바람 들어와서 추울 텐데."

강한은 어떻게든 허전함을 줄여보기 위해 침대 위에 웅크리고 누우면서 그렇게 중얼거렸다.

36

1년 전 9월 1일 금요일 밤 11시 50분. 성암지방검찰청 401호 검사실.

"그래요, 병원 정책은 이해합니다. 아무리 그렇다 해도, 생명유지장치까지 다신 분을 모시고 길에 나앉을 수는 없지 않습니까."

성암지검 강력부 3석 검사인 강한은 자기 검사실에서 야간 당직근무를 서는 중이었다. 다행히 오늘은 급하게 올라온 영장이나 체포 건이 없어서, 강한은 그와 마찬가지로 야간 당직근무 중인 사람과 통화에 열중할 수 있었다. 바로 성암대학병원 원무과장이었다.

"중환자실을 갖추고 있는 요양병원은 이미 다 자리가 찼다니까요! 몇 번이나 말해야 합니까!"

강한은 답답한 나머지 책상을 쾅 소리 나게 내리쳤다.

검사라는 직함이 어디 가서 힘과 권위의 상징으로 통하던 건 옛날 얘기였다. 정년퇴직을 앞둔 부장검사들은 공항에 가기만 하면 알아서 일등석으로 좌석 업그레이드를 해주던 시절, 병원에 가면 기다리는 일 없이 곧바로 교수 진료를 받던 시절을 영웅담처럼 얘기하곤 했지만, 지금은 어떤가. 혹시라도 체면 깎일 일이 생길까, 차라리 신분을 숨기고 다니는 게 마음이 편했다.

"입원비는 얼마를 청구하셔도 괜찮습니다. 당분간만, 요양병원에 자리가 날 때까지만 기다려달란 얘깁니다. 인간적으로 그 정도는 해줄 수 있는 거잖아요!"

강한은 통렬하게 외치고서 전화를 끊었다. 한숨을 쉬면서 올려다본 벽시계가 자정을 가리키고 있었다. 당직 검사가 현장 대기를 해야 하는 시각이 자정까지였다. 나머지 시간은 집에서 유선 대기했다. 그래도 강한은 보통 새벽 2, 3시까지 남아 기록을 검토하곤 했는데, 오늘은 일하고 싶은 의욕조차 떨어져버렸다.

강한은 이만 퇴근하기 위해 캐비닛을 정리하기 시작했다. 그때, 병원 측과 통화하는 동안 닫아놓았던 검사실 문이 벌컥 열리면서 술 취한 여자가 불쑥 쳐들어왔다.

"야, 강한! 이 피도 눈물도 없는 개자식아!"

여자는 다짜고짜 강한의 책상 앞까지 들이닥쳤지만, 그는 놀라지도 않았고, 전화기를 집어 들어 경비를 부르지도 않았다. 여자는 강한의 멱살을 잡으려고 손을 뻗었지만, 몸도 제대로 가누지 못하는 탓에 허공에 헛손질하는 것으로 끝났다. 그녀의 머리카락에 묻어 있던 빗물이 뚝뚝 떨어져 강한의 책상을 적셨다.

"네가 감히 나를 차? 9년 동안 너 말고 남자라곤 쳐다보지도 않았던 날? 그것도 우리 사귄 지 3000일 되는 날에? 네가 그러고도 인간이야?"

"유미야."

"도대체 왜 헤어지고 싶은 건지 이유라도 말해달라고. 내가 지겨워져서 그래? 아니면 부잣집 여자랑 결혼하고 싶어서 그래? 그건 말해줄 수 있잖아…….”

유미는 처량하게 묻더니, 이번에는 아예 검사실 바닥에 주저앉아 흐느껴 울기 시작했다. 강한은 그런 그녀를 달래주지도 못하고, 그렇다고 내치지도 못하고 난처해했다. 그래서 엘리베이터가 4층에 도착하는 소리와 함께 발소리가 들리자 구원자가 나타난 것처럼 반가웠다. 강한은 다급하게 유미의 팔을 붙잡아 사무실 옆에 붙어 있는 집무실로 집어넣었다.

“청 사람들한테 이상한 오해 받는 거 싫지? 그러면 조용히 있어.”

“뭐가 오핸데! 맨날 뭘 그렇게 숨기고 싶은 건데!”

강한은 따지듯 묻는 유미의 얼굴 앞에서 문을 닫아버렸다. 문이 닫히자마자 당직 계장이 나타났다. 그는 강한이 한 번도 본 적 없는 심각한 낯빛을 하고 있었다.

“강 검사님, 지금 당장 나가셔야겠습니다. 살인 사건이 터졌습니다.”

“살인 사건이요? 어디서요?”

살인 사건이라는 말을 듣는 순간, 강한은 정신이 번쩍 들면서 다른 모든 것을 잊어버렸다.

“성암동에 있는 폐공장 건물입니다. 피해자가 초등학교 6학년 여자아이입니다. 일단 변사 사건으로 올라오긴 했지만, 경찰 말로는 타살일 가능성이 아주 높다고 합니다.”

당직 계장이 말을 마치는 순간, 그와 강한의 시선이 마주쳤다. 그들은 같은 생각을 하고 있었다. 정말로 열세 살 여자아이가 살해당한 거라면, 이 사건은 올해 성암시를 발칵 뒤집어놓을 폭풍이 될 터였다. 강한은 긴말할 것 없이 재킷을 챙기기 시작했다.

“차를 대기시켜주세요. 문만 잠그고 곧바로 따라 내려가겠습니다.”

“네, 검사님.”

당직 계장이 서둘러 나가자마자, 집무실 문이 열리면서 유미가 고개를 빼꼼 내밀었다. 무슨 대화가 오가는지 다 듣고 난 후라서, 그녀의 안색도 완전히 달라져 있었다.

"현장 지휘 가는 거야? 나도 갈게. 한 사람이라도 더 있으면 좋잖아. 가서 도울게."

"술 취해서 현장에 간다고? 말도 안 되는 소리 하지 마. 넌 꼼짝 말고 여기 있어."

강한은 단호하게 잘랐다가, 너무 매정하게 말했다 싶었는지 표정을 살짝 풀면서 덧붙였다.

"술 깰 때까지 어디 갈 생각하지 말고 여기서 쉬어. 끝나면 돌아와서 집에 데려다줄 테니까."

유미가 술을 마신 것도 문제였지만, 사실 강한은 그녀에게 어린아이가 살해당한 현장을 보게 하고 싶지 않았다. 물론 그녀도 어엿한 검사였고, 일주일에 한 번꼴로 검시를 다니기도 했다.

그러나 강한은 알고 있었다. 깨끗하게 정돈되어 안치실에 누워 있는 시신을 보는 것과, 폭력의 흔적이 고스란히 남아 있는 현장의 사체를 보는 것은 전혀 다른 차원의 문제였다. 그건 볼 꼴 못 볼 꼴 다 본 강력부 남자 검사에게도 쉽지 않은 일이었다. 강한은 일부러 더 퉁명스럽게 말했다.

"다녀올게."

* * *

오전 12시 30분. 성암동 소재 폐공장 현장에 도착하자 하늘에 집채만 한 구멍이 뚫린 것처럼 비가 내렸다. 당직 계장이 폐공장 입구

바로 앞에 바짝 붙여 차를 세우자, 강한은 손바닥을 펼쳐 머리 위를 가리면서 조수석에서 내렸다.

"비가 이렇게 와서야, 바깥에 있는 족적은 이미 다 지워졌겠군."

50평 남짓한 공장 건물 앞에는 노란색 폴리스라인이 쳐져 있고, 세 대의 경찰차가 헤드라이트를 켠 채로 서 있었다. 강한이 준비해온 비닐장갑을 끼면서 입구로 다가가자, 미리 연락을 받고 기다리고 있던 진녹색 점퍼 차림의 형사가 정중하게 폴리스라인을 열어주었다.

"어서 오십쇼, 강한 검사님. 성암경찰서 강력계 한정남 경감입니다."

"어떻게 된 거죠? 지금까지 파악된 모든 걸 알아야겠습니다."

강한과 함께 건물 안으로 들어가면서, 한 경감은 수첩에 적혀 있는 내용을 읽기 시작했다.

"피해자 이름은 김별하, 성암초등학교 6학년이고 열세 살, 만으로는 12세인 여아입니다. 인근 주상복합아파트에 살고 있고…… 아니, 살았습니다. 마지막으로 목격된 장소는 학교 바로 앞에 있는 발레학원입니다. 오후 2시 50분에 수업이 끝난 후 3시 30분부터 5시까지 발레 수업을 받고 갔는데, 집에 도착하지 않았습니다. 사실 오늘이, 아니 어제가……."

한 경감은 거기서 잠시 멈칫했다. 목구멍에 뭐가 걸린 것처럼 무거운 목소리가 밀려나왔다.

"어제가 피해자의 생일이었답니다. 그래서 피해자 엄마가 생일상을 차려놓고 기다리고 있었다고 하네요. 친구들을 초대하는 생일파티는 주말에 패밀리 레스토랑에서 하기로 했고요. 그런데 저녁이 되어도 피해자가 돌아오지 않자 그때부터 찾아다닌 모양입니다. 학교와 발레학원에도 와보고, 친구들한테 전화도 돌리고. 그래도 행방을 알 수 없자 저녁 8시에 전화로 실종 신고를 했습니다."

"성암서에서는 어떻게 조치했습니까?"

"피해자가 키즈폰을 가지고 다녀서 위치추적을 할 수 있을 줄 알았는데, 전원이 꺼져 있었습니다. 그래서 일단 순찰차를 돌게 하면서, 이 지역에 살고 있는 아동 대상 성범죄 전과자들을 추적했습니다. 그동안 이웃을 비롯한 주상복합 주민들이 자체적으로 수색대를 결성해서 동네를 뒤지고 다녔습니다. 밤 11시에 이 폐공장에서 피해자의 시신을 찾아냈고요."

"발견 당시 상태 그대로 보존해놨습니까?"

"방금 국과수에서 법의관이 도착해서 현장을 살펴보러 들어갔습니다. 그 외에는 아무것도 건드리지 않았고요."

강한은 비좁고 어두컴컴한 복도를 걸어 들어가며 날카로운 시선으로 주위를 살폈다. 현장 안을 돌아다니는 사람들은 모두 프로토콜에 따라 신발 위에 비닐을 씌워놓았다. 그렇다면 시멘트 바닥 여기저기에 찍힌 진흙 발자국은 그전에 생겼을 터였다. 강한은 한 경감을 돌아보았다.

"저 발자국들, 족적은 전부 떠놨겠죠?"

"네, 지금 석고 작업 중입니다."

복도를 지나자, 전에는 작업실로 쓰였을 법한 커다란 방이 나타났다. 빈 창틀을 통해 거센 비바람이 들이치고, 먼지 낀 시멘트 바닥에는 낡은 방수포라든가 포대자루 같은 것들이 널려 있었다. 그 사이로 굴러다니는 성인 잡지라든가 과자 봉지, 음료수 캔, 휴지 뭉치 등이 눈에 띄었다. 강한은 한 번만 둘러보고도, 버려진 이 공간이 어떤 용도로 사용되는지 짐작할 수 있었다.

"동네 애들이 아지트로 삼고 놀러 오는 곳인가 보죠?"

"그런가 봅니다. 저희도 여기 사람이 드나드는 줄은 몰랐습니다."

"저기 있는 물건들, 하나도 빼놓지 말고 수집해서 분석해주세요. 지문, DNA, 미세증거까지."

"네, 검사님."

공장 한복판에 쭈그려 앉아 있는 법의관의 푸른 점퍼를 발견한 강한이 그쪽으로 다가가려고 하는데, 창틀 너머로 여자의 찢어지는 비명소리가 들려왔다.

"별하야! 별하야! 내 딸! 내 새끼! 안 돼! 안 돼!!!"

강한은 그게 누구의 것인지 곧바로 알아차렸다. 심장이 수십, 수백 갈래로 쪼개지는 것처럼 처절한 소리. 피해자의 엄마였다. 절대 다른 사람일 수는 없었다. 유리가 없는 창틀을 통해서 바깥을 내다보자, 차분하고 고급스러운 원피스 차림의 여자가 비에 젖은 바닥 위를 구르면서 통곡하고 있는 게 보였다.

그리고 그 옆에는 짙은 색깔의 양복을 입은 남자가 그녀에게 우산을 씌워주면서 참담한 표정으로 서 있었다. 강한은 경찰차 헤드라이트가 비추는 남자의 얼굴을 보고 흠칫 놀랐다.

"저분은……."

"평화한국당 조민국 의원님이십니다. 피해자 아버지가 조 의원님 보좌관이고 같은 아파트에 살고 있는데, 지금은 외국 출장 중이라고 합니다. 그래서 피해자 엄마가 집에서 딸을 기다리는 사이에, 조 의원님과 그 아들이 주축이 되어 수색대를 결성하고 피해자를 찾아다닌 거죠. 집안끼리 잘 아는 사이니까요."

강한은 한 경감의 설명을 들으면서, 어른스럽고 차분한 태도로 피해자의 엄마를 부축해주는 하얀 얼굴의 소년을 바라보았다. 이목구비가 조 의원과 비슷하게 생긴 게 부자관계임을 쉽게 알 수 있었다. 소년은 눈물인지 땀인지, 아니면 빗물인지 모를 물기에 흠뻑 젖어버린 얼굴을 손등으로 연신 훔쳐내고 있었는데, 그 모습이 묘하게 강한의 가슴속에 남았다.

"그러면 피해자를 최초로 발견한 사람이……."

"조 의원님 부자와 수색대 몇 명입니다. 다행히 피해자 엄마는 그중에 없었고, 지금도 접근을 차단하고 있는 중입니다. 시신을 보면 너무 큰 충격을 받을 것 같아서요."

강한은 한 경감의 말을 들으면서 입술을 지그시 깨물었다. 비 오는 날 밤 으슥한 폐공장에서 시신으로 발견된 열세 살 여자아이. 엄마에게 보여줄 수 없는 시신. 어떤 상황이 벌어졌을지 짐작하기란 어렵지 않았다. 강한은 법의관의 옆으로 다가가 무릎을 굽히고 쭈그려 앉았다. 그리고 단도직입적으로 물었다.

"성폭행입니까?"

"시도했지만 성공하진 못한 것 같아요. 일단 육안으로 보기에는요."

예전에도 강한과 몇 번 만난 적이 있는 중년의 여자 법의관은 조심스러운 태도로 대답했다. 그녀는 전문가다운 말투를 유지하고 있었지만, 바닥을 짚고 있는 손끝이 파르르 떨리는 것을 강한은 볼 수 있었다. 피해자 또래의 자식을 두고 있을 그녀에게는 이 사건이 남의 일같이 여겨지지 않았을 것이다. 그걸 의식한 강한은 단어 하나하나를 신중하게 골랐다.

"피해자가 저항했기 때문인가요? 그럴 만한 힘이 있었을 것 같진 않은데요."

"저항흔은 없어요. 그래서 일견 면식범의 소행으로 보이고요. 범인이 성불구이거나, 아니면 성관계하는 방법을 잘 모를 만큼 어릴 수도 있어요. 피해자의 연령을 고려하면 그래요."

"시도했다는 건 어떻게 알 수 있죠?"

"직접 보세요."

법의관은 피해자의 몸을 덮고 있던 검은색 비닐을 슬쩍 걷어내 강한에게 보여주었다. 실오라기 하나 걸쳐져 있지 않은 작고 가냘픈 몸뚱이가 그의 시야 속으로 뛰어 들어왔다. 그리고 피해자의 몸 아래로는 옷조각으로 보이는 것들이 무슨 파편처럼 흩어져 있었다. 작은 딸기가 그려진 분홍색 원피스 조각이, 거기서 느껴지는 어린 생명의 연약함이 가슴을 아리게 했다.

"추워 보이네요. 사진 촬영과 미세증거 채취가 끝나셨다면……괜찮을까요?"

강한은 걸치고 있던 재킷을 벗으면서 허락을 구하듯 법의관을 향해 물었고, 법의관은 조용히 고개를 끄덕였다. 강한은 피해자의 몸 위에 재킷을 덮어주었다. 그 몸이 너무 작아서 상대적으로 재킷이 커 보였다.

하반신을 꼼꼼히 감싸주기 위해 강한이 장갑 낀 손으로 피해자의 몸을 살짝 들어 올리는 순간, 그 밑에 깔려 있던 작은 물건이 모습을 드러냈다. 노란색 명찰이었다. 강한은 두 눈을 부릅뜨면서 그 명찰을 들어 올려 눈앞으로 가져다대고, 거기 쓰여진 이름 석 자를 읽었다.

"지온유."

37

10월 23일 화요일 새벽 3시. 강한의 침실.

강한은 꿈속에서 명찰을 들여다보고 있었다. 사각형의 노란색 명
찰에 정자체로 적혀 있는 이름, 지온유. 마치 악마의 주문이라도 되
는 것처럼 그 석 자를 노려보는데, 갑자기 명찰 위에서 화르륵 화염
이 피어올랐다.

"흐어억!"

강한은 양손에 불이 붙어 타들어가는 듯 뜨거운 느낌과 함께 잠에
서 깨어났다. 실명하기 이전에는 꿈과 현실의 구분이 전혀 어렵지 않
았다. 눈을 뜨면 다른 세상이 펼쳐졌으니까. 그러나 365일 24시간 내
내 어둠 속에 산다는 것은, 여기가 꿈이 아닌 현실임을 알려줄 아무
런 징표가 없다는 의미였다.

"흐으…… 으윽……"

강한은 아무 이유도 없이 후끈거리는 손등에 얼굴을 파묻으면서
괴로워했다. 환상통(幻想痛)이었다. 여기가 어딘지도 모르겠고 자신
이 누군지도 헷갈릴 지경이었다. 악몽을 꾼 후에 이런 발작 같은 증

상이 찾아오는 경우가 가끔 있었지만, 이렇게까지 극심하게 덮친 것은 처음이었다. 이빨로 시트를 물어뜯던 강한의 몸이 휘청거리며 침대에서 굴러떨어졌다.

"도망가야 돼……. 가까이 가면 안 돼……."

강한의 의식은 어느새 염산 테러 사건의 현장으로 돌아가 있었다. 그는 어느 방향으로 가는지도 모르는 채 엉금엉금 방바닥을 기어갔다. 그저 어디로든, 염산 테러범이 쫓아오지 못할 곳으로 도망쳐야 한다는 생각밖에 없었다. 그때, 강한의 비명소리를 듣고 잠에서 깨어나 달려온 소원이 그를 발견했다. 소원은 득달같이 달려와 강한의 앞에 무릎을 꿇고 앉았다.

"검사님? 무슨 일이에요? 괜찮아요?"

"뜨거워, 뜨겁다고……. 살려줘……."

"뭐가 뜨겁다는 거예요? 아무것도 없는데?"

소원은 텅 비어 있는 두 손을 휘저으며 괴로워하는 강한을 보고 의아해했다. 그러다가 강한이 마치 눈가를 가리려는 것 같은 제스처를 취하는 걸 보고, 그제야 깨달았다. 강한이 지금 염산 테러 사건의 트라우마를 겪고 있다는 사실을. 또한 그가 뭐든지 조금이라도 뜨거운 물체를 그토록 두려워하는 이유도. 소원은 바닥에서 뒹굴고 있는 강한을 부축해 일으키려고 했다.

"검사님, 이쪽으로 오세요. 가서 찬물에 손을 담가요. 그러면 뜨겁지 않을 거예요. 네?"

그러나 소원의 손이 강한의 어깨에 와닿는 순간, 강한은 마치 누군가로부터 공격당한 것처럼 반사적으로 그 손을 밀쳐냈다.

"놔! 잡지 마! 나한테 손대지 마!"

무서울 정도로 억센 힘이었다. 소원이 아무리 혈기왕성한 스무 살이라고 하지만, 열두 살 때부터 지금까지 20년 넘게 꾸준히 복싱을 하면서 몸을 단련해온 강한의 힘에는 아무래도 밀릴 수밖에 없었다. 하지만 그 대신 소원에게는 거머리 같은 끈질김과, 아버지에게 밥 먹 듯 맞으면서 기른 맷집이 있었다.

"아이고, 하여간 힘은 무식하게 세가지고는. 이러다가 다친다니 까요!"

소원은 강한의 옷자락을 꽉 붙잡은 채로 늘어졌고, 두 남자는 한 데 뒤엉켜 바닥을 데굴데굴 굴렀다. 그러다가 그만 강한의 머리가 문 턱에 쾅 소리 나도록 세게 부딪혔다. 강한은 비몽사몽 상태에서 신 음을 뱉어냈다.

"윽!"

"거봐요, 제가 다친다고 했잖아요! 어우, 아프겠다. 돌 깨지는 소 리가 났어."

머리를 쩽하니 울리던 통증이 서서히 가시는 순간, 강한은 짧은 환영을 보았다.

아니, '본다'는 말은 정확하지 않았다. 그건 강한의 의식 어딘가 에 숨어 있던 영상이 재생되는 것에 불과했다. 하지만 꼭 눈으로 보 는 것처럼 생생했다.

검은 모자와 검은 마스크를 쓰고 차창 바로 앞까지 다가와서 물끄 러미 쳐다보던 녹색 티셔츠의 괴한. 마스크가 반 뼘 정도 내려가는 순간, 사뭇 불길한 느낌으로 느릿하게 움직이던 얇은 입술.

그 입술 사이에서 소리가 나지 않는데도, 강한은 마치 소리가 난 것처럼 그 모양을 읽었다.

"1년 전 오늘, 넌 뭘 봤지?"

* * *

"좀 정신이 드세요? 이제 더 이상 뜨겁지 않죠?"

소원은 한 손에 샤워기를 들고, 다른 한 손으로 온도를 재면서 강한에게 물었다. 둘이 한바탕 싸우고 잤다는 사실은 이미 까맣게 잊어버린 지 오래였다. 시원하지만 차갑지는 않은, 딱 적당한 온도의 물이 강한의 손등과 손목, 팔 위로 쏟아져내렸다. 강한은 고개를 푹 수그린 채 웅얼거렸다.

"……생각났어."

"네? 뭐라고요, 검사님? 얼굴에도 뿌려드릴까요?"

샤워기에서 떨어진 물이 두 뺨을 축축하게 적시는 순간, 강한은 아까보다 훨씬 또렷한 음성으로 말했다.

"생각났다고. 그놈이 뭐라고 말했는지. 확실하게 기억났어."

"진짜요? 뭐라고 했는데요? 자기소개라도 했어요?"

"1년 전 그날 뭘 봤느냐고 물었어."

그 순간, 소원의 두 눈이 휘둥그레졌다. 깜짝 놀란 나머지 샤워기가 손에서 미끄러질 뻔했다.

"그건 그 형사가 들었다는 말과 거의 비슷하잖아요? 형사한테는 뭘 들었냐고 했다면서요?"

강한의 가슴속에서는 희비가 묘하게 교차하고 있었다. 한 경감과 자신의 염산 테러 사건이 서로 연관돼 있고, 어쩌면 동일범의 짓일지도 모른다는 것은 분명 희소식이었다. 사건 현장이 늘어날수록 범인이 실수했을 가능성은 커지고, 실마리도 늘어나니까. 하지만 그 사건들이 지온유 사건과 얽혀 있다는 건 결코 달갑지 않았다.

"우연의 일치일 수도 있어. 영화나 드라마 같은 데 나오는 대사를 따라 한 걸 수도 있고…….”

“검사님이 사고를 당했던 날이 9월 22일이죠?”

소원의 질문에 강한은 묵묵히 고개를 끄덕였다. 9월 22일은 그에게 중대한 의미가 있는 날이었지만, 1년 전 9월 22일은 그렇지 않았다. 왜 하필 그날이었는지, 짐작 가는 바가 전혀 없었다. 그래서 이 모든 게 우연일 수 있다는 생각이 들었다.

“그날은 딱히 특별할 게 없었어. 지온유를 기소한 날이 9월 16일이었으니까, 22일이면 한창 공판 준비를 하느라 바빴을 텐데…….”

“전 알아요, 검사님이 그날 뭘 봤는지.”

소원이 불쑥 내뱉은 말에 강한은 아연실색했다. 샤워기 방향이 틀어져서 강한의 얼굴 선을 타고 물이 뚝뚝 흐르는데도, 둘 중 누구도 신경 쓰지 않았다.

“네가 안다고?”

“제가 검사님한테 진술서를 써낸 날, 그날이 바로 9월 22일이었어요.”

“확실해?”

“네, 확실해요. 돌아가신 엄마 기일이 바로 다음날인 9월 23일이라, 원래 매년 납골당에 가는데, 그해는 변호사님 만나느라 못 갔던 게 생각나요.”

“…….”

“우연이 아니에요, 검사님. 범인은 1년 전 사건을 이유로 연쇄 테러를 가한 거예요. 그 당시 수사했던 사람들한테요.”

쏴아아아ー.

무거운 침묵이 두 사람 사이로 내려앉은 가운데, 시원스러운 물소리만 욕실 안을 가득 메웠다.

강한은 머릿속으로 생각을 정리하고 있었다. 일단 두 개의 사건, 아니 세 개의 사건을 하나로 묶고 나자 그전에는 알아차리지 못했던 공통점이 속속들이 드러났다.

'묻지 마 범죄'를 가장한 공공장소에서의 테러형 범죄, 목격자나 CCTV가 아예 없거나 있더라도 무용지물이 되도록 얼굴을 가렸다. 지문이나 DNA가 남지 않도록 철저히 신경 쓰고, 사건 전후의 행적을 파악할 길이 없었다. 피해자인 한 경감과 강한의 일정과 습관을 샅샅이 파악하고 있었던 듯, 평소 자주 가는 곳이나 그날 가기로 되어 있던 곳에 나타난 것도 그랬다.

"그래, 그렇다고 치자. 하지만 왜? 누가? 피해자는 죽고, 유족은 외국으로 떠나고, 가해자도 죽은 사건이야. 지금까지 그 정도의 원한을 가지고 있을 사람이 대체 누가 있는데? 그 사건에서 뭐가 그렇게 잘못됐는데?"

강한의 언성이 저도 모르게 높아졌다. 자존심 강하고 아집 센 그에게, 지금까지 이루어온 커리어의 주축이나 다름없는 중요한 사건을 잘못 처리했을지도 모른다는 암시는 일종의 발작 버튼 같은 것이었다. 그에 대해 소원은 한숨을 쉬며 이렇게 말할 뿐이었다.

"에휴, 할 말은 많지만 하지 않을게요!"

그러나 강한은 소원의 '할 말'이라는 게 뭔지 별 관심도 없는 듯, 손가락으로 턱끝을 문지르면서 자기 생각에 열중하고 있었다.

"한 경감의 일 처리에는 문제가 있었을 수도 있어. 부패 경찰이라는 게 짧은 시간 내에 만들어지진 않거든. 어쩌면 도박에 빠진 게 올해가 아니라 작년일지도 모르지. 하지만 난 왜?"

그 말을 들은 소원은 답답하다 못해 어이가 없었다. 자기가 틀렸을지도 모른다는 것. 그걸 인정하는 게 저 잘난 검사님에게는 이렇게까지 어려운 일인가 싶어서.

"검사님은 정말 100퍼센트 확신할 수 있어요? 그 사건을 처리하는 과정에서, 한 사람을 사지로 몰아넣는 과정에서, 아무것도 잘못하지 않았다고 단정할 수 있냐고요?"

"왜 100퍼센트가 필요해? 형사사건에서 피고인을 기소하는 데 필요한 건 완벽한 입증이 아냐. 합리적인 의심을 할 여지가 없을 정도의 개연성이면 충분하지. 적어도 내가 그 사건을 검토했을 때, 지온유가 범인이라고 보는 데 합리적인 의심의 여지가 없었어!"

방어적인 태도로 돌변한 강한은, 소원이 알아듣든 말든 상관하지 않고 전문용어를 쏟아냈다. 소원도 그가 하는 말들을 일일이 이해하고 싶은 마음은 없었다. 그럴 능력도 없었고.

"그 합리적인 의심이라는 게, 개연성이라는 게, 그딴 게 다 뭔데요? 그렇게 대단한 거예요? 그게 사람 위에 있는 거예요?"

"사람 위에 있는 게 아니라 사람을 위해서 존재하는 거지. 검사는 피해자를 대변하니까."

"피해자 말고요! 수사받는 사람도 사람이라고요! 피가 흐르고 눈물이 나는 사람이라고요!"

"……."

소원은 감정에 북받쳐서 버럭 고함을 쳤고, 그 안에 담겨 있는 감정의 밀도에 놀란 강한은 순간적으로 입을 다물었다.

"죽은 애요, 당연히 불쌍하죠. 전 몰랐던 애인데도, 그 나이에 그렇게 죽은 거 생각하면 마음 아프죠. 하지만 그 애는 온 국민이 애도해줬잖아요. 그 애 이름으로 장학재단까지 세워졌잖아요. 하지만 온유는요? 누가 걱정하고 신경 써주는데요? 씨발, 나라도 기억해줘야 될 거 아냐."

소원의 목소리가 점점 잠겨들고 있었다. 강한에게 그런 소원의 모습은 처음이었다.

"검사님, 온유가 어떻게 죽었는지 알아요? 왜 죽었는지 알아요?"

"대강 알아. 보고받았으니까. 언론 보도도 됐고."

"뉴스에서 아무렇게나 지껄이던 거요? 죄책감에 못 이겨 자살했다는 거? 그거 다 개소리예요. 교도소에서 시비 털리지 않으려고 허울 좋게 꾸며낸 핑계라고요."

소원은 교도관인 아버지로부터 온유가 죽었다는 말을 처음 들었을 때의 기분을 지금도 잊지 않고 있었다. 아마 평생 잊을 수 없을 것이다. 생전 처음 느껴보는 회한이라는 감정. 그래, 그 짙은 핏빛 감정은 '회한'이라는 낯설고 어려운 단어로밖에 표현할 수 없었다.

"온유는 너무 무서워서 죽은 거예요. 폐소공포증 때문에. 재판받으면서, 아니 체포당했을 때부터 국선변호사님이 검사님한테 입이 닳도록 얘기했잖아요. 온유 폐소공포증 심하다고."

"……."

"검사님이 지금 뜨거운 걸 무서워하는 것처럼, 온유는 좁고 어두운 데 갇혀 있는 걸 무서워했어요. 감옥에 들어가는 순간부터 죽는 순간까지 매일 매 순간, 그렇게 지독한 공포를 느끼면서 살았다고요. 그러다가 도저히 견디지 못하겠으니까 자기 바지로 목을 매서 죽은 거예요!"

소원의 말끝에 마침내 축축한 물기가 배기 시작했다. 소원은 강한이 자기를 볼 수 없다는 걸 알면서도, 습관적으로 고개를 옆으로 돌려 눈물을 감췄다.

"백번 양보해서, 온유가 정말로 범인이었다고 쳐요. 그래도……
그래도 최소한의 인간적인 배려는 해줄 수 있었잖아요. 감옥에 가두지 않고, 국선변호사님이 말한 것처럼 병원 같은 데 넣어줄 수도 있었고. 실제로 그런 경우도 꽤 많다면서요."

"많지는 않아."

강한은 간신히 대꾸했지만, 소원에게는 먹혀들지 않았다.

"그런데 검사님은 그걸 가지고 온유가 자기 장애를 이용하는 것처럼 보이게 만들고, 더 바닥으로 떨어뜨렸어요. 그렇게 해야 검사님이 더 멋지고 근사해 보일 테니까 그런 거겠죠."

부인하려면 부인할 수 있었다. 갖다 붙일 말도 많았다. 자신이 무슨 일을 하고 있는지 인지하고 있는, 선악 개념이 있는 열아홉 살의 피고인을 다른 범죄자들과 다르게 취급할 이유는 없었다고, 그건 정의가 아니라고 말하면 그만이었다. 그러나 죽은 친구를 그리워하면서 눈물을 흘리는 소원 앞에서 더는 냉철한 말을 이어나갈 수 없었다.

소원은 에이 씨, 하고 눈물을 훔치더니, 곧 수건을 집어 들고 강한의 젖은 얼굴을 닦아주기 시작했다. 양변기에 앉아 소원의 손길이 지나가는 것을 잠자코 느끼고 있던 강한이 불현듯 입을 열었다.

"그럼 너도 날 미워해? 내가 증오스러워? 내가 내 할 일을 했다는 이유로?"

"……저도 잘 모르겠어요. 아픈 사람을 미워하는 건 너무 어려운 일인 것 같아요."

강한은 소원에게 동정할 바에는 차라리 날 미워하라고 말하지는 않았다. 이번에는 차마 그렇게 말할 수가 없었다. 이 외롭고 공허하고 불안한 새벽에, 넓은 집에서 그와 함께 있어줄 사람이 이 소년 하나뿐이라는 걸 알았기 때문에.

38

10월 23일 화요일 오전 10시. 동명 지하철역.

"연쇄 살인범이나 상해범은 범행을 거듭할수록 진화해. 보통 범행 주기는 더 짧아지고, 범행 수법은 더 잔인해지고, 자신을 숨기기 위해 더 필사적으로 애쓰게 되지. 첫 번째 사건을 가장 집중해서 봐야 하는 이유가 그거야. 범인의 본성이 가장 숨김없이 드러나는 사건이니까."

강한은 소원과 함께 지하철역 입구에 들어서면서 말했다. 그들은 한정남 경감이 처음으로 습격당했던 사건 현장을 직접 확인하려는 참이었다. 한 경감을 해친 범인이 염산 테러범과 동일 인물일 수도 있다는 가능성이 제기된 후, 강한의 수사 의욕에는 제대로 불이 붙었다. 그는 이렇게 말했었다.

"영상 내용을 말로만 듣는 데는 한계가 있어. 차라리 내가 영상 속 범인이 되어서, 그 동선과 행동을 그대로 따라가보는 게 훨씬 낫겠어. 그러니까 뉴소원, 네가 노와줘야겠다."

소원은 오른쪽 팔꿈치를 강한에게 내주고 보행을 이끌면서, 휴대전화에 저장된 영상을 보고 있었다. 한 경감 사건의 기록 속에 있던 지하철역 CCTV 영상으로, 검은 오토바이 헬멧을 쓴 괴한이 찍힌 장면을 모아놓은 것이었다. 주위를 연신 두리번거리면서 영상 속 장소와 실제 장소를 맞춰보던 소원은 마침내 고개를 끄덕이더니, 강한을 4번 출구 계단으로 데리고 올라갔다.

"여기서부터 시작이에요. 9월 3일 23시 5분, 도박쟁이 형사가 휴대전화를 들여다보면서 계단을 내려가요. 보나 마나 스포츠 뉴스를 보고 있었겠죠. 그리고 한 7, 8미터 뒤에서, 검은 오토바이 헬멧을 쓰고 온통 검은 옷을 입은 사람이 형사를 쫓아가요. 검은 가죽장갑도 꼈네요. 겉보기엔 그냥 오토바이 라이더 같아 보이기도 해요."

"지금 이 계단을 내려간 거야?"

"네. 4번 출구로 들어오기 전 영상은 없네요, 아쉽게도."

강한은 소원의 도움을 받아 계단을 하나씩 내려오면서, 아직은 실체를 갖추지 못한 범인의 영상을 머릿속으로 떠올려보았다.

"내가 염산 테러를 당하던 날, 네가 호텔 후문 앞에서 봤던 그 검은 모자, 그놈이랑 비슷해?"

강한의 질문을 받은 소원은 휴대전화 화면을 눈앞에 바짝 가져다 붙이고 유심히 관찰했다. 강한의 말에 따르면 지하철역마다 CCTV 설치 여부와 개수, 종류가 모두 제각각이라고 했다.

동명역은 딱 세 군데, 출입구와 개찰구, 승강장에만 CCTV가 설치되어 있었는데 그나마 흑백이었고 화질도 매우 조악했다.

"가방이나 휴대전화나, 뭐 다른 소지품을 갖고 있진 않아?"

"네, 그냥 빈손이에요."

소원의 휴대전화에 저장해온 첫 번째 영상은 용의자가 계단을 다 내려와 CCTV 앞을 지나가는 것으로 끝났다. 고작 2초도 되지 않는 짧은 분량이었다. 소원은 짧은 통로를 지나 개찰구가 있는 대합실로 강한을 이끌면서 설명했다.

"두 번째 영상은 개찰구에서 찍힌 거예요. 9월 3일 23시 8분, 형사가 교통카드를 찍으면서 지나가고, 그로부터 약 5초 후에 검은 헬멧이 표를 넣고서 같은 개찰구를 지나가네요."

"그래, 카드가 추적당하는 걸 피하기 위해 자동판매기에서 현금으로 표를 샀겠지."

소원은 영상 속 한 경감과 용의자가 통과했던 바로 그 개찰구로 강한을 이끌었다. 소원이 교통카드를 찍고 강한을 통과시켜주려는데, 저만치서 지하철역 직원이 그들을 발견하고 달려왔다. 선글라스를 끼고 손목에 케인 줄을 찬 강한을 보고 나름 도와주려고 달려온 것이었다.

"손님, 장애인 전용 개찰구가 있는데 열어드릴까요?"

"쉿, 이분 검사님이세요. 지금 중대한 사건을 수사 중이라고요!"

소원이 괜히 입가에 손가락을 가져다대면서 주의를 주자, 흠칫 놀란 지하철 직원이 뒤로 물러났다. 강한은 피식 웃으면서 개찰구를 통과했다. 곧이어 뒤따라 나온 소원이 그를 이끌어 지하철 승강장까지 데려갔다. 출근시간이 한참 지난 후여서 승강장은 한산했다. 소원은 앞에서부터 세 번째 블록에 강한을 데려다놓고 영상을 설명했다.

"세 번째 영상은 승강장 내부를 찍은 건데, 지금까지 나온 영상 중에는 제일 선명하고 잘 보여요. 처음에는 형사의 모습만 보여요."

"용의자는 아마 기둥이나 벽 뒤쪽에 몸을 숨기고 있었을 거야. 지하철역 안에서 오토바이 헬멧을 쓰고 돌아다니는 건 그 자체로 수상쩍어 보일 테니까."

아무리 얼굴을 철저히 가리기 위해서라도, 지하철 안에서 오토바이 헬멧을 쓰고 있는 건 영리한 행동이 아니었다. 그러다 누군가의 눈에 띄기라도 하면 틀림없이 깊은 인상을 남겼을 것이다. 범인도 그걸 모르진 않았을 텐데. 무슨 일이 있어도 얼굴만은 들키지 말아야 한다는 공포감과 긴장감이 헬멧을 쓰게 만들었으리라고, 강한은 그렇게 추측했다.

"9월 3일 23시 13분, 지하철이 도착해요. 한 경감은 문이 열리자마자 세 번째 칸에 타네요. 그리고 문이 닫히기 직전, CCTV 밖에서 뛰어 들어온 검은 헬멧이 바로 옆 칸, 그러니까 네 번째 칸에 올라타요."

소원의 설명이 끝나자마자, 마치 일부러 맞추기라도 한 것처럼 멀리서부터 땅이 흔들리면서 지하철이 달려오는 소리가 들렸다. 강한은 소원의 팔꿈치를 잡고 있던 손을 풀면서 반사적으로 뒤로 주춤 물러났다. 실명을 하고서 지하철역에 오는 것은 이번이 처음이었다. 눈이 보이지 않는 상태에서 기습하듯 다가오는 진동과 굉음은 본능적인 공포감을 불러일으켰다.

"검사님, 혹시 졸았어요?"

"졸긴 누가 졸아?"

"그냥 지하철일 뿐이에요. 소리만 요란하고 덩치만 컸지 별거 아니라고요. 자, 가요."

소원은 강한의 손을 끌어다가 다시 자신의 팔꿈치 위에 올려놓았다. 때마침 지하철이 도착하고, 문이 열리자 소원은 강한과 함께 네 번째 칸 안으로 들어갔다. 한적한 열차 안을 둘러보면서 소원은 다소 아쉬운 듯 말했다.

"여기가 범행 현장인 건 맞는데, 아쉽게도 CCTV 영상이 없네요."

"열차 안에까지 CCTV가 설치되어 있는 경우는 별로 없어. 비용이 워낙 많이 드니까. 보통 지하철 내부 순찰로 대체하지. 한 경감이 습격당한 게 목호역 도착 직전이라고 했지? 그때까지 범인은 이 칸에 조용히 앉아 있었을 거야. 최대한 눈에 띄지 않도록 하면서."

"어디에 앉았을까요?"

"노약자석이겠지. 그래야 옆 칸을 훔쳐볼 수 있으니까."

강한은 소원과 함께 노약자석에 앉았다. 머리에는 오토바이 헬멧을 쓰고, 품속에는 잭나이프를 넣은 채, 피해자인 형사를 뒤쫓던 범인의 심리를 상상해보려고 애쓰면서.

'뭘 원하는 거지, 넌? 1년 전 사건에 집착하는 이유는 뭐고, 왜 원한을 품게 된 거지?'

덜컹덜컹, 지하철이 움직일 때마다 규칙적인 진동이 발끝에서부터 전해져왔다. 강한은 지하철 노선도와 함께 범인의 동선을 머릿속으로 그려보았다. 목호역 바로 이전 역은 금송역. 범인은 지하철이 금송역에서 정차했다가 다시 출발할 때쯤 옆 칸으로 이동했을 것이다. 그 칸에 한 경감 외에는 아무도 없다는 것을 확실하게 확인한 다음에야 움직였을 것이다.

— 이번 역은 금송, 금송역입니다. 내리실 문은 왼쪽입니다.

안내 방송이 나오고 지하철 문이 열렸다 닫히는 소리가 났다. 그와 동시에 강한은 자리에서 일어났고, 소원도 그를 따라 일어섰다.

"범인은 바로 이 타이밍에 옆 칸으로 이동했을 거야."

"으, 칼부림이 일어난 장소를 직접 본다고 생각하니까 떨리네요."

"성암시 지하철 안에서 강력 범죄가 얼마나 많이 일어나는데. 그걸 일일이 의식하다 보면 지하철을 평생 못 탈걸."

지하철 칸과 칸 사이의 연결 통로는 비좁은데다 심하게 흔들리기까지 해서 시각장애가 있는 사람이 건너가기가 어려웠다. 소원은 강한의 어깨를 부축하듯 잡고서 천천히 앞으로 이끌어주었다. 세 번째 칸의 문이 열리고, 마침내 그들은 습격이 일어난 그 장소에 발을 들여놓았다.

"아무도 없는 칸에서 혼자 꾸벅꾸벅 졸고 있는 한 경감은 손쉬운 먹잇감이었을 거야. 범인은 재킷 안에 넣어뒀던 수갑을 한 경감의 손목에 채우고, 그의 앞에 서서 깨어나기를 기다렸겠지. 준비한 대사를 들려줘야 했으니까."

"왜 악당들은 항상 대사에 집착할까요? 할리우드 액션 영화를 보면 주인공을 궁지에 몰아넣은 악당이 주절주절하는 동안 주인공은 필살기를 준비하고, 그러다가 결국 막판에 뒤집잖아요. 이 범인도 그래요. 그냥 수갑을 채우고서 곧바로 덮쳤으면 됐을 텐데."

"그 한마디가 범인에게 그만큼 중요했다는 거겠지. 이 범인에게는 스스로 정해놓은 일정한 규칙이 있고, 거기에 따라서 움직이고 있는 거야. '1년 전 오늘'이라는 특정한 날짜에 집착하는 것도 그렇고."

강한은 어쩌면 범인이 서 있었을지도 모르는 자리에 서서, 차갑고 가느다란 기둥을 손가락 끝으로 쭉 훑으면서 낮은 목소리로 덧붙였다.

"그리고 한 경감을 곧바로 덮치지 못한 건, 어쩌면 무서워서였는지도 몰라."

"무서워했다고요? 범인이요?"

"그래, 우리가 모르는 또 다른 범행이 없는 한, 이게 범인의 첫 번째 범행이었으니까. 겁이 많고, 충동적이고, 준비가 부족했지. 잡히지 않은 게 천운이라고 해야 할 정도로."

범인은 운이 좋았고 한 경감은 운이 나빴다는 것. 그게 강한이 한 경감으로부터 첫 번째 사건에 대한 진술을 들으면서 느낀 점이었다.

이 사건에는 '만약에'로 요약되는 변수가 너무 많았다. 만약에 한 경감이 지하철에서 졸지 않았다면, 범인이 수갑을 채우기 전에 깨어나버렸다면, 금송역에서 다른 승객이 탔다면, 범인이 1년간 계획해온 범행은 시도도 해보지 못하고 실패로 돌아갔을 것이다. 졸고 있는 사람에게 수갑을 채워놓고 습격했다가 반격을 당하자 허둥지둥 달아난 것도 어떻게 보면 어설펐다.

"그러나 두 번째 범행은, 첫 번째와 비슷한 것 같지만 본질적으로 달라. 범행을 방해할 수 있는 '만약에'의 변수들을 없애려고 애쓴 흔적이 보이지. 한 경감에게 미리 약을 먹여서 반항할 여지를 없앴고, 지하철보다는 훨씬 통제하기 쉬운 한적한 목욕탕을 범행 장소로 고른 것도 그렇고, 입간판을 뒤집어서 목욕탕에 다른 손님이 들어오지 못하게 한 것도. 하나같이 영리했어."

사실 강한은 범인이 처음부터 범행 장소를 목욕탕으로 고르지 않은 것이 이상할 정도였다. 어쩌면 범인이 범행 장소를 정하는 기준에 강한이 아직 알지 못하는 어떤 의미가 숨겨져 있는지도 몰랐다.

"이번 역은 목호, 목호역입니다. 내리실 문은 왼쪽입니다."

바로 이곳이 범인이 도망친 역이었다. 강한은 소원의 팔을 붙잡은 채 지하철역에서 내렸다. 그들이 승강장에 내려서자마자 소원은 휴대전화로 네 번째 동영상을 재생했다. 다행히 목호역에 설치된 CCTV는 컬러 화면이었고, 해상도도 나쁘지 않은 편이었다.

"범인이 뛰쳐나가는 장면이 찍혀 있어요. 아주 짧게요. 승강장 안에 다른 사람은 없네요. 하긴, 다른 사람이 있었다면 형사가 고함을 칠 때 도와주러 갔겠죠."

소원은 승강장에서 개찰구까지 연결되는 계단으로 강한을 이끌었다. 다행히 에스컬레이터가 있어서 계단 오르는 시간을 절약할 수 있었다. 소원은 다섯 번째 동영상을 확인했다. 그것도 네 번째 동영상 못지않게 시간이 짧았다.

"범인은 개찰구를 손으로 짚고 그냥 뛰어넘었어요. 표를 찍기엔
마음이 급했나 봐요."

"아니면 주머니에서 잭나이프를 꺼낼 때 표가 바닥에 떨어졌거
나, 잃어버렸을 수도 있지. 개찰구를 손으로 짚을 때 범인은 장갑을
끼고 있는 거지?"

"네, 검은색 가죽장갑이요."

강한은 용의자의 지문이 남지 않은 것이 못내 아쉬운 듯 개찰구를
손으로 만지면서 통과했다. 이제 남은 영상은 하나뿐이었다. 강한은
이번에도 예단을 갖지 않기 위해 동영상의 내용을 모르는 채로 현장
에 온 상태였다. 그는 소원을 향해 물었다.

"이번에도 출구 쪽 계단 영상인가?"

"아니요. 목호역은 출구 CCTV가 없나 봐요. 출구가 열네 개나 있
어서 일일이 달기엔 돈이 아까웠나 보죠. 그 대신 대합실 화장실 앞
에 CCTV가 있어요. 이건 좀 특이하네요."

"요즘 화장실 몰카범이 많아서 설치하는 지하철역이 늘어나고 있
어. 몰카 범죄에서 중요한 수사 자료가 되거든. 아마 범인도 여기에
CCTV가 있는 줄은 몰랐을 거야."

"아, 그렇구나."

소원은 고개를 끄덕이면서 수긍했다. 그러더니 팔꿈치에 놓여 있
던 강한의 손을 붙잡아 앞으로 이끌면서, 대합실 오른쪽에 있는 화장
실 앞으로 데리고 갔다.

"마지막 영상은 가장 길어요. 그래봤자 5초 정도지만. 지금부터
범인이 움직였던 그대로 움직여볼게요. 검사님이 영상을 보는 게 아
니라, 직접 경험할 수 있게요."

39

　소원은 화장실 앞에 다다르며 걷는 속도를 늦추었다. 그와 동시에 강한의 두 다리도 멈추었다. 소원은 강한을 남자 화장실 문 바로 앞에 데려다놓고 나서 설명했다.

　"CCTV가 설치된 각도 때문에 범인의 모습은 사선으로 보여요. 범인은 화장실 앞에서 갑자기 속도를 줄이면서 멈췄었어요. 아마 아무도 자신을 따라오지 않는다는 것을 알아차리고 안심했겠죠. 그리고 잠깐 서성거려요. 지금 검사님이 서 계신 바로 그곳에서요."

　"내 앞에 뭐가 있지? 뭐가 보이지?"

　"화장실 문이 닫혀 있다면, 아무것도 안 보일 거예요. 문밖에는."

　소원은 강한의 시야를 가로막고 있는 불투명한 유리문을 보면서 대답했다.

　"화장실 문이 열려 있다면?"

　강한의 질문을 받은 소원은 그의 앞으로 다가가 화장실 문을 슬쩍 밀어 열었다. 그러자 문이 열리는 방향의 바로 정면에 설치되어 있는 세면대와 대형 거울이 보였다.

"거울이요. 거울이 보여요."

"범인은 자기 자신을 봤던 거군."

강한은 그게 무슨 의미일지 생각했다. 첫 번째 습격에 실패한 직후, 범인은 거울에 비친 자기 자신을 보면서, 피 묻은 잭나이프의 촉감을 손아귀 사이에서 느끼면서 무슨 생각을 했을까.

"이게 가장 길게 찍힌 영상이라고 했지. 범인의 모습이 잘 보여? 염산 테러 사건에서 네가 봤던 놈과 같은 사람인 것 같아?"

"음, 일단 키나 체격은 비슷한 것 같아요. 머리 모양은 어차피 구분할 수 없으니까. 이 영상으로 보면 키는 대략 170대 초반에서 중반 사이인 것 같고, 체중은 50대 후반이나 60대 초반?"

소원은 동영상을 재생 중인 휴대전화 화면을 눈앞으로 바짝 가져다대고 관찰하면서 대답했다. 그러던 중, 이전에는 보지 못했던 무언가가 소원의 눈에 띄었다.

"있잖아요, 검사님. 이 범인은 원래 오토바이를 타는 사람은 아닌 것 같아요. 그냥 그런 흉내만 낸 거지."

"그걸 어떻게 알지?"

"이 사람이 쓰고 있는 오토바이 헬멧이요. 일본에서 나오는 아라이라는 브랜드의 풀페이스 헬멧인데, 위에 에어덕트가 달려 있거든요. 레버를 내리면 공기가 통하고 올리면 차단돼요."

"그런데?"

"지하철을 오래 타고 왔잖아요. 그동안 내내 헬멧을 쓰고 있었으면 무지 덥고 숨이 막혔을 거란 말이에요. 헬멧에 대해 좀만 아는 사람이었다면 당연히 레버를 내렸겠죠. 근데 이 영상을 보면 레버가 계속 올려진 상태예요. 이 정도면, 아마 헬멧 안은 완전히 사우나였을 걸요."

소원은 경찰이 알아차리지 못한 걸 찾아낸 것을 뿌듯해하면서 설명했다. 강한은 소원의 말을 유심히 듣고 있다가 문득 생각난 듯 물었다.

"그런데 너, 오토바이 헬멧에 대해서 꽤 잘 안다?"

"에이, 당연하죠. 4년 전부터 친구 거 빌려서 자주 탔는데."

소원이 자랑하는 듯한 어조로 말하자, 강한이 슬쩍 눈썹을 추켜올렸다.

"그래? 내 기억이 맞는다면 지금 네 나이가 만 19세일 텐데. 오토바이를 4년 넘게 탔다고?"

"아, 4년 아니에요. 2년이요, 아니 1년인가? 여튼 합법적인 나이부터 탔어요. 그게 언제든."

소원은 당황한 기색이 역력해서 횡설수설 얼버무렸다. 보아하니 무면허 오토바이 운전을 상습적으로 해온 게 분명했지만, 강한은 일단 모르는 척 넘어가주기로 했다.

"그래, 그렇다 치고. 범인은 거울을 보고 나서 그냥 지나갔나?"

"아니요, 화장실 앞에 쓰레기통이 있어요. 검사님 말대로라면 범인은 잠깐 거울을 봤다가, 그다음에 장갑을 벗어서 거기에 버리고 갔어요."

소원은 휴대전화 속 영상을 잠시 정지시키고 나서 대답했다. 영상 속에는 온통 검은색이었던 용의자의 손이 쓰레기통을 지나치는 순간 원래의 색깔로 돌아오는 장면이 비스듬한 각도지만 분명 알아볼 수 있을 정도로 찍혀 있었다. 장갑을 벗은 게 틀림없었다.

"쓰레기통이라고? 그게 지금도 여기 있어?"

"네, 검사님 바로 앞에요. 2시 방향에요."

소원의 말을 들은 강한은 한 치의 망설임도 없이 손을 뻗어 쓰레기통이 있는 위치를 찾아냈다. 그리고 손이 더럽혀지는 것도 아랑곳하지 않고 쓰레기통 여기저기를 더듬기 시작했다.

"분리수거를 따로 하지 않는 원통형 쓰레기통이군. 높이는 거의 90센티미터에서 1미터가량. 이 정도 용량의 쓰레기통이라면 지하철 운행이 끝난 한밤중이나, 아니면 운행이 시작되기 전 새벽에 청소부가 한꺼번에 비우고 정리할 거야. 기록에 혹시 그 영상은 없었어?"

"쓰레기통 비우는 영상이요? 아니요, 없었어요. 영상은 이게 다예요."

강한은 소원의 대답에 놀라지 않았다. 경찰이 목호역 CCTV를 확보한 것은 범행이 발생한 다음날 오후, 그때는 이미 역 안의 모든 쓰레기통이 한 차례 이상 비워진 후였을 것이다. 경찰은 이미 쓰레기더미 속에 파묻혔을 장갑을 추적하는 게 별 의미가 없을 거라고 판단했겠지.

"류소원. 지금 당장 지하철 관제센터에 가서 성암지검에서 왔다고 얘기하고, 9월 3일 밤부터 4일 밤 사이에 촬영된, 이 화장실 앞 CCTV 영상을 모두 보여달라고 해."

"화장실 앞 영상이요? 검사님, 진짜 쓰레기통 비우는 것까지 확인하려고 그러시는 거예요?"

"당연하지. 필요하다면 폐기물처리장에 가서 뒤지는 한이 있더라도 끝까지 찾아야지. 지금 이 영상이, 그 장갑이 우리가 범인에 대해 가지고 있는 유일한 실마리나 다름없으니까."

소원은 강한이 농담하는 거라고 생각했다. 쓰레기더미 속을 헤엄쳐 다니는 건 소원이 수용할 수 있는 활동보조의 범위 안에 결코 들어 있지 않았으니까. 그러나 강한은 수사에 있어서는, 아니, 수사와 상관없는 일에 있어서도 농담이라는 걸 할 줄 모르는 사람이었다. 결국 소원은 지하철 관제센터 한구석에 앉아 24시간 분량의 CCTV를 0.5배속으로 재생해서 낱낱이 살펴보아야 하는 신세가 되고 말았다.

"검사님, 저 진짜 눈이 빠질 것 같아요."

"그럴 일 없어."

세 시간 동안 영상을 보고 난 소원의 하소연에도 강한은 꿈쩍하지 않았다. 소원의 대각선 방향 책상에 앉아 업무를 보고 있던 관제센터 직원이 송구스러운 표정을 지으면서 말했다.

"괜히 제가 미안하네요. 쓰레기통 비우는 시각이 규칙적이면 좋을 텐데. 우리가 직접 하는 게 아니라 사설 용역업체에 맡겨놓고 하는 거라. 어느 때는 아침에 오기도 하고, 어느 때는 밤에 오기도 하고 좀 대중없어요."

"미안해하실 거 없어요. 어차피 이거 아니면 다른 일로 똑같이 부려먹었을 거예요. 들으셨어요, 검사님? 생판 모르는 분도 절 걱정해주네요."

"오늘따라 말이 많다."

결국 소원은 저항하기를 포기했다. 그저 화면 속에 비치는 화장실 앞 쓰레기통을 내내 주시하면서, 쓰레기통을 비우는 사람이 나타나기를 기다리는 동시에 나타나지 않기를 바랐다.

'저 검사님 성미에 진짜 폐기물처리장에 가보자고 할 거야. 한 달 넘게 지났는데 무슨 소용이냐고 해도 소용없겠지. 어차피 쓰레기더미에서 굴러야 하는 건 자기가 아니라 나니까.'

소원은 강한이 볼 수 없으리라고 생각하고, 재생 속도를 슬쩍 1.5배로 올려버리려고 했다. 그러나 강한은 마우스 휠이 돌아가면서 스크롤하는 소리를 귀신같이 알아챘다.

"류소원, 너 방금 재생 속도 올렸지?"

"아니요, 그런 적 없는데요."

"거짓말하지 마. 내가 방금 다 들었어."

"검사님이 무슨 초능력자도 아니고 그걸 어떻게 다 알아……. 어, 잠깐만요!"

소원은 다시 한번 마우스를 스크롤해서 재생 속도를 정상으로 돌렸다. 9월 4일 아침 8시 20분, 바쁘게 출근하는 사람들 사이로 하늘색 유니폼을 입은 청소부가 커다란 청소 수레를 밀고 다가오는 것이 보였다. 범인이 그랬던 것처럼 청소부 또한 CCTV에는 사선으로 찍혀 있었다.

"이 사람이 화장실 앞 쓰레기통 담당인 것 같아요. 그런데……."

소원은 말하던 것을 멈추고 이번에는 재생 속도를 0.5배로 다시 맞췄다. 화면 속, 쓰레기통에 다가온 청소부가 이상한 행동을 하고 있었다. 그는 청소 수레에 실려 있는 거대한 봉투 속에 쓰레기통을 비우는 대신, 기다란 집게를 집어 들었다. 그러고는 쓰레기통 속에 집게를 넣어 이리저리 뒤적이기 시작했다. 마치 뭔가를 찾고 있는 것처럼.

"저기, 이 사람 지금 쓰레기통을 뒤지고 있는 건가요?"

소원은 관제센터 직원에게 손짓하면서 물었다. 직원은 소원의 옆으로 다가와 화면을 들여다보더니 눈살을 확 찌푸렸다.

"아, 이 사람들 또 이러고 있네."

"왜요? 이러고 있는 게 뭐 하는 건데요?"

"용역업체 청소부 중에 나이 많은 사람들이 몇 명 있는데, 가끔 이렇게 쓰레기통을 뒤져서 다시 쓸 만한 물건을 건져가요. 쓰레기 냄새도 나고, 지하철 이용객들 보기에도 안 좋아서 하지 말라고 매번 얘기했는데 또 이러네요."

직원과 소원 사이에 오가는 대화를 잠자코 듣고 있던 강한이 돌연 고개를 들었다.

"지금 화면 속에서 쓰레기통 뒤지고 있는 청소부, 누군지 알 수 있습니까?"

"글쎄요, 이 화면만으로는 좀…….'"

직원은 CCTV에 사선으로 찍힌 청소부의 뒷모습을 보면서 고개를 갸웃거렸다. 여위고 자그마한 체구, 모자 밑으로 튀어나온 희끗희끗한 귀밑머리, 헐렁한 유니폼만 봐서는 누군지 구분하기가 어려웠다. 강한은 기다리고 있는 것조차 사치라는 듯 단호하게 잘라 말했다.

"그 청소부들, 전부 불러주실 수 있습니까? 가능하다면 지금 당장."

* * *

"장갑을 가져갔다고 여러분을 추궁하려는 게 결코 아닙니다. 남이 버린 물건을 가져가는 게 죄가 되는 것도 아니고요. 저희는 단지 증거물을 되찾으려는 것뿐이에요."

강한은 청소부 유니폼을 입은 노인들을 앞에 두고 간곡하게 타이르듯 말하고 있었다. 네 명의 노인은 마치 틀에 넣어 찍어낸 것처럼 키와 체구, 심지어 머리 스타일까지 비슷했다. 무슨 일인지 영문도 모르고 불려왔던 그들은, 검찰청에서 나온 검사가 지난달에 지하철역 쓰레기통을 뒤져 장갑을 가져간 사람을 찾는다고 하자 약속이나 한 것처럼 일제히 입을 꾹 닫아버렸다.

"분명 여러분 중 한 명입니다. 다시 한번 말하지만, 책임을 묻지 않을 테니 자발적으로 나서주세요. 정 협조하지 않으면 가택 압수수색을 할 수밖에 없습니다."

강한은 청소부 노인 몇 명을 다루는 게 뭐 그리 어렵겠나 생각하면서, 다소 강압적인 말투로 으름장을 놓았다. 그러나 '압수수색'이라는 말이 나오자 노인들은 앞다투어 반발하기 시작했다. 그건 관제센터 직원의 지시를 어기고 또 쓰레기통을 뒤졌다는 죄책감과 수치심 때문일 수도 있고, 장갑을 내놓기 싫은 욕심 때문일 수도 있고, 아니면 장갑을 이미 팔아버렸기 때문일 수도 있었다.

"아니, 우리는 모르는 일이라니께 자꾸 왜 이러는 겨!"

"암만, 암만. 쓰레기통 같은 거 뒤진 적 없구마. 왜 생사람을 잡어!"

"우리가 뭐, 체포라도 됐는가? 그거 아니믄 가도 되는 거제? 자, 다들 가자고!"

한 노인이 선동하고 나서자, 팔짱을 끼고 앉아 뻗대던 나머지 노인들도 우르르 일어나면서 이대로 나가버릴 태세를 보였다. 강한은 백발이 성성하도록 청소를 하면서 생계를 잇는 노인들의 억척스러움을 과소평가했던 것이다.

"저기, 잠시만요. 이러지들 마시고……."

강한은 순간적으로 당황한 기색을 감추지 못했다. 사실 가택 압수수색은 노인들에게 겁을 주려고 괜히 꺼내본 말에 불과했다. 피의자가 아닌 단순 참고인에 대한 압수수색을 실시하려면 그 사람이 범죄와 밀접한 관련이 있다는 걸 객관적 증거를 통해 소명해야 했고, 행여 소명된다 하더라도 압수수색할 수 있는 범위가 엄격히 제한되었다. 영장판사는 노인 네 명의 집을 전부 뒤져보겠다는 식의 영장청구를 절대 받아들이지 않을 것이다.

"무조건 모른다고만 하지 마시고요, 제 말을 좀……."

강한이 어떻게든 노인들을 붙잡아보려고 허공에 헛손질을 하고 있을 때, 그 모습을 지켜보고 있던 소원이 불쑥 앞으로 나섰다.

"안 되겠어요, 검사님. 그냥 솔직하게 얘기하자고요."

"뭘 솔직하게 얘기해?"

소원은 영문을 모르는 강한과 노인들 사이에 서더니, 노인들을 향해 진지한 얼굴로 말했다.

"저희는 사실 검찰청에서 나온 사람들이 아니에요. 이 동네 보건소에서 나왔어요."

강한은 이게 뭔 소린가 싶어 소원의 목소리가 들려오는 쪽으로 고개를 돌렸다. 그러나 소원은 제법 무게감 있는 목소리로 천연덕스럽게 거짓말을 계속하고 있었다.

"저분은 우리나라 감염의학계의 거장이신 강한 교수님이시고, 저는 이 지역 검역관이에요. 여러분이 위험에 처해 있을 수도 있다는 걸 알려드리려고 왔어요."

40

황당해하는 건 강한뿐만이 아니었다. 노인들도 마찬가지였다. 그
들은 밖으로 나가려던 발걸음을 멈추고 소원을 돌아보았다.

"보건소? 뭔 관? 우리가 뭔 위험에 처했다는 겨?"

"이번에 이 지역에서 KH 바이러스로 인한 사망자가 나왔어요. 피
부 접촉이나 호흡기를 통해 감염되는 아주 무서운 질병이죠. 잠복기
는 약 한 달이고, 일단 발병하면 사망률이 아주 높아요. 저희가 추적
한 결과, 최초 사망자가 매일매일 끼고 다녔던 장갑이 바로 이 지하
철역 쓰레기통에 버려졌다는 걸 알게 됐죠. 바이러스가 잔뜩 묻어 있
는 그 장갑이 말이에요."

소원은 일부러 목소리를 낮게 깔면서 음산하게 말했고, 노인들은
안색이 변하기 시작했다. 누군가 그들의 입에 지퍼를 달아놓기라도
한 듯, 시끄럽던 아우성이 쑥 들어가버렸다.

"그때 누가 장갑을 주웠다면 지금쯤 발병 시기가 됐죠. 허리가 욱
신욱신 근육통이 생기고, 걸핏 하면 피곤하고, 눈이 침침하고. 그런
증상이 나타날 텐데. 당장 백신을 맞지 않으면 죽……."

허리가 욱신거리고, 피곤하고, 눈이 침침하고. 그 정도는 어디다 갖다붙여도 대충 다 들어맞는 얘기였다. 노인들의 특성상 건강 문제에 민감할 수밖에 없다는 걸 잘 아는 소원은 그걸 영리하게 이용하고 있었다. 평화롭던 관제센터 안에 한기가 도는 듯했다. 소원이 마침내 '백신을 맞지 않으면 죽는다'는 말을 꺼내려는 찰나, 아까 나가버리자고 외치던 노인이 벌떡 일어나 발작하듯 버럭 고함을 질렀다.

"나여! 내가 주워갔구마! 그 백신인지 뭐시긴지 어디 있당가?"

"할아버지께서 장갑을 주워가셨다고요?"

"그려! 나여! 가죽이 좋은 거 같아서 내가 낄려고 가져갔어. 그러니까 얼른 살려달랑게!"

노인은 발을 동동 구르면서 안달했고, 소원은 그런 노인을 보면서 그럴 줄 알았다는 듯 고개를 끄덕였다. 역시 그의 생각대로였다. 아까부터 제일 요란하게 반발하던 그 노인이 바로 장갑을 가져간 장본인이 아닌가 의심하고 있었던 것이다.

"음, 죄송해요. 어르신. 무척이나 비싼 백신이라서, 감염 위험이 있다는 게 확실해야만 드릴 수 있어요. 혹시 그 장갑, 아직도 가지고 계신가요? 저희가 받아가도 될까요?"

"가져가! 다 가져가랑게! 난 필요 없구마!"

노인은 그 장갑을 당장이라도 소원의 면전에 내던지기라도 할 것 같은 기세로 고래고래 소리를 질렀다. 만일 그 순간 강한이 소원의 얼굴을 볼 수 있었다면, 보일락 말락 입가에 걸린 장난기 어린 미소가 눈에 들어왔을 것이다.

* * *

저녁 8시. 강한의 집.

"정말 너를 어떻게 해야 할지 모르겠다. 보건소 공무원 사칭에, 거짓말에, 노인 협박까지? 그것도 공무 수행 중인 현직 검사 앞에서?"

강한은 제법 능숙해진 동작으로 현관에 들어오면서 소원을 타박했다. 그러나 이제 강한에게 구박당하는 데도 맷집이 생긴 소원은 그 정도로는 끄떡없었다.

"에이, 뭘 또 그렇게 진지하게 받아들이세요. 그 어르신한테도 뭔가 오해가 있었던 것 같다고 잘 해명하고 끝났잖아요."

"넌 매사를 너무 진지하게 받아들이지 않아서 그게 문제야! KH 바이러스는 또 뭐냐? 어디서 주워들은 사이비 지식이야?"

"그런 거 없어요. 그냥 대충 생각나는 대로 검사님 이니셜 따다 붙인 건데."

"……"

소원의 천연덕스러운 대답에 강한은 순간적으로 할 말을 잃었다. 소원은 편의점에서 장 봐온 것들을 부엌 테이블에 한꺼번에 올려놓으면서 말했다.

"어쨌든 장갑을 찾았으니 된 거잖아요. 그게 무슨 소용이 있을지는 잘 모르겠지만. 그 할아버지네 옷장에 한 달 넘게 처박혀 있었다는데, 그럼 증거고 뭐고 다 없어지지 않았을까요?"

"장갑 표면은 그렇지. 하지만 안쪽은 섬유 이탈이 적어서 시간이 지난 후에도 의외로 많은 미세증거가 발견되곤 하지. 손 넣는 부분에서 지문이 채취되기도 하고, 땀이나 피부, 모근에서 나온 DNA가 남아 있기도 하고. 일단 분석실에 넘겼으니 결과를 기다려봐야지."

원래 최소 사흘, 길게는 일주일까지도 걸린다는데, 강한은 정신 나간 사람처럼 전화로 분석실 직원을 달달 볶아 내일까지 결과를 주겠다는 답변을 얻어냈다. 정차를 모르는 폭주 기관차처럼 오늘밤은 검찰청에서 새우겠다는 걸, 소원이 억지로 끌고서 퇴근한 참이었다.

소원도 강한과 함께 생활하면서 알게 된 거지만, 시각장애인은 정안인에 비해 신체 활동에 들이는 에너지 소모가 압도적으로 컸다. 뭔가를 들어 올리는 가벼운 동작을 할 때도, 단순히 직선으로 걸어가는 동작을 할 때도, 정안인에 비해 열 배는 더 생각하고 주의해야 했기 때문이다.

'검사님이 운동을 오래 한 사람이라서 저 정도 버티고 있는 거지, 다른 사람 같았으면 진작에 쓰러졌을지도 몰라.'

소원은 케인으로 앞을 더듬어 냉장고를 찾고, 손을 뻗어 냉장고 문을 열고, 다시 손끝으로 더듬어 생수병을 찾는 강한을 곁눈질하면서 생각했다. 강한은 그 모든 단계를 거쳐 마침내 물 한 모금을 시원하게 마시고 나서 소원에게 물었다.

"그런데 넌, 스페셜한 저녁 식사를 차리겠다면서 왜 장은 편의점에서 봐?"

"다 깊은 뜻이 있어서 그런 거죠. 제가 오늘 검사님한테, 오직 전자레인지로만 조리할 수 있는 끝내주게 맛있는 일품요리를 알려드릴 거예요."

"뭐?"

소원은 유유자적하게 콧노래를 부르면서, 편의점에서 사온 재료들을 꺼내 늘어놓았다. 3분 스파게티 컵라면, 3분 컵 떡볶이, 스트링 치즈와 막대 소시지, 거기에 모차렐라 치즈까지.

"자, 떡볶이는 포장만 뜯어서 이대로 전자레인지에 돌려주시고요. 스파게티도 물 끓일 것 없이 그냥 전자레인지에 돌리죠. 소시지는 손으로 뜯어서 스트링 치즈랑 같이 스파게티 위에 얹으면 돼요.

그 위에 떡볶이를 붓고, 모차렐라 치즈까지 얹어서 다시 한번 전자레인지에 돌립니다!"

강한은 전자레인지가 연달아 위잉위잉 돌아가는 소리를 멍하니 듣고 있었다. 마침내 소원이 전자레인지 문을 열고 완성된 음식, 아니 괴물체를 꺼내자, 넓고 깨끗한 부엌 안에 자극적이면서도 고소한 냄새가 온통 퍼져나갔다.

"자, 꽃미남 스타 셰프 류소원의 편의점 스페셜이 완성되었습니다."

소원은 나무젓가락 대신 플라스틱 숟가락을 얹어놓고 강한을 불렀다. 강한이 앞을 볼 수 없었기에 망정이지, '편의점 스페셜'의 실체를 눈으로 확인했다면 더더욱 경악했을 것이다. 들끓는 용암처럼 시뻘건 국물 위에 끈적끈적한 치즈가 엉겨 붙어 한술 뜨기도 힘들었다.

"난 됐다. 냄새만 맡아도 성인병으로 죽을 것 같아서."

"에이, 또 그러신다. 차려놓은 사람 성의를 봐서라도 한번 드셔보세요."

"그걸 네가 차렸냐, 우리집 전자레인지가 차렸지."

반대편으로 돌아가는 강한의 고개를 끈질기게 쫓아간 플라스틱 숟가락이 기어코 입속까지 따라가고야 말았다. 강한은 마지못해서 맵고 느끼한 정체불명의 음식을 입안에 넣고 씹었다.

"맛있죠? 죽이죠? 왜 이런 맛을 모르고 살았나 눈물 나죠?"

"그래, 죽인다. 대책 없이 맵고, 짜고, 느끼하고, 어휴."

강한은 너무도 자극적이어서 혀가 얼얼해지는 음식을 가까스로 목구멍 너머로 넘기면서 말했다. 소원은 시시하다는 표정을 지으며 강한의 앞에 놓여 있던 스파게티 컵라면 용기를 치우려고 했다.

"잠깐만."

그때, 강한이 갑자기 소원의 손목을 잡았다.

"한입만 더 줘봐."

강한이 주저주저 덧붙이자마자, 소원의 입가에 회심의 미소가 번졌다.

"그래, 이렇게 된다니까. 검사님도 이제 편의점 스페셜의 중독성에 낚이신 거라고요."

강한은 아니라고 받아치고 싶었지만, 소원이 떠넣은 소시지와 치즈로 입안이 가득 차 있어 말을 꺼낼 수가 없었다. 참으로 이상했다. 눈물이 찔끔 날 만큼 맵고, 혀끝에서 기름이 뚝뚝 떨어질 것처럼 느끼한데, 그래서 먹는 동안은 돈을 줘도 안 먹겠다 싶을 정도로 괴로운데, 일단 목구멍 너머로 삼키고 나면 묘하게도 다시 생각이 났다.

"검사님, 오늘 낮에 지하철에서 그러셨잖아요. 첫 번째 습격 때 범인의 모습이 충동적이고, 겁이 많고, 서툴렀다고요."

소원이 문득 사건에 대한 얘기를 꺼냈다. 강한은 가만히 고개를 끄덕이며 대답했다.

"그랬지."

"그러면 혹시 나이가 어린 사람일 수도 있을까요?"

"그럴 수도 있지. 키도 작은 편이고, 체구도 마른 것 같고. 왜? 누구 생각나는 사람 있어?"

"확실한 건 아니고요, 그냥 한번 생각해본 건데요. 온유한테 동생들이 있긴 했어요."

"동생들? 그냥 동생도 아니고 동생들? 몇 명인데?"

"그건 잘 모르겠어요. 매번 바뀌어서."

"동생이 어떻게 매번 바뀌어?"

"온유가 위탁부모 집에 살았잖아요. 그 집에 온유 말고 다른 애들도 살았거든요. 온유만큼 오래 산 애는 없었지만."

소원은 온유를 알고 지낸 6년 동안 그 집을 거쳐 갔던, 다양한 연령대의 아이들을 떠올리면서 대답했다. 그러나 강한은 그 가능성에 사뭇 회의적이었다.

"위탁가정에서 잠깐 살았다는 이유만으로 그렇게 애틋해질까? 그 이름도 모르는 애들, 어차피 지온유하고 친하지도 않았던 거 아냐? 그중에서 너만큼 지온유하고 가깝게 지낸 애가 있어?"

"아뇨, 없을걸요."

"거봐."

강한은 시큰둥한 어조로 말하더니 이번에는 스스로 숟가락을 들었다. 그러나 그들의 대화는 거기서 끝이 아니었다.

"나도 하나 묻자. 넌 왜 그렇게 지온유 일에 집착하는 거지? 그것 때문에 깽판 치다가 유죄판결까지 받고. 우정이 그렇게 중요해?"

강한의 질문을 받은 소원의 눈동자가 걷잡을 수 없이 흔들렸다. 소원은 왕성하던 식욕이 갑자기 떨어졌는지, 반쯤 먹은 컵라면 용기를 슬쩍 옆으로 밀어놓았다. 그리고 입속으로 웅얼거리듯 대꾸했다.

"우정 때문이 아니에요."

"그러면?"

"……검사님, 우리 영화나 볼래요?"

소원은 대답 대신 갑자기 딴소리를 했다. 강한은 군이 캐묻지 않았다. 소원과 온유의 관계가 생각보다 훨씬 복잡했다는 걸 어렴풋이 짐작하고 있었기 때문이다.

불량식품으로 넉넉히 배를 채운 두 남자는 소파 양 끄트머리를 하나씩 차지하고 앉았다.

강한의 집에는 유료 결제로 영화를 볼 수 있는 케이블 채널이 나왔다. 그러나 정작 강한은 그걸로 영화를 본 적이 거의 없었다. 평일에는 거의 매일 야근을 했고, 주말이면 밀린 잠을 보충하느라 바빴다. 가끔 유미와 데이트를 할 때면, 최신 법률 서적을 읽거나 사건에 대한 토론을 하면서 시간을 보냈다.

'이렇게 될 줄 알았으면 영화를 더 많이 봐둘 걸 그랬지.'

강한은 이제 다시는 이전처럼 영화를 즐길 수 없게 된 자신의 처지를 생각하면서 가죽 소파에 등을 기댔다. 소원은 모처럼 주어진 오락시간에 신이 나 들뜬 상태로 리모컨을 눌러댔다.

"뭐 볼까요? 와, 이거 재밌겠다."

소원은 액션이 호쾌하기로 소문난 마블 영화에 자연스럽게 눈이 갔지만, 결제하기 직전에 포기했다. 아무리 재밌는 영화라도 화면 해설 시스템이 없는 한, 강한에게는 그저 시끄럽고 골치 아픈 소음의 연속이 될 뿐이란 걸 알았기 때문이다.

결국 소원은 제목만 봐도 재미없을 것 같은 〈피아니스트〉라는 영화를, 그것도 자막이 아닌 더빙판으로 틀었다. 그 영화에 대해서 아는 건 쥐뿔도 없었지만, 단지 음악이 많이 나올 것 같아서 고른 거였다.

"무슨 영화 틀었어?"

"〈피아니스트〉요."

소원은 그 제목을 입에 담는 것조차 어색하다는 듯 발음했고, 그 순간 강한은 소원이 왜 그 영화를 골랐는지 눈치챘다. 그는 이미 대학생 시절에 여러 번 봐서, 나오는 음악은 물론이고 대사까지 다 기억하고 있었다.

'짜식, 인내심이 없어서 끝까지 다 보지도 못할 텐데.'

강한은 소원이 곧 재미없다고 투덜대며 영화를 끌 거라고 예상하면서 스스로에게 내기를 걸었다. 10분. 소원이 버틸 수 있을 거라고 그가 생각한 시간은 고작 10분이었다.

41

30분 후, 소원이 아닌 강한이 소파 팔걸이에 이마를 붙인 채 꾸벅꾸벅 졸기 시작했다. 반면 소원은, 어느 순간부터 완전히 영화에 몰입해서 정신없이 화면을 바라보고 있었다. 영화가 클라이맥스에 이를 때까지 시간이 흘러가는 줄도 몰랐다.

— 무슨 일을 하나?

— 저는, 피아니스트였습니다.

폭격으로 폐허가 된 건물에 숨어 지내면서 아사 위기에 처해 있던 유대인 피아니스트. 그리고 그의 앞에 나타나 피아노를 쳐보라고 명령하는 독일군 장교. 그는 혼신의 연주에 감동받은 나머지 유대인 피아니스트에게 빵과 잼을 갖다주고, 입고 있던 외투까지 벗어주었다.

혼잡한 세상으로부터 격리된 어두운 공간. 그 안에서 원래 적이었던 두 남자는 서로를 구원했다. 독일군 장교는 피아니스트를 굶주림과 죽음으로부터 구했고, 피아니스트는 독일군 장교를 양심의 가책으로부터 구했다. 적과 아군을 나누는 경계는 어느 순간부터 의미가 없어졌다.

— 전쟁이 끝나면 뭘 할 건가?

— 연주해야죠.

잔잔한 피아노 선율과 함께 엔딩크레딧이 오르는 순간, 소원은 자신의 눈시울이 축축이 젖어 있다는 걸 알았다. 그리고 강한이 세상 모르게 곯아떨어져 있다는 것도.

"검사님, 똑바로 누워서 자야죠."

소원은 다정하게 잔소리를 하면서, 새우등을 하고 불편하게 웅크린 강한의 자세를 고쳐주었다. 그러곤 종아리에 둘둘 말려 있는 무릎 담요를 가슴 바로 아래까지 끌어올려 덮어주었다. 그 순간 강한은 소원의 손길을 느낀 듯 가볍게 으음, 하면서 몸을 뒤집었다.

불이 꺼진 어두운 집. 자신이 아니었다면 온기 한 점 없었을 그곳에서 강한과 단둘이 있다는 게 새삼 묘하고 절실한 현실이 되어 소원에게 다가왔다. 이따금 분노가 치밀어올라도 뛰쳐나가지 못한 건, 그의 발목을 묶고 있는 이유 하나 때문에.

'이 사람한테는 나밖에 없다.'

소원은 방으로 가서 잘까, 잠시 생각했다가 이내 포기하고 다시 소파에 앉았다. 강한을 혼자 자게 내버려두었다가 저번처럼 몽유병 증세를 보이기라도 하면 어쩌나 싶어서. 어떻게 할까 고민하다가 결국 강한이 자고 있는 소파 옆, 카펫이 폭신하게 깔려 있는 바닥에 길게 몸을 뉘었다.

길쭉하게 삐져나온 두 남자의 발목 끝에 고여 있는 새까만 어둠. 영화가 끝난 후 화면에서 새어나오는 유리처럼 하얗고 투명한 빛. 그 사이로 교차되는 현재와 과거. 소원은 졸음이 스멀스멀 몰려드는 것을 느끼면서, 아까 강한의 질문에 하지 못한 대답을 중얼거렸다.

"내가 집착하는 이유는 아마도, 죄책감 때문인 것 같아요."

아무도 듣지 않고 있었기에 할 수 있는 고백이었다. 소원은 입술을 지그시 깨물면서 다시 한번 중얼거렸다. 입술 사이로 새어나오는 후회는 독보다 더 썼다.

"믿어주지 않았다는, 도와주지 않았다는 죄책감이요. 그 애한테는 나밖에 없었는데."

* * *

1년 전 9월 1일 금요일 오후 4시. 소원의 하굣길.

"에이 씨, 여름도 다 갔는데 왜 비가 오고 지랄이야."

소원은 질척거리는 진흙탕 속으로 자전거를 끌고 가면서 연신 욕을 퍼붓고 있었다. 다른 애들과 달리 소원에게는 비가 오니까 자전거를 두고 우산을 쓰고 가라고 말해줄 엄마가 없었다. 낑낑대면서 공장 입구에 도착했을 때, 오직 소원이 오기만을 목 빼고 기다리고 있던 온유가 책가방을 멘 채로 담장 뒤에서 불쑥 튀어나왔다.

"소원아, 나 자전거 태워줘!"

"비 오는 날은 자전거 못 타."

소원은 온유가 갑자기 튀어나온 것에 놀라지도 않으면서 무뚝뚝하게 대꾸했다. 그러나 온유는 어린애처럼 고집을 부렸다.

"탈 수 있어! 태워줘! 태워줘!"

"어휴, 알았다. 타라, 타."

소원은 체념의 한숨을 쉬면서 자전거를 세웠다. 논리적인 대화를 할 줄 모르는 온유에게, 비가 오는 날 자전거를 타는 건 위험하다고 설명해봤자 소용없었다. 소원은 교복 소맷단으로 안장을 대충 닦아내고 자전거에 올라탔고, 온유는 신나 하면서 짐칸에 올랐다. 그러나 페달을 몇 번 밟아보지도 못하고, 자전거 바퀴는 진흙에 휙 미끄러지면서 균형을 잃고 말았다.

"소원아!"

"으앗!"

외마디 비명소리와 함께 자전거는 길옆으로 구르면서 진창에 처박혔다. 자전거 몸체가 옆으로 엎어지는 순간, 소원은 온유의 몸뚱이를 자신의 어깨와 등으로 받쳤다. 그건 딱히 의식해서 한 행동은 아니었다. 그저 형이 동생한테, 어른이 아이한테 하는 것처럼, 자기보다 나약하고 스스로를 지킬 줄 모르는 존재를 보호해야 한다는 의무감에서 나온 반사작용에 가까웠다.

쾅 소리와 함께 두 소년의 몸이 뒤엉켜 나뒹굴었다. 소원의 하늘색 교복 셔츠가 순식간에 진흙에 얼룩져버렸다. 그걸 빨아서 말릴 생각을 하니 소원은 와락 짜증이 났다. 어쩌면 온유는 자전거를 타고 넘어지는 걸 일종의 놀이로 생각하고 있는 게 아닌가 싶었다.

"빌어먹을, 그러니까 내가 비 오는 날은 안 된다고 했잖아! 등신아!"

"미안해, 미안해. 내가 잘못했어."

소원이 화를 내자 덜컥 겁을 집어먹은 온유는 두 손을 하나로 모으면서 싹싹 빌기 시작했다. 그 꼴을 보고 있으려니 소원은 또 괜히 속이 뒤집혔다. 자전거를 일으켜 세우고, 바닥에 굴러다니는 책가방을 주워 온유에게 던져주면서 퉁명스럽게 말했다.

"누가 너한테 사과하래? 됐으니까 이거나 잠깐 들고 있어봐."

소원은 온유의 교복에 묻은 진흙 덩어리를 대충 털어주고, 책가방을 고쳐 메주었다. 마지막으로 자기 교복 재킷을 벗어 온유의 머리 위에 우비처럼 덮어씌워주었다. 어차피 버린 옷인데 뭐 어떠랴 싶었다. 두 소년은 물에 빠진 생쥐 꼴로 진흙길을 터덜터덜 걷기 시작했다.

"다음부터 비 오는 날엔 기다리지 말고 혼자 집에 가. 알았어?"

"응."

온유는 고분고분하게 대답했지만, 소원은 그래봤자 비가 오든, 눈이 오든 온유가 그 자리에서 자길 기다릴 거란 걸 알았다. 그들이 고등학교를 졸업하는 날까지, 어쩌면 그 후에도.

"에이, 됐다. 우리집에 가서 라면이나 먹자."

"오예! 라면!"

소원의 제안에 온유는 펄쩍 뛰어오르면서 좋아했다. 오늘은 소원의 아버지가 야간근무를 하는 날이었다. 평소 아버지가 집에 있을 때는 온유를 데려오기 힘들었다. '친구를 가려 사귀어야 한다'며 아버지가 온유를 못마땅해했기 때문이었다. 그럴 때마다 소원은 '내가 걔한테 나쁜 물을 들이면 들였지 그 반대는 아니다'라고 말하곤 했지만.

폐공장 지대에서 소원과 온유가 살고 있는 임대아파트까지는 평소 걸어서 15분이면 충분했다. 그러나 엉망진창이 된 꼴을 하고서, 덜걱거리는 자전거까지 끌고 오다 보니 시간이 훨씬 오래 걸렸다.

오후 5시. 온유를 데리고 집에 온 소원은 씻고 나오라며 그를 욕실에 밀어넣고 나서 일단 라면부터 끓였다. 잠시 후, 김이 모락모락 피어오르는 라면 냄비를 사이에 두고 머리에 수건을 감은 두 소년이 마주 앉았다.

"야, 천천히 먹어. 뭘 그렇게 급하게 먹어? 체해."

소원은 젓가락으로 면발을 둘둘 말아 흡입하듯 입속에 쑤셔넣는 온유를 보고 깜짝 놀라서 말렸다. 그러나 온유는 후후 뜨거운 김을 뿜어내면서 다급하게 말했다.

"오늘 별이 생일이야. 만나러 가야 돼."

"별이? 그게 누군데? 네 여친이라도 돼?"

소원이 농담 삼아 던진 말에 온유는 진지하게 고개를 끄덕였다. 소원은 잠시 멈칫했다가, 이내 웃음을 피식 머금었다. 온유는 가끔 저런 식으로 터무니없는 상상을 하는 경우가 있었다. TV에 나온 중년의 남자 배우를 보고 자기 아버지라고 한다거나, 여자 아이돌 광고 사진을 보고 자기 여자친구라고 하는 것처럼. 이번에도 그런 거라고 생각하고 가볍게 웃어넘겼다.

"여친 생일이면 그냥 가면 안 되지. 선물 사가지고 가야 할 거 아냐."

"선물?"

"그래, 남자친구라면서 넌 그런 것도 모르냐?"

소원이 핀잔을 주자 온유는 금세 울상이 되었다. 못된 생각이긴 했지만, 소원은 이럴 때면 학교에서 온유를 놀려대는 애들의 심리를 조금은 알 것도 같았다. 무슨 말을 하든지 철석같이 믿고 진심으로 반응하니까. 있는 거라곤 오래된 휴대전화 한 대뿐인 주머니를 뒤적이며 고민하던 온유는 돌연 소원을 쳐다보면서 조르듯 소리쳤다.

"소원이가 별이 그림 그려줘!"

"별이가 누군지도 모르는데 그림을 어떻게 그려."

"별이 사진 있어! 사진 보내줄게!"

온유는 득달같이 대답하면서 손가락으로 휴대전화를 두드렸다. 몇 초 후, 교복 바지 주머니에 꽂아두었던 소원의 휴대전화가 진동했다. 이번에도 여자 아이돌 사진, 그게 아니면 기껏해야 동네의 예쁜 여고생이겠거니 생각했던 소원은 온유가 보내준 사진을 보고 어안이 벙벙해졌다.

"얘가 별이야?"

150센티미터 남짓 되어 보이는 키, 양 갈래로 땋은 머리와 레이스

원피스, 눈꽃 모양의 방울이 달린 구두. 여자아이가 중학생도, 고등학생도 아닌 초등학생이라는 건 얼핏 보기만 해도 알 수 있었다. 고급스럽고 깔끔한 옷차림을 보니 아마도 주상복합에 사는 아이 같았다. 질책 섞인 소원의 질문을 순수한 의문으로 받아들인 온유가 힘주어 고개를 끄덕였다.

"응, 응. 별이 예뻐. 별이 착해."

주저없이 튀어나온 대답에 소원은 깊은 한숨을 쉬었다. 소원은 온유를 잘 알았다. 그래서 온유가 이 여자아이를 좋아하는 게, 불순한 의도가 전혀 섞이지 않은 순수한 마음이라는 걸 알았다. 어린애가 인형에, 사탕에, 산타 할아버지 이야기에 열광하는 것처럼, 온유는 그저 이 별이인지 뭔지 하는 애와 친구가 되고 싶은 것이다.

그러나 소원은 고등학교 3학년이기에 또한 잘 알았다. 아무리 온유의 마음이 순수하다 할지라도 세상 사람들은 그런 시선으로 바라보지 않을 것이라는 걸. 가뜩이나 지적장애가 있다는 이유로 온유를 이상하게 보는 사람들이 많았다. 그런데 초등학생 여자아이 뒤꽁무니를 쫓아다니다니, 절대 안 될 일이었다. 더구나 주상복합이라니, 거기 사는 사람들이 얼마나 차별적인데.

소원은 여기서 자기가 강하게 나가야 한다는 걸 알았다. 온유를 보호하려면. 그래서 일부러 목소리를 낮게 깔면서 위협하는 듯한 어조로 말했다.

"야, 지온유. 내 말 똑바로 들어. 얘는 어린애야. 좋아하면 안 된다고. 어른들이 이상하게 볼 거란 말이야. 너 얘한테 가까이 가면 죽는다. 알았어?"

"싫어, 난 별이 좋아! 별이 예뻐!"

"아, 씨발. 귓구멍이 막혔냐? 꼬마 애한테서 떨어지라고! 변태 취급당하고 싶지 않으면!"

소원은 성질을 억누르지 못하고, 그만 거칠게 고함을 치면서 온유의 멱살을 잡고 말았다. 답답해서 그랬다. 불안하고 걱정돼서. 그러나 그런 소원의 속내를 알 리 없는 온유는 잔뜩 겁에 질린 표정을 하고 뒤로 몸을 뺐다. 그러면서도 중얼거리듯 덧붙이는 말이 고집스러웠다.

"그래도, 난 별이가 좋은데……."

"분명히 말해두는데, 너 얘랑 있는 게 내 눈에 띄기라도 하면 그날로 나랑 끝이다. 알았어?"

"……."

"알았냐고?"

"응, 알았어."

온유가 기어들어 가는 목소리로 대답하자, 그제야 소원은 마음이 좀 놓였다. 그렇게까지 세게 말했으면 알아들었겠거니 했다. 그래서 잠시 후, 온유가 집에 간다고 할 때도 별 의심 없이 순순히 보내주었다.

"이제 뭐 하지? 공부라도 할까? 에이, 됐다. 그냥 잠이나 자자."

소원은 책상 위에 놓여 있는 참고서들을 물끄러미 쳐다보다가 그대로 방바닥에 벌렁 드러누워버렸다. 보일러를 뜨끈하게 틀어놓은 덕에 등은 따습겠다, 배는 부르겠다, 소원은 금세 곯아떨어졌다. 얼마나 잤는지는 모르지만 꽤나 달게 잤다.

쿵-. 쿵-.

정체를 알 수 없는 이상한 소리가 아파트를 울리기 전까지는.

42

"이게 무슨 소리지?"

소원은 졸린 눈을 비비면서 느릿느릿 몸을 일으켰다. 그동안에도 정체불명의 쿵, 쿵 소리는 계속되고 있었다. 뭔가 묵직한 게 벽에 와서 부딪치는 것 같은 둔중한 충격음. 거실을 휘휘 둘러보던 소원은 그 소리의 근원지가 바로 복도라는 것을 깨달았다.

"동네 애새끼들이 또 장난질인가 본데, 이것들이 형님 무서운 줄도 모르고……."

소원은 휴, 짧게 한숨을 한번 쉬고 거실을 가로질러 현관으로 나갔다. 그리고 슬리퍼를 대충 꿰찬 채 문을 열고 나갔다. 쫘아아아-. 세차게 쏟아지는 빗소리가 고막을 가득 메웠다. 스산하고 음습한 복도에 고여든 지독한 어둠을, 오래된 백열전구 하나가 가물가물하게 밝히고 있었다.

자신의 집과 온유의 집 사이에 있는 짧은 복도에 다다른 소원은 눈앞에서 펼쳐지고 있는 광경에 경악을 금치 못했다.

"야, 지온유! 너 뭐 하는 짓이야? 미쳤어?"

온유는 그야말로 정신 나간 사람처럼 복도 벽에 머리를 찧어대고 있었다. 쿵, 쿵, 무겁게 울리는 소리가 날 때마다 머리끝부터 발끝까지 온몸이 사정없이 흔들렸다. 말로는 소용없다는 걸 깨달은 소원은 민첩하게 몸을 던져 손을 뻗었다. 그러고는 온유의 정수리와 벽 사이를 자기 손바닥으로 가로막았다.

퍽-.

아까와는 색깔이 다른 소리가 나면서 동그란 머리통이 소원의 손바닥을 짓이기듯 때렸다. 그리고 손바닥 위에 묻어나는 붉은 핏자국. 그 부질없는 몸짓을 몇 번이나 거듭하고 난 후에야 온유의 발악 같은 행동이 조금씩 잦아들기 시작했다.

"소원아……."

"그래, 나야. 무슨 일이야? 왜 이래?"

소원은 시퍼렇게 멍들기 시작한 손바닥을 조심스럽게 거둬들여 온유의 어깨 위에 얹어놓으면서 달래듯 물었다. 온유가 이런 식으로 자해 비슷한 행동을 하는 걸 본 게 처음은 아니었다. 자신의 감정을 언어로 표출할 능력이 없는 온유는 더 견딜 수 없을 만큼 감정이 한계에 다다랐을 때 이런 행동을 했다. 극도로 공포스럽거나, 불안하거나, 슬프거나, 흥분했을 때도.

"나 아니야. 난 아무 잘못 안 했어. 나 아니야……."

온유는 열에 들뜬 사람처럼 혼미한 표정으로 계속 비슷한 말을 반복했다. 그제야 소원은 온유의 온몸이 물에 빠졌던 것처럼 흠뻑 젖어 있다는 걸 알아챘다. 밖에 나갔다 온 게 분명했다. 뭐라 말로 설명할 수 없는 이유로, 불길한 예감이 기습하듯 소원을 덮쳤다. 그는 온유의 어깨를 양손으로 꽉 붙잡고 추궁하듯 물었다.

"뭘 안 했다는 건데? 뭐가 아니라는 건데?"

"나 아니야, 정말 아니야……."

"그러니까 뭐가 아닌지 말해보라니까!"

온유의 어깨를 붙잡고 있던 소원의 손에 힘이 들어갔다. 그 어깨를 앞뒤로 흔들려는 순간, 온유가 소원의 가슴에 손을 얹었더니 발작하듯 세게 밀쳐냈다. 소원이 한번도 상상해본 적 없는 센 힘이었다. 가끔 장난을 친 적은 있어도, 온유가 이런 식으로 소원에게 몸싸움을 걸어온 적은 한번도 없었다. 소원은 놀라고 당황한 나머지 저도 모르게 그대로 뒤로 밀려났다.

"윽!"

소원은 물기 어린 바닥에 죽 미끄러지면서 그대로 보기 좋게 엉덩방아를 찧었다. 양손으로 바닥을 짚으면서 아픈 시늉을 하는데, 온유는 그런 소원을 뭐에 홀린 것처럼 멀거니 내려다보기만 했다. 그러더니 훠이훠이 걸어가 자기 집 현관문을 열고 안으로 들어가버렸다. 쾅, 현관문을 세게 닫는 소리가 어두운 복도에 길게 울려 퍼졌다.

"저 새끼 저거 왜 저래. 뭘 잘못 처먹었나……."

소원은 어안이 벙벙한 표정으로 굳게 닫힌 현관문을, 그 앞에 웅덩이처럼 고여 있는 빗물 흔적을 쳐다보았다. 가슴을 구둣발처럼 지그시 밟고 가는 불길한 예감은 무시하고 싶었다. 한참을 그렇게 앉아 있다가, 뒤늦게 정신이 들어 몸을 털고 일어났다.

'일단 들어가자. 정신이 돌아오면 먼저 전화를 하든 찾아오든 알아서 하겠지.'

소원은 대수롭지 않게 생각하려고 애쓰면서 집으로 돌아왔다. 신발장에서 고개를 들고 습관처럼 벽시계를 확인했을 때, 시곗바늘은 저녁 8시를 가리키고 있었다.

* * *

10월 24일 수요일 오전 8시 40분. 성암지방검찰청 입구.

"검사님, 그 장갑에 대한 검사 결과는 언제 나와요?"

택시에서 내리면서 소원이 던진 질문에, 강한은 별다른 생각 없이 대답했다.

"빠르면 오늘, 늦어도 내일?"

"오오, 그러면 거기서 지문이나 DNA가 나오면 그대로 사건 해결되는 거예요? 전 해방이에요? 우린 이제 영영 안녕이에요? 앗싸!"

어젯밤부터 소원은 평소보다 유독 심하게 까불거렸다. 강한은 그걸 온유와의 관계에 대해 다시 묻지 말라는 암묵적인 의사 표시로 받아들였다. 택시가 떠나고, 강한과 함께 현관으로 들어가던 소원이 잠시 어딘가를 보더니 흠칫하고 멈춰섰다.

"반장?"

소원은 민원실 입구에서 발을 들이지 못하고 서성이는 앳된 외모의 청년을 보고 그렇게 불렀다. 흰 티셔츠에 체크무늬 셔츠를 걸치고, 물 빠진 청바지에 크로스백을 멘 청년은 누가 봐도 대학생 새내기 같아 보였다. 청년은 소원을 보더니 반가워하면서 달려왔다.

"류뚱!"

"류뚱?"

강한은 이게 뭔 소린가 싶어 고개를 갸웃했고, 소원은 눈에 띄게 당황했다. 그들에게 다가온 청년은 선글라스를 끼고 손목에 케인을 걸고 있는 강한을 보고도 당황하지 않았고, 오히려 소원에게 소개해 달라는 듯한 눈짓을 보냈다.

"검사님, 제 동창이에요. 고등학교 3학년 때 우리 반 반장이었던 이준휘."

"안녕하세요, 강한 검사님이시죠? 저는 성암국립대학교 경제학부 1학년 이준휘라고 합니다."

"그래요. 그런데 아까 뭐라고 한 거지? 류……뭐?"

"아, 류뚱이요? 소원이 고등학교 때 별명이에요. 애가 겉보기엔 말랐는데 엉덩이만 뚱뚱해서. 류뚱."

"오, 그렇구나. 류뚱. 좋은 별명이야, 센스 있어."

강한은 흡족하게 웃으면서 고개를 끄덕였고, 소원은 귓불까지 벌게졌다. 그는 강한과 준휘를 민원실 안쪽으로 얼른 끌고 들어가면서 투덜거렸다.

"센스는 무슨. 그런데 반장 네가 여기엔 웬일이야? 바른생활 사나이가."

"강한 검사님 뵈러 왔어. 그런데 어디로 가야 할지 몰라서."

"날 보러 왔다고? 내 이름은 어떻게 알지?"

강한은 준휘의 목소리가 들리는 방향에 대고 물었다. 물론 강한의 염산 테러 사건이 언론에 연일 대서특필되면서 유명해지긴 했지만, 그렇다고 해서 실명이 나돌아다니는 건 아니었다.

"아, 전에 규진이한테서 얘기 많이 들었어요. 그…… 사건 수사하셨던 분이고, 규진이네 가족하고도 가까우시다고. 저 규진이하고 제일 친한 친구였거든요."

강한이 아는 '규진'은 한 명뿐이었다. 조 대표의 아들, 한때 처남이 될 뻔했던 조규진. '제일 친한 친구다'가 아니라 '친구였다'고 말하는 게 살짝 귀에 걸리긴 했지만, 원래 고등학교 때 친했던 친구도 다른 대학에 가면 멀어질 수 있으니까. 강한은 대수롭게 여기지 않았다.

"그렇군. 그런데 여기엔 무슨 일로 왔지?"

강한의 질문에, 준휘는 잠시 머뭇거리다가 말을 꺼냈다.

"검사님께서 기억하실지 모르겠는데요. 얼마 전에 속옷 도둑맞았다고 고소장 내신 할머니, 그분이 저희 이모할머니세요."

"아, 그…… 목소리 크신 분."

강한은 금세 기억해냈다. 어떻게 잊을 수 있겠는가. 50만 원짜리 보정용 속옷을 절취당하고, 그렇게 중대한 사건을 소경 검사에게 맡겼다면서 냅다 화를 내고 검사실을 뛰쳐나간 할머니.

"네, 그분이요."

준휘는 강한의 애매한 대답이 함축하고 있는 의미를 알아차린 듯 쑥스럽게 웃으며 덧붙였다.

"죄송해요, 저희 할머니 성격이 보통이 아니셔서. 그런 일이 있었던 걸 알았으면 제가 대신 왔을 텐데, 같이 살지도 않고 자주 뵙는 것도 아니어서 뒤늦게 알았어요."

"준휘는 주상복합 살아요. 학교 바로 앞에 있는."

소원이 설명하듯 덧붙였다. '주상복합'이라는 말만으로도 강한은 그곳이 어딘지 알아들었다. 지온유 사건의 피해자인 김별하가 살았던 곳, 조 대표 가족이 지금도 사는 곳. 이 지역 상류층이 모여 사는 곳.

준휘는 조금 머쓱한 듯 뒷머리에 손을 갖다대면서 말했다.

"별것도 아닌 일로 귀찮게 해드리는 거 같아서 원래는 오지 않으려고 했어요. 그런데 이모할아버지가 하시는 말씀을 듣고 나니까, 이건 수사기관에도 알려야 하는 일인 거 같아서요. 왜 그런 거 있잖아요, 뭔지는 잘 모르겠는데 그냥 넘어가기에는 찝찝한 거."

강한은 잠자코 고개를 끄덕였다. 그도 그게 뭔지 알고 있었다. 보고서에 도장을 찍기 직전에 등골을 서늘하게 잠식하는 묘한 느낌, 쌔한 기분. 수사하는 사람의 본능이라고나 할까, 직감이라고나 할까. 오래된 베테랑 수사관들은 그냥 '짬'이라고 부르기도 했다. 그리고 신기하게도 그 '찝찝한 거'는 십중팔구 들어맞았다.

"실은 그때 속옷 말고 없어진 물건이 하나 더 있대요. 이모할머니가 고소장을 쓰실 때는 모르고 계셨는데, 검찰청에 다녀온 후에 알게 되셨나 봐요."

"이번에는 뭔데? 할머니 몸뻬바지?"

강한 대신 소원이 물었다. 이 사건에 대해 아무런 기대도 걸고 있지 않음을 보여주는 심드렁한 말투였다. 그러나 그다음에 준휘의 입에서 나온 말은 강한과 소원 모두의 상상을 초월하는 것이었다.

"저희 이모할아버지가 배관 뚫는 일을 하시잖아요. 사실 그거 때문에 저희 부모님이 이모할머니 댁에 왕래하는 걸 싫어하시는 건데……. 어쨌든, 배관 작업할 때 쓰는 염산이 없어졌대요. 아마 속옷이 없어질 때 같이 없어진 게 아닐까 하시더라고요."

"염산이라고?"

강한은 순간적으로 귀가 번쩍 뜨이는 것 같았다. 그의 주의를 사로잡았음을 알게 된 준휘는 상세하게 설명을 이어나갔다.

"네, 순도 높은 염산이고, 지정된 화공업체에서도 까다롭게 신분증을 검사하고 판매하는 물건이래요. 평소에는 거의 쓰실 일이 없어서 마당에 딸린 간이창고에 넣어두셨나 봐요. 이번에 배관을 통째로 녹여야 할 일이 있어서 찾으셨는데, 뒤늦게 없어져버린 걸 아셨대요."

"평소에는 간이창고를 잠가두지 않으시는 건가?"

"네, 대문을 잠그기 때문에 따로 창고까지 잠그시진 않는 모양이에요."

"도둑맞은 건 확실한 건가? 어디서 잃어버리거나 한 건 아니고?"

"그건 아니에요. 취급 주의 약품이라 늘 신경 쓰셨대요. 그리고 이모할아버지가 뒤늦게 기억해내신 건데, 두 달 전쯤 간이창고가 심하게 어질러졌던 적이 있었다고 하셨어요. 그땐 그냥 도둑고양이가 든 건 줄 알았는데, 지금 생각해보니까 이상하시다고요."

강한은 입을 다물지 못한 채로 잠시 굳어졌다. 그가 염산 테러를 당하기 고작 나흘 전, 같은 지역에서 일어난 고농도 염산 절취 사건. 이걸 단순한 우연이라고 할 수 있을까. 그의 오랜 경험에 따르면, 엄밀히 말해서 이 세상에 우연 같은 건 없다. 우연처럼 보이는 필연이 있을 뿐. 강한은 그때 가장 궁금했던 부분을 준휘에게 물었다.

"그때 할머니께 제대로 대답을 듣지 못했는데 말이야. 왜 사건이 발생하고 나서 한 달이 지난 후에야 나를 찾아오신 거지?"

"아, 그거요. 처음엔 동네 할머니나 아줌마들 중 한 분이 가져간 거라고 생각하셨대요. 그래서 좋게 좋게 해결하시려고 경찰에 신고도 안 하신 거죠. 그런데 여기저기 쑤시고 다녀도 아무도 가져갔다는 사람이 없으니까, 뒤늦게 검찰청을 찾아오신 거고요."

"그러면 지금까지 그 간이창고라는 곳은 아무도 조사한 적이 없는 건가? 사진 촬영, 족적이나 지문 채취도 안 했고?"

"그런 걸 왜 하겠어요. 그냥 할아버지 혼자 쓰시는 창고인데."

강한은 고개를 끄덕였다. 누구도 범죄 현장이라는 걸 몰랐던 범죄 현장. 흥미가 당겼다. 사실 이 사건은 단순히 기억력 나쁜 노인의 착각으로 밝혀질 수도 있었고, 그럴 가능성이 매우 컸지만, 그래도 충분히 조사해볼 가치는 있었다.

"류뚱, 가보자."

"네? 어딜 가요? 아니 그보다 검사님, 방금 저한테 뭐라고……."

"준휘네 이모할머니 댁, 지금 가보자고. 가서 직접 살펴봐야겠어."

43

오전 10시 30분. 김복순 여사의 집 간이창고.

"류소원? 네가 왜 여기서 나와?"

성암경찰서 강력계 서도준 경사는, 강한의 옆에 당당하게 서 있는 소원을 보고 두 눈이 휘둥그레졌다. 그들이 마지막으로 만났을 때, 소원은 수갑을 차고 교도관의 에스코트를 받으며 구치소로 끌려갔으니까. 그것도 강한 검사에 대한 염산 테러 혐의로. 물론 그 후에 석방되었다는 건 들었지만, 설마 여기 있으리라고는 생각도 못했다.

"놀랐죠? 저도 이제 형사님하고 같은 라인, 아니 형사님 윗라인을 탔다 이겁니다. 그러니 저한테 잘 보이세요. 까닥 잘못하다가는 목이 획 날아가니까."

강한이 믿지 않게 깝죽거리는 소원을 향해 꿀밤을 날리자, 소원은 예상했다는 듯 잽싸게 고개를 숙여 피했다. 강한은 서 경사에게 설명했다.

"제 활농보조인이 되어서 봉사활농 시간을 채우는 숭입니다. 그냥 보청기나 목발 비슷한 존재니까 크게 신경 쓰지 마십시오."

"헐, 류소원이 검사님의 활동보조인이 되었다고요? 무슨 악연도 이렇게 기막힌 악연이……."

서 경사는 실수했다 싶은지 얼른 말끝을 흐렸다. 그러나 강한도 소원도 기분 나빠하지 않았다. 그들의 인연을 그보다 잘 표현할 말은 없으니까. 강한은 아무렇지 않은 표정으로 케인을 뻗어 창고 벽을 짚으면서 서 경사에게 말했다.

"이곳은 폐쇄된 형태의 간이창고입니다. 너비는 1.5평 정도, 창문은 없고 문 하나에, 따로 잠금장치도 없고요. 다른 집기는 없고 철제 진열대만 하나 있네요. 벽은 슬레이트 소재고, 바닥은 시멘트로 되어 있고요."

"우와, 검사님. 꼭 앞이 보이시는 분처럼 말씀하시네요."

서 경사는 깜짝 놀란 나머지 이번에도 필터링을 하지 못하고 내뱉었다. 그도 그럴 것이, 서 경사가 피해자 진술을 받기 위해 병원에서 강한을 만났을 때, 그는 혼자 힘으로 슬리퍼를 찾아 신고 일어나지도 못하는 무력한 모습이었던 것이다.

"이 정도는 금방 파악할 수 있습니다. 평수는 걸음걸이로 재어보면 되고, 구조와 소재는 만져보면 알 수 있으니까요. 한 달 전, 이곳에서 염산 설도 사건이 일어났고 그 후로 출입한 사람은 창고 수인 한 명뿐인 것 같습니다. 지문을 채취하는 게 가능할까요?"

"한 달이라……. 외부에 상시 노출되어 있지도 않고, 비가 샌 적도 없으니 가능할 것 같긴 합니다만, 지문 상태가 온전할 거라고 확답은 못 드리겠군요. 일단 열심히 해보겠습니다."

서 경사는 성실하게 대답하고는 지문 채취 키트를 꺼내 작업에 착수했다. 이제 강한과 소원은 간절히 기원할 수밖에 없었다. 여기서 염산 테러 사건 범인의 지문이, 지금 대검찰청 분석실에 가 있는 장갑에서 형사 습격 사건 범인의 지문이 발견되고, 두 지문이 같은 것으로 확인되어 곧바로 범인을 잡을 수 있게 되기를.

잠시 후, 창고 문이 열리면서 쟁반을 든 김복순 여사가 나타났다. 그녀의 뒤에는 어딘가 그녀를 닮은, 그러나 훨씬 온순해 보이는 호리호리한 노인이 따르고 있었다. 그녀의 남편인 배관공인 것 같았다.

"검사 양반, 주스라도 마시고 허쇼잉."

김 여사는 강한과 소원에게 주스를 대접하고, 바닥에 무릎을 꿇고 앉아 작업에 열중하던 서 경사에게도 주스를 권했다. 그녀는 예전과 달리 친절했다. 아마 본인이 말했던 대로 법원이고 청와대고 다 찾아다니면서 얘기를 했을 것이고, 그래봤자 씨알도 먹히지 않는다는 사실을 몸으로 직접 깨달았을 것이다.

"네, 감사합니다. 여사님."

"그라고 말인데, 혹시 내 속곳도 쪼까 찾아줄 수 있으면……."

"네, 범인은 꼭 잡아드리겠습니다. 그러려면 제가 먼저 바깥어르신과 얘기를 나눠야 할 것 같은데요. 아까 누구와 같이 들어오시던데, 어르신께서 지금 여기 계신가요? 어느 쪽이죠?"

강한이 엉뚱한 방향에 대고 묻자, 소원이 그의 몸을 붙잡고 살짝 틀어 노인이 있는 쪽을 향하게 해주었다.

"어르신? 없어졌다는 염산에 대해 설명을 좀 해주시겠습니까? 종류나 생김새에 대해서요."

"35퍼센트 고농도 염산 200밀리리터들이 병입니다. 을지로4가에 있는 화공업체에서 1년 전에 사온 물건이고요. 신분증 검사 다 받았고요. 필요할 때마다 물에 타서 아주 조금씩만 쓰다 보니 아직도 많이 남아 있었어요. 갈색 병에 들어 있었습니다."

김 여사의 남편은 그녀와 달리 조목조목 말을 잘했다. 배관공으로 일하기 전에는 교육도 어느 정도 받고 사무직 관련 직업을 가지고 있지 않았을까 싶었다. 차분하게 이어지던 설명을 듣던 강한과 소원은 '갈색 병'이라는 단어가 나오자마자 동시에 어깨를 움찔했다. 노인은 그걸 알아차리지 못한 채 말을 이었다.

"병에는 흰색 스티커가 붙어 있고, '염산'이라고 빨간 글씨로 크게 쓰여 있습니다. 누구나 알 수 있게요."

강한은 직감했다. 노인이 잃어버린 병이 자신이 실명하기 전 괴한의 손에서 보았던 바로 그 병이라는 것을. 우연의 일치라고 하기에 고농도 염산이라는 물건은 지나치게 희귀했다. 고동치는 가슴을 가까스로 진정시키면서 강한은 침착하게 질문을 던졌다.

"어르신, 혹시 그 약품을 가지고 있다고 누구에게 보여주시거나 말씀하신 적이 있습니까? 누군가 물어본 적은요?"

"그런 적은 없는 것 같은데요. 저 같은 배관공에게 누가 관심을 갖겠습니까."

노인은 그렇게 단정적으로 대답했다가, 잠시 간격을 두더니 한참 후에야 머뭇머뭇 말을 꺼냈다.

"그런데…… 사실 누구나 쉽게 알 수 있긴 했을 겁니다. 제가 출장 나갈 때마다 필요한 것들을 여기에 다 챙겨갖고 다니는데, 염산도 그중 하나라서…….."

노인은 진열대 아래에서 튼튼하게 생긴 커다란 비닐백 하나를 꺼내 들어 보이면서 말했다. 그래봤자 어차피 강한은 볼 수 없었지만. 그 대신 소원이 기막혀하면서 외쳤다.

"할아버지, 아무리 그래도 염산을! 위험한 물건인데! 뭘로 싸갖고 다니기라도 하셨어야죠!"

"아니, 누가 이런 거에 관심을 갖는다고…….."

"지금 관심이 생겨서 이 사달이 난 거 아니에요!"

소원은 어둑어둑한 창고 안에서 선글라스를 쓴 강한의 모습을 보면서 새삼 부아가 치밀어오르는 듯 소리를 질렀다. 그러나 그런 소원을 말린 것은 강한이었다.

"됐다, 그만해라. 류뚱."

"하지만 그 염산 때문에 검사님이!"

"어차피 범인은 여기서 못 구했으면 다른 데서 구했을 거야. 애꿎은 사람 탓하지 말자."

"저기, 저 혹시 처벌받는 건가요?"

노인이 겁에 질린 표정으로 묻는데, 마침 작업을 마친 서 경사가 으차, 하면서 몸을 일으켰다.

"검사님, 다 땄습니다. 바닥엔 없고 벽이랑 진열대 손잡이에서 지문을 스무 개 정도 찾았습니다. 이 중 대부분은 저 어르신 것일 테니, 걸러서 나오는 게 있나 찾아봐야죠. 어르신, 잠깐 양손 좀 보여주시겠어요?"

서 경사는 우물쭈물 손을 내미는 노인의 손에 잉크를 바르고 조심스럽게 지문을 채취했다. 노인의 십지(十指) 지문이 나온 후, 서 경사는 그것을 아까 떠놓은 지문과 비교하는 작업에 들어갔다. 물론 정밀하게 하려면 지문자동검색시스템을 돌려야 하지만, 지문감식 교육을 받은 숙련된 형사라면 육안으로도 동일성 여부 정도는 확인할 수 있었다.

강한도, 소원도 입을 꾹 다문 채 서 경사의 지문 대조 작업이 끝나기만을 기다리고 있었다. 돋보기 렌즈를 가져다대고 하나하나 신중하게 맞춰보던 서 경사는, 이윽고 마지막 샘플을 내려놓으면서 난감해하는 표정을 지었다.

"하, 이거, 참……."

"왜요?"

"온전하게 나온 지문은 전부 어르신 거네요. 나머진 전부 부분 지문입니다. 반토막 나거나, 그것만도 못하거나. 이걸로는 AFIS(지문자동검색시스템)에 못 돌려요."

서 경사는 실망에 가득 찬 한숨을 내쉬었다. 소원은 들릴락 말락한 목소리로 뭔가 욕설 같은 것을 중얼거렸고, 내색하진 않았지만 강한도 같은 심정이었다.

* * *

"검사님, 너무 실망하지 말자고요. 장갑에서 지문이 딱 하고 나올수도 있잖아요."

"실망한 건 너겠지, 류뚱."

"아, 진짜! 그렇게 부르지 말라니까요!"

"류뚱을 류뚱이라 부르지 그럼 뭐라고 부르냐, 류뚱."

부분 지문 샘플을 챙겨서 절도 사건 현장을 나선 길, 강한과 소원은 여느 때처럼 티격태격하면서 걸어가고 있었다. 열십자로 교차된 골목을 지나던 중, 왼쪽 골목에서 갑자기 툭 튀어나온 누군가와 강한의 어깨가 세게 부딪쳤다. 강한의 손목에 걸려 있던 케인이 미끄러지면서 바닥에 떨어졌다.

"앗, 죄송합니다. 제가 앞이 안 보여서요."

강한은 케인을 찾기 위해 허리를 숙이면서 먼저 사과했다. 옆에 서 있던 소원이 케인을 주워 다시 강한의 손목에 걸어주었다. 그동안 강한과 충돌했던 상대방은 화석처럼 뻣뻣하게 굳어서는 그들의 모습을 주시하고 있었다. 그러다가 이내 뭔가 무시무시한 사실을 깨달은 듯 돌연 비명 같은 소리를 질렀다.

"가, 강한 검사님?"

나이 든 여자의 목소리였다. 어깨까지 내려온 머리카락을 빗지도 않고 산발해서 얼굴이 제대로 보이지 않았다. 그녀는 강한을 알아보자마자 큰 충격을 받았는지 다리가 휘청했다. 그걸 보고 놀란 소원이 앞으로 넘어지려는 그녀를 얼른 붙잡아주었다.

"괜찮으세요?"

"죄송해요……. 죄송해요……."

여자는 연신 사과하면서 비틀비틀 두 발을 딛고 섰다. 그녀가 고개를 살짝 들어 올리는 순간 커튼처럼 드리워졌던 머리카락이 걷혔고, 비록 반쪽이지만 얼굴이 드러났다. 미라처럼 살이라곤 찾아볼 수도 없는 퀭한 얼굴. 그 얼굴을 보고 충격받은 소원이 입을 뗐다.

"윤지영 변호사님?"

"……소원이?"

지영도 그제야 소원을 알아본 듯 소스라치게 놀란 표정이었다. 소원과 강한의 관계를 알고 있는 사람이라면 누구나 그렇듯. 익숙한 이름을 들은 강한도 멈칫하면서 눈썹을 추켜올렸다.

"윤지영 변호사님이라고? 정말 변호사님이십니까?"

"네, 저 맞아요. 죄송해요, 검사님. 사고 소식은 들었는데……. 정말 죄송해요."

지영은 강한이 앞을 보지 못한다는 사실도 의식하지 못하는 듯 허리를 깊숙이 굽히면서 죄송하다는 말을 반복했다. 아마도 병문안을 오거나 전화를 하지 못해서 죄송하다는 의미인 것 같았다. 강한은 크게 개의치 않았다. 어차피 그들 사이에 그런 걸 챙기는 것도 어색했고.

국선변호사 윤지영은 강한과 여러모로 인연이 깊은 인물이었다. 강한이 사법연수원을 다니던 시절 '변호사 윤리' 과목을 가르치는 강사로 오기도 했던 그녀는, 법원과 검찰청, 대형 로펌에서 모두 탐내는 인재였음에도 법의 그늘에 있는 사람들을 돕고 싶다며 국선변호사의 길을 택했다. 성암시에서 활동하는 내내 정의감 넘치는 헌신적인 변호사로 이름을 떨쳤다.

강한과는 검찰청이나 법원에서 마주칠 때마다 살갑게 인사하는 사이였던 그녀가 그와 처음이자 마지막으로 충돌한 것은 바로 작년, 지온유 사건 때였다. 그녀가 지온유의 국선변호를 맡았던 것이다. 주마등처럼 스쳐 가는 그때의 일들을 되새기면서, 강한은 무덤덤하게 대답했다.

"괜찮습니다. 그런데 윤 변호사님은 거의 반년 전부터 갑자기 활동을 안 하셔서. 전 다른 지역으로 옮기신 걸로 생각하고 있었습니다."

"이제 변호사 안 해요. 국선 사무실에서도 나왔고."

"아……."

강한은 탄식처럼 짧은 한마디만 했다. 변호사를 왜 그만뒀는지 캐물을 수도 있었지만, 지영의 말투에서 쓰라리게 배어나는 회한 같은 것이 그 화제를 함부로 건드릴 수 없게 했다. 입을 다물어버린 강한 대신 소원이 끼어들었다.

"아, 그러셨구나. 안 그래도 저 구속되었을 때 윤 변호사님한테 변호받고 싶다고 졸랐는데, 아무도 들은 척도 안 하더라고요. 그 대신 관에 발을 한 발짝 들여놓은 할아버지를 붙여줘가지고. 변호사님 같으면 곧바로 절 풀어주실 수 있으셨을 텐데, 그렇죠?"

"그래…… 그런데 소원이 넌 어떻게 강한 검사님하고 같이……."

"그게 어쩌다 보니 그렇게 됐어요. 사람 일이란 게 참 모르는 거더라고요. 제가 지금은 이분 활동보조인이고, 정신적 지주고, 길 잃은 어린 양의 목동이고, 뭐 그래요."

"활동보조인이라고?"

지영은 입을 크게 벌린 채 놀라움을 감추지 못했다.

"네, 그런데 변호사님은 여기서 뭐 하고 계셨어요? 혹시 이 근처에 사세요?"

"응, 여기 바로 앞집이 우리집이야. 나 지금 급한 일이 있어서, 먼저 가봐야겠다, 미안. 강한 검사님, 죄송해요."

지영은 문득 생각난 듯 말하더니, 강한이 뭐라 대답할 사이도 없이 허둥지둥 왔던 방향으로 도로 사라져버렸다.

"변호사님, 다음에 또 뵈어요!"

얼빠진 표정을 하고 서 있던 소원이 뒤늦게 그녀의 등 뒤에 대고 외쳤지만 대답은 돌아오지 않았다. 참으로 이상한 만남이었다.

'그나저나 범인이 염산을 훔쳐간 집 바로 앞에 지온유의 국선변호인이 살고 있다니, 이것도 참 묘하군.'

정말 알면 알수록 묘한 것들뿐이다, 이 사건도, 그와 연결된 과거의 사건도. 강한은 그렇게 생각하지 않을 수 없었다. 어쩌면 1년 전 사건이 모두에게 상처를 남기고 갔는지도 몰랐다. 그런 종류의 사건은 늘 그랬다. 그럴 수밖에 없었다.

44

이제 강한과 소원의 남은 희망은 하나, 장갑에서 뭔가 쓸 만한 증거를 건지는 것뿐이었다. 간절한 마음이 통하기라도 한 것일까. 그들이 들어서자마자 검사실을 지키고 있던 세은이 대검찰청 인장이 찍힌 누런 봉투를 흔들면서 말했다.

"검사님, 대검찰청에서 회신이 왔는데요. DNA는 없었지만 장갑 안쪽에서 지문을 찾았대요."

"오, 그래요?"

강한은 반색했지만, 그를 기다리고 있는 건 이번에도 역시 비관적인 소식이었다.

"그런데 부분 지문이라네요. 식별 불가능할 정도의 부분 지문이요. 죄송해요, 검사님."

"아…… 괜찮아요. 세은 씨가 죄송할 건 없죠. 원래 장갑 안쪽에 찍히는 건 대부분 그래요. 난 실망하지 않았으니까 걱정 말아요."

강한은 괜찮다고 말했지만, 누가 봐도 실망한 기색이 역력했다. 이 사건 전체가 그냥 하나의 거대한 장벽 같았다. 희미하게나마 빛이 들어올 구석을 찾았다 싶으면 금방 막혀버렸다.

강한이 좌절해 있는 동안, 소원은 세은으로부터 지문 분석 보고서가 담긴 봉투를 받아들었다. 책상 위에서 봉투를 거꾸로 하여 털자, 보고서와 함께 부분 지문을 채취한 샘플들이 쏟아져나왔다. 소원이 서 경사로부터 받아온 절도 사건의 부분 지문 샘플과 비슷한 형태였다. 그걸 보며 고개를 갸웃거리던 소원은 문득 생각난 듯 강한에게 물었다.

"근데요, 검사님. 이것도 저것도 다 부분이잖아요. 그러니까 부분이 아주 많이 있는 거네요?"

"부분밖에 없는 거지."

"그럼 이 부분이랑 저 부분이랑 열심히 합쳐서 하나로 만들면 안 돼요?"

소원의 너무도 당연하지 않냐는 듯한 질문에, 순간적으로 검사실 안에는 침묵이 흘렀다. 선글라스를 끼고 있음에도 강한의 황당해하는 표정이 보이는 듯했다. 강한은 소원의 끝도 없는 무식함에 이제 골이 아픈 듯 얕은 한숨을 내쉬면서 말했다.

"이게 무슨 퍼즐게임 같은 건 줄 알아? 말이 되는 소릴 해야지."

"다를 건 또 뭐예요? 검사님도 저도, 두 사건의 범인이 동일 인물이라고 생각하고 있잖아요. 어차피 한 사람 손가락에서 나온 걸 이리저리 잘라놓은 건데, 열심히 이리 맞추고 저리 맞추고 하다 보면 언젠간 맞지 않겠어요?"

"지문은 손가락의 방향과 각도에 따라 다르게 찍혀. 무슨 주사위 단면처럼 그렇게 딱딱 끊어지는 게 아니라고."

"그래요, 그렇게 간단한 게 아니에요. 융선, 그러니까 지문 선이 끊어지는 단점이나 갈라지는 분기점을 일일이 다 따져가면서 맞춰야 하는데 사람이 눈으로 보면서 할 만큼 간단한 작업도 아니고. 그렇다고 그걸 해주는 전산 시스템도 없고."

견습 수사관으로서 검찰청에 파견 오기 전에 기본적인 지문 감식 강의를 들은 세은도 강한의 편을 들고 나섰다. 그러나 소원은 여전히 막무가내였다. 역시, 무식하면 용감했다.

"그럼 방향과 각도도 생각하면서, 끊어지고 갈라지는 지점도 다 따져가면서 죽어라고 맞춰보면 되는 거잖아요. 왜 해보지도 않고 못한다고 단정해요?"

왜냐하면 지금껏 누구도 그런 식으로 증거를 제멋대로 조합한 적이 없었으니까. 진지하고 위대한 사법 시스템에서, 감히 누가, 어린 애들 장난하는 것도 아니고. 소원이 이리저리 짜맞춰놓은 증거를 들고 판사 앞에 설 생각을 하니 강한은 머리가 아프다 못해 아찔했다.

"그렇게 조합한 지문은 어차피 증거능력이 없어. 제정신인 판사라면 절대 받아주지 않는다고."

"그 능력인지 뭔지가 꼭 있어야 돼요? 우리는 그냥 범인이 누군지만 알아내면 되잖아요. 일단 범인을 찾고, 증거는 그다음에 찾아도 될 거 같은데, 난."

"……."

"왜요? 잃을 것도 없잖아요. 한번 해보기나 하자고요."

"그래, 네가 해봐라. 난 모르겠다."

소원의 고집 앞에 결국 강한은 두 손을 들었다. 그는 소원을 내버려두고 혼자 책상으로 걸어가 앉았다. 그리고 늘 주머니에 넣고 다니는 디지털 녹음기를 틀었다.

녹음기 안에는 형사 습격 사건 기록을 소원이 밤늦게까지 낭독해서 녹음한 파일이 들어 있었다. 소원은 기록 안에 있는 음성 파일이나 동영상 파일은 일일이 재생해서 상세한 설명과 함께 녹음해두기까지 했다. 딸깍, 강한이 녹음기를 켜자 공포와 경악에 가득 찬 중년 남자의 음성이 흘러나오기 시작했다.

— 아, 거기가, 그러니까, 119, 아니, 119죠? 지금 손님이 큰일이 났는데……. 아, 여기가 목욕탕인데요……. 주소는 어디냐면, 어디더라……? 아이고, 미치겠네. 주소가 다 생각이 안 나네.

그건 한정남 경감이 두 번째로 습격당했을 때, 그러니까 범인이 실패했던 범행을 완성한 이후 목욕탕 주인이 119에 전화한 내용을 녹음한 것이었다.

목욕탕 주인의 말은 정신없이 횡설수설해서 오히려 더 믿음이 갔다. 파리만 날리던 지루하고 평화로운 목욕탕, 그 탈의실 한가운데서 느닷없이 피를 철철 흘리며 쓰러져 있는 손님을 목격한다면 누구나 마찬가지일 것이다. 아이고, 아이고를 반복하고 있는 목욕탕 주인에게 119 대원이 침착하게 지시하는 음성도 들렸다.

— 신고자분, 너무 당황하지 마시고요. 지금 어떤 상황이죠? 손님이란 분 상태가 어떤가요?

— 탈의실 평상 한복판에 대자로 뻗어 있어요. 남자 손님이. 옷은 입고 있는데. 귀에서 피가 얼마나 많이 나는지……. 아이고, 말도 못 해요. 끔찍해 죽겠네. 어쩌다 이렇게 된 건지는 모르겠어요, 진짜. 나도 지금 알았다니까요. 다른 손님이 얘기해줘서.

— 지금도 출혈이 계속되고 있나요? 손상 정도에 따라 다르지만, 두세 시간 이상 출혈이 지속될 경우 과다출혈로 사망할 위험성이 있어요. 당장 지혈해주셔야 해요.

— 지혈이요? 뭘로요? 수건으로요? 아이고, 그러면 우리 수건에 피가 묻을 텐데.

그런 유혈 사태 속에서도 수건 걱정을 하는 목욕탕 주인이 우스우면서도, 또 어떻게 보면 현실적이었다.

강한이 그 대화에 귀 기울이는 동안, 소원은 돋보기 렌즈도 없이 지문 샘플을 생눈 바로 앞에 갖다대고 그 얇은 선을 하나하나 식별하는 데 열중하고 있었다. 솔직히 처음엔 눈이 너무 아파서 이 짓을 왜 하겠다고 했는지 후회막심이었다. 그러나 그럴수록, 강한과 세은이 입을 모아 안 된다고 했던 게 생각나 소원은 오기가 생겼다.

'두고 봐, 내 눈썰미가 보통이 아니란 걸 보여주고 말 테니까.'

두 사람이 각자의 일에 무섭게 몰두하는 동안 세 시간이 훌쩍 지나갔다. 검사실 안은 뜨거운 열기로 달궈진 듯했다. 두 남자의 무시무시한 기세에 괜히 기가 질린 세은이 커피나 마시러 가야겠다고 자리에서 일어났을 때였다. 소원이 돌연 제자리에서 펄쩍 뛰어오르면서 어마어마하게 큰 목소리로 소리를 질렀다.

"맞았다! 맞는 걸 찾았다고요! 앗싸! 내가 해냈어!"

"뭐? 진짜 찾았다고?"

강한은 자기도 모르게 벌떡 일어났다. 지문 샘플만 수십 개, 그 하나당 들어 있는 융선의 개수가 적어도 80개인데, 그걸 정말로 일일이 맞춰서 찾아냈다니.

"세은 씨가 가서 좀 봐줄래요? 제대로 한 건지?"

강한은 여전히 반신반의한 상태로 말했다. 스카치테이프로 덕지덕지 붙여놓은 세 개의 지문 조합을 세은이 확인하는 동안, 벌겋게 충혈된 소원의 눈에서 눈물이 줄줄 흐르고 있었다. 문자 그대로 눈알이 빠질 것 같았다.

"우와, 진짜 딱딱 들어맞는데요? 소원 씨 대단하다!"

세은은 흠잡을 데 없이 완성된 지문 샘플을 보면서 감탄했다. 이상형인 그녀의 아낌없는 칭찬은 피로에 절어 있는 소원의 어깨를 금방 으쓱하게 했다.

"검사님, 이거 당장 AFIS에 돌려서 누구 지문인지 확인해보고 올게요!"

세은이 쏜살같이 달려나가는 걸 보고서야, 소원은 안도의 한숨을 내쉬었다. 그리고 강한이 있는 쪽을 슬쩍 쳐다보았다. 마치 칭찬을 기다리는 어린애처럼. 몇 초의 침묵이 지난 후에야 드디어, 가볍게 웃음기 섞인 한마디가 날아왔다.

"오랜만에 밥값 했네, 류뚱."

처음으로 맛보는 칭찬은, 찔끔찔끔 새어나오는 짭짤한 눈물이 섞인 단맛이었다.

* * *

저녁 7시. 영등포역 뒷골목.

"여기 혹시 왕첸이라는 사람 있습니까?"

가로등조차 드문드문 켜진 어둡고 스산한 골목. 거기서 하얀 케인으로 앞을 더듬으며 그렇게 묻고 다니는 선글라스 낀 남자는 무척 이질적인 존재였다.

"선배, 정말 이런 곳에 염산 테러범이 있을까?"

의구심 섞인 말투로 묻는 사람은 유미였다. 구실뿐이긴 했지만 그래도 일단 팀 수사를 펼치는 중이었으니, 강한은 범인을 체포하게 될지도 모르는 현장에 그녀를 데려오지 않을 수 없었다.

"하나뿐인 딸 말로는 그렇다고 했어. 운영하던 환전소를 말아먹고 영등포역 근처에서 노숙한 지 3년이 넘었다고."

세은이 AFIS에 용의자의 지문을 돌리자, 왕첸이라는 이름을 가진 45세의 조선족 남자가 떴다. 보통 외국인은 AFIS에 지문이 없지만, 왕첸의 경우 예전에 주취 폭행으로 처벌받은 전력이 있어 지문이 등록되어 있었다. 전산 시스템에 기록되어 있는 번호로 전화했지만 이미 3년 전 정지된 휴대전화였고, 가족관계 증명서까지 떼어본 끝에 겨우 딸에게 연락이 닿았다.

"하지만 염산 테러범의 범행 양식을 보면 매우 지능적이고, 체계적이고, 철저하고 꼼꼼하잖아. 값이 꽤 나가는 오토바이 헬멧이라든가 잭나이프라든가, 가죽장갑 같은 도구도 갖고 있고. 도저히 이런 곳에서 살 것 같지 않아서 그래."

유미는 고개를 절레절레 저으면서 말했다. 그녀는 오늘 오후에 강한으로부터 처음 얘기를 들었을 때부터, 이 수사가 가고 있는 방향에 완전히 부정적이었다.

"선배가 뒤늦게 범인의 입 모양을 기억해냈다는 것도 그래. 어쩌면 선배는 그냥 형사가 들었다는 말을 듣고 비슷하게 발음하는 입 모양을 봤다고 자기암시를 걸었던 게 아닐까?"

"난 자기암시 같은 거 안 걸려. 그때 못 들었어? 최면 감수성이 석유와 함께 묻혀 있다잖아."

"쓰레기통에 버려졌다가 남의 손까지 거친 장갑에서 찾아낸 부분 지문. 사건과 정말 연관이 있는 건지 확실하지도 않은 창고에서 찾아낸 부분 지문. 심지어 그것들을 조합해서 만들어낸 전체 지문이라니. 진짜 듣도 보도 못한 해괴망측한 수사 방식이라고. 무리수라니까!"

"무리수 좀 두면 어때, 어차피 잃을 것도 없는데."

강한은 소원이 했던 말을 그대로 되풀이했다. 소원과 세은은 강한과 유미보다 몇 걸음 정도 앞서 나가면서, 노숙자들에게 빵과 우유를 나눠주고 있었다. 그들을 회유해서 왕첸에 대해 순순히 진술하도록 만들려는 목적이었다.

"팥빵을 드실 건지, 피자빵을 드실 건지 골라주세요."

지저분한 노숙자들을 보고도 눈살 하나 찡그리지 않은 채 사근사근하게 말하는 세은이 소원에게는 날개를 달고 하늘에서 내려온 천사처럼 보였다. 그런데 늙수그레한 노숙자 하나가 음흉하게 웃으면서 세은의 가느다란 손목을 냅다 붙잡았다.

"난 팥이나 피자 말고 더 신선한 게 먹고 싶은데."

감히 천사에게 손을 대다니. 소원의 눈썹이 꿈틀거렸다. 이번에야말로 세은에게 자신의 남자답고 박력 넘치는 모습을 보여줄 절호의 기회였다. 소원은 심호흡을 한번 하고 노숙자에게 달려들려고 했다. 그러나 다른 사람도 아닌 세은에게 선수를 빼앗기고 말았다.

"그런 못된 짓을 하는 손이 이 손인가요? 아니면 이 손?"

세은의 입술은 여전히 상냥하게 웃으면서 말했지만, 가녀린 손은 순식간에 신고 있던 힐을 벗어 들어 뒷굽으로 노숙자의 손을 때렸다.

따악-.

보기보다 손이 매운지 듣기만 해도 아픈 소리가 났다. 소원은 입만 헤 벌린 채 그 광경을 지켜보았고, 노숙자는 맞은 손을 다른 손으로 움켜쥐면서 엄살을 떨었다.

"아! 아야! 미안해! 미안하다고! 왕첸이 어딨는지 나 알아! 그러니까 그만 때려!"

대화 소리만으로 상황을 그려보면서 웃고 있던 강한도, 한심하다는 듯 이 상황을 지켜보고 있던 유미도 그 순간 안색이 뒤바뀌었다.

"왕첸을 안다고요?"

강한이 노숙자에게 물었다. 말끝이 긴장감에 떨리고 있었다.

45

"그래, 하지만 공짜로는 못 알려줘. 당신들 짭새지? 아니면 검사?
현상금 같은 거 안 주나?"

노숙자는 반듯한 검은 정장 차림의 강한과 유미를 번득이는 눈으
로 쳐다보면서 탐욕스럽게 물었다. 하지만 이런 종류의 사람을 상대
하는 데 도가 튼 강한에게는 씨도 먹히지 않았다.

"왕첸에게는 현상금이 걸려 있지 않습니다. 여기서 얘기하든, 아
니면 검찰청에 가서 얘기하든 알아서 선택하시죠."

'검찰청'이라는 단어에 노숙자는 난번에 꿀 먹은 벙어리가 되었
다. 노숙자치고 검찰과 엮이는 걸 달가워하는 사람은 거의 없었다.
그게 빚 때문이든, 만나고 싶지 않은 가족의 실종신고 때문이든, 아
니면 지명수배나 체납 세금 때문이든. 그래도 노숙자는 공짜로 정보
를 넘겨주고 싶지는 않은지, 느닷없이 소원을 가리키면서 말했다.

"저 옷, 저 남자애가 입고 있는 옷을 줘. 따뜻해 보여."

"헐!"

소원은 가슴에 두 팔로 엑스자를 그리면서 뒤로 성큼 물러났다.

그러나 강한은 노숙자가 가리킨 옷이 상의인지 하의인지도 모르면서 가차없이 말했다.

"류소원, 벗어줘."

"검사님, 저 이 안에 아무것도 안 입었단 말이에요!"

"아무것도?"

"네! 아, 진짜 너무하시는 거 아니에요? 제가 그래도 오늘의 일등 공신인데!"

소원의 항변에 강한은 노숙자의 목소리가 들리는 쪽을 향해 돌아섰다. 그러곤 두툼하고 고급스러운 자신의 정장 재킷을 벗는 시늉을 하면서 말했다.

"차라리 제 재킷을 벗어드리면 어떻겠습니까? 가격은 이쪽이 훨씬 더 나갈 겁니다."

"그 재킷은 내 추리닝이랑 드레스 코드가 안 맞아서 싫어. 저 후드가 좋아."

노숙자 주제에 드레스 코드까지 따진다며 주변에 진치고 있던 다른 노숙자들이 킬킬대는 소리가 들렸다. 노숙자는 응원군의 존재를 인식하자 더 기세등등해졌다.

"저 후드를 줘! 아니면 한마디도 안 할 거야. 경찰서에 데리고 가도 소용없어. 다 거짓말이었고 왕첸이고 개나발이고 모른다고 해버릴 거니까!"

"어휴, 저 진상을 진짜……!"

소원은 으르렁거렸고, 노숙자는 그런 소원을 향해 낼름 혀를 내밀어 보였다. 소위 '개빡치는' 상황이지만 어쩌겠는가. 정보가 필요한 사람이 을인 것을. 소원은 도끼눈을 뜨고 노숙자를 노려보면서 주섬주섬 후드 티를 벗었다.

"어머!"

어스름한 가로등 불빛에 청년의 맨가슴과 허리가 드러나자, 세은은 새침하게 외마디 소리를 지르면서 양손으로 눈을 가렸다. 물론 손가락 사이는 충분히 벌어져 있었지만. 운동선수의 몸을 가진 강한에게 기죽어 하던 소원이었지만, 보기 좋게 잔근육이 붙은 호리호리한 몸은 제법 단단해 보였다.

"자, 여기요."

노숙자는 소원이 내미는 후드 티를 냉큼 품에 끌어안았다. 그 모습을 본 순간, 소원은 자신의 후드 티와 영영 작별이라는 사실을 깨달았다. 실오라기 하나 걸치지 않은 어깨를 찬바람이 서늘하게 스치고 지나갔다. 소원을 보고 노숙자는 약 올리듯 씩 웃었다.

"추워 보이네. 이거라도 둘러."

노숙자가 내민 것은 발치에 깔고 있던 너덜너덜한 신문지였다. 소원은 됐다고 거절하려다가, 그래도 벗은 것보단 낫겠다 싶어서 받아들었다. 청바지 위에 신문지를 둘둘 말고 있는 꼴을 강한이 보지 못하는 게 그나마 다행이었다. 천년의 놀림거리가 될 테니까.

"왕첸은 2번 출구 앞에 있는 공원에 죽치고 있어. 분수 옆 잔디밭에. 거기가 왕첸 구역이야."

노숙자는 대단한 선심 쓰듯 말했다. 거지 왕초처럼 신문지 망토를 두른 소원이 골목길을 지나가는 동안, 배를 잡고 낄낄거리는 노숙자들의 웃음소리 때문에 강한 일행은 귀가 따가울 지경이었다.

다행히 공원으로 가서 분수 옆 잔디밭을 찾아내는 데는 오랜 시간이 걸리지 않았다. 잔디밭에는 길고 검은 형체가 군용 담요처럼 생긴 거적때기를 둘둘 몸에 말고 누워 있었다. 유미와 세은, 소원은 서로 눈짓만 할 뿐, 앞으로 나서지는 않았다. 결정적인 순간은 강한에게 맡겨야 한다는 암묵적인 동의가 사전에 오가기라도 했던 것처럼.

"검사님, 여기서 다섯 걸음 떨어진 정면에 어떤 사람이 거적을 쓰고 누워 있어요."

소원의 말에 강한은 잠자코 고개를 끄덕였다. 그리고 케인으로 앞을 더듬으며 천천히 걸어가기 시작했다. 가까운 반경에 있는 저 사람이, 어쩌면 자신의 인생을 돌이킬 수 없는 나락으로 떨어뜨린 장본인일지도 모른다고 생각하자 가슴이 거대한 돌덩이에 짓눌리는 기분이었다. 한 걸음, 두 걸음, 그리고 다섯 걸음. 정확한 지점에 멈춰선 강한은 신중하게 입을 열었다.

"왕첸 씨?"

강한의 부름에도 형체는 움직이지 않았다. 강한이 거듭해서 부르자, 그제야 귀찮다는 듯 부스스 몸을 일으키면서 낯선 언어로 웅얼거렸다.

"……Shi ma?"

거적때기 사이에서 나타난 왕첸의 몰골은 아까 만난 노숙자들을 말끔한 영국 신사로 느껴지게 만들 정도였다. 허연 비듬이 눈처럼 내려앉은 덥수룩한 수염, 때와 기름이 낀 얼굴, 오랫동안 갈아입지 않아 피부에 부착되어버린 것 같은 옷에서는 코를 찌르는 쉰내와 썩은 내가 풍겼다. 시각을 잃으면서 후각과 청각, 촉각에 더 집중하게 되어 괴로웠을 법도 한데, 강한은 눈썹 하나 미동하지 않으면서 침착하게 말했다.

"성암지방검찰청 강한 검사입니다. 수사 중인 사건과 관련해서 물어볼 것이 몇 가지 있는데요. 함께 검찰청으로 가시겠습니까?"

"어딜 가자고?"

왕첸은 그제야 정신이 번쩍 들었는지 유창한 발음의 한국말로 되물었다. 강한은 그 음성에 모든 주의를 기울이면서, 혹시 자신이 염산 테러 당시 들었던 음성과 같은 사람인지 파악해보려고 애썼다. 그러나 이렇다 하는 느낌은 오지 않았다.

"검찰청 말입니다. 임의동행에 불응한다면 체포영장을 가져올 수밖에 없습니다."

강한은 허세를 부리고 있었다. 두 개의 강력사건과 왕첸을 연결해주는 고리라고는 지그소 퍼즐처럼 요리조리 맞춰놓은 지문 한 개뿐. 그걸 가지고 사람을 잡아와도 좋다고 체포영장을 내줄 정신 나간 판사는 이 대한민국에 없었다. 그러나 어차피 왕첸은 그 사실을 알지 못하니까.

"체포영장이고 뭐고 다 좋은데, 보시다시피 내가 어딜 갈 수 있는 몸이 아니라."

왕첸은 바람이 빠지는 것처럼 기이한 웃음소리를 내더니, 가슴 아래를 덮은 거적의 한쪽 끄트머리를 잡고 걷어냈다. 그리고 다음 순간, 강한을 제외한 모두가 화석처럼 굳어졌다.

"왜? 무슨 일인데?"

심상치 않은 기류를 느낀 강한이 누구에게라고 할 것 없이 물었다. 그 질문에 대답한 사람은 소원이었다.

"검사님, 저 사람…… 두 다리가 없어요."

소원의 시선은 거적때기 너머로 모습을 드러낸 왕첸의 플라스틱 의족 두 개에 고정되어 있었다. 무릎 바로 아래서 자른 바지, 그 아래 힘없이 축 늘어져 있는 종아리 모양과 발 모양의 물체. 물론 그걸 착용하고 걸을 수는 있겠지만, 누가 봐도 이상하다는 점을 눈치챌 수밖에 없을 것이다. 아무리 멀리서 봐도, 군중 속에서 힐끗 보더라도, 쉽게 잊을 수는 없을 터였다.

소원은 마른침을 꿀꺽 삼키면서 힘겹게 입술을 뗐다.

"왕첸은 우리가 찾던 범인이 아니에요."

* * *

저녁 8시 30분. 강한의 집.

"거봐, 내가 아닐 거라고 했잖아. 영등포역 뒷골목으로 갈 때부터 낌새가 이상했다니까."

유미는 김이 모락모락 피어오르는 따끈한 국을 공기에 퍼담으면서 타박하듯 말했다. 테이블에는 목에 냅킨을 두른 강한과 소원이 얌전히 앉아 식사가 차려지기만을 기다리고 있었다.

"설마 의족을 단 사람일 거라고는 나도 전혀 생각지 못했지만. 일단 밥부터 먹고 얘기하자."

방해가 될 뿐이라며 소원의 도움도 사양한 유미는, 강한의 집에 온 지 20여 분 만에 3인분의 저녁 식사를 뚝딱 차려냈다. 고슬고슬한 김치볶음밥과 맑게 끓인 소고기뭇국, 파를 썰어넣어 알록달록한 달걀말이와 신선한 샐러드가 테이블을 산뜻하게 장식했다. 김칫국물이 먹음직스럽고 촉촉하게 배어든 볶음밥을 보고, 소원은 자신의 흑역사를 떠올리지 않을 수 없었다.

"잘 먹겠습니다! 근데 정 검사님이 강 검사님한테 반말하시네요? 전에는 존댓말 쓰시더니."

"학교 선후배 사이야. 원래 친해."

강한은 간결한 한마디로 그들의 사이를 정리해버렸다. 그 순간 유미의 눈매가 샐쭉하게 올라가는 것을, 소원은 놓치려야 놓칠 수가 없었다. 나이깨나 드신 분들이 어쩌나 투명하신지. 유미는 서운한 기색을 감추려는 듯 다시 사건 얘기로 화제를 돌렸다.

"왕첸은 움직일 수 없는 사람이다. 그런데 최소 두 곳의 범죄 현장에서 그의 지문이 발견됐다. 논리적으로 나올 수 있는 결론은 하나밖에 없지 않겠어? 지문이 잘못되었다는 거."

"그건 아니……!"

문제의 지문에 대해서는 거의 '낳은 어머니' 수준의 마음을 갖게 된 소원이 발끈하려는데, 옆에 앉아 있던 강한이 조용히 그를 제지하고 나섰다.

"한 가지 결론이 더 있지. 누군가 지문을 위조했다는 것."

"지문 위조라고?"

"그래, 미국에서는 이미 3D 프린터까지 이용한 지문 위변조가 성행하고 있고, 우리나라도 전례가 없었던 게 아니잖아. 실리콘이나 석고로 본을 뜨면 되니까, 기술적으로 어렵지 않아."

범인은 3D 프린터나 실리콘 조형기로 만든 지문을 손가락 위에 붙이거나, 이른바 '지문 장갑'을 꼈을 것이다. 그 상태에서 물건을 만지거나 가죽장갑을 끼면 그 표면에 가짜 지문이 남게 된다. 만일 그렇다고 한다면 지문 상태가 좋지 않았던 것도 이해가 갔다. 아무래도 진짜 지문이 아니다 보니, 물건에 찍히는 각도나 깊이가 부자연스러울 수밖에 없었을 것이다.

"노숙자들은 먹고살기 위해 신분증도 팔고, 통장과 의료보험도 팔고, 휴대전화 명의도 팔고. 한마디로 팔 수 있는 거라면 다 팔지. 그렇다면 지문이라고 못 팔겠어."

"그냥 아무것도 안 남기면 될 걸, 굳이 가짜 지문을 사서 범죄 현장에 찍어둬야 할 이유가 있어요? 귀찮을 것 같은데."

소원은 고개를 갸웃거리면서 질문했다. 그러면서도 양손은 숟가락과 젓가락을 쥐고 부지런히 밥과 반찬을 떠넣고 있었다. 강한은 오래 고민하지도 않고 곧바로 대답했다.

"당연히 있지. 수사에 혼선을 초래하는 것. 지금 우리가 뒤통수를 제대로 맞은 것처럼."

"……."

"내일 제대로 얘기해보면 알겠지만, 내 말이 맞을 거야. 우리가 상대하고 있는 놈은 분노에 미쳐서 물불 안 가리고 일부터 치고 보는 그런 놈이 아냐. 가짜 용의자를 만들어내서 시간을 벌기 위해 미리 지문까지 위조해두는 놈이라고."

강한은 차분하면서도 묵직한 말투로 단정 지었다. 공원에서 이루어진 왕첸과의 조우는 짧게 끝났다. 왕첸의 진술이 나중에 법정에서 인정받으려면, 최소한의 조사 환경이 갖추어진 곳에서 절차에 따라 문답해야 한다는 유미의 고집 때문이었다. 그래서 정식 조사는 내일 오전에 영등포역 노숙자쉼터 사무실에서 진행될 예정이었다. 강한은 골똘히 생각에 잠겼다.

'그래, 마치 무슨 알고리즘을 실행하는 엔지니어처럼 효율적인 놈이란 건 알겠어. 단순히 검사와 경찰들이 헛수고하는 게 재밌어서 지문 위조 같은 번거로운 짓을 하진 않았을 테고, 시간을 벌려는 거 겠지. 무엇을 위해서? 도주할 시간?'

그들이 엉뚱한 단서를 붙잡고 헤매는 사이 범인이 어디 먼 외국으로 떠났을지도 모른다고 생각하자 강한은 가슴이 꽉 막히는 것 같았다. 그런 강한의 속내를 모르는 소원은 밥 한 톨 남기지 않고 그릇을 싹 비운 후 테이블에서 일어났다.

"두세요, 설거지는 제가 할게요! 그건 잘할 수 있어요!"

강한이 시간을 오래 들여 혼자서 샤워하는 동안, 소원은 유미와 나란히 서서 일했다. 소원은 유미가 반짝반짝 윤이 나도록 깔끔하게 치워놓은 부엌을 감탄하듯 바라보며 불쑥 물었다.

"정 검사님, 맨날 이렇게 와서 밥해주시면 안 돼요?"

"싫어."

"누나라고 불러도 돼요?"

"안 돼."

"혹시 우리 검사님 좋아해요?"

"미쳤어?"

유미는 신경질적으로 소리쳤다가, 이내 과잉 반응이었다는 걸 깨달았는지 슬쩍 덧붙였다.

"그냥 앞이 안 보이게 됐으니까 불쌍해서 그런 것뿐이야."

그저 생각나는 대로 아무렇게나 둘러댄 말일 뿐이었다. 그런데 소원은 유미의 생각보다 훨씬 민감하게 반응했다.

"그러지 마세요. 우리 검사님 불쌍해하지 마시라고요."

"뭐?"

"그런 거 싫으시대요. 비참하대요. 동정을 바라지 않는 사람을 동정하는 거, 그것도 어떻게 보면 잔인한 거예요."

소원의 말을 들은 유미는 한동안 그를 물끄러미 바라보았다. 세제를 제대로 묻히지도 않은 수세미로 대충대충 그릇을 닦고 있는 모습. 나사가 하나 빠져 있는 듯한 모습이 오히려 조금 편안해 보였다. 유미는 소원에게 들리지 않는 목소리로 작게 중얼거렸다.

"그래, 어쩌면 너 같은 애가 오히려 선배하고 잘 지낼 수 있을지도 모르겠다. 난 그게 안 됐어. 상처가 많고 외로운 그 사람을 불쌍하게 여기지 않는 거."

46

10월 25일 목요일 오전 11시. 영등포 '베델 노숙자쉼터' 사무실.

"어제 빵 나눠주고 다녔다면서요? 왜 그런 쓸데없는 짓을 하세요, 차라리 그 돈을 날 주지."

아침 일찍 오겠다던 왕첸은, 정오가 얼마 남지 않은 시각에야 어슬렁어슬렁 모습을 나타냈다. 그나마 도망가지 않고 순순히 나타나 준 게 다행이었다. '노숙자에게는 이사보다 귀찮고 번거로운 일이 없다'던 쉼터 직원의 말이 맞았다. 왕첸의 투덜거림을 들은 강한은 예사로운 말투로 대꾸했다.

"돈이야 이미 넉넉할 텐데요. 거래하면서 충분히 받지 않았어요?"

"어휴, 그거 뭐 몇 푼이나 한다고."

왕첸은 부인하는 수고조차 하지 않았다. 그는 의족을 길게 끌면서 절뚝절뚝 어색한 걸음으로 걸어오더니, 세은이 빼준 의자 끄트머리에 걸터앉았다. 그리고 대뜸 말머리를 꺼냈다.

"한 달에 한 번 영등포 인근을 쭉 돌면서 노숙자들 상대로 필요한 걸 사가는 연변 브로커가 있거든요. 장드래곤이라고. 신분증은 5만

원, 통장은 개당 3만 원, 인감은 2만 원, 그런 식으로. 나도 몇 번 팔란 말을 듣긴 했는데 안 팔았어요. 괜히 귀찮은 일에 휘말리기 싫어서."

"장드래곤, 미친……!"

소원은 생뚱맞게 화려한 그 별명에 충격받은 말투로 중얼거렸다. 그러나 강한은 장드래곤이든 장유니콘이든, 그저 그 뒤에 이어질 말에만 관심이 있었다.

"그런데요?"

"올해 6월 초쯤이었을 거예요. 브로커가 평소보다 괜찮은 조건을 가져왔더라고요. 외국인등록증하고 여권 합해서 10만 원, 신용카드하고 통장은 하나씩만 해서 20만 원, OTP와 인감까지 같이 주면 25만 원. 마침 돈도 떨어졌고 해서 그냥 눈 딱 감고 팔았어요. 그다음엔 어떻게 됐는지 몰라요. 그게 끝이에요."

왕첸은 어깨를 으쓱하며 별것 아니라는 제스처를 해 보였다. 그러나 강한의 본론은 지금부터 시작이었다.

"그것 말고도 판 게 있을 텐데요?"

"……"

"지문 찍어준 것만으로는 죄가 안 되니까 솔직하게 말해요. 특정한 범죄에 쓰일 거라는 건 모르고 해줬을 텐데. 아니면, 혹시 다 알고 해준 거라서 말을 못하는 건가? 그럼 방조죄인데?"

"방조라니 무슨! 검사님 말씀대로 별생각 없이 해준 거예요!"

왕첸은 억울하다는 듯 펄쩍 뛰어오르며 소리쳤다. 너무도 쉽게 넘어가는 모습에 지켜보던 소원이 어이없을 정도였다.

'원래 용의자란 놈들이 말하는 게 다 이렇게 바보 같은가? 아, 그러고 보니 나도 용의자였지.'

왕첸은 가만히 앉아 있다가 방조 혐의를 뒤집어쓰지는 않겠다고 단단히 마음먹은 듯, 흥분한 숨을 몰아쉬면서 빠르게 말했다.

"실리콘을 가지고 와서, 라이터로 데워서 녹이더니 거기다 손가락을 찍으라고 했어요. 이리저리 돌려가면서 여러 개. 그렇게만 하면 30만 원을 현금으로 준다는데 안 할 사람이 어딨어요."

"브로커가 그걸 누구한테 줬는지는 정말 모르고요? 브로커하고 같이 온 사람도 없었고?"

"네, 몰라요. 맹세해요! 브로커는 당연히 혼자 왔죠, 걔가 그래서 돈 받고 일하는 건데."

"외국인등록번호, 통장 계좌번호, 카드번호 다 외우고 있어요?"

"카드번호는 모르고 앞에 두 개만요."

오가는 문답을 듣고 있던 소원이 잽싸게 왕첸의 앞에 메모지와 펜을 가져다놓았다. 왕첸이 개발새발 끄적여둔 메모를, 소원이 가지고 가서 강한에게 읽어주었다. 강한은 곧바로 검찰청에서 대기 중인 유미에게 전화를 걸었다.

"정 검사, 외국인등록번호 720530-51003××, 계좌번호는 성암은행 110-380-284032, 여기 연결된 신용카드 다 확인해서 계좌거래 내역과 카드사용 내역 뽑아줘. 입출금을 하거나 카드를 사용할 때마다 정 검사 휴대전화하고 내 휴대전화에 동시에 문자가 오게 해주고."

수화기 너머에서 강한의 말을 듣고 있던 유미가 문득 물었다.

― 선배, 계좌하고 카드는 일단 정지하는 게 낫지 않을까? 그래야 그놈 손발이 묶일 거 아냐.

"아니, 그대로 내버려둬. 놈은 우리가 여기까지 쫓아왔다는 걸 아직 몰라. 그렇다면 그 카드와 계좌, 휴대전화를 우리가 역이용할 기회가 올 수도 있어. 놈의 위치도 탐지할 수 있고."

강한은 거기까지만 말하고 전화를 끊었다. 아직 왕첸에게서 알아
내야 할 게 남아 있었다.

"그 브로커 말인데, 어떻게 찾을 수 있죠? 노숙자 중에 연락처를
아는 사람이 있어요?"

"에이, 그럴 리가. 귀신같이 나타나서 귀신같이 사라지는데."

"그럼 아는 게 별명뿐이다. 본명도 모르고."

"그렇다니까요. 뭐, 여러 가지 소문을 들었어요. 대림동 차이나타
운에 아지트가 있다, 연변 조폭들이 뒤를 봐주고 있어서 함부로 건드
리면 안 된다, 등등."

대림동 차이나타운이 얼마나 복잡한 곳인데, 그런 곳에서 '장드
래곤'을 외치며 돌아다녀봤자 수사기관을 피해 얼른 도망가라고 귀
띔해주는 것밖에 되지 않았다.

"차이나타운에서 사람 찾기가 얼마나 힘든데, 차라리 한양에서
김 서방을 찾지……."

강한이 얕은 한숨을 내쉬면서 중얼거리는데, 그 말을 들은 소원
이 불쑥 입을 열었다.

"잠깐만요, 검사님. 제가 한번 찾아볼게요."

"네가? 어떻게?"

소원이 제법 비장하게 말하기에, 강한은 무슨 믿을 만한 인맥이라
도 있는 줄 알았다. 아버지를 통해 알게 된 교도소의 거물이라든지.
그러나 소원은 강한이 예상한 것처럼 어딘가로 전화를 걸지는 않았
다. 그 대신, 소파에 갑자기 몸을 던진 것처럼 피식하고 바람 빠지는
소리가 났다. 그리고 잠시 침묵. 이어서 손가락으로 터치패드를 부지
런히 두드리는 것 같은 작은 소리.

"류뚱, 너 뭐 하냐?"

"검색의 생활화, 모르세요? 요즘 세상엔 뭐든지 검색부터 안 해 보면 욕먹어요."

소원의 천연덕스러운 대답에 강한은 어처구니가 없다 못해 순간 적으로 넋이 나간 표정을 지었다. 하도 비밀스러워서 본명조차 밝히 지 않는다는 불법 브로커의 소재를 위풍당당하게도 인터넷에서 검 색하다니, 정말 단 한 번도 생각해본 적 없는 방법이었다.

"불법 신분증 브로커를 포털 사이트 검색창에 치면, 뭐 전화번호 안내라도 떠?"

"에이, 촌스럽게 누가 포털 사이트에서 검색을 해요. 요샌 다 슨 스지."

"뭔 스?"

"슨스, SNS요. 검사님이 상상도 못하는 온갖 은밀한 일이 SNS에 서는 오늘도 일어난다고요."

소원은 그렇게 말하면서 한참 동안 터치패드를 두드렸다. 강한 은 더 말리지 않았다. 헛수고를 하다 제풀에 지치려니 싶었다. 소원 이 검색에 열중하는 동안, 강한과 왕첸은 한없이 어색한 분위기 속에 서 마주 앉아 있을 수밖에 없었다. 그들이 무슨 대화를 나누겠는가.

"저기, 검사님은 장애 몇 등급 나오십니까?"

아니, 강한은 잊고 있었다. 그들 사이에 막강한 공통의 화제가 존 재한다는 것을.

"1급입니다. 양쪽 다 완전 실명이어서요."

"아이쿠, 부럽네요. 전 2급입니다. 아니, 그게 말이 되냐고요? 손실 부위가 무릎 위로 올라가야 1급이랍니다. 고작 그걸 가지고 연금이랑 장애수당을 깎는다니까요. 그리고 활동보조인 지원도 안 돼요. 무슨 뱅크인지 그것만 되고. 그마저도 외국인이라고 얼마나 까다로운지."

"활동보조인도 있어봤자 그닥 도움이 안 됩니다."

강한과 왕첸은 의외로 활발하게 대화를 이어갔다. 사실 강한은 좀 신기하리만큼 그가 편하기까지 했다. 시각장애인인 자신을 볼 때마다 불에 덴 것처럼 뜨끔해하면서 충격, 동정, 그리고 미묘한 우월감을 고스란히 드러내는 사람들에 비하면 훨씬.

"검사님, 아까 얘기할까 말까 했던 건데요. 요즘은 브로커들 신분증 구하는 데 목숨 안 걸어요. 그게 계좌나 휴대전화가 필요해서 그런 건데, 요즘 대리점만 잘 뚫으면 외국인등록증 없이 회선만 늘려서 선불폰을 개통해주거든요. 휴대전화만 있으면 가상계좌도 얼마든지 만들 수 있고."

왕첸은 강한에게 친밀감이 들었는지, 묻지도 않은 뒷세계 정보를 줄줄이 늘어놓았다. 강한은 그 순간, 시각장애인 검사에게는 그만의 강점이 있지 않겠냐고 했던 검사장의 말이 떠올랐다. 그럴 수도 있을까? 그의 시각장애가, 사람들의 마음의 장벽을 무너뜨리는 역할을 할 수도 있을까? 그때, 마치 제집에 와 있는 것처럼 소파에 눕다시피 앉아 휴대전화에 열중하던 소원이 외쳤다.

"됐다! 이름이나 주소 같은 건 모르지만, 그 장드래곤이라는 놈이 대강 대림동 어디어디를 돌아다니는지는 알아냈어요!"

"뭐? 어떻게?"

"갤에서 '불법 신분증'으로 검색해서 삭제된 글 리스트를 찾고, 그 글을 올린 사람들의 이메일 주소를 구글에 검색해서 트윗 주소를 알아내고요. 그 사람들한테 일일이 디엠 보내서 혹시 장드래곤 아냐고 물어봤어요."

"……."

"그중 한 사람이 알려준 계정이 있기에 들어가봤더니, 연락처는 없는데 사진 올려놓은 스레드가 있더라고요. 그 사진 속에 찍힌 장소들을 이미지 교차 검색해봤더니 대림동 차이나타운에 있는 가게들 주소가 나왔어요. 거기 위주로 쭉 돌아보면 될 거 같아요."

소원은 거의 숨도 쉬지 않고 말했고, 강한은 그중 3분의 1도 알아듣지 못했다. 그래도 나름대로 인터넷에는 익숙한 세대라고 생각했는데, 충격이었다. 어쨌든, 소원이 이것저것 찾아서 장드래곤의 주요 출몰 장소를 발견했다는 얘기라는 건 알았다. 강한과 똑같이 얼빠진 표정을 짓고 있던 왕첸이 어깨를 으쓱하면서 말했다.

"스마트폰 세대니까요. 우리같이 나이 먹은 사람들은 못 따라가죠."

* * *

오후 2시. 대림동 차이나타운.

"와, 검사님. 여기 진짜 신기해요. 간판이 다 한자로 쓰여 있어요!"

"중국인이 많이 사는 곳이라서 그래. 여기 사는 중국인이 1만 5000명이 넘어."

"1만 5000명이요? 역시, 대륙의 기상! 쩐다! 그 사람들이 여기서 다 뭐한대요?"

소원은 길 양옆에 늘어선 이국적인 분위기의 좌판을 둘러보면서 감탄을 금치 못했다. 오늘, 그들은 단둘이서 차이나타운으로 출동했다. 일과시간 중 검사실을 비워둘 수 없었기에 세은은 검찰청에 남아야 했고, 유미는 다른 사건을 보고하러 갔다고 했다. 옆에서 야무지게 잔소리하는 사람이 없어서일까. 두 남자는 별천지나 다름없는 대림동을 갈팡질팡 헤매고 다녔다.

"저, 여긴 뭐 하는 곳이에요?"

강한이 간이의자에 앉아서 잠시 쉬는 사이, 혼자 돌아다니던 소원은 '太山人力(태산인력)'이라고 쓰인 간판 근처를 어슬렁거리다가 그 옆에서 담배를 피우고 있는 남자에게 질문했다.

"왜요? 일자리 필요함미까?"

"일자리요? 아니, 그게 아니라……."

"뭐, 좀 비리비리하긴 해도 깡다구는 있을 것 같은데, 새우 배 한번 타볼람미까? 마침 내일 떠나는 배에 한 자리 남아 있는데."

남자는 소원의 값을 매기는 듯한 시선으로 머리부터 발끝까지 쭉 훑어내리면서 말했다.

"네? 새우 배요? 그게 설마, 새우를 많이 먹을 수 있는 배를 말하는 건 아니겠죠?"

소원이 주춤거리며 물러나자, 남자는 더욱 적극적으로 다가왔다. 금방이라도 소원의 목덜미를 낚아채서 배에 태울 것 같은 분위기였다. 혹시 여기서 한마디라도 잘못하면 진짜 끌려가는 거 아닌가 싶어 소원이 눈치를 보는데, 등 뒤에서 훤칠한 그림자가 나타났다.

"얘는 이미 고용된 몸입니다. 그것도 무기한 종신 계약으로."

갑자기 등장한 강한이 단호하게 말하면서 소원을 자기 쪽으로 끌어당겼다. 그 모습을 본 남자는 아쉬운 듯 입맛을 쩝쩝 다시면서 물러났다. 강한이 소원을 구해준 셈이었다. 반대로 소원이 강한을 구해주기도 했다. 소원이 잠시 화장실에 다녀온다면서 강한을 거리에 세워두고 갔을 때였다. 지독하게 진한 화장품 향기가 코를 찌르더니 누군가가 강한의 팔을 덥석 붙잡아왔다.

"어머, 멋진 오빠. 좀 놀다 가요. 화끈하게 서비스해줄게."

그제야 누구에게 붙잡힌 것인지 깨달은 강한이 무뚝뚝하게 대꾸했다.

"됐습니다. 바쁜 일이 있어서."

그러나 여자는 쉽게 포기하지 않았다. 평일 늦은 오후, 가뜩이나 파리 날리는 시간대에 겨우 붙잡은 손님이었다. 그녀는 강한의 손목에 대롱대롱 매달려 있던 케인 줄을 억지로 빼내어 가져가면서 조르듯 말했다.

"오래 안 걸려요. 짧고 굵게, 알죠? 일단 안으로 들어와보시라니까요."

"됐다니까요. 제 케인 어딨습니까?"

강한은 안 그런 척하려고 애썼지만 내심 당황해서 허둥거렸다. 케인이 손목에서 빠져나갔다는 것, 그 한 가지 사실만으로도 심하게 동요하고 있었다. 소원과 함께 있지 않는 한, 그는 케인 없이는 세상의 수만 가지 위험에 무방비하게 노출되어 있는 것이나 다름없었으니까. 그러나 여자는 그런 사실을 전혀 이해하지 못하는 듯했다.

"케인이요? 그렇게 불러요? 이거 장애인들이 들고 다니는 거 맞죠? 드라마에서 봤는데, 신기하다. 이런 건 얼마나 해요?"

여자가 케인을 이리저리 들여다보는 듯, 각도에 따라 달라지는 샴푸 냄새, 향수 냄새가 강한의 후각을 정신없이 어지럽혔다. 코를 막고 싶은 기분에 인상을 찌푸리는 찰나, 저벅저벅 걸어오는 발소리가 들려왔다. 강한은 발소리만 듣고도 그게 소원임을 알았다.

"얼마 안 해요. 하지만 이분에게는 중요한 거니까 돌려주세요. 이거, 되게 무례한 짓이에요."

소원은 여자의 손에서 케인을 단호하게 빼앗아 들면서 말했다. 어린 주제에 당돌한 그 목소리에 강한은 마음이 놓였다.

47

"검사님, 메뉴가 다 한자로 적혀 있어요. 이거 뭐라고 읽어야 되지? 삼…… 우…… 소가 세 마리란 얘긴가?"

몇 시간 동안 별 수확 없이 차이나타운을 헤매고 다니던 강한과 소원은 일단 저녁을 먹기 위해 가장 먼저 눈에 띈 식당으로 들어왔다. 한국말 없이 완전히 중국어로만 되어 있는 메뉴판을 보아하니, 아예 한국인들은 드나들지 않는 현지식 식당인 모양이었다.

"그냥 나가서 다른 데로 갈까요?"

"됐어, 어차피 음식이 어디나 다 비슷하지. 대충 무난해 보이는 걸로 시켜."

소원은 어떻게든 되겠지 하고 지나가는 종업원을 붙잡았다. 그리고 옆 테이블에 앉아 있는 사람들이 먹고 있는 음식을 손가락으로 가리켰다. 만국 공통으로 통용되는 주문 방식이었다.

"우리도 저거 주세요!"

"gourouhouguo?"

종업원은 옆 테이블에 놓여 있는 음식을 보면서 중국어로 되물었고, 소원은 그게 무슨 뜻인지도 모르면서 힘주어 고개를 끄덕였다. 그리고 손가락 두 개를 펴서 종업원 얼굴 앞에 대고 흔들며 큰소리로 외쳤다.

"두 개요! 2인분! 투 피플! 오케이?"

"오케이."

종업원은 걱정 말라는 듯 손가락으로 오케이 표시를 그려 보이면서 주방으로 향했다. 잠시 후, 보글보글 끓는 뚝배기 두 개가 그들의 테이블에 놓였다. 뚝배기 안에는 곰탕처럼 생긴 뽀얀 국물이 큼직한 고깃덩어리와 함께 담겨 있었다. 소원은 그걸 작은 접시에 덜어 강한의 앞에 놓아주었다. 뚝배기의 열기가 강한의 트라우마를 자극한다는 사실을 알고 있었기 때문이다.

"12시 방향에 접시 뒀어요. 살코기는 찢어서 국물에 섞었으니까, 그냥 수저로 퍼서 드세요."

이제 강한과 식사하는 것에 완전히 익숙해진 소원은 능숙하게 식사 준비를 마치고서 말했다. 소원이 손 옆에 놓아준 숟가락을 들어 음식을 한술 떠먹은 강한이 고개를 갸웃했다.

"근데, 이거 맛이 좀 이상하지 않냐? 다른 고기보다 좀 질긴 거 같기도 하고."

"본토 맛이라 그래요, 촌스럽기는."

소원은 맛있어 죽겠는데 웬 트집이냐는 듯, 정체불명의 음식을 푹푹 떠먹었다. 강한은 조심스럽게 국물만 떠먹으면서 그런 소원에게 물었다.

"그래? 그러는 넌 본토 맛이 뭔지는 알고 그러냐? 이게 무슨 고기인 줄은 알아?"

"그럼요, 당연히 알죠! 양고기잖아요! 칭기즈칸!"

쇠를 씹어먹고도 뒤돌아서면 배고픈 나이, 스무 살. 결국 소원은 뚝배기를 국물 한 방울 남김없이 싹 털어냈고, 강한도 3분의 2 정도는 비웠다. 그들이 양고기라고 믿고 맛있게 먹은 음식의 정체가 개고기전골이라는 사실은 까맣게 모른 채로. 배부르게 먹은 소원이 만족스러운 표정으로 배를 두드리는데, 옆을 지나던 종업원이 웃는 낯빛으로 말을 걸었다.

"haochima?"

"씨에! 씨에! 따거!"

소원은 맛있게 먹었냐는 질문을 알아듣지 못한 채 중국 무협영화에서 주워들은 단어를 아무렇게나 주워섬기면서 포권(包拳)하는 시늉을 했다. 그걸 본 종업원이 소리 내어 웃자, 신이 난 소원은 휴대전화에 저장해놓았던 사진을 보여주면서 꿋꿋이 한국말로 외쳤다.

"여기 어딘지 알아요? 주소만 보면 이 근처인 거 같은데. 럭키게임장! 럭키!"

소원이 그녀에게 보여준 것은 장드래곤의 출몰 장소 중 마지막으로 리스트업되어 있는 사행성 게임장이었다. 주소는 있는데, 구글 맵에 표기가 되어 있지 않아 찾아가는 데 한참 애를 먹던 참이었다. 다행히 종업원은 사진 속의 장소를 알아보았는지 곧바로 또렷하게 되물어왔다.

"럭키?"

"네, 맞아요! 럭키! 여기 어떻게 가요? 하우? 하우 투 고?"

종업원은 소원이 묻는 말을 완벽하게 알아들었는지 고개를 끄덕였다. 그녀는 잠시 주방 쪽으로 사라졌다가, 이내 메모지와 펜을 들고 다시 나타났다. 그녀가 메모지에 럭키게임장으로 가는 길을 그려주는 동안, 강한은 뒤죽박죽인 대화와 소음만을 들으며 어떻게 되어

가는 상황인지 추론하려 애쓰고 있었다. 마침내 소원이 다시 강한의 앞으로 돌아와 앉았다.

"됐어요, 이제 이 지도대로 찾아가기만 하면 돼요. 만사 해결! 와, 진짜 검사님은 내가 오기 전에는 어떻게 수사를 하고 다니셨을까?"

"다니긴 뭘 다녀, 그냥 검사실에 앉아서 경찰들이 만들어오는 기록만 검토했지. 원래 그게 검사가 하는 일이야. 한 달에 사건이 몇백 건인데, 그걸 어떻게 일일이 현장을 찾아다녀."

"아, 그렇구나. 그럼 지금 이렇게 다니는 건 맡은 사건이 하나밖에 없어서 가능한 거예요?"

"그래."

특수부도 아닌 형사부 검사가 배당받은 사건이 하나밖에 없다는 게 결코 자랑은 아니어서, 강한은 짧고 무뚝뚝한 말투로 대꾸했다.

"그런데 검사님, 이렇게 다니는 거, 좀 재밌지 않아요?"

"……재밌다고?"

"아니, 물론 되게 진지하고, 심각한 일이라는 거 다 아는데요. 솔직히 가끔 웃기기도 하잖아요. 적어도 검사실에 가만히 앉아서 몇천 장짜리 기록을 읽는 것보단 재밌을 거 같은데."

"……"

소원의 말에 강한은 잠시 멍한 얼굴이 되었다. 재밌다고? 죽어라 뺑이치고 다니는 이 과정이? 검사가 할 일이 아니라고, 체면 깎인다고, 귀찮고 힘들다고 생각했을 뿐, 재밌다고 생각해본 적은 한번도 없었다. 애초에 검사 일이 재밌어서 하는 게 아니었다. 무거운 사명감을 지고 하는 일이라고만 생각했지. 묘한 기분이 된 그를 소원의 쾌활한 음성이 일으켜 세웠다.

"이제 그만 가요. 또 수사하러 가야죠!"

　　　　　　　　　＊　＊　＊

"와, 진짜 불법 게임장같이 생겼어요. 정말 불법스러운 비주얼이다."

음산해 보이는 3층 건물의 지하 입구 앞에 선 소원은 '幸運嬉樂室 (행운오락실)'이라고 쓰인 초라한 간판을 올려다보면서 중얼거렸다. 그의 옆에 서 있던 강한은 답답해졌다.

"그게 어떻게 생긴 건데? 불법스러운 비주얼이 뭔데?"

"아, 그러니까. 다 무너져가는 3층 건물이고요, 입구에는 유리문 이 달렸는데 금이 가서 테이프로 덕지덕지 붙여놨어요. 내려가는 계 단에는 형광등도 없고요. 와, 이건 진짜 영업할 의지가 없는 건데. 들 어올 사람만 들어오란 얘긴가."

"가자."

강한의 간결한 지시에 따라 소원이 앞장섰다. 강한과 함께 걷는 데는 이제 익숙해졌지만, 계단을 오르내릴 때는 아직도 긴장되었다. 사실 계단에서는 소원이 강한에게 해줄 수 있는 일이 많지 않았다. 그저 계단이 시작하는 지점을 명확히 알려주고, 강한이 한 계단 한 계단을 무사히 내려오는지 지켜보고, 계단이 끝나는 지점을 알려주 는 것이 전부였다.

"검사님, 그런데 장드래곤을 만나면 뭐라고 해요? 지문 사간 사 람을 순순히 알려주려고 할까요? 다 자기 밥줄이랑 연관된 건데."

"내가 알아서 할 테니까 넌 보고만 있어."

강한은 그렇게 대답하고는, 소원이 열어준 문을 통해 게임장 안으 로 들어갔다. 이 장소가 어떤 곳인지는 굳이 눈으로 보지 않아도 알 수 있었다. 음습한 곰팡내와 지독한 담배 연기, 잘 씻지 않는 사람들 에게서 나는 쉰 냄새. 거기에 쉴 새 없이 돌아가는 게임기의 현란한 효과음과 흥분해서 버튼 두드리는 소리, 발 구르는 소리에 간간이 섞여 들려오는 외마디 욕설까지.

"류뚱, 지금 이 안에 사람이 몇 명이나 있지? 전부 중국인인가?"

"어디 보자. 카운터에 점원 같은 사람이 한 명, 게임하고 있는 사람이 일곱 명, 모여서 담배 피우고 있는 사람이 네 명. 우와, 이 좁은데 열두 명이나 있네요. 일단 한국말로 얘기하고 있는 사람은 없는 것 같아요. 그리고 저기 검사님, 지금 국적이 문제가 아니라……."

"응?"

"저 사람들, 아니, 형님들, 아니 저분들…… 비주얼이……."

소원은 보는 것만으로도 질려버린 말투로 중얼거렸다. 무슨 야쿠자 소굴도 아니고, 분명 아무나 들어오라고 문까지 열어놓은 공간인데, 어째 안에 모여 있는 사람들은 누가 봐도 깡패인 게 명백한 외관을 하고 있었다.

어마어마한 떡대들의 우락부락하게 생긴 얼굴들 중 몇 개에는 칼자국이나 화상 자국이 있었다. 목 칼라 밑으로 드러난 목덜미며 소매를 걷어올린 팔뚝에는 다양한 색깔과 모양의 문신이 새겨져 있었다. 승천하는 용이며 포효하는 호랑이, 만발한 장미꽃, 거룩해 보이는 십자가에 뜬금없는 산수화까지 있었다.

"아이고, 저 사람들이 옷만 벗으면 그대로 갤러리가 되겠네요. 되겠어."

소원이 괜히 오금이 저려서 중얼거리는데, 뒤늦게 그들의 등장을 발견한 카운터 점원이 이쪽으로 쪼르르 달려왔다. 그는 소원을 보면서 당연하다는 듯 중국말로 물었다.

"laiganshenmele?"

"아, 저, 게임하러 온 건 아니고요. 장드래곤 씨를 찾으러 왔는데."

뭐 하러 왔냐는 말을 귀신같이 알아듣고 소원이 대답하던 그 순간, 두 사람을 본체만체하면서 자기 일에 열중하고 있던 사람들이 일제히 움직임을 멈췄다. 마치 무슨 정지 버튼이라도 누른 것처럼. 탁탁탁 버튼을 누르던 소리들이 감쪽같이 사라진 가운데 방정맞은 배경음악만 어지럽게 섞여 흘러나왔다. 담배를 피우던 무리 중 덩치가 제일 큰 대머리 남자가 사람들을 헤치고 나와 강한과 소원의 앞에 턱 버티고 섰다.

"장씨는 왜?"

"사, 사인받으려고? 지드래곤은 군대 갔으니까요, 하하……."

소원이 당황한 나머지 말도 안 되는 소리를 지껄이는데, 뒤에 서있던 강한이 앞으로 나섰다.

"맡기고 싶은 일이 있습니다. 고객을 직접 만나는 걸 꺼리는 건 아는데, 복잡하고 위험한 일이라 반드시 얼굴을 보고 얘기해야 해서."

그 말을 들은 대머리는 강한의 선글라스와 케인, 그리고 무엇보다 제법 값나가 보이는 맞춤 정장과 맞춤 구두를 뚫어지게 쳐다보았다. 고등학생 같은 남자애 혼자 '손님'이랍시고 왔다면 주저없이 엉덩이를 걷어차 쫓아냈겠으나, 이 남자는 척 보기에도 귀티가 나 보이는 것이 함부로 대하면 안 될 것 같았다. 그때, 대머리의 뒤에서 멸치처럼 삐짝 야윈 남자가 나타났다.

"아, 손님이셨습메. 어서 오시라요. 내가 장씨요."

장씨는 싹싹한 어조로 말하면서도 연신 두 눈으로 강한의 모습을 날카롭게 관찰하고 있었다. 그리고 강한도 그럴 거라는 사실을 모르지 않았다. 단속 공무원은 아닌지, 경찰이나 검사 끄나풀은 아닌지 계속 의심하고 있을 것이다. 물론 검사 본인이 직접 왔으리라고는 생각도 못하겠지만. 강한은 극적인 효과를 내기 위해 일부러 뜸을 들이면서 천천히 선글라스를 벗었다.

흉터로 얼룩진 강한의 눈가를 보고, 장씨뿐만 아니라 주변에 있던 사람들도 충격을 받은 게 느껴졌다. 순간적으로나마, 그들의 머릿속에서 강한에 대한 의심은 깡그리 날아갔을 것이다. 강한은 그 틈을 놓치지 않았다.

"사고로 앞을 못 보게 됐습니다. 각막이식을 받아야 하는데, 이전 수술에서 거부 반응을 일으켰다는 이유로 더 이상 국내 병원에서는 합법적으로 기증을 해주지 않더군요. 그래서 좀더 빠르고 간단한 루트를 통해, 외국에서 각막 기증자를 데리고 올 겁니다. 무슨 얘긴지 아시죠?"

"아, 그럼요. 알고말고요. 그 기증자분이 입출국할 때 쓸 서류가 필요하신 검미까?"

강한의 말에, 장씨는 다 안다는 듯한 말투로 되물었다. 돈 많은 시각장애인이 불법으로 장기매매를 하려는 거라고, 그렇게 감쪽같이 믿었을 것이다.

"입출국할 때, 입원할 때, 그리고 체류 연장할 때 쓸 서류도 필요합니다. 아, 그리고 해외 송금할 때 쓸 계좌도 살 수 있으면 좋겠는데요. 가능하겠습니까?"

"물론임미다. 내 밥 먹고 하는 일이 그거라요. 근데, 돈이 꽤 많이 들 텐데……."

"돈은 얼마가 들든 상관없습니다. 자세한 얘기는 자리를 옮겨서 하면 좋겠군요. 사람 많은 곳은 아무래도 불편해서."

"그러시라요."

장씨의 흔쾌한 대답에 강한과 소원은 동시에 소리 없는 한숨을 내쉬었다. 게임장에 들어설 때까지만 해도, 이렇게 조선족 건달들로 가득 차 있을 줄은 몰랐다. 장씨를 압박해서 진술을 이끌어내려면 일단 그를 이 건달들로부터 떼어낼 필요가 있었다. 장씨는 경계심이 많은 성격인 것 같았지만, 돈은 얼마든지 주겠다는 말이 그 벽을 슬쩍 허물어놓았다.

"앞으로 신세 질 일이 많을 텐데, 오늘은 제가 좋은 곳에서 대접하겠습니다."

강한은 그 말이 그나마 남아 있는 벽마저 완전히 무너뜨렸으리라 확신했다. 장씨가 흐흐 소리 내어 웃으면서 이쪽으로 한 걸음 다가오는 기척이 느껴졌다. 그리고 바로 그 순간, 강한의 재킷 속에서 휴대전화가 진동했다. 그와 동시에 오락실 안에 울려 퍼지는 낭랑한 안내 음성.

— 성암지방검찰청 홍세은 수사관으로부터 전화가 왔습니다.

전화 건 사람이 누군지 한 글자씩 또박또박 읽어주는, 쓸데없이 친절한 시각장애인용 보이스오버 시스템이었다.

48

강한은 재빨리 재킷 속으로 손을 집어넣어 휴대전화를 껐지만, 이미 늦어도 한참 늦었다. 모두가 그 소리를 들어버린 후였다.

"수사관?"

장씨는 큰소리로 되풀이해서 말했다. 그게 무슨 마법의 주문이라도 되는 것처럼, 그 순간 게임장 내의 모든 소음이 일시에 멎었다. 우연인지 필연인지, 심지어 게임기에서 나오던 배경음악마저 멈췄다. 강한과 소원은 두 개의 얼음덩어리가 되어 뻣뻣하게 굳어졌다.

"손님이 아이었슴메?"

장씨는 강한을 향해 날카롭게 추궁했다. 강한은 이렇게 된 이상 어쩔 수 없다고 생각했다. 발뺌해봤자 검사로서의 권위가 더 떨어질 뿐이라고. 차라리 정면 승부를 하는 편이 나았다. 강력부에서 일해본 강한의 경험상, 일반인들의 생각과 달리 오히려 조직폭력배들은 검사라고 하면 더 조심스러워하고 정중하게 변하는 경향이 있었다. 검사를 거칠게 대해봤자 자기들에게 좋을 게 하나도 없다는 걸 몇 차례의 수사 전력과 수감 경험으로 알고 있는 까닭이다.

이들은 조선족이긴 하지만 마찬가지이기를 바랄 수밖에 없었다. 강한은 재킷 안주머니를 더듬어 공무원증을 꺼내면서 당당하게 말했다.

"성암지방검찰청 형사1부 강한 검사입니다. 현재 수사 중인 사건에 관해 장드래곤 씨의 참고인 진술이 필요한데, 함께 가주실 수 있겠습니까?"

다시 한번 숨 막히는 침묵이 흘렀다. 조금 전 강한과 소원을 처음으로 맞이했던 대머리가 슬그머니 앞으로 나섰다. 그가 목을 옆으로 꺾자 우두둑, 하고 위협적인 소리가 났다.

"검사였구만기래. 그러면서 손님은 무슨. 야, 다 이리 와보라우."

대머리의 말이 떨어지기 무섭게, 담배를 피우던 나머지 세 명이 쏙 이쪽으로 다가왔다. 그뿐이 아니었다. 손님인 것처럼 게임에 열중하던 무리들 중에서도 다섯 명이 몰려왔다. 그리고 그들은 강한과 소원을 무슨 병풍 치듯이 에워싸고 섰다. 덩치들에 가로막혀 앞을 볼 수 없게 되자 소원은 겁이 났다. 그래서 손가락으로 강한을 가리키면서 괜히 허세를 부렸다.

"조, 조심하는 게 좋을 거예요! 이분이 어떤 분인데! 이분으로 말할 것 같으면……!"

"그래, 어디 한번 말해보지기래."

대머리가 소원의 팔을 잡고 뒤로 확 꺾으면서 말했다. 장씨는 그 모습을 재밌다는 듯이 지켜보고 있었다. 그가 직접 앞으로 나설 생각은 없어 보였다. 장드래곤의 뒤를 봐주는 게 연변 조폭이라더니, 소문이 사실인 모양이었다. 소원은 팔이 꺾이는 각도가 점점 깊어짐에 따라 저도 모르게 비명을 질렀다. 아무리 몸부림쳐도 대머리의 악력이 너무 세서 소용없었다.

"아! 아파요! 아프다고요! 놔주세요!"

"니들이 차이나타운 밖에서는 큰소리치고 다니는지 몰라도, 일단
이 구역 안으로 들어오면 그때부턴 한국 검사, 한국 사람이라고 대
접받는 거 없디."

"……."

"까놓고 말해서, 사람 두엇 죽어나가도, 여기서 꼰지를 사람 아무
도 없다 이기래."

대머리는 의미심장한 어조로 말하면서 뻐드렁니를 드러내고 씩
웃어 보였다. 사뭇 음산해 보이는 그 미소에 소원은 등골까지 소름이
쫙 끼쳤다. 정말 이대로 죽을 수도 있겠다 싶었다. 밖에서는 무슨 암
행어사 마패처럼 통용되는 저 검찰 공무원증이 이 너구리굴 같은 게
임장 안에서는 하등의 가치도 없는 것 같았으니까.

"검사님, 저 죽으면…… 울 영감탱이한테 보상금이나 연금 같은
거 혹시 나올까요?"

강한을 향해 머뭇머뭇 묻는 소원의 목소리는 금방이라도 울먹거
릴 것 같았다. 원수 같은 아버지긴 했지만 그래도 자기가 죽는다면
뭐라도 건졌으면 좋겠다 싶었다. 강한은 그 말에 대답하는 대신, 팔
을 뻗어 앞을 가늠하면서 소원의 목소리가 들리는 쪽을 향해 다가갔
다. 그리고 손으로 허공을 더듬다가 소원의 얼굴이 있는 곳을 찾아
냈다.

"류소원, 지금 이게 네 얼굴이지?"

"맞아요, 제 잘생긴 얼굴. 앞으로 몇 시간이나 더 잘생길 수 있을
지 모르는 얼굴."

소원은 강한의 커다란 손바닥에 뺨이 눌린 채로 처량하게 대답했
다. 강한은 흠, 소리를 내더니 다시 물었다.

"그리고 이 뒤에 있는 놈이 널 붙잡고 있는 거고?"

"네."

"그놈, 키가 얼마나 커?"

"어, 글쎄요……. 한 183센티미터 정도?"

소원은 그의 팔을 여전히 꽉 붙잡고 있는 대머리를 힐끔 돌아보면서 눈대중으로 대답했다. 강한은 알겠다는 듯 고개를 끄덕였다. 183센티미터라면 그와 키가 같았다. 강한은 다음 순간, 뒷발에 힘을 싣고 주먹을 쭉 뻗으면서 정통 스트레이트 펀치를 날렸다.

퍽-!

묵직하면서도 힘 있는 펀치는 한 치의 어긋남도 없이 대머리의 얼굴 한복판으로 날아가 꽂혔다. 평소 소원을 향해 이리저리 꿀밤을 날리면서 요령을 터득한 게 전혀 생각지도 못한 곳에서 효과를 발휘한 것이다.

"억!"

그건 마치 영화 속의 한 장면 같았다. 소원은 조금 전까지 늠름하게 서 있던 대머리가 단말마의 비명을 뱉으며 뒤로 훅 넘어가는 장면을 입을 헤 벌린 채 지켜보았다. 대머리는 낙법 같은 걸 써볼 여유도 없이 그대로 바닥에 머리를 찧으면서 나동그라졌다. 쿵 하고 수박이 돌에 부딪히는 것 같은 어마어마한 소리가 났다.

"형님!"

"죽은 거 아이네?"

강한과 소원을 둘러싸고 있던 무리들이 일제히 흩어져서 이번에는 대머리를 둘러쌌다. 그들이 정신없이 웅성대는 말소리가 얼빠져 있던 소원의 정신을 번쩍 들게 했다.

"검사님, 도망쳐요!"

자유의 몸이 된 소원은 강한의 어깨를 양손으로 꽉 잡았다. 그리고 그의 상반신을 붙잡고서 정신없이 도망치기 시작했다. 강한이 넘어질까봐 걱정됐지만 지금은 어쩔 수가 없었다. 소원은 강한의 목덜미를 붙잡고 계단을 향해 질질 끌고 가면서 외쳤다.

"검사님! 차라리 몸에 힘을 빼요! 그냥 나한테 맡기라고요!"

"이미 힘 빼고 있어!"

강한은 허수아비처럼 축 늘어져 흔들리는 사지를 느끼며 마찬가지로 외쳤다. 그들이 계단을 오르기 시작했을 때, 뒤에서 우르르 여러 명이 한꺼번에 쫓아오는 발소리가 들렸다. 소원은 어두워서 잘 보이지도 않는 계단을 두 개씩 성큼성큼 기어 올라가면서 강한을 앞에서 끌어올리고, 뒤에서 밀어올리며, 갖은 수단을 동원해서 끌고 갔다.

"니들 거기 안 서니!"

"니들 같으면 서겠냐!"

소원은 뒤에서 들려오는 장씨의 말에 야무지게 대답까지 해준 후, 건물 출입문을 몸으로 밀어 열었다. 죽어라고 달렸지만, 강한이라는 거대한 짐이 있었던 탓에 따라잡히는 건 정해진 결과였다. 다만 그 시간이 문제일 뿐. 강한의 목덜미를 잡은 채 구르듯 문밖으로 나온 소원은 고개를 번쩍 쳐들었다. 누구라도, 뭐라도, 그들을 이 궁지에서 구해줄 만한 게 필요했다.

'하느님, 부처님, 성모님, 알라신님! 이번 한 번만 도와주세요! 그러면 진짜 착하게 살게요!'

소원은 속으로 간절히 빌면서 다급하게 주위를 둘러보았다. 그러던 중 마치 하늘에서 내려온 동아줄처럼 눈에 번쩍 띈 뭔가가 있었다.

"검사님! 우리 오토바이 타고 도망가요!"

"무슨 오토바이? 우리한테 오토바이가 있어?"

"방금 생겼어요!"

소원은 그렇게 외치면서 골목에 서 있는 오토바이를 강한의 앞으로 끌어당겼다. 짐칸에 피자상자가 쌓여 있는 걸 보니 배달용 오토바이인 듯했다. 배달원은 갑자기 배탈이라도 났는지, 뭐가 그리 급했는지 오토바이에 키까지 꽂아놓은 채 어디론가 가버렸다. 어쩌면 이곳이 너무도 한적한 골목이라 누구도 자기 오토바이를 보지 못할 거라고 생각했는지도 몰랐다.

"검사님, 발 좀…… 아니, 그냥 내가 태울게요!"

소원은 짐칸에 쌓여 있던 피자상자를 쓸어내듯 밀어버렸다. 그리고 강한의 허리를 두 팔로 끌어안고 번쩍 들어 올려서 오토바이 짐칸에 태웠다. 평소 같으면 상상도 못할 일이었겠지만, 위기일발의 상황이 되자 엄청난 괴력이 솟아났다. 강한이 얼떨떨해하는 사이에, 소원은 오토바이 운전석에 올라타 잽싸게 시동을 걸었다.

"꽉 잡으세요!"

부아아앙!

요란한 배기음과 함께 오토바이가 출발했다. 강한은 얼떨결에 소원의 허리를 끌어안았다. 살기 위해서는 어쩔 수 없었다. 소원은 능숙한 솜씨로 핸들을 잡고 골목길 한가운데로 파고들었다. 딱 한 발짝 늦게 달려나온 조선족 깡패들이 고함치는 게 들렸다.

"잡아! 잡아!"

소원은 사이드미러를 통해 재빨리 그들의 동태를 살폈다. 오토바이를 보고 웅성대던 그들 중 그나마 몸놀림이 날래 보이는 한 명이, 구석에 세워진 자전거를 끌어내 체인을 풀고 올라탔다.

"제길……."

소원은 오토바이 속도를 조금만 높였다. 일반 도로에서였다면 오토바이와 자전거의 추격전 따위는 성립하지 않았을 것이다. 그러나 여기처럼 좁고 커브까지 있는 골목길에서는 오토바이도 한껏 속도를 낼 수가 없었다. 더구나 뒤에는 강한이 타고 있지 않은가.

'일단 사람 많은 큰길까지만 가자. 그렇게만 해도 훨씬 나을 거야.'

소원이 그렇게 생각하는 찰나, 갑자기 등줄기 전체에서부터 팔을 타고 쭉 내려오는 찌릿한 통증이 그를 습격했다. 소원은 자기도 모르게 어깨를 움츠리며 외마디 신음 소리를 내뱉었다.

"윽……!"

"류뚱, 왜 그래?"

"아까 검사님 들어 올릴 때, 팔을 다쳤나 봐요. 그놈한테 꺾였을 때부터 계속 아프긴 했는데 갑자기 무리했더니, 손에 힘이 안 들어가요…… 으아…….."

소원은 마치 힘줄이 없어져버린 것처럼 자꾸만 축축 늘어지려는 손과 팔을 바라보면서 울상을 지었다. 그들의 등 뒤에서는 덜덜거리며 구르는 자전거 바퀴 소리가 여전히 들려오고 있었다. 강한은 안달 난 나머지 평소에 하지 않던 '야' 소리까지 하면서 소원을 재촉했다.

"야, 그럼 어떡하라고! 저놈들 아직도 따라오는 거 같은데!"

"검사님이 핸들 좀 잡아주시면 안 돼요?"

"뭐? 미쳤어? 안 보이는 사람한테 오토바이 운전을 하라고?"

강한은 금방이라도 기절할 것 같은 표정을 지었다. 물론 소원도 강한에게 운전을 맡기는 게 절대 잘하는 짓이라고는 생각하지 않았다. 그러나 당장 생각나는 다른 방책이 없었다. 오토바이를 세우고 뛰어서 도망산나는 건 그야말로 자멸이나 다름없었고.

"그냥 잡고만 계세요! 방향을 틀어야 할 때가 되면 제가 알려드릴게요!"

"……."

"이래 죽나 저래 죽나! 최소한 맞아 죽는 것보단 이게 낫죠! 얼른요! 저 힘 빠져요!"

"빌어먹을…… 핸들 어디 있어?"

소원의 필사적인 외침에, 강한은 나지막이 욕설을 뇌까리면서도 마지못해 양손을 앞으로 뻗었다. 소원은 그 손을 잡아서 핸들 위에 얹어주었다. 핸들은 이미 소원이 흘린 식은땀에 젖어 축축해져 있었다. 강한은 미끄러지지 않도록 핸들을 한번 고쳐잡으면서 입술을 지그시 깨물었다. 그야말로 이판사판이었다.

"3초 후에 좌회전이요!"

앞을 똑바로 주시하고 있던 소원이 막다른 골목에 다다른 것을 보고 다급하게 외쳤다. 강한은 속으로만 욕을 퍼부었다. '3초 후'를 어떻게 정확하게 파악한단 말인가. 그가 속으로 하나, 둘, 셋을 셌을 때, 소원이 허리를 좀더 앞으로 숙이면서 절박하게 외쳤다.

"지금이요! 꺾어요!"

에라, 모르겠다. 죽기 아니면 살기다. 강한은 그게 아무런 의미도 없다는 걸 알면서도, 눈꺼풀을 질끈 감으면서 핸들을 왼쪽으로 확 틀었다. 도대체 얼마나 오래 꺾고 있어야 하는지 몰라서 고함이라도 치고 싶은 심정이 됐을 때, 소원이 상반신을 다시 일으키면서 크게 외쳤다.

"오케이! 다시 직진!"

강한은 재빨리 핸들을 원래대로 돌렸고, 오토바이는 다시 직진하기 시작했다. 강한이 제대로 가는 건지 몰라 갈팡질팡하는데, 가슴 아래에서 소원이 길게 숨을 내쉬는 소리가 들려왔다.

"휴우……."

안도의 한숨이었다. 자기가 시킨 일이었지만, 강한이 정말 해낼 줄 몰랐던 소원은 고개를 절레절레 내저었다. 커브를 한 번 돌고 나자 다행히 아까보다 더 긴 골목길이 일직선으로 펼쳐졌고, 끈질기게 따라오던 자전거의 덜덜거리는 소리도 조금씩 작아지기 시작했다. 그 소리가 더 이상 들리지 않게 됐을 때, 소원은 이제야 살아났다 싶었다. 그러나 안심한 것도 잠시뿐.

"검사님, 차! 차! 멈춰요!"

골목 끄트머리에서 느닷없이 나타난 검은 중형차를 보고 소원은 다급하게 소리쳤다. 강한은 거의 반사적으로 오토바이 브레이크를 잡았다. 오토바이는 덜컥 소리를 내면서 제자리에 멈춰섰고, 그와 동시에 강한과 소원의 몸이 앞뒤로 크게 흔들렸다.

완만한 속도로 골목길을 가로질러 온 검은 차는 그들의 오토바이 바로 앞에서 정차했다. 운전석 문이 열리고, 검은 투피스 차림의 여자가 구르듯이 뛰어내렸다. 그녀가 강한을 보고 빽 소리쳤다.

"오빠!"

49

"유미?"

강한은 오랜만에 듣는 '오빠' 소리에, '정 검사'라는 호칭을 잊어버리고 순간적으로 그렇게 불렀다. 검찰청에 있어야 할 유미가 어떻게 이 자리에 나타난 것인지 이해가 가지 않았다. 유미는 강한을 향해 뛰듯이 급하게 다가오면서 말했다.

"미안해, 퇴근하자마자 와보려고 했는데 긴급수사 지휘할 게 좀 있어서. 오는 길에 홍 수사관한테 연락받았는데, 오빠…… 아니, 선배가 전화를 안 받는다고 걱정하기에 정신없이 달려왔어. 어떻게 된 거야? 이 오토바이는 뭐고?"

"어, 그게……."

강한은 차마 자기가 오토바이 운전을 했다는 말은 할 수 없었다. 그랬다간 유미가 지금 이 자리에서 강한과 소원을 특수절도 현행범으로 체포해야 할지도 모르니까. 어물거리는 강한을 대신해 소원이 재빨리 설명했다.

"저희가 그 사람 찾았거든요. 왕첸 신분증하고 지문 사갔다는 브로커요. 이름, 아니 별명이 장드래곤인데, 그 사람이랑 얘기하려고 불법 도박장에 들어갔다가 웬 조선족 깡패들이 떼거리로 달려들어서……. 어휴, 죽는 줄 알았어요. 저 아니었으면 강 검사님은 완전히 끝났다니까요!"

미묘하게 사실을 왜곡한 소원의 말에 강한은 눈썹을 추켜올렸다. 그러나 지금은 누가 누구를 구했는지를 두고 한가롭게 싸우고 있을 때가 아니었다.

"정 검사, 관할 경찰서에 인력 지원 좀 해달라고 해. 저쪽은 열두 명이니까 우리 쪽도 최소한 일고여덟 명은 더 있어야 돼. 장소가 어딘지는 우리가 알아."

"안다고? 그럼 일단 그쪽으로 가."

유미는 타고 온 차의 조수석 문을 열고 강한을 태웠다. 소원도 잽싸게 뒷좌석에 탔다. 오토바이는 일단 그 자리에 세워둘 수밖에 없었다. 유미는 체인도 채우지 않은 오토바이를 힐끗 바라보았지만, 별말은 하지 않고 차를 출발시켰다. 길은 소원이 안내했다.

"저기서 우회전이요. 그리고 직진이요. 저쯤 세우시면 돼요. 저 건물 지하가 게임장이에요."

유미는 소원이 가리킨 지점에 차를 세웠다. 강한은 그녀가 곧 휴대전화로 경찰서에 연락하리라고 생각했다. 그러나 그녀는 그 대신 강한의 앞쪽으로 몸을 숙였다. 딸깍 소리 그리고 부스럭 소리가 들리는 걸 보니 글러브 박스에서 뭔가를 꺼내는 것 같았다. 강한은 의아해했다.

"경찰에 연락 안 해?"

"그랬다가 그놈이 달아나기라도 하면 어떡해. 지금 시점에서는 유일한 단서라면서."

"그 단서가 맞는 거라고 생각 안 한다면서? 지문도 못 믿겠다더니?"

"선배가 믿잖아. 믿고 여기까지 왔잖아. 그러면 나도 믿어야지 어떡해."

유미는 그렇게 말하면서 가볍게 한숨을 쉬었다. 그 말이 끝나는 것과 동시에 운전석 문 여는 소리가 들렸다. 강한은 그녀가 차에서 혼자 내렸다는 사실을 깨닫고 소리쳤다.

"정 검사!"

"정 검사님! 혼자 어디 가세요?"

소원도 따라서 외쳤지만, 유미는 그들의 부름에 아랑곳하지 않은 채 건물 입구를 향해 성큼성큼 걸어갔다. 강한은 조수석에서 내렸고, 소원도 뒷좌석에서 내렸다. 유미가 지하로 향하는 문을 열고 구두를 또각거리면서 계단을 내려가는 소리가 들려왔다.

"정유미, 이게 뭐 하는 짓이야? 그러다 다친다고!"

강한은 마음이 급한 나머지 소원이 보행 안내를 해줄 때까지 기다리지도 않고 케인을 펴서 더듬거렸다. 그래봤자 어차피 어느 방향으로 가야 할지 알 수 없는데도. 강한이 허둥거리자, 보다 못한 소원이 그의 옷소매를 입으로 물고 앞으로 끌고 가기 시작했다. 소원의 입술이 손목에 와닿는 걸 느낀 강한이 소스라치게 놀라서 물었다.

"너 뭐 하냐?"

"팔에 힘이 안 들어가니까요. 잠자코 따라오세요. 저도 기분이 좋진 않다고요. 내가 안내견하고 다를 게 뭐야, 진짜."

소원은 강한의 옷을 물고 빠르게 앞으로 나아갔다. 정식 보행 안내법은 결코 아니었지만 지금은 비상사태였으니까. 그러나 계단을 내려가는 것만큼은 어떻게 편법으로 할 수가 없었다.

"검사님, 천천히! 천천히요! 그러다 다쳐요!"

"젠장!"

강한은 케인으로 일일이 계단 끝을 가늠해가며 발 뻗을 지점을 정하는 데 질려버렸다. 그러고 있을 시간이 없었다. 그는 케인을 거둬들여 손목에 걸고, 그냥 계단 위에 철퍼덕 앉아버렸다. 그리고 마치 썰매를 타고 내려가는 것처럼 계단을 엉덩이로 밀면서 쭉 내려가기 시작했다. 엉치뼈가 계단참에 턱턱 걸리면서 통증을 주긴 했지만 속도는 비교할 수 없을 만큼 빨랐다.

"우와, 검사님. 천잰데요?"

"떠들 시간 있으면 얼른 잡아주기나 해!"

순식간에 계단 맨 밑 칸까지 내려온 강한이 소리쳤고, 소원은 두 팔을 펼치고 앞에 서서 미끄러지려는 강한의 몸을 지탱했다. 그들보다 조금 앞서갔던 유미는 게임장 문을 물끄러미 쳐다보다가, 불쑥 손을 뻗어 그 문을 열고 있었다. 그러고는 서슴없이 안으로 걸어 들어갔다.

"으, 진짜. 왜 저러시는 거야."

소원은 미칠 것 같은 기분이 되어 유미의 뒤를 따라갔다. 아까처럼 강한의 옷소매를 이로 문 채였다. 바로 10여 분 전 가까스로 도망쳐나왔던 호랑이굴에 제 발로 기어들어 가고 있다는 사실이 도저히 믿기지 않았다. 세 사람이 게임장 안에 등장하는 순간, 모두의 시선이 화살처럼 그들에게 와서 박혔다.

자전거를 타고 갔던 사람이 아직 돌아오지 않았는지, 게임장 안의 인원은 한 명 줄어든 열한 명이었다. 당연하게도, 강한과 소원의 얼굴을 제일 먼저 알아본 사람은 아까 크게 한 방 먹었던 대머리였다. 테이블에 앉아 쌍코피가 줄줄 흐르는 콧구멍 두 개를 휴지로 틀어막고 있던 그는 소원을 보자마자 버럭 소리를 내질렀다.

"너 이 간나새끼……!"

그 말이 무슨 신호라도 된 것처럼, 험악한 표정을 한 떡대들이 일제히 소원 일행에게 달려들려는 찰나였다. 정장 재킷 안에서 뭔가를 꺼내 든 유미가 그 물건을 그들에게 겨누면서 침착하게 선언했다.

"꼼짝 마. 움직이면 쏜다."

유미의 손에 쥐여진 것은 총이었다. 길고 날렵한 검은 총신과 작은 대포처럼 생긴 탄창이 위협적으로 번쩍거렸다. 위협이 빈말이 아님을 보여주듯 안전장치가 풀려 있었다. 조선족 깡패들은 순식간에 안색이 변하면서 제자리에 멈춰섰다. 놀란 것은 소원과 강한도 마찬가지였다.

"헐, 대한민국에서 검사가 총 가지고 다녀도 돼요?"

"뭐? 총? 정 검사, 그럼 방금 꺼냈던 게 총이야? 이게 무슨……!"

그러나 유미는 그들의 질문에 대답하는 대신, 깡패들의 우두머리 격으로 보이는 대머리를 향해 침착하게 말했다.

"성암지방검찰청 형사1부 정유미 검사다. 나도 여기서 소란을 피우고 싶진 않아. 너희들도 마찬가지겠지. 우리가 원하는 건 한 명뿐이야. 다른 놈들까지 줄줄이 엮어 체포하겠다는 것도 아니고, 이 게임장 전체를 털겠다는 것도 아니야. 물론 맘먹고 털면 끝없이 털 수 있겠지만."

유미는 불법 성인 게임물이 현란한 화면을 자랑하면서 돌아가고 있는 수십 대의 게임기를 쓱 훑어보면서 의미심장하게 말했다. 열한 명의 우락부락한 남자들과 가녀린 여자 하나, 그리고 그녀의 손에 쥐여진 총. 20여 초에 가까운 시간 동안 숨 막히게 팽팽한 침묵이 흘렀다. 잠시 후, 대머리가 옆으로 슬쩍 비켜서는 것과 동시에 그 뒤에 서 있던 장씨가 앞으로 나왔다.

"내가 가겠슴메. 거 총 좀 내리시라우. 분위기 사납게."

"류소원, 강 검사님 모시고 먼저 올라가서 차에 타. 난 이놈 데리고 따라갈 테니까."

"네, 정 검사님."

엄밀히 따지면 소원이 유미의 말을 들어야 할 이유는 없었지만, 자고로 손에 총을 쥐고 있는 여자에게는 고분고분해야 하는 법. 강한 또한 평소보다 고분고분해졌다. 두 남자는 사이좋게 서로를 붙잡고 오락실 입구로, 계단으로, 마지막으로 차로 이동했다. 유미는 장씨를 앞장세우고 그 등에 총을 겨눈 채 바로 뒤따라왔다. 그녀는 차 문을 열면서 장씨에게 물었다.

"본명은?"

"장위티엔."

"장위티엔. 검사 암살 테러 사건과 형사 습격 사건에 대한 방조 혐의로 긴급체포한다. 변호인의 조력을 받을 권리가 있고, 진술을 거부할 권리가 있으며, 지금부터 하는 진술은 향후 법정에서 불리한 증거로 쓰일 수 있다. 알아들었지?"

"소박하게 장사 좀 했을 뿐인데 테러는 무슨, 이게 말이 됩미까!"

유미는 장위티엔의 항변에 아랑곳하지 않고 그를 뒷좌석에 밀어넣었다. 그리고 조수석 쪽으로 가더니 글러브 박스 안에서 또 다른 물건을 꺼냈다. 철그럭거리는 소리를 들은 강한은 그 물건의 정체를 금세 파악했다.

"정 검사, 차에 수갑도 갖고 다녀? 대체 어떻게 된 거야?"

유미는 대답하지 않고 묵묵히 움직이기만 했다. 장씨의 왼쪽 손목에 수갑의 한쪽 고리를 채우고, 다른 한쪽 고리는 조수석 등받이 기둥에 연결해서 채웠다. 장씨가 어디에도 갈 수 없는 몸이 되었음을 확인한 후에야, 유미는 운전석으로 돌아가 앉았다.

"잠깐만요, 정 검사님. 저희도 태워주세요!"

"얼른 타."

소원은 장씨의 옆자리에, 강한은 조수석에 탔고, 마침내 차가 출발했다. 깡패들은 나와보지도 않았다. 그들의 의리는 겨우 총 한 자루 앞에서 온데간데없이 사라져버렸다. 거침없이 차를 몰아 나온 유미는 골목길을 지나 대로변에 다다른 후에야 입을 열었다.

"저거 진짜 총 아니야. 초등학교에 준법 강연하러 다닐 때 쓰는 모형이지. 저거 한번 보여주면 애들이 곧바로 집중하거든. 수갑도 그때 쓰는 소품이고."

유미의 말에, 차 안에 있던 세 남자의 입이 동시에 떡 벌어졌다.

"모, 모형이요? 그러면 안에 총알도 없어요?"

"총알은 무슨. 총알 넣는 구멍도 없어."

유미는 씩 웃었고, 그걸 보는 소원은 왠지 모르게 등골이 서늘해졌다. 아마 그건 강한과 장씨도 마찬가지였을 것이다.

"강 검사님, 여자친구 엄청 무서운 분인 거 같아요. 잘하셔야 할 거 같은데."

강한은 황당한 나머지 '여자친구가 아니다'라고 반박할 생각조차 하지 못했다. 유미는 누구 들으라는 것인지 알 수 없는 의미심장한 한마디를 날렸다.

"그러기엔 이미 많이 늦었지."

＊　＊　＊

"너 이 자식, 아까 그거 다 뫼병이었지."

"아닌데, 이상하다. 아까는 분명 힘이 하나도 안 들어갔는데."

강한과 소원은 티격태격하면서 응급실을 나왔다. 그들은 장위티엔이 유치장에 들어가는 것을 확인한 후, 소원의 다친 팔 상태를 보기 위해 곧바로 응급실로 달려왔던 참이었다. 팔을 못 쓰게 되면 어떡하냐고 울먹거리던 소원의 엄살과 달리, 응급실 당직의는 엑스레이 사진을 들여다보면서 심드렁한 표정으로 아무 이상도 없다고 말했다. 근육이 좀 놀란 것뿐이라고.

"평소에 얼마나 근력 운동을 안 하면 고작 그거 들었다고 근육이 놀라냐? 안 되겠다, 넌 체육관에 가서 운동 좀 배워야겠다."

"제가 운동량이 부족한 게 아니라 검사님이 무거운 거라고요!"

소원은 언제 그랬냐는 듯 멀쩡하게 움직이기 시작한 팔을 이리저리 돌려보면서 투덜거렸다. 한때 강한이 입원하기도 했던 성암대학병원 안은 사방에 점자블록과 손잡이가 설치되어 있어 그가 다니기에 편했지만, 병원 밖으로 한 걸음만 나오면 다시 다른 세상이었다.

소원은 우두커니 서 있는 강한을 향해 얼른 팔꿈치를 내밀었고, 강한은 그 끝을 가볍게 잡았다. 둘은 아주 오래전부터 그래왔던 것처럼 서로를 의지해서 걷기 시작했다. 택시 정류장에는 대기하고 있는 택시가 한 대도 없었다. 소원은 저만치 있는 지하철역을 보면서 문득 생각난 듯 강한에게 제안했다.

"검사님, 여기 바로 앞이 지하철역인데 우리 지하철 타고 가보면 어때요? 맨날 택시만 타는 거, 솔직히 좀 돈 아깝잖아요. 그 돈으로나 피자나 사주지."

"……"

소원은 강한이 거절할지도 모른다고 생각했다. 그가 대중교통을 얼마나 꺼리는지 알고 있었으니까. 그러나 강한은 아무 말 없이 고개를 끄덕였다. 소원이 함께 있으니 지하철이든 버스든 탈 수 있지 않겠냐는, 그런 생각이 들었다. 물론 그렇다고 해서 그 돈으로 피자를 사 먹일 생각은 없었지만. 지하철역까지 나란히 걸어가는 길, 소원은 지치지도 않는 듯 재잘거렸다.

"검사님, 우리가 훔쳤던 오토바이는 주인한테 무사히 돌아갔을까요?"

"그랬을 거야. 홍 수사관한테 확인해두라고 했어."

"검사님, 솔직히 오늘은 진짜 좀 재밌지 않았어요?"

"재미는 무슨."

"검사님, 앞으로는 그냥 형이라고 부르면 안 돼요?"

"그러든가."

당연히 거절당하리라 생각했던 소원은 의외로 선뜻 떨어진 대답에 깜짝 놀라 멈춰섰다. 강한은 그렇게 대답해놓고 조금 쑥스러웠던지, 소원의 팔을 놓고 홀쩍 앞서 나가버렸다. 앞에 뭐가 있는 줄도 모른 채.

"형, 같이 가요!"

소원은 계단을 향해 나아가고 있는 강한을 큰소리로 부르면서 따라갔다.

50

10월 26일 금요일 오전 9시 30분. 성암지방검찰청 검사장실.

"강한 검사, 검사가 자기 자신과 이해관계가 있는 사건을 직접 수사하는 건 검사 윤리에 어긋나는 일일세. 그 당연한 걸 굳이 설명해 줘야 하는 건가?"

검사장은 주름진 이마를 손으로 짚으면서 깊은 한숨을 쉬었다.

어젯밤, 강한 검사와 그의 활동보조인, 그리고 정유미 검사가 조선족 깡패들과 대치전을 벌인 끝에 염산 테러 사건과 형사 습격 사건에 개입한 조선족 브로커를 체포했다는 보고를 듣고, 그는 뒤통수를 한 대 세게 맞은 기분이었다.

그도 그럴 것이, 그 두 사건이 연관되어 있다는 것도, 강한이 그 사건에 손대고 있다는 것도 검사장은 새까맣게 모르고 있었던 것이다. 검찰청에서 주요 사건에 대한 보고 누락은 그것만으로도 검사의 중대한 과오로 간주되었다. 그러나 그의 맞은편에 앉은 강한은 반성의 기미는커녕 당당해 보였다.

"제가 작정하고 수사한 게 아닙니다, 검사장님. 저는 제가 배당받은 속옷 절도 사건과 형사 습격 사건을 수사했을 뿐이고, 그러다 보니 염산 테러 사건과의 연관점이 발견된 거죠."

"그렇다면 연관점을 발견한 즉시 손을 떼고 다른 검사에게 넘겼어야지. 검사윤리강령 제9조, '검사는 취급 중인 사건과 자신의 이해가 관련되었을 때에는 그 사건을 회피한다', 모르나?"

"물론 알고 있습니다. 감히 한 말씀 올리자면 검사장님, 윤리강령은 강령일 뿐, 강행규정이 아닙니다. 형사소송법에 검사의 회피 의무는 규정되어 있지 않습니다. 즉 제 수사가 부도덕할지는 몰라도 불법은 아니란 말입니다. 그에 대한 징계는 나중에 받겠습니다. 감봉도 좋고, 권고사직도 좋습니다. 지금은 이대로 수사하게 해주십시오."

"그게 말이 되는 소린가!"

검사장은 기가 차다는 듯 대꾸했다. 청 소속 검사가 윤리강령에 어긋나는 행동을 하고 있는 걸 발견했는데, 검사장으로서 그대로 방치한다는 건 상식적으로 있을 수 없는 일이었다. 그러나 강한은 요지부동이었다.

"이 사건들의 배후에 있는 놈이 누구든, 보통이 아닙니다. 1년 전에 있었던 지온유 사건의 수사 관계자들에게 보복할 목적으로, 신분증과 계좌를 사들이고 지문까지 위조해가면서 지능적, 체계적으로 범행을 벌였습니다. 그 과정에서 제대로 된 목격자 한 명 남기지 않았고요. 보통의 노력과 의지로는 잡을 수 없는 놈입니다. 하지만 전 잡을 수 있습니다. 반드시 잡겠습니다."

"……."

"시각장애인 검사만이 할 수 있는 게 있을 거라던 검사장님의 말씀도 무슨 뜻인지 이제 알 것 같습니다. 저만의 수사 노하우도 생겼고, 제 핸디캡을 장점으로 이용할 수 있게 됐습니다. 브로커를 잡았으니 이제 조금만 더 파보면 됩니다. 부탁드립니다, 검사장님. 이 사건을, 어쩌면 제 검사 생활의 마지막이 될지도 모르는 이 사건을 제게서 빼앗지 말아주십시오."

강한은 오만함을 완전히 내던졌다. 그는 두 손으로 무릎을 짚은 채 검사장을 향해 깊이 고개를 숙였다. 진심 어린 목소리가 검사장의 심금을 울렸다. 사실 이 사건이 알려진 후, 검사들 사이에서는 강한에 대한 동정론이 일고 있는 상황이었다. 그런 상황이라면, 누군들 자기를 그렇게 만든 범인을 잡고 싶지 않겠느냐고.

"앞으로 한 달, 딱 한 달만 눈감아주겠네. 그 이상은 내 재량으로도 비호해줄 수 없어."

"검사장님."

강한은 고개를 번쩍 들었다. 검사장에게 간곡하게 부탁하긴 했지만, 정말 들어주리라고는 생각지 않았던 것이다. 이건 검사장도 문책당할 각오를 해야 하는 일이었으니까. 총애하지도 않았던 자신을 위해 그런 위험을 무릅써주리라고 기대하긴 어려웠다. 그러나 검사장은 그렇게 해주었다. 상사와 부하 관계이기 전에 같은 검사로서, 같은 인간으로서, 강한의 절실한 마음을 이해할 수 있었기 때문에.

"주임검사는 정유미 검사로 해두지. 자네는 어디까지나 수사팀의 일원인 걸로. 전체 수사 과정도 정 검사가 지휘할걸세. 그리고 범인이 잡혀서 기소되는 순간 자네는 손을 떼야 해. 공판 과정에는 절대 개입해선 안 되네."

"명심하겠습니다."

강한은 그 한마디와 함께 다시 한번 고개를 숙이는 걸로, 가슴속에서 들끓는 수십 마디의 말을 대신했다. 말보다는 결과로, 범인을 잡아서 기소하는 것으로 보여주어야 했다. 그게 대한민국 검사들의 대화 방식이니까.

* * *

오후 2시. 정유미 검사실.

"아즈마이가 무슨 말을 하는지 하나도 모르겠다 이겜미다. 난 그냥 대림동 오락실에서 허드렛일이나 거들면서 입에 풀칠하고 사는 불쌍한 사람이라요."

장위티엔은 과장되게 청승을 떨면서 슬슬 유미를 약 올렸다. 이른 아침부터 조사를 시작해서 점심시간을 빼고 벌써 두 시간째, 장위티엔이 한 말은 '모른다' '풀어달라' '생사람 잡지 말라'는 세 문장의 반복이 전부였다.

"올해 6월, 영등포 공원에서 만난 노숙자 왕첸에게서 실리콘에 손가락을 찍게 하는 방식으로 지문을 사들이고, 신분증과 통장, 카드를 산 사실이 없냐고 물었잖아요!"

"실리콘? 내가 아는 실리콘은 가슴에 넣는 것뿐이라요."

장위티엔은 능청스럽게 말하면서 유미의 블라우스 가슴께를 음흉하게 힐끗거렸다.

"이 사람이 정말!"

유미는 도끼눈을 뜨면서 책상을 손으로 탕 소리 나게 내리쳤다.

"내가 우스워요?"

그러나 유미가 아무리 무서운 척해봤자 별반 위협이 되지 않는 듯했다. 장위티엔은 여전히 여유만만했다.

"뭐, 중국 공안에 비하면 쫌 애들 장난 같아 보이긴 하지비."

"원한다면 중국 공안에 넘겨줘요?"

"에이, 길케 하는 게 어디 쉽나? 나도 알 거 다 아는데."

빙글빙글 웃으며 하는 대답이 틀린 게 아니어서 유미를 더 열 받게 했다. 유미가 이를 아득바득 갈면서 장위티엔을 노려보고 있던 참이었다.

"실례합니다."

케인으로 앞을 더듬으면서 검사실 안으로 들어온 사람은 강한이었다. 분신처럼 붙어다니는 소원도 함께였다. 장위티엔은 한낮에 검찰청 안에서도 선글라스를 끼고 다니는 강한을 무슨 외계인 보듯 노골적으로 쳐다보았다. 강한은 옆얼굴에 따끔거리도록 느껴지는 그 시선을 무시하고 유미를 향해 말했다.

"정 검사님, 이런 타입은 제가 좀더 잘 다룰 거 같은데, 잠깐 끼어들어도 될까요?"

강한의 말투는 평소와 다르게 깍듯하고 정중했다. 피의자나 참고인 앞에서는 아무리 연차가 높은 선배 검사일지라도 후배 검사를 함부로 대하지 않는다는 게 검찰의 불문율이었다. 더구나 유미는 엄연히 이 사건의 주임검사였다. 그녀는 분한 듯 입술을 지그시 깨물면서 장위티엔을 노려보더니, 마지못해 고개를 끄덕였다.

강한은 소원이 가져온 의자에 걸터앉았고, 장위티엔은 위축되기는커녕 흥미진진해하는 표정으로 그 모습을 지켜보았다.

"이런 타입이라는 게 절 말하는 기래요? 어떤 타입이라는 기래요?"

"협박하면 할수록 더 심하게 뻗대는 타입. 겁은 없고, 오직 이익을 위해서만 움직이는 타입이고. 거래와 제안에는 항상 열려 있는 타입이기도 하죠."

강한의 말을 들은 장위티엔의 눈이 교활하게 번득였다. 뼛속까지 장사꾼인 사람의 눈이었다.

"나한테 할 제안이 있다 이검미까?"

강한은 고개를 한번 끄덕이고서 대답했다.

"장위티엔 씨는 올해 6월 왕첸의 지문과 서류를 사간 사람이 누군지 우리에게 알려주는 겁니다. 그리고 그 거래에 있어서 중개 행위를 한 것도 인정하고요. 그러면 염산 테러와 형사 습격 사건에 대한 방조죄는 적용하지 않고, 서류매매 알선에 대해 출입국관리법 위반죄와 전자금융거래법 위반죄만 적용해서 벌금형을 받게 해주겠습니다. 어떻습니까?"

길게 이어지는 강한의 말을 듣던 장위티엔은 어이없어했다.

"그래서 나한테 득 되는 건 뭡니까?"

강한은 그 말이 나오기만을 기다렸다는 듯 소원이 앉아 있는 방향으로 손짓을 보냈다. 소원은 옆구리에 끼고 있던 서류뭉치를 장위티엔의 앞에 툭 던져놓았다. 강한과 세은이 오전 내내 장위티엔을 뒷조사한 결과물이었다. 강한은 손가락으로 턱끝을 슬슬 문지르면서 말했다.

"장위티엔 씨, 이혼 소송 중인 한국인 아내가 있죠? 소송 사유는 쌍방 외도와 쌍방 폭행, 세쌍둥이에 대한 유기에 가까운 무관심."

"그, 그런 것까지 어떻게……."

장위티엔은 그동안의 여유로웠던 모습을 잃어버리고 당황한 기색을 드러냈다.

"양육비를 주지 않으려고 재산을 참 부지런히 은닉해뒀던데요. 안타깝게도 검찰청에서는 다 조회가 가능합니다. 다섯 살짜리 조카 명의로 돌려둔 구로동 상가와 목동 아파트의 존재, 아내는 당연히 모르고 있겠죠?"

"……"

장위티엔의 얼굴이 창백하게 질렸다. 보아하니, 대한민국 검사는 무섭지 않아도 양육비를 청구하면서 달려드는 예비 전처는 모골이 송연해지게 무서운 모양이었다. 강한의 기습적인 어퍼컷을 맞고 꿀 먹은 벙어리가 되어버린 장위티엔을 향해 이번에는 소원이 묵직한 잽을 날렸다.

"아, 그리고 장드래곤 씨 SNS도 열심히 털어봤는데. Sexycat82 가 여자친구 맞죠? 비키니 착용 사진을 보니까 세쌍둥이 엄마 몸매 는 아니던데."

"……."

"우리 검사님 말씀으로는 간통죄는 이미 폐지됐지만, 이혼 소송 에서는 완전 레알 대박 헐 불리한 증거가 된다고 하더라고요. SNS 비 계에서 나눈 뜨거운 메시지랑, 함께 찍은 사진들까지 다 찾아내서 캡 쳐해놨는데 사모님한테 익명의 이메일로 보내버릴까봐."

"아니, 그것들은 어떻게 찾아냈니?"

"계정 비밀번호를 자기 생일로 해놓는 건 비밀번호를 안 걸어놓 는 거랑 똑같죠. 보안 의식을 좀 가지셔야겠어요."

소원은 훈계하듯 혀를 쯧쯧 차면서 말했다. 형사법적으로 다른 사 람의 아이디를 무단 사용하는 건 정보통신망법 위반행위로 엄연한 범죄였다. 그러나 강한은 소원의 말을 못 들은 척 괜히 딴청을 피우 고 있었고, 유미도 마찬가지였다. 이제 장위티엔의 얼굴은 창백하다 못해 푸르죽죽하게 질렸다. 소원은 괜히 휴대전화를 만지작거리면 서 너스레를 떨었다.

"제가 실수를 잘하거든요. 어이쿠! 손가락이 미끄러져서 메일 전 송 버튼을 눌러버렸네?"

"!"

"이렇게 될까봐 걱정스러워서요."

소원은 씩 웃으면서 휴대전화를 돌려 장위티엔에게 보여주었다. 화면에는 놀이공원에서 앙증맞은 팬더 머리띠를 쓴 장위티엔이 고양이 머리띠를 쓴 여자에게 다정하게 백허그하는 사진이 띄워져 있었다. 소원의 말이 허세가 아니라는 걸 알게 된 장위티엔은 버티지 못하고 항복했다.

"저도 SNS 계정 주소밖에 모름미다! 정말임미다! 원래 장사하는 방식이 그렇슴메다. 서로 익명을 지키고, 연락은 SNS로, 오가는 현금 속에 꽃피는 정. 아이 그렇슴미까?"

"계정 주소가 뭔데요? 거래는 어떻게 했는데요? 육하원칙에 맞춰서 똑바로 말해보세요."

강한은 웃음기를 지우고서 진지하게 말했다. 장위티엔은 생각을 더듬으면서 말을 이어나갔다.

"joy0331, 아마 그거였을 검미다. 날짜는 정확하지 않은데, 영챗이라고 조선족 애들이 쓰는 일회용 메신저로 연락을 받았디요. 잠깐 제 휴대전화 좀 봐도 됨미까?"

"휴대전화? 분석해봤는데 별거 없던데요."

"다 보는 방법이 있디요."

유미는 의아한 표정을 지으면서 누런 영치품 봉투 안에 넣어둔 장위티엔의 휴대전화를 꺼내 책상에 올려놓았다. 장위티엔은 수갑을 차고도 요령껏 손을 움직여 터치패드를 조작했다. 그러더니 생뚱맞게 가계부 애플리케이션을 열었다. 휴대전화를 분석하는 수사관이 딱히 눈여겨보지 않은 것이었다. 장위티엔은 그걸 뒤적거리더니 메모를 찾아냈다.

─ 6월 1일. 게임방 점심 회식. 탕수육 서비스 군만두, 자장면, 짬

뽕에 단무지 추가. 누룽지탕.

"여기 있디요. 고객이랑 연락할 때는 PC방에서 메신저로 하고, 휴대전화에는 남겨놓지 않디요. 글케 허술하지 않다 이검미다. 대신 장부 관리는 해야 하니까. 탕수육 서비스 군만두가 외국인등록증에 여권 추가한 거고, 자장면 짬뽕이 신용카드랑 통장이디요. 단무지 추가는 OTP랑 인감 추가했다는 거고. 지문 찍는 건 누룽지탕."

"왜 하필 누룽지탕이에요?"

소원이 진지하게 물었다.

"실리콘 액체가 허옇고, 끈적거리는 게 누룽지탕이랑 비슷해서."

"아아, 그러네. 비슷하네."

소원이 맞장구쳐주자, 장위티엔은 자기 센스가 자랑스러운지 어깨를 으쓱했다. 강한은 두 바보의 사이좋은 대화를 더 들어주지 못하고 끼어들었다.

"그래서, 물건은 어떻게 전달했습니까? 택배로 보냈어요?"

"어케 그캅니까. 저쪽은 물건 검수를 해야 되고, 난 돈 액수를 확인해야 하는데. 직접 만났디요. 그 여자가……."

"잠깐만요, 지금 뭐라고 했죠? 마지막에? '그 여자'라고요?"

"네, 물건을 사러 온 사람이 여자였슴미다."

장위티엔의 말이 떨어지자마자 검사실 안에는 무거운 정적이 흘렀다.

51

"자세히 말해보세요. 여자인 줄은 어떻게 알았죠?"

강한의 질문에, 장위티엔은 머리를 긁적이면서 그날의 기억을 더듬기 시작했다.

"에, 그러니까, 주문받고 물건 확보하고 한 일주일 걸렸을 검네다……. 그다음 주 토요일에 만났으니까, 그게 9일임미까 10일임미까?"

"토요일이면 9일이에요."

휴대전화 캘린더를 확인한 소원이 재빨리 일러주자, 장위티엔은 고개를 끄덕이며 말을 이었다.

"그럼 6월 9일 저녁임미다. 대림동에 있는 중앙성당에서 만나기로 했슴미다."

"성당?"

강한이 슬쩍 눈썹을 추켜올리자, 장위티엔은 뭐가 이상하냐는 듯 뻔뻔하게 되물었다.

"왜요? 범죄자들은 성당 다니면 안 됨미까? 우리에게도 종교의 자유란 게 있슴메."

물론 헌법에 규정된 종교의 자유가 종교 시설을 접선 장소로 사용할 수 있는 자유를 말하는 건 아니었지만, 강한은 일단 그냥 넘어가기로 했다. 장위티엔은 얘기를 계속했다.

"그, 한국말로 뭐라 함미까? 성당에 있는 기다란 의자."

"기도석이요."

이번에도 소원이 거들었다. 덕분에 통역인이 따로 필요 없을 정도였다.

"거 앉아 있는데, 머리부터 발끝까지 온통 시꺼멓게 입은 사람이 들어와서 옆에 앉았디요. 검은 모자 쓰고, 검은 마스크 끼고. 여름인데 그러고 다니니까 이상해서 기억에 남았슴메."

"키나 체격은 어땠는지 기억납니까?"

"자세히는 모르겠는데, 크지도 작지도 않고, 뚱뚱하지도 않고……. 그냥 저랑 비슷했슴미다."

"이분 키가 한 173이나 174센티미터 정도 되는 거 같아요. 좀 많이 마른 편이고요."

170대 초중반의 키에 마른 체구, 온통 검은색 옷차림, 일단 여기까지는 강한과 소원이 알고 있는 범인의 인상과 일치했다. 단 한 번도 여자라고 생각해본 적은 없었지만.

"모자에 마스크까지 썼는데, 남자가 아니라 여자라는 건 어떻게 알았습니까?"

"손을 봤슴메."

"손이요?"

"서류를 확인할 때 잠깐 장갑을 벗었는데, 그때 본 손이 여자 손이었슴메. 하얗고, 곱고. 마디가 작고. 한 번 보면 다 알디요. 저도 놀랐디요. 여자가 거래하러 오는 건 첨이라."

강한은 잠시 침묵했다. 지금까지 명시적으로 말한 적은 없었지만, 범인은 당연히 남자일 거라고 무의식적으로 생각하고 있었다. '그놈' '그자' 같은 표현을 썼던 것도 그래서였다.

'범인이 여자라고? 정말 그럴 가능성이 있을까?'

물리적인 폭력이 가해지는 범죄는 여자보다는 남자가 저지른다는 게 상식이었다. 가령 살인을 하더라도, 여자는 칼이나 둔기를 사용하거나, 목을 조르는 비율이 남자에 비해 압도적으로 낮았다. 그건 현실적으로 힘이 부족하기 때문이기도 하고, 폭력을 기피하는 성향이 강하기 때문이기도 했다. 동서고금을 통틀어 여자의 살인에 가장 많이 사용되는 방식은 독살(毒殺)이었다.

'염산도 넓은 의미에서 보면 독이긴 하지.'

강한은 손끝으로 턱을 문지르며 생각에 잠겼다. 범인이 여자라고 보기에는, 일련의 범행 과정에서 느껴지는 극단적인 폭력성과 맹목적인 과감함이 마음에 걸렸다.

'심지어 한정남 경감에 대한 두 번째 습격은 남자 목욕탕에서 이뤄졌잖아. 물론 남자인지 여자인지 모르게 변장했다면 탈의실까지 들어가는 거야 가능했겠지만…….'

범인의 성별이 여자라고 단정 짓기엔 마음에 걸리는 부분이 한 가지 더 있었다.

"장위티엔 씨, 범인과 대화도 했습니까? 목소리를 들었어요?"

"말을 많이 하진 않았어요. 내가 뭘 얘기하거나 물어보면 고개를 끄덕이거나 젓는 정도."

"그때 들은 목소리도 여자 목소리였습니까?"

강한은 초조하게 장위티엔의 대답을 기다렸다. 염산 테러 사건 당시 그가 얼핏 들었던 범인의 웅얼거림. 그것은 여자의 것이라고 하기에는 톤이 낮았다. 한정남 경감 또한 범인과 대화했지만, 여자 목소리를 들었다는 진술은 하지 않았다. 만일 조금이라도 그런 기미를 느꼈다면 분명 언급했을 것이다. 장위티엔은 곰곰이 생각하다가 머뭇거리면서 대답했다.

"길케 생각하니까 또 아니었던 거 같슴메. 여자 목소리는 아니었지비. 그러고 보니까 목소리가 좀 이상했던 거 같기도 하고, 꼭 감기 걸려서 다 쉰 것처럼……."

강한은 한 경감으로부터 그와 비슷한 말을 들었던 기억이 났다. 한 경감은 '인간이 아니라 기계에 가까운, 남자인지 여자인지 구분하기 어려운' 음성을 들었다고 했다.

"그 중앙성당이라는 곳, 혹시 CCTV가 설치되어 있진 않겠죠?"

"내가 왜 거기서 고객을 만나겠슴메?"

장위티엔은 능청스럽게 대꾸하는 것으로 대답을 대신했다. 강한도 애초에 별 기대를 걸지 않았다. 이 범인의 전적에 비추어 볼 때, CCTV가 있어봤자 찍힌 거라고는 온통 꽁꽁 싸맨 검은 실루엣뿐일 테니까. 칠흑 같은 어둠 속에 숨은 이 범인의 윤곽을 파악하는 일은 아직도 요원해 보였다.

"혹시 그 사람에 대해 더 기억나는 거 없습니까?"

강한의 질문에 장위티엔은 한참 동안 대답이 없었다. 다른 사람처럼 태도가 180도 바뀐 장위티엔은, 이제 어떻게든 강한의 수사에 도움을 주고 싶어하는 것 같았다. 그는 기억을 더듬다가 불쑥 생각난 듯 내뱉었다.

"그림이요."

"그림?"

"십자가 아래 그림이 걸려 있었디요. 그 사람이 얘기하는 내내 그걸 쳐다봤슴메. 하도 열심히 쳐다봐서 기억에 남은 거라요."

"그게 무슨 그림이었는데요?"

"성모마리아요. 성모마리아가 아기 예수를 안고 있는 그림이었슴메."

말로 듣기에는 딱히 특별할 것도 없는 흔한 성화인 것 같았다. 그 그림을 범인은 왜, 무슨 생각을 하면서 열심히 바라보았던 걸까. 강한은 범인의 내면으로 들어가보려 했지만 쉽지 않았다. 그때, 건너편 책상이 있는 쪽에서 세은이 그를 부르는 소리가 들렸다.

"검사님, 잠깐만요. 이리 좀 와보세요."

"홍 수사관, 지금 피의자 신문 중입니다."

"알아요, 그래도 이건 보셔야 해요. 지금 당장."

강한은 세은의 목소리에 담긴 긴박함을 감지했다. 그녀는 빈말을 할 성격이 아니었다. 강한은 장위티엔과의 문답을 잠시 중단하고 자리에서 일어섰다. 소원도 함께 일어나서 그가 세은의 책상 앞에 설 수 있게 도와주었다. 세은이 마우스를 스크롤하고 클릭하는 소리가 들렸다.

"아까 저 사람이 말한 joy0331 계정에 접속해봤어요. 아직도 활성화되어 있더라고요. 그런데 그 내용이……"

세은은 큰 충격에 빠진 듯 뒷말을 잇지 못했다. 언제나 쾌활하고 당돌하던 그녀가 그런 모습을 보이는 건 처음이었다.

"왜 그래요, 세은 누나?"

호기심이 당긴 소원이 책상을 돌아가 그녀의 어깨 뒤에 섰다. 그러고는 고개를 쭉 빼서 모니터를 들여다보았다. SNS 페이지에 띄워진 사진을 보는 순간, 소원은 얼음처럼 굳어졌다.

'joy0331. 지온유, 3월 31일을 의미하는 아이디구나. 그날이 온유 생일이란 걸 잊고 있었어.'

머리를 단정하게 다듬은 교복 차림의 온유가 사진 속에서 소원을 바라보며 환하게 웃고 있었다. 소원은 그 사진을 알아보았다. 졸업앨 범에 실려보지도 못한 졸업사진이었다. 그해, 성암고등학교 졸업앨 범은 예정보다 3주나 늦게 나왔다. 학급 사진에서 온유가 찍힌 부분 을 전부 도려내야 했기 때문이다. 그리고 소원은 그 앨범을 받자마자 쓰레기통에 처넣었다.

"무슨 내용인데 그래?"

소원과 세은이 왜 그러는 건지 알 도리가 없는 강한은 답답해하 면서 물었다. 소원은 이걸 어떻게 설명하면 좋을지 몰라 머뭇거렸다. 태어나서 이런 건 한 번도 본 적이 없었으니까.

"검사님, 아니, 형. 이건…… 범행 예고 SNS인 것 같아요."

SNS에는 거의 백여 개에 가까운 게시물이 올라와 있었다. 그중 94 개는 전부 지온유 사건에 대한 신문 기사 스크랩이었다. 소원은 세은 에게서 마우스를 건네받아 맨 첫 페이지로 갔다. 첫 스크랩이 게시된 날짜는 올해 6월 1일이었다.

― 성암시 폐공장 건물에서 초등학생 여아, 시신으로 발견돼. 경 찰 용의자 추적 중

― 피해 아동 김별하, 평화한국당 조민국 의원 보좌관의 딸로 밝 혀져

― 조 의원, "범인의 순조로운 검거와 처벌을 위해 물심양면으로 피해자 가족 돕겠다" 선언

― '폐공장 초등학생 살인 사건' 유력 용의자로 고3 남학생 체포

앞 페이지를 살펴보던 소원은 어느 순간부터 읽는 것을 생략하고

빠르게 넘겼다. 어차피 이 중에서 그가 모르는 얘기는 없었다.

— '폐공장 초등학생 살인 사건' 범인 지온유, 1심에서 징역 20년 형 선고받아

— '항소 원치 않는다, 잊혀질 권리를 달라', 법원과 검찰을 울린 김별하 아동 유족의 편지

— 지온유 변호인 측 항소 포기, 검찰 측도 항소 포기할 것으로 밝혀. 이대로 20년 형 확정되나

— 지온유, 성암교도소에서 목매어 자살 기도, 반나절 만에 숨져

소원은 마지막 기사에서 한동안 시선을 떼지 못했다. 그 기사에는 현장검증 당시 찍힌 온유의 사진이 실려 있었다. 폐공장 건물 앞에서, '피의자'라고 쓰인 팻말을 목에 걸고, 수십 대의 카메라와 경찰들에 둘러싸여 걸어가고 있었다. 마스크 위로 드러난, 잔뜩 겁에 질린 두 눈이 소원의 가슴을 찌르듯 파고들었다. 그 기사가 스크랩된 날짜는 8월 31일이었다.

"앞부분은 1년 전 사건의 신문 기사로 채워져 있어요. 그다음은 판결문이고요."

"판결문? 처음부터 끝까지 전부 나와 있어?"

"네, 맨 끝에 형 이름도 있어요. 이게 끝 맞죠?"

강한은 멈칫했다. 신문 기사는 그렇다 쳐도, 지온유 사건의 판결문은 비공개여서 아무나 볼 수 있는 게 아니었다. 그걸 봤다는 건 법조계나 언론계나 교정기관 쪽에 몸담고 있는 사람이거나 또는 최소한 그런 사람과 인맥이 있다는 얘기였다. 강한이 미간에 주름을 잡는데, 소원이 눈치를 보면서 머뭇머뭇 물었다. 소원이 생각하기에도 지금 이 상황이 심상치 않았기 때문이다.

"형, 판결문에 원래 성경 구절 같은 거 안 나오죠?"

"그게 무슨 소리야?"

"판결문 위에 빨간 글씨가 적혀 있어요. 이사야 29장 21절. '남을 중상모략하고 거짓 증언을 하여 죄 없는 사람에게 억울한 누명을 뒤집어씌우는 자들을 하나님은 벌하실 것이다.'"

강한은 잠시 할 말을 잃었다. 그 구절이 말하고자 하는 메시지는 너무도 명백했다. 지온유는 결백하고, 그에게 혐의를 씌워서 처벌한 사람들은 천벌을 받으리라는 것.

"그 판결문이 올라온 날짜는 언제야?"

"9월 1일이요."

소원은 게시물에 쓰여 있는 날짜를 그대로 읽었다가 제풀에 흠칫 놀랐다. 흠칫한 건 강한도 마찬가지였다. 9월 1일. 그로부터 정확히 1년 전 김별하가 죽었다.

"그다음에 올라온 게시물이 있어?"

강한은 독촉하듯 물었고, 소원은 다음 페이지로 넘어가는 버튼을 클릭했다. 마우스 위에 얹어놓은 손가락에 힘을 주는데, 긴장한 나머지 저도 모르게 침이 꿀꺽 넘어갔다. 다음 페이지가 뜨자마자 이번에는 세은과 소원이 동시에 외마디 소리를 질렀다.

"어머!"

"헉!"

"왜 그래? 또 뭐가 있는데?"

강한은 컴퓨터가 있는 방향으로 몸을 바짝 기울이면서 다급하게 물었다. 앞을 볼 수 없다는 게 이렇게 갑갑하게 느껴지는 것도 오랜만인 것 같았다.

"사진이 있어요. 그 형사 아저씨, 한정남 경감님 사진이요. 이 사진 위에도 빨간 글씨로 성경 구절이 쓰여 있고요. 시편 58장 4절. '그

들의 독은 뱀의 독 같으며 그들은 귀를 막은 귀머거리 독사 같으니.'
형, 이게 무슨 뜻일까요?"

소원은 떨리는 목소리로 사진에 쓰인 메시지를 읽었다. 강한은 그
추상적인 메시지 속에 담긴 범인의 의도를 순식간에 파악해냈다. 마
치 범인과 직접 대화하고 있기라도 한 것처럼.

"범인이 한 경감님한테 그렇게 물었다고 했지. 1년 전 그날 뭘 들
었느냐고. 범인은 한 경감이 귀담아들었어야 할 무언가를 무시해버
린 걸 질책하고 있는 거야."

"아⋯⋯."

"그 사진과 메시지가 올라온 날짜는 언제지?"

"9월 2일 밤 11시 30분이요."

소원은 재깍 대답했고, 강한은 그 날짜와 시간을 자신의 머릿속에
새겨넣었다. 메시지를 올린 게 공교롭게도 한 경감이 처음으로 습격
당한 때로부터 정확히 24시간 전인 건 우연일까. 아니, 이상하리만
큼 날짜와 시간에 집착하는 것 같은 이 범인에게 우연일 리 없었다.

52

"그다음 게시물이 올라온 건 9월 9일이에요. 밤 9시. 사진은 여전히 형사님 사진인데, 쓰여 있는 글귀가 달라요. 누가복음 14장 29절. '만일 기초공사만 하고 완성하지 못하면 보는 사람들이 모두 비웃으리라.' 이건……."

"미수에 그쳤던 범행을 완성하겠단 얘기겠지. 범인은 처음부터 한 경감의 귀를 멀게 하는 게 목적이었으니까."

그러니까 결국 범인이 저지른 범행은 세 개가 아니라 두 개였다. 다만 한 개의 범행이 두 번에 걸쳐서 이뤄졌을 뿐이다. 강한은 입가가 비틀리도록 쓰게 웃으면서, 논리적으로 당연히 유추되는 것을 말했다.

"류소원, 내가 예언 하나 할까?"

"예언이요?"

"그다음 게시물은 9월 21일 밤 9시 20분에 올라왔을 거야. 그리고 성경 구절이 쓰인 내 사진이 있겠지."

"……."

"내 말이 맞지?"

"누가복음 24장 16절. '그러나 그들은 보고도 알아보지 못했으니.' 검사님 사진에 쓰여 있는 글귀예요. 게시된 날짜는 9월 21일 밤 10시고요."

사실 강한이 염산 테러를 당한 시각은 밤 9시 20분경이었다. 강한은 범인이 정한 범행 예상 시각이 약혼식이 끝나기로 되어 있던 시각임을 알아차렸다. 강한이 소외당하는 기분을 견디지 못하고 약혼식 피로연 도중에 뛰쳐나오지 않았다면, 범행은 예정대로 밤 10시에 일어났을 것이다. 정말 지독히도 철저하고, 체계적이고, 또 정보를 수집하는 수단이 좋은 놈이었다.

'설마, 약혼식에 왔던 사람들 중에 범인이 있었던 건 아니겠지. 아냐, 그건 불가능해. 약혼식장 안에 있으면서 동시에 후문에서 대기하고 있을 순 없잖아.'

손가락으로 턱끝을 문지르면서 골똘히 생각하던 강한이 소원에게 물었다.

"여태껏 이 SNS 계정을 발견한 사람이 아무도 없었던 건가?"

"팔로워 수가 0명인 걸 보면 그런 것 같아요. 애초에 누구에게 알리려고 만든 계정이 아니에요. 심지어 검색도 안 되게 만들어놨어요. 아이디를 몰랐다면 우리도 찾아내지 못했을걸요."

찾아오는 사람이 없는 SNS 계정. 그럼에도 제 날짜에 맞춰 꼬박꼬박 올라온 범행 예고. 강한은 어쩌면 그 계정이 오직 자신만을 위해 만들어졌을지도 모른다는 생각을 떨칠 수가 없었다. 그리고 그 생각이 맞는다면, 강한은 지금까지 철저히 범인의 손아귀에서 놀아난 셈이었다. 범인이 일부러 조작해놓은 증거를 하나하나 따라가면서.

'내가 저 계정을 찾아내고 범인의 의도를 온전히 파악하는 것. 여

기까지도 범인의 설계도 안에 들어 있었어. 그러면 다음은 뭐지? 내가 뭘 하길 원하는 거지?'

그리고 다음 순간, 그다음 페이지로 넘어가는 버튼을 클릭했던 소원이 황급하게 소리쳤다.

"형, 어제 올라온 게시물이 있어요! 어제저녁 6시 30분에요!"

"뭐라고? 어떤 게시물인데?"

게시물 내용을 살펴보기 위해 마우스를 스크롤하는 소원의 손이 벌벌 떨렸다. 소원은 숨도 쉬지 않고 빠르게 말했다.

"어떤 나이 든 여자의 사진이에요. 사진 위에 또 성경 구절이 쓰여 있어요. 이사야 3장 11절. '악인에게는 화가 있으리니 화가 있을 것은 그 손으로 행한 대로 보응을 받을 것임이니라.'"

"나이 든 여자? 그게 누군데?"

강한의 말도 덩달아 빨라졌다. 지금까지 반복되어온 범행 예고와 같은 형태의 게시물. 그렇다면 다음 범행이 있을 거란 얘기였다. 그리고 사진 속의 여성은 분명 희생양일 것이다. 그녀는 오늘 저녁 6시 30분, 범인으로부터 어떤 형태로든 끔찍한 테러를 당하게 될 것이다.

"그거야 저도 모르죠. 가족사진 같은 데서 오려낸 사진 같아요. 한복을 입고 있네요. 외모로만 보면 나이는 한 사십대 중반? 그런데 형, 저 이 사람 얼굴 어디서 본 적이 있는 것 같아요."

소원은 눈썰미는 좋았지만 강한처럼 비상한 기억력을 갖고 있지는 못했다. 소원은 우아하고 차분한 옥색 한복을 입은 여자의 얼굴을 유심히 들여다보면서 뒤통수만 벅벅 긁었다. 그동안에도 강한의 머리는 빠른 속도로 돌아가고 있었다.

"중요한 말, 아마도 진술이겠지. 그걸 들었는데도 무시하고 지온유를 구속해서 기소 의견으로 송치한 형사의 귀를 멀게 했어. 그게 첫 단계였지. 그다음에는 나, 중요한 증거를 보고도 보지 못하고 지온유를 기소했지. 그러면 그다음에 범인이 보복하고 싶어하는 대상은 누굴까?"

사건이 일단 기소되고 나면 그때부터 결정 권한은 검사에게서 판사에게로 넘어갔다. 그걸 생각하니 답은 금방 나왔다. 이제 확인할 일만 남아 있었다. 강한은 다시 소원을 불렀다.

"류소원, 신문 기사 다음에 올려져 있다는 판결문 말이야. 맨 끄트머리에 1심 판결 선고일이 있을 거야. 그게 혹시, 1년 전 10월 26일이야?"

"엇! 어떻게 알았어요, 형? 맞아요, 10월 26일!"

강한은 소원의 대답을 듣고도 놀라지 않았다. 그 대신 주머니에서 휴대전화를 꺼내 손가락 끝으로 화면을 더듬었다. 그의 휴대전화는 보이스오버 기능이 있어서, 손가락이 움직일 때마다 어떤 아이콘에 닿았는지를 설명해주는 음성이 나왔다.

— 인터넷.

강한은 인터넷을 실행시키고, 마찬가지로 보이스오버 기능을 이용해 검색어를 입력했다.

"고유정 판사."

— 637개의 검색 결과가 있습니다.

연예인도 아닌 판사에 대한 검색 결과가 이토록 많은 것은, 아마도 그녀가 맡았던 사건 때문일 것이다. 강한은 소원이 서 있을 것으로 짐작되는 방향으로 휴대전화 화면을 들이밀면서 물었다.

"범행 예고 사진 속에 있는 게 이 사람이야?"

소원은 강한이 보여준 인터넷 검색 결과 속에서, 검은색 바탕에 붉은 깃을 댄 법복을 입고 있는 중년의 여자 사진을 발견하고 소리쳤다.

"네, 맞아요! 판사였구나. 어쩐지 어디서 많이 봤다 싶었어!"

"지온유 사건의 1심을 맡았던 주심판사였지. 네가 직접 얼굴을 본
건 딱 한 번이었을 거야. 법정에 증언하러 나왔을 때."

강한은 기억을 더듬어 고유정 판사의 얼굴을 떠올렸다. 사십대 중
반의 비교적 젊은 나이에 부장판사로 승진한 고 판사는 법조계 내에
서 평판이 좋았다. 강한도 그녀를 높게 평가했다.

'재판 진행도 노련하게 하고, 판단력도 좋고, 처세술도 뛰어난 판
사지.'

고 판사에게 유일한 흠이 있다면, 정계에서 성공하고 싶어 안달
난 남편이 있다는 것뿐이었다. 잘하던 사업을 접고 무소속으로 구의
원 선거에 삼수하면서 목을 매는 그의 기행은 정재계에서도 웃음거
리였다. 그러나 쥐구멍에도 볕들 날이 있다는 말이 맞는 걸까. 아니
면 지온유 사건이 강한에게 그랬던 것처럼 고 판사에게도 행운을 가
져다줬던 걸까.

약 반년 전부터 고 판사 부부에게는 꽃길이 열리기 시작했다. 고
판사는 '올해의 우수 판사' 표창을 받으면서 엘리트 판사들만 간다
는 법원행정처로 발령받았고, 그녀의 남편은 조 대표가 이끄는 평화
한국당에 입당했다. 강한의 경우와 똑같았다. 이제 막 승승장구하려
는데, 불시에 닥치는 테러.

"1년 전 오늘인 10월 26일, 고 판사는 지온유에게 징역 20년 형의
유죄판결을 선고했지. 범인은 거기에 대해서 보복하려는 거야. '손
으로 행한 대로 돌려받는다'고 했으니까."

강한은 손목에 차고 있는 점자시계를 손끝으로 더듬어 현재 시각
을 확인했다. 오후 3시 30분. 범인이 예고한 시각에서 세 시간이 남

은 셈이었다. 고 판사를 찾아내 보호하기에 넉넉지는 않지만 아주 부족한 시간도 아니었다.

'어쩌면 구할 수 있을지도 모른다.'

강한은 주먹을 불끈 쥐었다. 구하고 싶었다. 아니, 구해야 했다. 사법기관의 일원이 잔인한 범죄의 희생양이 되는 건 두 번으로도 이미 너무 많았다.

"세은 씨, 법원행정처에 전화해서 고유정 판사님이 어디 계신지 파악해줘요. 류소원, 넌 수석님 방에 가서 내가 덩치 좋은 남자 수사관 두 명만 빌려달라고 청한다고 말씀드리고."

"네!"

소원은 잽싸게 대답하고 튀어나갔고, 세은은 곧바로 전화를 걸기 시작했다. 강한이 자세히 설명하지 않아도, 이 상황이 얼마나 촉박하고 위험한 것인지 그들도 잘 알고 있었다. 세은은 강한을 배려해서 전화를 스피커폰으로 돌려놓고 통화했다.

— 고 판사님은 오늘 조퇴하셨는데요. 남편분께서 이번에 평화한 국당에서 공천받게 되셔서, 공천 축하연에 가신다고 하셨어요. 미용실에 가서 머리부터 하실 거라고 하셨는데, 어느 미용실인지는 저도 모르겠네요.

법원행정처 실무관의 느긋한 목소리를 듣고 있던 강한은 속이 터지는지 다급하게 끼어들었다.

"고 판사님 휴대전화 번호, 알 수 있습니까? 전 성암지방검찰청 형사1부 강한 검사입니다!"

— 휴대전화 번호요? 그런 거 함부로 알려드리면 안 되는데요. 아무리 검사님이라도 판사님께서 직접 알려주시지 않는 한은…….

"판사님 안전이 달려 있는 문제입니다! 지금 당장 연락해야 한다고요!"

강한이 버럭 고함을 치자, 수화기 건너편에서 실무관이 움찔하면서 급하게 숨을 몰아쉬는 게 느껴졌다.

— 그, 그럼 지금 판사님 휴대전화로 돌려드릴게요. 만일 받지 않으시면 010-28××-37××로 연락하시면 돼요.

뚜, 하고 전화를 돌리는 신호음이 났다. 그러고 나서 곧바로 이어지는 통화연결음.

— 전원이 꺼져 있어 음성사서함으로 연결됩니다.

"아, 머리하느라 전원 꺼놓으셨나 봐요. 원래 미용실 가면 휴대전화를 옷장에 넣어두기도 하니까."

"빌어먹을!"

강한은 자기도 모르게 책상을 주먹으로 쾅 내리치면서 소리쳤다. 세은이 놀랄 거라는 걸 알면서도 주체할 수가 없었다. 차라리 전화를 받지 않거나, 다른 사람과 통화 중이라면 그나마 나았다. 그러면 휴대전화 위치를 추적할 수가 있으니까. 하지만 전원을 꺼둔 것은 최악이었다. 강한이 양팔로 머리를 감싸쥐며 주저앉는데, 우르르 발소리가 나면서 소원의 목소리가 들렸다.

"형, 특공무술 할 줄 아는 수사관님이랑, 격투 게임의 달인이라는 수사관님을 모시고 왔어요! 우리 지금 출동해요? 어디로 가요?"

소원은 당장이라도 현장으로 달려가려는 듯 열의에 가득 차 있었지만, 강한은 막막했다.

휴대전화가 꺼져 있다고 해서 사람을 못 찾는 건 아니었다. 당장 떠오르는 방법만 해도 몇 가지가 있었다. 휴대전화 전원이 꺼지기 전까지의 발신 기지국 위치를 조회해서 마지막에 있었던 장소를 찾아내는 것, 그 사람 명의로 가입된 신용카드를 조회해서 최근 결제 내역을 찾는 것, 그것도 안 되면 서울 시내 CCTV 시스템을 조회해서 차량번호를 찾아내는 방법도 있었다.

그러나 그 방법들의 공통점은 시간이 걸린다는 것이었다. 통신영장과 계좌영장을 받고, CCTV 파일에 대한 접근권한을 받으려면 압수수색영장까지 있어야 했다. 영장은 요건이 엄격했다. 의심이 간다고 해서 무조건 받을 수 있는 게 아니었다.

'고 판사가 현재 위험하다는 걸 입증할 만한 증거가 뭐가 있지? 성경 구절이 쓰인 무명의 SNS 계정? 그것만으로 영장이 나올까?'

강한은 결코 그렇지 않을 거라고 생각했다. 판검사들은 직업상 협박을 받는 일이 흔했다. 진지한 협박이든, 장난 같은 협박이든. 그때마다 일일이 휴대전화와 신용카드 조회를 해서 판검사의 소재를 추적해야 한다면 전화국과 금융기관은 업무가 마비되고 말 것이다.

'검사장님께 말씀드리고 법원에 압력을 넣어달라고 하면 가능할 것 같긴 한데 그러면 또 시간이 걸리겠지.'

지금은 1분 1초가 아까운 시점이었다. 강한은 어떻게 하면 좋을지 고민했다. 고민하는 동안에도 시간이 손가락 사이로 빠져나가는 것 같아 초조했다. 소원과 수사관들은 강한이 아무런 지시도 내리지 않자 어떻게 해야 할지 모르고 갈팡질팡했다.

그때, 아까 인터넷 검색을 하느라 꺼내놓았던 휴대전화가 부르르 진동했다. 보이스오버 시스템이 수신된 문자메시지 내용을 낭랑한 목소리로 읽었다.

— 성암은행 9440-1142-8369-15×× 체크카드. 15시 32분. 8만 5000원 승인. 청연동 제트마트.

강한은 번쩍 고개를 쳐들었다. 소원과 세은, 수사관들도 흠칫했다. 그리고 다음 순간, 유미가 검사실 문을 박차고 들어오면서 흥분에 찬 목소리로 외쳤다.

"선배, 문자메시지 온 거 봤…… 아니, 들었어요? 범인이 방금 왕
첸 명의의 체크카드를 썼어요!"

강한이 미끼를 놓기 위해 해지하지 않고 그대로 두었던 왕첸 명
의의 체크카드가 방금 사용되었고, 그 내역이 강한과 유미의 휴대전
화에 곧바로 문자메시지로 전달된 것이다. 청연동. 왜 생각하지 못
했을까. 부유한 정치인의 아내가 공천 축하연에 참석하기 위해 머리
를 세팅하러 간다면 그 장소는 당연히 청연동이었다. 강한은 자리를
박차고 일어났다.

"청연동, 범인은 지금 청연동에 있어! 고 판사도 청연동에 있을
거야! 가자!"

3장

———

안개꽃

53

오후 5시. 청연동 제트마트.

"이건 저희 카운터에서 결제된 게 아닙니다. 단말기 번호가 달라요."

강한과 소원, 유미, 그리고 그들이 데려온 수사관 두 명은 대형마트 안쪽에 설치된 운영 사무실에 와 있었다. 유미가 내민 신용카드 결제 내역을 본 마트 매니저는 설레설레 고개를 저으며 말했다. 강한은 당황했다. 신용카드 내역을 보면 범인이 뭘 구입했는지 알 수 있을 것이고, 거기서 범행 계획을 유추할 수 있으리라고 생각했던 것이다. 강한 대신 소원이 따지고 들었다.

"분명히 청연동 제트마트라고 쓰여 있는데요? 이 동네에 제트마트는 하나뿐이잖아요."

"그렇긴 한데요……. 아, 잠시만요."

매니저는 뭔가 생각난 듯 컴퓨터를 두들겼다. 그러더니 알겠다는 듯 아아, 소리를 냈다.

"저희 마트 주차장에 무인 렌터카 시스템이 설치되어 있어요. 인터넷으로 미리 렌트 예약을 하고, 주차장에 와서 기계로 카드 결제를 한 다음 차량을 픽업해갈 수 있는 시스템이죠. 거기에 설치된 단말기 번호네요."

무인 렌터카. 그런 게 요즘 우후죽순으로 생겨나고 있다는 건 강한도 알고 있었다. 웹사이트에 접속해 주민등록증 사진 파일을 올리기만 하면 렌트 신청이 가능한 방식이어서, 미성년자들이 부모님의 주민등록증을 가지고 차를 빌리는 일이 비일비재했다. 범인은 왕첸 명의로 된 외국인등록증을 이용해 렌트 신청을 했을 것이다. 강한은 한쪽 눈썹을 추켜올리면서 물었다.

"그 말은, 이 카드 주인이 여기서 방금 차량을 렌트했단 얘깁니까?"

"네, 금액도 8만 5000원. 딱 맞네요. 그 가격이면 아마 아반떼나 K3 같은 준중형차일 겁니다."

강한은 딱히 이유를 설명할 순 없었지만, 왠지 모르게 불길한 예감이 들었다. 사건 수사를 할 때마다 이따금 마주치는 바로 그 '찝찝한 기분'이었다. 범인은 지금까지 단 한 번도 차를 타고 돌아다니는 모습을 보인 적이 없었다. 한정남 경감 사건 때는 지하철을 이용했고, 염산 테러 사건 때는 제 발로 걸어왔다. 그런데 이제 와서 렌터카가 필요해진 이유가 뭘까.

"여기 주차장엔 당연히 CCTV가 설치되어 있겠죠? 파일을 받아갈 수 있을까요? 협조공문은 사후에 보내드리겠습니다."

"네, 혹시 당장 보고 싶으신가요? 저희 매장에 CCTV가 오십 대 넘게 있는데 그중에서 주차장 영상만 따로 뽑으려면 시간이 좀 걸릴 텐데요."

"일단 파일만 받아가겠습니다. 지금 시간이 없어서. 렌터카라면 GPS가 달려 있을 텐데, 지금 당장 조회해볼 수 있습니까?"

"아, 네, 물론입니다. 저기 근데 저희 GPS 시스템이 좀 구형이라

반경 5킬로미터 범위까지만 표시됩니다. 청연동 안이면 그냥 '청연동'이라고만 뜨는 식으로요. 큰 도움은 안 될 텐데, 그래도 조회해볼까요? 시간이 좀 걸릴 겁니다만."

"아뇨, 그러면 그건 나중에 확인하죠."

강한은 단호하게 잘라 말했다. 일단 고 판사를 찾아서 보호하는 게 무엇보다 우선이었다. 검찰청에서 마트로 달려올 때는, 당연히 범인도 고 판사도 이 근처에 있을 거라고 생각했다. 그러나 범인이 차를 타고 이동한다면, 고 판사를 찾아야 하는 반경도 자동적으로 넓어지는 셈이었다. 강한 일행은 서둘러서 마트를 빠져나와, 대기하고 있던 검찰청 차에 올라탔다.

"세은 씨가 문자로 고 판사 남편 전화번호를 보내왔어. 내가 전화해볼게."

유미가 휴대전화를 꺼내면서 말했다. 지금 강한의 검사실에서는 세은이 법원행정처 직원을 닦달해 판사의 가족 전화번호를 탈탈 털고 있는 중이었다. 그녀의 현재 위치를 알고 있는 사람을 찾아내기 위해서였다. 유미는 전화번호를 입력하고 통화 버튼을 누른 후, 강한도 통화 내용을 들을 수 있도록 스피커폰을 켰다.

"주영환 씨 되시나요?"

— 주영환 의원입니다. 전화 건 분은 누구십니까?

공천 축하연이 한창 준비 중인 모양이었다. 통화 배경에서 여러 명이 웅성대며 돌아다니는 소리가 들렸다. 아직 당선된 것도 아니고 그저 공천을 받았을 뿐인데, '씨'라는 호칭을 '의원'으로 칼같이 정정하는 데서, 강한은 상대방이 만만치 않은 사람이라는 직감이 들었다. 유미도 같은 생각을 했는지, 최대한 깍듯한 말투로 대답했다.

"저는 성암지방검찰청 형사1부 소속 정유미 검사입니다. 현재 수사 중인 사건과 관련해서 고유정 판사님께 급하게 연락을 취하고 싶은데, 혹시 판사님의 소재를 알고 계신가요?"

— 형사부…… 검사?

주 의원은 유미의 질문에 대답하는 대신 그렇게 되물으면서 머뭇거렸다. 그 의도를 파악하기란 그리 어렵지 않았다. 정치인들이 생각하는 방식이란 대체로 다 비슷했으니까. 상대방이 자기보다 높은 사람인지 낮은 사람인지, 어떻게 대해야 할지 각도를 재고 있는 것이다.

주 의원 나름대로의 각이 서는 데는 그리 오랜 시간이 걸리지 않았다. 아마 유미가 검사라는 데서 조금 흠칫하긴 했겠지만, 특수부도, 공안부도 아닌 그냥 형사부, 그것도 여자 검사라는 데서 금방 결론이 내려졌을 것이다. 주 의원은 오만하기 짝이 없는 태도로 말했다.

— 아내가 어디 있는지는 나도 모릅니다. 공천 축하연 준비 때문에 바빠서요. 그리고 아무리 검사라고 해도 다짜고짜 개인 휴대전화로 전화해서 아내의 소재를 묻는 건 아주 무례한 행동 아닙니까? 내 전화번호는 어떻게 알았죠? 아무나 알 수 있는 번호가 아닌데. 이거 혹시 보이스피싱 아닌가? 요새 검찰청 사칭하는 전화가 그렇게 많다던데.

"보이스피싱 전화 아니고요, 지금 전화번호를 어떻게 알아냈는지를 따질 때가 아닙니다. 고 판사님이 위험에 처해 계실 수도 있습니다. 1년 전 사건에 얽힌 누군가가 고 판사님의 판결에 앙심을 품고 보복하려 하고 있다고요!"

유미의 말투가 점점 절박해졌다. 그녀는 여기까지 함께 차를 타고 오면서, 강한과 소원으로부터 SNS 계정에 대한 얘기를 듣고 직접 눈으로 확인하기도 했던 것이다. 그러나 주 의원은 그 말에도 아랑곳하지 않았다. 아니, 오히려 '1년 전 사건'을 언급한 것이 역효과를 내고 말았다. 그의 말투가 한층 심드렁해졌다.

— 아, 또 그놈의 1년 전 사건이군. 정 검사님이라고 하셨나요? 그 사건 때문에 우리 가족이 얼마나 많이 시달렸는지 알기나 하십니까? 사형선고를 때려야 할 범인에게 고작 20년 형밖에 주지 않았다고, 뉴스 기사 악플에, 이메일 테러에, 고구마 판사라고 해서 아내 임관식 사진을 고구마에 합성한 사진까지 돌아다녔어요. 할 일 없는 잉여 인간들 같으니.

"의원님, 이건 단순한 악플이나 악성 이메일 수준이 아닙니다. 누군가 판사님께 직접적인 위해를 가하려 한다고요. 범행을 예고한 SNS 계정까지 있습니다. 제 말을 진지하게 들으셔야 합니다!"

— 여검사 양반, 이런 말 들어본 적 있죠? SNS는 인생의 낭비라고. SNS에서 협박했단 말을 들으니 오히려 더 확실해지네요. 그 협박범이 누구든, 자기가 한 말을 그대로 행동에 옮기진 못할 겁니다. 방구석에서 키보드나 두드리는 놈들 중에 배짱 있는 놈들이 없으니까.

주 의원은 코웃음을 치면서 그렇게 말하더니, 단박에 전화를 끊어버렸다. 유미는 당혹스러워하면서 다급하게 통화 버튼을 다시 눌렀다. 그러나 주 의원은 그녀를 무시하기로 작정한 것 같았다.

— 지금은 전화를 받을 수 없어 소리샘으로 연결됩니다. 연결된 후에는 통화료가…….

유미가 전화를 끊고 다시 걸려고 하는데, 강한이 그녀를 제지했다.

"잠깐만, 그렇게 정공법으로 해서는 절대 안 알려줄 거야. 내가 한번 해볼게."

"선배가?"

"응, 내 휴대전화에 번호를 입력해서 연결해줘."

강한은 유미에게 자기 휴대전화를 내밀면서 말했다. 유미는 의아한 표정을 지으면서도, 강한이 시킨 대로 전화번호를 입력해서 통화 버튼을 누른 후 건네주었다. 다른 번호를 사용한 게 효과가 있었는지, 주 의원은 신호음이 몇 번 울린 후에 전화를 받았다. 짜증스러운 목소리였다.

— 여보세요? 누구요?

"안녕하세요, 주영환 의원님. 이번에 공천받으신 거 축하드립니다. 사실 진즉에 이렇게 됐어야 할 일이죠. 의원님처럼 훌륭하신 분이 지역사회를 위해 나서지 않으면 누가 나서겠습니까."

— 아, 뭐 그렇게까지. 하핫, 고맙군요.

강한의 칭찬에 금세 홀라당 넘어간 주 의원은 180도 태도를 바꾸면서 너털웃음을 터뜨렸다.

"제 소개가 늦었습니다. 〈뉴스시티〉 사회부 류소원 기자입니다. 이번에 저희 〈뉴스시티〉에서 '주목받는 정치 신예' 특집을 준비 중인데요. 의원님을 첫 타자로 선정해서 1면 기사에 실으려고 합니다."

〈뉴스시티〉라고 하면 유료 발행 부수가 80만 부에 육박하는 국내 유수의 일간지였다. 그런 일간지에서 1면 기사에 실어준다고 하면, 주 의원은 구미가 당길 수밖에 없을 것이다. 강한은 그런 심리를 계산하면서 슬슬 미끼를 던졌다.

"특히 내조를 잘한다고 소문이 자자하신 고유정 판사님의 인터뷰를 꼭 하고 싶은데요. 사랑하는 남편분의 공천 축하연을 앞둔 순간의 감회에 대해서요. 혹시 판사님 지금 어디 계신지 좀 알 수 있을까요?"

— 아이쿠, 굳이 그러실 건 없는데. 제 와이프는 주목받는 걸 부담스러워하는 사람이라……. 그래도 꼭 인터뷰하고 싶으시다면, 지금 청연동 미용실에서 머리를 하고 있을 겁니다. 일생에서 결혼식 다음

으로 중요한 날이니 예쁘게 보여야 한다나요, 허허허.

역시, 강한의 예상대로 주 의원은 경계심을 완전히 놓아버리고 반색하면서 대답했다. 강한은 미끼를 문 물고기를 조심스럽게 잡아당기는 기분으로 말을 이었다.

"그렇군요. 고 판사님 평소에도 지성과 미모를 겸비하신 걸로 소문났는데, 꽃단장까지 하셨다니 지금 사진 촬영하면 딱일 것 같습니다. 청연동 어느 숍인지 알 수 있을까요?"

— 아, 나도 그것까진 모릅니다. 원래 동네 미용실만 다니던 사람인데, 오늘은 좋은 곳에 가야 한다고. 아마 조민국 대표님 따님인 조여진 씨에게 소개받은 숍일 거예요. 연예인들이 주로 다니는 곳인데, 간판도 없고 전화번호부에도 없고, 인맥 위주로 조용히 영업한다고 하더군요.

여진의 이름을 들은 강한의 눈썹이 꿈틀거렸다. 한때 그와 약혼했던, 그리고 결혼할 뻔했던 여자. 조 대표의 적극적인 추천으로 주 의원의 입당과 공천이 성사되었다는 것을 고려하면, 여진과 고 판사 사이에 친분이 생긴 것도 이상한 일은 아니었다. 원래 그렇게 끼리끼리 어울려 노는 세계였으니까.

강한은 주 의원에게서 더 캐낼 정보가 없다고 판단하고, 이쯤에서 통화를 마무리하기로 했다.

"알겠습니다. 숍은 저희가 한번 알아보도록 하겠습니다. 그리고 주 의원님."

— 네, 류 기자님?

"특수부든 공안부든 형사부든, 검사가 위험하다고 할 때는 그 말을 귀담아듣는 게 좋습니다. 나중에 후회하지 말고. 그리고 선거는 막판까지 어떻게 될지 모르니, 의원 행세는 적당히 해두시고요."

강한은 따끔하게 일침을 놓고, 주 의원이 뭐라고 반응하기도 전에 전화를 끊어버렸다. 일단 정보를 얻어내기 위해 최선을 다해 상대방을 구슬리긴 했지만, 그 거만함에 한마디해주지 않고는 도저히 견딜 수 없었던 것이다. 전화를 끊자마자 유미와 소원의 놀란 목소리가 차례대로 들려왔다.

"〈뉴스시티〉 기자? 1면 기사?"

"류소원 기자요? 형 방금 기자 사칭하는 데 내 이름을 갖다 쓴 거예요?"

"어쨌든 원하는 정보를 알아냈으니 됐잖아. 그리고 류뚱, 넌 내 이름을 웬 괴바이러스에 갖다 붙였는데, 내가 네 이름을 기자 호칭 앞에 갖다 붙여줬으면 고마워해야 하는 거 아니야?"

"가상의 바이러스는 형을 고소할 수 없지만, 〈뉴스시티〉는 사칭으로 절 고소할 수 있거든요!"

"걱정 마. 고소당하면 내가 벌금만 내고 끝나게 해줄게."

강한은 휴대전화 터치패드를 이리저리 매만져 전화번호부를 찾으면서 천연덕스럽게 대답했다. 이 위급한 상황에서도, 투닥투닥 대화를 주고받는 강한과 소원의 모습은 무슨 만담 커플 같았다. 그 모습을 지켜보고 있던 유미가 한마디 툭 던졌다.

"선배, 좀 변한 것 같아. 그렇게 원리원칙을 고수하던 사람이."

"지금 이 상황에서 원리원칙은 고 판사를 구해줄 수 없어. 필요한 모든 수단과 방법을 다 동원해도 부족할 판이라고."

'그게 평생 다시는 상종하고 싶지 않았던 전 약혼녀에게 연락하는 거라도 말이지.'

강한은 그렇게 생각하면서 전화번호부 목록을 천천히 넘겼다. 그의 전화번호부에는 그리 많은 번호가 저장되어 있지 않았다. 대충 이

쯤이다 싶은 지점을 터치하자, 보이스오버가 전화번호부에 저장된
이름을 읽어주었다.

— 조, 규, 진.

강한은 조금 밑으로 내려가서 다시 한번 터치했다.

— 조, 여, 진.

전 약혼녀의 전화번호를 지우지 않은 게 다행이었다. 사실 지울
만한 경황이 없어서긴 했지만. 강한이 전화번호를 길게 누르자 자동
으로 전화가 걸렸다. 통화 연결음이 지나가고, 빨간색 하이힐 굽처럼
뾰족하고 날카로운 여자 목소리가 튀어나왔다.

— 여보세요?

조 대표의 딸 여진이었다.

54

― 누구세요?

여진은 다소 신경질적인 말투로 다시 물었다. 강한과 달리, 그녀는 약혼이 깨지자마자 전 약혼자의 전화번호 따위는 미련 없이 삭제해버린 모양이었다. 강한은 아무런 감정도 섞이지 않은 무뚝뚝한 말투로 대꾸했다.

"조여진 씨, 나 강한 검사입니다."

― 강한······? 아, 강 검사님. 무슨 일이세요?

여진은 강한의 이름을 한번에 알아듣지 못했을뿐더러, 누군지 생각해낸 후에도 그 목소리에 여전히 경계심이 가득했다. 이런 여자와 결혼해서 평생을 함께 보내려고 했다니. 강한은 몇 달 전의 자기 자신이 무슨 생각이었나 싶었다. 그러나 지금은 한가롭게 그런 걸 고민하고 있을 때가 아니었다.

"고유정 판사님 알죠? 지금 청연동 어느 미용실에 있는지 알려줄 수 있습니까? 자세한 내용은 수사 기밀이어서 알려줄 수 없지만, 아무래도 염산 테러 사건의 범인이 그분까지 노리고 있는 것 같습니다."

— 뭐라고요? 유정 언니요? 잠깐만요, 아빠한테 먼저 전화해서 물어봐야…….

"지금 그러고 있을 시간이 없습니다. 조 대표님한테는 내가 나중에 말씀드릴 테니까, 일단 지금은 미용실 주소와 전화번호를 알려줘요!"

여진은 뭐든지 조 대표가 시키는 대로 하는 꼭두각시 같은 여자였다. 그걸 잘 알고 있으면서도 강한은 새삼스럽게 부아가 치밀어올랐다. 단 한 번도 언성을 높인 적이 없었던 강한의 다그침에 깜짝 놀란 여진은 어물어물 대답했다.

— 주소는…… 주소는 몰라요. 주소 찍고 찾아간 적이 없어서. 그 근처에 비너스 클리닉이라고 성형외과가 하나 있는데 그 뒷골목이에요. 저도 숍 전화번호는 모르고 부원장 휴대전화 번호만 아는데, 그거라도 일단 알려드릴게요.

강한은 여진이 불러주는 번호를 외웠다. 그리고 인사도 생략하고 전화를 끊었다. 어차피 여진은 강한의 인사 따위 받고 싶어하지도 않을 터였다.

"수사관님, 청연동에 있는 비너스 클리닉 뒷골목으로 가주세요. 류뚱, 넌 이 번호로 전화 걸어봐. 010-32××-88××."

강한은 운전석에 앉아 있는 수사관과, 뒷좌석 옆자리에 앉아 있는 소원을 향해 차례대로 지시했다. 덩치 큰 수사관 둘에 강한, 유미, 소원까지 타고 있어 차 안은 비좁다 못해 터져나갈 것 같았다. 그래도 소원이 번호 누르는 소리에 강한은 한결 마음이 놓였다. 이제 고 판사에게 절대 밖으로 나오지 말고 안에 있으라고 경고하고, 서둘러 미용실을 찾아가기만 하면 됐다.

'아직 범인을 잡진 못했지만, 또 하나의 범행을 막은 것만으로도 의미 있는 일이니까. 혹시 모르지, 그 앞에서 진치고 있다 보면 오토바이 헬멧이나 검은 마스크를 쓴 범인이 나타날지도.'

어쩌면 오늘 안에 범인을 잡을 수 있을지도 모른다. 그렇게 희망에 부풀어 있던 강한에게 소원의 다급한 목소리가 찬물을 끼얹었다.

"검사님, 전화를 안 받아요! 통화 중이라고만 나와요."

"잠깐 통화 중인가 보지. 계속 다시 걸어봐."

강한은 대수롭지 않게 대꾸했다. 설마 계속 통화 중일까 싶었다. 그러나 10분 후, 그들이 비너스 클리닉 앞에 다다랐을 때도 전화는 여전히 연결되지 않았다. 소원은 이제 완전히 기계적인 동작으로 전화를 다시 걸면서 투덜거렸다.

"아니, 무슨 통화를 이렇게 길게 한데요? 뭐 전화로 팔만대장경이라도 읊는 건가?"

강한과 소원 일행을 태운 차는 성형외과 건물 뒷골목에 멈춰섰다. 그들이 차에서 내려 골목길 한가운데 섰을 때까지도 미용실 부원장과는 통화가 되지 않았다.

"아니, 뭐 미용실이 이래요? 장사하기 싫은가? 청연동이면 경쟁도 치열할 텐데. 포털 맵에도 등록하고, 블로그도 만들고, 전화번호랑 전단도 막 뿌리고 해야 하는 거 아니냐고요."

소원이 얼굴과 어깨 사이에 휴대전화를 끼운 채 투덜거리자, 유미가 옆에서 설명해주었다.

"그건 평범한 미용실의 경우지. 청연동 같은 부촌의 유명한 숍들은 이런 식으로 비밀스럽게 영업하는 경우가 꽤 있어. 일반인보다는 연예인이나 재벌 사모님들을 상대로 해서. 어중이떠중이들은 아예 발도 못 들인다는 인상을 구축하는 거야."

"오, 정 검사님. 어떻게 그렇게 잘 아세요? 다녀보셨어요?"

"아니, 청연동에서 미용실을 운영하는 결혼 사기꾼을 잡아넣어 본 적이 있어서."

유미의 가차없는 대답에 소원은 슬쩍 입을 다물었다. 저번에 차이나타운에서 유미가 가짜 총을 들고 조선족 깡패들로 가득 찬 게임장으로 뛰어 들어가는 걸 본 다음부터, 소원은 그녀 앞에서 자꾸만 얌전한 한 마리 어린 양으로 변하는 자신을 느꼈다.

"마냥 전화 받기만 기다리고 있을 수는 없어. 흩어져서 찾아보자. 숍이 이 근처에 있다고 했으니까."

강한은 손목에 찬 점자시계를 더듬어 현재 시각을 확인한 후 그렇게 말했다. 오후 5시 45분. 범행 예고 시각이 되려면 아직 조금 여유가 있었다. 그러나 염산 테러 사건이 예고했던 시각보다 약 40분 일찍 일어났던 걸 생각하면 절대 안심할 수 없었다. 어쩌면 범인은 지금 이 순간 고 판사의 곁으로 한 발짝 한 발짝 접근하고 있는지도 몰랐다.

"류뚱, 여기 지형이 어떻게 생겼지? 일방통행이야?"

"아뇨, 세 갈래로 갈라지는 골목길이에요. 빠르게 찾아보려면 흩어지는 게 낫겠어요."

"정 검사, 수사관님 한 분하고 같이 정면으로 가. 가면서 계속 미용실에 전화를 걸어봐. 다른 수사관님 한 분은 왼쪽으로 가주시고요. 그동안 계속 고 판사님께 전화를 걸어봐주세요, 난 소원이하고 같이 오른쪽으로 갈 테니까."

강한은 순식간에 인력 배치를 마쳤다. 유미는 여자라서, 자기는 시각장애인이라서, 범인을 혼자 체포하는 데 어려움이 있다는 걸 감안했다. 물론 자존심은 좀 상하는 일이었지만 지금은 자존심을 내세울 때가 아니라는 건 다른 누구보다 그 자신이 더 잘 알았다.

"선배, 뭔가 발견하면 곧바로 우리를 불러. 둘이서 해결하려고 하지 말고."

유미는 그렇게 신신당부한 후, 수사관 한 명을 데리고 정면으로 뛰어갔다. 남아 있던 수사관 한 명도 왼쪽 골목으로 뛰어 들어가 금방 시야에서 사라졌다.

"형, 우리도 가요."

소원은 강한을 이끌면서 오른쪽 골목으로 접어들었다. 다닥다닥 붙은 건물을 하나하나 살피면서 미용실이 있는지 없는지를 찾는 것은 온전히 소원의 몫이었다.

'도대체 무슨 취향이야. 왜 이 동네 건물들에는 죄다 간판이 없는 거지?'

소원은 간판이 아예 없거나, 있어도 눈에 띄지 않는 곳에, 그것도 코딱지만 하게 꼬부랑 글씨로 쓰여 있는 걸 보면서 속으로 투덜거렸다. 적어도 강한 앞에서 '간판이 안 보인다'고 소리 내어 불평하지 않을 정도의 눈치는 이제 생겼다. 소원은 쇼윈도를 일일이 들여다보고 뭐 하는 가게인지 확인하면서 걸어가다가, 문득 생각난 듯 강한에게 질문을 던졌다.

"형, 범인이 이번에는 뭘 하려는 걸까요? 왜 차를 빌렸을까요?"

"도주하는 데 필요해서 빌린 건 아닐 거야. 범인에게 자기 차가 따로 있는진 모르겠지만, 이곳은 교통도 편하고 택시도 많이 다니니까. 굳이 차를 렌트하는 위험을 무릅쓸 필요는 없지."

"그러면요?"

"둘 중 하나겠지. 고 판사를 납치해서 어딘가로 데려가려고 하거나, 아니면……."

"아니면요?"

냉철하게 분석하던 강한은 거기서 잠시 말을 멈췄다. 머릿속에 떠오른 말을 소원에게 그대로 해주는 게 적절할지 망설여졌다. 그러나 어차피 이제 와 소원에게 숨기는 것도 별 의미가 없었다. 강한은 짤막하게 덧붙였다.

"아니면 차로 치어버리거나."

그 말을 들은 소원은 움찔하면서 입을 다물었다. 솔직히 겁먹었는데, 그걸 들키기는 싫었다. 강한이 염산 테러당하는 장면을 목격했을 때의 충격이 되살아났다. 그때의 그 범인을 다시 맞닥뜨릴 생각을 하니 움츠러들지 않을 수 없었다. 수사라는 게 애들 장난처럼 재밌기만 한 게 아니고, 생명이 왔다 갔다 하는 무서운 거라는 게 새삼 실감 났다.

강한도 그런 소원의 심리를 모르지 않았다. 세상 무서운 거 하나 없는 것처럼 허세를 부리다가, 막상 이런 순간이 오자 쪼그러드는 게, 그러면서도 티 안 내려고 애쓰는 게 딱 그 나이 같아서 어떻게 보면 귀엽기도 하고, 조금은 안쓰럽기도 했다. 강한은 소원을 향해 나지막한 목소리로 신신당부했다.

"류소원, 내 말 잘 들어. 만약에 범인을 마주치게 되면, 절대로 달려들지 마. 알았어?"

"달려들지 않으면 어떡해요? 전화해서 정 검사님과 수사관님을 부르더라도 이미 늦을 텐데."

"늦더라도 가만히 있어. 잡더라도 내가 잡을 테니까."

"형이 어떻게요? 그러다가 다치면 어떡하려고요! 그놈이 어떤 놈인지 다 알면서!"

"우리 둘 중 하나가 다친다면 내가 다치는 게 나아. 난 이미 장애가 있는 몸이니까."

"형……."

강한의 단호한 말에, 소원은 막연하게 그를 부르는 것밖에는 달리 할 말을 찾지 못했다. 언젠가부터 서서히 변하기 시작한 그들의 관계가, 이제는 이전과 달라졌다는 게 분명하게 느껴졌다.

그들은 더는 필요와 이익을 위해 서로를 이용하기만 하는 관계가 아니었다. 필요해서 함께 있는 건 마찬가지였지만, 그 연결 고리 속에 어느덧 서로를 걱정하고, 배려하고, 또 도와주고, 지켜주려는 진심 어린 감정이 깃들고 있었다. 소원은 그게 잘된 일인지 아닌지 구분할 수가 없었다. 그들의 과거사를 보면 강한은 여전히 그가 미워해야 할 사람이었기 때문에.

답을 알 수 없는 고민으로 소원의 머리가 복잡해지려는 찰나, 그의 눈앞에 양쪽으로 뻗은 갈림길이 나타났다. 소원은 대번에 난감한 표정이 되었다.

"형, 양 갈래로 길이 갈라졌어요. 어떡하죠? 둘 다 가볼 시간은 없을 거 같은데."

강한과 소원은 제자리에 우뚝 멈춰섰다. 여진은 갈림길이 있다는 말은 하지 않았다.

'혹시 잘못 왔나? 지금이라도 돌아가야 하나?'

강한이 그렇게 고민하고 있을 때, 어떤 여자 하나가 하이힐을 또각거리면서 이쪽으로 다가왔다. 해가 다 저물어가는 이른 저녁에 선글라스를 낀 남자가 수상해서일까. 아니면 강한의 손목에 걸린 케인을 보고서 많은 사람이 그러하듯 괜히 불편해진 것일까. 여자는 휙 소리가 나도록 빠르게 그의 옆을 스쳐 지나갔다.

그리고 그 순간, 커다란 꽃다발처럼 정신없이 뒤엉킨 냄새들이 바람을 타고 강한의 코끝까지 실려 왔다. 달콤한 향수 냄새, 인공적인 화장품 냄새, 그와 더불어 강하게 코를 찌르는 샴푸와 파마약 냄새. 강한은 그 냄새의 여운이 사라지기 전에 고개를 번쩍 쳐들고 소원에게 물었다.

"방금 내 옆을 지나간 여자, 어느 쪽에서 왔지?"

"저 여자요? 왼쪽 골목에서 왔는데요."

"그쪽으로 가보자."

강한은 소원의 팔을 붙잡고 왼쪽 골목으로 꺾어 들었다. 방향을 바꿔서 대여섯 걸음쯤 걸었을까. 골목 양편을 쓱 훑어본 소원이 강한 쪽으로 슬쩍 고개를 갸웃거리면서 말했다.

"이쪽이 맞나? 무슨 갈색 대리석 건물 같은 것만 하나 있어요. 미용실이라기보다는 무슨 레스토랑같이 생겼는데……."

머리를 자를 때는 매번 동네의 균일가 5000원짜리 남성 전용 헤어클럽을 이용하던 소원에게, 여자들의 헤어숍, 특히 청연동 헤어숍은 낯설기 짝이 없었다. 소원은 고급 레스토랑처럼 차양이 처지고 선팅까지 되어 있는 통유리 건물을 바라보면서 돌아가야 하나 머뭇거렸다. 그때, 대리석 건물의 문이 열리더니 연분홍색 정장을 곱게 차려입은 여자가 걸어나왔다.

"아, 미안해, 여보. 고개 숙이고 휴대전화를 보다 보면 머리가 예쁘게 안 될까봐 아예 꺼놓고 있었어. 뭐? 기자? 인터뷰? 아니, 연락 온 적 없는데. 이상한 전화?"

여자는 한 손에 꽃바구니를 들고, 다른 한 손에는 휴대전화를 든 채 통화 중이었다. 강한의 귀에는 그 통화 내용이 먼저 들어왔고, 소원의 눈에는 범행 예고 SNS 계정 속에서 보았던 그 얼굴이 먼저 들어왔다. 강한은 소원에게 따로 물어볼 필요도 없이, 한 발짝 앞으로 성큼 나서면서 판사를 불렀다.

"고유정 판사님?"

강한의 목소리를 들은 고 판사는 무심코 그쪽으로 시선을 돌렸다가, 선글라스를 끼고 소원의 팔꿈치를 붙잡은 채 서 있는 강한을 보고 깜짝 놀란 표정이 되었다.

"……강한 검사님? 여긴 어쩐 일로……."

"길게 설명할 시간이 없습니다. 지금 판사님이 위험합니다. 저희와 함께 가시죠."

"내가 위험하다고요? 그게 무슨 말이죠?"

고 판사는 헤어숍 건물의 계단을 내려와 골목길 언저리에 멈춰섰다. 그녀와 강한 일행 사이의 거리는 대략 5미터 정도. 그녀는 강한이 하는 말을 더 잘 듣기 위해서 이쪽으로 다가오려고 했다. 그리고바로 그 순간.

부아아앙-!

골목 끝에서 느닷없이 나타난 검은색 중형차가 폭주하는 듯한 엔진음을 내면서 고 판사를 향해 기습하듯 돌진해왔다.

55

"위험해요!"

소원의 절박한 목소리가 바람을 뚫고 메아리쳤다. 그와 동시에 쏜 살같이 달려와 고 판사를 덮친 중형차.

"아악!"

고 판사의 몸뚱이가 차 앞 범퍼에 들이받히면서 허리가 휘청하고 꺾였다. 정성껏 세팅한 올림머리가 차창을 타고 쭉 미끄러지면서 엉 망으로 흐트러졌다.

끼이익-!

중형차는 다분히 고의적이라고 느껴지는 움직임으로 뒤늦게 브 레이크를 밟으며 멈춰섰다. 일직선으로 밀어붙이던 힘이 갑자기 사 라지는 것과 동시에 고 판사의 몸은 무슨 종잇장처럼 가볍게 튕겨나 갔다. 그리고 골목길 가장자리에 처박히듯 내리꽂혔다.

1초도 되지 않는 시간 동안 강한과 소원 사이에 흐른 침묵은 1년 처럼 무거웠다. 소원은 눈앞에 펼쳐진 광경을 설명해주지 않았지만, 강한은 차 바퀴가 거침없이 달려오는 굉음과 고 판사의 몸이 차체에 부딪힐 때의 충돌음, 그리고 날카로운 브레이크 소리를 통해서 모든 상황을 파악했다.

"류소원, 내 말 잘 들어. 저 차가 우리와 가까이 있지? 범인 얼굴이 보여?"

"……."

강한의 질문에도 소원은 묵묵부답이었다. 그저 충격에 얼이 빠진 얼굴로 입을 헤 벌리고 서 있을 뿐이었다.

이런 사건을 눈앞에서 본 건 두 번째였다. 그나마 염산 테러 사건 때는 멀찌감치 서 있었기에 보면서도 눈앞에서 정확히 어떤 일이 일어나고 있는 건지 파악하지 못했다.

그러나 이번엔 달랐다. 소원은 사고의 충격을 온몸으로 흡수하면서 뻣뻣하게 굳은 채 서 있었다. 바람 빠진 비닐 인형처럼 구겨진 채 바닥에 엎드린 중년 여자가, 그 옆에 힘없이 나뒹굴고 있는 굽 높은 구두 한 짝이, 그 위로 동심원을 그리며 서서히 번져나가는 붉은 물이 시선을 파고들었다.

"류소원! 정신 똑바로 차려! 지금 범인을 목격하고 기억할 수 있는 건 너밖에 없다고!"

강한의 날카로운 질책이, 거칠게 팔을 잡아 흔드는 손짓이 소원을 일깨웠다. 넋 놓고 있을 시간이 없었다. 소원은 비스듬히 몸을 기울이고 목을 쭉 빼면서, 약 5미터 거리에 있는 자동차 운전석을 들여다보려 애썼다. 그러자 제일 먼저 눈에 들어오는 게 있었다.

"헬멧! 검은색 오토바이 헬멧을 쓰고 있어요! 지하철 CCTV에서 봤던 것과 같은 종류예요!"

그게 의미하는 건 단 한 가지뿐이었다. 그들이 드디어 이 모든 사건의 배후에 있는 흉악한 범인을 맞닥뜨리게 되었다는 것. 소원은 흥분과 초조함에 입천장이 바싹 마르는 것을 느끼면서, 휴대전화를 꺼내기 위해 주머니를 뒤졌다. 사진이나 동영상을 찍어두려는 것이었다.

'지금 눈으로 잘 보이지 않는 것도, 찍어서 나중에 확대해보면 보일지도 몰라.'

그런데 그 순간, 기절한 듯 미동도 하지 않고 있던 고 판사가 꿈틀거리면서 신음을 내뱉었다.

"흐으…… 살려…… 살려줘……."

강한과 소원의 주의가 순간적으로 그쪽으로 쏠렸다. 그들이 눈치채지 못한 건, 고 판사의 동태를 관찰하던 게 자기들뿐만이 아니라는 사실이었다. 고 판사는 두 손으로 앞쪽 바닥을 짚고 허리를 뒤로 빼면서 어떻게든 상반신이라도 일으켜보려 애썼다. 그리고 바로 그 순간, 더 이상 끔찍해질 수 없을 것 같던 사건이 더 끔찍해졌다.

부우웅-!

마치 고 판사가 살아 있다는 증거를 보이기만을 기다렸다는 듯, 승용차가 다시 액셀을 밟으면서 가속하는 소리가 요란하게 터져나왔다. 잠시 전진하는가 싶던 승용차가 왼쪽으로 휙 방향을 틀면서 이쪽으로 돌아왔다. 소원은 마치 필름을 빨리 감은 듯 순식간에 다가오는 승용차와, 그 앞에 무방비하게 놓여 있는 고 판사를 보면서 발을 동동 굴렀다.

"형, 차! 차가 다시!"

"안 돼, 소원아!"

소원의 의도를 짐작한 강한이 그의 팔꿈치를 잡은 손에 와락 힘을 주었다. 그러나 소원에게는 강한의 목소리조차 들리지 않았다. 그는 잡혔던 팔을 뿌리치고서 고 판사가 엎드려 있는 쪽으로 몸을 날렸다.

"아아아악!"

소원의 팔을 놓치고 당혹스러운 낯빛으로 서 있던 강한의 고막을 찢을 듯이 날카롭게 울려 퍼지는 여자의 처절한 비명. 비명을 지른 사람이 한 명뿐이라는 게 그나마 불행 중 다행이라면 다행이었다.

소원은 아직도 양손으로 고 판사의 발목을 잡은 상태였다. 승용차가 재차 덮치기 전에 그녀를 길에서 끌어내리려고 했던 노력의 흔적이었다.

그러나 소용없었다. 범인이 노리고 있던 건 처음부터 판사의 손뿐이었으니까. 방향을 꺾어서 돌아온 검은 차의 오른쪽 앞바퀴는, 앞으로 쭉 뻗고 있던 고 판사의 양손을 무참히 밟고 지나갔다.

우두둑-.

소원은 강한처럼 듣는 데 있어 집중력이 특별히 강하진 않았지만, 적어도 그 순간만큼은, 손가락 마디마디의 뼈가 부러져나가는 소리를 분명히 들은 것 같았다. 그것은 지금까지 소원이 살면서 들은 가장 소름 끼치는 소리였다.

"도대체, 왜 이렇게까지……."

소원은 혹시나 3차 가해가 생기는 일이 없도록, 고 판사의 몸을 얼른 자기 쪽으로 끌어당기면서 도저히 이해가 가지 않는다는 듯 중얼거렸다. 문제의 승용차는 고 판사의 두 손을 극악하게 깔아뭉갠 후, 제법 유유하게까지 보이는 움직임으로 뒤로 슬쩍 빠지더니 옆으로 방향을 틀었다. 목적을 달성했으니 이젠 더 볼일이 없다고 말하는 듯했다.

"사진! 사진!"

그제야 정신이 번쩍 든 소원은 휴대전화 카메라를 켜서 사진을 찍었다. 찰칵, 찰칵, 찰칵. 연달아 세 장. 차량 측면과 후면이 찍혔다. 68

러219×. 소원은 재빨리 번호판을 외웠다. 언제 어디서 차나 사람이 튀어나올지 모르는 골목길이었지만, 검은 차는 사고가 나도 전혀 상관하지 않는 듯 무시무시한 기세로 사라졌다. 소원은 사진 찍기를 멈추고 전화를 걸었다.

"여보세요? 거기 119죠. 여기 교통사고가 났어요. 청연동이고요. 비너스 클리닉 뒷골목에서 왼쪽으로 연달아 두 번 꺾으면 나오는 곳이에요. 빨리 와주세요!"

119에 신고를 해보는 게 이로써 두 번째. 여전히 정신없이 떨렸지만, 그래도 소원은 침착하려고 애썼다. 적어도 강한이 염산 테러를 당했을 때처럼 '씨발' '몰라요'를 연발하지는 않았다.

소원이 신고하는 동안, 강한은 케인으로 바닥을 더듬어서 고 판사가 쓰러져 있는 곳을 찾아냈다. 그는 케인을 잠시 내려놓고 조심스럽게 손을 뻗었다. 그녀는 고통에 몸부림치면서 사지가 뒤틀린 채 모로 누워 있었다. 강한은 그녀의 등을, 어깨를, 그리고 마지막으로 목을 짚었다. 다행히 숨을 쉬고 있었다.

"판사님, 고유정 판사님? 제 목소리 들립니까?"

강한은 민첩하게 양복 재킷을 벗어 고 판사의 어깨를 감싸주면서 말을 걸었다. 체온이 떨어지는 것을 막기 위한 조치였다.

"살려줘……. 아파……. 흐윽…… 살려줘…….."

고 판사는 고통으로 인해 제정신이 아닌 상태에서 누구에게 하는 것인지 알 수 없는 하소연을 중얼거렸다. 손끝에서 엉금엉금 움직이는 고 판사의 동태가 느껴지자, 강한은 자신이 사고를 당했을 때가 생각났다. 그 순간 온몸이 바늘로 찔린 것처럼 아팠다.

'차라리 내가 그랬던 것처럼 기절해버린다면 고통이라도 느끼지 않을 텐데.'

그러나 고 판사가 혼절해버리도록 내버려둘 수는 없었다. 자칫 잘 못하면 쇼크에 빠질지도 몰랐으니까. 강한은 고 판사가 누워 있는 방 향을 향해 낮은 목소리로 달래듯 말을 걸었다.

"고 판사님, 정신을 잃으시면 안 됩니다. 제 말 들리세요? 곧 구급 차가 올 겁니다."

"흐으……."

고 판사는 대답할 수 없을 정도로 괴로운지 목에 걸린 것 같은 신 음만 내뱉었다. 그때, 바닥을 더듬거리던 강한의 손바닥에 축축한 기 운이 느껴졌다. 출혈이었다. 강한의 미간에 굵은 주름이 잡혔다. 그 는 곧바로 도와줄 수 있는 사람을 찾았다.

"소원아!"

그러나 소원은 유미에게 전화를 거느라 바빴다.

"정 검사님, 당장 이쪽으로 오셔야겠어요! 여기가 어디냐 하면 요……."

"류소원! 당장 이리 와서 응급조치하는 거 도와줘! 정 검사는 알 아서 찾아오라고 하고!"

강한이 버럭 고함치는 소리에, 소원은 화들짝 놀라서 전화를 끊 었다. 허겁지겁 고 판사 옆에 쪼그려 앉은 소원을 향해 강한이 침착 하게 물었다.

"지금 출혈이 있지? 어디서 피가 나고 있는 거야?"

"소, 손이요. 손하고 머리요!"

"내 셔츠를 찢어서 출혈 부위에 묶어. 내가 판사님 머리를 받칠 테 니까, 넌 손을 받치고. 출혈 부위가 심장보다 높이 위치하게 해야 해."

강한은 검찰청에서 교육받았던 응급조치 매뉴얼을 떠올리면서 설명했다. 그리고 소원이 뜯어내기 쉽도록 셔츠 소매 단추를 더듬어 풀기 시작했다. 그러나 부욱, 하고 옷 찢는 소리는 다른 쪽에서 났다. 강한은 소원을 향해 물었다.

"뭐해?"

"형은 재킷도 벗었잖아요, 셔츠까지 찢으면 춥다고요. 지혈은 제 옷으로 할게요!"

소원은 입고 있던 남방셔츠의 밑단을 전부 뜯어냈다. 그리고 그것을 길게 접어서 고 판사의 머리를 동여매기 시작했다. 겁먹고 긴장한 나머지 손이 덜덜 떨렸지만, 그래도 꼼꼼하게 매듭을 짓는 손길이 제법 야무졌다. 그러나 피범벅이 된 고 판사의 손을 봤을 때는 소원도 얼굴이 창백하게 질리지 않을 수 없었다. 완전히 힘을 잃고서 온통 흐물거리는 손가락들.

'사람이 다른 사람에게 어떻게 이렇게까지 잔인한 짓을 할 수가 있지?'

속이 메스꺼웠다. 지금 당장 해야 할 일이 있지 않았다면, 소원은 아마 길바닥에 엎드려서 우웩거리며 토하고 말았을 것이다. 입술이 터지도록 세게 깨물고, 독한 마음을 먹고서 붉은 손을 향해 다가갔다. 그때, 골목 저편에서부터 차가 달려오는 소리가 났다.

위이이이잉-!

소원의 신고를 받고 출동한 구급차였다. 깜박이는 사이렌에서 퍼져나온 불빛이 엷게 땅거미가 지고 있는 골목 어귀를 온통 붉게 물들였다. 구급차는 쏜살같이 달려와 강한과 소원, 고 판사의 앞에 멈춰섰다. 구급차 뒷문이 열리고, 주황색 유니폼을 입은 구급대원들이 구르듯이 뛰어내렸다.

누가 환자인지 구별하는 것은 전혀 어렵지 않았다. 구급대원들은 바람처럼 신속하게 움직였다. 들것을 펴서 고 판사를 싣고, 산소호흡기를 부착했다. 구급대원 중 한 명이 누워 있는 고 판사의 얼굴을 들여다보면서 다급한 목소리로 외쳤다.

"환자분! 환자분! 제 목소리 들립니까? 들리면 눈을 깜박여보세요."

고 판사는 힘겹게 눈꺼풀을 들어 올리는 듯하다가, 이내 쓱 감고는 혼절해버렸다. 그때까지 강한의 격려를 들으면서 간신히 지탱해왔던 의식이었는데, 구해줄 사람들이 왔음을 깨닫자마자 놓아버린 것이다. 구급대원은 강한과 소원을 향해 몸을 돌렸다.

"어떻게 된 일입니까? 어쩌다가 사고가 난 거죠?"

구급대원은 무심코 물었다가, 선글라스를 쓰고 케인을 든 강한을 발견하고 흠칫했다. 사람들의 그런 반응에 익숙한 소원이 강한을 대신해 설명했다.

"68러219× 차가, 중형차가 두 번 들이받았어요. 처음엔 허리를 들이받고, 잠시 뒤로 빠졌다가 다시 돌진해서 그다음엔 양손을 앞바퀴로 깔아뭉개고 도망가버렸어요."

"두 번이나 들이받았다고요?"

구급대원은 깜짝 놀란 표정이 되었다. 일반 교통사고에서 선행 차량에 부딪히고 쓰러진 피해자가 후행 차량에 또다시 부딪히거나 역과당하는 일은 간혹 있었지만, 한 대의 차량이 피해자를 두 번 들이받았다는 얘기는 처음 들었던 것이다. 구급대원이 뭔가 더 물어보려고 하는데, 다른 대원들이 고 판사를 눕힌 들것을 구급차 안에 밀어넣으면서 긴박하게 외쳤다.

"출발! 출발!"

구급대원은 문답을 멈추고 구급차에 올라탔다. 강한의 팔을 붙잡은 소원도 따라 타려고 했지만, 구급대원에게 냉정하게 제지당했다.

"죄송합니다만, 지금 의료진만으로도 구급차 탑승 정원이 꽉 찹니다. 따라오시려면 따로 차를 타고 오셔야 할 것 같습니다."

소원은 거기서 눈치 없게 고집을 부리지 않고 순순히 물러났다. 문이 닫히기 직전, 강한이 구급대원을 향해 물었다.

"피해자 손, 괜찮을까요?"

"그건 병원에서 판단할 문제지, 제가 말씀드릴 수 있는 게 아닙니다."

"전 성암지검 강한 검사입니다. 이 사건은 단순 뺑소니가 아니라 사법기관에 대한 고의적인 테러 사건이고요. 전문가로서 같은 전문가의 의견을 묻는 겁니다. 환자의 손, 살릴 수 있겠습니까?"

구급대원은 잠시 망설이는 듯하다가, 다른 대원들에게 들리지 않을 만큼 작게 대답했다.

"……아마 어려울 겁니다. 병원에서 최선을 다해주길 바랄 수밖에요."

문이 닫히고, 구급차가 떠났다. 강한은 차가 멀어지는 소리를 듣고 있다가 문득 생각난 듯 소원에게 물었다.

"류소원, 지금 몇 시지?"

"오후 6시 25분이요."

범행 예고 시각 5분 전이었다. 강한과 소원은 끝내 세 번째 범행을 막지 못했다. 판사는 두 손을 잃어버렸다. 강한의 뇌리에 범인이 남겼던 성경 구절이 스쳐 갔다.

'악인에게는 화가 있으리니 화가 있을 것은 그 손으로 행한 대로 보응을 받을 것임이니라.'

56

    고유정 판사 뺑소니 피해 사건이 일어난 그날 밤은 어떻게 시간이 가는지 모를 정도로 정신없었다. 강한과 소원은 현장에 도착한 유미와 수사관들에게 사건을 알리고, 성암경찰서에 연락하고, 경찰들이 현장 조사를 하는 것을 지켜보았다.

    그 후에야 비로소, 고 판사가 실려 간 병원에 가볼 수 있었다. 공교롭게도 강한이 입원했던 그 대학병원이었다. 고 판사는 수술을 마치고 중환자실에 들어간 상태라고 했다. 강한과 소원은 중환자실에 들어가지는 못하고 앞에서 얼쩡거리다가, 그 안에서 나오는 의사를 붙잡고서 고 판사의 용태를 캐물었다.

    "보호자가 아니면 환자의 정보를 알려줄 수 없습니다. 검사든 대통령이든 마찬가지예요."

    의사는, 강한이 공무원증을 들이밀면서 진료 기록 시스템 전체에 대한 압수수색영장을 받아오겠다고 으름장을 놓자 어쩔 수 없이 슬쩍 일러주었다.

    "다행히 생명에는 지장이 없습니다. 두개골 골절로 인해 외상성

뇌출혈이 생겼고, 얼굴뼈와 늑골 일부가 골절되긴 했지만 완치 가능할 겁니다. 문제는 손인데…….”

의사는 혹시나 누가 듣고 있진 않은지 주변을 살피더니, 목소리를 낮춰 은밀하게 속삭였다.

“왼손 엄지와 중지 일부분, 손바닥을 제외한 나머지 손가락, 손등의 신경이 심각하게 손상된 상태입니다. 영구적인 장애가 남을 가능성이 큽니다.”

의사는 그 말을 마지막으로 남기고 총총걸음으로 사라져버렸다.

‘결국 또 한 명의 인생이 희생되는 것을 막지 못했다.’

하루도 쉬지 않고 그렇게 정신없이 달려왔음에도 결국 강한과 소원이 한 일이라고는 범인이 짜놓은 판 위에서 놀아난 것밖에 없었다. 이미 구급대원에게 들은 얘기였지만, 그래도 막상 의사의 입을 통해 듣게 되자 충격이 컸다. 강한은 다리에 힘이 쭉 풀리는 것을 느끼면서 휘청거렸다.

“형, 괜찮아요? 또 몸이 안 좋아요? 우리도 응급실에 가볼까요?”

소원이 강한을 부축하면서 물었다. 입원했던 병원에 온 것이 혹시 강한의 트라우마를 자극하지는 않을까 안 그래도 걱정하던 참이었다. 그러나 강한은 고개를 내저었다.

“아냐, 호들갑 떨 것 없어. 그냥 피곤한 것뿐이야.”

“그럼 얼른 집으로 가요. 형은 좀 쉬어야 해요. 씻기도 해야 하고. 지금 몰골을 보면 형이 교통사고 당한 사람 같다고요.”

“아니, 집에는 안 갈래. 가고 싶지 않아.”

고개를 숙인 강한의 입술 사이에서 살짝 쉰 것 같은 목소리가 새어나왔다. 오늘밤 집에서 잠들었다가는 틀림없이 악몽을 꿀 것 같았다. 그것도 그 어느 때보다 지독하고 끔찍한 악몽을.

"그러면 어떡해요? 아예 병원에서 하루 주무실래요? 난 보조침대나 의자에서 자면 되니까."

"아니, 가고 싶은 곳이 있어. 거기로 데려다줘."

강한이 가고 싶은 곳. 그곳은 다름 아닌 '붉은악마 복싱체육관'이었다. 소원은 처음에 강한이 농담을 하는 거라고 생각했지만 그는 고집을 꺾지 않았고, 결국 그들은 택시를 타고 밤 10시가 넘은 시각에 체육관으로 오게 되었다.

"심신의 안정을 취해야 한다는데, 집도 병원도 아니고 갑자기 웬 체육관이에요?"

택시가 체육관 입구에 멈춰서자, 소원은 강한을 부축하고 내리면서 좋알거렸다. 택시를 타고 오면서 자기 나름대로 강한의 증상에 대해 인터넷 검색을 해봤던 것이다.

"난 여기 있어야 심신이 안정돼."

강한은 짤막하게 대답하고는, 케인을 뻗어 문이 달려 있는 지점을 찾아냈다. 문손잡이에는 배달온 우유를 넣어놓는 주머니가 걸려 있었다. 강한이 주저없이 주머니 속에 손을 집어넣어 뒤적거리자, 구식 구리 열쇠가 굴러 나왔다. 소원은 그걸 보면서 혀를 쯧쯧 찼다.

"요즘 세상이 어떤 세상인데, 저렇게 보안 의식이 부족해서야……"

"관장님은 도둑이 들어오면 오히려 좋아하실 거야. 한 방 시원하게 먹여주고 나서, 왜 그러고 사냐고 정신 차리라면서 밥 차려주고 술판을 벌일지도 모르지."

열쇠를 구멍에 똑바로 집어넣지 못하고 몇 번이나 헛손질하는 강한의 손을 소원이 올바른 방향으로 이끌어주었다.

"그런데 주인 없는 체육관에 막 들어와도 돼요? 아무리 친해도?"

"괜찮아. 이러는 게 처음도 아니고."

체육관 문을 열고 들어온 순간, 낯익은 냄새가 확 풍겨오면서 강한에게 익숙한 기분을 느끼게 해주었다. 아무리 환기를 해도 없어지지 않는 해묵은 땀 냄새, 오래된 가죽 냄새, 관장이 물처럼 들이켜는 맥주 냄새까지도. 그제야 마음이 조금 편안해졌다.

"형, 여기 잠깐 앉아 있어요."

소원은 강한을 의자에 앉혀놓고, 양동이에 물을 받아 왔다. 그리고 수건에 물을 묻혀서 피에 얼룩진 강한의 얼굴과 몸을 닦아주기 시작했다. 반쯤 혼을 빼놓고 앉은 채로 소원의 손길에 고분고분하게 자신을 내맡기던 강한이, 문득 생각난 것처럼 소원에게 물었다.

"대체 어디서부터 잘못된 걸까? 어쩌다 이렇게까지 되어버린 거지?"

"······."

"만일 잘못된 부분이 있었다고 하더라도, 그게 이렇게까지 끔찍한 대가를 치를 만한 일은 아니잖아. 우리는 그냥 법을 집행하는 사람들일 뿐이야. 이렇게 잔인하게 보복당해야 할 이유가 없어. 우리가 아니었다면 다른 누군가가 똑같이 했을 거라고."

그때까지 묵묵히 수건을 움직이고 있던 소원의 손이 우뚝 멈췄다.

"비겁한 소리 하지 마세요, 형."

입술 사이로 짐짓 퉁명스럽게 내뱉는 목소리가 떨리고 있었다.

"사건 당사자들에게, 그 사람들의 가족에게 '다른 누군가' 같은 건 없어요. 검사님, 판사님, 당신들뿐이라고요. 당신들에게는 수백 개의 지나가는 사건들 중 하나일 뿐이겠지만, 그게 누군가에게는 일생 그 자체란 말이에요."

"······."

"물론 그렇다고 해서 범인 편을 드는 건 아니에요. 이유가 무엇이

든, 남을 해치는 건 정당화될 수 없으니까."

어른스럽게 덧붙이는 소원의 말에 강한은 그만 할 말을 잃었다. 소원은 강한을 씻겨주고, 체육관 캐비닛에 있던 낡은 트레이닝복으로 갈아입혀준 후, 소파에 담요를 깔고 이부자리를 만들기 시작했다. 그때, 의자에 앉아 있던 강한이 손을 뻗어 앞을 더듬으면서 말했다.

"넌 소파에서 자. 난 여기서 잘 테니까."

"어디요? 링에서요?"

"응, 난 여기서 자면 마음이 편해."

강한은 눈이 먼 후에 이곳에 와본 게 몇 번 되지 않음에도 능숙하게 링 로프를 벌리고 그 사이로 들어가더니, 그 위에서 굴러다니고 있는 샌드백을 찾아냈다. 그리고 그걸 베개 삼아 베고 누웠다.

"에이, 그게 뭐예요. 그리고 자는 사람이 어딨어요?"

소원은 어이없다는 듯 야유를 하다가, 그래도 강한이 꿈쩍하지 않자 슬그머니 링으로 올라왔다. 재미있어 보이기도 하고 신기해 보이기도 했던 것이다. 소원은 강한이 베고 있는 샌드백의 반대편 끄트머리를 베고 벌렁 드러누웠다.

천장에 달린 전구가 나갈 듯 말 듯 위태롭게 깜박이고 있었지만, 소원은 굳이 일어나 불을 끌 생각을 하지 않았다. 어차피 강한에게는 전구가 켜져 있나 꺼져 있나 똑같을 것이므로.

"형, 전에도 이렇게 잔 적 있어요?"

"어릴 때 자주. 우리 엄마는 밤늦게까지 일하셨거든. 그래서 혼자 잘 때가 많았어. 집에 들어가기 싫은 날에는, 여기서 샌드백 두들기고 청소하고, 관장님이 시켜준 자장면 한 그릇 먹고 나서 잠까지 자곤 했지. 아침에 일어나서 학교도 가고."

"······형 인생도 그렇게 순탄하진 않았네요."

소원은 조금 놀랐다. 강한이 자세히 말하진 않았지만, 소원은 강한의 유년 시절이 그렇게 외롭고 불행할지는 몰랐다. 밤마다 혼자 잤다는 말에, 자신의 유년 시절이 겹쳐지기도 했다. 아버지가 밤샘 근무를 할 때마다 소원의 집에도 어쩔 수 없는 냉기가 감돌고는 했다.

"얼른 자라."

강한은 소원의 말에 대답하는 대신 짤막하게 말했다. 순탄하지 않은 건 이제부터 시작이었다. 그들에게는 어제보다 더 폭풍 같은 내일이 기다리고 있을 터였다.

* * *

1년 전 9월 2일 토요일 오전 8시 10분. 소원의 집 앞.

"미친놈들이 무슨 토요일에 학교를 나오래. 하여간 고3이 호구인 줄 알지. 두고 봐, 죄다 교육청에 신고해버릴 테니까."

소원은 한 손으로 책가방을 낚아채듯 집어 올리고, 다른 한 손으로는 후드 티를 머리에 뒤집어쓰면서 투덜거렸다. 고등학교 3학년이 된 후 실시하는 자율학습은 말로는 강제가 아니라고 했지만, 빠진 사람은 담임이 교탁에 서서 모의고사 성적을 까발리며 꽤 여유가 있는 모양이라고 빈정거리는 수치를 당해야 했다.

"에이 씨, 다음에는 모의고사를 스킵해야겠어. 피곤해 죽겠네."

어젯밤, 제대로 기억도 안 나는 기괴한 악몽에 시달리느라 잠을 설쳤다. 소원은 복도로 나오자마자 옆집, 그러니까 온유가 사는 집의 동태부터 확인했다.

'온유는?'

등교할 때는 임대아파트 뒷길에서 함께 자전거를 타고 폐공장 건물 앞까지 간 후, 거기서부터 헤어져 따로따로 학교까지 가는 게 그들의 습관이었다. 그런데 오늘은, 말 잘 듣는 강아지처럼 복도에서 소원을 기다리고 있어야 할 온유의 모습이 보이지 않았다.

'먼저 갔겠지. 설마 지금까지 기다렸겠어.'

소원은 길게 생각하지도 않고 계단을 두 단씩 성큼성큼 뛰어 내려갔다. 아파트 입구를 빠져나오는데, 분리수거장에서 아주머니 서너 명이 모여서 뭔가 수군대고 있는 게 보였다. 보기 드문 광경이 아니었지만, 평소와는 전혀 다른 그들의 표정이 잠시나마 소원의 시선을 붙잡았다. 그건 공포와 경악, 그리고 충격이 담긴 표정이었다. 그중 한 명은 하도 겁에 질려 보여서, 소원은 간밤에 아파트에 도둑이라도 들었나 했다.

'뭐야. 분위기 왜 이래.'

뭔지 딱 꼬집어 말할 수는 없는데, 불안하고 불길했다. 공기가 뒤엉켜 있는 것 같은 느낌이 들었다. 아파트 뒷길이 아닌 큰길로 가면 학교까진 금방이었다. 소원은 손목시계를 흘끔거리면서 자전거를 내달렸다. 새벽까지 쏟아부었던 가을비의 흔적으로 길은 온통 젖어 있었다. 꿉꿉한 습기가 목덜미를 파고들고 자전거 바퀴가 굴러가는 자리마다 흙탕물이 튀었다.

'8시 28분. 어휴, 아슬아슬하게 세이프네.'

가까스로 지각을 면하면서 도착한 학교 분위기도 이상하긴 마찬가지였다. 교실과 복도, 운동장 곳곳에 모여 떠들어대는 아이들은 여전했지만, 평소보다 그 웅성거림의 톤이 낮고 조금 달랐다. 그들 사이를 맴돌다가 소원에게까지 손을 뻗쳐오는, 불쾌하게 흥분된 기류. 소원은 작년 말, 입시를 망치고 자살한 선배의 소식이 전해졌을 때도 딱 이런 분위기였다는 걸 기억해냈다.

'조규진?'

복도를 지나 교실로 들어가려던 소원의 눈에, 바로 옆에 있는 온유의 교실 앞에 서 있는 사람이 들어왔다. 국회의원의 아들로 유명한 규진이었다.

주상복합과 임대아파트, 사는 곳에 따라 은근한 파벌이 형성되어 있는 학교 안에서, 규진은 주상복합 아이들의 왕 같은 존재였다. 온유네 반 반장이자, 전교 학생회장이자, 만년 전교 1등에, 일찌감치 명문대 의대에 수시로 붙어버려서 학교는 이제 놀러 나오는 거나 다름없었다.

거기에 생긴 것까지 멀끔하니 질투할 법도 한데, 소원은 규진에 대해 이상하리만큼 아무 감정이 없었다. 너무 접점이 없다 보니 그냥 다른 세계 사람처럼 느껴졌을 뿐이다. 그래도 규진이 온유를 싫어하거나 괴롭히지 않는 건 고맙게 생각하고 있었다. 옆 반 담임이 규진의 어깨를 툭툭 치면서 격려해주는 게 들렸다.

"많이 놀랐지? 수고 많았다."

"아니에요, 괜찮아요."

수고야 그렇다 쳐도, 많이 놀랐냐는 건 무슨 말일까. 소원은 고개를 갸웃거리면서도 굳이 호기심을 갖지 않고 그대로 교실로 들어왔다, 맨 뒷줄에 있는 자기 자리로 가서 앉는데, 앞자리 애들이 호들갑스럽게 떠드는 소리가 들렸다.

"야, 우리도 오늘 자율학습 안 하는 거 아닐까? 원래 이런 사건 일어나면 학교에서 부모들한테 애들 내보내지 말라고 하잖아. 불안하다고."

"그건 초등학교나 그런 거지, 빙신아. 니가 초딩이냐?"

'이런 사건'이 뭔지 몰라 어리둥절해진 소원은 책가방을 책상 위에 던지다시피 내려놓으면서 혼잣말처럼 중얼거렸다.

"……이건 또 뭔 소리야?"

"류뚱 너 아무것도 못 들었냐?"

소원에게 말을 걸어온 사람은 대각선 자리에 앉은 반장 준휘였다. 준휘는 주상복합에 살고 있지만 잘난 척하지 않아서, 소원과도 그럭 저럭 사이좋게 지내는 편이었다.

"오늘 아침부터 뉴스에 나오고 난리 났었어. 어젯밤에 성암초등 학교 6학년 여자애가 폐공장에서 시체로 발견됐대. 왜, 거기 있잖아. 임대 가는 길에 있는 거."

"나도 거기가 어딘지는 알아."

소원은 동요를 감추려고 짐짓 퉁명스럽게 대꾸했다. 뭐지, 왜 이 렇게 불안하지. 준휘는 뭔가 대단한 비밀을 털어놓는 것처럼 목소리 를 낮추며 말을 이었다.

"실은 죽은 애가 규진이 아버지 보좌관 딸이야. 그래서 어젯밤에 주상복합 사람들끼리 수색대를 만들어서 찾아다녔었어. 어제가 애 생일이었대. 그래서 애엄마는 기절하고……."

준휘의 말 중에서, 두 단어가 유독 증폭되어 소원의 귀에 꽂혔다.

"어제 생일이었다고? 걔 이름이 뭐야?"

"별하, 김별하."

그 순간, 소원의 머릿속에 어젯밤 비에 흠뻑 젖은 채 아파트 벽에 머리를 쿵쿵 찧고 있던 온유의 모습과, 그로부터 들었던 말이 생생 하게 재생되었다.

"오늘 별이 생일이야. 만나러 가야 돼. 별이 예뻐. 별이 착해."

57

"야, 류뚱! 너 어디 가? 이제 곧 담탱이 올 텐데!"

준휘는 책가방을 책상 위에 내버려둔 채 벌떡 일어나 달려가는 소원의 뒤통수에 대고 소리쳤다. 그러나 소원은 들은 척도 하지 않았다. 문밖으로 나오자마자 옆 교실로 쳐들어가다시피 뛰어 들어갔다. 그리고 제일 먼저 눈에 띄는 녀석을 붙잡고 다짜고짜 캐물었다.

"온유 어딨어? 학교 왔어?"

"지온유? 아직 안 왔는데."

소원은 온유의 자리가 비어 있는 것을 눈으로 확인하고, 곧바로 등을 돌려 다시 뛰쳐나왔다. 황망한 시선 끝에서, 그 반 반장인 규진이 이쪽을 유심히 쳐다보는 게 보였다. 정신없이 달려가던 소원은 누군가와 어깨를 세게 부딪쳤다. 그의 담임선생님이었다.

"류소원, 어디 가? 자율학습 안 해?"

"자율성이 안 생겨서요. 전 갑니다!"

소원은 황당해하는 담임을 남겨놓고서 거침없이 달려가 학교 건물을 나왔다. 운동장 앞 거치대에 세워둔 자전거를 막무가내로 끄집어내 올라탔다. 죽을힘을 다해 자전거 바퀴를 돌리는 동안, 입술 사이에서는 자꾸만 욕설이 새어나왔다.

"빌어먹을…… 빌어먹을……."

아닐 거라고 믿고 싶었다. 온유가 오늘 학교에 안 온 건 몸이 좋지 않아서일 거고, 몸이 좋지 않은 건 어제 비를 맞고 감기에 걸려서일 거고, 어젯밤 이상한 행동을 보인 건…… 빌어먹을 그건 뭐였는데 싶었다. 소원은 순식간에 아파트에 도착해 온유가 사는 호까지 뛰어 올라갔다. 초인종을 누르고, 사람이 나타나길 기다리는 동안에도 심장이 쿵쾅대며 뛰었다.

"누구세요?"

현관문이 열리고, 평퍼짐한 홈 원피스를 걸친 중년 여자가 지친 얼굴로 나타났다. 고등학교 3학년 아들을 두었다고 보기에는 젊은 나이였지만, 군살 하나 없이 깡마른 체구와 온 얼굴에 자글자글한 주름, 보기 싫게 늘어진 목깃 위로 하나로 묶어 늘어뜨린 새치 섞인 머리카락이 그녀의 고달픈 일상을 압축해서 보여주고 있었다.

"아주머니, 온유는요? 온유 어딨어요? 걔네 반도 자율학습 할 텐데 학교에 왜 안 왔어요?"

정식 명칭은 '위탁모'였지만, 온유는 여자를 엄마라고 부르지 않았고, 여자도 그렇게 부르라고 시키지 않았다. 그녀에게 온유는 매달 위탁수당이 꼬박꼬박 나오게 해주는, 좀 덜 떨어지긴 했지만 비교적 얌전하고 사고 안 치는 돈벌이 수단에 불과했다.

"몰라, 왜 그러냐고 물어봐도 대답도 안 하고. 무조건 안 간다고만 하고. 괜히 학교에서 전화라도 오면 귀찮아지는데……. 근데 소원이 너도 지금 학교에 있어야 하는 거 아니니?"

위탁모는 별 관심 없는 말투로 물으면서도 소원이 들어올 수 있도록 옆으로 비켜주었다. 소원은 온유가 초등학생 위탁아 두 명과 함께 쓰고 있는 작은 방의 문을 벌컥 열어젖히며 안으로 들어갔다.

"야, 지온유!"

온유는 침대 대신 쓰는 매트리스 위에 이불을 뒤집어쓴 채 웅크리고 있었다. 이불 밑으로 빼꼼 삐져나온 두 발이 아니었다면 그 안에 있는 게 누군지도 몰랐을 것이다. 소원이 다가가자, 이불 아래서 어깨를 들먹이며 흐느끼는 소리가 들려왔다. 온유였다.

"아니야…… 내가 아니야…… 흐윽……"

"아니긴 뭐가 아니야? 뭔 소리를 하는 거야? 너 어제부터 왜 그래, 진짜!"

눈물에 젖어 횡설수설하는 온유의 모습에 소원은 가슴이 덜컥 내려앉는 것 같았다. 그래서 괜히 더 매섭게 다그쳤다. 그러나 그런 말투는 온유를 더욱 겁먹고 움츠러들게 할 뿐이었다.

"소원아, 내가 아니야…… 내가 한 거 아니야……"

"뭐가 아닌데? 말을 해야 알아듣지. 어디, 얼굴 좀 봐봐."

소원은 온유가 덮고 있는 이불을 억지로 끌어당겨 벗겨내려 했다. 그러나 온유가 안쪽에서 얼마나 세게 잡고 있는지 이불은 꿈쩍할 생각도 하지 않았다. 소원은 어쩔 수 없이 이불 위에 손을 짚고 얼굴을 가까이 가져다대며 말했다.

"야, 지온유. 내가 하나 물어볼 게 있는데…… 네가 좋아한다고 했던 그 별이라는 애 말이야, 걔 제대로 된 이름이 혹시 별이가 아니고 별하야? 아니지? 그냥 별이지?"

질문하는 소원의 목소리도 떨리고 있었다. 그런데 '별하'라는 이름이 나온 순간, 이불에 꽁꽁 싸여 있던 온유의 어깨가 확연하게 움찔하는 게 손끝을 통해 느껴졌다.

"너 말이야, 어제 우리집에서 나가서 혹시 걔 만나러 갔었어?"

온유는 대답하지 않았다. 두 소년 간에 오가는 침묵이 더할 나위 없이 무겁고 불길했다. 그리고 다음 순간, 누군가 현관문을 쾅쾅 두드렸다. 곧이어 위탁모의 발소리와 문 여는 소리가 이어지더니, 우르르 들어오는 구둣발 소리와 함께 날카롭게 부르짖는 음성이 들렸다.

"어머, 누구세요? 왜 남의 집에 함부로 들어오세요?"

"성암지방검찰청 강력부 소속 강한 검사입니다. 이쪽은 성암경찰서 강력계 형사들이고요. 여기가 지온유 학생 집입니까?"

소원은 그때 처음으로 강한의 목소리를 들었다. 강압적이고 권위적이고, 그 누구도 반항할 엄두를 내지 못하게 하는 목소리.

'검사라고? 뉴스나 영화에 나오는 그 검사?'

"아니, 걔가 우리집에 사는 게 맞긴 한데. 이렇게 다짜고짜…….'

"체포영장입니다. 학생 어딨습니까? 협조해주지 않으시면 강제로 수색할 수밖에 없습니다."

"저기, 저 방에 있어요! 이게 어떻게 된 일이야!"

위탁모의 한탄하는 듯한 말이 끝나기가 무섭게 소원과 온유가 있는 방문이 벌컥 열렸다. 그리고 나이 든 남자 두 명과, 저승사자처럼 새까만 정장 차림의 훨씬 젊은 남자 한 명이 들어왔다. 그들 중 누가 성암지방검찰청 강한 검사인지는 묻지 않아도 알 수 있었다. 소원은 그의 잘생긴 외모와 훤칠한 체격에 한번 놀라고, 그다음으로는 아무런 감정도 없어 보이는 차가운 표정에 다시 놀랐다.

강한은 이불 옆에 한쪽 무릎을 꿇고 앉아 있는 소원을 보고 눈썹을 추켜올리면서 물었다.

"지온유?"

소원은 온유가 밖으로 나오지 않도록, 이불 위에 팔을 짚은 채 강한을 노려보았다. 강한은 이불과 소원을 번갈아 보다가, 이불 속에 사람이 들어 있다는 걸 알아차렸다.

"넌 지온유가 아니군. 누구지?"

"류소원인데요. 온유 친구예요. 그쪽이 검사라고요? 검사가 이 집에는 왜 온 건데요?"

"너한테 알려줄 이유는 없어. 우린 지온유를 만나러 온 거다."

강한은 성큼 다가와서 소원을 밀쳐내려고 했다. 형사들이 그 뒤를 따르면서 간격을 바짝 좁혔다. 이불 안에서 온유가 겁먹은 어린아이처럼 울먹이며 구원을 청했다.

"소원아! 나 무서워!"

소원은 이불을 더 힘주어 붙잡으면서 강한을 올려다보았다.

"보시다시피 얘는 좀 모자라고, 위탁모란 사람은 얘한테 관심이 하나도 없어요. 유일하게 신경 쓰는 사람은 나뿐이고, 무슨 일이 일어났을 때 지켜줄 수 있는 사람도 나뿐이에요. 그러니 체포고 나발이고 뭐든 하려면 나부터 설득하라고요. 무슨 일인지 얘기하란 말이에요."

지금까지 소원은 절대로 남 앞에서 온유를 '모자라다'고 표현한 적이 없었다. 둘이 장난치거나 옥신각신하면서 장난처럼 '바보' '멍청이' '빙신' 같은 말을 쓰긴 했지만, 그럴 때는 온유도 소원을 똑같이 부르면서 놀았다. 하지만 지금은, 검사와 형사들 앞에서는 온유를 최대한 나약한 존재로 포장해야 한다는 걸 본능적으로 알았다. 그러나 강한은 꿈쩍하지 않았다.

"수사 상황을 일반인과 공유해야 할 이유가 없어. 특히 머리에 피도 안 마른 고3하고는. 저리 비켜."

"비키지 않으면 어떡할 건데요? 뭐 때리기라도 할 거예요? 칠 테면 처봐요. 나 맞는 거 잘하니까. 버틸 수 있을 때까지 맞은 다음에 사진 찍고 진단서 끊어서 아저씨 고소할 거예요."

소원은 이를 악물고 악에 받쳐서 말했다. 강한과 소원의 시선이 몇 초 동안 허공에서 팽팽하게 얽혔다.

"치긴 뭘 쳐? 너 검사를 뭐 하는 사람으로 알고 있는 거냐?"

그러나 소원의 입매는 여전히 완강하게 다물려 있었다. 강한은 잠시 망설이다가 짧은 한숨을 내뱉었다.

수사 내용은 극비에 부치는 게 원칙이었지만, 이렇게 특수한 사건은 언론 보도가 이뤄질 게 뻔했다. 당장 오후에도 범인 체포에 대한 브리핑이 있을 예정이었다. 강한은 브리핑에서 공개될 내용에 한정해서 이 친구라는 소년에게 알려주는 것도 나쁘지 않겠다고 생각했다. 어쩌면 그도 나중에 증인이 될 수 있을 테니까.

"어젯밤 이 동네에 살인 사건이 발생했다. 피해자는 평소 지온유가 친구 하자면서 쫓아다니던 열세 살 초등학생 여자아이고. 피해자의 담임선생님, 주상복합아파트 주민들, 아파트 경비원까지 피해자가 지온유를 무서워했다고 진술했어."

강한은 지난밤 사건 현장에서 탐문 수사한 내용을 떠올리며 거침없이 말했다. 사실 온유의 이름이 처음부터 튀어나왔던 건 아니었다. '아이를 해치고 싶어할 사람이 누가 있겠느냐'는 질문에, 수색대에 가담했던 사람들은 하나같이 손을 내저으면서 말했다.

"아이고, 그 어린애한테 누가 못된 마음을 품겠어요. 걔가 뭘 안다고."

조 의원의 영향력이 두려워서일까. 사람들은 누구도 죽은 아이에 대해 조금이라도 부정적인 얘기는 하지 않으려고 했다. 무조건 말을 아끼는 분위기였다. 강한이 피해 아동의 손에서 찾아낸 명찰에 적힌 이름, '지온유'에 대해서 물었을 때도 아는 사람이 없었다. 그러다가 처음으로 쓸 만한 진술을 건져낸 게, 조 의원의 아들이라는 규진을 마주했을 때였다.

"별하는 부모님들끼리 친해서 초등학교 들어갈 때부터 봐왔던 애예요. 성격이 활발하고, 붙임성이 좋고, 애교가 많아서 다들 귀여워했어요. 부모님하고 언니하고도 화목하게 잘 지냈고, 학교에서도 별문제 없었던 걸로 알아요. 다만 한 가지 마음에 걸리는 게 있는데……."

규진은 밤늦게까지 빗속을 돌아다녔는데도 피곤한 기색 하나 없이 침착하게 말을 이었다. 아직도 미성년자라는 게 믿어지지 않을 정도로 어른스럽고 총명해 보이는 학생이었다. 그런 아이가 '마음에 걸리는 게 있다'고 운을 떼니, 강한으로서도 주의를 기울이게 되었다.

"별하가 얼마 전에 저한테 그랬어요. 어떤 고등학생 오빠가 자꾸 쫓아다녀서 무섭다고. 그게 누군지는 저도 몰라요. 설마 고등학생이 초등학생을 따라다니겠나 싶어서, 그냥 별하가 착각하는 건 줄 알고 크게 신경 쓰지 않았어요. 제 잘못이에요. 잘 알아봤어야 했는데……."

규진은 자책이 밴 어조로 말하면서 살며시 고개를 떨구었다. 너무 막연한 진술에 미안해하는 것 같았지만, 강한은 귀가 번쩍 뜨이는 것 같았다.

"학생도 이 동네 고등학교 다니지? 혹시 학교 명찰이 노란색이야?"

"네? 아, 네. 그런데요."

"그래? 그럼 혹시 이 이름 알아?"

강한은 증거물 봉투를 꺼내 보이면서 물었다. 봉투 안에 들어 있는 지온유의 노란색 명찰을 본 규진의 눈동자가 흔들렸다. 그럼에도 규진은 여전히 침착함을 유지하면서 객관적인 태도로 진술해서 강한을 내심 감탄하게 했다.

"지온유는 저희 반 동급생이에요. 지적장애가 있는데 특수학교에 갈 형편이 안 돼서 일반고에 왔다고 들었어요. 성적은 당연히 좋지 않지만, 의사소통도 가능하고 저하고도 인사 정도는 하고 지내요. 그런데 검사님, 그 명찰은 어디서 나신 거예요?"

강한은 대답하지 않고 규진에 대한 탐문을 마쳤다. 그러나 규진을 제외한 다른 사람들은 그렇게 객관적이지 못했다. 경비원에게 혹시 그에 대해 아는 게 있느냐고 물어보자, 침을 튀기고 흥분하면서 떠들어댔다.

"그 지진아 말씀하시는 거죠? 내 그놈이 그러다가 언젠가 사고를 칠 줄 알았다니까! 단지 안에 못 들어오게 하려고 했는데 어느 틈에 보면 들어와 있고 그랬어요. 얼마나 끈질긴지."

경비원뿐만이 아니었다. 주민들에게도 '별하를 따라다니던, 지적장애가 있는 남자 고등학생'을 아느냐고 다시 묻자, 다들 언제 조용했냐는 듯 앞다투어 말을 쏟아내기 시작했다.

"그 임대 사는 애 말이죠? 맞아, 걔를 잊고 있었네. 안 그래도 다 큰 애가 쪼그만 애한테 놀아달라고 쫓아다니는 게 소름 끼쳤는데. 이래서 단지 안에 외부인을 들이면 안 된다니까!"

"어머, 그럼 걔가 범인이에요? 장애 있는 애들이 이래서 무섭구나. 왜 그런 애들은 격리를 안 시키는 거예요?"

아파트 주민들의 아우성은 대개가 편견으로 점철된 말이었지만, 그 편견이 수사를 진척시키는 데는 도움이 되었다. 온유의 위탁모가 주상복합에 자주 일하러 오는 가사도우미인 덕에, 주소와 연락처도 금방 알아낼 수 있었다.

58

그러나 소원은 강한의 얘기를 듣고도 끄덕하지 않았다.

"무서워하긴 뭘 무서워해요? 웃기고들 있네, 진짜. 그렇게 무서웠으면 진작에 문제 삼았겠죠. 주상복합 사람들이 얼마나 예민하고 까칠한데."

"피해자 부모가 경찰에 신고해서 경찰이 출동한 적도 있다는데. 지온유의 장애 상태를 고려해서 경고 조치만 하고 끝났지만. 넌 친구라면서 그런 것도 몰랐나 보지?"

"……."

"피해자는 어제 학교가 끝나고 곧바로 발레학원에 가서 5시까지 수업을 받았어. 발레학원 교사가 차를 타고 퇴근하는 길에, 피해자가 교복 차림의 남자와 우산을 쓰고 가는 뒷모습을 봤다는군. 하늘색 셔츠에 하얀 줄무늬, 남색 바지. 지온유 교복 맞지?"

"그게 왜요? 그 교복 입는 애가 온유 하나예요? 나까지 포함해서 750명이 넘는 놈들이 매일매일 그거 입고 다닌다고요!"

"그래, 하지만 지온유라는 이름이 쓰인 명찰을 달고 다니는 건 한 명뿐이겠지."

"……뭐라고요?"

강한은 옆구리에 끼고 있던 폴더에서 컬러로 출력한 사진 한 장을 꺼냈다. 시멘트 바닥에 놓여 있는 노란색 명찰. 그 명찰에 쓰인 '지온유'라는 이름 석 자. 소원은 사진에 찍힌 배경이 폐공장이라는 것을 한눈에 알아보았다. 얼어붙은 소원을 향해 강한이 냉담하게 말했다.

"현장에서 발견된 물건이야. 피해자가 손에 쥐고 있었으니, 다른 날 떨어뜨렸다고 변명할 수도 없겠지. 자, 이제 비켜줄 마음이 들어?"

소원은 뭔가 더 반박하고 싶었지만, 할 말이 없었다. 그저 온유가 되풀이하던 말, 내가 아니라던 그 말만 생각났다. 소원은 부들부들 떨리는 손으로 온유를 덮고 있는 이불을 벗겨냈다. 그리고 그의 어깨를 붙잡고 흔들면서 다그쳤다.

"지온유, 저거 떨어뜨린 사람, 너 아니지? 넌 어제 폐공장에 안 갔지? 아니라고 말해. 어서!"

"그만하지 못해? 피의자에게 특정한 진술을 하도록 강요하는 것도 범죄야!"

강한은 엄격한 태도로 소원을 가로막았다. 그때부터 소원은 태도를 바꿔서 강한에게 매달리기 시작했다.

"저기요, 검사님. 뭔가 오해가 있을 거예요. 애 완전 졸보라서 벌레 한 마리 못 죽이는 애예요. 명찰이요? 그거 문방구 가서 2000원 주면 원하는 대로 다 파준다고요. 대통령 이름도 파달라면 파줘요. 머저리같이 범행 현장에 지 이름표를 떨어뜨리고 오는 범인이 어딨어요. 틀림없이 저건 누가 멋대로 만든 거고, 온유 명찰은 여기에 있을……."

소원은 허둥지둥 온유의 재킷을 들추고 가슴께를 확인했다. 명찰이 있어야 할 자리에는 아무것도 달려 있지 않았다. 소원은 사실 알고 있었다. 범행을 저지를 힘은 있어도, 범행 흔적을 은폐할 지능은 없는 것, 그게 딱 온유의 수준이라는 것을. 강한은 망연자실한 표정을 짓는 소원을 조금 딱한 시선으로 보더니 아까보다 한결 누그러진 어조로 말했다.

"억울한 걸 밝히고 싶다면 일단 경찰서에 가는 게 좋아. 지문 채취하고, 족적 비교하고, DNA분석도 해보고. 정말 범인이 아니라면 그 과정에서 오해가 풀리겠지."

"정말이요? 그럴까요?"

소원의 얼굴에 희망이 어렸고, 강한은 자기를 믿으라는 듯 고개를 끄덕였다. 물론 그의 마음속에는 지온유가 범인이라는 확신이 이미 선 상태였지만. 소원이 더 이상 나서지 않자 강한은 뒤에 서 있던 형사들을 향해 눈짓을 보냈다. 그들은 소원이 영화 속에서나 보던 은색 수갑을 주머니에서 꺼내면서 다가왔다.

"으아아! 하지 마요! 하지 마!"

형사들이 손목에 수갑을 채우려고 하자, 겁먹은 온유는 버둥거리면서 저항했다.

"저기요, 데려가는 건 그렇다 치고 꼭 저걸 채워야 해요? 싸울 줄도 모르는 애한테."

"이게 원칙이야."

강한의 칼 같은 말에, 소원은 어쩔 수 없이 형사들이 온유를 완력으로 찍어누르는 모습을 지켜봐야 했다. 그러자 온유는 더 심하게 겁을 먹고 필사적으로 저항했다.

"차라리 제가 할게요! 이리 주세요!"

형사들이 어떻게 하냐고 묻는 듯한 눈빛으로 강한을 쳐다보자, 그는 작게 고개를 끄덕였다. 둘 중 나이가 많아 보이는 형사가 수갑을 내밀었고, 소원은 그걸 받아들였다. 그리고 온유의 어깨를 다독이면서 무슨 액세서리 채우는 것처럼 아무렇지 않게 팔목에 수갑을 채웠다. 철컥, 잠금쇠가 자동으로 닫히는 소리가 나는데 소원의 가슴이 얇게 베이는 것 같았다.

"괜찮을 거야. 곧 집으로 돌아올 수 있을 거야. 아저씨들 말 잘 들어. 알았지?"

소원이 타이르는 말에 온유는 코를 훌쩍이면서 고개를 끄덕였다. 형사들과 강한, 그리고 소원이 수갑을 찬 온유를 데리고 나오자, 무슨 일인지 보려고 방문 앞에 서서 기다리고 있던 위탁모는 금방이라도 기절할 것 같은 표정이 되었다. 강한은 현관에서 구두를 챙겨 신으면서 나이 많은 형사에게 지시했다.

"한정남 경감님이라고 하셨죠? 이 집에 있는 지온유 신발 전부 족적 찍어놓으세요. 실내화부터 슬리퍼, 운동화, 구두까지 모두."

"온유는 신발이 하나밖에 없어요. 지금 신은 저거요. 우리 학교는 실내화 안 신어요."

소원은 형사들의 손에 이끌려 운동화를 주섬주섬 꿰어신은 온유의 발을 가리키면서 퉁명스럽게 말했다.

"신발이 하나뿐이라고?"

강한은 의아해하는 말투로 물었다. 온통 다 닳아서 너덜거리는 운동화 뒤축을 본 순간, 자기도 모르게 연민을 느낄 뻔했다. 그러나 다음 순간 곧바로 냉정함을 되찾았다. 사랑받지 못하고 가난하게 자랐다고 해서 누구나 다 범죄자가 되는 건 아니다. 범죄를 저지르는 건 자신의 선택이고 의지였다.

"나 신발 하나 아니야. 엄마가 새 운동화 사주기로 했어."

온유가 훌쩍이면서 투정하듯 내뱉은 말은, 그가 이 상황에 대해 얼마나 무지한지 단적으로 보여주었다. 소원은 경찰서까지 함께 가고 싶었지만 자기가 가봤자 별 도움이 되지 않을 거라는 걸 잘 알고 있었기에 참았다. 온유가 끌려나가고 현관문이 닫힌 후, 온유의 위탁모는 얼이 빠진 듯 문간에 철퍼덕 주저앉았다.

"아이구우, 이게 웬일이래, 아이구우, 이걸 어째⋯⋯."

주먹을 불끈 쥔 채 온유가 나간 자리를 노려보던 소원이 온유의 위탁모에게 말했다.

"아줌마, 온유 친엄마한테 연락허세요."

"뭐?"

"온유 엄마 있잖아요. 저 다 알아요. 그분한테서 돈도 받으시잖아요. 어차피 아줌마는 온유한테 돈 들일 생각 없을 테니까, 그쪽에서 변호사를 사든 뭘 사든 하라고 해요."

소원은 내뱉듯이 말하고서 그 집을 나왔다. 온유가 말한 '새 운동화를 사주기로 한 엄마'가 위탁모가 아니라는 건 안 봐도 뻔했다. 온유의 친엄마에 대해 아는 건 없었지만, 방학이며 명절이며 공휴일마다 꼬박꼬박 아들을 챙기는 걸 보면 걱정하는 마음이 있는 건 분명했다.

소원은 자기 분수를 잘 알았다. 자기가 아무리 대들고 설쳐도 고등학생 취급밖에 못 받을 거라는 걸. 지금 온유에게 필요한 건 제대로 된 어른의 도움이었다.

'무사히 해결되어야 할 텐데⋯⋯.'

소원은 지난밤, 온유가 머리를 찧고 있던 벽을 물끄러미 바라보면서 초조해했다.

* * *

1년 전 9월 4일 월요일 오후 5시 30분. 성암지방검찰청 401호 검사실.

"아직도 아니다, 모른다, 소리만 계속하나 보군요. 심지어 이 조서에는 날인도 안 했네요?"

강한은 성암경찰서 강력계 한정남 경감과 서도준 경사가 만들어 온 기록을 살펴보며 눈살을 찡그렸다. 체포 직후, 그리고 오늘 아침과 오후, 총 3회에 걸쳐 지온유에 대한 경찰 단계 피의자 신문을 실시했지만 건진 건 아무것도 없었다. 한 경감은 자기도 답답한 듯 혀를 찼다.

"뭐라고 물어보는지 제대로 듣지도 않고 무조건 자기가 아니고 모른답니다. 심지어 이름이 뭐냐고 물어봐도 모른다고 하네요. 학교 담임 말로는 평소엔 아무 문제 없이 의사소통을 한다는데, 뭔가 말하면 불리해질 줄 알고 그러는 건지, 원."

"쉴 틈을 주지 말고 계속 몰아붙이세요. 그러다 보면 어느 순간 무너질 테니까. 지문 대조는 다 끝났죠?"

"네, 검사님. 현장에서 발견된 사이다 캔에서 피의자의 지문과 타액이 나왔고, 피해자의 등과 어깨에서도 지문이 나왔습니다. 바닥에 굴러다니던 성인 잡지에도 피의자 지문이 찍혀 있었고요. 이건 뭐, 문자 그대로 증거가 널려 있더라고요."

"DNA 분석은 어떻게 됐습니까? 최대한 서둘러달라고 국과수에 미리 얘기해놨는데."

피해자의 몸 옆에서 발견된 휴지. 검시관은 거기에 묻은 게 정액인 것 같다는 의견을 내놓았고, 국과수가 그 샘플을 분석한 결과 A형 혈액형의 소유자라는 게 확인되었다. 학생 생활기록부에 나와 있는 지온유의 혈액형 또한 A형이었고, 강한은 정확한 분석을 위해 지온유의 침과 머리카락 모근을 국과수에 보내도록 어젯밤 늦게 지시해놓은 상태였다.

"네, 결과 받아 왔습니다. 일치한답니다. 그 녀석이 범인입니다, 검사님. 100퍼센트입니다."

강한은 그 말을 듣고도 흥분한 기색을 보이거나 쉽게 맞장구치지 않았다. 그는 어떤 사건에서도 100퍼센트라는 말을 하지 않는 사람이었다. 그러나 이번만큼은, 그도 의심할 여지가 없다고 내심 생각했다. 이제 남은 건 최대한 많은 증거를 확보하는 것뿐이었다.

"지온유의 운동화 족적은요? 현장에 남아 있던 것과 일치합니까?"

"네, 피해자의 머리맡에 찍혀 있던 것과 아주 확실하게 일치합니다. 두 개를 비교한 사진이 기록 뒤쪽에 있으니 보시면 됩니다."

한 경감은 그 질문이 들어올 줄 알았다는 듯 씩씩하게 대답했다. 강한이 기록을 빠르게 넘기려는데, 여태껏 한 경감의 뒤에 병풍처럼 서 있던 서 경사가 망설이며 입을 열었다.

"저기, 검사님."

"네?"

"사실 지온유 족적 말고도 발견된 게 몇 개 더 있는데, 그것들은 확인해볼 필요가 없을까요? 그중에는 비교적 최근에 찍힌 걸로 보이는 선명한 것도 있어서요."

"뭔가 특이점이 있는 족적이었습니까? 발 사이즈가 유난히 크다거나 혹은 작다거나, 특수한 신발을 신은 것으로 보인다거나."

"아뇨, 그렇진 않았습니다."

"그러면 굳이 확인할 필요는 없을 겁니다. 불특정 다수가 드나드는 장소의 족적 수사는, 범인을 특정하기 위해서가 아니라 이미 특정한 범인의 현장 존재 여부를 확인하기 위한 거니까. 거기 동네 아이

들이 자주 드나드는 거 같은데, 걔네들이 찍어놓은 발자국이겠죠."

"네……."

강한은 명쾌하게 결론을 내린 후 한 경감과의 대화를 계속했다.

"사건 당일 피해자 동선은 확인됐죠? 피해자가 남자 고등학생과 나란히 가는 걸 목격했다는 발레학원 교사 진술은 정식으로 받았습니까?"

"네, 지온유의 뒷모습을 사진으로 찍어서 보여줬는데, 키나 체격이 비슷한지는 솔직히 잘 모르겠다고 하더라고요. 아, 그래도 머리 스타일은 비슷한 것 같다고 했습니다."

솔직히 남자 고등학생의 머리 스타일이, 그것도 뒷머리가 다 거기서 거기지만 강한은 크게 개의치 않았다. 그에게는 DNA라는, 절대불변의 막강한 무기가 있었으니까. 그때, 가만히 있던 서 경사가 또 머뭇거리며 입술을 뗐다.

"그런데, 검사님…… 실은 저희가 또 들은 얘기가 있는데."

그게 뭐냐고 강한이 묻기도 전에 한 경감이 손사래를 치며 서 경사의 말을 막아버렸다.

"에헤! 쓸데없는 얘긴 하지 말라니까. 검사님 바쁘신 분이셔."

"뭔데 그럽니까?"

"아닙니다. 그냥 발레학원에 있는 초딩들이 지들끼리 신나서 몇 마디 떠든 것뿐입니다. 별로 믿을 것도 못 되고요."

강한이 더 자세히 물어보려고 하는데, 전화기를 붙잡고 있던 검사실 실무관이 그를 불렀다.

"강 검사님, 지금 1층 로비에 윤지영 변호사님이 와 계시다는데요. 지온유 사건 관련해서 면담을 좀 하고 싶으시다고요."

윤지영이라는 이름을 들은 강한의 눈썹이 슬쩍 올라갔다. 그는 한 경감을 향해 의아하다는 듯 물었다.

"혹시 지온유 사건에 변호인이 붙었습니까?"

"아뇨, 위탁부모는 사선을 선임할 생각이 전혀 없다고 하던데요. 실질심사 단계에 가면 어차피 법원에서 국선을 붙여줄 테니 그걸 기다리는 것 같았습니다."

한 경감의 대답에 강한은 잠시 뭔가 생각하는 듯한 표정이 되었다. 지온유는 고등학생에, 지적장애인에, 살인 사건으로 구속당할 처지인 피의자이니 국선변호사가 선정될 것은 당연했다. 십중팔구 윤지영 변호사가 이끄는 성암국선전담변호사 사무실에 배정될 것이고. 하지만 그렇다고 해서 선정 결정이 내려지기도 전에 변호사가 검사 면담을 신청하는 경우는 없었다.

'언론이 주목하고 있는 살인 사건이라 그런가.'

윤 변호사와는 친분이 있었지만, 강한은 그렇다고 해서 사건 처리를 하면서 사근사근하게 대해줄 마음은 조금도 없었다.

"지금은 바쁘다고 전해주세요. 하실 말씀이 있으시면 서류로 제출하시고, 다투실 게 있으면 선정 결정이 내려진 다음에 구속 전 피의자심문에서 하시라고요. 늦어도 이틀 내에 열릴 테니까."

강한의 말에, 한 경감이 반가운 듯 고개를 번쩍 쳐들었다.

"검사님, 그 말씀은……."

강한은 미리 프린트해두었던 구속영장 청구서에 거침없이 도장을 찍어, 기록 맨 위에 올려져 있는 구속영장 신청서 위에 겹쳐놓으면서 말했다.

"지온유, 구속합시다. 더 늦출 이유가 없을 것 같네요."

59

10월 29일 월요일 오전 10시. 성암지방검찰청 대회의실.

"두 달 동안의 수사 결과, 성암경찰서 형사에 대한 지하철 습격 사건과 성암지검 검사에 대한 염산 테러 사건, 그리고 한때 성암지법에 있었던 판사에 대한 상해 뺑소니 사건은 동일 인물에 의한 것으로 추정됩니다."

성암지검 검사장은 언론에 의해 일명 '연쇄 법조인 상해 사건'으로 명명된 일련의 사건에 대한 수사 상황 중간 브리핑을 하는 중이었다. 간략한 발표가 끝나기 무섭게 기자들이 앞다투어 손을 들었다. 검사장은 그중 맨 앞에 앉아 있는 기자를 지목했다.

"성암경찰서 한정남 경감은 당초 언론에 알려졌던 것과 달리 두 번에 걸쳐 습격당했고, 그로 인해 결국 귀를 못 쓰게 되어 일을 그만두었다는 게 사실입니까?"

"사실입니다. 언론의 관심을 극도로 꺼리는 피해자의 사생활 보호를 위해 두 번째 사건은 비밀리에 수사를 진행했습니다."

기자들 사이에서 감탄인지 탄식인지 알 수 없는 외마디 탄성이 흘러나왔다. 그건 아마도 이런 어마어마한 특종의 조짐을 진즉에 파헤치지 못한 안타까움이었을 것이다. 열띤 질문 공세는 계속되었다.

"오늘 새벽 주요 일간지와 인터넷 뉴스에 자신이 연쇄 상해 사건의 범인이라고 밝힌 익명의 제보가 이메일로 뿌려졌는데, 그 이메일을 가지고 동일 인물로 확신하게 되신 겁니까?"

검사장의 뒤에 서 있던 강한의 귀에, 기자들 중 한 명이 답변을 기다리면서 꿀꺽 침을 삼키는 소리가 들려왔다. 강한은 오늘 검사로서가 아닌 피해지 대표로서 이곳에 와 있었다. 표면적으로 그는 이 사건의 수사에 관여하지 않는 걸로 되어 있었으니까.

오늘 새벽 5시, 강한은 유미의 전화를 받고 잠이 깼다. 유미는 강한이 꼭 알아야 할 게 있다면서 어느 언론사에 온 범인의 이메일을 포워딩해서 보내주었다. 덩달아 잠이 깨어버린 소원이 졸린 눈을 비비며 이메일 내용을 읽어주었다.

"한정남 경감의 귀를 다치게 한 것, 강한 검사에게 염산을 뿌린 것, 그리고 고유정 판사가 교통사고를 당한 것도 모두 제가 한 일입니다. 다른 사람은 연관되어 있지 않은 혼자만의 범행이며, 이것은 묻지 마 범죄도, 분노 범죄도 아닌 뚜렷한 목적이 있는 테러 행위였습니다."

소원이 읽어주는 범인의 메시지를 들으면서, 강한은 증오감보다는 묘한 기분이 앞섰다. 이렇게 정중하고 온건한 말투를 쓰는 작자였나 싶어서. 메시지는 거기서 끝나지 않았다. 그동안 판결문 사본과 성경 구절 따위로 완곡하게 포장해오던 의도를, 범인은 이번에야말로 확실히 드러냈다.

"제가 원하는 것은 오직 하나, 1년 전 고 김별하 양을 유인해서 살해한 범인으로 지목당해 재판을 받았던 지온유 군의 결백이 밝혀지는 것입니다. 그 사건에서 수사기관과 사법기관은 고의적으로든, 아니면 태만해서든 일부 증거를 무시하고 편견에 사로잡혀 억울한 사람을 범인으로 몰아갔습니다."

그다음에는 강한도 익히 알고 있는 joy0331 SNS 계정의 주소가 링크로 걸려 있었다. 그리고 이번에는 온 세상을 향한 범인의 전방위적 범행 예고가 이어졌다.

"제가 거짓말을 하고 있지 않다는 건 위 SNS 계정을 보면 아실 수 있을 겁니다. 검찰은 철저한 재수사로 진상을 규명해주십시오. 그러지 않으면 또 다른 희생자가 발생할지도 모릅니다."

그와 함께 지난 두 달간 이어져온 범행 예고 게시물이 드러났으니, 기자들로서는 흥분해서 날뛰지 않을 수 없었다. 검사장은 떠들썩한 분위기를 가라앉히기 위해 침착한 태도로 답했다.

"그 이메일만 가지고 확신한 것은 아닙니다. 피해자들 간의 관계와 범행 패턴의 유사성, CCTV와 목격자를 통해 확인된 범인의 인상착의의 동일성 등 여러 단서가 있었습니다."

"이메일과 SNS 계정에 대한 확인은 이루어졌습니까?"

이제 기자들은 검사장이 지목해주기를 기다리지도 않고 마구 질문을 던져대고 있었다.

"즉시 추적했습니다. 그러나 범인은 익명 일회용 이메일 제공 사이트를 통해 이메일을 보내거나 SNS를 개설했고, 계정에 접속하거나 글을 올릴 때에는 IP 추적을 피하기 위해 해외 서버를 경유하는 VPN 서비스를 이용한 것으로 확인되어 신원 확보가 어려운 상황입니다. 그러나 범인을 추적할 수 있는 다른 실마리가 있고, 그걸 통해 수사망을 좁혀가고 있습니다."

"그 실마리가 뭡니까?"

"그건 수사 기밀이므로 밝힐 수 없습니다."

검사장은 능숙하게 넘어갔고, 기자들은 그 말의 진위를 가늠하기 어려운 듯 혼란스러운 표정으로 웅성거렸다. 남자 기자 하나가 앞으로 몸을 내밀면서 소리치듯 물었다.

"범인은 누가 될지 모르는 또 다른 사람을 인질로 삼아 재수사를 요구하고 있는데요. 그 요청에는 응하실 겁니까?"

"종결된 사건을 재수사하는 데는 일정한 요건이 필요합니다. 특히 1년 전 발생한 성암시 초등학생 살인 사건처럼 유죄판결이 선고되어 확정까지 된 경우는 더욱 그렇고요. 제3자의 협박은 재수사를 시작하는 요건이 아닙니다. 다만, 연쇄 상해 사건의 범인을 잡기 위해서 필요한 범위 내에서 1년 전 사건도 면밀히 검토할 예정입니다."

검사장의 강경한 대답에 기자들 사이에서는 소란이 일었다. 테러리스트의 요구를 들어주지 않는다는 맥락이겠지만, 그래도 벌써 짧은 기간에 세 명의 희생자가 나온 상황에서 검사장의 결단이 과감하다 싶었던 것이다.

검사장의 답변을 들은 강한은 남몰래 안도의 한숨을 내쉬었다. 1년 전 사건에 대해 전면적인 재수사에 들어가고 그와 연관해서 현재 사건을 수사한다면, 수사의 주도권을 다른 검사에게 빼앗길 수밖에 없는 상황이었다. 재수사는 원 수사 검사가 아닌 다른 검사가 하는 것이 원칙이었으니까. 그때, 그의 귀에 언젠가 들어본 적이 있는 것 같은 목소리가 들려왔다.

"서울신문 정치부 박영주 기자입니다. 저희 정치부가 고유정 판사를 후송했던 구급대원과 인터뷰해본 결과, 사건 현장에 이름은 정확히 기억나지 않지만 검찰청 사람이 있었다는 진술을 들을 수 있었는데요."

예리한 말투. 강한은 그제야 박영주 기자가 자신이 약혼식 전날 체육관 앞에서 마주쳤던 바로 그 기자임을 알아차렸다. 그때 강한의 비밀 약혼에 대해 알아냈던 그녀가, 이번에는 강한의 비밀 수사에 대해 알아차린 것일까.

박 기자가 잠시 말에 간격을 두는 동안, 강한과 검사장은 물론이고 주임검사로서 이 자리에 참석한 유미까지 바짝 긴장했다. 피해자인 강한이 이 사건의 수사에 관여하고 있다는 게, 아니 관여하는 것을 넘어 거의 주도하다시피 하고 있다는 게 밝혀지면 성암지검은 끝장이었다. 강한은 그의 왼쪽에 서 있는 유미 쪽으로 몸을 기울이면서 나지막이 속삭였다.

"만일 문제가 생기면, 넌 아무것도 몰랐던 걸로 해. 내가 너 몰래 수사했던 걸로."

"선배, 난……."

유미가 그 말에 답하려는 찰나, 전혀 예상치 못한 말이 박 기자로부터 날아왔다.

"그래서 저희가 고 판사님의 배우자인 주영환 후보님과 통화해본 결과, 사건 당일 성암지검 정유미 검사님으로부터 전화가 왔다고 하더군요. 고 판사님이 사고를 당했을 때 119에 신고해준 사람도 정 검사님 휘하 수사관이었다고요. 이게 어떻게 된 건지 설명해주실 수 있습니까? 사고가 발생할 거라는 걸 미리 알고도 막지 못했던 건가요?"

기자는 질책하는 투였지만, 검사장도 강한도 유미도 오히려 안도했다. 강한과 소원의 존재는 들키지 않았던 것이다. 고 판사가 사고를 당했을 때 그 자리에 수사관이 있었다는 말이 어떻게 나온 것인지 알 수 없었지만. 분명 유미와 수사관들이 현장에 오긴 했지만, 그건 고 판사가 후송된 후였다. 유미가 앞으로 나서며 침착하게 답변했다.

"이 사건 수사를 맡은 정유미 검사입니다. 그동안 극비리에 수사를 진행해왔고, 언론에 공개할 수 없는 단서를 통해 사건 당일 범행 예고 SNS 계정의 존재를 파악하게 됐습니다. 다음 피해자를 특정하고 수사관과 함께 급히 신변 보호에 나섰지만, 안타깝게도 조금 늦게 현장에 도착했습니다. 주임검사로서 책임을 통감하며, 피해자와 가족에게 깊이 사죄드립니다."

사실 유미가 잘못한 건 없었지만, 그래도 그녀는 책임을 인정하면서 정중히 고개를 숙였다. 그녀를 향해 찰카찰칵 사진 찍는 소리와 함께 플래시 세례가 쏟아졌다. 유미는 나름대로 잘 답변했지만, 기자는 그 대답에 만족하지 않았다.

"정유미 검사님? 제가 조사한 결과 두 번째 피해자인 강한 검사님과 대학교 선후배, 연수원 선후배 사이에, 개인적으로도 친분이 있으시다고 들었습니다. 객관적인 수사가 가능할까요?"

유미와 강한의 관계야 사법연수원 동기들에게 전화 몇 통만 걸어보면 곧바로 나오는 거였지만, 그래도 이 상황에서 굳이 들추어내는 언론의 치졸함에 유미는 입술을 깨물었다.

"전 강한 검사님의 가족도 아니고, 친척도 아닙니다. 친한 선후배 관계인 건 사실이지만, 그렇게 따지면 검찰 안에서 이 사건에 이해관계가 전혀 없는 사람을 찾기가 더 어렵겠죠."

유미는 한 걸음 앞으로 나서면서 어깨를 펴고 당당하게 말했다.

"이 사회의 정의를 구현하는 역할을 하는 수사기관과 사법기관에 대해 의도적, 계획적으로 가해진 이번 테러에 대해, 모든 수사 인력과 법조인들이 분노를 금치 못하고 있습니다. 성암지검은 이 사건을 처리함에 있어 한 치의 부당함과 소홀함이 없도록 만전을 기할 것이며, 범인을 잡아 처벌하기 위해 최선을 다할 것을 국민 여러분 앞에 약속드립니다."

유미는 그 말을 마지막으로 더 이상 할 말이 없다는 듯 마이크를 꺼버렸다. 사방에서 미련을 버리지 못한 기자들의 질문 세례가 쏟아졌고, 강한과 유미를 한 프레임에 담기 위해 다들 기를 쓰고 사진을 찍어댔다. 강한은 소원의 손에 이끌려 대회의실을 빠져나가면서, 그렇지 않아도 힘들었던 수사가 더욱 힘들어질 것임을 예감했다.

* * *

"눈에 띄지 않게 조심하라고 내가 군이 말을 해줘야 아는 건가? 오늘은 어떻게 천운으로 넘어갔지만, 다음번에 이런 일이 반복되지 않으리라고 장담할 수 있나?"

언론 브리핑이 끝난 후, 검사장은 강한의 검사실을 찾아왔다. 그는 강한을 향해 질책하듯 말하더니, 고개를 돌리고 혀를 쯧쯧 찼다. 강한의 양옆에는 소원과 세은이 잔뜩 기가 죽어 서 있었다. 그러나 강한은 이 정도는 각오한 듯 담담했다.

"죄송합니다. 세 번째 범행을 막아야 한다는 생각에 마음이 조급해졌습니다. 한 번만 더 기회를 주시면, 다시는 경거망동하지 않겠습니다."

강한은 착 가라앉은 목소리로 말하면서 검사장이 있는 쪽으로 깊이 고개를 숙였다. 정작 검사장은 대각선 방향을 보고 있어서 강한은 엉뚱한 방향을 향해 절하는 양상이 되었지만. 검사장은 강한을 연민과 공감, 그리고 한숨이 섞인 시선으로 보더니 조금 누그러진 어조로 말했다.

"수사권을 빼앗지는 않겠네. 아무 단서도 없는 사건을 여기까지 이끌어온 것은 순전히 자네의 공이라고, 정 검사에게서도 들었으니까. 지금 이 시점에 이 사건에 대해 자네보다 더 잘 알고 있는 사람은, 글쎄, 범인밖에 없겠지."

"……."

"다시 한번 말하지만, 외부에 나설 일이 있을 때는 반드시 정 검사를 앞세우도록 하게. 그리고 1년 전 지온유 사건 말인데, 정말 아무 문제 없었던 것 맞나? 재수사, 안 해도 되겠나?"

지은 죄가 있어서 여태 고분고분하게 있던 강한은, 지온유 사건이 언급되자마자 대번에 얼굴을 굳혔다. 그리고 예의 그 고집스럽고 완강한 표정이 나타났다.

"객관적인 증거가 차고 넘쳤던 사건이고, DNA 검사 결과까지 있어서 의심할 여지가 없습니다. 제가 아닌 다른 검사가 수사했더라도 같은 결과가 나왔을 것이고, 지금 다시 수사한다고 해도 마찬가지일 겁니다. 김별하를 죽인 건 지온유가 맞습니다."

강한은 칼로 자르듯 단호하게 말했다. 그 말을 들은 소원은 불만스러운 기색을 내비쳤지만, 강한은 그것을 보지도 알지도 못했다. 검사장은 그럴 줄 알았다는 듯 고개를 끄덕였다.

"그래, 주임검사였던 자네가 그렇게 확신한다면 그 말이 맞겠지. 믿도록 하겠네. 나도 그 당시 판결문을 읽어봤는데 다른 사람이 범인일 가능성은 없어 보이더군. 그래도 이번 사건의 범인이 지온유와 깊은 관계가 있는 건 확실한 것 같으니, 기록을 대출해서 신중히 검토하도록 하게. 앞으로 범인에 대한 수사는 어떻게 진행할 계획인가?"

"SNS와 이메일 계정은 해외 서버에 협조를 요청해놓긴 했지만 아마 응해주지 않을 겁니다. 범인이 무인 렌트 시스템을 사용했던 마트 주차장의 CCTV를 받아왔으니 내용을 확인해보고, 그다음에는 고유정 판사가 진정되는 대로 피해자 진술을 받을 예정입니다."

"그래, 앞으로는 단서가 생기는 대로 내게도 곧바로 보고하도록 하게. 혼자 끙끙대지 말고. 할 수 있는 모든 걸 지원해주겠네. 이제 이 사건은 더 이상 경찰과 검찰만의 문제가 아니게 됐네. 사법기관 전체, 아니 공권력에 대한 공공연한 도전이지. 범인을 반드시 잡아야 하네."

검사장의 비장한 말에, 강한은 어깨에 메고 있는 짐의 무게가 한층 더해지는 것을 느꼈다.

60

"아까 정 검사실에서 받아온 CCTV 영상 있지? 그거 당장 틀어 봐."

강한은 검사장이 떠나자마자 소원에게 지시했다. 브리핑을 준비한다고 아침 7시부터 지금까지 멈추지 않고 일했지만 쉬고 싶은 생각도 안 들었다. 소원은 CD가 든 봉투를 쥔 왼손과, 컴퓨터 마우스에 얹어놓은 오른손을 번갈아 보다가 불쑥 말했다.

"싫어요."

강한은 키우던 강아지가 갑자기 두 발로 일어나 인간의 말을 한 것 같은 표정을 지었다.

"뭐?"

"싫다고요. 검사님은 무슨 불도저 같아요. 뒤는 돌아보지도 않고 무조건 앞으로만 나아가려고 하죠. 그렇지만 가끔은 과거를 들여다 볼 줄도 알아야 해요. 지금이 바로 그때고요."

소원은 강한처럼 말을 잘하는 편은 아니었다. 하지만 이 순간에는 하고 싶은 말이 많았다.

"검사님 외에도 벌써 두 명이나 다쳤잖아요. 아직도 모르시겠어요? 검사님이 완벽했다고 생각했던 그림에, 뭔가 잘못된 게 있다고 요. 제가 1년 전부터 입이 닳도록 얘기했던 거잖아요."

"아무것도 잘못된 건 없어. 이건 비이성적인 분노에 가득 찬 범인의 학살극일 뿐이라고."

"정말이요? 아무런 잘못도, 실수도 없었던 게 맞아요? 검사님 목숨 말고, 다른 사람들의 목숨까지 전부 다 걸고 맹세할 수 있어요?"

자리에서 벌떡 일어나 말하는 소원의 목소리가 떨렸다.

"신이 아니고 사람이 하는 일이잖아요. 완벽할 수 없잖아요. 실수가 있었다고 해도, 누구도 검사님을 비난하지는 않을 거예요. 검사님 말대로 그 당시 증거들이 그랬으니까. 저도 처음에는 온유가 한 게 아닌가 의심했을 정도였으니까. 그러니 한 번만 다시 살펴보면 안 돼요?"

강한은 곧바로 대답하지 않았고, 소원은 희망이 생겼다. 어쩌면 강한이 고집을 꺾을지도 모른다는 희망이. 그런데 다음 순간, 강한은 그 어느 때보다 냉정한 말투로 입을 열었다.

"너 말이야, 어린애 같은 소리 좀 그만할 수 없어? 재수사라는 게 그렇게 간단한 줄 알아?"

강한은 1분 1초가 아까운 이때, 범인을 잡기 위해 전력을 쏟아야할 이때, 사법 시스템이 어떻게 돌아가는지 기초도 모르는 애송이에게 이런 걸 일일이 설명해야 하는 게 짜증났다.

"일반 형사사건도 아니고, 온 나라를 떠들썩하게 만든 초등학생 살인 사건이야. 범인은 유죄판결을 받고 그 후 교도소에서 자살했어. 그런데 이제 와 재수사를 한다고? 그건 이 나라 경찰이, 검찰이, 그리고 법원이 생사람을 잡아서 죽음으로 몰고 갔다고, 아니면 적어도 그랬을 가능성이 있다고 스스로 인정하는 거나 다름없어. 나 혼자만의 문제가 아니란 얘기다."

"하지만……."

"그 당시 유죄판결이 잘못되었다는, 지온유가 범인이 아니라는 명확한 증거가 있어야만 재수사를 하고, 재심을 거쳐서 판결 결과를 뒤집을 수 있어. 그 과정에 얼마나 많은 인력, 시간, 노력이 드는 줄 알아? 이게 그럴 만한 가치가 있는 일이야? 증거가 하나라도 있어?"

"그때 제가 증언했던 거는요? 그건 온유가 범인이 아니라는 증거 잖아요."

소원은 항변해보았지만 강한에게는 씨알도 먹히지 않았다. 그는 팔짱을 끼면서 싸늘하게 코웃음 쳤다.

"그 증언에 대해 내가 어떻게 생각하는지는 누구보다 네가 더 잘 알잖아. 그때 법정에서 그랬던 것처럼, 다시 한번 박살 나보고 싶어?"

"……."

협박이나 다름없는 말에, 소원은 할 말을 잃었다. 강한과 소원 사이에 형성되었던 화기애애한 분위기는 어느새 자취를 감춰버렸다.

"알아들었으면 당장 CD 틀어. 그리고 착각하지 마. 넌 내가 시키는 대로 하려고 이 자리에 있는 거야. 수사에 끼워줬다고 해서 뭐라도 된 것처럼 굴지 마."

그런 말까지 듣고 가만히 있을 소원이 아니었다. 그는 CD를 책상에 내팽개치고, 의자를 거칠게 뒤로 밀면서 통로로 뛰어나왔다. 그리고 강한을 향해 빽 소리쳤다.

"그래요, 전 아무것도 아니니까 필요 없으시겠네요. 혼자 알아서 잘해보세요!"

강한은 그대로 검사실을 뛰쳐나가는 소원을 붙잡는 시늉조차 하지 않았다. 이건 그의 자존심이 걸린 문제였으니까. 강한은 아무렇지 않은 표정을 지으려 애쓰면서 세은의 책상 쪽을 향해 말했다.

"세은 씨, 이거 좀 틀어줄래요?"

요즘 들어 '형' '류뚱' 하면서 사이가 좋아지는 듯하더니, 결국 크게 부딪치고 마는 강한과 소원을 보고 세은도 놀란 상태였다. 책상으로 다가온 그녀가 컴퓨터에 CD를 넣으면서 말했다.

"저, 검사님. 너무 그러지 마세요. 그래도 소원이가 지금까지 활약한 게 많잖아요. 사실상 이 방의 두 번째 수사관이나 다름없다고요."

"아니, 적어도 세은 씨는 열심히 공부해서 시험을 통과한 수사관이기라도 하지. 이놈은 아무것도 아니에요. 편들어주지 말아요. 그럴수록 더 기고만장해지니까. 뭐 대단한 걸 한다고."

"대단한 거 해요, 소원이."

강한의 퉁명스러운 말에, 세은은 단호하게 얘기했다.

"사실은 검사님도 아시잖아요. 대단한 일인 거. 가족이어도 힘든 일인데, 가족도 아닌 사람을 하루 종일 따라다니면서 수발하고, 사건 현장까지 따라다니는 게 어디 쉬운 일이에요? 다른 사람은 절대 못하고, 당장 저한테 하라고 해도 자신 없는걸요."

세은의 말에 강한은 뜨끔했다. 그동안 소원에게 익숙해져서 그의 존재를 당연한 것처럼 여기게 되었지만, 애초에 온갖 아쉬운 소리를 늘어놓으면서 잡았던 건 자신이었다.

"오늘 검사님이 브리핑 준비하러 검사장실에 가 계신 동안, 소원이가 뭐 하고 있었는지 아세요? 점자교본 보면서 포스트잇에 구멍을 뚫고 있었어요. 검사님 다니시기 편하게 복도에 붙여놓는다고요. '강한 검사실' '정유미 검사실' '부장실' '엘리베이터' '화장실'…… 이런 식으로요."

"……"

강한은 대답하지 않았지만, 뭔가 깊이 생각하는 것처럼 입술을 일자로 다물었다. 세은은 더 이상 잔소리를 하지 않고 동영상을 재생했다.

"카드가 결제된 게 오후 3시 32분이었죠? 그 지점으로 먼저 가볼게요."

마우스를 움직이는 소리가 나다가, 갑자기 뚝 끊어졌다. 세은이 멈칫하는 기색이 옆에 앉아 있는 강한에게도 고스란히 느껴졌다.

"이건……."

"왜? 뭐가 보여요?"

"마트 주차장에서 헌혈 캠페인을 했나 봐요. 헌혈 버스가 CCTV 시야를 다 가리고 있어요. 잠깐만요, 앞으로 천천히 돌려볼게요."

세은은 화면을 가득 채우고 있는 흰색과 빨간색 무늬의 적십자 버스를 노려보면서 천천히 손가락을 움직였다.

"지금 오후 1시 시점까지 당겼어요. 차량번호가 68러219×라고 했죠? 주차장 맨 구석에 주차되어 있는 게 후면만 보이네요. 검은색 준중형차. 그런데 지키는 사람이 아무도 없네요. 아무리 무인 렌트지만 저래도 돼요?"

"무인 렌트는 스마트폰으로 본인 인증을 하고 신청하면, 모바일로 스마트키가 발급되는 방식이기 때문에 누가 지키지 않아도 돼요. 그래서 악용될 가능성이 높은 거고. 헌혈 버스가 온 시각이 언제죠? 그전에 렌터카에 접근하는 사람은 없어요?"

강한의 질문에 세은은 영상을 1.5배속으로 돌리면서 화면을 꼼꼼히 살폈다.

"오후 1시 30분에 헌혈 버스가 들어와요. 그전까지는 렌터카 주변에 아무도 없고요. 그냥 마트에 장 보러 오는 사람들만 있네요. 그나마도 평일 점심시간대라 몇 명 없어요. 대개 주부들. 헌혈 버스가 빠지는 게 오후 3시 52분인데, 그때는 이미 렌터카가 사라진 상태고요."

"……."

강한은 할 말을 잃었다. 이 사건을 수사하면서 질리도록 받았던 느낌, 잘나가다가 막다른 골목에 부딪히는 느낌을 또다시 받았다. 범인이 차를 렌트했다는 걸 알았을 때, 드디어 기회가 왔다고 생각했다. 그동안 투명인간에 가깝게 행동하던 놈이 어디에선가 반드시 흔적을 남겼을 거라고. 그런데 이렇게 또 교묘하게 빠져나가다니 믿을 수 없을 지경이었다.

세은도 같은 생각을 했는지 얕은 한숨을 쉬면서 말했다.

"이 범인은 정말이지, 천하의 악질인데도 계속 운이 따라주네요. 인적 없는 지하철, 손님이 안 오는 목욕탕, 시위대가 진치고 있는 길거리, 이번에는 헌혈 버스까지."

"아니, 이건 운이 아니에요. 범인의 철저한 계획에 따른 거지."

강한은 고개를 가로저으며 말했다. 한 번이면 우연이고 두 번이면 요행이지만, 세 번부터는 그럴 수가 없었다. 범인은 지하철에서는 일부러 막차를, 그것도 한산한 구간을 노렸고, 목욕탕에서는 '준비 중'으로 입간판을 뒤집어서 손님이 들어오지 않도록 만들었다. 시위대 일정도 미리 알아보고, 그들과 같은 색깔의 옷을 준비했을 것이다.

범인이 무척 영리한 놈이라는 데는 의심의 여지가 없었다. 그러나 강한의 경험에 따르면, 그런 부류의 범인들은 항상 다른 사람이 아닌 자신이 놓은 함정에 빠졌다.

"이런 식으로 주변 환경과 사람들을 이용하는 게 범인의 가장 큰 특징이죠. 하지만 이번에는 머리를 너무 썼네요. 어쩌면 이 헌혈 버스가 놈의 발목을 잡을지도 모르겠군."

"버스가요?"

"시위 일정 같은 건 인터넷 검색만 해봐도 알 수 있지만, 헌혈 캠페인 일정은 그렇지 않을 테니까. 세은 씨, 우선 적십자에 연락해서 저헌혈 캠페인에 참여했던 사람들의 인적 사항과 연락처를 받아줘요."

"네, 검사님."

"그리고 한 가지 더. 제트마트에 연락해서 사건 당일 오후 1시 30분부터 3시 32분 사이에 주차장을 출입한 차량 목록을 달라고 해서 차주들한테 연락을 돌려줘요. 특히 렌트 구역 주변에 주차했던 차량의 차주들을 중심으로. 혹시 검은 오토바이 헬멧이나 검은 모자를 쓴 남자를 목격한 적이 있는지 물어보고, 차량에 블랙박스가 있다면 그것도 임의제출 받고요."

강한은 빠르게 말한 후, 손목에 걸려 있는 케인을 펼치며 자리에서 일어났다. 수사에 몰두한 그는 마치 투우장을 종횡무진하는 황소 같았다. 쓰러지기 전엔 멈추지도 쉬지도 않았다.

"난 고유정 판사가 입원해 있는 병원에 다녀오겠습니다. 오늘 오후에 일반 병동으로 옮길 거라고 했으니까, 지금 가면 볼 수 있겠죠."

케인을 더듬어 앞으로 나가려고 하는 강한에게 세은이 조심스럽게 말했다.

"검사님, 가시는 길에 소원이를 보게 되면, 심하게 얘기한 거 사과하고 화해하세요."

"……."

"사실 소원이가 틀린 말 한 거 아니잖아요? 수사기관 체면 지키는 게, 인력 아끼는 게, 그게 뭐 그리 대단하고 중요한 일이에요? 한 사람, 아니 여러 사람의 인생이 걸려 있었던 사건인데. 조금이라도 잘 못됐을 가능성이 있다면 열 번이고, 백 번이고, 아니 천 번이고 다시

볼 수 있는 거 아닌가요? 검사님이 중요하게 여기셨던, 피해자 유족도 분명 그렇게 생각할 거예요."

차분하게 달래는 듯한 세은의 목소리에, 경직되었던 강한의 태도도 조금씩 풀리기 시작했다. 소원의 말에 충분히 일리가 있다는 건 사실 그도 알고 있었다. 강한이 조금이라도 자신 없어하는 태도를 보였다면 아마 검사장도 재수사를 지시하겠다고 했을 것이다.

그런데 지온유 사건만 생각하면 왜 이렇게 심장이 빠르게 뛰고 모든 신경이 날카롭게 곤두서는지, 스스로도 모를 일이었다. 다른 사건에 대해서는 그렇지 않았는데. 어쩌면 눈을 잃기 전, 그가 쌓아올렸던 모든 성공적인 커리어를 만들어준 사건이 그것이었기 때문인지도 몰랐다.

"다녀올게요. 내가 시킨 일들, 혼자 하기 힘들면, 다른 방 수사관들에게 도와달라고 하고."

세은을 대하는 강한의 태도는 소원을 대할 때보다 훨씬 부드러웠다. 그건 성별이나 나이 차이 때문만은 아니었다. 강한은 세은과 함께 지내면서 그녀의 진가를 알게 되었다. 싹싹하면서도 똑 부러지는 성격, 생색내지 않고 묵묵히 일하는 성실함, 견습이지만 연식 있는 수사관보다 훨씬 민첩하고 정확한 일처리까지. 강한과 소원이 쉴 새 없이 돌발행동을 하면서 좌충우돌하는데 이 검사실이 좌초되지 않는 건 사실 전부 세은 덕분이었다.

'총무과 직원에게 듣기로는 부유한 집안 출신에 명문대를 나와서, 어학연수를 마치고 곧바로 검찰청에 왔다고 들었는데. 곱게 자란 아가씨가 어떻게 저런 강단이 생겼나 모르겠군.'

강한은 검사실 입구를 지나 복도로 나왔다. 소원을 어디서 찾을 수 있을까 생각했는데, 케인으로 바닥을 짚자마자 뭔가 커다란 것이 움찔 놀라 피하는 것이 느껴졌다.

"류소원?"

"류소원 아니에요. 그냥 지나가세요."

소원의 볼멘소리에 강한은 피식 웃음을 머금었다. 혼자 알아서 잘
해보라더니, 소원은 결국 CCTV에 뭐가 찍혔는지 알고 싶은 호기심
을 참을 수 없었던 모양이다.

"지금 고유정 판사 보러 갈 건데, 같이 가고 싶으면 당장 일어나
고 아니면 말고."

소원은 대답하지 않았고, 강한은 혼자 가버릴 것처럼 케인을 짚으
면서 발걸음을 뗐다. 세 걸음쯤 뗐을까. 소원이 옆으로 쓱 다가오
면서 그의 등을 손으로 짚었다. 그리고 퉁명스러운 어조로 말했다.

"이걸로 끝난 거 아니에요."

"알아."

강한은 짤막하게 대답하고, 늘 그랬던 것처럼 소원의 팔꿈치에 손
을 얹었다. 이제는 거기가 당연히 제 손의 자리인 것처럼 편안해졌다
는 것은, 오직 그만 알고 있는 비밀이었다.

61

오후 3시. 성암대학병원 외상클리닉 병동.

"면회 거부랍니다. 환자가 히스테리 상태라네요. 두 시간 기다렸는데 요지부동입니다. 검사님, 어떡하죠?"

서도준 경사는 뒷머리를 벅벅 긁으면서 강한에게 보고했다. 그 옆에서는 변영국 경위가 울화가 터지는 듯 담배를 뻑뻑 피워대고 있었다. 그는 고 판사의 남편과 입씨름을 하느라 너덜너덜해진 상태였다. 강한은 놀라지도 않고 말했다.

"제가 가보겠습니다. 몇 호실이죠?"

"703호실입니다. 하지만 검사님이 가셔도 소용없을 텐데요. 그냥 다음에 다시 오는 게……."

강한은 아랑곳하지 않고 앞으로 성큼성큼 걸어갔다. 그래봤자 반대 방향이었지만. 소원은 강한이 무안하지 않도록 팔을 슬쩍 틀어 올바른 방향을 알려주었다. 다행히 그들이 도착했을 때 1인실 앞에는 아무도 없었다. 거드름 떨기 좋아하는 예비 의원은 화장실에 간 모양이었다. 손을 뻗어 문을 찾아낸 강한은 조심스럽게 노크했다.

"나가! 아무도 만나고 싶지 않다니까! 나가라고!"

노크가 채 끝나기도 전에 병실 안에서는 여자의 비명이 터져나왔다. 찢어지는 목소리에 소원은 움찔했지만 강한은 미동도 안 했다.

"고 판사님, 저 강한입니다. 강한 검사."

"들어오지 말아요. 지금은 아무 얘기도 하고 싶지 않으니까."

"그럼 언제가 좋겠습니까? 내일? 모레? 일주일 후?"

안에서는 대답이 들리지 않았다. 강한은 문손잡이를 더듬어 잠겨 있지 않음을 확인했다. 고 판사 혼자 안에서는 문을 잠글 수 없었을 것이다. 강한은 문을 한 뼘 열고, 그 틈으로 얼굴을 가져다대며 낮은 목소리로 말했다.

"아마 얘기하기 좋은 때라는 건 존재하지 않을 겁니다. 실례지만 좀 들어가겠습니다."

강한이 병실 문을 열고 들어가고, 소원이 따라 들어가는 동안, 고 판사는 의외로 조용히 있었다. 소리를 지르는 데도 한계가 있고, 달리 할 수 있는 것도 없었으니까. 그녀는 케인으로 앞을 더듬으며 침대로 다가오는 강한을 물끄러미 바라보았다.

"내가 두 손을 쓸 수 있었다면 뭐든지 잡히는 대로 집어던졌을 거예요."

"다행이군요. 판사님이 뭘 던지셔도 전 피할 수 없는 몸이니까요."

묘하게도 그 말이 고 판사의 전투욕을 꺾어놓았다. 강한은 더 이상 히스테리를 부리지 않는 그녀의 침대 앞까지 다가갔다.

"죄송합니다. 판사님을 괴롭히려는 건 아닙니다. 다만 감히 말씀드리건대, 판사님의 마음 한구석에는 분명 절 만나고 싶으신 마음이 있을 거라고 생각했습니다."

고 판사는 그 말에 긍정도 부정도 하지 않았다. 강한은 차분하게 말을 이어나갔다.

"오늘 오전에 있었던 언론 브리핑, 뉴스로 보셨겠죠. 날카로운 기자가 한 명 있었는데, 세밀한 부분에서 잘못된 정보를 가지고 왔더군요. 판사님의 사고 현장에 있었던 사람이 저와 활동보조인이 아닌, 정 검사의 수사관이라고요. 전 그 말을 한 사람이 판사님일 거라고 생각합니다."

"내가 왜 강 검사를 위해 거짓말을 하겠어요?"

고 판사의 말투는 한결 침착해져 있었다. 강한은 브리핑 때부터 생각했던 바를 얘기했다.

"이제 판사님도 피해자 입장이 되셨으니까, 누구보다 잘 이해하시겠죠. 범인을 잡고 싶은 마음을. 제가 평소 판사님이 가장 좋아하는 검사는 아니었을지 몰라도, 지금은 판사님이 가장 신뢰하는 검사가 됐을 거라고 생각합니다. 이 사건은 제게 일이 아니라 삶 자체입니다. 그러니 판사님은 제게 수사권을 주고 싶으셨을 겁니다. 범인을 잡을 확률을 높이기 위해서."

"……"

강한은 고 판사의 침묵을 암묵적인 인정으로 받아들였다. 엘리트 판사답게, 공황에 가까운 상태에서도 그녀의 판단은 합리적이었다.

사실 검사의 능력치라는 건 사람에 따라 엄청난 차이가 나지는 않았다. 모든 검사는 조선시대 과거제도만큼이나 까다롭고 혹독한 절차를 거쳐 선발되어, 비슷한 훈련 과정을 거치니까.

그렇다면 피해자 입장에서 가장 원하는 검사는 누구일까. 바로 범인을 잡아 강력하게 처벌하려는 욕망이 큰 검사일 것이다. 피해자의 일을 마치 자기 일인 것처럼 분노하면서 용맹한 사자처럼 싸워줄 검사. 그에 강한보다 적합한 사람은 없었다. 강한에게는 이 사건이 정말로 '자기 일'이었으니까.

"판사님께서 빨리 진술하실수록, 범인을 잡을 확률도 높아집니다. 협조해주십시오."

"나도 돕고 싶지만 별로 본 게 없어요. 어떻게 생긴 차인지 보긴 했지만, 그건 이미 확인됐고 렌터카라면서요. 운전자는 새까만 두건 같은 걸 뒤집어쓰고 있어서 잘 보이지 않았고, 첫 번째로 치인 후부터는 나도 정신이 하나도 없어서……."

사실 까만 두건이 아니라 헬멧이었지만, 강한은 고 판사의 진술을 고쳐주지 않았다. 차라리 부정확한 편이 나았다. 누군가의 암시를 받아 고쳐진 진술은 증언으로서 가치가 확 떨어지니까.

"최근 뭔가 이상한 일은 없었습니까? 누군가로부터 협박을 받았다거나, 모르는 사람이 접근해왔다거나, 누군가가 주변을 서성인다는 느낌을 받았다거나."

"협박은 없었어요. 법정에서 욕을 하거나 소란을 피우는 사람은 있었지만 크게 문제될 정도는 아니었고. 다른 것들은, 솔직히 잘 모르겠네요. 남편의 공천이 확정된 후에 앞으로 잘해보자, 뭐 좀 부탁해도 되냐는 치근덕거림이 너무 많아져서. 하지만 그중에 범인은 없을 거예요. 다들 권력욕에 눈이 멀어 있는 정치병 환자들이라."

고 판사는 신랄하게 비꼬는 어조로 말했다가, 이내 자신이 무슨 표현을 썼는지 깨닫고 멈칫했다. 그러나 정작 강한은 신경 쓰지 않았다.

"사건 당일은 어떻습니까? 청연동 미용실은 인맥 위주로 운영하던데, 판사님이 그날 그곳에 간다는 걸 알고 있었던 사람이 누가 있죠?"

"아무도 없어요. 남편과 친정 식구들, 가사도우미 외에는. 아, 한 명 더 있긴 하네요. 조여진 씨요. 조 의원님 따님. 그 숍을 소개해준 사람이니까."

"조여진 씨에 대해선 이미 알고 있습니다."

"아, 그러고 보니……."

고 판사는 강한을 곁눈질하면서 슬쩍 입을 다물었다. 강한 검사와 조 의원의 딸이 염산 테러 사건 후 파혼한 것은 정재계와 법조계에서 모르는 사람이 없었다. 강한은 아무렇지도 않게 질문을 계속했다.

"머리 하는 동안에는 휴대전화를 꺼두셨죠? 혹시 미용실로 찾아오거나 미용실 안에서 말을 걸어온 사람은 없었습니까?"

"그날 숍에 손님이라곤 셋뿐이었어요. 저하고 어떤 패션모델, 그리고 웨딩 촬영하러 간다는 예비 신부. 저는 제 머리를 해주신 부원장님하고 몇 마디 한 정도인데. 아, 그런데……."

"뭐죠?"

잠시 말끝을 흐렸던 고 판사는 창가 쪽으로 붕대 감긴 손을 뻗었다. 거기에는 눈꽃처럼 새하얀 안개꽃이 흐드러지게 담긴 베이지색 바구니가 놓여 있었다.

"이거요, 이 꽃바구니. 오후 5시쯤 배달기사가 와서 주고 갔어요. 당연히 남편이 보낸 건 줄 알았는데, 물어보니까 아니더라고요. 하긴, 남편은 꽃을 보낸다면 자기 사무실에 스스로 보낼 사람이죠. 저한테 보내는 게 아니라."

그 말을 듣는 순간, 강한은 이거다 싶었다. 지금까지 범인은 잡히거나 목격당할 위험을 무릅쓰면서까지 피해자를 대면하는 방식을 선호해왔다. 이번에는 차에서 내리지 않기에 겁을 먹은 건가 싶었는데, 그게 아니었다. 단지 피해자와의 대면과 범행 사이에 시간 차가 생겼을 뿐이다. 강한은 다급하게 물었다.

"그 배달기사, 인상착의가 어땠습니까?"

"잘 몰라요. 헬멧을 쓰고 있어서. 키는 보통 정도였던 거 같고, 체격도……. 아, 솔직히 잘 모르겠어요. 미안해요. 그때 머리 웨이브가 어떻게 들어가는지 보느라 정신이 없었어요."

"그 사람과 뭔가 대화한 건 없습니까?"

"없었어요. 그냥 꽃바구니를 갖고 들어오더니, 내 자리로 와서 거울 앞에 두고 나갔어요. 하도 자연스럽게 오기에 처음엔 미용실에서 주문한 줄 알았다니까요. 리본에 이름이 쓰여 있지 않았다면, 제 건 줄도 몰랐을 거예요."

꽃바구니에 이름이 쓰여 있었다는 말을 듣는 순간, 강한의 뇌리에 번뜩 떠오르는 게 있었다.

"류소원, 꽃바구니 안을 뒤져봐. 손은 대지 말고. 뾰족한 펜 같은 거 있으면 그걸로. 지문이 망가지면 안 되니까."

소원은 테이블 위에 놓여 있던 볼펜을 들어 꽃바구니 안을 꼼꼼히 뒤져보기 시작했다. 그러다가 볼펜 끝이 뭔가에 턱 걸리자, 소원의 눈이 커졌다.

"형, 이 안에 카드가 있어요. 그런데 꽃 사이에 꽂혀 있는 게 아니라 바닥에 깔려 있어요."

"카드에 뭐라고 쓰여 있지?"

소원은 바구니를 옆으로 기울여 카드가 밖으로 굴러 나오게 했다. 그 장면을 보던 고 판사도 깜짝 놀란 표정이 되었다. 카드가 창틀에 떨어지자, 소원이 볼펜으로 벌려 안에 쓰인 문장을 확인했다.

"1년 전 오늘, 넌 뭘 했지?"

소원이 그 글자를 소리 내어 읽는 순간, 병실 안에는 싸늘한 침묵이 내려앉았다. 강한은 입술을 지그시 깨물었다. 정말이지 지독하리만큼 스스로의 패턴에 얽매이는 놈이었다.

"1년 전 어제, 판사님께서는 지온유에게 유죄판결을 선고하셨습니다. 혹시 그날 그 외에 특이한 일이 있었습니까?"

강한의 질문에 고 판사는 곰곰이 생각하는 표정을 짓다가 고개를 저었다.

"글쎄요, 거의 밤새 판결문을 썼던 것 외에는 딱히. 어차피 범인은 판결선고에 대해 앙심을 품은 것 아닌가요?"

"네, 저도 그렇게 생각합니다. 그럼 전 이만 가보겠습니다. 꽃바구니는 증거로 가져가겠습니다. 번거로우시겠지만, 제게 지금 하셨던 말씀 경찰에게 다시 해주시면 좋겠군요. 아시다시피 진술조서로 남겨야 하니까요."

강한은 꽃바구니를 얼른 분석실로 가져가고 싶은 마음에 서둘렀다. 소원은 바구니 손잡이를 휴지로 싸서 들고 그의 뒤를 따르려고 했다. 그때, 고 판사가 강한을 불러 세웠다.

"강한 검사님."

"네?"

"당신은 어떻게 견딘 거죠? 어떻게 하면 전부 다 포기하지 않고 제정신으로 버틸 수 있죠?"

고 판사는 강한에게 매달리듯 간절하게 물었다.

"애들과 함께 다니는 교회 목사님이 다녀가셨어요. 나더러 범인을 용서할 수 있도록 기도하라고 하시더군요. 이번 한 번이 아니라 일흔일곱 번이라도 용서해야 한다고. 인간은 누구나 평생 하느님으로부터 수없이 용서받으면서 살아왔으니, 그 빚을 갚아야 한다고."

그녀는 지금까지 유지해왔던 침착함을 완전히 잃어버린 상태였다.

"하지만 어떻게? 초등학교 5학년과 2학년인 아이들이 있는데, 남편은 이제야 겨우 정계에 진출하게 됐고, 내 커리어도 드디어 꽃피기 시작한 이 시점에 내 몸이 이 모양 이 꼴이 됐는데 어떻게 용서할 수 있겠어요? 손을 쓰지 못하면 입으로라도 물어뜯어서 죽이고 싶은데!"

고 판사의 목소리가 찢어지는 것처럼 갈라졌다. 강한은 잠시 침묵을 지키다가 말했다.

"당장 용서할 필요는 없습니다. 적어도 전, 용서할 마음 같은 거 없습니다. 지금으로서는 어떻게든 내 손으로 잡아서 끝장을 보게 만들겠다는 복수심, 그게 절 버티게 하는 힘입니다."

"복수심이라고요……."

"판검사도 그저 부족하고 이기적인 한 인간일 뿐입니다. 자기 삶을 망쳐놓은 놈을 그렇게 쉽게 용서할 수 있으면, 판검사가 아니라 성인이 됐겠죠. 먼저 겪어본 사람으로서 어쭙잖게 조언 하나 드리자면, 일단 살아남으십시오. 여기서 폐인이 되어봤자 억울한 건 판사님뿐입니다. 살아남는 데 필요하다면, 복수나 증오 같은 마이너스적인 감정도 얼마든지 가져다 쓰시고요."

강한의 목소리는 너무도 담담해서 더 슬프게 들렸다.

"미워하고, 아파하고, 끔찍해하면서, 그래도 하루하루 살아보는 겁니다. 사실 다른 선택이 없으니까요. 정말로 죽을 게 아니라면."

"하루하루 살다 보면, 그러다 보면 잊힐까요?"

"아니요, 절대로. 잊히지는 않지만 덜 고통스러워지겠죠. 어제보다 오늘, 오늘보다 내일 아주 조금 더. 서서히 무뎌갈 겁니다. 저도 아직 두 달밖에 안 되었지만, 그러다 보면 언젠가 용서할 마음도 생기지 않겠습니까."

강한은 그렇게 말하면서 병실 문을 열었다. 그가 문을 열자마자, 책가방을 맨 초등학생 두 명이 기다렸다는 듯 병실로 뛰어 들어왔다.

"엄마! 엄마!"

"여보!"

아이들의 뒤를 따라 들어온 사람은 고 판사의 남편이었다. 그들은 쏜살같이 달려가 마치 보호막을 치는 것처럼 고 판사의 침대를 둘러 쌌다. 강한은 엄마를 찾는 아이들의 낭랑한 목소리와, 그로 인해 순식간에 화기애애하게 바뀌는 분위기를 느끼면서 한결 부드러워진 어조로 덧붙였다.

"판사님은 괜찮아지실 겁니다. 사랑하는 가족들이 곁에 있으니까요. 부디 힘내십시오. 전 제 자리에서, 제 할 일을 하고 있겠습니다. 언젠가 법정에서 다시 뵐 수 있기를 빌면서."

"법대에 앉는다고요? 내가? 이 손으로?"

"뭐 어떻습니까. 전 이 눈을 가지고 수사도 하는데."

강한은 그를 지켜보고 있을 고 판사를 향해 어깨를 으쓱해 보였다. 그래, 삶은 계속되어야 했다. 잠시 넘어지거나 쉴 수는 있어도, 아예 멈출 수는 없었다. 고 판사는 가만히 고개를 끄덕이면서 강한을 향해 말했다.

"아, 그리고 검사님. 아까부터 얘기해주려고 했던 건데, 등에 포스트잇이 붙어 있어요. '바보'라고 쓰여 있네요."

"네?"

강한은 당황해서 뒤로 손을 뻗었다. 재킷 등짝에 손바닥만 한 크기의 포스트잇이 붙어 있었다. 누구의 짓인지는 뻔했다. 강한은 아까 검찰청 복도에서 괜히 등에 손을 올리던 소원의 행동을 떠올리면서, 슬쩍 도망가려는 소원을 향해 고함을 쳤다.

"류소원, 너!"

62

오후 7시. 청연동 소재 꽃집 'Rosée'.

"실례합니다. 성암지방검찰청에서 나왔습니다."

강한과 소원이 들어서는 순간, 꽃집 문에 달려 있던 작은 종이 딸랑거리며 울렸다. 그리고 봄처럼 샛노란 원피스를 입은 중년 여성이 남색 앞치마에 손을 닦으면서 안쪽에서 나왔다.

"검찰청이요? 화환 주문하러 오신 건가요? 저희, 화환은 취급 안하는데."

강한은 여자의 등장에 소원이 흠칫 놀라는 것을 느꼈다. 그러나 그 이유는 알 수 없었다. 오직 소원만이 볼 수 있었다. 초점이 안 맞는 그녀의 눈동자, 벽을 더듬거리면서 걸어오는 몸짓이 묘하게 낯익었다. 꽃집 안에 몇 초 동안 어색한 침묵이 흘렀다. 여주인은 손님들이 보이는 그런 반응에 익숙한 듯 태연하게 입을 열었다.

"저는 시각장애인이랍니다. 혹시 시각장애인이 플라워 디자인하는 게 불편하시면 다른 꽃집을 소개해드릴게요."

그 말을 들은 강한의 등골에 한기가 스며들었다. 그렇지 않아도 범인이 일부러 목격자를 남기려는 것처럼 꽃집에 들렀다는 게 이상하던 참이었다. 그런데 그 목격자가 바로 시각장애인이라니. 범인이 자신을 조롱하는 것처럼 느껴졌다. 침묵하는 강한을 대신해 소원이 설명했다.

"아뇨, 그게 아니라…… 저랑 같이 오신 분도 시각장애인이시거든요."

"아, 그랬군요."

여주인은 딱히 눈에 띄게 놀라거나 반가워하지는 않았다. 그녀에게 시각장애는 그냥 한국인, 서울 사람, 삼십대 같은 하나의 특징에 불과한 것 같았다. 그래서 강한도 유난 떨 것 없이 평소처럼 행동하기로 했다.

"성암지방검찰청 형사1부 강한 검사입니다. 현재 수사 중인 사건과 관련해서 참고인 진술을 받으러 왔습니다."

"사건이요? 무슨 사건이요? 이 동네에서 끔찍한 일이 일어났다고 어제 뉴스에서 들었는데, 혹시 그것과 관련된 건가요?"

"……"

강한은 대답하지 않았고, 여주인은 그 침묵을 알아서 해석했다.

"세상에, 세상에나……. 인간의 탈을 쓰고 어떻게 저런 짓을 하나 싶었는데. 그 일이 우리 꽃집과 어떻게 연관이 있다는 거죠?"

"저번주 금요일 오후 3시에서 4시 사이에 어떤 사람에게 안개꽃 바구니를 팔지 않았습니까?"

실은 여주인의 대답을 들을 필요도 없었다. 강한은 고 판사의 병실에서 받아온 꽃바구니를 곧바로 분석실에 맡겼고, 분석실에서는 다른 사건을 모두 젖혀두고 그것 먼저 검사해주었다. 꽃바구니에서 DNA 증거는 발견되지 않았지만, 그 대신 한 사람의 지문이 채취되었다.

강한은 이전 사건들의 패턴에 비추어 봤을 때 그 지문의 주인이 꽃집 주인일 거라고 추측했다. 그리고 실제로 지문 조회를 해본 결과, 청연동에 거주하는 사십대 초반 여성의 것으로 확인되었다. 사업자등록을 조회해보자, 그녀가 청연동에서 꽃집을 운영하고 있다는 것까지 나왔다. 그녀의 꽃집은 공교롭게도 제트마트와 헤어숍의 딱 중간 지점에 있었다.

"안개꽃 바구니…… 네, 팔았어요. 오후 4시 30분쯤. 이상한 손님이라 기억하고 있어요."

"이상하다고요?"

"안개꽃만 3만 원어치 넣어달라고 해서, 혹시 여자분 선물이면 장미를 함께 하시라고 권했거든요. 안개꽃 꽃말은 '죽음'이고, 장미는 '사랑'이라서, 두 꽃이 함께 있으면 '죽도록 사랑한다'는 메시지가 되니까. 그런데 그 말을 듣더니 조용히 웃으면서 '그러면 안개꽃만 있으면 되겠다'고 하더라고요. 이상하잖아요."

"죽음……."

강한은 여주인의 말을 되받아 의미심장하게 중얼거렸다. 지금 자기가 서 있는 이 자리에, 범인이 서 있었을지도 모른다고 생각하니 서늘한 바람이 목덜미를 파고드는 것 같았다.

"그 손님, 꽃값은 카드로 결제했습니까? 이 꽃집에 CCTV는 있고요?"

"아뇨, 현금 결제했어요. CCTV는 없고요."

여주인의 말에 강한과 소원은 일제히 맥이 탁 풀렸다. 그 무엇보다 프라이버시가 중요한 부자들이 사는 곳이라 그런지, 이놈의 동네에는 CCTV가 제대로 설치된 곳이 없었다. 고 판사가 갔던 헤어숍에도 CCTV가 없어서 영상을 확보하지 못했다. 인근 도로 CCTV를 다 뒤졌지만, 찾은 거라고는 검은색 차량이 고 판사를 향해 돌진하는 영상뿐이었다.

"혹시 그 손님에 대해 뭐 기억나는 거 없으십니까?"

강한은 별 기대도 하지 않고 물었다. 그런데 여주인으로부터 뜻밖의 얘기가 돌아왔다.

"키는 175센티미터 정도, 평균 체격의 이십대 초반 남성이에요. 집안은 부유하고, 고등교육을 받았어요. 그것도 상당한 수준으로. 외모는 준수한 편일 거고, 깔끔하고 위생적인 성격이에요."

강한과 소원은 순간적으로 할 말을 잃었다. 머뭇거리면서도 먼저 입술을 뗀 건 소원이었다.

"저, 죄송하지만, 기분 상하게 하려는 건 절대 아닌데……."

소원이 하고 싶은 말을 여주인은 곧바로 눈치챈 모양이었다.

"눈도 안 보이는데 이런 걸 어떻게 다 아느냐고요?"

"네."

"키는 목소리가 들려오는 위치를 짐작해보면 대강 알 수 있어요. 머리가 아주 크거나 작은 사람만 아니면 거의 맞아요. 그리고 목소리가 울리는 정도를 들으면 뚱뚱한 사람인지, 마른 사람인지 구분 가능해요. 아, 이것도 물론 성악을 한다거나 평소 복식호흡을 해서 울림통이 특별히 좋은 사람이라면 예외."

"……."

"나이는 목소리와 말투를 듣고 맞히는 건데, 제법 정확도가 높아요. 사람 상대하는 직업이다 보니까. 어른인 척하려고 했지만 분명 학생 느낌이었고 직장인은 아니었는데. 그런데도 비싼 향수를 뿌리고 있었어요. 크리드 어벤투스. 100밀리리터 한 병에 40만 원이 넘어가는 명품이죠."

"와, 향수 종류까지 어떻게 아세요? 그것도 사람 상대하는 직업이라서?"

무슨 마법이라도 본 것처럼 감탄 섞인 눈으로 쳐다보던 소원이 묻자, 여주인은 슬쩍 미소를 머금으면서 대답했다.

"아니, 전남편이 쓰던 향수라서."

"아⋯⋯."

"말을 많이 하진 않았지만, 쓰는 어휘가 공부한 사람 느낌이었어요. 그리고 결정적으로."

여주인은 카운터를 손으로 짚은 상태에서 바로 위쪽 천장을 가리켰다. 그곳에는 나무로 직접 만든 것처럼 보이는 간판에 'Rosée'라는 글씨가 쓰여 있었다. 여주인은 안개꽃을 사갔던 사람과 나누었던 대화를 강한과 소원에게 그대로 옮겨주었다.

— 꽃집 이름이 예쁘네요. 로제.

— 감사합니다. 저렇게 써놓으면 보통 장미 파는 곳인 줄 알고 들어오시는 분들이 많아요. 그런데 사실은⋯⋯.

— 로제는 프랑스어로 '이슬'이라는 뜻이죠.

그 대화를 전해 듣고 나자 강한도 범인이 고학력자일 거라는, 그리고 아마도 부유한 집안 출신일 거라는 추측에 동의할 수 있었다. 여주인은 추리를 계속해나갔다.

"보통 가까운 거리에서 얘기하다 보면 누구에게나 구취나 체취가 약하게나마 나는데, 어제 그 남자는 그렇지 않았어요. 세정제를 쓰는지, 몸에서 소독약 냄새가 나더라고요. 깔끔한 성격이란 건 거기서 알았죠."

"다른 건 그렇다 치고, 생김새는 어떻게 알 수 있었던 거죠?"

"여자를 많이 사귀어보거나, 여자에게 인기가 많은 남자는 꽃집에서의 태도가 달라요. 여유롭고, 능숙하고. 모르는 게 있어도 당황하거나 창피해하지 않죠. 물론 외모 말고 다른 인기요소가 있을 수도 있지만, 어제 그 남자는 그런 느낌은 아니었어요. 약간 젠체하는 태도가, 여자들에게 호감을 주기는 어렵겠다 싶었죠. 물론, 만져보면 생김새는 바로 알 수 있지만 손님을 만져볼 수는 없으니까요."

강한은 여주인의 말을 들으면서 내심 감탄하고 있었다. 사람의 외모를 이런 식으로 추측할 수 있다는 것은 전혀 몰랐다. 소원은 조금 들떠서 여주인에게 물었다.

"저기, 그러면 저하고 이 형이 어떻게 생겼는지도 알 수 있으세요? 누가 더 잘생겼는지?"

"음, 검사님이란 분은 전형적인 미남이시네요. 선글라스를 썼는데도 약간 홍콩 영화배우 느낌이 나는? 콧대도 높고, 턱선도 날카롭고. 함께 온 학생은 그 정도까진 아닌데 귀엽게 생겼네. 눈이 크고 예쁘다는 말, 가끔 듣죠?"

"우와, 저 방금 소름 돋았어요. 그것도 막 소리의 울림, 이런 걸로 아는 거예요?"

소원이 양손으로 자기 어깨를 감싸는 시늉을 하면서 호들갑을 떨자, 여주인은 푸훗 소리 나게 웃음을 터뜨렸다.

"아뇨, 이건 장난이에요. 아까 창문을 열어놨는데. 지나가는 여자들이 뒤에 오는 두 남자에 대해 요란하게 떠드는 소리가 다 들리더라고요."

강한은 예전에 자신이 소원에게 비슷한 장난을 쳤던 게 떠올라 슬며시 따라 웃었다. 그러나 그것도 잠시, 이내 진지한 표정이 되어 재킷 안주머니에서 노란색 증거물 봉투를 꺼냈다. 봉투 안에서는 비닐로 싸놓은 리본과 카드가 나왔다. 강한이 그걸 소원에게 건네주자, 소원은 그걸 여주인에게 들고 가서 손끝으로 만져보게 해주었다.

"이건……."

"사건 피해자의 이름이 적혀 있던 리본과, 범인의 메시지가 적혀 있던 카드입니다. 꽃바구니 안에서 발견됐죠. 타이핑한 글씨가 아니던데, 누가 쓴 겁니까?"

"그 남자가요. 원하시면 제가 써드리겠다고 했는데, 본인이 쓰겠다고 했어요. 그게 더 정성스러워 보일 것 같다고. 아, 그러고 보니까……."

"뭐죠?"

"붓펜을 건네줄 때 손등이 살짝 닿았는데, 얇은 비닐장갑 같은 걸 끼고 있었어요. 뭐냐고 물어보니까 일하다가 바로 와서 그렇다고 하더라고요. 이제 보니 지문을 남기지 않으려고 그랬던 것 같아요."

'일하다가 바로 와서 그렇다.'

그 말을 듣자마자 강한은 마트 주차장에 서 있던 헌혈 버스가 떠올랐다. 역시, 헌혈 버스가 하필 그 시간에 주차장에 와 있었던 건 우연이 아니었다.

"범인의 자필이라는 거군요. 감사합니다. 정말 많은 도움이 되었습니다. 괜찮으시다면 방금 대화한 내용을 수사보고서 형태로 만들어서 나중에 증거로 활용해도 될까요?"

"네, 제가 더 도와드릴 게 있으면 뭐든지 말씀해주세요."

여주인과 인사를 주고받은 강한은 그대로 꽃집을 나오려고 했다. 그런데 소원은 진열대를 예쁘게 장식한 색색의 꽃다발과 꽃바구니를 구경하면서 나가지 않고 머뭇거렸다. 그러더니 여주인이 아까 말했던 것처럼 '당황하고, 창피한' 티는 혼자 다 내면서 작게 말했다.

"저기, 꽃다발 하나만 만들어주시면 안 될까요? 제일 싼 걸로요."

어쭈, 이거 봐라. 강한은 기가 찼지만, 어디 어떻게 하나 두고 볼 생각으로 가만히 있었다. 여주인은 소원이 귀여운 듯 상냥하게 웃으면서 대답했다.

"그래요. 예쁘게 만들어줄게요. 여자친구 줄 건가요? 구성은 어떻게?"

"여자친구 아니고요. 그냥 고마운 사람이요. 저 구성 같은 거 하나도 모르니까, 알아서 예쁘게 만들어주세요."

여주인은 방긋 웃으면서 고개를 끄덕이더니, 통 속에 종류별로 꽂혀 있는 꽃을 신중하게 몇 송이씩 뽑아냈다. 그리고 작업 테이블 위에서 가위를 집어 줄기를 사선으로 자르기 시작했다. 느리지만 꼼꼼해 보이는 그 모습을 보면서, 소원은 호기심을 참지 못했다.

"저, 기분 나쁘시지 않으면 물어봐도 될까요?"

"내 눈이 왜, 언제부터 이렇게 됐냐고요? 아니면 앞이 안 보이는데 어떻게 꽃꽂이를 하냐고요?"

"둘 다요."

"안 보인 지는 벌써 20년이 되어가요. 고등학교 1학년 때 백내장으로 이렇게 됐어요. 처음에는 가까이 있는 사람 얼굴은 구분할 수 있었는데, 세월이 지나면서 점점 시력이 떨어져서, 지금은 아주 강한 빛만 간신히 감지하는 정도예요. 그래도 적응할 시간이 있는 편이었죠."

"……."

"플로리스트는 어릴 때부터 꿈이었어요. 한때는 포기하고 맹학교에 들어가 안마도 배웠는데, 아무래도 이 손은 꽃을 만지고 가시에 찔려야 직성이 풀리는 손인 거 같더라고요. 다행히 부모님이 전폭적

으로 도와주셔서, 프랑스에 플로리스트 유학을 다녀왔어요. 그곳은
장애인의 사회적 활동 영역이 우리나라에 비하면 훨씬 넓어서, 비교
적 편하게 공부할 수 있었죠."

여주인은 진심으로 고마워하는 기색이 어린 얼굴로 말하면서, 와
이어로 묶은 꽃다발을 들어 올려 신중하게 향기를 맡았다.

"꽃의 종류는 주로 향기로 구분해요. 하지만 틀릴 수도 있으니까,
파트타임 알바생이 아침 일찍 출근해서 미리 정해진 순서대로 통에
꽃아놔주죠."

"그럼 꽃바구니나 꽃다발 모양은 어떻게 만드시는 거예요?"

"그건 학교에서 배운 대로, 한 단계 한 단계 전부 외워서 손에 익은
대로 하는 거죠. 그래서 다양한 디자인을 만들어내지는 못해요. 그래
도 좋아하는 분들은 좋아해주시죠."

여주인은 셀로판 포장지로 감싸고, 반짝거리는 리본까지 감은 꽃
다발을 소원에게 건네주었다. 과연 누가 봐도 좋아할 만큼 예쁜 꽃
다발이었다. 꽃다발을 안고 꽃집을 나오는 길, 소원은 내내 말이 없
었다. 그러다가 택시 정류장에 거의 다 이르러서 중얼거리듯 말했다.

"멋지네요. 장애가 있는데도 자기 꿈을 따라가는 거요. 몸도 멀쩡
한 난 뭐 하고 있나 싶어요."

"넌 꿈이 뭔데?"

침묵을 지키는 소원의 시선이, 길 건너편에 위치한 근사한 갤러리
를 향했다. 갤러리 전면에는 해바라기가 한가득 그려진 거대한 캔버
스가 전시되어 있었다. 소원은 미련과 안타까움이 밴 눈빛으로 그 캔
버스를 보고 또 보았지만, 강한은 알지 못했다.

63

10월 30일 화요일 오전 9시. 성암지방검찰청 609호 검사실.

"누나, 이거 받으세요."

검찰청의 바쁜 일과가 시작되는 아침, 세은의 책상으로 다가간 소원은 등 뒤에 숨겨두었던 꽃다발을 수줍게 내밀었다.

"어머, 이게 웬 꽃이야? 너무 예쁘다! 꽃병에 꽂아서 모두가 볼 수 있게 해야겠어."

기뻐하면서 꽃병을 찾는 세은을 보고 소원도 기뻤다. 그러나 그것도 잠시, 세은은 장미와 달리아 사이에 섞여 있는 흰 꽃 한 송이를 보고 반사적으로 눈살을 찡그렸다.

"근데 여기 국화가 들어 있네. 미안한데, 이거는 빼고서 꽃병에 꽂아놓을게."

세은은 소원의 대답을 듣기도 전에 국화를 빼냈다. 그래도 소원이 보는 앞이라서 버리지는 못하고, 책상 서랍을 열어 그 안에 넣더니 서랍을 닫아버렸다. 모처럼 점수를 따보나 했던 소원은 실망하지 않을 수 없었다.

"죄송해요, 누나. 꽃집 주인이 실수했나 봐요. 그런데 국화 싫어하세요? 불길해서?"

"응, 그것도 있고. 그냥 너무 지겹도록 봐서 싫어해."

국화가 빠진 꽃다발에 분무기로 물을 주면서 세은은 혼잣말처럼 중얼거렸다.

"지겹도록 봤다고요?"

소원은 어리둥절해졌다. 장미나 백합처럼 흔한 꽃도 아니고, 국화를 지겹도록 볼 일이 있나 싶어서. 그러나 건너편 책상에 앉아 안 듣는 척하면서 그 얘기를 다 듣고 있던 강한은 눈치챘다. 세은은 아마 가까운 사람의 죽음을 겪어본 적이 있을 것이다. 강한은 검사실 안에 흐르는 어색한 기류를 깨뜨리기 위해 천연덕스러운 어조로 세은에게 말을 걸었다.

"홍 수사관, 내가 어제 지시한 일들은 어떻게 됐죠?"

"사건 당일 오후 1시 반부터 3시 반 사이에 렌트 구역 주변에 주차했던 차량 소유주 중 세 명과 연락이 닿았어요. 블랙박스 영상은 원본 파일을 받으려면 아무리 빨라도 하루 이상 걸리니까, 일단 오늘 오전 중으로 휴대전화로 전송해주기로 했어요."

일에 관한 질문을 받은 세은은 언제 기분 나쁜 기색을 드러냈냐는 듯 신속하게 대답했다.

"적십자에도 연락해봤는데, 헌혈 캠페인 스태프와 참가자들의 인적 사항은 함부로 알려줄 수 없다고 난처해하더라고요. 내부 회의를 거쳐서 곧 연락주기로 했습니다."

"그래요, 수고 많았어요."

강한은 세은의 일처리 속도에 다시 한번 놀라면서 칭찬했다. 그 많은 차주에게 일일이 연락을 돌리느라 그녀는 아마 밤늦게까지 야근했을 것이다. 밤에 전화하는 검찰청이 어디 있느냐, 보이스피싱 아니냐, 너무 무례한 거 아니냐는 항의와 욕설을 참으며 일했을 텐데도 그녀는 생색조차 내지 않았다.

'꼭 자기 일인 것처럼 열심히 하는군.'

강한은 세은의 견습 기간이 끝나더라도 검사실에 둘 수 있으면 좋겠다고 생각했다. 그녀는 차량 소유주들을 독촉해 한 시간도 지나지 않아서 블랙박스 영상을 모두 받아냈다. 영상을 먼저 한 번 훑어본 세은이 낙담한 어조로 말했다.

"렌트 구역 양옆은 진입로여서, 가장 가까이 주차되어 있던 차량도 거리가 5미터 이상이에요. 그 사이에는 또 하필 카트가 줄줄이 놓여 있어서 렌터카가 보이지도 않고요."

"아무래도 범인은 청연동에 살거나, 아니면 최소 왕래를 자주 하는 사람인 거 같군. 곳곳의 장소에 대해 너무 잘 알아. 일단 렌터카 쪽으로 가는 사람이 있으면 무조건 확인해보자고."

언제나 그렇듯 이번에도 눈이 빠지게 영상을 들여다보는 건 소원의 몫이었다. 소원은 화질이 조악한 영상을 눈을 부릅뜨고 들여다보았지만, 의심할 만한 인물이라고는 보이지 않았다. 장을 보러 온 주부, 장을 보고 가는 주부, 유모차를 몰고 가는 주부, 아기 띠로 아기를 안고 가는 주부, 온통 주부, 주부, 주부뿐이었다.

"이건 좀 이상하네요. 저런 환경에서 시꺼먼 헬멧을 쓰고 돌아다니면 엄청 눈에 띌 텐데. 도대체 범인은 무슨 생각이었던 걸까요?"

소원이 투덜대는 동안, 강한은 적십자와의 통화를 시도했다. 그날 있었던 헌혈 캠페인에 대한 정보를 얻기 위해서였다. 고 판사 사건을 뉴스에서 봤다는 담당자는 비교적 협조적이었다.

— 청연동 제트마트에는 매달 26일 오후마다 버스가 갑니다. 특별

한 건 아니고, 인파가 몰리는 거점을 정기적으로 돌면서 헌혈을 유도하는 거죠. 간호사 두 명과 운전기사가 버스에 타고, 인근 의대생들이 자원봉사자로 동행합니다.

"버스가 정차해 있는 동안 평균적으로 몇 명 정도가 왔다 갑니까?"

— 그건 대중없어요. 운 좋으면 열 명 넘게 오기도 하고요, 아니면 아예 허탕 치는 날도 있죠.

대답하기 어렵지 않은 질문을 던지며 슬슬 밑밥을 깐 강한은 본격적인 용건으로 들어갔다.

"사건 당일 범인이 제트마트 주차장에서 차를 렌트했습니다. 헌혈버스가 CCTV 시야를 가려서 범인이 접근하는 게 찍히지 않았고요. 범인은 아무래도 그날 그 시각에 그곳에서 헌혈 캠페인이 있으리라는 걸 미리 알았던 것 같습니다. 혹시 그 일정을 인터넷에 올려두나요?"

— 아뇨, 문의하면 그때그때 알려드리긴 합니다만 공지해두진 않습니다. 어떻게 알고 왔는지, 이상하네요.

"헌혈하려면 이름과 주민등록번호, 연락처를 기재해야 하죠? 그날 작성된 헌혈 대장과 스태프 인적 사항을 받아보고 싶은데 협조해주실 수 있습니까?"

— 아, 저, 그건…….

적십자 직원은 갑자기 움츠러들면서 태도를 바꿨다.

— 그 여자 수사관님한테도 얘기했는데, 그게 저희가 드리고 싶다고 해서 막 드릴 수 있는 게 아닙니다. 요즘 사람들이 개인 정보에 얼마나 민감한데요. 그런 거 잘못 유출됐다가 난리가 나기라도 하면 우리가 다 뒤집어써야 한다고요.

"필요하다면 공문을 보내드릴 수 있습니다. 팩스 번호를 알려주시면……."

— 아이고, 그런 종이 쪼가리 한 장. 의미 없어요. 공문이 아니라 영장을 가져오셔도 저희 내부에서는 순순히 내어드릴 수가 없어요. 자원봉사자들과 헌혈 대상자들로부터 개인 정보를 알려줘도 좋다는 동의를 먼저 받아야 한다고요.

직원의 완강한 태도에 강한은 한숨이 나왔다.

영장을 받고 집행해서 명단을 얻어내기엔 시간도 부족했고, 명단에 올려진 사람들이 협조적으로 나오리란 보장도 없었다. 군중심리란 게 그랬다. 번거롭거나 부담스러운 일은 '나 아닌 누군가 있겠지' 하면서 떠밀면 그만이었다. 어쩌면 밀실 아닌 밀실을 만들어내는 범인의 트릭은 바로 그 군중이 있기에 가능한지도 몰랐다. 그때 휴대전화를 들여다보던 소원이 소리쳤다.

"어? 저 사람……!"

소원은 허둥지둥 동영상을 멈추더니 강한에게로 달려왔다. 그리고 수화기를 들고 있는 그의 팔을 잡아당기면서 휴대전화를 얼굴 앞에 들이밀었다.

"형, 형. 여기 좀 봐요. 이거 누군지 형도 알죠? 제가 착각한 거 아니죠?"

"……너, 지금 나한테 무슨 말을 한 건지 알기나 하냐?"

"아, 맞다! 이게 아니지! 다른 사람한테 확인해볼게요. 저도 확신이 안 서서."

소원은 아직도 얼떨떨한 상태에서 횡설수설하더니, 자기 휴대전화 카메라로 세은의 휴대전화에 있는 영상을 찍었다. 찰칵 터지는 플래시 음을 들은 강한은 어리둥절할 뿐이었다.

"영상에서 본 게 누군데? 누구한테 확인한다는 건데?"

소원은 방금 찍은 사진을 누군가에게 메시지로 전송하고, 계속해서 전화번호부를 뒤적였다.

"저번에 형도 본 애요. 우리 반 반장이었던 준휘요."

강한이 소원의 말에 미처 대꾸할 틈도 없이, 스피커폰으로 돌려놓은 휴대전화에서 아직 앳된 남자 목소리가 흘러나왔다.

— 여보세요?

"반장, 나야. 류뚱. 번호 안 바뀌고 그대로네. 내가 보내준 캡처 사진 봤이?"

— 류뚱? 류소원? 갑자기 뭐냐? 평소에 연락도 안 하던 놈이. 규진이 사진은 또 뭐고?

"그지? 이거 조규진 맞지?"

전혀 예상치도 못했던 이름에 강한의 눈썹이 위로 올라갔다. 여진과 파혼한 다음 미안하다며 병문안 왔던 규진을 마지막으로 만나고는 전 예비 처남에 대해서는 생각해본 적이 없었다. 그러다가 문득 생각난 게 있어, 수화기 너머의 상대방에게 물었다.

"명단은 내부 검토를 실컷 하고서 천천히 보내도 되니까 이것만 알려주십시오. 청연동 적십자 자원봉사자 중에 성암대학교 1학년 조규진이라는 학생이 있습니까?"

— 조규진? 아, 그 국회의원 아들.

개인 정보는 절대 유출하면 안 된다더니, 직원이 자기도 모르게 내뱉고서 움찔하는 게 느껴졌다. 강한은 대답을 들을 것도 없이 전화를 끊었다. 그리고 자신의 스마트폰을 조작해 규진의 전화번호를 찾아냈다. 신호음이 오랫동안 울렸다. 혹시 나와 통화하기 싫은 건가, 강한이 그렇게 생각하는 찰나 드디어 전화가 연결되었다.

— 매형? 죄송해요. 과외 중이라 전화를 바로 못 받았어요.

느닷없이 한 연락이었는데도, 규진의 말투는 여전히 공손하고 침착했다.

"아냐, 괜찮아. 지금 어디야? 혹시 검찰청으로 올 수 있어?"

— 검찰청이요? 저 과외 끝나고 곧바로 스터디가 있어서. 제가 리더라 취소할 수가 없는데. 내일 가면 안 될까요, 매형?

안부 전화 한 번 없던 사람이 어느 날 연락해서 검찰청으로 와달라고 하는데도 규진은 기분 나쁜 기색을 보이지 않았다. 웬만큼 급하고 중요한 일이 아니면 강한이 연락하지 않았으리라는 걸 알기 때문인 듯했다. 강한은 언제나 규진의 그런 어른스러운 점을 좋아했다. 아마 조 대표 일가 중에 그나마 가족으로 지내고 싶은 유일한 사람이 있다면 그게 규진일 정도로.

"그래. 그럼 한 가지만 묻자. 지난주 금요일 오후에 헌혈 캠페인에서 봉사활동 했던 거 맞지? 장소가 청연동 제트마트고?"

— 어? 어떻게 아세요. 네, 맞아요. 의대 동기들하고 같이 갔어요. 청연동 학교에서 가깝기도 하고, 과외 하느라 자주 가는 곳이라서.

"너도 고 판사님 사건에 대해선 알고 있지? 사건 당일 범인이 제트마트 주차장에서 렌터카 서비스를 이용했어. 너도 그 시간대에 거기 있었을 텐데, 혹시 수상한 사람 못 봤어?"

— 글쎄요, 갑자기 '수상한 사람'이라고 말하셔도…….

규진이 조금 당황한 듯 말끝을 흐리자, 강한은 마음이 급해졌다. 사실 규진은 그가 바랄 수 있는 최상의 증인이었다. 나이도 젊고, 건강하고, 온종일 책을 들여다보는데도 안경을 쓸 필요 없는 좋은 시력에 명석한 두뇌를 타고났고, 말도 차분하게 잘했고, 분위기나 다른 사람의 몰이에 휩쓸리지 않을 정도로 강단이 있었다.

"한번 천천히 생각해봐. 오토바이 헬멧을 쓰고서 괜히 어슬렁거리는 사람이라든가…….”

강한이 규진과 차근차근 대화해보려고 하는데, 돌연 다급하게 문 두드리는 소리가 났다.

“강한 검사님, 계십니까? 성암서 강력계 변영국 경위, 서도준 경 사입니다.”

두 형사는 강한이 들어오라는 말을 하기도 전에 우르르 들이닥쳤다. 강한은 혹시 규진이 하는 말을 하나라도 놓칠까봐 휴대전화를 손 바닥으로 덮으면서 낮은 목소리로 말했다.

“잠시만요. 지금 중요한 통화 중입니다.”

“그 통화는 나중에 하셔야겠습니다. 렌터카 GPS가 새로 떴습니다. 지금 청연동을 빠져나가 서울 외곽으로 나가고 있습니다.”

“GPS요? 서울 외곽이요?”

변 경위의 말에 강한은 휴대전화에서 귀를 떼면서 자기도 모르게 큰소리를 냈다. 범인이 1일 약정으로 대여해간 렌터카는 아직도 반 납되지 않은 상태였다. 경찰은 렌터카를 찾아 청연동 구석구석을 살 살이 뒤지면서, GPS 시스템에 ‘청연동’이 아닌 다른 지명이 뜨기만 을 오매불망 기다리고 있었다. 그런데 드디어 범인이 움직인 것이다.

“아무래도 도주하려는 게 아닌가 싶습니다. 언론이 워낙 주목하 다 보니 무서워진 거 아닐까요? GPS에 잡히는 지명이 휙휙 바뀌는 걸 보면 굉장한 속도로 움직이고 있습니다. 저희끼리 가려다가, 정 검사님과 강 검사님도 함께 가고 싶어하실 것 같아서.”

“갑시다.”

강한은 고민하지 않고 대답했다. 소원이 겉옷을 서둘러 걸쳐주는 가운데 강한은 아직 전화를 끊지 않은 규진에게 말했다.

“규진아, 내가 지금 급하게 나가봐야 할 것 같거든. 지난주 금요일에 뭘 봤는지, 무슨 일이 있었는지 곰곰이 생각해보고, 내일 검찰청으로 와서 얘기해줄래?”

— 네, 매형. 그럼 같이 점심 먹어요. 시간 맞춰서 갈게요.

규진은 선뜻 대답하고 전화를 끊었다. 휴대전화를 주머니에 집어넣는 강한의 손이 희미하게 떨렸다. 며칠 전, 아무것도 하지 못하고 무기력하게 놓쳐버렸던 범인을 잡을 기회가 드디어 왔다고 생각하니 가슴이 걷잡을 수 없이 두근거렸다.

64

오후 1시. 성암 톨게이트.

"검사님, 확인하고 왔습니다. 68러219× 차량이 12시 25분에 톨게이트를 지나갔답니다. CCTV도 보여달라고 해서 휴대전화로 찍어왔습니다. 그런데 이거, 운전자 얼굴이 안 보여요."

9인용 승합차의 뒷문을 열면서 들어온 사람은 변영국 경위였다. 그는 영상이 재생되고 있는 휴대전화를 강한에게 보여주려다가, 그가 보지 못한다는 것을 깨닫고 방향을 돌려 유미에게 내밀었다. 유미와 세은, 그리고 소원까지 셋이 한꺼번에 휴대전화에 달려들었다.

"어? 이거 왜 이래요? 잘못 찍힌 거 아니에요?"

소원은 허연 유령 같은 게 찍힌 영상을 보면서 어리둥절해했다. 자세히 보니, 유령이 아니라 운전석에 앉은 사람이 유령 형상의 가면을 쓰고 있는 거였다. 소원도 본 적이 있는, 유명한 공포영화에 나오는 가면이었다. 가면을 쓴 운전자는 톨게이트에 진입해 통행권을 뽑으면서도, 운전에 집중하지 않고 연신 뒤를 보며 낄낄거렸다. 유미가 그걸 보면서 고개를 갸웃거렸다.

"뒤에 누가 타고 있나 본데? 아니면 뒤에서 무슨 일이 벌어지고 있나? 경위님, 더 자세하게 찍힌 영상은 없나요? 다른 각도에서 찍은 건요?"

"네, 원래 톨게이트 CCTV가 요금을 떼먹고 도망가는 차량을 잡는 게 주된 목적이라 각도도 하나고 화질도 그렇게 좋진 않습니다. 범인 일행이 일단 고속도로를 탔으니까 빠져나올 수 있는 구멍은 몇 개 없는데. 정 검사님, 강 검사님. 긴급수배 검문 때릴까요?"

변 경위는 당장이라도 무전을 칠 기세로 무전기를 들고서 물었다. 긴급수배 검문을 실시하면, 지나가는 자동차를 멈추게 해서 운전자와 동승자를 확인하는 게 가능했다. 강한은 잠시 신중하게 생각하다가 설레설레 고개를 저었다.

"아니, 범인은 폭력적인 성향이 아주 강한 놈이에요. 공개된 장소에서 섣불리 검문하다가는 애꿎은 사람들이 다칠 수도 있어요. 고속도로에서 추격전이라도 벌어지면 대규모 교통사고로 이어질 수도 있고. 범인 차량과 우리 차량의 거리가 그렇게 멀진 않으니, 일단 쫓아가보죠."

운전석에 앉은 서도준 경사는 강한의 지시를 듣자마자 곧바로 차를 출발시켰다. 빠르면서도 조심스럽게 고속도로를 달려가는 길, 승합차 안에는 금방이라도 터질 것처럼 팽팽한 긴장감이 흘렀다. 변 경위는 제트마트에서 받아온 GPS 추적 단말기를 시시각각 확인해 그때마다 강한과 유미에게 보고했다. 범인의 행선지는 쉽게 짐작하기 어려웠다. 주거지가 밀집된 아파트촌과 IT기업 집결지로 유명한 신도시를 지나자, 이윽고 드문드문 논밭이 보이기 시작했다.

"검사님, 범행 차량이 가는 경로를 보니, 송촌으로 빠질 것 같습니다. 그 지역 경찰관한테 연락해서 퇴로를 미리 막아놓을까요?"

단말기를 주시하던 변 경위가 긴장감에 찬 목소리로 물었다. '검사님'이라고 했지만, 그가 질문하는 대상이 누군지 구분하기는 어렵지 않았다. 이 추격전의 주도권은 이미 강한이 쥐고 있었다. 주임검사인 유미는 주도권을 가지고 불필요한 신경전을 벌이려 하지 않았다. 강한이 가장 잘할 수 있는 것일 뿐만 아니라, 그에게 가장 필요한 것이란 사실을 알기 때문이었다.

강한은 이번에도 신중하게 생각했다. 송촌은 강변에 있는 작은 시골 마을이긴 하지만 제법 유명했고 오가는 사람도 많았다. 근교 여행지이자 대학생들의 인기 MT 장소로 소문난 덕이었다. 그런 곳에서 소동을 일으키는 위험을 감수할 이유는 없었다. 강한은 변 경위에게 지시했다.

"막지는 말고, 조용히 따라가기만 하라고 하세요. 일단 도주로를 차단한 다음에 체포하는 건 사방이 막혀 있는, 다른 사람이 없는 곳에서 합시다."

"네."

성암 톨게이트를 빠져나온 지 약 두 시간 후, 성암지검 승합차는 송촌 톨게이트에 도착했다. 서 경사는 이번에도 갓길에 잠시 차를 세웠고, 변 경위가 휴대전화를 들고 직원을 만나기 위해 요금소로 들어갔다. 1분 1초가 아까운 시점이었다. 약 3분 후, 헐레벌떡 뛰어온 변 경위는 거친 숨을 몰아쉬면서 보고했다.

"CCTV 확인하고 왔습니다. 68러219× 차량, 약 30분 전에 지나갔고, 운전자는 아직도 가면을 쓰고 있습니다. 요금소 직원과 얘기해 봤는데, 젊은 애들이 장난치는 건 줄 알고 벗으라고 하진 않았답니다. 운전석에 한 명, 뒷좌석에 두 명이 더 있었는데 얼굴은 잘 못 봤고요. 목소리를 들으니 이십대 남자애들 같았답니다. 톨게이트 요금은 현금으로 지불했다고 합니다.”

“세 명이 있었다고요?”

강한은 이십대 남자애들이라는 말에 한번 놀라고, 세 명이라는 말에 또다시 놀랐다. 반드시 그러리란 보장이 없는데도, 여태껏 그의 머릿속에서 범인은 늘 단독범이었다. 범행 준비 과정에서 누군가에게 도움을 받을 수는 있어도, 여러 명이 떼로 몰려다니는 건 상상도 가지 않았다.

‘혹시 뭔가 잘못된 건 아닐까.’

강한의 가슴 구석진 곳에서 불길한 느낌이 스멀스멀 올라오기 시작했다. 그러나 길게 생각하고 있을 시간 따위는 없었다. 승합차는 다시 달리기 시작했고, 변 경위는 범인의 차량을 추적하고 있다는 송촌경찰서 형사와 쉴 새 없이 무전을 주고받았다.

“시야에 확보하고서 들키지 않게 따라가는 중이랍니다. 펜션이 모여 있는 강변 쪽으로 가는 걸 보니 숙박하려는 것 같다고 하네요. 포위망을 피해서 은신하려는 게 아닐까 생각됩니다.”

“설마 집단 자살 같은 걸 하려는 건 아니겠죠?”

‘숙박’이라는 단어를 들은 소원이 불안스럽게 팔걸이를 움켜쥐면서 누구에게라고 할 것도 없이 말했다. 범죄영화나 드라마에서 종종 보았던, 연쇄살인이나 대학살극을 벌인 범인이 자살로 모든 것을 끝내는 그런 장면이 눈앞을 스쳐 지나갔다. 강한은 냉담하게 대꾸했다.

“그러면 그전에 막아야지. 죽긴 누구 맘대로 죽어.”

변 경위의 추측대로 범인의 차량은 도중에 방향을 바꾸지 않고 쭉 강변으로 접근했고, 나머지 두 대의 차량도 꾸준히 그 뒤를 쫓았다. 승합차 운전대를 잡은 서 경사의 눈에 너르게 펼쳐진 강변의 정경이 들어왔을 때, 무전기가 다시 소리를 냈다.

— 수상 스포츠 하는 선착장 바로 앞 펜션입니다. 이름은 노을호
수고요. 방금 주차장에 차 세우고 세 명이 내렸습니다. 좀 떨어져 있
어서 얼굴은 잘 안 보이고요. 투숙하기 전에 덮칠까요?

무전기에서 들려오는 송촌경찰서 형사의 말에 변 경위는 강한을
쳐다보았다. 강한은 변 경위의 시선을 느끼고 고개를 살짝 저었다.
변 경위가 무전기에 대고 대답했다.

"이왕 이렇게 된 거 우리가 잡겠습니다. 사방이 막혀 있는 방 안이
면 도주하기도 어렵겠죠. 10분 내로 도착할 것 같으니 그때까지 펜
션 입구를 지켜주세요."

무전기가 끊어짐과 동시에, 서 경사는 누가 시키지 않았는데도 액
셀을 밟았다. 아까와는 비교도 할 수 없이 조밀한 긴장감이 공기를
메웠고, 그 누구도 쉽게 입을 열지 못했다. 강한은 뭔가 심각하게 생
각하다가 입술을 뗐다.

"정 검사, 그리고 홍 수사관. 둘은 차 안에 있어. 범인들을 체포해서
제압하는 건 남자들이 할 테니까. 여자들이 하기는 위험한 일이야."

그 말을 들은 유미가 어이없다는 듯 피식 웃었다.

"무슨 말도 안 되는 소리야? 저 안에 들어갔을 때 제일 위험한 사
람은 나도, 홍 수사관도 아니고 선배야. 흥분해서 범인을 흠씬 두들
겨 패기라도 하면 어떡해? 강압적 체포, 폭행, 인권침해, 이런 얘기가
나오면 잡았던 범인도 풀어줘야 한다고. 무슨 뜻인지 알지?"

"내가 그걸 모를 것 같아?"

강한은 의도했던 것보다 조금 날카롭게 말했다. 그런 걸 보니 그
도 어지간히 긴장한 상태였다. 강력사건에 익숙지 않은 유미도, 검찰
청 일 자체에 익숙지 않은 세은도, 만일 난동이라도 생길 경우 단둘
이서 전국을 뒤흔드는 연쇄 상해 사건의 범인을 제압해야 하는 서 경

사와 변 경위도 바짝 긴장한 건 마찬가지였다. 그나마 평소의 모습에 가장 가까운 사람은 소원이었다.

"저기, 전 경찰도 아니고 검사도 아니고 수사관도 아니고 뭣도 아닌데요. 그럼 저는 때려도 되나요? 저도 좀 때리고 싶은데. 그동안 개고생하고 다닌 게 있어서."

그 말을 들은 강한은 손을 뻗어 옆에 앉은 소원의 허벅지를 꼬집으면서 구박했다.

"너야말로 진짜 정신 못 차리지. 아직 집행유예 기간인 녀석이."

"아야! 왜 꼬집어요! 범인한테는 손찌검 못해도 나한테는 한다 이거예요? 갑질 쩔어, 진짜!"

소원의 말이 끝나는 것과 동시에 승합차가 급정거했다. 차 안에 탄 사람들의 몸이 일제히 앞으로 쏠렸다가 뒤로 확 젖혀졌다. 빠른 속도로 차를 몰아가던 서 경사가 펜션 진입로에 서 있는 송촌경찰서 형사의 차량을 보고 급정거한 것이다. 강한과 유미의 가벼운 말씨름 끝에, 결국 세은만 차에 남고 유미는 안으로 들어가기로 했다. 일행이 우르르 승합차에서 내리자, 고물 자동차 앞에 서 있던 후줄근한 점퍼 차림의 형사가 고개를 꾸벅 숙이며 인사해왔다.

"성암지검에서 오셨죠? 송촌경찰서 유태성 경감입니다. 사실 저희 서에는 강력계가 따로 없고, 이런 사건도 일어난 적이 없어서 뭘 어떻게 해야 할지⋯⋯."

"성암지검 강한 검사입니다, 유 경감님. 아마 미리 들으셨겠지만 제가 눈이 보이지 않아서요. 이 펜션의 전반적인 구조가 어떻게 됩니까? 객실이 여기저기 흩어져 있습니까?"

소원의 팔을 잡고 내린 강한이 그렇게 묻자, 유 경감의 눈이 휘둥그레졌다. 소문이 자자한 시각장애인 검사를 직접 보게 되어 신기한 모양이었다.

"펜션은 한 동짜리 건물입니다. 1층에 카운터와 매점이 있고, 2층 부터 5층까지 객실이 있는 구조예요. 놈들이 들어가자마자 3층 객실에 불이 켜진 것을 보니 거기 투숙한 것 같습니다."

"감사합니다. 저희가 안에 있는 동안 바깥을 지켜주세요."

강한을 비롯한 성암지검 사람들이 진입로를 지나 로비를 향해 걸어가는 내내, 유 경감은 목석처럼 뻣뻣하게 굳어져서 꿈쩍도 하지 않았다. 오른손에는 실전에서 한번도 써본 적이 없는 테이저건을 쥐고, 머릿속으로는 부지런히 사용법을 되새기면서.

"형! 저기, 그 차가 있어요! 고 판사님을 치고 도망갔던 차요!"

소원은 진입로 끄트머리에 엉망으로 주차된 검은색 승용차를 보고 큰소리로 외쳤다. 그랬다가 이내 목소리를 줄여야 한다는 사실을 깨닫고 한 톤 낮춰서 다시 말했다.

"차 상태는 그때와 똑같고요. 달라진 건 없어 보여요. 당연한 얘기지만, 안에 사람은 없고요."

"그래."

강한은 짤막하게 대답하고 걸음을 재촉했다. 차를 조사하는 건 조금 뒤로 미뤄도 늦지 않았다. 자동문 사이로 들어서자, 여주인의 쾌활한 목소리가 강한 일행을 맞았다.

"어서 오세요. 예약하고 오셨나요?"

강한은 목에 걸고 있던 공무원증을 내밀어 보이면서 딱딱한 어조로 말했다.

"성암지방검찰청 강한 검사입니다. 이 펜션에 강력사건의 용의자가 투숙하고 있다는 정보를 확인하고 왔습니다. 협조 부탁드립니다."

"네? 강력사건 용의자요? 우리 펜션에? 오늘 손님이라고는 두 팀뿐인데, 누가요?"

여주인은 뒤로 넘어갈 것처럼 혼비백산해서 소리쳤다. 강한의 뒤에서 나타난 유미가, 바로 바깥에 세워져 있는 승용차를 가리키면서 침착하게 대답했다.

"저 차 타고 온 남자들이요. 방금 3층 객실에 투숙했죠? 혹시 무기를 소지하고 있지 않았나요? 아니면 다른 이상한 점이라도?"

"무, 무기라뇨! 총? 칼? 뭐 그런 거요? 어머, 어떡해요. 전 아무것도 못 보긴 했는데. 겉보기엔 그냥 평범한 대학생들 같았어요. 생긴 것도 앳되고, 까불거리고. 저녁때 바비큐 파티한다고 해서 고기랑 술도 잔뜩 가져다줬는데. 제가 잘못한 건가요?"

"몇 호실이죠? 거기 열쇠 좀 주시겠습니까?"

"301호예요. 열쇠는 이게 마스터키니까 쓰시면 돼요."

여주인은 벽에 걸려 있던 열쇠를 허둥지둥 내려서 강한에게 건네주려다가, 뒤늦게 그의 선글라스와 케인을 발견하고 눈이 휘둥그레졌다. 강한 대신 그의 옆에 있던 소원이 열쇠를 받아들었다. 그들은 엘리베이터를 타고 3층으로 올라갔다. 301호는 엘리베이터 바로 앞에 있었다.

"형, 노크할까요? 아니면 그냥 바로 열까요?"

"바로 열어. 티타임하러 온 것도 아니고 노크는 무슨 노크야?"

강한의 무뚝뚝한 말에, 소원은 깊은 숨을 한 번 들이마신 후 카드키를 문에 꽂았다.

삐익-.

경쾌한 전자음과 함께 잠금장치 풀리는 소리가 났다. 소원은 긴장감에 꿀꺽 침을 삼켰다.

65

안에서 당황한 남자들의 목소리가 들렸다.

"뭐야? 누구야?"

"주인 아줌마 아니야?"

문이 열리자마자, 서 경사와 변 경위가 안으로 돌진하면서 홀스터에 꽂아두었던 총을 뽑아 들었다. 위험천만한 테러범을 상대하는 것이니만큼 그들도 만반의 대비를 한 것이다.

"꼼짝 마! 움직이면 쏜다!"

서 경사와 변 경위는 좀처럼 해볼 일 없는 대사를 기세 좋게 외치며 문제의 남자들을 총으로 겨누었다. 죽기 살기로 저항할 거라고 생각했는데, 그들은 저항은커녕 감전된 개구리처럼 펄쩍 뛰어오르면서 우는 소리를 냈다.

"엄마야!"

"쏘, 쏘지 마세요! 우리한테 왜 그러세요!"

예상했던 것과 전혀 다른 분위기에, 문간에 서 있던 소원은 슬그머니 안으로 들어가보았다. 그의 시야에 가장 먼저 들어온 것은 ㄱ

짧은 시간에 개판이 되어버린 방 안이었다. 여기저기 널려 있는 피자 박스며 과자 봉지, 찌그러진 맥주 캔과 콜라 캔, 아무렇게나 벗어던 진 유령 가면이 쓰레기장을 방불케 했다.

그리고 그 한복판에서 양팔을 쳐든 채 엉거주춤 서 있는 세 남자 는, 어처구니없을 정도로 앳된 얼굴이었다. 운전하고 술을 마시는 걸 보니 고등학생은 아닐 테고, 잘 봐줘야 대학교 신입생. 입고 있는 옷 은 마치 맞춘 것처럼 초록색, 하늘색, 연보라색 트레이닝복이었다.

"어때, 류소원?"

심상치 않은 분위기를 감지한 강한이 소원에게 물었다.

"헛다리 짚은 거 같아요, 검사님. 완전 그냥 쩌리들이에요. 추리닝 입은 동네 백수들이요."

만일 지금 총구에 둘러싸인 사람이 소원이었다면, 체포당할 때 당 하더라도 '내가 왜 쩌리냐, 누구 맘대로 쩌리냐'고 맹랑하게 따졌을 것이다. 그러나 이놈들은 그럴 깜냥도 안 되는 진짜 쩌리들이었다.

"에이 씨, 그래서 내가 훔치면 안 된다고 했잖아! 금방 걸린다고 했잖아! 꼴통 새끼들아!"

초록색 트레이닝복이 두 손을 머리 위에 얹은 채 제 친구들을 향 해 따지듯 소리치자, 나머지 두 명도 이에 질세라 언성을 높였다.

"뭐래 미친 새끼가! 차문이 열려 있으니까 한 번만 들어가서 앉아 보자고 한 건 너잖아, 새꺄!"

"맞아, 그까짓 렌트비 몇 푼이나 한다고! 너 때문에 다 같이 잡혀 가게 생겼어, 인마!"

격렬하게 오가는 대화를 듣고, 강한은 상황이 어떻게 된 것인지 대강 짐작했다.

"그러니까, 너희들이 밖에 세워진 저 차를 훔쳐서 여기까지 타고 왔단 말이지. 문이 열려 있는 걸 보고. 우연히."

"네, 맞아요. 죄송해요. 한 번만 용서해주세요."

"딱 하루만 타보고 곧바로 돌려놓으려고 했어요. 어차피 주인이 없어진 차니까!"

어설픈 절도범들은 당장 무릎이라도 꿇을 기세로 강한을 향해 싹싹 빌었다. 강한은 어처구니가 없는 나머지 화도 나지 않았다. 이놈들의 썩어빠진 정신 상태에 비교하면, 류소원은 그야말로 모범생 표창감인 듯했다.

"주인 없는 물건도 가져가면 범죄가 돼. 너희들, 점유이탈물 횡령죄도 몰라?"

"뭔 탈…… 방탈이요?"

"됐다, 말을 말자. 이 차를 언제, 어디서, 어떻게 발견했는지 그거나 얘기해봐."

강한의 말에, 절도범들은 네가 얘기하라고 떠미는 것처럼 서로를 쳐다보았다. 미루고 미루다가, 결국 초록색 트레이닝복이 횡설수설 입을 열었다.

"어, 그게 그러니까, 오늘 아침에요. 저희가 밤새 클럽에서 놀고 나오는데……."

강한은 두서없이 쏟아져나오는 상대방의 말을 논리정연하게 조합해서 정리했다. 얘기를 들어보니, 중간고사를 마친 세 명의 대학교 신입생들이, 핼러윈 시즌을 맞아 올나잇 파티가 열린 청연동의 유명한 클럽에 유령 가면을 쓰고 놀러 간 게 사건의 발단이었다.

그들은 밤새 진탕 마시면서 눈에 띄는 여자들에게 닥치는 대로 들이댔으나, 아무 수확도 얻지 못했다. 그들이 한 떼의 비참한 좀비처럼 비틀비틀 클럽 밖으로 걸어 나왔을 때, 셋 중 누군지 기억나지 않는 한 사람이 갓길에 줄줄이 불법 정차된 차량 중 한 대의 조수석 문이 활짝 열려 있는 것을 발견했다.

"야, 저거 뭐냐? 주인이 실수로 열어둔 건가? 아니면 폐차하기 귀찮아서 갖다버렸나?"

호기심이 생긴 세 명은 열린 조수석 문을 통해 차 안을 들여다보았고, 운전대 옆에 스마트키가 달린 것을 발견했다. 마찬가지로 누군지 기억나지 않는 한 사람이 소리쳤다.

"에이 씨, 기분도 더러운데 우리 이거 타고 드라이브나 가자! 어디 송촌 같은 데 가서, 펜션 잡고 놀면서 자기들끼리 온 여자애들 헌팅이나 해보자고!"

강한이 듣기에는 명청하기 짝이 없는 소리였지만, 알코올에 절어 있던 스무 살의 뇌에는 그렇지 않았던 모양이다. 그들은 유령 가면을 뒤집어쓴 그대로 차에 올라타 스마트키로 시동을 걸고, 마치 내일이 없는 사람들처럼 낄낄대면서 내달리기 시작했다. 그리고 그 결과가 바로 이것, 생애 최초로 검사, 형사와 대면하면서 총으로 쏜다는 무시무시한 말을 듣게 된 것이었다.

"혹시 차량 주변에 다른 사람은 없었나? 괜히 주변을 얼쩡거리거나, 너희들이 차에 접근하는 걸 유심히 지켜보던 사람 말이야."

"아뇨, 그런 사람은 없었는데요. 그랬다면 저희가 차를 훔치…… 잠시 빌리지 않았겠죠."

강한은 지그시 입술을 깨물었다. 이번에도 범인의 돼먹잖은 장난에 걸려든 것이다. 연보라색 트레이닝복이 금방이라도 오줌을 지릴 것처럼 벌벌 떨면서 강한에게 물었다.

"저, 검사님. 저희 셋 다 감옥에 가나요?"

저런 배짱으로 무슨 차를 훔친다고. 강한은 트레이닝복 삼형제가 서로 끌어안은 채 울먹이는 장면이 눈에 선했다. 그는 수갑이 절그럭 거리는 소리가 나는 쪽으로 비스듬히 몸을 돌렸다. 아마 변영국 경위 나 서도준 경사가 거기 서 있을 것이다.

"이 학생들은 일단 성암경찰서로 데려가서 입건하시죠. 음주측정 도 해주시고요. 음주운전 및 음주운전 방조 혐의가 있으니 그 부분은 아주 철저하게 조사해주세요. 대신 자동차를 가져온 건 절도가 아닌 자동차 불법 사용으로 의율해주시고요. 잠깐 쓰고 돌려놓으려고 했 다고 하니까, 그 부분은 선처해줍시다. 렌터카 업체와 합의할 수 있 도록 부모에게 연락도 해주시고요."

"네, 검사님."

"그리고 성암시경에 연락해서 과학수사요원 한 명만 이쪽으로 보 내라고 해주세요. 렌터카에 범인의 흔적이 남아 있을지도 모르니까 요. 그때까지 차는 우리가 지키고 있겠습니다."

강한은 음식 냄새와 술 냄새로 어지럽게 뒤섞인 이 방 안처럼, 보 나마나 개판이 되어 있을 게 뻔한 렌터카 내부를 생각하며 한숨을 쉬 었다. 철부지 이십대 남자애들에게 맘껏 가지고 놀라고 차를 내던져 주다니, 그가 생각해도 정말 좋은 증거인멸 방법이었다.

* * *

"다 끝났습니다. 증거 수집보다 청소에 시간이 훨씬 더 많이 걸 렸네요."

하얀 방호복을 입은 과학수사요원이 손수건으로 이마의 땀을 닦 아내면서 말했다. 그는 펜션 로비 소파에 앉아 있는 강한과 유미, 소 원과 세은 일행의 맞은편에 앉았다. 그리고 디지털카메라를 꺼내 찍어온 사진을 한 장 한 장 넘겨가면서 설명하기 시작했다.

"차 안에 널려 있던 과자 봉지와 땅콩 캔, 맥주 캔은 아무 상관 없는 것 같아 일단 치워놨습니다. 지문이 상당히 많이 나왔는데 범인 외에 렌터카를 훔쳐서 타고 다녔다는 그 학생들, 그리고 렌터카 업체 직원들과 그전에 렌터카를 탔던 사람들의 지문일 가능성이 높아 일단 AFIS에 전부 돌려봐야 할 것 같습니다."

"DNA는? 타액이나 머리카락, 아니면 혈액 증거는 안 나왔습니까?"

어차피 사진을 볼 수 없는 강한은 과학수사요원의 말에 주의를 기울이고 있다가 물었다.

"뒷좌석 바닥에 침을 뱉어놓았는데요, 맥주 거품이 섞여 있는 걸 보니 그 대학생들의 짓인 거 같습니다. 일단 채취는 해놓았고요. 머리카락도 여러 가닥 발견되었고, 대부분 그 학생들 것이 아닌가 싶은데, 딱 하나 예외가 있기는 했습니다."

과학수사요원은 들고 온 가방 속에서 증거 수집용 비닐백 하나를 꺼냈다. 그리고 앞을 보지 못하는 강한을 위해 안에 든 물건의 정체를 상세히 설명해주었다.

"길이 40센티미터가량의 머리카락 한 올입니다. 뒷좌석 시트 사이에 끼여 있는 걸 찾아냈죠. 흰색과 회색, 회갈색과 갈색으로 색깔이 변하고요. 염색을 주기적으로 하는, 중장년 여성의 머리카락으로 추측됩니다. 다행히 모근이 붙어 있어서, DNA 채취가 가능할 것 같습니다."

강한은 과학수사요원을 향해 손을 뻗었다. 요원은 그 의미를 알아차린 듯 비닐백을 강한에게 건네주었다. 강한은 매끄러운 비닐 표면을 통해 느껴지는 가느다란 머리카락 한 올을 손가락 끝으로 쭉 따라가며 만져보았다. 이것이 정말 범인의 일부일까. 아니면 이번에도 함정일까. 어느 쪽이라고 쉽게 단정 지을 수는 없었지만, 어느 쪽이든 실마리라는 것만은 확실했다.

"이거, 국과수에 바로 보낼 수 있을까요?"

"제가 지금 바로 가지고 가겠습니다. 1순위 분석 샘플이라고도 얘기해놓겠습니다."

과학수사요원은 그렇게 다짐하고, 강한 일행을 향해 고개를 꾸벅 숙인 후 타고 온 차량을 향해 뛰어갔다. 점점 멀어지는 발소리를 들으며, 강한은 뭔가 깊이 생각하는 표정이 되었다. 그러더니 건너편에 앉아 있는 유미에게 말했다.

"정 검사, 변 경위나 서 경사한테 전화 걸어봐. 추리닝 삼형제 중 운전했던 애 좀 바꿔달라고 해줘."

"운전했던 애요?"

유미는 고개를 갸웃하면서도 휴대전화를 꺼내 들었다. 유령 가면을 쓰고 운전했던 초록색 트레이닝복과 통화가 연결되는 데는 오랜 시간이 걸리지 않았다. 강한이 유미의 휴대전화를 건네받자마자 훌쩍거리는 소리가 들렸다.

— 여보세요? 검사님? 저 그만 집에 돌아가면 안 되나요? 훌쩍…… 술 깨니까 무서워요…….

"너 말이야, 운전석에 앉았을 때 시트 뒤로 당겼어, 안 당겼어?"

— 네? 시트요? 어, 어떻게 했더라……. 당긴 거 같아요!

"당겼다고? 확실해?"

— 네, 당겼어요. 꽤 많이 당겼는데, 얼마나 키 작은 놈이 몰고 다녔기에 이렇게 당겨져 있나 짜증났던 기억이 나요. 근데 그건 왜요? 당기면 안 되는 거예요? 저 또 벌 받아요?

"너, 키가 몇이지?"

566

— 183센티미터요. 엄마가 그러는데 제가 태어나서 유일하게 잘한 게 키 큰 거래요.

"어머님이 현명하시군."

강한은 무뚝뚝하게 말하고서 전화를 끊었다. 범인의 키가 170대 초중반이란 건 이미 알고 있던 사실이었다. 그 성별에 대해서는 여전히 오리무중이었지만. 그는 부지런히 머리를 굴렸다.

"그럼 이제 자동차 증거 수집도 끝났으니 올라갈까? 지문 조회 결과도 확인해야 하고……."

"형, 올라가는 건 좋은데, 어떻게 올라가요? 우리 타고 갈 차가 없는데."

"뭐?"

강한은 허를 찔린 표정으로 멈칫했다. 그들이 타고 온 승합차는 두 경찰관이 바보 삼형제를 태우고 가는 데 사용해버렸다. 그렇다고 형사사건의 증거물인 렌터카를 타고 갈 수는 없는 노릇이었다. 정신없이 돌아가는 상황 속에서 누구도 올라가는 차편을 생각하지 못한 것이다. 강한이 어처구니없어하면서 한숨을 쉬는 찰나, 옆에서 요란한 소리가 들려왔다.

<u>꼬르르르륵-!</u>

천둥 치는 소리 같기도 하고, 오케스트라의 연주 같기도 한 어마어마하게 큰소리. 소원의 배꼽시계가 우는 소리였다. 유미와 세은, 심지어 강한까지 일제히 소원이 앉은 방향으로 고개를 돌렸다. 그는 쑥스러운 듯 헤헤 웃었다. 생각해보면 점심 이후로 지금까지 제대로 먹은 게 아무것도 없으니 배고픈 것도 무리가 아니었다. 유미가 강한에게 말했다.

"선배, 차라리 여기서 밥 먹고, 하룻밤 자고 가요. 내일 아침 일찍 검찰청에 전화해서 데리러 와달라고 하면 되잖아요."

"이 펜션에서? 밥을 먹고 잠을 잔다고?"

"뭐 어때요, 바보 삼형제가 빌려놓은 방이 있으니까 선배하고 소원이가 거기서 자고, 나하고 홍 수사관이 옆방 잡아서 같이 자면 되지."

유미는 어깨를 으쓱하면서 말했다. 강한은 냄새만 맡아도 엉망진창임을 알 수 있었던 방을 떠올리면서 끔찍한 기분이 되었지만, 소원은 펜션에서 잔다는 말에 잔뜩 신이 난 모양이었다.

"그럼 우리 저녁으로 바비큐 해 먹어요! 아까 그 방에 개네들이 먹던 술이랑 고기도 잔뜩 있었는데! 캠핑 분위기 한번 내보자고요!"

"안 돼."

강한의 단호한 대답에 소원은 발을 동동 구르며 따졌다.

"왜요! 이미 포장 뜯어서 다른 손님들한테 팔지도 못할 거고, 우리가 안 먹으면 그대로 상해버린다고요! 아깝잖아요!"

"바보가 먹던 걸 먹으면 바보가 옮아."

강한은 농담 같지 않은 농담을 하면서 입가에 슬그머니 웃음을 머금었다. 연쇄 상해 사건의 범인을 잡으러 왔다가 난데없이 캠핑이라니. 정말이지 한 치 앞도 내다볼 수 없는 게 인생이다 싶었다.

66

"아니, 엄마. 나 괜찮아. 정말 괜찮다니까. 위험한 일 안 한다고 몇 번이나 얘기했잖아."

딱 반 뼘 열려 있는 테라스 문 사이로 세은의 목소리가 튀어나왔다. 평소보다 훨씬 날카로운 말투에, 조심스럽게 현관문을 열고 들어서던 소원이 흠칫하면서 멈춰섰다.

"누가 그딴 소리를 해? 하나 가면 다른 하나도 따라간다고? 웃기지 말라고 해. 난 멀쩡하니까! 상황이 이렇게 됐는데 우리 가족만 아무것도 모르고 있으면 그게 더 억울하잖아."

세은은 찬바람이 매섭게 부는 테라스에 서서 누군가와 휴대전화로 통화하고 있었다. 감정에 깊게 매몰되었는지, 그녀는 소원이 객실 안으로 들어온 것조차 알아차리지 못했다. 천사처럼 착하고 상냥하던 세은 누나가 화를 내다니, 당황한 소원의 귀에 한마디가 이어서 꽂혔다.

"그리고 나 이제 은하라고 부르지 말라니까. 세은이라고. 홍세은. 옛날 이름 더는 듣기 싫어."

아마도 세은은 개명한 이름인 모양이었다. 소원은 처음 알았다.

'왜 개명했지? 은하도 예쁜 것 같은데.'

소원은 그렇게 생각하면서, 슬그머니 발걸음을 돌려서 객실을 도로 나가려고 했다. 모르는 척 나갔다가, 이따가 아무 일도 없었다는 듯 다시 들어올 작정이었다. 그런데 그가 문고리에 손을 올리는 순간, 철컥 하고 묵직한 문소리가 나면서 테라스 바깥에 있던 세은의 주의를 끌었다. 세은은 긴 머리카락을 찰랑대면서 획 뒤를 돌아보았고, 소원과 눈이 마주쳤다.

"저, 세은 누나. 식사하러 오시래요."

세은은 소원을 발견한 순간 휴대전화를 곧바로 귓가에서 내렸다. 그리고 한껏 예민해진 표정으로 추궁하듯 물었다.

"혹시 나 통화하는 거 들었어?"

"아뇨, 아무것도 못 들었어요. 통화하셨어요?"

소원은 천연덕스러운 낯빛으로 되물었다. 세은은 잠시 미심쩍은 얼굴로 소원을 살펴보다가, 이내 긴장했던 입가를 싹 풀면서 휴대전화를 주머니에 넣었다.

"아니, 못 들었으면 됐어. 바비큐 먹는 거지? 맛있겠다! 가자!"

유미와 강한은 바비큐장에서 기다리고 있었다. 잠시 손을 씻고 온다던 세은이 한참이 지나도 오지 않자 강한이 소원을 보냈던 것이다. 은은하게 조명을 밝힌 파라솔 아래 바비큐 그릴과 간이 테이블이 펼쳐져 있었다. 소원이 세은을 데리고 오자 본격적인 바비큐 파티가 시작되었다.

"고기는 당연히 제가 굽는 거겠죠? 저는 막내고, 남자고, 동네북이자 마당쇠니까?"

소원은 그릴 옆에 준비된 목장갑을 양손에 하나씩 끼고 집게를 들면서 종알거렸다.

"그럼 내가 구울게."

"나도, 나도."

유미와 세은이 앞다투어 나서자, 소원은 그들의 손이 닿지 않도록 집게를 높이 들어 올렸다.

"아뇨, 됐어요. 그냥 해본 말이에요. 싫다고 한 적은 없다고요."

강한은 피식 웃었다. 같이 살기 시작한 지 어느덧 보름째, 소원의 성격을 이제 낱낱이 파악하게 된 그였다. 류소원은 뭐든 시키면 일단 투덜거리고 본다. 그러나 그와 동시에 손은 이미 움직이고 있다. 일을 마치고 나면 절대 생색은 내지 않고 그 대신 또 투덜거린다.

숯불에 구워 먹는 고기는 맛이 좋았다. 강한은 소원이 고기를 굽느라 먹지 못할까봐 걱정했지만, 역시 기우에 불과했다. 고기를 뒤집는 사이사이에 연신 우물대는 소리가 들리는 걸 보니 소원은 틈틈이 배를 채우고 있는 것 같았다.

"그런데 도대체 어떻게 된 걸까요? 범인은 남자인 거예요, 아니면 여자인 거예요?"

어느 정도 허기를 채우고 나자, 결국 화제는 사건으로 돌아왔다. 먼저 서두를 꺼낸 사람은 세은이었고, 유미가 거들었다.

"한번 정리해보자. 조선족 브로커인 장위티엔은 대림동 성당에서 서류 거래를 위해 만났던 사람이 170대 초중반의 키에 여자의 손을 갖고 있었다고 했지. 성모마리아가 아기 예수를 안은 그림을 열심히 쳐다봤단 말도 했고."

그러자 소원이 그다음 말을 받아서 했다.

"시각장애인 꽃집 주인은 키가 175 정도 되는 이십대 초반 남성이었다고 했어요. 돈 많고, 똑똑하고, 잘생기고, 깔끔한 성격일 거라고도 했고요. 직접 눈으로 본 건 아니었지만."

계속해서 강한이 마지막 정리를 했다.

"그리고 오늘 범행 차량에서는 중장년층 여성의 것으로 보이는 머리카락이 발견됐어. 자동차 시트는 키가 170대 초반인 사람의 체격에 맞춰 조절되어 있었고."

증거들이 가리키는 범인상이 서로 배치되는 상황이었고, 강한도 혼란스럽기만 했다. 어떤 증거와 진술이 더 우세한지도 가리기 힘들었다.

원래 사람의 진술보다는 객관적 물증이 더 믿기 쉽지만, 이 경우에는 머리카락이 이전에 렌터카를 탔던 다른 사람에게서 나온 것일 가능성이 있어 쉽게 단정하기 어려웠다.

장위티엔과 꽃집 주인의 진술도 우열을 가리기 어려웠다. 장위티엔은 두 눈이 멀쩡했지만, 범인의 얼굴을 제대로 보지 못했다. 뿐만 아니라 오직 검찰을 엿먹이기 위해 거짓말을 하고도 남을 뺀질뺀질한 범죄자였다.

반면 꽃집 주인은 모자도 헬멧도 마스크도 쓰지 않은 범인을 직접 만나 제법 오랫동안 대화까지 했지만, 두 눈이 보이지 않는다는 치명적인 결함이 있었다. 강한과 소원은 보지 않고도 사람을 파악하는 그녀의 능력을 인정했지만, 그게 법정에서도 통할지는 분명 의문이었다.

"혹시 범인이 두 명인 건 아닐까요? 한 명은 나이 많은 여자, 한 명은 젊은 남자."

소원이 내놓은 가설에, 강한은 곧바로 단호하게 고개를 저었다.

"아니, 그렇게 치밀하고 교활하고 지능적인 범인은 혼자 모든 걸 컨트롤해야만 직성이 풀릴 거야. 다른 사람에게 잠시 도움을 받을 수는 있어도, 절대 중요한 역할을 맡기거나 자신과 동등한 지위로 인정하지는 않을 거야."

거침없이 설명하던 강한은 갑자기 주변이 싹 조용해지고 모두가 자신을 쳐다보고 있는 것을 느끼고 잠시 말을 멈추며 물었다.

"왜?"

"아니, 꼭 우리가 아는 누구 얘기 같아서……."

유미는 들릴락 말락 한 작은 목소리로 말했지만, 강한의 예리한 귀가 그걸 놓칠 리 없었다.

"검사에게는 그런 태도가 필요해. 검사는 사건의 결정권자야. 다른 사람의 의견을 들을 수는 있지만, 거기에 맞추거나 흔들려서는 안 된다고."

그가 하는 말은 맞기도 하고 틀리기도 했다.

우선 강한은 이 사건의 주임검사가 아니었다. 유미가 주임검사이고, 그는 합동수사팀의 일원일 뿐이었다.

또한 검사는 처분의 결정권자이긴 하지만, 그렇다고 해서 자기 마음대로 사건을 휘두를 수 있는 건 아니었다. 주요 사건에서 부장검사와 차장검사를 반드시 거쳐야 하는 결재 절차는 바로 그것 때문에 존재하는 것이었다.

그러나 유미도, 소원도, 세은도 강한의 말에 함부로 반박하지 못했다. 그건 아마도 바늘 끝도 안 들어갈 것같이 굳어진 그의 얼굴 때문이었을 것이다.

강한의 말이 끝나자마자, 마치 그 말에 대답이라도 하는 것처럼 그의 휴대전화가 진동했다. 그리고 어김없이 울려 퍼지는 낭랑한 안내 음성.

— 고, 유, 정, 판사님으로부터 전화가 왔습니다.

중대한 의미를 띤 이름. 넷의 어깨가 동시에 움찔했다.

강한은 사건의 결정권이 자신에게 있다는 것을 강조하기라도 하듯, 휴대전화를 꺼내면서 자리에서 일어났다. 그리고 다른 사람들에게 들리지 않을 만큼 멀리까지 걸어가서 전화를 받았다.

"예, 판사님. 강한 검사입니다."

— 유죄판결을 선고한 날, 뭔가 다른 게 있었는지 확인하려고 작년 업무일지를 찾아봤어요.

고 판사는 형식적인 안부 인사 따위는 생략하고 단도직입적으로 말했다. 그들에게는 1분 1초가 아깝다는 사실을 새삼 일깨워주는 태도였다.

"뭔가 찾으셨습니까?"

— 치료감호 청구요.

고 판사의 목소리는 아주 희미하게 떨리고 있었다. 강한이 아닌 다른 사람이었다면 감지하지 못할 정도로. '치료감호 청구'라는 단어를 들은 강한의 미간에 가느다란 주름이 잡혔다.

— 그날 지온유의 국선변호인으로부터 선고기일 연기 신청과 변론 재개 신청이 들어왔었어요. 그 이유가 법원에서 검사에게 치료감호 청구를 하도록 요구해야 한다는 거였고요.

"그게 무슨 얘깁니까? 지온유는 심신상실 상태가 아니라는 진단서가 나오지 않았습니까?"

강한의 질문에, 고 판사는 잠시 망설이는 듯하더니 아까보다 더 떨리는 목소리로 말했다.

— 애초에 신뢰도가 떨어진다고 생각해서 굳이 검사님한테는 알리지 않았는데…….

검사에게 알리지 않은 사실이 있다. 그 순간 강한은 뭐라 말할 수 없이 불길한 예감이 들었다. 고 판사는 심호흡을 한 번 하고서 덧붙였다.

— 사실 그때 제출된 두 번째 진단서가 있었어요.

그 말을 듣는 순간, 강한의 숨이 잠시 멈췄다. 텅 빈 동공이 흔들리면서, 그의 기억은 1년 전으로 거슬러 올라갔다.

* * *

1년 전 9월 7일 목요일 오후 2시. 성암지방검찰청 401호 검사실.

"자, 읽어봐. 넌 진술거부권이 있고, 변호인의 조력을 받을 권리도 있어. 다 알아들었지?"

"……"

검찰로 송치된 지온유의 첫 번째 피의자 신문.

수사관의 거친 말투에, 온유는 두 눈이 휘둥그레진 채 어설프게 고개를 끄덕거렸다.

그 모습을 미심쩍은 듯 쳐다보던 수사관이 주임검사인 강한에게 말했다.

"검사님, 애가 좀 모자란 건 맞는 거 같은데요. 변호인을 부르거나, 여튼 누구를 불러야 하지 않을까요?"

강한은 무릎 위에 두 주먹을 올린 채 뻣뻣이 굳어져 있는 온유를 물끄러미 쳐다보며 말했다.

"피의자가 제대로 된 장애 진단을 받은 적이 없고, 일반 고등학교에 다니고 있고, 의사소통이 많이 느리긴 해도 충분히 가능하다는 주변 사람들의 진술도 있죠. 괜히 특별 대우했다가는 나중에 심신상실, 심신미약을 주장하면서 책임을 회피하려고 할 겁니다."

강한은 그렇게 결론 내리더니, 돌연 온유와 가까워지도록 몸을 숙이면서 명령하듯 말했다.

"너, 고등학교 3학년이지? 구구단 외워봐."

"에? 구구단이요? 이 일은 이, 이 이 사……."

온유는 부들부들 떨면서 생각나는 대로 대충 주워섬겼다. 그에게 구구단을 가르친 사람은 소원이었다. 소원은 2단과 3단 중간까지는 떼게 했지만 그다음은 실패했다. 하지만 강한이 뭔가를 판단하는 데는 그 정도면 충분했다.

"됐어, 여기 오는 웬만한 놈들보다 훨씬 낫네."

강한은 의자를 끌어당기고 허리를 곧추세우며 앉았다.

그리고 속을 꿰뚫어 보듯 냉철한 시선으로 온유를 쏘아보며 추궁하듯 물었다.

"지온유, 9월 1일 금요일 오후 5시에서 6시 사이, 성암동에 있는 폐공장 건물에 간 적 있지?"

"모, 몰라요. 나 아니에요!"

온유는 첫 질문부터 고개를 도리도리 저으며 절박하게 외쳤다. 그가 그런 반응을 보인다는 건 이미 사건을 송치한 경찰에게 보고받아서 알고 있었기에 강한은 놀라지도 않았다.

"사건 당일 피해자가 성암고 학생과 함께 우산을 쓰고 가는 걸 봤다는 목격자가 있어. 현장에 쓰러져 있던 피해자는 네 명찰을 쥐고 있었고. 학교 측에 확인해본 결과 등교할 때 명찰이 없으면 복장 점검에 걸리는데, 그날 아침 지온유 학생이 단속된 적은 없다고 하더군. 그럼 사건 발생 전에 명찰을 잃어버리진 않았다는 거겠지?"

"나, 나 아니야……."

온유는 강한이 하는 말을 제대로 듣지도 않은 채 얼빠진 사람처럼 중얼거렸다. 반면 강한은 여전히 침착하고 냉정했다. 둘 사이에서는 소통이라는 게 전혀 이루어지고 있지 않았다.

"무조건 아니라고 해봤자 소용없어. 사건 당일의 휴대전화 발신 기지국 추적 결과 네가 계속 성암동에 있었던 사실이 확인됐고, 현장에서 발견된 과자 봉지와 성인 잡지에서는 너의 지문이, 음료수 캔에서는 너의 타액이 검출됐지. 진흙에서는 피해자의 구두 자국 위에 겹쳐지게 찍힌 너의 운동화 자국이 나왔고, 피해자 시신의 등과 허리, 팔에서 네 지문이, 그 옆에 버려져 있던 휴지에서는 네 DNA가 나왔어."

증거가 너무 많아서 차고 넘칠 지경이었다. 강한은 휴지에서 검출된 DNA에 대해서는 굳이 부연하지 않았다. 그와 검시관이 예상했던 대로 정액의 흔적이었다.

"네가 피해자를 집요하게 쫓아다니면서 괴롭히는 걸 본 사람이 한둘이 아냐. 피해자 부모는 몇 번이나 경찰을 부르려고 했고."

"아니야, 아니라고……!"

온유의 말소리는 점점 높아지고 커지는 반면, 강한의 목소리는 싸늘할 정도로 한결같았다.

"중학교 때 생활기록부를 보니 폭력 사건을 일으켜서 징계받은 기록이 있던데, 맘에 안 드는 일이 있으면 폭력적으로 변하는 성향인가 보지?"

"나 아니라고 했잖아! 저, 정말, 정말로 모른다니까!"

온유는 버럭 고함을 치면서 수갑 찬 양팔로 책상을 두들기듯 내리쳤다. 그래도 강한은 눈 하나 깜짝하지 않았다.

"수사관님, 지금 이거, 영상 녹화되고 있죠? 피의자가 신문 도중 난폭한 행동을 했다는 내용으로 수사보고서를 작성해주세요. 영상

자료와 함께 폭력성을 입증할 자료로 제출할 겁니다."

"네, 검사님."

수사관은 자판을 치기 시작했다. 그때, 누군가 허겁지겁 검사실 안으로 뛰어 들어왔다. 온유의 국선변호인인 윤지영 변호사였다.

67

"검사님, 정말 이러실 거예요? 국선변호인 동석 없이 조사를 한다고요?"

세련된 커트 머리, 주름 하나 가지 않은 바지 정장. 언제나 단정하고 품위 있어 보이는 지영이었지만 지금은 머리카락을 흩날리며 숨을 가쁘게 몰아쉬고 있었다. 강한은 그녀를 올려다보면서 정중하지만 단호하게 말했다.

"피의자에게 권리 고지를 했지만, 피의자가 변호인의 조력이나 동석을 요청하지 않았습니다."

그 말에 지영은 기가 막힌다는 듯 코웃음을 치면서, 온유의 어깨를 보호하듯 팔로 감쌌다.

"그게 말이나 된다고 생각하세요? 얘는 조력이라는 단어가 뭔지도 모르는 애라고요."

온유는 금방이라도 울음을 터뜨릴 것처럼 눈물이 그렁그렁한 눈으로 지영의 손등에 이마를 붙였다. 지영은 사나운 암호랑이처럼 온유의 앞을 가로막고 서면서 선언했다.

"앞으로 내가 없는 곳에서는 지온유 군으로부터 단 한마디도 듣지 못할 겁니다. 아시겠어요? 한 번만 더 이런 일이 생긴다면 그땐 성암지검에 정식으로 문제 제기를 하겠다고요!"

지영은 팔짱을 낀 채 강한을 쏘아보았고, 강한은 그 시선을 피하지 않고 받아냈다. 한동안 둘은 서로 대립하듯 팽팽하게 쳐다보고 있었다. 그러다 강한이 짧게 한숨을 뱉더니 대단한 선심을 쓴다는 듯한 어조로 말했다.

"앉으시죠. 조사는 처음부터 다시 시작하겠습니다."

"……."

지영은 지그시 강한을 노려보다가 팔짱을 풀었다. 검사와 대립각을 세워봤자 피의자나 변호인 입장에서 좋을 게 하나도 없었다. 그녀가 온유의 옆자리에 앉자, 피의자 신문이 재개되었다.

"피의자는 경찰에서 조사받는 과정에서 폭행과 폭언, 강요나 협박, 그 밖의 인권침해 행위를 당한 사실이 있습니까?"

강한은 말투뿐만 아니라 질문의 순서까지 바꿨다. 인권침해 여부에 대한 확인 질문은 구속 피의자에 대해서는 의례적으로 하게 되어 있었지만, 딱히 문제될 여지가 없으면 그냥 넘어가기도 했다. 그러나 돈 안 되는 사건도 몇 억짜리 사건처럼 열심히 한다고 소문난 변호사 윤지영이 나타났으니, 나중에라도 강압수사 어쩌고 말이 나오지 못하게 막아버리는 편이 나았다.

강한이 구사하는 어려운 어휘와 빠른 말투에 온유는 멍청하게 입만 벌리고 있었다. 그러자 지영이 상냥한 어조로 온유에게 차근차근 풀어서 설명해주었다.

"여기 오기 전에, 경찰 아저씨하고 얘기할 때, 누가 온유한테 욕하거나 때리거나 했어?"

"……아니요, 그냥 소리만 많이 질렀어요."

온유는 대답하는 대신 도리도리 고개만 저었다. 강한은 '소리만
많이 질렀어요' 부분은 빼고 '아니요' 부분만 타이핑으로 적어넣으
면서 다음 질문으로 넘어갔다.

"피의자는 체포, 구속되어 현재 조사받고 있는 혐의가 뭔지 알고
있습니까?"

강한이 온유를 쳐다보자 온유는 지영을 쳐다보았고, 지영은 괜찮
다고 격려하는 듯 고개를 끄덕였다. 그러자 아까보다 훨씬 떠는 게
줄어든 온유가 두 손가락을 맞대며 중얼거렸다.

"별이, 별이가 죽었어요……."

"피의자는 9월 1일 금요일 오후 5시에서 6시 사이, 성암동에 있는
폐공장 건물로 피해자 김별하를 데려가 옷을 벗기고 강제추행한 후,
범행을 은폐하기 위해 피해자를 목 졸라 살해했다는 혐의를 받고 있
습니다. 혐의를 인정합니까?"

강한의 질문에 온유는 이번에도 지영을 쳐다보았다. 지영은 어린
아이 대하듯 참을성 있게 온유를 대했다.

"온유가 별이를 해쳤어? 아프게 했어?"

"아니, 아니야. 나 아니야."

"그러면? 누가 그랬어? 혹시 봤어?"

지영이 온유에게 넌지시 물어보는데, 강한이 그녀를 가로막았다.

"변호사님, 피의자로부터 진술을 유도하는 건 자제하시죠. 목격
자 진술과 각종 물증, 과학수사 증거에 의해서 이미 밝혀졌잖습니까.
피의자 아닌 제3의 인물이 범인일 가능성은 없습니다."

"아뇨, 검사님이야말로 진실을 호도하지 마세요. 발레학원 앞에

서 목격된 학생은 800명 가까운 성암고 전교생 중 누구라도 될 수 있어요. 명찰은 다른 사람이 훔쳐가거나 잃어버린 것일 수도 있고요. 피의자가 피해자를 데리고 폐공장 건물로 들어가는 것을 직접 본 사람은 없죠."

강한은 순간적으로 말이 막혔다. 지영의 지적이 정확했기 때문이다.

"휴대전화 발신 기지국 조회 결과도 봤습니다. 피의자의 위치는 '성암동'까지만 표시되더군요. 그러면 폐공장이 아닌 어디에라도 있을 수 있었던 거 아닌가요?"

지영의 말끝에는 희미한 분노마저 묻어나고 있었다. 그녀가 온유의 국선변호인을 맡게 된 것은 구속 이후였다. 원래 변호를 맡고 있던 변호사가 몸이 좋지 않다면서 물러난 까닭이었다. 만일 자신이 처음부터 맡았다면 구속조차 되지 않았으리라고, 그녀는 그렇게 믿는 듯 보였다.

"지문과 DNA, 족적도 마찬가지죠. 그건 피의자가 그 장소에 간 적이 있다는 증거일 뿐, 그날 갔다는 증거는 아니에요. 폐공장은 성암동 아이들이 놀이터처럼 드나드는 곳이고, 실제로 피의자 외 불특정 다수의 흔적이 발견된 것으로 알고 있어요."

지영은 그 '불특정 다수'에 대해서는 신원확인 절차가 이루어지지 않았다는 것을, 그중에 범인이 있을지도 모른다는 것을 간접적으로 지적하고 있었다. 그러나 강한은 그렇게 호락호락 넘어갈 상대가 아니었다.

"지문과 DNA가 남겨진 시기를 특정할 수 없는 건 맞습니다. 하지만 족적은 다르죠. 피의자의 발자국은 피해자의 발자국 위에 찍혀 있었습니다. 사건 발생 전에 찍힌 게 아니란 얘기죠."

"……."

"더 중요한 건 아직 시작도 안 했습니다. 옷을 입지 않은 피해자의 시신에 찍혀 있던 피의자의 지문은 어떻게 설명하실 거죠? 누가 피의자의 손가락을 훔쳐다가 찍기라도 했습니까?"

강한의 날카로운 질문에, 잠시 멈칫하던 지영은 이내 맞대응할 만한 가설을 찾아냈다.

"그건…… 피해자가 이미 사망한 후 피의자가 현장에 갔을 수도 있는 거 아닌가요? 그곳이 피의자가 평소 자주 가던 곳이라면 말이에요. 그러다가 피해자를 만지게 되었을 수도 있죠."

"그럴 수도 있는 거 아니냐, 그렇게 되었을 수도 있다. 전부 막연한 추측일 뿐이군요. 본인에게 직접 물어보면 어떻겠습니까?"

강한은 비꼬는 듯한 투로 그렇게 말하더니, 평범한 사람도 등골이 서늘해질 만큼 위압적인 표정으로 온유를 들여다보며 물었다.

"대답해봐, 지온유. 그날 폐공장에 들어갔을 때, 별하가 이미 죽어 있었어? 그래서 만졌어?"

거기서 온유가 '그렇다'고 말하기만 했다면, 그 후의 일들이 조금은 달라졌을지도 몰랐다. 그러나 온유는 강한의 시선을 정면으로 받자마자 잔뜩 겁에 질려서 더듬거리며 소리칠 뿐이었다.

"아, 아니에요! 나 아니에요! 난 아무것도 몰라요!"

강한은 그것 보라는 듯한 표정으로 지영을 쳐다보았다. 그러자 그녀는 잠시 당혹스러워하다가, 노련한 백전노장 변호사답게 다른 변명거리를 찾아냈다.

"뭔가 오해가 있었을 거예요. 고의적으로 일어난 일은 절대 아니었을 거라고요! 피의자는 평소 피해자에게 호감을 갖고 있었고, 피해자를 해칠 이유는 전혀 없었어요!"

"순수한 호감이 아니니까 문제가 되는 겁니다. 피해자의 옷이 벗겨져 있었고, 정액 묻은 휴지가 발견되었다는 사실은 피의자가 피해자에게 성적인 욕구를 품었다는 걸 의미합니다. 그건 충분한 범행 동기가 되죠."

"하지만 피의자는 이 사건이 발생하기 전 피해자에게 단 한 번도 강압적이거나 위협적인 행동을 한 적이 없어요. 피해자뿐만 아니라 다른 누구에 대해서도 마찬가지예요. 오히려 다른 사람들이 지적장애가 있다는 이유로 피해자를 조롱하고 괴롭히는 쪽이었죠."

"그래요? 그러면 중학교 때 일으켰던 폭력 사건은 뭡니까?"

"그건 피의자 잘못이 아니었어요. 평소에도 피의자를 자주 괴롭히던 남자 선배가 여학생들 앞에서 바지를 벗기려고 하자, 피의자가 어떻게든 그 상황을 모면하려고 의자를 던졌는데 그게 그 남자 선배의 정강이에 맞은 거예요. 학폭위에서 사건의 앞뒤 정황을 고려하지 않고 한쪽 이야기만 듣고 징계한 거라고요."

"알고 보면 다 그럴 만한 사정이 있다, 사실은 이쪽이 피해자다, 징계가 잘못된 거다. 학폭 가해자가 하는 전형적인 변명이죠."

"검사님이야말로 편견과 아집에 가득 차서 이 사건을 수사하고 계시는군요. 무죄추정의 원칙. 모든 피의자는 유죄판결이 확정되는 그 순간까지 결백하다고 봐야 한다는 걸 기억하셔야죠."

검사와 변호사의 팽팽한 시선이 허공에서 충돌했다. 이미 피의자 신문은 어느 쪽도 물러날 수 없는 두 사람의 설전으로 변해버린 지 오래였다.

그때, 열려 있는 검사실 문에 누군가가 조심스럽게 노크를 하면서 들어왔다.

"여기가 강한 검사님 방인가요? 저희는 별하 부모 되는 사람들인데, 인사를 드리려고…….”

나타난 사람은 세 명이었다. 강한이 아는 얼굴도 있었고, 처음 보는 얼굴도 있었다. 문을 열고 들어온 검은 원피스 차림의 여자는 사건 현장에서도 만났던 피해 아동인 별하의 엄마였다.

별하 엄마의 팔을 부축하듯 잡으면서 따라오는 여자는, 그보다 조금 더 나이가 많은 듯했지만 얼굴 생김새가 비슷했다. 자매인 것 같았다.

마지막으로 문을 닫으면서 들어온 남자는, 강한은 처음 보는 얼굴이었지만 누군지 곧바로 알 수 있었다. 별하는 아빠를 쏙 빼닮은 딸인 모양이었다. 미국 출장 중 딸의 비보를 듣자마자 호텔을 뛰쳐나와 비행기를 탔다던 그는, 죄수복을 입고 수갑을 찬 채 앉아 있는 온유의 모습을 발견하고는 문자 그대로 눈이 뒤집혔다.

“너 이 개새끼!”

강한은 아차 싶었다. 피해자 가족이 성암지검 10층에 있는 피해자 지원센터에 다니면서 심리 상담을 비롯한 각종 지원을 받고 있다는 건 알고 있었다. 워낙 부유한 가족이었기에 물질적인 도움을 줄 필요는 없었다. 그러나 이 사건의 경우 언론과 대중의 관심이 지나치게 크고, 지저분하고 끔찍한 루머도 많았으며, 그로 인한 피해자 가족의 스트레스가 막심한 상황이었다.

‘피해자 가족이 검사실에 불시에 찾아올지도 모른다는 걸 고려했어야 했는데.’

강한은 별하 부모가 검찰청에 오는 날이 언제인지 미리 확인해두지 않은 것을 후회했다. 그러나 후회해도 이미 늦었다. 검사실 문 앞에서부터 강한의 책상 앞까지 뛰다시피 다급하게 들어온 별하의 아빠는, 다짜고짜 온유의 멱살을 잡으면서 끌어올렸다.

"어. 어…… 어……!"

온유는 놔달라는 말도 못하고 그저 어, 어만 반복하면서 구원을 요청하듯 지영을 쳐다보았다.

"지금 뭐 하시는 거예요!"

지영은 온유의 옷깃을 틀어잡은 별하 아빠의 왼손을 풀려고 했지만, 힘이 셀 뿐만 아니라 피 같은 악에 받친 그 손은 꿈쩍도 하지 않았다. 그는 왼손 끄트머리에 매달려 있다시피 한 온유의 몸을 무자비하게 흔들면서 오른손을 허공으로 번쩍 치켜들었다. 당장이라도 때리려는 것처럼.

"내 딸을 죽인 놈이니, 이 새끼도 죽여버릴 거야!"

지영이 온유를 온몸으로 막으면서 보호했고, 온유는 겁에 질린 나머지 끽소리도 내지 못한 채 닭똥 같은 눈물만 뚝뚝 흘렸다. 한마디로 아수라장이었다.

"재판 같은 것도 필요 없어. 그냥 여기서 너 죽고 나 죽자!"

호시탐탐 기회를 노리던 주먹이 지영의 팔 위쪽을 지나쳐 온유의 얼굴에 맞으려는 순간, 별하 아빠의 팔목을 강하게 붙잡는 손이 있었다. 막무가내로 덤벼드는 별하 아빠를 제지하고 나선 건, 뜻밖에도 강한이었다.

"검사님? 이거 놓아주세요. 안 그러면 진짜로 큰일 날 겁니다."

별하 아빠는 벌겋게 핏발 선 눈으로 강한을 노려보면서 경고하듯 말했다. 그러면서 붙잡힌 손을 빼내기 위해 힘을 주었다. 그러나 오랜 운동으로 다져진, 힘줄 굵은 손은 아무리 필사적으로 뿌리치려고 해도 미동조차 하지 않았다.

"심정은 이해합니다만, 그만하시죠. 여긴 검사실입니다. 저도 이번 사건을 저지른 피의자에 대해 극심한 혐오감을 느끼지만, 그렇다고 해서 폭행이 이뤄지도록 방치하진 않을 겁니다."

강한은 단호하게 말하면서 별하 아빠를, 그리고 그 뒤에 망연자실한 표정으로 서 있는 두 여자를 차례대로 주시했다. 잠시 후, 별하 아빠의 가쁜 숨이 마침내 가라앉자, 강한은 천천히 그의 팔목을 놓았다. 별하 아빠는 강한과 지영, 그리고 온유를 번갈아 보다가, 제자리에 마치 무너지듯 천천히 주저앉았다.

"이해…… 한다고요? 검사님이요? 눈에 넣어도 안 아픈 막내딸이, 그것도 제 생일날 잔인하게 살해되고 시체가 무슨 쓰레기처럼 버려졌는데, 그 부모의 심정이 어떤지 이해하신다고요?"

벌겋게 충혈된 남자의 눈에는 물기가 어렸지만, 눈물이 넘쳐 흐르지는 않았다. 이미 다 메말라버린 것이다. 그저 가슴에 뭔가 묵직한 납덩이 같은 게 걸려 있는 사람처럼 말없이 가슴을 툭, 툭 치면서 텅 빈 눈으로 허공을 올려다볼 뿐이었다. 그 대신 고개를 떨구면서 울음을 터뜨린 건, 이미 얼굴이 눈물로 얼룩져 있던 온유였다.

"죄송…… 죄송해요……. 흑, 잘못했어요……. 흐흑…….."

숨 막히는 침묵이 검사실을 메우고 있는 가운데, 온유의 흐느낌만이 오랫동안 울려 퍼졌다.

68

1년 전 9월 9일 토요일 오후 2시. 성암대학병원 원무과 상담실.

"정말 죄송합니다. 일주일만 더 기다려주시면 안 되겠습니까? 제가 지금 중요한 사건을 맡고 있어서, 요양병원을 알아보러 다닐 틈이 없는 상황입니다."

강한은 원무과장에게 사정하듯 말했다. 대한민국 언론을 뜨겁게 달군 유명 사건의 주임검사가 되었으니, 병원에서도 조금은 편의를 봐주지 않을까 내심 기대했던 그였다. 그러나 길게 입원할수록 재정적 손해만 가져다주는 환자에 대해 원무과장은 가혹하고 냉정한 태도를 취했다.

"그건 보호자분 사정이시고요. 저희는 당장 입원할 병실이 없는 급한 환자들을 우선 생각해야 하는 입장이라고요. 정 안 되면 일단 댁으로 모셔가세요. 코마 환자들은 그렇게 하기도 해요."

"집에다 생명유지 장치를 설치하라고요? 그랬다가 정전이라도 되면 어떡합니까? 의식불명 환자는 간병인 구하기도 힘들다고요. 그러지 말고 조금만 더 기다려주시면 안 되겠습니까?"

강한은 답답해서 소리라도 치고 싶은 마음을 억누르며 애써 차근차근 말했다. 검찰청 안에서 그는 피의자들의 처분을 결정하는 강력한 권한을 가졌지만, 일단 검찰청 밖으로 나오면 검사라는 직함은 사실 별 쓸모가 없었다. 검사가 '영감님' 소리를 들으며 무소불위의 권력을 휘두르던 시대는 한참 지난 지 오래였다.

물론 강한도 그렇게 되는 게 맞는다고 생각했지만, 지금처럼 찬밥 취급을 받을 때면 고작 이렇게 살려고 죽어라 공부해서 사법고시를 통과하고 검사가 되었나 하는 마음이 드는 것은 어쩔 수 없었다. 강한이 입술을 지그시 깨물면서 분한 마음을 참고 있을 때, 상담실 문이 살짝 열리면서 여직원이 고개를 빼꼼 내밀었다.

"과장님, 손님 오셨는데요."

"기다리시라고 해. 지금 면담 중인 거 안 보여?"

"그렇지만 이분은 꼭 지금 만나셔야 할 것 같은데……. 이사장님께서 직접 전화주셨어요, 깍듯이 모시라고."

"이사장님 손님이시라고?"

원무과장은 마치 왕족이 나타났다는 얘기를 들은 사람처럼 제자리에서 벌떡 일어났다. 그와 동시에 상담실 문이 완전히 열리면서, 점잖은 감색 양복을 입은 신사가 들어왔다. 그는 원무과장과 강한이 함께 있는 모습을 보고도 전혀 놀라는 기색 없이 침착하게 인사했다.

"말씀 나누시는 중에 죄송합니다. 조민국이라고 합니다."

굳이 소개하지 않아도 강한은 그가 누군지 한눈에 알아보았고, 원무과장도 마찬가지였다.

"아, 네! 조민국 의원님! 말씀은 익히 들었습니다! TV에서도 자주 뵈었고요. 이렇게 직접 만나 뵙게 되어 영광입니다. 바쁘실 텐데 이 누추한 곳까지 어쩐 일이십니까?"

"이 병원에 최진아 씨라고 입원해 있죠? 병실이 없어서 6인실에 입원했다고 들었는데, VIP병실로 옮겨주었으면 합니다. 모든 대우를 최상급으로 해주세요. 내 보좌관의 안사람이기도 하고, 최근 안 좋은 일을 겪은 이웃이니까."

최진아가 누군지는 강한도 알고 있었다. 바로 피해자인 김별하의 엄마였다. 얼마 전 지온유와 검사실에서 마주친 후 신경쇠약이 심해져 피해자지원센터에도 오지 못하고 있다는 얘긴 들었는데, 결국 입원한 모양이었다. 원무과장은 강한을 대할 때와는 180도 달라진 태도로 굽신굽신하면서 조 의원이 하는 한마디 한마디를 새겨듣는 시늉을 했다.

"네, 의원님. 혹시 저희가 또 해드릴 수 있는 일은 없을까요? 말씀만 하시죠."

"있습니다."

조 의원은 그렇게 말하더니, 원무과장의 옆에 우두커니 서 있는 강한을 쳐다보고서 말했다.

"여기 계신 이분, 강한 검사님이시죠? 검사님께서 원하시는 건 뭐든지 들어주시면 좋겠군요. 그게 제 요청입니다. 물론, 수반되는 비용은 전부 제가 감당할 겁니다."

"아, 네. 알겠습니다. 그렇게 하겠습니다."

원무과장은 두 번 생각하지도 않고 재깍 대답하더니, 곧바로 책상 위에 있는 전화기를 집어 들어 어딘가로 전화를 걸었다.

"VIP병동에 빈자리가 몇 개나 있지? 음, 그러면 내과 입원실에 있는 최진아 환자는 1103호로 옮기고, 중환자실에 있는 한영애 환자는 1104호로 옮겨. 두 환자 모두 전속 간병인을 배치하고, 담당의가 매일 세 번씩 회진할 수 있게 스테이션에도 전달하고. 이것저것 잘 챙기라고."

그는 힘주어 당부한 후 수화기를 내려놓았다. 그러고는 칭찬을 기대하는 눈빛으로 조 의원을 쳐다보며 물었다.

"이 정도면 되겠습니까, 의원님?"

"음."

조 의원은 보일 듯 말 듯 고개를 끄덕이며 짤막한 소리를 냈을 뿐이지만, 원무과장은 그것만으로도 대단한 칭찬을 들은 것처럼 희색이 만면해졌다. 그는 상담실을 나가는 조 의원을 향해 연신 허리를 굽히며 인사했고, 조 의원과 함께 나온 강한도 졸지에 인사를 받게 되었다. 병원 복도로 나온 강한은 조 의원을 향해 정중하게 허리를 숙였다.

"감사합니다, 조민국 의원님. 이 은혜를 어떻게 갚아야 할지……. 입원비는 제가 내겠습니다."

원칙대로라면, 강한은 지금 조 의원의 호의를 거절해야 옳았다. 피해 아동의 지인으로부터 뭔가를 받는 건, 그게 물질적인 향응이 아니더라도 무조건 부적절했다. 그러나 그걸 알면서도, 강한은 도저히 거절할 수 없었다. 그러기엔 너무도 절박한 형편이었다. 조 의원은 면목이 없다는 듯 시선을 돌리는 강한을 향해 온화한 말투로 물었다.

"한영애 씨가 강한 검사님의 어머님이신가요?"

"네, 지금 식물인간 상태이십니다."

"그러시군요. 저야말로 은혜를 갚을 기회를 주셔서 감사할 따름입니다. 별하는 저에게도 딸 같은 아이였습니다. 검사님은 그런 아이를 해친 극악무도한 범인을 잡아주신 은인이시고요. 어머님 문제는 이쪽에서 확실히 책임질 테니 검사님은 수사에만 신경 써주십시오. 제가 도와드릴 수 있는 건 전부 도와드리겠습니다."

조 의원은 강한을 향해 슬쩍 고개를 숙여 보이면서 그렇게 말했다. 강한은 더없이 정중한 그 태도에 조금 놀랐다. 차기 대선 후보를 말할 때면 반드시 이름이 거론되는 유명한 정치인인데, 자신을 대하는 걸 보면 조금도 그런 티가 나지 않았던 것이다. 조 의원은 강한에게 최대한 부담을 주지 않으려는 듯 덧붙였다.

"비용 문제도 신경 쓰지 마시고요. 어차피 이 병원 이사장, 저한테는 돈 안 받습니다. 골프 친구인데 허구한 날 내기에서 지는 걸 제가 봐줬거든요."

"……."

"아, 지온유가 심신상실을 주장할 거라는 얘길 들었습니다. 혹시 정신감정이 이루어졌나요?"

"아뇨, 아직입니다. 법무병원 의사들은 하는 일이 워낙 많아서요. 일정 잡기가 영 어렵네요."

골치 아픈 문제가 생각나버린 강한은 눈썹을 치켜올렸다. 그는 지온유가 정상인에 가까운 지능과 책임 능력을 갖고 있다고 굳게 믿었지만, 법원에서는 그 내용이 전문가의 감정에 의해 증명되어야만 했다. 강한이 인상을 찌푸리는 걸 본 조 의원은 그럴 줄 알았다는 듯 말했다.

"꼭 법무병원 의사가 감정해야 하는 건 아니죠? 그럼 그 문제도 제가 처리해드리겠습니다. 어디 보자, 이 병원 신경정신과 과장 정도면 자격이 충분하겠죠?"

뜻밖의 제안에 강한의 눈동자가 커졌다. 조 의원은 여유만만하게 웃고 있었다. 그 순간 강한은 새삼 실감했다. 권력의 힘이라는 게 얼마나 막강하고 대단한지를. 아직까지 대한민국 사회는 기득권층이 만들어놓은 법칙에 의해 돌아간다는 것을. 싫어도 인정할 수밖에 없었다.

* * *

  1년 전 9월 11일 월요일 오후 3시. 성암대학병원 신경정신과 진료실.

  "예, 이사장님. 물론입니다. 특별히 신경 써서 검사하겠습니다. 늦어도 내일 오후까지는 만족할 만한 보고서를 받아보시게 될 겁니다. 아, 이사장님이 아니라 검사님께요. 네, 알겠습니다."

  흰 가운을 입은 늙은 의사는 싹싹하게 대답하고서 전화를 끊었다. 그의 책상 맞은편에는 평범한 환자가 아니라, 카키색 수의를 걸치고 수갑을 찬 청년이 교도관을 대동하고 앉아 있었다. 노란색 명찰에는 '지온유'라는 이름 석 자가 선명하게 박혀 있었다. 의사는 콧등까지 내려온 안경을 손끝으로 밀어올리면서 자리에 앉더니, 온유를 향해 이런저런 질문을 하기 시작했다.

  "고등학교 3학년이라고 했지. 학교생활은 힘들지 않아? 교과과정 따라가는 덴 문제없었고?"

  온유는 '교과과정'이라는 말을 알아듣지 못해 의사를 빤히 쳐다보았다. 그러자 의사는 예전에 지영이 그랬던 것처럼 했던 말을 쉽게 풀어서 반복했다.

  "선생님이 가르쳐주는 것들 다 알아들을 수 있냐는 말이야. 친구들이 도와주기도 하고? 응?"

  '친구'라는 단어가 나오자 온유의 표정이 갑자기 밝아졌다. 소원을 떠올린 것이다.

  "친구 있어요, 많이 도와줘요! 학교에 매일 자전거로 태워다줘요!"

"그래, 친구들의 도움을 받으면 정상적인 학교생활이 가능한 정도라는 거지……."

의사는 고개를 끄덕이며 책상 위에 놓인 서류에 뭔가를 적어넣었다. 그리고 그다음 단계로 넘어갔다.

"지금부터 내가 너에게 두 개의 단어를 함께 말해줄 거야. 그러면 그 단어들의 공통점을 찾아서 나한테 말해주면 돼. 알겠니?"

온유는 열심히 고개를 끄덕였다. 우락부락하고 무서운 교도관과 수형자들에게 둘러싸여 있던 음습한 구치소를 벗어나, 깨끗하고 햇볕 잘 드는 병원에 온 것만으로도 그는 한껏 기분이 좋아진 상태였다. 의사에게 받는 지능검사도, 친구와 하는 놀이 정도로 생각하는 분위기였다. 의사는 날카로운 시선으로 온유를 살피면서 첫 번째 문제를 냈다.

"개와 염소."

"……."

"개와 염소 말이야, 공통점이 뭐지?"

의사는 되풀이해서 물었지만, 온유는 멍청한 눈빛으로 그를 쳐다볼 뿐이었다. 그러자 의사는 보일 듯 말 듯 한숨을 쉬면서, 온유를 향해 입 모양을 움직여 '동물'이라는 단어를 만들어 보였다. 그 신호를 알아본 온유는 기쁜 표정을 지으면서 씩씩하게 외쳤다.

"동물이요! 개도 염소도 동물이에요!"

"그래, 대답 잘하네. 우선 언어성 지능과 경험적 지식의 공통성 항목에는 문제가 없고……."

의사는 들고 있던 서류에 다시 체크 표시를 했다. 검사실 밖 복도에서는 주임검사인 강한과 국선변호인인 지영이 나란히 서서 그 광경을 지켜보고 있었다. 소리가 들리지 않았기에 내부 상황을 정확히 알 수는 없었지만, 적어도 온유가 밝은 표정으로 주어지는 문제를 맞히기 위해 열심히 노력한다는 건 알 수 있었다. 그 모습을 보는 지영은 답답하고 안쓰러운 모양이었다.

"저 애가 저렇게 열심히 한다는 자체가, 이미 정상이 아니라는 증거 아닌가요, 검사님?"

"정상이 아니라고 해서 무조건 심신미약이나 심신상실이 되는 건 아니죠. 변호사님도 아시잖습니까. 선악의 개념에 대한 구분이 약한 게 심신미약이고, 아예 구분하지 못하는 게 심신상실입니다. 저번에 들으셨죠? 지온유는 피해자 아동의 아버지에게 '잘못했다'고 말하면서 울기까지 했습니다. 그것만 보더라도 선악 개념의 구분이 확실하다는 걸 알 수 있죠."

거침없이 대답하는 강한의 얼굴은 얼음장처럼 차가워서, 바늘 끝조차 들어가지 않을 것 같았다. 그 대답에 지영이 실망하는 순간, 유리벽 너머에서 온유가 그녀를 향해 씩씩하게 손을 흔들어 보였다. 자신에게 닥쳐올 미래에 대해 아무것도 알지 못한 채 해맑게 웃는 얼굴이었다. 그 모습을 안타깝게 바라보던 지영이 강한을 향해 매달리듯 말했다.

"지적장애뿐만이 아니에요. 저 애에게는 폐소공포증이 있습니다. 비좁은 공간에 갇혀 있는 걸 극도로 무서워하는 아이에게, 장기간 수감 생활을 하게 하는 것은 엄연한 학대에 해당해요. 그 부분에 대해서도 아무런 조치를 취하지 않으실 건가요?"

"글쎄요, 여태까지 구치소에서 탈이 나지 않은 걸 보면, 앞으로도 별문제 없을 것 같군요. 만일 문제가 생긴다면, 그때 가서 해결해도 늦지 않을 겁니다."

강한은 팔짱을 낀 채 무심한 투로 대꾸했고, 지영은 입술을 지그시 깨물며 다시 물었다.

"피도 눈물도 없는 사람의 말이군요. 만일 수형자가 검사님의 가족이어도 그렇게 얘기하실 건가요?"

"지온유는 내 가족이 아닙니다. 변호사님의 가족도 아니고요. 가족이라고 상정할 필요도 없습니다. 사법기관은 가해자 가족이 아니라 피해자 가족을 대변하기 위해 존재하니까요."

강한은 그 말을 마지막으로 입을 다물어버렸다. 약 한 시간이 지난 후, 의사가 문을 열고 나왔다.

"끝났습니까?"

나이 든 의사는 대답하는 대신, 강한을 보면서 의미심장하게 고개를 끄덕였다. 그 몸짓에 강한은 기쁜 표정이 되고, 지영은 절망적인 표정이 되었다. 천국과 지옥이 갈린 분위기였다.

69

저녁 9시. 반포동 소재 일식집.

"차장님, 저 강한 검사입니다."

"오, 강 검사. 어서 들어오게. 기다리고 있었네."

강한은 창호지 바른 미닫이문을 드르륵 소리 나게 열면서 안으로 들어갔다. 사치스러우리만큼 고급스럽게 꾸며진 룸이었다. 온갖 산해진미가 차려진 테이블에 강한이 소속된 강력부 부장검사와 차장 검사, 그리고 조 의원도 앉아 있었다. 언제나처럼 말쑥한 클래식 정장 차림이었다.

조 의원이 있으리라고는 예상치 못했던 강한이 멈칫했다. 그 기색을 알아차린 조 의원은 비어 있는 자신의 옆자리에 와서 앉으라고 강한을 향해 손짓하면서, 친근하고 살갑게 말을 붙였다.

"강한 검사님, 지온유의 정신감정은 잘 진행됐나요? 만족스러운 결과를 얻으셨습니까?"

"……그에 내해서 제가 말씀드리는 건 부적절할 것 같습니다. 죄송합니다."

강한은 어떻게 할지 망설이다가 그렇게 대답했다. 아무리 조 의원이 소개해준 의사지만 피의자의 의료정보를 타인에게 누설할 수는 없었다. 혹시 조 의원이 기분 나빠할까봐 걱정했는데, 그는 되레 넉살 좋게 싱글벙글 웃으면서 강한에게 술잔을 내밀었다.

"아닙니다, 죄송하긴요. 아주 잘하고 계십니다. 수고가 많아요. 자, 한잔 받으시죠."

강한이 술잔을 받아들자, 조 의원은 잔 끄트머리까지 찰랑찰랑 차도록 일본주를 부었다. 강한은 좀 얼떨떨한 기분이었다. 나이로 보나, 경력으로 보나, 직위로 보나, 당연히 자신이 조 의원에게 술을 따라주어야 할 것 같은데 반대가 되다니. 이 사람이 왜 이렇게까지 잘해주나 의구심도 들었지만, 그러면서도 분명 기분이 좋은 것은 부인할 수 없었다.

"실은 내가 강 검사님과 술 한잔 꼭 나눠보고 싶어서, 봉 차장에게 특별히 부탁했습니다. 실은 봉 차장이 내 중고등학교 후배거든. 볼꼴 못 볼꼴 다 보고 지낸 사이지. 허허허."

"아이고, 선배님. 또 무슨 얘기를 하시려고. 자자, 그러지 말고 제 술 한잔 받으십시오."

차장검사가 깜짝 놀라는 시늉을 하면서 조 의원의 잔에 술을 따랐고, 분위기가 화기애애해졌다. 조 의원은 차장검사가 따라준 술을 단번에 입안에 털어 넣고 삼키더니, 불그스레해진 얼굴로 강한에게 말했다.

"강 검사님. 아니, 강 검사. 기분 나쁘지 않다면 내가 말을 놓아도 되겠지?"

"예, 물론입니다. 의원님. 편하게 말씀하십시오."

"이번에 보니까 강 검사가 아주 수사를 잘하더라고. 치밀하고 꼼꼼하게. 이제 겨우 3학년이라고는 믿을 수 없을 정도였네. 앞으로 어디까지 성장하려는지, 대단히 기대되는 인재야."

"과찬이십니다."

강한은 별다른 동요 없이 간결하게 대답했다. 조 의원 같은 사람이 자신에 대해서 뭘 알겠는가. 지인의 사건을 수사하고 있으니 그냥 사기를 북돋워주기 위해 형식적으로 하는 인사치레라고 생각했다. 그런데 곧이어 조 의원의 입에서 나온 말이 그를 놀라게 했다.

"아닐세, 그냥 입에 발린 칭찬이 아니라고. 강 검사가 그동안 맡았던 사건들에 대해서도 알아봤네. D연예기획사 마약 유통 사건이나, K대학재단 교비 횡령 사건, 성암초등학교 교사의 성폭행 사건 등, 품이 많이 가는 사건들을 맡아서 훌륭하게 처리했더군. 이런 사람이 왜 아직까지 이름이 알려지지 않았나 싶었을 정도야."

그동안 주임검사로서 수사했던 굵직한 사건들을 조 의원이 죽 읊어내자, 강한의 눈동자에 놀라움이 번졌다. 조 의원이 정말로 자신에게 관심을 갖고 있는 게 느껴졌다.

"세간의 평가에 목매지 않고 그렇게 묵묵히 일하는 거야말로 참된 검사의 자세가 아니겠습니까. 그런 면에서 우리 강 검사는 무척 잘하고 있죠. 검찰을 이끌어갈 훌륭한 인재입니다."

"이번 지온유 사건만 해도 그렇죠. 범죄 현장뿐만 아니라 피의자 체포 현장, 정신감정을 하는 병원까지 직접 다녀왔습니다. 보통 검사들이 그렇게까지는 안 하거든요. 워낙 바쁘고 힘드니까, 책상에 앉아 올라오는 서류만 검토하죠. 강 검사는 그야말로 몸을 갈아넣어 수사하고 있습니다."

차장검사와 부장검사가 질세라 강한을 칭찬했다. 듣고 있는 강한이 민망해질 정도였다. 간부들이 언제부터 자신을 이렇게 치켜세워

췄나 싶었다.

여태껏 성암지검에서 강한의 위치는 꽤나 명확했다. 어렵고 힘든 사건을 믿고 맡길 수 있는, 소처럼 묵묵히 일하는 똑똑한 검사. 가장 큰 장점은 많은 걸 바라지 않는다는 것이었다. 강한은 중앙지검 특수부나 공안부 같은, 소위 '잘나가는' 부서로 가는 것에 목숨을 걸진 않았다. 그건 그가 딱히 금욕적인 사람이어서가 아니라, 자신의 출신 배경과 인맥, 남들 듣기 좋은 말을 할 줄 모르는 성격으로는 결코 가장 높은 자리에 올라갈 수 없다는 걸 알기 때문이었다. 어떻게 보면 현실을 빠르게 파악하고 받아들인 거라고, 어떻게 보면 체념한 거라고 할 수 있었다.

"앞으로는 내가 강 검사를 후원하는 패트론이 되겠네. 이번 사건만 잘 끝내고 나면, 본인의 기량을 맘껏 펼칠 수 있는 더 좋은 부서로 갈 수 있겠지. 그 후에도 오랫동안 좋은 인연을 이어나가도록 하세."

조 의원은 윤기가 흐르는 회 한 점을 집어 강한의 앞접시에 놓아주면서 말했다. 패트론. 중세 예술가들이 생계를 걱정하지 않고 작품 활동을 할 수 있게 재정적 지원을 해주던 귀족들을 그렇게 불렀다는 걸 강한도 알고 있었다. 하지만 검사에게 패트론이라니, 뭘 어떻게 해준다는 건지 짐작이 가지 않았고 굳이 짐작하고 싶지도 않았다. 조 의원의 치근덕거림은 계속되었다.

"아, 미혼이라고 들었는데 혹시 만나는 사람이 있나? 아직 없다면 내가 소개해주고 싶은 사람이 있는데. 어떤가?"

그 순간, 강한은 유미를 떠올렸다. 헤어진 상태이긴 했지만 그렇다고 다른 사람을 만나기에는 그녀가 마음에 걸렸다. 강한이 아무 대답도 하지 않자, 룸 안의 분위기가 다소 어색해졌다.

"아이고, 의원님. 진도가 너무 빠르십니다. 강 검사에게도 적응할 시간을 좀 주셔야죠."

　부장검사가 눈치 빠른 농담으로 재빨리 상황을 수습했다. 그다음부터는 조 의원이 최근 다녀온 골프 여행으로 화제가 돌려진 덕분에, 강한이 더 이상 억지로 대화에 끼어들 필요가 없었다. 그저 오가는 대화들을 다른 세상 얘기처럼 듣고 있다가, 이따금 돌아오는 잔을 받아서 비우면 그만이었다. 차라리 그게 마음이 훨씬 편했다.

　두 시간에 걸친 술자리가 끝난 후, 일식집에서 나온 조 의원은 이번에도 차장검사나 부장검사가 아닌 강한에게 제일 먼저 다가와 인사를 했다.

　"강 검사, 오늘 만나서 반가웠네. 술 많이 마셨지? 차를 불렀으니 집까지 타고 가게나."

　조 의원이 손가락으로 가리켜 보이는 방향에는 정말로 고급스러운 검은색 세단이 대기하고 있었다. 강한은 이게 뭔 일인가 싶어 손을 내저으며 사양했다.

　"아닙니다, 괜찮습니다. 전 오늘 차를 가져와서, 휴대전화로 대리기사를 부르면 됩니다."

　"강 검사 차도 알아서 옮겨줄걸세. 걱정 말고 편안하게 타고 가. 이왕 여기까지 왔으니까."

　조 의원의 말이 끝나기 무섭게, 검은색 정장을 깔끔하게 빼입은 운전기사가 운전석 문을 열고 내리더니 강한을 향해 정중히 허리를 숙였다. 일부러 차를 몰고 왔다는 사람에게 대리기사를 부를 테니 여기서 돌아가라고 할 수도 없는 노릇이었다. 강한은 어쩔 수 없이 받아들이기로 했다.

　"……감사합니다."

　강한이 조 의원을 향해 고개를 숙이려고 하는데, 조 의원은 그것을 사양하면서 대신 손을 내밀었다. 강한이 그 손을 잡자, 조 의원은 위아래로 힘차게 흔들면서 악수하더니 돌연 의미심장한 한마디를 덧붙였다.

"아, 그리고 내일은 선물을 하나 받게 될걸세. 강 검사 맘에 들었으면 좋겠군."

강한은 그게 무슨 뜻인지 물어보려고 했지만, 그가 입을 열기도 전에 조 의원은 이미 손을 놓고 부장검사가 있는 쪽으로 걸어가고 있었다. 강한은 기분이 이상했다. 분명 일방적으로 대접을 받고 있는데도, 뭔가 묘하게 조 의원이 짜놓은 설계도에 놀아나는 것 같은 느낌이었다.

* * *

1년 전 9월 12일 화요일 오전 9시. 강한의 출근길.

— 성암시 초등학생 살인 사건의 용의자인 고등학생 지모 군이 중학교 시절에도 학내 폭력 사건을 일으켜 징계를 받은 전력이 있는 것으로 밝혀져 충격을 주고 있습니다.

운전대를 잡은 채 전방을 주시하던 강한의 주의가, 라디오에서 흘러나오는 뉴스로 인해 잠시 흐트러졌다. 그는 오른손을 뻗어 볼륨을 키웠고, 아나운서의 낭랑한 목소리는 계속되었다.

— 당시 지모 군으로부터 폭행당했던 피해 남학생은 무려 전치 6주의 골절상을 입은 것으로 알려진바, 폭력성이 강한 지적장애인을 아무런 조치 없이 일반 학교에 다니게 한 것은 관할 교육청의 감독 소홀이 아니냐는 비판이 강하게 일고 있습니다.

뉴스를 듣던 강한의 눈썹이 슬쩍 올라갔다. 지온유의 학폭 징계

기록은 그가 언론에 공개한 적이 없었다. 아무리 주임검사라고 해도, 아직 기소도 하지 않은 피의자의 전력에 대해 떠들고 다니는 것은 엄연한 명예훼손에 해당했다. 검찰 측에서 새어나간 게 아니라면 학교 측일 터였다. 그리고 그 정보를 얻어내서 언론에 뿌린 배후가 누구일지는 보지 않아도 뻔했다.

"선물이라는 게, 이걸 말하는 거였나."

강한은 낮은 목소리로 중얼거렸다. 솔직히 말해 도움이 안 되는 건 아니었다. 아니, 상당한 도움이 될 게 분명했다. 아무리 객관적인 태도를 가지려고 노력해도 판사도 결국은 사람이었다. 언론과 국민이 합심해서 피고인에게 어마어마한 뭇매를 퍼붓는 상황에서, 여론에 정면으로 맞서 피고인의 편을 들어줄 용기 있는 판사는 생각보다 많지 않았다.

— 여당인 평화한국당 소속 의원 140명은 지적장애인에 대한 관리가 제대로 이루어지지 않을 뿐만 아니라 강력 범죄를 저지른 범인이 진단받지도 않은 지적장애를 이유로 심신상실을 주장하곤 하는 실태를 규탄하는 성명서를 내면서, 의무등록제를 골자로 하는 지적장애인 관리법, 이른바 '김별하 법'의 입법을 추진하겠다고 밝혔습니다.

이건 좀, 너무 가지 않았나. 강한의 두 눈이 가늘어졌다. 이 사건이 여론의 주목을 받는 건 괜찮았지만, 지적장애인 전체에 대한 비이성적인 증오를 이끌어내서는 안 됐다. 검찰청 바로 앞 교차로에서 신호를 받은 강한의 차가 멈춰섰을 때, 라디오에서 그의 이름이 불쑥 튀어나왔다.

— 평화한국당 최고위원 조민국 의원은 성암시 초등학생 살인 사건의 주임검사인 강한 검사에 대해 언급하면서, 성암지방검찰청이

최고의 인력을 투입해 수사를 진행하고 있는 만큼 만족스러운 성과가 있기를 기대한다고 밝혔습니다. 이번 사건으로 인해 새롭게 주목받고 있는 강한 검사는 성암대학교 법과대학과 사법연수원을 모두 수석 졸업한 강력사건 전문 검사로서……

강한은 라디오 뉴스에서 자신의 이름이 몇 번이나 반복되고, 약력까지 자세히 소개되는 것을 입을 벌린 채로 멍하니 듣고 있었다. 무슨 대단한 영웅이라도 되는 것처럼 화려한 수식어와 함께 나열되는 '강한', 두 글자가 낯설었다. 하긴, 검찰 조직에 대해 모르는 일반인들이야 원래 '유명한 검사다', '대단한 검사다'라고 하면 그냥 그런 줄 알겠지만.

"이거, 골치 아파지겠군."

검찰청 주차장에 차를 세우고 시동을 끄던 강한은, 자신이 틀어놓은 라디오 채널이 TV 방송국의 것임을 깨닫고 한숨을 쉬었다. 이 뉴스를 접한 사람이 자기 혼자인 건 결코 아닐 것이다. 아니나 다를까. 로비에 들어설 때부터 유독 따갑게 쏟아지는 사람들의 시선이 느껴졌다. 강한은 얼른 검사실로 가버려야겠다고 생각하면서 성큼성큼 걸어서 엘리베이터로 들어섰다.

"여, 강한 검사. 우주 대스타가 됐던데? 좋겠어, 응?"

지하 1층에서부터 엘리베이터를 타고 올라온 특수부 이태리 검사가 강한을 보자마자 노골적으로 빈정거렸다. 특수부에 몸담으면서 중요 사건 수사에 숱하게 참여했던 그도, 수사를 이끄는 위치에 오르거나 언론의 주목을 받은 적은 없었다. 그런데 뜬금없이 견제 대상도 아니었던 강한이 뉴스에 나오고, 조민국 의원의 지지까지 받았으니 심기가 뒤틀리지 않을 수 없었다.

"뭘."

강한은 무뚝뚝하게 받아치며 엘리베이터 문 바로 앞에 섰다. 이태리 검사의 옆에 서 있던 유미가 힐끔힐끔 이쪽을 바라보는 것이 느껴졌다. 엘리베이터가 층마다 멈춰서면서 이태리 검사가 먼저 내리고, 그다음으로 강한이 내리고, 마지막이 유미의 차례였다. 강한이 엘리베이터 문을 나서기 직전, 엘리베이터에 혼자 남은 유미가 그의 팔을 슬며시 붙잡으면서 말했다.

"일한다고 너무 무리하진 마. 그러다가 몸 상해."

강한은 아무 대답도 하지 않았다. 이번 사건으로 인해 너무도 많은 것들이, 너무 빠르게 변해가고 있었다. 어쩌면, 유미와의 관계도 그중 하나가 될지도 모르겠다는 불길한 예감이 들었다.

70

10월 30일 화요일 밤 11시 50분. 송촌 노을호수 펜션 301호.

"뭔데요, 형. 진짜 얘기 안 해줄 거예요?"

소원은 옆자리에 누운 강한을 향해 돌아누우면서 꼬치꼬치 캐물었다. 이 펜션에는 침대가 없어서, 이불을 깔아놓고 둘이 나란히 붙어 잘 수밖에 없었다. 소원은 저녁 식사가 끝난 후부터 강한이 샤워하고 나올 때까지 계속해서 고 판사와의 통화 내용을 물어보았지만 강한은 묵묵부답이었다. 이 사건의 공식적인 주임검사인 유미에게도, 수사관 세은에게도, 강한은 말하지 못했다.

— 사실 그때 제출된 두 번째 진단서가 있었어요.

고 판사는 그렇게 말했다. 그 진단서에 적힌 게 어떤 내용일지는 굳이 듣지 않아도 알 수 있었다. 첫 번째 진단서와 같은 내용이었다면 고 판사가 굳이 '신뢰도가 떨어져서 알리지 않았다' 같은 표현을 쓰진 않았을 테니까.

지온유를 심신상실 또는 심신미약 상태라고 판단한 두 번째 진단서가 존재한다는 것, 미처 몰랐던 그 사실을 알게 되자, 이전에는 크게 의미를 두지 않았던 것까지 새로운 의미를 갖는 것 같았다. 지온유의 판단 능력이 지극히 정상적인 수준이라고 판단한 첫 번째 진단서가, 실은 피해자 유족의 지인이었던 조 대표가 소개해준 의사에 의해 쓰였다는 것.

'의사도 검사와 마찬가지로 자기 직업 영역에서 객관성을 유지하는 전문직이야. 단순히 아는 사람의 부탁이라는 이유만으로 허위 진단서를 써주진 않아.'

그렇게 설명할 수도 있는 일이었는데, 강한은 입을 열고 싶지 않았다. 예의 그 '쎄한 기분'이 등골을 서늘하게 잠식하고 있었다. 그래서 가슴까지 이불을 끌어올리며 아예 딴 얘기를 했다.

"류소원, 넌 지온유의 가장 친한 친구였지? 그 애의 인간관계에 대해서도 잘 알고? 사십대 이상의 중년 여자 아니면 이십대 초반의 젊은 남자, 지온유 주변에 생각나는 사람 없어?"

강한의 화제 돌리기는 잘 먹혀들었다. 소원은 눈동자를 열심히 굴리면서 생각에 잠겼다.

"이십대 초반의 젊은 남자는 진짜 모르겠어요. 온유는 학교에서 상대해주는 사람이 아무도 없었거든요. 학교 밖에서도 어울린 사람이라고는 나밖에 없는데 나는 아니니까……."

"그럼 사십대 이상의 중년 여자는? 그건 짐작 가는 사람이 있어?"

"저, 그게……."

소원은 곧바로 대답하지 못하고 말끝을 흐렸고, 강한은 그 망설임에서 심상치 않은 기운을 읽어냈다. 소원은 이불 끄트머리를 손으로 말아쥐면서 잠시 머뭇거리더니, 매우 조심스러운 태도로 입을 열었다.

"형, 사실 이건 아무도 모르는 건데요……. 심지어 온유가 재판받을 때도 나오지 않았던 애긴데요……. 사실 온유한테는 엄마가 있어요."

이게 뭔 소리야. 아무도 모르는 거라기에 뭔가 대단한 실마리라도 나올 줄 알았던 강한은 김이 팍 샜다.

"이 세상 모든 사람에게는 엄마가 있다, 류뚱."

"아니, 그건 당연한 건데요. 온유 엄마는 위탁모였잖아요. 보조금 타먹으려고 애 발목 잡고 있던 그 못된 아줌마 말고요. 가끔 만나러 가는 착한 친엄마가 따로 있었다니까요."

"뭐?"

그제야 강한은 정신이 번쩍 들었다. 지온유의 친엄마. 여태껏 단 한 번도 생각해보지 못했다. 위탁부모에게 맡겨진 아이들은 대개 부모가 죽거나 버린 고아일 거라는 섣부른 판단 때문이었다. 그런데 연락과 왕래를 지속하고 있는 친엄마가 있다니. 소원의 말이 사실이라면, 지온유의 친엄마가 있다면, 연령대도 딱 들어맞을 뿐만 아니라 강력한 동기를 가졌다고 할 수 있었다.

'아들이 누명을 썼다고 생각하고 재수사하게 만들려는 엄마의 범행이란 말이지.'

무슨 할리우드 범죄영화 같지만, 현실에서 없으리란 법이 없었다. 아니, 애초에 경찰의 귀를 멀게 하고, 검사의 눈을 멀게 하고, 판사의 손을 못 쓰게 한 이 사건 자체가 이미 상식을 뛰어넘었다. 잠이 싹 달아난 강한은 이불을 걷어내고 몸을 일으켜 앉으면서 말했다.

"좀더 자세히 말해봐. 그 지온유의 친엄마라는 여자에 대해서 말이야."

"자세히라고 해봤자 저도 아는 게 없어요. 직접 만난 적이 없어서. 온유 말로는 위탁가정에 들어온 뒤로도 엄마를 만났다고 했어요. 온유 생일과 크리스마스, 추석과 설날에는 하루 동안 만나는 거 같았고요. 여름방학, 겨울방학 때는 짧게는 사흘, 길게는 일주일까지 같이 있는 것 같더라고요."

소원의 말에 강한은 뒤통수를 세게 맞은 기분이 되었다. 지온유와 친모의 왕래가 그렇게 오랫동안 이어져왔다니. 그게 1년 전 수사와 재판 과정에서 전혀 밝혀지지 않은 게 정말 이상할 정도였다. 만일 그때 알았더라면 이 연쇄 상해 사건 같은 건 일어나지 않았을지도 모르는데. 가슴이 답답해진 강한은 애꿎은 소원을 들볶았다.

"왜 처음부터 말하지 않았어? 그게 얼마나 중요한 건데! 너도 모르지 않았을 거 아냐, 두뇌가 장식으로 달린 게 아닌 이상!"

"······다정하고 좋은 사람 같았어요."

강한의 매서운 추궁에 저도 모르게 움츠러든 소원이 기껏 한다는 대답이 그거였다. 강한은 어처구니가 없어서 다시 물었다.

"뭐?"

"물론 직접 본 적은 없지만요. 온유를 데리고 동물원에 자주 갔대요. 근데 사실 그거, 엄청 짜증나는 일이거든요. 전 알아요. 온유는 동물원이나 수족관에 가면 완전히 들떠서 정신 못 차리고, 막 여기저기 손가락질하면서 정신없이 이름을 물어보고, 가르쳐주면 바로 잊어먹고, 또 물어보고. 이게 무한 반복이란 말이에요. 근데 그걸 다 참아줬다는 거예요, 온유 엄마는."

"······."

"그런 사람이, 그렇게 인내심 많고 착한 사람이 염산 테러 같은 잔인한 일에는 연루되지 않았을 거라고 생각했어요. 하지만 아무리 그래도 온유 엄마라고 하면 의심받을 테니까, 최대한 숨겨주고 싶었어요. 온유를 만나러 올 때 그렇게 비밀스러웠던 걸 보면, 온유 엄마라는 걸 밝힐 수 없는 상황인지도 모르잖아요."

소원은 진지하게 말했다. 강한은 그 마음을 이해했기에 비웃거나 면박을 주진 않았다. 그 대신, 손을 뻗어 소원의 어깨 위에 얹으면서 말했다.

"잘 들어, 류뚱. 사람에게 '절대로'라는 건 없는 거야. 이 세상엔 절대적으로 나쁜 사람도, 절대적으로 선한 사람도 없어. 그저 악의 유혹에 상대적으로 강한 사람이 있고, 약한 사람이 있을 뿐이지. 일단 한번 방향을 잡고 나면, 그다음은 상황이 몰아가는 거야. 알아들었어?"

"……그건 또 뭔 소리야, 무슨 말을 그렇게 어렵게 해요?"

"어휴, 됐다. 내가 너하고 무슨 심오한 얘길 한다고. 자라. 지온유의 친모에 대한 건 내일 올라가자마자 위탁부모를 찾아가서 물어보면 확실해지겠지."

강한은 그 말을 마지막으로 입을 다물었다. 버거웠다. 갑작스럽게 알게 된 정보들도 버거웠고, 밀물처럼 밀려드는 피곤함도 버거웠다. 소원은 그 말을 듣고 곰곰이 생각에 잠겼다. 몇 분이 지난 후, 소원이 조심스럽게 입을 열었다.

"근데, 형. 절대적으로 나쁜 사람이 없다는 거 말이에요. 전 잘 모르겠어요. 그러면 열세 살짜리 여자애를 잔인하게 목 졸라 죽이는 사람이나, 멀쩡한 사람의 눈에 염산을 끼얹어서 실명하게 만드는 사람도, 상황으로 인해서 그렇게 된 거예요? 그냥 악마 그 자체가 아니고요?"

강한은 대답하지 않았다. 아니, 대답할 수 없었다. 강한이야말로 그게 가장 궁금한 사람이었다. 하지만 그 해답은, 염산 테러범을 잡아서 눈앞에 데려다놓지 않는 한 절대 알 수 없는 것이기도 했다.

* * *

10월 31일 수요일 오전 10시 30분. 성신동 공공분양아파트.

"여기인 것 같아요. 301호. 어휴, 무슨 아파트에 엘리베이터도 없어. 형, 괜찮아요?"

소원은 송알송알 땀이 맺힌 이마를 옷소매로 훔치면서 깊은 한숨을 내쉬었다. 사실 스무 살 청년의 체력에 3층까지 계단을 걸어 올라오는 것 정도는 일도 아니었다. 하지만 시각장애인을 데리고 오는 것은 달랐다. 소원은 강한을 보며 걱정했다.

"괜찮아. 초인종 눌러봐."

강한은 거칠어진 숨을 가라앉히면서 말했다. 소원은 조심스럽게 초인종을 눌렀다. 온유의 위탁부모는 온유의 재판이 끝나자마자 이사를 가 자취를 감추어버렸기에, 소원도 그들을 다시 만나는 건 1년 만이었다.

"누구야, 지금 시간에?"

짜증스러운 투로 반말을 하면서 문을 열어젖힌 사람은 온유의 위탁모였다. 소원은 한눈에 그녀를 알아보았다. 1년 전보다 더 깡마르고, 더 쪼들려 보이고, 온몸에서 훅훅 술 냄새가 났다. 선글라스를 낀 강한을 보고 어리둥절한 표정이 되었던 그녀는, 그 옆에 서 있는 소원을 알아보고 놀란 표정을 지었다.

"너……."

"안녕하세요, 아주머니. 오랜만이에요."

"그 아이에 대해서라면 할 말 없다. 돌아가."

위탁모는 쌀쌀맞게 말하면서 그대로 문을 닫아버리려고 했다. 다행히 문이 닫히기 직전, 소원이 그 틈으로 들어가는 데 성공했다.

"여기 이분, 검사님이세요. 제가 아니라 이분께서 얘기하고 싶어 하세요."

"검사님이라고?"

위탁모는 미심쩍은 눈길로 강한의 선글라스와, 그의 손목에 걸려 있는 케인을 쳐다보았다. 뉴스를 보고 신문을 읽는 평범한 사람이라면 이 나라를 떠들썩하게 달구고 있는 연쇄 상해 사건과 그 피해자인 시각장애인 검사를 모르지 않을 텐데, 그녀는 세상일에 관심이 없는 모양이었다.

"성암지방검찰청 형사1부 강한 검사입니다."

강한이 재킷 안쪽에서 목걸이 신분증을 꺼내어 내밀자, 그녀는 가짜가 아닌지 확인이라도 하려는 것처럼 한참이나 꼼꼼히 들여다보았다. 그리고 내키지 않는 손길로 문을 열어주었다.

"들어오세요."

집 안에 들어선 순간, 강한은 코를 찌르는 냄새 때문에 저도 모르게 인상을 찌푸렸다. 해묵은 곰팡이 냄새, 먼지 냄새, 재래식 화장실에서나 날 법한 똥오줌 냄새와, 유통기한이 지난 우유에서 나는 쉰 냄새까지.

"으아아아아앙!"

그다음에는 아이 우는 소리가 들렸다. 그제야 강한은 똥오줌 냄새의 출처를 알 수 있었다. 지온유가 나간 후에도 이 집에는 여러 아이가 거쳐 간 모양이었다. 강한은 구두를 벗고 현관으로 들어서면서 위탁모에게 물었다.

"지금 몇 명의 아이들을 맡아서 기르고 있으신 겁니까?"

"세 살짜리 남자애 하나, 다섯 살짜리 남녀 쌍둥이, 일곱 살짜리 여자애 하나, 그리고 중학생 남자애가 있는데 걔는 지금 학교에 가 있어요."

그러면 이 비좁고 열악한 환경에서 무려 다섯 명의 아이가 부대끼며 살고 있다는 얘기다. 강한의 눈썹이 슬쩍 치켜 올라가는 것을 본 위탁모가 허겁지겁 변명하듯 말했다.

"아이들은 최선을 다해 돌봐주고 있으니 걱정 안 하셔도 돼요. 잘 먹이고, 잘 재우고, 잘 입히고. 사회복지사가 매달 점검하러 오고요. 그렇지, 너희들? 검사님께 말씀드려. 잘 지낸다고."

위탁모는 자기 방도 따로 없어서 거실 곳곳에 흩어져 있는 아이들을 향해 명령조로 말했다. 그러자 네 명의 아이들이 기계적으로 대답했다.

"우리는 잘 지내요. 행복해요."

"행복은 개뿔."

그 모습을 보고 있던 소원이 기가 막힌다는 듯 중얼거렸다. 해지거나 구멍 난 옷을 입고, 제대로 씻기지도 않은 듯 머리에는 기름때가 꾀죄죄하게 낀 아이들이 멍한 표정으로 입을 모아 행복하다고 합창하는 모습은 무슨 공포영화의 한 장면처럼 기괴해 보였다. 강한은 소원의 팔꿈치를 잡고 있던 손을 슬그머니 떼더니, 아이들의 목소리가 들린 방향을 향해 말했다.

"아저씨는 앞이 보이지 않아서 도와줄 사람이 필요한데. 너희 중에 제일 나이 많은 애가 와서 날 좀 잡아주지 않을래? 안 그러면 아저씨는 콰당 넘어질지도 몰라."

"형, 내가 있는데 왜……."

의문을 제기하는 소원의 팔을, 강한의 손바닥이 지그시 눌렀다. 가만히 있으라는 표시였다. 위탁모는 테이블에 줄줄이 늘어서 있는 술병을 다급히 치우느라 이쪽을 보지 않고 있었다.

"아저씨, 제가 도와드릴게요."

강아지들처럼 뒤엉켜 놀고 있던 아이 중에 그나마 나이 들어 보이는 여자애가 이쪽으로 쪼르르 달려왔다.

"고맙구나. 내가 잡을 수 있게 팔꿈치를 내줄 수 있겠니?"

아이는 자신의 팔꿈치를 조심스럽게 내밀어 강한의 오른쪽 손끝에 닿게 했다.

"이렇게요?"

"그래, 잘했다."

강한은 손끝으로 아이의 팔 윤곽을 더듬었다. 11월이 다 되어가는데도 아이는 반팔을 입고 있어서, 맨살이 고스란히 닿았다. 어찌나 말랐는지 뼈가 툭 튀어나온 것이 만져졌다.

"잠깐 실례할게."

강한은 아이의 팔꿈치가 어디 있는지 확인하는 척하면서, 위팔에 빗금처럼 나 있는 자국을 매만졌다. 회초리로 때린 자국이었다. 아이는 강한이 자신의 상처를 만지고 있다는 걸 알면서도 아무 말도 하지 않았다. 위탁모가 아이를 향해 외쳤다.

"유진아, 검사님을 안방으로 모시고 가. 앉으실 방석도 내드리고."

"네, 엄마."

아이는 고분고분하게 대답하고는 강한을 앞쪽으로 이끌기 시작했다. 서너 걸음 정도 옮겼을까. 아이가 조심스럽게 강한의 왼손을 가져가더니, 손등에 자신의 손가락으로 삐뚤삐뚤 글씨를 쓰기 시작했다. 행여 들키기라도 할까봐 다급한 움직임이었다.

— 안 행복해요.

아이가 하고 싶은 말이 무엇인지 깨달은 강한은 가슴 한구석이 시려왔다.

― 도와주세요, 검사님.

이제껏 누군가가 이렇게 절실하게, 그를 '검사님'이라고 부른 적이 있었나 싶었다.

71

"아이고, 힘들다. 애들이 어지른 거 치우다 보면 하루가 금방 가요."

마침내 술병을 다 치운 위탁모가 안방으로 들어와 철퍼덕 주저앉으면서 말했다. 그녀가 눈짓하자, 강한의 옆에 다소곳이 앉아 있던 여자애가 허둥지둥 밖으로 뛰어나갔다. 그러더니 금세 싸구려 오렌지 주스 팩을 두 개 올린 쟁반을 가지고 들어오더니 공손하게 내려놓았다.

"드세요."

그 광경을 보는 소원은 아이가 불쌍하다 못해 화가 날 지경이었다. 온유도 이런 취급을 받으면서 살았을 거라고 생각하니. 온유와 6년간 친구로 지내면서, 위탁모에게 좋은 대접을 받지 못한다는 건 알았지만, 집 안에 들어와본 적이 없어서 얼마나 심각한 수준인지 몰랐다. 강한은 집에 있어야 할 또 한 사람의 기척이 느껴지지 않는다는 걸 깨닫고 물었다.

"남편분은 어디 계십니까? 같이 얘기했으면 하는데요."

"찾을 수 있으면 어디 한번 찾아봐요. 도박에 미쳐서 집 나간 지 오래니까. 어디 강원도 산골에 나자빠져 뒈지진 않았나 몰라."

무심하게 말하는 위탁모의 말투에서는 일말의 감정조차 느껴지지 않았다. 남편이 죽든 말든 관심이 없는 것 같았다. 그녀는 고무줄 치마 밑으로 드러난 맨발을 벅벅 긁으면서 말을 이었다.

"그래서, 물어보고 싶은 게 뭔데요? 솔직히 걔에 대해선 별로 기억나는 것도 없어요."

"6년을 아들처럼 키웠는데, 기억나는 게 없다고요? 어지간히 관심이 없으셨나 보군요."

"아니, 그게 아니라. 잊고 싶었으니까. 일부러 잊었죠, 힘들게."

위탁모는 '힘들게'에 강세를 주어 말했지만, 힘들었던 기색은 전혀 엿보이지 않았다.

그래도 강한은 여기 오기 전까지는 5퍼센트 정도 '혹시' 하는 마음이 있었다. 온유의 위탁모도, 친모는 아니지만 그래도 키워준 정이 있을 테니 용의자 선상에 두어야 하는 게 아닌가 하는. 그러나 이제 보니 이 여자가 범인일 가능성보다는, 류소원이 나뭇잎으로 분신술을 써서 범행을 저질렀을 가능성이 더 클 것 같았다.

"지온유의 주변 사람들에 대해 알고 싶습니다. 위탁가족과의 관계라든가, 친구관계라든가."

"걔한테 무슨 인간관계가 있었겠어요. 집에서는 늘 있는 듯 없는 듯 지냈고, 학교에서도 마찬가지였을걸요. 뭐, 그거야, 저기 쟤가 더 잘 알겠지만."

위탁모는 자칭 '아들'과 6년 동안 친구였던 소원의 이름조차 기억하지 못하고 턱끝으로 그를 가리키면서 성의 없이 덧붙였다.

"그래요? 그러면 지온유의 친모는 어떻습니까? 무려 6년 동안이나 왕래했다고 하던데."

"무, 무슨 소리예요? 온유한테 친엄마가 어딨어요? 버림받아서 보육원에서 자라던 애라고요!"

대답하는 타이밍이 지나치게 빠르고, 지나치게 완강했다. 강한이 어색하다고 느낄 만큼. 이 집에 들어온 후로 불만이 차곡차곡 쌓여가던 소원이 퉁명스럽게 말했다.

"거짓말하지 마세요, 아줌마. 온유가 저한테 다 얘기했어요. 방학마다, 공휴일마다 친엄마가 데리러 온다고. 멋진 호텔에 가서 묵거나, 가끔은 엄마네 집에 가서 자기도 한다고 했어요."

꿀 먹은 벙어리가 되어버린 위탁모를 향해, 강한이 은근한 압력을 가했다.

"부인해봤자 그쪽만 더 귀찮아질 뿐입니다. 지난 6년간의 계좌거래 내역과 1년간의 통화 내역, 휴대전화까지 샅샅이 뒤져서 친모와 교류한 흔적을 찾아낼 테니까. 보여주고 싶지 않은 것들이 튀어나올지도 모르는데, 차라리 순순히 얘기하는 게 낫지 않겠습니까?"

'보여주고 싶지 않은 것들'이라는 말에 위탁모가 움찔하는 것이, 눈이 보이지 않는 강한에게도 기척으로 느껴졌다. 그래, 이런 환경에서 다섯 명의 위탁아를 키우면서 국가보조금을 받아 챙기고 있다면 분명 켕기는 것이 꽤나 있을 것이다. 위탁모는 주춤거리다가 궁색하게 입을 열었다.

"……만일 친모로부터 돈을 받았다고 하면, 그러니까 많이는 아니고 아이 용돈으로 주라고 조금씩 받았으면, 그걸로 처벌받나요? 아니면 국가보조금을 돌려줘야 하나요?"

"그럴 일은 없을 겁니다. 검찰청에서는 그 사안에 별로 관심도 없고요."

강한이 단호하게 잘라 말하자, 위탁모가 안심하는 게 느껴졌다.

그녀는 얕은 한숨을 쉬면서 긴장을 푸는가 싶더니, 잠시 간격을 두었다가 얘기를 시작했다.

"그 애를 처음 데려왔을 때는 장애가 더 심했어요. 말귀도 제대로 못 알아들을 정도였으니까. 솔직히 오래 데리고 있지 못하겠다 싶었어요. 우리집은 위탁가정이지 특수교육시설이 아니니까. 그런데 곧 친엄마라는 여자가 찾아왔어요."

강한이 이름을 묻기 위해 입술을 떼자, 그의 의도를 알아차린 위탁모가 앞질러 말했다.

"이름은 몰라요. 알려준 적이 없어요. 우리를 어떻게 알고 찾아왔는지도 모르겠어요. 사정이 있어서 애를 직접 키울 수 없었다면서, 가끔 데려가 밥도 사 먹이고 옷도 사 입히고 싶다고 했어요. 그러라고 했죠. 우린 인정 있는 사람들이니까."

인정은 무슨, 자기들이 돌봐야 할 애를 누가 돌봐준다니까 넙죽 받아 물었겠지. 소원은 입을 삐죽거렸지만, 강한은 아무런 반응을 보이지 않았다. 얘기는 계속되었다.

"항상 한밤중에 애를 데리러 왔어요. 그래서 어지간히 들키기 싫은가 보다 했죠. 애와 함께 있는 시간은 대중없었어요. 하루일 때도 있고, 일주일일 때도 있고. 애를 놓고 갈 때는 고마움의 표시라면서 현금 봉투를 주고 갔어요. 음, 그러니까, 한 30만 원에서 40만 원 정도?"

아마 그보다는 훨씬 많은 돈을 주고 갔을 것이다. 강한은 위탁모의 소행이 괘씸했지만, 지금은 그녀가 겁먹고 입을 다물어버리지 않게 최대한 진술을 이끌어내야 했다.

"그 친엄마라는 사람, 전화번호는 모릅니까? 몇 살인지, 어디에 사는지, 뭘 하는 사람인지, 누구와 사는지, 차는 뭘 몰고 다니는지, 이 중에 하나라도 아는 게 있어요?"

"아뇨. 말했잖아요. 무척 비밀스러웠다고. 미리 전화하는 일도 없었어요. 그냥 애가 보고 싶으면 불쑥 왔다가, 불쑥 가는 식이었어요. 진짜 이상한 여자였어."

"애를 데려갔다가 다시 돌려주지 않으면 어쩌려고 전화번호도 안 받아놔요?"

"……."

위탁모는 다시 꿀 먹은 벙어리가 되었다. 애가 언제 돌아오든, 아예 안 돌아오든, 사실 별 관심도 없었을 것이다. 강한은 체념하고 그 다음 질문으로 넘어갔다.

"그 여자, 인상착의는 기억납니까? 생김새와 키, 체격, 입고 다니던 옷 같은 거요."

"그냥 평범했어요. 키는 여자치고는 꽤 큰 편? 말랐고. 젊었을 땐 꽤 예쁘장했을 것도 같은데. 나이는 종잡을 수가 없네요. 화장하고 정장 입고 나타날 때는 삼십대 중반으로도 보이고, 화장기 없이 편한 옷을 입고 나타날 때는 사십대 중반 같기도 하고. 여자들이 원래 그렇잖아요."

위탁모는 열심히 기억을 더듬는 듯했지만, 그 이상 자세한 인상을 이끌어내기는 어려웠다. 이미 1년이라는 시간이 지났고, 그동안 그녀의 뇌는 지독한 알코올에 찌들어서 제대로 기능하지 못하게 되었을 것이다.

"그 여자가 마지막으로 지온유를 만난 건 언제였죠? 사건이 일어난 후에도 찾아왔습니까?"

"마지막이 언제였더라. 어디 보자……. 작년 여름방학 때요. 일이 바빠서 오래는 못 데리고 간다고 아쉬워하며 사흘 같이 보내고 돌려

보냈나 그랬을 거예요. 사건이 일어난 후에는…… 솔직히 잘 모르겠네요. 우리가 집에 없었거든요. 누가 왔다 갔어도 몰랐을 거예요."

위탁모가 조금 머쓱한 말투로 하는 얘기에, 강한이 멈칫하면서 캐물었다.

"집에 없었다니, 그게 무슨 얘깁니까?"

"애가 끌려가고 나서 뉴스가 터졌잖아요. 그때부터 기자들이 아파트 안팎으로 사진을 찍어가고, 번호는 어떻게 알았는지 전화를 해대는 통에 재판이 끝나고 잠잠해질 때까지 친척 집에 가 있었어요. 그 후에 곧바로 여기로 이사 왔고요."

"그럼 재판을 보러 온 적은 없습니까? 면회는요?"

강한은 대답을 듣지 않아도 이미 알 것 같았다. 온유의 위탁부모가 단 한 번이라도 재판 방청을 왔다면 그가 기억했을 것이다. 그러나 그가 기억하기로 법정 방청석에는 항상 별하의 부모와 조 대표가 보낸 사람들, 그리고 기자들만 가득 차 있었다. 온유를 위해 그 자리에 있는 것은 오직 한 사람, 국선변호인뿐이었다. 그리고 강한의 기억은 틀리지 않았다.

"미쳤어요? 거길 왜 가요? 걔하고 우리 인연은 걔가 수갑 차고 우리 집에서 나가는 순간 끝났어요. 남편이 걔 이름 석 자만 들으면 미친놈처럼 하도 지랄발광을 해서, 한동안 뉴스도 못 봤어요. 재판 끝나고 완전히 감옥에 갇히게 되었다는 얘길 들었을 때는, 어휴, 천만다행이다 싶더라고요."

"다행이라고요?"

강한은 자기가 잘못 들었나 싶었다.

아무리 흉악한 범죄자여도, 그 누구도 그에 대해 좋은 말을 해주지 않는 인간 말종이어도, 그를 포용해주는 사람이 언제나 단 한 명은 있었다. 바로 어머니였다. 심지어 강한은 강력부에 근무하면서 아버지를 죽인 아들에 대해서, 할머니를 죽인 손자에 대해서, 그 어머니가 선처를 구하는 구구절절한 탄원서를 본 적도 있었다.

하지만 지온유의 재판에서는 그렇지 않았다. 온유를 위해 탄원서를 낸 사람이라고는 단 두 사람, 그가 자라난 보육원 원장과 친구 소원뿐이었다.

아마 국선변호인이 탄원서를 받고 싶었어도, 이 위탁모라는 여자는 연락을 받지 않았을 것이다. 주소도 전화번호도 죄다 바꿔버린 탓에 강한도 주민등록지를 조회해보고서야 이곳을 찾아낼 수 있었으니까.

"지온유와 6년을 함께 살았으면 알 만큼 알았을 거 아닙니까. 그렇게 폭력적이고 가학적인 부분이 있었다면, 어째서 보육원 측이나 사회복지사에게 얘기하지 않았습니까?"

"폭력적……이라고 할 정도는 아니었어요. 아니, 오히려 우리가 맡았던 애들 중에 가장 온순한 편이었는데. 말을 안 듣거나 대든 적도 없었고. 하지만 그래서 더 무서운 거 아니겠어요? 원래 사이코가 겉보기에 얌전해 보인다잖아요. 그, 〈살인의 추억〉에 나오는 박해일처럼."

위탁모가 과장되게 몸서리치는 모습이 강한의 눈에 선히 보이는 듯했다. 그는 더 이상 얘기해봤자 얻을 게 없다고 판단했다. 이제 남은 질문은 하나뿐이었다.

"지온유의 소지품 말입니다. 안에 사진 같은 게 있을지도 모르는데. 받아가도 되겠습니까?"

"1년이 지났는데 그 끔찍한 걸 왜 갖고 있어요? 진즉에 다 태워버렸지. 우리집에 그런 애가 살았다니 소름 끼쳐서. 다른 애들을 해치기라도 했으면 어쩔 뻔했어요. 뒷감당을 우리가 다해야 했을 텐데."

"!"

마치 온유를 무슨 병균 취급하는 듯한 말에, 소원이 발끈하는 게 느껴졌다. 강한은 소원의 팔을 지그시 눌러서 가만히 있으라는 표시를 보냈다. 하지만 위탁모의 대답이 너무도 차가워서, 냉정함의 화신이라고 할 수 있는 강한조차 내심 질렸을 정도였다. 위탁모는 강한과 소원을 현관으로 데리고 가면서 거실에 있는 아이들을 향해 명령했다.

"얘들아, 검사님 안녕히 가세요, 해야지."

"안녕히 가세요."

현관문을 나서는 두 남자의 등 뒤에서 아이들의 목소리가 메아리쳤다. 그 나이대에 걸맞은 낭랑하고 씩씩한 목소리가 아니라, 어딘가 텅 비어 있는 듯 공허하고 단조로운 목소리였다. 강한은 아파트를 나오자마자 소원에게 자기 휴대전화를 건네주며 말했다.

"류뚱, 인터넷에서 '성암시청 아동복지과'를 찾아서, 전화번호를 누른 다음에 날 바꿔줘."

"아동복지과요?"

소원은 고개를 갸웃하면서도 시키는 대로 전화번호를 찾아 휴대전화에 입력한 후, 통화 버튼까지 눌러서 강한에게 건네주었다. 잠시 후 전화가 연결되자, 강한은 주저없이 입을 열었다.

"성암지방검찰청 강한 검사입니다. 상습적 아동학대 및 위탁가정 보조금 횡령이 의심되는 사안이 있어 조사를 의뢰하려고 합니다."

마치 할 말을 미리 생각해둔 사람처럼, 그의 말은 거침없이 이어졌다.

"제가 직접 방문해서 확인한 결과 위탁아동들이 매우 열악하고 비위생적인 환경에서, 적절한 보호와 관리를 받지 못한 채 방치되어 있었습니다. 위탁모라는 여자는 중증의 알코올중독 환자로 보이고, 아이들을 때리기까지 하는 것 같더군요. 위탁아를 위해 쓴다는 명목으로 위탁아의 가족으로부터 매달 상당한 액수의 돈을 현금으로 받은 정황도 포착했습니다."

강한의 말을 들은 상대방이 뭐라고 대꾸하는 듯했고, 그러자 강한이 다시 단호하게 말했다.

"아뇨, 사회복지사의 정기 방문으로는 잡아낼 수 없을 겁니다. 학교에 다니는 위탁아가 있다고 하니 담임교사를 통해 실제 가정환경을 확인하고, 불시 방문으로 학대 현장을 잡아야죠. 네, 부탁드립니다. 조사 결과는 성암지방검찰청으로 바로 알려주시고요."

강한이 전화를 끊자, 지금까지 한마디도 안 하고 호기심 어린 눈으로 통화를 엿듣던 소원이 씩 웃으면서 물었다.

"형, 아까 검찰청에서는 그 사안에 별로 관심이 없다고 하지 않았어요?"

"아직은 그렇지. 범죄 혐의가 확실하지 않으니까. 하지만 아동복지과에서는 대단히 관심 있을걸. 범죄 혐의가 확인되고 나면, 그때부턴 검찰청에서도 관심 사안이 될 거고."

아닌 척했지만, 대답하는 강한의 입꼬리에도 슬쩍 미소가 번지고 있었다. 그는 아직도, 조금 전 꼬물꼬물 움직이며 자신의 손등에 글씨를 쓰던 고사리 같은 손의 감촉이 생생했다. 그 아이를 도울 수 없다면, 검사라는 게 존재해서 무엇하겠나 하는 생각이 들었다.

72

오후 12시 30분. 레스토랑 '민트'.

"매형, 여기예요!"

레스토랑으로 들어서는 강한과 소원을 향해, 베이지색 셔츠 차림의 청년이 손짓했다. 규진이었다. 강한은 혹시 테이블에 걸리기라도 할까봐 케인을 펴지 못했고, 대신 소원이 강한을 규진이 있는 테이블까지 데려가주었다. 규진은 강한이 앉을 수 있게 의자를 빼주었고, 강한은 의자 끄는 소리가 들리는 방향을 향해 가볍게 웃으며 말했다.

"왜 아직도 매형이라고 불러? 다른 사람들이 들으면 오해하겠다."

"입에 붙어버려서요. 다르게는 못 부르겠어요. 그냥 우리끼리만 매형 처남 하면 안 돼요?"

규진이 사근사근한 투로 묻자, 강한은 어쩔 수 없다는 듯 웃는 낯으로 고개를 끄덕였다. 레스토랑 안은 난방이 잘되어 따뜻했고, 그는 양복 재킷을 벗어 의자에 걸쳐두면서 말했다.

"공부하느라 바쁠 텐데, 레스토랑 알아보고 예약하느라 고생했네. 그냥 나한테 말하지 그랬어? 우리 방 직원한테 부탁하면 되는데."

"에이, 제 성격 아시잖아요. 아빠 닮아서, 뭐든지 직접 해야 하고 꼼꼼히 확인해야 직성이 풀리는 거. 엄마하고 누나는 딱 그 반대고."

강한이 세은에게 허드렛일을 시킬 리 없으니, 레스토랑을 예약해야 했다면 그 수고는 당연히 소원의 몫이 되었을 터였다. 그런데 그 소원은, 테이블에 앉지도 못하고 강한과 규진 사이에 어정쩡하게 서서 어색해하고 있었다. 규진이 소원에게는 앉으라고 권하지도 않았을 뿐만 아니라, 심지어 알은척도 하지 않았기 때문이다.

"아, 규진아. 같이 온 사람은 내 활동보조인이야. 너와 고등학교 동창이라던데, 몰라?"

강한의 말에, 규진은 그제야 소원을 힐끔 쳐다보았다. 소원이 거기 있다는 걸 처음 알아차린 것 같은 눈빛이었다. 하긴 그럴 만도 했다. 전교 1등에, 학생회장에, 입학할 때는 입학생 대표 연설을, 졸업할 때는 졸업생 대표 연설을 맡았던 규진을 소원은 제 의지와는 상관없이 빈번히 보았지만, 반대로 그쪽에서는 소원을 기억할 만한 아무런 건덕지가 없을 테니.

"그래요? 죄송해요, 본 기억이 없어서 못 알아보겠네요."

"아니, 괜찮아. 괜찮아요."

소원은 얼떨결에 반말을 했다가, 거기에 덧붙여 어색한 존댓말을 하고는 머쓱해졌다.

같은 스무 살인데, 같은 학교 출신인데 이렇게 다를 수 있을까. 말투뿐만이 아니었다. 하얀 얼굴에 차분하게 가르마 탄 갈색 머리, 단정하면서도 산뜻한 셔츠와 면바지 차림의 규진은 그의 아버지가 대선 후보라는 사실을 군이 상기하지 않더라도 귀공자 같은 인상을 주었다. 남자치고는 조금 작은 편인 체구가 흠이 되기는커녕 오히려 더 특별해 보이는 케이스였다.

소원은 제가 걸치고 있는 구겨진 티셔츠와 야구 점퍼가 갑자기 더 없이 초라하게 느껴졌다. 그래서 모처럼 기분이 좋아 보이는 강한을 향해 말했다.

"전 나가서 따로 밥 먹을게요. 이따 얘기 끝나면 전화하세요."

"왜? 같이 먹지 않고. 규진이가 하는 얘기도 듣고."

"아니에요. 전 이런 분위기 오글거려서 영 적응 안 돼요."

그래봤자 강한은 레스토랑 내부의 빨간 체크무늬 테이블보도, 의자와 냅킨에 달려 있는 리본 장식도 보지 못할 텐데, 소원은 괜히 분위기 탓을 했다.

강한은 서둘러 나가는 소원을 굳이 붙잡지 않았다. 사실 그로서도 소원과 규진을 대면시키는 게 마음 편하진 않았다.

소원은 온유의 친구고, 규진은 별하 가족의 친구라는 점이 그 첫 번째 이유였고, 한때 용의자였다가 지금은 활동보조인이 된, 그러나 서류상으로는 여전히 피의자 신분인 소원을 가급적 노출시키고 싶지 않은 게 두 번째 이유였다.

강한과 소원이 부담 없이 만나고 다니는 평범한 사람들과 달리, 규진에게 흘러간 정보는 조 대표를 통해 다음날 일간지 전면에 대서특필된다고 해도 이상하지 않았다. 그게 규진이 의도한 바가 아니더라도 그랬다.

강한은 그의 무릎에 냅킨을 펴서 깔아주는 규진의 손길을 조금은 쑥스러운 기분으로 받아들였다. 소원이 하는 것보다 훨씬 부드럽고, 섬세하면서도 빈틈없었다. 그리고 조금은 인공적으로 느껴지는 상쾌한 향기가 났다.

그러나 지금은 그런 것에 기분 좋아할 때가 아니었다. 강한이 입술을 떼려고 하는데, 눈치 빠른 규진이 선수를 쳤다.

"매형이 말씀하신 거요. 저 생각해봤어요. 지난주 금요일에 갔던 헌혈 캠페인이요."

강한은 흐트러졌던 자세를 바로 하면서, 옆으로 손을 뻗어 재킷 주머니 속에 들어 있는 녹음기를 켰다.

"그날 오전 수업만 하고 동기들 다섯 명하고 같이 캠퍼스 정문으로 갔어요. 거기서 버스가 픽업하거든요. 오후 1시에 버스를 탔고, 1시 반쯤 마트에 도착했던 것 같아요. 매번 뵙는 간호사님 두 분하고 운전기사님이 계셨고요. 그날 같이 간 애들 명단하고 연락처는 여기 있어요."

규진은 반으로 접은 A4용지를 강한의 손에 쥐여주면서 말을 이었다.

"전 버스에 오래 있진 않았어요. 그날도 과외가 있었거든요. 과외가 4시여서, 3시 20분쯤 버스에서 내렸던 거 같아요. 청연동에서 과외 학생 집까지 3, 40분 정도 걸리거든요."

그 순간 강한은 바짝 긴장했다. 범인이 차량을 렌트한 시각은 3시 25분. 규진이 버스에서 내린 시각과 거의 같았다. 그렇다면 규진이 버스에서 내리면서 범인을 목격했을 가능성이 컸다. 단 한 번, 단 한 번만 렌터카가 있는 방향을 바라보았다면.

"지금부터 하는 말은 절대 100퍼센트 확실하다고 할 수는 없어요. 그래도 일단 얘기할게요. 제가 버스에서 내려서 주차장 출입구 쪽으로 가려고 할 때, 마침 그쪽에서 어떤 여자가 들어오고 있었어요."

"여자라고?"

"네. 매형이 거기 직접 가보셨다면 알겠지만, 주차장 출입구하고 마트 출입구는 따로 있거든요. 그런데 그 여자는 차도 안 가져왔으면서 곧바로 주차장으로 들어오는 게 좀 이상하다 싶더라고요. 괜히 기억에 남았고."

"그래……."

강한은 기뻐하는 것도 실망하는 것도 아닌 투로 말을 받았다. 장소는 마트 주차장이었다. 차가 있든 없든, 여자들이 많이 지나다니는 곳이었고 그 여자가 차를 렌트하는 걸 확실히 보지 않은 이상 의미가 없었다. 애매한 표정으로 냅킨을 만지작거리는 강한을 보며 규진이 별것 아니라는 듯 예사로운 말투로 덧붙였다.

"그리고 기억에 남았던 이유가 하나 더 있었어요. 오토바이 헬멧이요."

"오토바이 헬멧이라고?"

"네, 좀 특이하잖아요. 오토바이도 없으면서 오토바이 헬멧이라니. 그것도 남자들이나 쓰는 크고 무거운 걸 마트에 굳이 들고 오는 게. 색깔도 우중충한 검은색이고."

그 말을 들은 순간 강한의 손이 쭉 미끄러지면서 쥐고 있던 냅킨을 놓쳤다. 좀 특이한 정도가 아니었다. 규진은 몰랐지만, 검은색 오토바이 헬멧을 든 여자가 주차장에 나타났다는 것에는 매우 중요한 의미가 있었다. 강한은 녹음이 잘되고 있기만을 바라면서 규진에게 물었다.

"그 여자에 대해 기억나는 거 또 뭐 있어? 다른 거 없어? 키나, 생김새나, 인상착의나."

"음, 어디 보자. 검은 카디건에 검은 바지를 입었고, 머리카락으로 얼굴을 가려서 어떻게 생겼는지는 못 봤어요. 키는 저보다 4, 5센티미터 정도 작은 것 같았는데, 제가 174센티미터니까, 여자치고는 큰 편인 거죠. 살이라고는 하나도 없이 깡말랐고요. 뭐랄까, 딱 잘라서 이유를 대진 못하겠는데, 젊은 여자의 느낌은 아니었어요. 삼십대 후반이나 사십대 정도?"

범인이다. 규진의 설명을 듣는 순간 강한은 느낌이 왔다. 그가 지온유의 친모일 거라고 의심하고 있는, 삼십대 후반에서 사십대 중반 사이의 여자. 여태까지 용의자가 남자냐 여자냐를 두고 목격자들의 증언이 엇갈렸지만, 강한은 이번에야말로 확신했다. '추론'을 빙자한 '추측'에 기반해서 말하는 시각장애인 여자보다는, 젊고 시력 좋고 기억력 좋은 규진이 훨씬 믿음이 갔다.

"혹시 너 말고 다른 학생들도 그 여자를 목격했을 가능성이 있을까?"

"아뇨, 그럴 정신은 없었을 거예요. 제가 나오기 직전에, 헌혈하던 사람이 갑자기 의식을 잃는 바람에 한바탕 난리가 났었거든요. 저도 과외가 아니었다면 버스에 남아서 도왔을 거예요."

강한은 아쉬운 마음을 누르며 고개를 끄덕였다. 그래도 한 명이라도 목격자가 있어서 다행이었고, 그 목격자가 다른 사람 아닌 규진이어서 더욱 다행이었다. 그때, 진한 음식 냄새가 풍기면서 웨이터가 걸어오는 소리가 들렸다.

"주문하신 메뉴 나왔습니다. 어느 쪽에 놔드릴까요?"

"저쪽에 먼저…… 웃!"

웨이터가 접시를 놓기 편하도록 팔을 움직이던 강한이 외마디 신음 소리를 냈다. 팔소매 위로 묵직하고 뜨거운 것이 스쳐 간 것이다. 다행히 맨살에 곧바로 닿진 않았지만, 그를 소스라치게 놀라게 하기에는 충분했다. 웨이터가 깜짝 놀라면서 얼른 뒤로 물러서는 게 느껴졌다.

"죄송합니다! 저희 레스토랑은 스테이크가 식지 않게 돌판에 서빙해드리고 있어서……."

"아, 네. 괜찮습니다."

"접시는 지금 바로 바꿔서 서빙해드리겠습니다. 정말 죄송합니다."

웨이터가 미안해서 어쩔 줄 몰라 하면서 물러간 후, 이번에는 규진이 강한에게 사과했다.

"죄송해요, 매형. 제 잘못이에요. 여기 음식이 맛있다는 얘기만 들었지 돌판 얘기는 못 들어서. 정말 괜찮으세요? 다치신 건 아니죠?"

"괜찮아, 아무렇지도 않아. 일부러 그런 것도 아닌데, 뭘."

강한은 관대하게 웃으면서 넘겼다. 규진의 진술로 수사에 진척이 생긴 게 기쁘기도 했고, 규진이 얼마나 예의 바르고 배려심 깊은 애인지 알기도 했고, 그리고 무엇보다 정말로 그렇게 놀라거나 무섭지 않아서이기도 했다. 규진은 그런 강한을 보면서 신기한 듯 말했다.

"그런데 매형은 외상 후 스트레스 장애는 전혀 없으신가 봐요. 보통 그렇게 큰일을 겪고 나면 그 기억을 불러일으키는 비슷한 감각에 굉장히 예민해지는데. 뜨거운 거, 무섭거나 싫지 않으세요?"

"사고 직후엔 그랬는데, 요즘 들어 많이 괜찮아졌어."

뜨거운 물로 샤워하는 것조차 싫어서 추운 날씨에도 찬물을 틀어놓고 샤워하던 걸 생각하면, 강한의 증상은 몰라보게 나아진 셈이었다. 그리고 강한은 절대 대놓고 인정하진 않았지만, 그게 전적으로 소원 덕분이라는 걸 의식 깊은 곳에서는 알고 있었다.

지금껏 강한은 누군가와 제대로 함께 살아본 적이 없었다. 홀어머니와의 생활은, 말이 가족이지 단 한 번도 가족 같았던 적이 없었다. 머리가 굵어지기 시작한 초등학교 고학년 때부터 술에 취하거나, 몸이 아프거나, 그것도 아니면 병적인 분노와 좌절감을 쏟아내며 미친 사람처럼 구는 엄마를 감당해야만 했다.

어머니의 상태가 나빠져 처음으로 병원에 입원했을 때는, 걱정과 안타까움에 앞서 안도감이 들 정도였다. 그때 강한은 매일 새벽 1시까지 야근하며 바쁘게 일하는 초임 검사였고, 제 앞가림하기 바빠 누군가를 돌봐줄 여력이 없었다. 그 후로는 쭉 혼자였다. 그게 외롭지만 편했다. 그래서 소원과 처음 같이 살기 시작했을 때는 매시간 매 순간이 피곤했다. 돌봄을 받겠다고 데려온 건지 돌봐주러 데려온 건지 헷갈릴 정도였다. 가장 역설적인 점은, 그렇게 피곤하고 번잡하게 살다 보니 자신에게 트라우마가 있다는 사실도 점차 잊어버리게 되었다는 것이다.

"그래도 다행이에요. 매형이 잘 지내는 것 같아서. 활동보조인도 생기고. 검찰청에도 다시 나가시고."

규진이 다정하게 말하는 것과 동시에, 웨이터가 새 접시에 담은 음식을 가져왔다. 강한과 규진은 화기애애한 분위기 속에서 식사했다. 범인이 잡히면 기꺼이 검찰청으로 출석해서 지목 진술을 하겠다는 규진의 말에, 강한은 더욱 안심할 수 있었다. 식사를 마친 후, 강한은 규진을 보내기 위해 자리에서 일어났다.

"매형, 힘내세요. 제가 항상 응원할게요."

"그래. 고마워."

"제가 검찰청까지 모셔다드릴까요? 지난주에 차 뽑았거든요. 면허는 수능 끝나자마자 땄는데 이제야 써먹을 수 있게 됐어요."

"아니, 일행 올 때까지 여기서 기다릴게. 그 녀석 먹을 음식도 포장해가야 할 것 같고."

"그러세요, 그럼."

규진은 그렇게 말하면서 강한의 손등을 가볍게 건드렸다. 그 의미를 알아차린 강한이 규진의 손을 잡아서 흔들었다. 규진의 몸이 가까워진 순간, 아까부터 공기 중에 맴돌던 상쾌한 향기가 더 진해졌다.

"처남, 향수 뿌려? 몰랐네."

"네, 대학에 들어가면서부터 자주 뿌려요. 의대 건물에서 소독약 냄새 나는 거 싫어서요. 맘에 드시면, 매형도 한 병 사서 보내드릴까요? 크리드 어벤투스라는 브랜드인데, 꽤 괜찮아요."

"아니, 그럴 필요까진 없고."

강한은 그 브랜드명을 어디서 들어본 것 같다고 생각하면서 대꾸했다. 규진이 나가고, 소원을 위해 주문한 테이크아웃 메뉴가 나오기를 기다리는 동안, 뒤늦게 생각이 났다.

─ 향수를 뿌리고 있었어요. 크리드 어벤투스. 100밀리리터 한 병에 40만 원이 넘어가는 명품이죠.

꽃집 여자가 범인에게서 맡았다는 향수의 향기, 그게 바로 '크리드 어벤투스'였다. 그걸 깨닫는 순간 강한은 움찔했지만, 그것도 잠시뿐이었다.

'우연의 일치겠지. 그 향수를 쓰는 사람이 어디 한둘이겠어.'

73

한편, 레스토랑에서 도망치듯 빠져나온 소원은 하릴없이 거리를 서성이는 중이었다.

"고등학교 동창이란 말을 듣고도 왜 꼬박꼬박 존댓말이야. 그러니까 내가 싸가지 없어 보이잖아."

소원은 흠잡을 데 없이 완벽해 보였던, 그래서 더 짜증나는 규진을 떠올리며 투덜거렸다.

"형은 그런 성격을 좋아하나? 나랑 있을 땐 오만상을 찌푸리면서, 그 녀석 앞에선 계속 히죽히죽······."

자신을 대할 때와는 180도 다른 사람처럼 미소 띤 채 온화한 표정을 짓던 강한의 모습도 심기에 거슬렸다. 밥 먹으러 간다고 나오긴 했지만, 딱히 식욕도 없었고 어디 혼자 들어가 먹고 싶은 마음도 없었다.

"에이, 그냥 검찰청에 들어가서 공짜 컵라면이나 먹고 있어야겠다."

소원은 레스토랑에서 한 블록 떨어져 있는 검찰청 건물을 향해 걸음을 옮겼다. 바지 주머니에 양손을 꽂고 시선을 내린 채 걷는 낯빛이 시무룩해 보였다. 횡단보도를 지나 정문을 통과하려는 찰나, 자동판매기와 벤치가 있는 쪽에서 그를 부르는 여자의 목소리가 들렸다.

"소원아!"

의아한 표정으로 그쪽을 보았던 소원은 아는 얼굴을 발견하고 깜짝 놀랐다.

"변호사님? 여긴 무슨 일이세요? 혹시 저 보러 오신 거예요?"

벤치에는 온유의 변호를 맡았던 윤지영 변호사가 앉아 있었다. 지난번, 동네 골목에서 우연히 부딪혔을 때와는 인상이 사뭇 달라져 있었다. 여위고 어딘가 아파 보이는 건 여전했지만, 그래도 이번에는 좀 사람 같아 보였다. 머리카락도 하나로 묶었고, 검은색 블라우스에 검은색 면바지를 입고, 검은 카디건을 걸치고 단화를 신고 있었다.

지영은 벤치에서 일어나 소원에게 다가오면서 말했다.

"너하고 꼭 하고 싶은 얘기가 있어서. 언젠가 밖에 나오지 않을까 기다리고 있었어."

"그냥 전화하시면 되는데 왜요?"

"강한 검사 없는 자리에서 해야 하는 얘기라서. 지금은 따로인 거지?"

지영은 어디선가 강한과 그의 흰색 케인이 나타나진 않을까 걱정하는 사람처럼 주위를 둘러보며 말했고, 소원은 그런 그녀를 안심시켰다.

"네, 형은 아는 사람이랑 밥 먹으러 갔어요. 시간 좀 걸릴 거예요."

"그래, 그럼 이 근처 카페라도 가서 얘기하자."

지영은 소원을 데리고 검찰청 바로 건너편에 있는 건물 1층의 카페로 들어갔다. 소원은 그답지 않게 고분고분한 태도로 그녀의 뒤를 따랐다. 지영에 대해 잘 알지는 못했지만, 그녀가 좋은 사람이고 믿을 만한 어른이라는 건 알고 있었다. 모두가 온유를 극악무도한 살인범 취급하면서 매도할 때, 유일하게 그의 결백을 밝혀주기 위해 애써준 고마운 사람이었다.

"네 또래 남자애들은 커피 별로 안 좋아하지? 콜라 마실래? 핫도그도 하나 시켜줄까?"

카페 메뉴판을 살펴본 지영이 그렇게 묻자, 소원은 단박에 고개를 끄덕였다. 콜라와 핫도그, 그건 온유도 무척 좋아하던 조합이었다. 사기 몫으로 순한 허브차를 시킨 지영은, 주문한 음료수와 음식이 담긴 쟁반을 들고 소원을 가장 구석진 자리로 데리고 갔다.

"잘 먹겠습니다!"

씩씩하게 외치고 핫도그를 한입 크게 베어물던 소원은, 김이 모락모락 나는 허브차를 보면서 지영에게 물었다.

"변호사님도 커피 안 좋아하세요?"

"원래 좋아했는데, 요새 몸이 많이 안 좋아져서. 가능하면 카페인 들어간 건 먹지 않으려고."

"아, 그러시구나. 어디 많이 편찮으세요?"

지영은 소원의 질문에 대답하는 대신, 허브차를 한 모금 마신 후 슬쩍 화제를 돌렸다.

"그런데 넌 어떻게 된 거니? 염산 테러 용의자로 체포되었다는 얘길 들어서 걱정하고 있었는데, 갑자기 검찰청에서 일한다고? 그것도 강한 검사의 활동보조인으로?"

"어쩌다 보니까 그렇게 됐어요. 저도 하고 싶어서 하는 건 아니고요. 사회봉사활동 1만 시간을 채워야 하는데 달리 방법이 없더라고요."

"사회봉사활동 1만 시간? 어쩌다가? 무슨 짓을 했기에?"

지영은 오랫동안 변호사 생활을 하면서도 들어본 적 없는 어마어마한 봉사시간에 깜짝 놀라며 물었다. 그녀의 반응에 머쓱해진 소원은 뒷머리를 벅벅 긁으며 어물어물 대답했다.

"그게, 뭐 대단한 건 아니고…… 검찰청 건물에다가 그래피티를 그렸거든요."

소원은 그걸로 이 문답이 끝나기를 바랐지만, 결과적으로는 또 다른 궁금증을 낳을 뿐이었다.

"그래피티? 벽이나 거리 같은 곳에 스프레이 페인트로 칠하는 그거? 왜 하필 검찰청에?"

"……강한 검사가 인터뷰한 걸 봤어요."

대답하지 않고 잠시 뜸을 들이던 소원은, 검찰청에 낙서 테러를 하게 된 이유를 드디어 밝혔다. 수사받는 과정에서 강한에게 직접 말했던 것을 제외하면, 누구에게도 한 적 없는 이야기였다.

"무슨 인터뷰?"

"주간지 인터뷰요. 무슨 대단한 영웅처럼 실어놨더라고요. 온유에 대해서는 피도 눈물도 없는 무시무시한 살인마처럼 적어놓고. 그중에서도 제일 빡돌았던 건……."

소원은 주간지 특집면에 대문짝만 하게 실린 강한의 사진과, 그 옆에 유려한 글씨체로 박혀 있던 인터뷰를 떠올렸다. 소원이 순간적으로 이성을 잃을 만큼 분노하게 했던 문제의 그 문단은, 특히 강조하고 싶은 기자의 의도를 반영한 듯 노란색 글상자 안에 들어 있었다.

— 지모 군은 결국 교도소에서 자살했는데요. 그 소식을 들으셨을 때 기분이 어떠셨나요? 지모 군의 사형을 주장하던 사람들은 드디어 정의가 구현되었다고 입을 모아 말하기도 했죠.

— 글쎄요, 전 그것도 비겁하다고 생각합니다.

— 비겁하다고요?

— 살아서 끝까지 죗값을 치렀어야죠. 그게 몇 년이든, 몇십 년이든, 유족과 사회에 끼친 해악을 고통으로써 갚았어야 한다고 생각합니다. 그래서 전, 그 소식이 전혀 달갑지 않았습니다.

소원이 인터뷰 내용을 그대로 알려주자, 지영은 갑자기 숨을 멈췄다. 그러더니 한참 동안 아무 말도 하지 않았다. 그녀라면, 온유의 폐소공포증에 대해 알고 있던 그녀라면 소원이 느꼈던 기분을 이해할 수 있었을 것이다. 1분 1초라도 어둡고 비좁은 곳에 갇혀 있는 게 공포인 사람에게 몇 년이든 몇십 년이든 고통받으면서 버티라고 말하는 게 얼마나 잔인한 말인지를.

"그런데 지금은 그 사람을 돌봐야 하는 거잖아. 정말 괜찮니? 널 무시하거나 괴롭히진 않고?"

진심으로 걱정하는 듯한 지영의 얼굴에, 소원은 강한과 자신의 관계가 얼마나 기묘한 것인지 새삼스레 느꼈다. 죽도록 미워하던 사람이, 지금은 가장 가까운 사람이 되어버린 이상한 현실.

"네, 괜찮아요. 형이, 아니, 강한 검사님이 잘해줘요. 사람 대 사람으로 알고 지내니까 그렇게 나쁜 사람은 아니에요. 오히려 꽤 괜찮은 구석도 있고……. 뭐 그래요."

사실 소원은 강한에 대해 좋은 말을 더 해주고 싶었다. 염산 테러로 인한 실명이라는 청천벽력 같은 일을 겪었는데도 절대 포기하지 않고 끈질기게 수사하는 의지라든가, 아닌 척하면서도 은근히 주변 사람들을 생각해주는 인간적인 마음씨라든가, 그런 것에 대해 얘기하고 싶었다.

그러나 다른 사람도 아닌 자기가 지영에게 그런 말을 하는 건 아무래도 이상해 보일 것 같았다. 배신자 같아 보일 것 같기도 했고. 그걸 배신이라고 표현하는 것도 웃기지만. 오늘은 좀 미운털이 박히긴 했지만 어쨌든 요즘 들어 부쩍 친해진 강한에 대한 생각에 잠겨 있던 소원을 깨운 건, 호기심 가득한 지영의 목소리였다.

"연쇄 상해 사건 수사는 어떻게 되어가니? 용의자는 나왔어? 1년 전 사건도 다시 파헤치고 있는 거겠지? 재심이 열릴 가능성도 있을까?"

소원은 게걸스럽게 먹던 핫도그를 잠시 내려놓고, 은근한 희망이 어려 있는 지영의 얼굴을 물끄러미 바라보았다. 말을 조심해야 했다. 강한이 사실상 이 사건 수사의 책임자라는 걸 외부 사람에게는 알리지 말아야 한다는 걸, 소원도 잘 알고 있었다. 그래서 일부러 주어를 빼놓고 두루뭉술하게 얘기했다.

"1년 전 사건을 다시 들여다보진 않아요. 다들 온유가 범인이었다고, 그 당시 자신들은 잘못한 게 없다고 믿고 있거든요. 더 솔직히 말하자면, 그 얘기를 하는 것 자체를 꺼리는 분위기예요. 그보다는 온유를 위해 복수하고 싶어할 만한 사람들을 찾는 방향으로 수사를 계속하고 있어요. 저도 이게 옳다고 생각하진 않지만, 높으신 검사님들이 그렇게 하신다는데 어쩌겠어요."

"……아직도 재수사를 하지 않는다고? 그렇게 여러 사람이 희생당했는데도?"

지영은 소원의 말에 큰 충격을 받은 듯했다. 그녀의 손에서 떨어진 티스푼이 찻잔 속에서 잠시 부유하다가 가라앉았다. 그녀의 말투에 질책하는 기색이 역력해서, 소원은 강한을 위해 뭐라도 변명해줘야 할 것 같은 왠지 모를 책임감을 느꼈다.

"그렇다고 수사에 진척이 없는 건 아니에요. 용의자도 찾았고요."

"용의자? 그게 누군데?"

"확실하진 않지만, 온유 친엄마일 가능성이 큰 것 같아요."

"친엄마?"

눈이 휘둥그레지면서 놀라는 지영에게, 소원은 차근차근 설명해 주었다.

"범인이 고 판사님을 들이받을 때 탔던 렌터카 안에서 색이 바랜 긴 머리카락이 나왔어요. 그리고 범인에게 신분증과 지문 장갑을 팔았던 조선족 브로커가 있는데, 물건을 받아간 사람의 손등이 여자처럼 하얗고 고왔단 얘기도 했고요. 그래서 중년 여성이 아닐까 생각히게 된 거죠."

사실 용의자가 중년 여성이라는 결론에는 규진의 진술도 핵심적인 부분을 차지했지만, 소원은 일찌감치 자리를 뜨는 바람에 그 얘기까지는 듣지 못한 상태였다.

"친엄마가 가끔 찾아온다는 얘길 저도 온유한테서 듣긴 했는데, 자세한 사정은 모르거든요. 온유 위탁모였던 아줌마에게서 뭔가 나오지 않을까 생각하긴 했죠."

"위탁모? 그 사람한테서 뭔가 알아낸 게 있어?"

그렇게 묻는 지영의 목소리는 다소 다급했고 날카로웠지만, 소원은 그녀의 직업상 습관이려니 하고 별생각 없이 넘어갔다.

"그냥 아주 비밀스러운 사람이었다는 거밖에 못 알아냈어요. 직접 만난 사람은 온유를 빼면 위탁모 아줌마뿐인 것 같은데, 어떻게 생겼냐고 물어보니까 평범하다고만 하고. 전혀 도움이 안 돼요. 꼬박꼬박 돈까지 받아먹었다면서. 애초에 돈 말고는 아무 데도 관심이 없었던 거죠."

"……."

"아, 혹시 변호사님은 모르세요? 작년에 온유 변호하실 때, 온유 친엄마한테서 연락이 오지 않았어요? 아니면 변호사님이 먼저 찾아보셨다거나?"

소원의 질문을 받은 지영은 잠시 생각하는 듯 손가락으로 이마를 꾹꾹 누르다가 대답했다.

"아니, 난 온유에게 친엄마가 있다는 사실도 몰랐어. 위탁부모에게는 차마 연락해볼 엄두도 못 냈고."

"그건 왜요?"

"너도 아는지 모르겠지만, 내가 처음부터 온유의 국선변호를 맡았던 건 아니었거든. 구속 전 피의자심문 때까지만 해도 우리 국선전담 사무실의 다른 변호사님이 하고 계셨어. 그분 일정이 너무 빡빡해서 내가 넘겨받게 된 건데, 그때 인수인계받은 내용이 위탁부모에게 절대 연락하지 말라는 거였어."

"그분은 왜 그런 내용으로 인수인계를 한 건데요?"

"그 변호사님이 탄원서를 받으려고 위탁부모에게 여러 번 전화하셨던 모양이야. 그런데 어떤 식으로든 온유와 다시 엮이는 건 죽어도 싫다고 하면서, 다시 한번 연락하는 날에는 강력한 처벌을 해달라는 내용의 탄원서를 내버릴 거라고 했대. 그다음에는 번호도 바꿔버렸고."

"빌어먹을 인간들……."

소원은 온유의 이름을 듣자마자 몸에 징그러운 벌레가 기어오르기라도 하는 것처럼 반응하던 위탁모를 떠올리며 이를 악문 채 중얼거렸다. 지영은 아까보다 한결 침착해진 태도로 찻잔에 들어간 티스푼을 건져내며 말했다.

"온유에게 친엄마가 있다는 걸 알았다면 나도 연락해봤을 텐데 말이야. 어떻게든 도움이 되었을지도 모르는데, 아쉽네."

"아니요, 아쉬워하실 거 없어요. 위탁모 아줌마한테 들으니까, 온유가 체포된 다음에 전화 한 통, 문자 한 통 없었대요. 위탁모 아줌마는 친엄마 전화번호도 몰랐다지만, 친엄마 쪽에서는 알았을 거 아니에요. 집까지 알아내서 찾아왔는데. 그런 걸 보면, 그쪽도 사건이 터진 후에는 온유를 알은척하고 싶지 않았던 게 분명해요. 그냥 포기하고 잊어버리기로 한 거라고요."

소원은 푸념하는 듯한 어조로 말했다. 그 말에 지영은 눈을 몇 번이나 깜박이면서 입을 열지 못하더니, 이윽고 고개를 힘주어 가로저으면서 반박했다.

"아냐, 소원아. 그건 네가 부모 마음을 잘 몰라서 하는 말이야."

"잘 모를 건 또 뭐 있어요? 어차피 자식을 한 번 버린 사람이잖아요. 두 번 못 버리겠어요?"

소원의 시니컬한 말에 지영은 어깨를 움찔했다. 그녀는 어떻게 말해야 할지 잠시 고민하는 듯하더니, 카디건 안쪽에서 지갑을 꺼내 테이블 위에 펼쳐놓았다. 지갑 안의 투명한 비닐 칸에서, 분홍색 티셔츠를 입은 여자아이가 손을 흔들며 밝게 웃고 있는 사진이 보였다.

"내 딸이야. 이름은 아연이고. 나이는 열두 살."

"변호사님, 딸이 있으셨어요?"

소원이 조금 놀란 투로 묻자, 지영은 가만히 고개를 끄덕였다. 그리고 비닐에 덮인 사진 모서리를 사랑스럽다는 듯이 어루만졌다. 어찌나 자주 들여다보고 만져봤는지, 그 부분만 손때가 묻어 반들반들했다.

"이혼했거든. 전남편이 애를 데리고 미국으로 가버렸어. 하루에 30분씩 통화하게 해주는데, 그게 아이가 학교 끝나고 돌아오는 오후 2시 무렵이야. 한국 시간으로는 새벽 4시고."

지영의 말에 소원은 눈이 휘둥그레졌다.

"새벽 4시요? 힘들지 않으세요?"

"아니, 하나도. 아연이 목소리를 듣는 그 시간이 내 유일한 즐거움이고, 행복이고, 그 전화를 받으려고 매일 버티면서 사는걸."

딸에 대해 얘기하는 그 순간, 지영의 얼굴은 그 어느 때보다 평화롭고 아름다워 보였다.

"소원아, 자식은 말이야. 부모의 심장 그 자체야. 내 심장이 밖에 나와서 돌아다니고 있는데, 그걸 잊을 수 있겠니? 온유 엄마도, 온유에 대해서 틀림없이 그랬을 거야."

—2권에 계속

암흑검사 1

초판 1쇄 발행 2019년 10월 30일
초판 3쇄 발행 2022년 9월 30일

지은이 초연
발행인 이진수
펴낸이 황현수
기획 이수현 황예인
출판신고 2010년 8월 16일 제2015-000037호

펴낸곳 ㈜타인의취향
기획실장 최지연
마케팅 이유리 김현지 안이슬
디자인 데시그 이하나
주소 서울시 마포구 큰우물로75 성지빌딩 1406호
전화 02-6949-6014 **팩스** 02-6919-9058

ISBN 979-11-6509-013-5 04810
    979-11-6509-012-8 (세트)